La Scala

Antonella Boralevi

Prima che il vento

Rizzoli

ISBN 88-17-00457-X

Prima edizione: ottobre 2004

Le persone e i fatti di questo romanzo sono prodotto della fantasia. Ogni riferimento alla realtà è puramente casuale. Le citazioni di colore storico, di fatti di cronaca, di luoghi, personaggi e eventi, di artisti, scrittori, politici, cantanti sono da intendersi del tutto libere da ogni dato reale, liberamente ricreate dalla fantasia dell'autore allo scopo di restituire in maniera originale l'atmosfera di un tempo perduto.

Realizzazione editoriale: Studio Editoriale Littera, Rescaldina (MI)

Prima che il vento

Ai miei genitori
per come erano belli
per come mi hanno amato

Capitolo 1

La donna dentro il letto verde, nel buio della stanza dove c'è odore di feci umane, sta ricordando. Dentro il suo corpo chiuso di vecchia, molecole vive si stanno scongelando, peptidi nuotano verso centri sensoriali morti a cui porteranno informazioni vive.

Sono ricordi che non vuole ricordare. E tuttavia ora la posseggono tutta.

La attraversano come tagli.

La violano come assassini.

La stanza è importante. Lei non la vede. C'è un respiratore accanto al letto. La macchina è attaccata alla sua trachea, al suo petto scarnito, pompa aria nei polmoni morti. Contro il muro, hanno lasciato una poltrona verde abbastanza lisa. Sul letto grava una coperta di damasco verde. Ai piedi del letto, a una distanza che permette di girarvi intorno, c'è l'armadio di noce. È un grosso armadio nero. I due battenti pesano come marmo. Portano fregi scolpiti di frutta e fiori morti e i larghi ovali di uno stemma. Sul lato sinistro dell'armadio, hanno lasciato la sua toilette. È un mobile spartano, del tutto ostile alla cerimonia a cui è destinato. Un semplice tavolo coperto con una veste di cotone chiaro. Uno specchio modesto sta al centro del piano. Alcune spazzole d'argento e pettini di avorio con manico d'argento sono sistemati a caso davanti a quello specchio, soldati spersi di una battaglia abbandonata. Accanto, una abat-jour con una ventola di seta incollata su cartone, seta gialla, con una base di legno dorato. Il legno è segnato di screpolature.

La malattia rinchiude la donna dentro la sua prigione di corpo, le lascia solo due movimenti. La donna può muovere gli occhi in senso verticale, in alto e in basso. Non può spostarli lateralmente, né aggrottare la fronte, né muovere le labbra o tirar fuori la lingua. Non può muovere né collo né gambe né braccia.

La donna dorme o forse finge, sta dentro il suo buio, lo abita. Il buio sa tutto. Lei gli parla. Né l'infermiera, né il dottore che viene a visitarla a regolari intervalli di tempo, possono sentirla. Non se ne dispiacciono. Viene regolarmente a trovarla un'altra donna, anziana, ma un po' meno anziana. Viene anche un nipote, ha diciannove anni. Due volte al giorno passa da questa stanza greve di odori di una morte lenta. Si china sulla carne trafitta di sondini e parla. La donna muove gli occhi verso l'alto per dire «sì» e verso il basso per dire «no». Ogni volta che il giovane nipote si china sul suo viso di vetro trasparente, il terrore che implode dentro il suo corpo si riavvoltola su se stesso. Il nipote ha un fiato da uomo giovane. Il suo fiato scalda il viso rattrappito della donna, nella stanza torpida di buio. Per quarantacinque anni, questa donna ha bloccato la via che dalla emozione conduce al sentimento. Il suo corpo si è vendicato. Ha contratto il morbo di Lou Gehrig. È cominciato con il formicolio di una mano. La donna aveva sessantasei anni. Ora è carne bucata di tubi di plastica e aghi sterili, pompata di respiro artificiale. Nella trachea, il bisturi del chirurgo ha inciso un foro dove passano due cateteri per il flusso e il ritorno del respiro. Nei muscoli dello stomaco, un altro bisturi ha trapanato una apertura circolare per gastrostomia percutanea; nel sondino passano liquidi densi di cibo passato alla centrifuga. Nell'uretra, l'infermiera ha infilato un mandrino per scolare l'urina. Nel suo corpo morto, gli sfinteri e le funzioni sessuali sono in ordine perfetto. La malattia ha mangiato i corni laterali del midollo spinale e ha compromesso i cordoni motori. Lei non può difendersi dal processo chimico che chiamiamo «ricordare». Il suo corpo la possiede. Il corpo prigioniero libera tossine in forma di cellule sentimentali. Per questo, adesso, nella sua ultima notte, lei tornerà dove non era mai più voluta andare.

E tutto sarà nuovo di nuovo.

Capitolo 2

Ho detto alla mamma che quel costume non me lo mettevo.

No, proprio no, con quella specie di gonnellino che sale sempre su e bisogna aggiustarselo in continuazione, sennò si vede l'attaccatura delle cosce, e non è una bella cosa. Però adesso mi sentirei meglio, se ce l'avessi. Questo costume nero mi fa sentire talmente vecchia. Ha perfino le maniche. Corte, ma ci sono.

La ragazza seduta al tavolino davanti al bar è bellissima. Ha una gonna larga, di un color arancio che spezza gli occhi. Sulla gonna ci sono disegnati, no, forse ricamati, come dei pesci, delle righe nere larghe, dei pallini. Mi fa venire in mente i pesci di Picasso. Madre Marchetti sarebbe contenta, se sapesse che ancora mi ricordo qualcosa dei pesci di Picasso, non era vero che non stavo mai attenta e pensavo solo ai vestiti.

La ragazza seduta al tavolino del bar ha anche dei sandali. Neri. Infradito. Il laccetto sale fino alla caviglia, lei l'ha girato due o tre volte, a fare come un segno nero che dice «Guardami». Lo so perché, con la scusa della granita, sono passata due volte davanti al tavolino: la prima per prenderla, la seconda per portarla sotto la nostra tenda; anche se Vito ha detto, tutto cerimonioso, «Ma signorina Berti, cosa fa». Io l'ho fatto lo stesso.

Passando, ho guardato anche i due ragazzi.

Uno beveva un liquido rosso vivo, da un bicchiere alto, di vetro. Per questo, il viso non l'ho visto bene.

L'altro stava tutto chinato sul tavolino, come se volesse toccare la ragazza con la gonna arancione. Di profilo sembrava un uccello, un naso grosso, lungo, leggermente ricurvo. Come un becco. Ma forse era la posizione, la luce. Magari non ce l'ha, il naso a becco. Ho visto la maglietta bianca, i peli delle gambe nude, anche le scarpe: espadrilles. Le portava infilate di punta, con il tallone che schiaccia la parte dietro, a ciabatta, direbbe la mamma. Lei non vorrebbe che io portassi le espadrilles così e comunque io non ho espadrilles, e neanche sandali infradito che si allacciano alla caviglia, se è per questo. Forse me li compro. Papà ha detto che, per questa estate, possiamo fare anche spese pazze.

Sentivo la tela della sdraio che mi grattava la schiena, questo bruttissimo costume ha lo scollo dietro, la sabbia mi graffiava il collo e anche le spalle. Ho capito che si era attaccata la sabbia alla crema da sole, era come una grattugia.

Mi sono dovuta alzare.

Ecco, alzarsi, su questa spiaggia color oro chiaro, in mezzo a queste tende con il telone verde che sembrano scatole in fila, non è una cosa facile e mi tremavano un po' le gambe. Pensavo: adesso mi guardano tutti. Ma poi mi sono accorta che non mi guardava nessuno. Ho scosso via la sabbia con la mano destra e intanto cercavo di avere un contegno, almeno di tenere la schiena diritta. I capelli mi sono andati sugli occhi, si sono appiccicati alla crema che mi ero messa sul viso.

La ragazza che stava distesa sul lettino alla tenda accanto alla nostra ha girato la testa. Ha socchiuso gli occhi, come se il rumore che avevo fatto, alzarmi e poi la stoffa della sdraio che è ricaduta giù con un plof e poi il grattare della sabbia e il mio respiro, l'avessero disturbata molto. Mi ha guardato.

Io ho girato subito la testa dall'altra parte. Mi vergognavo da morire. Così, il viso non l'ho visto. Mi è rimasta impressa solo la sensazione del suo sguardo, come una pigrizia sospesa.

Dopo un po' mi sono rimessa a sedere sulla sdraio a righe verdi e bianche e non è che la situazione fosse cambiata di molto. Avevo ancora sabbia sulla schiena, mescolata alla crema e un prurito pazzesco, ma cercavo di non grattarmi, e comunque non mi sarei rimessa in piedi neanche per tutto l'oro del mondo. Diomira dice sempre «per tutto l'oro del mondo», ma la mamma non vuole che io lo dica. Io lo dico lo stesso. A me piace. Mi piace l'oro del mondo. E penso che in qualche modo ci sia, da qualche parte, l'oro del mondo. Che sia lì, una montagna tutta splendente e dentro ci puoi entrare perché è morbida e toccare tutto e diventare d'oro, sentirsi tutta luccicante e viva, a capofitto in quella polvere meravigliosa. L'oro ti entrerebbe nella pelle e saresti lucente come un braccialetto.

Però la ragazza della tenda accanto mi interessava veramente. Era come se mi arrivasse una specie di brivido, una vibrazione, era irresistibile, bellissimo. Allora, ho girato di nuovo la testa. Tenevo gli occhi semichiusi, mi sembrava più sicuro.

E così la prima cosa che ho visto è stata l'asciugamano.

Ah, quello. Ora ho capito perché su questa spiaggia di scatole verdi tutte le sdraio e tutti i lettini hanno asciugamani sopra. E ogni tenda ha i suoi, di un colore speciale, come se la tenda fosse una casa. Solo la nostra tenda non ha gli asciugamani, perché è il primo giorno che veniamo al Gemma. È per la sabbia. E per la crema.

L'asciugamano della ragazza della tenda accanto è rosa, un rosa brillante, come il rosa delle culle delle bambine ma più vivo. Un rosa che viene voglia di stare a guardarlo per un sacco di tempo. L'asciugamano arriva quasi fino all'orlo della sabbia e sul bordo c'è una passamaneria bianca, di cotone, a cerchietti. È veramente un asciugamano grazioso. Ho alzato appena le ciglia, aperto le palpebre a metà.

Ho visto le gambe della ragazza.

Ha dei piccoli piedi bellissimi, e unghie con smalto rosa, in sfumatura con l'asciugamano, ma forse è un caso, non è possibile che ci abbia pensato. O forse ci ha pensato. Vorrei avere i suoi piedi. La gamba sale verso l'alto come una linea di pittura su un foglio. Ho visto l'incavo dietro al ginocchio, e mi è venuta voglia di passarci dentro il dito, ma leggero. Poi la coscia. Color oro scuro.

Ho aperto le palpebre un po' di più e intanto facevo salire lo sguardo. La pancia. Una pancia piatta. Ha l'ombelico leggermente rientrato, come un bottoncino a cui suonare per farsi aprire. Le ossa dello sterno. Il petto si alza e si abbassa in un modo impercettibile. È come se avesse il mare dentro, una piccola onda che si frange e si rifrange. L'orlo del due pezzi. Gros grain color giallo vivo. Deve essere di cotone, ci sono rametti di fiori stampati, sembra mimosa. O solo pallini gialli. La luce di questa spiaggia mi acceca un pochino, o forse è l'emozione. Il seno sboccia dalla coppa del reggiseno come un fiore di carne. È alto eppure morbido, deve essere di velluto, a toccarlo. È tondo, perfettamente rotondo. Precipita giù, verso il collo. Il collo ha due brutte pieghe, separano la luce dall'ombra. Le spalle stanno appoggiate al bordo del cuscino. Un cuscino di spugna rosso, con larghi bolli bianchi uniti da righe nere, come la molecola dell'atomo che ci spiegava suor Gaetana. La bocca. Un ricciolo chiaro schiacciato dalla guancia tonda. Narici. Due pieghe infinitesime proprio tra l'orlo del labbro superiore e il bordo di burro del naso. Vorrei avere quel naso. E poi chiudo gli occhi di scatto. La bocca mi si tira in un mezzo sorriso fasullo, un riflesso condizionato di sorriso.

La ragazza della tenda accanto guarda me.

Per questo ha le pieghe d'ombra sull'oro tiepido del collo. Ha girato la testa. Solo la testa. Come una sfinge viva.

Ho raccolto le spalle dentro l'infossatura della sdraio, appoggiato la mano sul braccio teso, mi sembrava che fosse il modo migliore per sembrare naturale.

Lei mi guardava.

L'ho visto con la coda dell'occhio, perché non sapevo cosa fare e allora tenevo il viso girato verso il mare. Il mare era calmissimo, la superficie tesa come uno specchio di latte. Ci camminavano dentro, con i piedi a metà nell'acqua, due signore anziane, con larghi prendisole scuri e grandi cappelli di paglia. Vedevo le gambe biancastre, le vene grosse che si attorcigliavano come serpi. E macchie rosse e pelle come staccata che dondolava tra le cosce. Ho avuto paura. Di nuovo, ho girato la testa verso la ragazza della tenda accanto.

Non mi guardava più. Eppure era rimasto nell'aria il suo sguardo: sensazione di fresco e di caldo e morbidezza, e forza. Una forza irresistibile e beata.

Dopo un po' mi sono alzata. Sono tornata nel bar.

Il bar è una casetta bianca, ha le finestre molto piccole con le persiane verde vivo. Accanto alla porta dove si entra in casa, una finestra è stata allargata e dentro c'è come un bancone e bottiglie dietro, piene di polvere. Davanti al bar, appoggiata alla colonna che regge la tenda, c'è la vetrina dei gelati Motta. E accanto il jukebox. Non mi andava di prendere un'altra granita, comunque dopo volevo fare il bagno in quest'acqua così trasparente che ci si vedono i piedi. La mamma dice che bisogna aspettare tre ore, dopo aver mangiato qualunque cosa, prima di entrare nell'acqua, sennò ti senti male, ti viene la congestione e deve correre il polmone d'acciaio, che non in tutte le spiagge ce l'hanno. Per esempio, a Gabicce, dove siamo sempre andati noi, il polmone d'acciaio non c'era e ho visto un signore sulla spiaggia che sembrava morto, riportato a riva dal bagnino bocconi sulla punta di legno del patino, una macchia morta sul patino rosso. E le persone della spiaggia stavano lì, sulla riva, a aspettare come uno spettacolo.

Mi sono avvicinata al juke-box e ho buttato uno sguardo veloce sulla lista delle canzoni. Erano scritte a biro, molto in piccolo, senza chinarsi non si vedeva nulla. Mi sono appoggiata leggermente al vetro e facevo scorrere il dito sui cartoncini bianchi con i titoli e il numero da fare per suonare il disco. Poi mi sono ricordata che non avevo le cinquanta lire e mi sono vergognata moltissimo. Ho cercato di allontanarmi dal juke-box nel modo meno vistoso possibile, ho fatto un passo indietro.

E dietro c'era il ragazzo con il naso da uccello.

Buco nel petto. Piedi molli dentro gli zoccoli rossi. Il ragazzo con il naso da uccello ha fatto un piccolo scarto, si è riposizionato esattamente davanti al juke-box. Dalla tasca di dietro dei pantaloni corti ha tirato fuori una moneta, l'ha infilata nella fenditura. Il juke-box si è illuminato come un altare. Il ragazzo con il naso da uccello ha mosso la mano con calma, pigiato qualcuno dei tasti accesi. Poi si è girato. È tornato verso il tavolino di legno dove lo aspettavano la ragazza con la gonna con i pesci e il ragazzo che beveva la bibita rossa. Adesso aveva appoggiato il bicchiere davanti al viso, ci guardava attraverso e faceva smorfie. Io sono rimasta in piedi accanto al juke-box e Fred Buscaglione ha cominciato a cantare «*Guarda che luna guarda che mare da questa sera senza te dovrò restare*». Sono diventata tutta rossa. Il cuore mi batteva come uno stantuffo dentro il mio stupido costume di lastex nero. La ragazza con la gonna con i pesci si è messa a ridere e si è alzata. Ha sfiorato la mano del ragazzo con il naso da uccello, ha teso il braccio, piegato leggermente una gamba. Il ragazzo con il naso da uccello si è impossessato della sua mano, aveva occhi da padrone. Ha fatto allontanare con un gesto veloce del braccio la ragazza, tendendola come un elastico. Poi l'ha riagguantata, se l'è buttata addosso. Hanno ballato per qualche secondo; per qualche minuto. Io guardavo come una bambina al cinema.

Nessuno guardava me.

Per fortuna è arrivata Maia, la moglie di Vito e ha detto «A quest'ora, il grammofono non è permesso» e ha staccato la spina del juke-box con un gesto senza appello. Il ragazzo che beveva e guardava attraverso il rosso della bibita si è appoggiato il bicchiere sopra la testa e si è alzato spostando la sedia di legno con un gesto brusco. Poi è andato vicino a Maia e ha cominciato a muovere il sedere e con il braccio libero le ha allacciato la vita, che non si vedeva molto bene sotto la vestaglietta a fiori azzurri, e si è messo a cantare «*Guarda che luna guarda che mare...*». E intanto la faceva ballare. Maia ha fatto una specie di broncio, ma si capiva che era completamente in balia di quel braccio, di quel modo strafottente e irresistibile. Il ragazzo con il naso da uccello si è avvicinato al juke-box e ha riattaccato la spina. La bagnina si è liberata dall'abbraccio, ha fatto un gesto come per dire «Con questi qui, non c'è nulla da fare». È sparita nella cucina di casa sua. L'odore del cacciucco riempiva la tenda come cotone. Fred Buscaglione ha continuato a cantare. Io sono tornata giù, alla mia sdraio. Ho pensato che non ce l'avrei mai fatta.

Erano troppo belli, per me.

Dalla sdraio vedo una fettina di spiaggia. Se mi muovessi potrei vedere di più, ma non mi va di muovermi.

Sto ferma.

Come dal dentista.

La mamma mi ha fatto rimettere a posto i denti, ho portato l'apparecchio fisso fino a quando ho avuto quindici anni. C'erano delle viti attaccate ai denti e bisognava andare a farle stringere una volta al mese a Firenze, perché a Santa Croce i dentisti che raddrizzano i denti non c'erano ancora. Si prendeva il treno la mattina presto, l'appuntamento era alle nove. Sotto la pensilina a aspettare, ci si trovava con tutta la folla di quelli che a Firenze ci andavano per lavorare. Uomini soprattutto. Avevano cappotti grossi e cappelli a basco neri. Facce bianche di sonno. Di donne, c'eravamo il più delle volte soltanto noi due, la mamma con il suo tailleur che pareva fatto di granellini di tutti i colori e io con il cappottino rosso ordinato dalla sarta, con il collo di pelliccetta. Faceva un po' freddo ma non mi importava. Era bello essere lì, io e la mamma sole e andare via insieme. Si arrivava alla stazione di Santa Maria Novella sempre in ritardo e mi dispiaceva dover camminare in fretta sotto quegli androni larghi come sale da ballo, pieni di visi talmente differenti. C'erano bambini con cappotti troppo corti e calzini bianchi che uscivano appena dalle scarpe, sicché le gambe erano blu per il freddo. E signore vestite come regine, con pellicce e cappelli e velette e guanti lunghi che si arricciavano intorno al polso. E uomini eleganti. Ma anche tutti i poveri che scendevano con noi dal treno e camminavano tenendo le spalle strette. E io pensavo che più che freddo, avessero paura. Mentre sveltivo i passi dietro alla mamma che ticchettava come una attrice in quella folla triste e mi tirava via per la mano, mi chiedevo perché non io. Sarei anche potuta nascere nel Polesine e essere uguale a quei bambini rinseccoliti, con gli occhini mangiati di zanzare, che avevo visto tra le braccia spente delle loro mamme, al cinegiornale. E mi veniva da piangere certe volte, in quell'atrio che scintillava di marmo.

Una volta, una mattina di febbraio che tagliava la faccia di freddo, correvo dietro a mia madre. E incespicavo, e caddi. In quei pochi secondi, prima che la mamma si accorgesse che non c'ero più, incrociai gli occhi di una vecchia donna. Era seduta per terra sul marmo ghiaccio, come spazzata via in un angolo, serrata con cartoni e giornali dentro una rientranza tra due porte sbarrate con grossi lucchetti. Aveva una maglia bucata, sporca. Le mani nere. E ci soffiava sopra per scaldarle, nel gelo, ma senza forza. Mi guardò rotolarle davanti con una pena infinita, si azzardò a allungare un braccio verso la mia mano. Tremava tutta. Non ce la fece a prendermi e le venne in viso un dolore uguale, per sé e per me. La mamma si era voltata verso di me. Fu un momento vuoto di pensieri. Mentre mi tiravo su, sfilai la sciarpa dal colletto del cappotto, tolsi svelta le mani dai guanti. E poi corsi verso mia madre. Lasciai i guanti e la sciarpa come dimenticati, davanti a quella povera mendicante. Non sentivo freddo. Mentre aspettavamo il taxi, la mamma si accorse che non li avevo più.

«Li hai persi!»

«Sì.»

Mi dispiaceva non essermi levata anche il cappotto.

Il dentista aveva lo studio in via dei Servi, in un palazzo antico con una scala larga che si doveva fare a piedi, ma non importava, perché allora l'ascensore non ce l'aveva quasi nessuno. Solo una volta ne avevo visto uno, quando papà ci aveva portato a visitare Venezia e si era dormito fuori casa, in un albergo che sapeva di muffa, dentro una calle buia anche di giorno. Ma l'ascensore ce l'aveva. Avevamo dormito tutti e tre nella stessa stanza, io nel lettino in fondo ai due letti dei miei genitori. Di notte, a un certo punto, mi ero svegliata di soprassalto, mi ero tirata su, mi pareva di stare per morire. E ho sentito un urlo, come un lupo, che attraversava la parete e mi arrivava dentro le orecchie, e ho avuto una paura tremenda, sembrava un urlo di qualcuno che lo stavano ammazzando. I miei genitori dormivano. Mi sono alzata, piano piano, e sentivo il freddo lucido del pavimento sotto le piante dei piedi. Sono andata verso la striscia di luce sotto la porta, ho appoggiato l'orecchio al legno. L'urlo mi è arrivato addosso come uno schiaffo. Distinto, riconoscibile. Era un urlo di donna scannata. Non mi sono mossa, ero impietrita dalla paura. L'urlo è durato a lungo, poi è diventato un rantolo, un lamento che andava e veniva come un'onda e poi c'era stato un mugghio lunghissimo, alto. Poi silenzio. Sono tornata nel letto. L'urlo mi rimbombava nella pancia. Mi apriva il petto come un coltello.

Il dentista si chiamava dottor Marrassi e aveva uno studio molto famoso, con una sala d'aspetto con divani neri e un tavolo basso di vetro, pieno di riviste con le fotografie. Ci passavamo parecchie ore, la mamma e io, perché l'apparecchio andava regolato, poi bisognava aspettare per vedere che io lo sopportassi. E, durante tutto quel tempo, io guardavo, a volte il soffitto, a volte le fotografie delle riviste. Il soffitto era dipinto di azzurro e di bianco, era un cielo da cui si affacciavano puttini grassi e guerrieri con l'elmo e molte donne vestite da antiche romane e braccia rosa nude. A guardare bene, si scopriva ogni volta qualcosa di nuovo: un seno bianco che usciva da sotto un peplo, un rigonfiamento sotto la cintura della veste di un guerriero, con l'armatura luccicante sul petto e i sandali color cuoio arrampicati sui polpacci. Oppure libri aperti e catene d'oro e monete che piovevano su una donna stesa sopra un letto. Ogni scena era racchiusa dentro un ovale. Quando avevo finito di perlustrare il soffitto, contavo le tacche della cornice di gesso. Ma questa era una cosa che ho sempre fatto anche alla Messa, al Sant'Agnese.

Al Sant'Agnese ci sono andata a quindici anni, perché avevo finito la cura ai denti e anche perché la conceria andava bene, l'avevo sentito dire da papà alla mamma una volta dopo mangiato, quando loro credevano che io giocassi con le mie bambole Paola e Marilena e invece stavo a sentire. Dicevano che bisognava che avessi una educazione da signorina, anche se costava cara.

Mi hanno messa interna, perché non potevo andare su e giù con il treno tutti i giorni fino al collegio da sola. E poi speravano che facessi buone amicizie, anche questo gliel'ho sentito dire, quando loro pensavano che io non ascoltassi.

Sono arrivata al collegio e mi tremavano le gambe e le mani e tutto, perché io non ci volevo proprio andare via da casa. Perché un conto è andare a Firenze dal dentista con la mamma e poi andare da Torricelli a prendere la cioccolata con la panna e fare una passeggiatina fino al Ponte Vecchio, che c'è l'Arno che scorre sotto i piedi come metallo liquido. E un conto è partire per non tornare indietro, in un posto come il Collegio Sant'Agnese, che solo a vederlo sembra una reggia.

Ho camminato diritta fino al portone e tenevo stretta la mano della mamma. Papà portava la valigia, una sola valigia, perché al Sant'Agnese c'era la divisa e di vestiti non ne serviva nessuno. La divisa era bella. Grigia, con un bel collettino bianco e due pieghe a cannolo sul davanti, aveva detto la signora Bice, la sarta, «a cannolo». Io avevo pensato alla pasticceria del Landi, ai cannoli con la crema e mi ero sentita un po' meglio, mentre la signora Bice mi provava le divise, con gli spilli in bocca che non poteva neanche parlare bene. Avevo un po' paura che se ne ingoiasse uno, ma la mamma mi aveva spiegato che le sarte fanno tutte così, e stanno anche in ginocchio, spesso, per via dell'orlo.

Le suore erano gentili e anche molto brave. Le altre ragazze erano tutte amiche, mi guardavano come se arrivassi da chissà dove. Ci chiamavano tutte «signorina», ma poi io sentivo in cucina le sguattere che ridacchiavano e facevano i versi e dicevano, con le mani messe sotto il mento come un'ala «Contessina, marchesina, principessa» e camminavano ondeggiando e si davano pacche sul sedere e ridevano. Ma con una specie di strido, come uccelli che cadono.

Si dormiva in camerate pulitissime, con finestroni larghi da cui entravano insieme il sole e il verde fondo degli alberi. E c'erano orari severissimi, perché l'orario fa parte dell'educazione, predicava la direttrice. Ci insegnavano la storia e l'italiano e tutte le materie, ma anche a tenere le spalle diritte e la pancia in dentro e il mento leggermente sollevato, a ricamare, e a suonare il piano. Tutte le mattine, alle sette, c'era la Messa. È per questo che dopo qualche giorno ho cominciato a contare le tacche della cornice di stucco del soffitto della cappella: per far passare il tempo. Ogni tanto dicevo «Et cum spiritum tuum», ma a voce bassa, perché non sapevo mai se era giusto. Le altre stavano impettite, allineate nelle panche come figurine di gesso in vetrina. Eppure le percorreva la stessa eccitazione compressa, un segreto che attraversava l'aria gelida della cappella e la faceva vibrare. Ogni tanto Madre Maria Giovanna muoveva la testa di scatto, si girava verso le nostre panche, come se avesse sentito un rumore proibito. Ci scrutava feroce. E noi mute. Ma l'aria era elettrica, Madre Maria Giovanna non ci poteva fare nulla. Era l'elettricità di quarantacinque ragazze, chiuse dentro l'armatura delle buone maniere e accese dalla smania di liberarsene. Solo io ero da sola. E non capivo nulla.

Una sera al mese ci portavano a teatro: un concerto o una commedia. Ma non quelle poco serie. Per esempio abbiamo visto due volte, in due anni diversi, «Il diario di Anna Frank», due volte «Ognuno, il dramma della morte del ricco» e due volte «Uno, nessuno e centomila». Mentre, benché la del Grande, che era molto ascoltata da Madre Maria Giovanna perché suo padre era ambasciatore a Parigi, avesse fatto carte false per farci portare a vedere «Sei personaggi in cerca d'autore», la Madre non ci aveva dato il permesso. Però era bello lo stesso, andare alla Pergola. Si scendeva dalle macchine nere, tutte in fila come suore, e ci si andava a sedere subito ai nostri posti, che non erano mai molto avanti perché non ci dovevamo montare la testa. «Siete uguali a tutti gli altri, signorine», aveva detto Madre Luce alla Villaverde che si lamentava perché non ci vedeva bene, da così in fondo. La divisa grigia stava benissimo con il rosso scuro delle poltrone e in parecchi si giravano a guardarci. Noi stavamo il più possibile diritte contro la spalliera e ci scambiavamo certi sguardi buffi, quando Madre Luce si distraeva. Era l'unica volta in cui mi sembrava di far parte del gruppo anche io. Al collegio no. Mai. Al collegio ero l'unica senza l'anello al mignolo che avevo imparato si chiamava «chevalière», l'unica che non andava in campagna per le vacanze, perché ci abitavo. Di notte, nella camerata allagata dalla luce della luna, mi stormivano in testa pensieri vaghi di balli e feste e vestiti lunghi da sirena, come quello che aveva raccontato di avere pronto nell'armadio la Bellati Scala, linea banjo, aveva detto: di Roberto Capucci. Le altre avevano fatto un «oh» pieno di ammirato stupore e anche io avevo fatto «oh», ma leggermente in ritardo, fuori tempo, perché non sapevo chi fosse Roberto Capucci e nemmeno cosa potesse essere un «banjo». Il mio «oh» mi è rimasto addosso come una macchia di vino. Le altre si sono girate di scatto. Prima la Guidobaldi, che era la migliore amica della Bellati Scala e suo padre era stato gerarca a Pistoia dove avevano la loro campagna. E poi tutte. Ultima la Villaverde, perché non ci vedeva bene e non si era accorta che le altre mi stavano guardando.

Alla fine ho dato l'esame di maturità, che era molto difficile da superare per noi privatiste. Ho studiato talmente tanto che mi sono sentita male. Avevo nella testa come un turbine di Cesare e anche di Napoleone e di Socrate e di Voltaire, per non dire tutte le ascisse e le coordinate e i vettori e le equazioni e le molecole e i composti e gli pterodattili e Calliope e Renzo Tramaglino e il conte Ugolino e sao ke kelle terre; e Ugo da Brescia e Pietro Micca e Petronio arbiter e la legge di Newton e Isacco e Giacobbe e il Capo di Buona Speranza e Maria la Sanguinaria e le Antille Olandesi e l'Annunciazione del Beato Angelico e le tombe a tholos e Tintoretto. E Amerigo Vespucci, che era parente della Vespucci, che stava accanto a me di banco ma non mi parlava che per infime necessità tipo «hai un pennino nuovo» e poi nemmeno me lo restituiva. E aveva un astuccio bellissimo, intarsiato, con il legno scolpito a tralci di rose mentre sul mio c'erano solo due decalcomanie di garofani comprate dalla mamma alla cartoleria di Santa Croce come regalo e spedite via posta in una busta gialla. Quando Madre Luce me l'aveva data, davanti a tutte le altre, alla distribuzione della posta del mercoledì, io volevo sparire, perché tutte le altre avevano ricevuto buste grigio chiaro, o rosa pallido, o azzurrino, con sopra in rilievo a secco lo stemma o al minimo le iniziali della loro mamma. Solo io quella busta grossa che pareva una cacca di gallina. E siccome non dormivo e studiavo di notte con la pila sotto il lenzuolo e non mangiavo nulla perché mi sentivo lo stomaco chiuso, Madre Maria Giovanna aveva detto che dovevo restare in infermeria. Ho passato da sola, rinchiusa in quella prigione bianca, tutti i due mesi fino a luglio, quando abbiamo fatto l'esame al Michelangelo. Era un posto bellissimo, con un cortile e portici con le colonne e una fila di studentesse con la gonna a pieghe e la giacca blu. Gli studenti avevano la cravatta e la giacca e la camicia bianca e i capelli così corti che faceva male a guardarli.

Sono stata promossa.

È passato un po' di tempo. La spiaggia mi sta squadernata davanti, appesa all'orlo trasparente dell'acqua. Il sole forte affila le ombre dei tendoni, le secca, quasi. Voci a sprazzi arrivano dalle cabine.

Le cabine sono piccole case allineate in fila verso l'orlo estremo della spiaggia, come palafitte sulla sabbia. Subito dietro c'è il parcheggio delle biciclette e poi il viale delle macchine. Hanno il tetto verde smagliante, a cuspide e davanti una specie di minuscolo portico, con una palizzata verde, dello stesso verde pieno di promesse. La porta è piccola, con le stecche come una persiana. Volendo, siccome sono messe abbastanza larghe, si può, piegandosi, guardare dentro, nell'ombra intessuta di righe. Accanto a ogni porta, c'è una bacinella di smalto azzurro, a forma quadrata, piena di acqua chiarissima. Ho pensato che servisse a lavare i costumi. Ma poi, andando al bar a prendere la granita, quando ho visto per la prima volta la ragazza con la gonna arancione e il ragazzo con il naso da uccello, mi sono accorta che dietro le cabine dei gabinetti c'è uno spiazzo nudo, attraversato da corde tese su pali verdi anche loro. E sulle corde, stesi a asciugare, costumi da uomo e da donna e molti piccoli da bambino. Maia era al lavandino e sciacquava, con una schiuma alta come di panna, un mazzetto di colori di lana e di cotone, sicché ho capito che i costumi li lava lei. Parlava con Deodoro, che è il loro aiutante bagnino, e stava lì in piedi senza far nulla. Gli stava dicendo che doveva fare attenzione perché non li rubassero, pensa se poi succedeva come con le braghette del signor Luchino, che le signore gliele portano via perché è talmente bello. E io, che non sapevo chi era il signor Luchino talmente bello, ho sentito un brivido di eccitazione lo stesso.

Dietro di me, le voci ora sono più forti. Provo a decifrarle. Bambini, di sicuro. Piccole voci intense, senza infingimenti; vocine che chiedono con decisione, e poi voci più strette e impostate, con un accento delle montagne, che riprendono e proibiscono e frenano. E una voce con un largo accento inglese, le «a» troppo aperte, certi «scchhh» che tagliano l'aria come lame gelate, che, a un certo punto, ha zittito tutti. I bambini mi sono passati davanti in fila indiana, e ciascuno aveva accanto la tata con la divisa azzurra da mattina, il grembiule bianco alto sul petto. Quelle che parlavano con l'accento chiuso delle montagne portavano appuntata sul seno largo una spilla con una medaglietta, retta da un piccolo fiocco azzurro. Non ci voleva molto a capire che era una Madonna. Tenevo sempre gli occhi semichiusi, ma la processione dei bambini era affascinante lo stesso. Avevano costumi di lana, rossi e blu, per la maggior parte, alti sopra i pancini e con bretelle che si incrociavano sulla schiena, e in testa cappellini da marinaretto bianchi i maschi e di paglia chiara le bambine. Camminavano intenti, come se invece che a fare il bagno, stessero andando a lavorare.

Poi, di colpo, un rumore.

Qualcosa di metallico, che spezza il sottofondo di suoni bruniti dal caldo. Colpi. Una botta forte eppure attutita, come un pugno sulla carne ferma.

Il ragazzo con il naso da uccello è a cinque passi da me.

Vedo il suo profilo sporto verso l'ombra stretta della mia tenda, le spalle alte, quadrate, la forma netta della clavicola sotto la maglietta bianca di cotone. Nel mio campo visivo, entra la coda di legno lucido di un patino da corsa. È un oggetto meraviglioso, pare stia per prendere il volo. Ne ho visti, finora, solo in certe fotografie su «Oggi», scattate a Cannes, Capri, Portofino, con sopra corpi pieni di sole. Il legno scintilla sotto il riverbero, percorso da schegge di luce che lo fanno fremere. Piego la testa quel minimo indispensabile a inquadrarlo tutto.

Un grande ragno con lunghe zampe di tek marrone ramato. Sulle punte della parte anteriore, è teso un reticolo di stecche sottili. In fondo, sul bordo estremo delle punte, il reticolo si incurva a formare un cuscino rotondo. Vorrei passarci sopra la mano. Chi sta lì, disteso, guarda negli occhi chi rema e si fa guardare. Senza volere, allungo un poco le gambe, come se stessi sdraiata sopra quella finzione di letto. Il limite del reticolo di stecche è la pedana dove appoggia i piedi chi voga. Un'ombra rettangolare, squillante. Il sedile è a forma anatomica, porta impresse come le due parti delle natiche. È un guanto per un sedere scabro di uomo. Ci sono due corsie di metallo, inquadrate da una striscia sottile di legno. Capisco che il sedile vi scorre dentro, su e giù, su e giù. Per aiutare la voga, renderla fluida come l'acqua che il patino taglia. I remi sono braccia lunghissime, magre, esageratamente eleganti.

Il ragazzo con il naso da uccello è sopra il corpo di cioccolata steso sull'asciugamano rosa. In piedi. Il patino dietro di lui, come un cane al guinzaglio. Dunque l'ha trasportato. L'ha fatto scorrere sulla sabbia come un'offerta propiziatoria.

«Elena», dice.

Lei tiene gli occhi chiusi, il profilo come una porcellana.

«Dea.»

Lei apre gli occhi, gira il viso verso la sagoma di lui. Di nuovo, il gesto che ha dedicato anche a me: una sfinge viva. L'orlo del seno contro la coppa del reggiseno del due pezzi sembra d'oro. Ha fatto scivolare le spalline. Una esile striscia di stoffa bianca e gialla riposa nell'incavo tiepido dell'ascella, protetta da un minuscolo rigonfiamento di carne.

Il suo sguardo è una scarica di purissima elettricità. Attraversa lo spazio minimo tra lei e il ragazzo con il naso da uccello come una corda tesa. Il ragazzo vibra, accaprettato da quello sguardo.

«Un dono per te.»

Lei atteggia un broncio. E poi le labbra di velluto rosa si schiudono in una risatina leggera, gli occhi, di cui non vedo il colore, ma solo la luce, si girano verso il patino e subito tornano sulla preda.

«Sei proprio scemo, Alberico», dice.

E, mentre lo dice, brilla nella sua voce di vetro un riflesso compiaciuto. Altero. Ma intanto lui si è seduto sul bordo del lettino da sole, lei ha dovuto spostare le gambe per lasciargli lo spazio necessario. Nella piccola guerra che stanno giocando, lui ha conquistato la sua collina.

«Vieni?»

Un fremito improvviso di paura, paura che dica di no, che resti lì, distesa come una dea di bronzo a farsi adorare nella lontananza, paura di non riuscire a afferrarla, a farla scendere giù, a tenerla con la testa sott'acqua, vittima, conquista, schiava. Solo io lo sento? Lei si è tirata a sedere sul lettino, tiene le mani sopra il seno, per reggere le coppe del due pezzi bianco e giallo e c'è, tra loro, un vibrato di concitazione, indecifrabile e indecisa. Eppure, lei si alza. Muove le gambe a compasso. È in piedi sulla sabbia che scotta. Come se avesse ubbidito a un ordine che non ha mai ricevuto. China la testa verso di lui mentre allaccia le spalline del reggiseno dietro la nuca, sotto l'ombra lucida dei suoi capelli. Lui ha le mani lungo i fianchi. Percepisco il freno che lui impone a quelle mani, l'ansia trattenuta a fatica di mettere le dita, un dito, su quella pelle senza difese.

Da un po' guardo senza ritegno. Ho capito che non mi vedono. Sono uno dentro l'altro. Poi lei si sposta all'ombra, lui attraversa a larghi passi la sabbia verso le cabine, dice «Idioti, ora potete venire a fare il vostro lavoro». Voci. E subito ci sono almeno tre, quattro, cinque giovani corpi di uomo che sollevano il patino come se fosse fatto d'aria e scherzano e ridono mentre, di corsa, lo portano verso la riva. Il ragazzo con il naso da uccello guarda senza far nulla.

Adesso so che si chiama Alberico.

E poi arriva mia madre.

Loro sono appena usciti in mare. Il patino lucente ha attraversato il brulichio di cose e teste e corpi che ingombrano l'acqua. Bambini con gli occhi smarriti dentro ciambelle troppo grandi, che bisogna tenere strette con tutte e due le mani, perché non scivolino via, nell'acqua di vetro azzurro. Signore con cuffie di gomma bitorzoluta giallo vivo e fucsia e viola, alcune con finti fiori di gomma con il pistillo nero fatto di bottone, ferme a chiacchierare nell'acqua che arriva alla vita. Ragazzini che si schizzano, tate che si arrabbiano, nannies irrigidite dall'uniforme, la sottana attorcigliata sui polpacci perché non si bagni, che stridono e gesticolano dalla prima riva verso i ragazzini che si spingono giù, sotto l'orlo di specchio dell'acqua, con una ferocia selvatica. E qualcuno ci mette troppo tempo, a riemergere, sicché il bagnino Vito, che sta diritto sul bordo della battigia, attento come un cane pastore, prende subito il fischietto che porta appeso al collo con una fettuccia bianca e fischia. Rapidi fischi in sequenza sempre più rabbiosa, sempre più lunghi, finché i ragazzini non fanno, da lontano, un gesto come per dire «Uffa», ma poi si avvicinano. E adesso non giocano più a annegarsi l'un l'altro.

Il patino ha attraversato la marea formicolante di teste come un re tra due ali di folla, fluido sull'acqua celeste.

Elena è distesa sul prendisole, la testa ben eretta contro il cuscino di legno. Forse, quando saranno un po' più lontani, lei si scioglierà il nodo che ha appena fatto alle spalline del reggiseno, dietro la nuca. Le lascerà cadere. Non si curerà di tenere la mano sopra la coppa, se la coppa si muoverà. Lascerà che il suo seno di mandorla esca alla luce. Alberico non darà nessun segno di essere turbato. Continuerà a remare, su e giù sulla lama splendente della corsia di acciaio, la testa scura diritta, come se il movimento non gli costasse fatica. Arriveranno a largo, oltre le boe, dove non si potrebbe andare. Lì passano rombando i motoscafi, i Riva lucidi dello stesso legno del patino di Alberico, che si chiama «Noia»: il nome è scritto in lettere di bronzo su una delle punte. Alberico lascerà andare i remi, prima il destro, poi il sinistro. Seduto sullo sgabello di voga, solleverà le braccia per sfilare la maglietta bianca. Elena guarda. La pelle di lui è meno lucente, sa di sapone e di ammoniaca: lei lo sa. I peli sul petto sono scuri come i suoi capelli, avviluppati di sudore nel caldo che li brucia. Alberico si alza. È diritto in piedi davanti a lei, le gambe allargate per mantenere l'equilibrio. E poi, subito, è contro di lei, sopra di lei, accanto a lei. Elena lo scosta con la mano, un gesto breve. Lui si ritrae. Lei allunga le braccia dietro la schiena, slaccia il gancio del reggiseno. Pallini di mimosa sul legno color rame. Lui alza la mano: di nuovo. Lei si accartoccia contro quella mano. E sono carta che brucia.

Ma io non lo so.

Non ancora.

Mia madre era salita su verso la tenda dalla riva. Non aveva trovato l'insegna dello stabilimento, Bagno Gemma, perché le tamerici alte la nascondono. Era entrata in spiaggia vestita, con gli zoccoli in mano, passando dal Bagno la Perla.

L'ho vista che era già abbastanza vicino, e prima di vederla ho percepito il flusso di interesse subito distratto che accompagnava quella risalita faticosa, il corpo grosso esagerato dal prendisole con i tulipani rossi troppo grandi, l'andatura ondivaga, stanca. Aveva scelto di camminare accanto alla passerella di legno, i piedi affondavano nella sabbia. Saliva verso le cabine con gli occhi persi, la borsa di paglia appesa alla mano, il fiato corto. Avrei dovuto alzarmi, correrle incontro; prendere la borsa, gli zoccoli; darle un bacio davanti a tutti. Invece ho serrato gli occhi, ho lasciato che il calore del mezzogiorno mi si condensasse intorno come uno scudo.

Mia madre è arrivata lo stesso, ha riconosciuto il mio stupido costume nero. Da lontano, a voce troppo alta, ha chiamato «Andreana».

Ho dovuto uscire dal mio bozzolo, ho camminato verso di lei. Mi pareva che tutti quelli delle altre tende ci stessero valutando, e scartando, estranei catapultati lì da desideri scandalosi di salto sociale, come se dal puzzo di una conceria si potesse salire al nitore di questa spiaggia. No, non si può fare: non c'è strada dalla conceria al paradiso.

Ho preso la borsa a mia madre, ma lei non l'ho baciata. Siamo trasparenti, ho pensato. Sentivo il suo fiato corto contro la schiena, come una pietra che schiaccia. Poi siamo arrivate [illegible]enda, ci siamo sedute. Mia madre ha ripreso fia[illegible]tanto si asciugava con un fazzoletto rosso tropp[illegible]nde il sudore dal viso, dalle spalle, dalle bracci[illegible]

«Mamma», ho [illegible]

Lei ha avvolto [illegible]o il fazzoletto, se lo è raccolto dentro la mano, [illegible] caldo...».

Questa è mia [illegible].

Non mi andav[illegible]re il bagno, di espormi senza protezione agli sg[illegible]che mi avrebbero attraversato senza vedermi. La n[illegible] stava addosso come un cappotto. E anche una fitt[illegible]eta di paura. Ho pensato che avevo tutta l'estate [illegible]nti, era solo giugno, il 2 di giugno. Fino a setten[illegible]saremmo rimasti a Forte dei Marmi.

Non mi p[illegible]a nulla. E anche mi piaceva tutto. Era come se il c[illegible]e tra piacere e dispiacere fosse segnato da imperce[illegible] contrassegni. Una gonna larga arancione con [illegible]disegnati da spesse righe nere; un asciugamano r[illegible]con passamaneria bianca; cinquanta lire per il juke[illegible]x. Io li decifravo uno a uno, come un alfabeto, e m[illegible]ntivo incapace di imparare quella lingua. La sabbia[illegible]friggeva sulla schiena contro la tela ruvida della sdr[illegible]per ricordarmelo. Mia madre si era messa a parlare [illegible]rsilia, la sua amica che aveva continuato a andare [illegible]abicce e la sera, al telefono, prima di scendere pe[illegible] cena nel suo albergo del lungomare, le raccontava di quello che continuava ad accadere là: le stesse tavolate di amici con i fiaschi di vino rimpiazzati come cartucce, le stesse partite a scopa sotto i pini della passeggiata; amoretti dei figli. E storie irresistibili di bagnini e di signore, durante la settimana, quando il marito era in città a lavorare. Io tenevo la testa girata verso mia madre e lasciavo che i suoi discorsi mi scivolassero addosso. Rispondevo con degli «Ah bene», talmente fuori tempo che perfino lei, che ha sempre amato starsi a sentire, sussultava e si fermava, per un momento.

Poi mi sono accorta come di un tramestio. Mi cresceva intorno una attività che non riuscivo a interpretare. Gesti, rumori, persone mai viste. Una signora molto alta, con i capelli bianco latte a onde elegantissime e un largo caftano ricamato, veniva avanti sulla passerella, lieve su sandali senza tacco. Dietro di lei, avanzava un cameriere in giacca rossa. I bottoni d'oro scintillavano sotto il sole. Il cameriere portava un cestino di vimini, doppio, chiuso da una coppia di tovaglioli immacolati, di fiandra. Camminava diritto nella sua uniforme, come su un palcoscenico, o in parata. Dopo di lui, due ragazzi in costume. Reggevano una portantina a tre ripiani, ma la facevano dondolare troppo. I vassoi che c'erano sopra scivolavano da una parte all'altra, si fermavano esattamente sul bordo del ripiano, come se sapessero di stare per cadere. C'erano larghe zuppiere con il coperchio d'argento e insalatiere di cristallo. E mazzi di lavanda e uva, e pomodori tagliati come sangue a spicchi, che gocciolavano in una ciotola di porcellana bianca. E un cestino pieno di panini bianchi e grissini e cracker, e poi dischi gialli di frittata intinta di verde e fette di focaccia stillanti di mozzarella sfatta; e un piatto di riso, alto come una torre, con cetriolini e cipolline e würstel e salsiccette e prosciutto cotto a dadini e bocconcini di fontina a cubetti.

E un vassoio lungo, a rettangolo, con file ordinate di fette di melone arancione alternate al rosso cupo del prosciutto, al giallo tiepido del grasso. I ragazzi squittivano della soddisfazione di essere stati scelti per reggere la portantina. Subito, appena erano comparsi contro la linea verde delle cabine, gli si era formata intorno una processione di bambini piccoli saltellanti e tate che li inseguivano. E c'era anche Maia, che teneva in mano una pila di cuscini di stoffa verde come le tende. E Deodoro, con due sgabelli di legno, uno per braccio, e la faccia spenta. Intanto, altri ragazzi erano arrivati alle due tende accanto alla nostra. Avevano spostato i tavolini, le sdraio, tirato i lettini da sole lungo la sabbia. E c'era un brusio di attesa soddisfatta che ricopriva tutti i gesti, li caricava di allegria e di abitudine. Dopo un po', sull'orizzonte delle cabine, sono comparse due grosse cameriere vestite tutte di bianco, con grembiuli bianchi e scarpe bianche e calze bianche. Anche il cameriere con la giacca rossa aveva le scarpe e i calzini, scarpe nere e calzini neri.

Un sussulto di fretta ha percorso la spiaggia. I tavolini bianchi sono stati allineati velocemente uno accanto all'altro, sul bordo estremo della tenda davanti alla nostra. Il cameriere con la giacca rossa ha appoggiato con cura la sua cesta su un tavolo che era stato lasciato in disparte. Ha sollevato il tovagliolo e poi il coperchio. Ha tirato fuori una tovaglia bianca e l'ha sistemata con calma sui tavolini. Le due cameriere grasse, vestite di bianco, aspettavano nell'ombra delle cabine, dietro le quinte. Ci sono stati movimenti, passi, saluti. Facce accalcate sotto la tenda e corpi stesi sui lettini, seduti, ammonticchiati. Cappelli a tesa larga che si sfioravano, grani di sabbia scossi dai costumi con il gonnellino. Signore anziane in prendisole lisciavano la scollatura sulle pieghe rugose del petto. E bambini messi a sedere sugli asciugamani stesi sulla sabbia, uno accanto all'altro, ridenti. Tate in gruppo, in un angolo, a difendersi dal rischio di essere chiamate a fare un lavoro per il quale non erano pagate. Parole di cristallo squillante, ciao Elvina, dimmi Tessa, ma Ercole dove è, e Maria Sole, perché non hai preso il burro tu, che non c'è mai, dopo vieni in patino? Se Alberico è tornato.

La frenesia era dilagata fino alle altre tende, perfino agli altri stabilimenti. C'era una attesa puntuta, concitata, e bocche aperte dall'emozione e occhi spalancati di meraviglia. Orgoglio per il lusso altrui. Erano tempi così.

E poi erano tutti sistemati e il cameriere, che si chiamava Otello, Otello venga qui per favore, Otello potrebbe portarci il vino, no l'acqua, ma il ghiaccio non l'avete portato?, Otello spinga questa sdraio all'ombra, ecco va bene, grazie Otello, dovere signora contessa; il cameriere Otello si era appartato in un angolo della tenda vicina, anche quella deserta, e si infilava i guanti come un cospiratore. E intanto sbirciava dietro e davanti e accanto per controllare che tutto fosse a posto. I piatti impilati come si deve uno sull'altro, i bicchieri di vetro, quelli da spiaggia a base larga, in file contigue, quelli da vino tutti insieme, dopo quelli da acqua. I vassoi distribuiti sul tavolo secondo una armonia rigidissima di colori e sapori, le focacce accanto alla pizza ma lontano dalla torre di riso, i pomodori al capo opposto del prosciutto e melone, le posate dentro i cestini di vimini, le forchette con le forchette, i coltelli con i coltelli. E invece i cucchiaini da gelato e i piattini da gelato erano ancora nascosti dentro la cabina Sangermano, nella ghiacciaia appositamente sistemata da Vito, che non aveva nessuna voglia di farlo, perché era pesantissima. Ma niente, Maia lo aveva costretto. I Sangermano, aveva detto, venivano a questo Bagno prima di noi, prima di tutti, la spiaggia era loro, avevano la concessione e noi gliela si sarebbe dovuta ricomprare ma la marchesa madre, in pace sia, invece disse che ce la regalava. E adesso tu vai a prendere la ghiacciaia dal Pardini sull'Aurelia e la metti a posto e bada che ci sia il ghiaccio fresco verso le una, che sabato fanno il primo picnic della stagione.

Mangiavano penne al sugo.

Le due cameriere vestite di bianco erano scese lentamente sulla passerella. Avevano tagliato con le loro scarpe immacolate la porzione di sabbia che separava l'ultima stecca dalla tenda dei Sangermano, lasciato impronte fonde. I ragazzini ci avrebbero scavato trappole a malapena nascoste da fogli di carta coperta di terra smossa. Ma tanto non ci sarebbe caduto nessuno. La tenda era sistemata esattamente alla fine della passerella che la collegava alla cabina di proprietà. Il privilegio di quella corsia, fresca nella sabbia bollente, ritagliava sulla spiaggia uno spazio di incanti e di risate irraggiungibili e di scherzi meravigliosi, separava il mondo dei Sangermano da quello dei mortali.

Io guardavo.

Mia madre aveva smesso di parlare e stava con la sua grande bocca aperta a guardare anche lei. Attenta e intimidita, rigida sulla sdraio. Il caldo ci luccicava intorno come seta. Stavamo lì, tutte e due, bambine uguali davanti allo spettacolo e io sentivo una mano lenta lenta che mi chiudeva lo stomaco, la bocca. Su un lettino da sole, sopra un asciugamano opulento, bordato di giallo con le cifre dei Sangermano, ho visto disteso il ragazzo della bibita. Si era tolto la maglietta e stava bocconi, la testa appoggiata sul braccio piegato, sollevata il minimo indispensabile a dare alla ragazza, allungata per terra accanto a lui, l'impressione di guardarla.

La ragazza era nuova. Vedevo il bagliore delle perle che portava al collo e il riflesso bianco del reggiseno del due pezzi. Stava sollevata come un bastoncino piegato a metà, per porgere al ragazzo della bibita le spalle e il viso e il seno. Puntava i gomiti. I capelli ogni tanto le spiovevano sugli occhi e allora lei cercava con la mano di spazzarli via, ma era un gesto impacciato, da burattino, che anche da lontano colpiva per la sua innaturalezza. Davanti a lei, come un monumento, stava la sua grossa borsa di paglia color bronzo. Il ragazzo ascoltava e lei parlava atteggiando le labbra. Nessuno dei due aveva l'aria di aver mangiato nulla. Poi lei si è alzata. Un movimento deciso ma flessuoso, come un inizio di danza. Si è accostata alla faccia del ragazzo della bibita, che adesso era all'altezza delle sue cosce. Stava vicinissima. Le pieghe del gonnellino del costume dondolavano all'altezza dei riccioli del ragazzo, come una promessa, e c'era tra loro una corrente viva che arrivava fino nell'ombra della nostra tenda. Un richiamo. La ragazza ha piegato un ginocchio, sembrava in posa per il naso del ragazzo, come nelle foto di Miss Italia. Io ho visto che era molto giovane, la pelle di un bagliore dorato contro i capelli scuri, un naso da dispetti, e il broncio. Il ragazzo della bibita deve aver detto qualcosa che a lei è parso sgradevole, perché ha alzato le spalle, in un piccolo sbuffo da civetta. Si è girata. Gli offriva le pieghe del gonnellino, la curva morbida dei fianchi e dondolava leggermente. Si è chinata a cercare gli zoccoli, e il suo piccolo sedere fasciato di bianco smagliante era rotondo come una boa davanti al viso di lui. Poi li teneva in mano e ha girato il viso di scatto, oltre la curva molle della spalla, «Ciao Bubi», ha detto.

Lui si era già rimesso a faccia in giù. Ha fatto finta di dormire. Lei ha camminato verso il gruppo sparso sotto la tenda, scegliendo con cura il passo. Tre ragazzini a torso nudo, di una bellezza impressionante, che stavano appollaiati su un lettino messo al sole per lasciare l'ombra agli adulti, hanno smesso di ingozzarsi di pizza. La guardavano con gli occhi fissi. Uno ha girato inavvertitamente il polso, la fetta è caduta sulla coscia del vicino. L'imbambolamento è diventato caos, hanno cominciato a darsi sberle, per finta, a gridare, a darsi la pizza sulle braccia, sulle gambe, come sciabolate. Dalla tenda, le madri hanno fatto un largo gesto di fastidio e la voce autorevole della signora con i capelli bianco latte ha detto «Per favore, ragazzi». Loro si sono zittiti istantaneamente. Intanto la ragazza con il bikini bianco era arrivata davanti a una signora con un cappello nero a pagoda e ha detto «Mamma, io vado a casa». Il cappello ha ondeggiato. Vi baluginava sotto un piatto con il giallo della frittata mescolato a un piccolo monte di riso. «Vai, vai Albarosa», ha detto la signora con il cappello a pagoda. Aveva un tono compiaciuto, una erre arrotondata in un modo che sembrava finto. La signora con i capelli bianco latte ha fatto un cenno di approvazione. Dalla sdraio, sistemata sotto il sole ma accanto alle signore, un uomo molto bello, con lunghi pantaloni color tabacco e una maglietta azzurra Lacoste, ha detto, parlando a nessuno in particolare, «Albarosa sta diventando proprio una bella ragazza». La signora con i capelli bianco latte ha girato la testa verso di lui e ha detto «Caro Marcello, non c'è una gonnella che ti sfugga». Ha riso. Mi ha colpito il tono pieno di sottintesi, l'ombra di volgarità nascosta dietro quella parola, «gonnella». Le altre due signore sedute accanto a lei hanno riso con gusto.

E poi sono arrivati i gelati.

Il cameriere Otello aspettava diritto accanto al tavolo del buffet, che era stato liberato da tutti i vassoi, le zuppiere, le insalatiere e spazzolato dalle briciole con una scopetta d'argento. Adesso c'erano, disposti a v, piatti di porcellana bordati di azzurro con le cifre, e al centro, un largo spazio vuoto. I cucchiaini scintillavano ai due lati del buffet aperti come ventagli. Le cameriere grasse vestite di bianco hanno risalito la spiaggia verso la cabina dei Sangermano, leggermente curve per il peso dei piatti sporchi che portavano via, riposti nel cesto di paglia che era servito a trasportarli alla tenda un'ora prima. Sono sparite nell'ombra della cabina, una cabina più grande delle altre e isolata, principesca. Sono riemerse reggendo ciascuna un vassoio con alti bordi d'argento e dentro una montagna di gelati di tutti i colori. Questa volta, non c'è stata, intorno alle cameriere, nessuna gazzarra, perfino i bambini piccoli stavano nell'ombra, stremati dal cibo e dall'emozione. Le cameriere hanno attraversato il sole a passo svelto, caracollando. I vassoi sono stati appoggiati al loro posto esatto, al centro delle v di piattini bordate dai ventagli di cucchiaini. Otello ha cominciato a servire. I bambini non hanno aspettato e c'è stato un pigolìo accanto al tavolo e segni di sbuffo delle tate. Ma poi alla fine si sono dovute muovere dall'angolo dove stavano asserragliate, sedute per terra con i loro piatti pieni di troppe cose. Hanno cominciato a riempire i piattini e a distribuirli. Si è alzato un signore molto anziano, completamente vestito di bianco, con una sahariana e un cappello di panama, distinto. Ha fatto un inchino alle signore sedute e ha detto «Rendo onore al menu eccellente della casata di Sangermano». Parlava con le maiuscole. Era affettato eppure per nulla ridicolo, come un personaggio da romanzo. Ho provato per lui una specie di tenerezza, un sentimento come di affratellamento. Pareva spaesato, comunque. Si è rimesso a sedere e intanto la signora con i capelli bianco latte, che adesso sapevo si chiamava Sangermano, ha detto con il suo tono vivace tinto di autorevolezza «Martinelli, è un piacere avere ospiti come lei». E mentre il dottor Martinelli, che poi avrei saputo essere un chirurgo in pensione della clinica Santa Teresa, l'unica di Forte dei Marmi, si godeva il suo attestato, il ragazzo della bibita, Bubi, si è alzato dal lettino e si è spostato con indolenza verso il buffet. Come se non gliene importasse nulla, a tutti gli effetti, ma per educazione si sentisse in dovere di servirsi. Lasci fare, Otello, faccio io, signor Bubi non posso permettere; permetta, permetta; e intanto si riempiva il piatto di gelato sciolto. E poi ha fatto una cosa assolutamente inconcepibile, pazzesca: ha intinto il dito nel gelato rosa, si è avvicinato a una ragazza che ancora non aveva detto nulla, abbastanza alta, con un costume nero come il mio ma meno ridicolo, di Triumph, avrei detto, e i capelli lisci, di lunghezza media, buttati indietro come capitava. E con l'indice ha tracciato una specie di croce sulla sua fronte alta e ha detto «Ti benedico, figliola, ma devi peccare di più».

Mi sarei aspettata una reazione immediata dalla signora con i capelli bianco latte. Ormai avevo capito che era la proprietaria del gruppo. Era un gesto veramente indecente. Ho pensato al nostro papa Giovanni. Invece non è successo nulla, solo risate. La ragazza con il costume nero uguale al mio ha avuto un piccolo sussulto, si è ritratta contro il palo della tenda, ha detto «Quanto sei scemo, Bubi». Eppure traluceva dentro quella frase insignificante un sentimento come di paura. La ragazza ha raddrizzato le spalle, si è sfilata via il gelato che aveva sulla fronte con un gesto rapido.

«Perché, lei non crede che si debba peccare di più, in estate, marchesa?»

Bubi stava in piedi al centro della tenda e si godeva il proscenio.

La marchesa Sangermano sorrideva quieta, mentre intorno a lei le altre signore squittivano e ridacchiavano e si sistemavano lo scollo del costume, atteggiando smorfiette ridicole. Il dottor Martinelli si è sentito in obbligo di alzarsi, si è avvicinato a Bubi e gli ha battuto il bastone di bambù appena a qualche centimetro dai piedi. Poi ha cercato di attutire il gesto con un sorriso largo, esagerato e ha detto «Questi giovani ne hanno, da imparare. Non lo sa, signor Bubi, che i peccati si fanno ma non si dicono?». E subito è andato a rimettersi a sedere, tutto compreso della sua battuta.

«Via, Martinelli, c'è da capirlo», ha detto la marchesa Sangermano. Si sono levate verso di lei tutte le facce. E la marchesa, con un tono che non lasciava nessuno spazio ad altri, ha concluso: «Con papa Pio Dodici, a Bubi non sarebbe nemmeno venuto in mente». La corte si è zittita. Bubi si divertiva, si è messo accanto alla ragazza con il costume nero uguale al mio. Le diceva qualcosa a bassa voce, e intanto le tormentava la mano, il braccio, con uno stecchino di legno raccolto dalla sabbia, bitorzoluto. Lei lo lasciava fare, come arresa. Ho provato un sentimento istantaneo di simpatia. Sembrava fuori luogo anche lei, inadatta a quello spazio denso di riferimenti, di abitudini condivise, di vecchi segreti.

È arrivato Alberico.

È saltato giù dal patino un momento prima che la punta toccasse la sabbia della riva, dandogli l'ultimo slancio con il suo stesso salto. Poi ha girato intorno, si è affiancato al prendisole di legno dove Elena stava ancora distesa, come se la insulsa procedura dell'ammarraggio non la riguardasse. Le ha porto la mano. Lei è scesa. Intanto Vito si affannava con Deodoro per tirar su il patino dall'acqua e trascinarlo oltre l'orlo marrone della riva.

«Esce ancora signor marchese?», ha chiesto, deferente. E Alberico ha fatto un cenno come per dire «Boh», e dentro c'era, nitido, il sentimento della stupidità dei sottoposti, che ti rompono le scatole quando non dovrebbero.

Hanno camminato verso la tenda.

Il sole alto delle tre li accendeva di bagliori. Erano in perfetto ordine. Il costume di lei allacciato, la mutandina alta sui fianchi magri. Lui con la maglietta immacolata, i pantaloncini scozzesi leggermente arricciati sull'orlo della coscia abbronzata. Camminavano senza toccarsi. Eppure sembrava che si toccassero.

Sono arrivati alla tenda, Elena si scuoteva qualcosa via dai capelli. «Queste vespe», ha detto. «I vesponi, vorrai dire», è intervenuto Bubi. Si è messo a ridacchiare con una smorfia oscena. La marchesa non l'ha visto, perché era tutta presa da Alberico, lo guardava incamerandolo nel suo sguardo come un oggetto di proprietà. Alberico è sfilato davanti alle signore facendo a ciascuna un baciamano perfetto. «Ovvìa, Alberico, sei proprio affascinante», ha detto la madre di Albarosa, avendo cura di arrotare la erre. Teneva la mano leggermente sollevata dal telo di spugna, come per segnalare il fatto miracoloso del bacio ricevuto da Alberico. La marchesa madre era compiaciuta, estasiata, quasi. Alberico si è mosso come un ballerino, andava da uno all'altro con una grazia disincantata e irresistibile, e a ciascuno diceva qualcosa. Poi si è avvicinato al tavolo del buffet, il vassoio dei gelati era una poltiglia di tutti i colori. «Signor marchese, rimedio subito», ha detto Otello in affanno. Alberico ha fatto lo stesso cenno disattento che aveva inflitto al bagnino, si è avvicinato a uno dei piatti dimenticati dalle tate su uno dei lettini da sole e ha piluccato un po' d'uva, un pezzo di formaggio bianco. Le tate hanno rabbrividito per l'emozione. «Come sta, Ines», ha chiesto con garbo a quella più vicina. Lei è arrossita tutta.

Elena non ha mangiato nulla. Ha baciato sui capelli l'uomo bello con la maglietta Lacoste azzurra e poi gli si è accoccolata ai piedi. Teneva la testa appoggiata alle sue ginocchia e lo guardava.

Hanno parlato. Mi arrivavano adesso solo frammenti dei loro discorsi, l'abbiocco del pomeriggio attutiva le voci. La luce esagerata spezzava gli occhi. Mia madre si è come risvegliata.

«Oh mammamia Andreana sono le tre e un quarto», ha detto quasi urlando. «Il tuo papà chissà come ci brontola», ha detto mentre si alzava di scatto, incisa dalla preoccupazione.

Si è rinfilata gli zoccoli, ha preso la borsa. Via via, corri.

Non ci guardava nessuno.

Siamo tornate a casa che erano le tre e mezzo e mio padre era seduto ancora nella stanza da pranzo. Aveva fatto sparecchiare i nostri posti come gesto estremo di rancore. Aspettava. Sembrava un cadavere seduto a tavola. La mamma e io siamo scivolate dentro quella tomba piena di fregi, pareti tutte istoriate a rombi neri e grigi, un candeliere di ferro battuto – da chiesa – davanti al camino freddo, dove dentro dondolava, appesa a una catena nera, una pentola di rame lucido, per una polenta che nessuno ci avrebbe mai fatto. Ci siamo sedute. Abbiamo dovuto spiegare, dire delle persone irraggiungibili che ci stavano cinque metri davanti, raccontare il rito incredibile a cui avevamo assistito ammutolite perdendo tutto quel tempo. Lui ci ascoltava assente, guardava intento l'affresco mostruoso che gli stava davanti: una Annunciazione scheletrita, con un angelo dalla faccia da pagliaccio, le pupille di orbita bianca contro una Madonna con un velo da araba sul capo e larghi occhi atterriti.

Mio padre amava quella casa di un amore feroce e senza appello. L'aveva scelta e l'aveva comprata, tutto lo stesso giorno, mettendo in mano al mediatore un fascio di banconote larghe, di un verde magico fresco di zecca. Passava dalla banca tutte le mattine, controllava il conto della ditta e prendeva qualche contante. Se lo teneva in tasca come un talismano. Una volta l'avevo sentito dire che i soldi sono una benedizione e ricompensano la fatica. Mia madre mi aveva raccontato che, quando si erano conosciuti, loro due, lui faceva il garzone di conceria e puzzava di sangue secco. Ma a lei non importava, era sicura che le avrebbe fatto fare una buona vita. Anche suo padre, che era maestro e non avrebbe dovuto essere contento, invece aveva detto che andava bene, che gliela dava, a Berti Elpidio, la sua figliola, perché si fidava. E aveva fatto bene perché adesso i soldi ci uscivano dagli occhi e di banconote verde vivo mio padre, in banca, ne prendeva a mazzi. Penso che, più della villa, l'avesse tramortito il nome del venditore, un marchese de' Scalzi, erede per vie traverse di una ancora più principesca famiglia romana che doveva essersi annoiata di quella tetraggine. E, per far sovranamente finta di nulla, aveva invece messo in giro la voce di una eredità da dividere, che il mediatore aveva tradotto, nel suo modo greve, in bisogno di soldi. Un affare, dottor Berti, con quello che costano le ville a Roma Imperiale, e poi non ce ne sono più, ormai. Guardi lo stile, il portico che neanche una chiesa, li vede gli angeli con il nastro azzurro con scritto alleluia? La principessa era dama del papa. E poi questo è cotto autentico degli anni Trenta, e la villa si compra a porte chiuse, con tutti i mobili dentro che a rifarli oggi, con quello che la gente si è messa in testa di chiedere dopo la guerra... Il Mazzi, che ha la bottega a Seravezza, chiederebbe delle decine di mila lire e invece a lei, dottore, viene tutto gratis. E le porte, le vede le porte, con le vetrate a mosaico, e gli affreschi dappertutto, Madonne, e angeli e santi, ma l'ha vista la conversione di san Paolo che è accanto alla finestra di sinistra, sulla facciata? E Dante che incontra Beatrice nell'ingresso?

Mio padre non era dottore e aveva comprato la villa.

Il primo giorno, mentre Diomira scaricava i bagagli e Dino, il casiere del principe, la aiutava con un disprezzo sdegnato nascosto dentro i gesti lenti, avevo sentito mio padre chiedere a mia madre «Magari mi faccio chiamare dottore, invece che signor Elpidio». E gli grattava in gola un imbarazzo che non gli avevo mai visto. Sicché mia madre aveva detto «Ma di certo». E dopo una pausa «Che giova anche alla bambina».

Per tutto il tempo che abbiamo raccontato, mio padre è rimasto zitto. Diomira aveva portato un piattino con un po' di uva e mia madre aveva allungato la mano per prenderla. Lui aveva fatto finta di non vedere. Io non avevo fame, mi sentivo consumata, stanca. Appena mio padre si è alzato, ho salutato e sono andata a riposare in camera mia.

Mi sono stesa sul letto, un letto di mogano nero intarsiato di pietre e incisioni, con le preghiere dipinte sulla testata. Ho chiuso gli occhi e sentivo una smania dentro le gambe, la sensazione precisa di dover correre, scappare, tornare a Gabicce. Rinunciare ai sogni dei miei genitori per me. Provavo nei confronti del Bagno Gemma lo stesso sentimento di orrido spavento che mi incuteva quella casa lugubre di morti. Mi sentivo fuori posto allo stesso modo, con tutta quella vita irraggiungibile davanti.

Entrava, dalla finestra socchiusa, nell'ombra delle persiane accostate, l'odore rancido dell'umidità. Trasudava dai muri in stretti rivoli verdastri, che scollavano il cemento con cui erano state sigillate le pietre. Come se tutto piangesse, in quella casa tetra. Ho pianto anche io, a singhiozzi convulsi. Piangevo contro la mia vita. Contro il mio destino.

Il giorno dopo sono ritornata al mare.

Era presto. La luce ancora intatta della prima mattina inquadrava la fila soldatesca delle tende vuote, la fascia deserta della battigia. Sull'acqua, nulla. Mi ha preso un senso di pace, di distanza. Come se fossi entrata in una marina dipinta a olio, a larghe pennellate nitide e tranquille.

Ho dovuto camminare sopra le righe regolari e diritte del rastrello, mi è dispiaciuto lasciarci le mie impronte fonde, di piedi troppo grandi. Rivedo la spiaggia luminosa, chiara, bianca nel bianco del mattino. Rivedo scuri i miei passi. Buchi in un ricamo perfetto. Allora c'era l'uso di ripulire la spiaggia tutti i giorni, alla fine del pomeriggio. Il bagnino e i suoi aiutanti percorrevano su e giù lo spazio dal mare alle cabine, trascinandosi dietro enormi rastrelli di rete, dentro cui restavano impigliate cartacce e mozziconi di sigarette e non poche volte le formine di plastica gialla e rossa dei bambini. Pesci e chiocciole e pere e mele e paperelle. Mi sono sempre piaciute le paperelle, specialmente quelle gialle. Sono libere di fare quello che vogliono e camminano diritte, con il naso in su, verso le loro meraviglie. Non ho avuto mai formine a forma di paperella, quando ero piccola. E invece, le ho sempre desiderate, ma senza il coraggio di dirlo ai miei genitori. Non sono stata una bambina petulante, che chiedeva. Stavo ferma. Aspettavo. Prendevo quello che mi davano. Permettevo ai desideri di mangiarmi solo la notte, dentro il lettino del collegio, quando volevo con tutte le mie forze essere la Vespucci o perfino la Villaverde: purché non io. Poi mi svegliavo, e ero ancora Andreana, innervata di paure, e mi veniva da piangere. Ma non piangevo.

Mi sono rimessa a sedere sulla sdraio. Avevo il due pezzi rosa e verde, con il gonnellino corto. All'ultimo minuto, mentre ero già con la bicicletta sul cancello di casa, mi era venuto il ghiribizzo di andare a cambiarmi il costume. Mi ero tolta quello nero di lastex e avevo messo il due pezzi comprato dalla Gioia, a Firenze, insieme alla mamma. Lei non era molto convinta. Ma poi la commessa, che si chiamava Silfide e era di Santa Croce e per questo la mamma e io ci eravamo azzardate a entrare nel negozio tutto velluto della Gioia, aveva detto «Ma come gli sta, alla Andreana. Sembra fatto per lei». E allora la mamma me l'aveva comprato. Anche perché io avevo tirato fuori uno strano coraggio da negozio di biancheria elegante e avevo detto «Lo prendo» con un tono deciso che la mamma aveva sgranato gli occhi.

Di lato, verso Viareggio, una piccola fila di uomini grandi, con la pelle nerissima e capelli di stoppa scura, tirava verso la riva una lunga rete che appena emergeva dall'acqua. Mi arrivava, attraverso l'aria tersa, il loro ansimare, il grido «Oh issa», ripetuto come un mantra pagano. Vedevo i corpi lucenti, le schiene curve. Non guardavo dalla parte delle cabine e non ho sentito arrivare la ragazza che aveva il costume nero quasi uguale al mio. Poi mi sono girata, con l'impressione precisa di non essere più da sola, sotto la tenda.

E c'era lei.

Con le mani lungo i fianchi. Sorridente.

Si era cambiata il costume. Sempre nero, ma senza spalline. Si vedeva la spina della scapola sotto la pelle poco abbronzata e due fossette sotto le clavicole, come nascondigli.

«Ciao. Sono Giovannella. E tu devi essere Andreana.»

«Ma come fai a saperlo?»

Lei ha stretto le spalle, fatto un mezzo sorriso di presa di distanza.

«Beh, me l'ha chiesto il dottor Martinelli, di venirti a salutare. Lui vi conosce benissimo, ha detto.»

Io ero troppo imbarazzata per rispondere, il dottor

Martinelli non sapevo chi era. Poi mi sono ricordata del vecchio signore vestito di bianco che al picnic aveva ringraziato cerimoniosamente la marchesa di Sangermano per il suo menu. E ho capito che era stato mio padre. Mio padre doveva aver parlato con il mediatore Sirena, Sirena aveva chiesto al dottor Martinelli.

Mi è venuto in aiuto il collegio, «Siediti, prego», ho sussurrato, e intanto muovevo il braccio destro a cerchio. Mentre indicavo l'altra sdraio mi è saltato agli occhi tutto lo sbaglio che era la nostra tenda. Sdraio senza asciugamani con le cifre, nessun lettino da sole, il tavolino bianco senza riviste, senza la ciotolina delle caramelle. Nulla era uguale alle altre tende, le tende da cui arrivava, come una creatura esotica in esplorazione, la ragazza con il costume nero.

Per un po' siamo state a guardarci. Lei si era seduta in punta di sedia.

«È il primo anno che venite a Forte?»

«Sì, prima siamo sempre andati a Gabicce.»

Un nome con troppe «c». Mi è rimasto impastato tra i denti.

Era troppo educata per chiedermi dove era Gabicce. E poi cominciava a crescere tra di noi uno strano senso di comunità, di appartenenza, come se, da qualche misterioso ma percettibile punto di vista, io fossi lei e viceversa e non solo per la storia dei costumi.

«E ti piace?»

«Sì molto.»

Abbiamo guardato la spiaggia. Cominciavano ad arrivare le tate con i bambini piccoli. C'erano teli stesi, carriole, secchielli pieni d'acqua vicino a manine sporche di sabbia che facevano piroli storti su torrini di sabbia bagnata.

«Lo sai che ho un costume uguale a quello che avevi tu ieri?», mi è scappato.

È stato come inserire la chiave giusta in una porta chiusa.

«Ma allora mi hai visto, ieri», ha detto Giovannella. Sembrava contenta, come rassicurata.

«Beh, sì.»

Ho fatto una pausa, lasciato che si inserisse tra di noi uno spazio vuoto da riempire.

«Siete talmente belli.»

Lei è sembrata colpita più che lusingata, ha allungato un braccio, mi ha toccato con la mano l'avambraccio, ha detto «Loro sono belli. Io no».

Ci siamo trovate a capofitto dentro una conversazione intima, con pause e leggeri sfioramenti e sguardi tesi e diritti, da vecchie amiche. E invece eravamo sconosciute perfette, distanti anni luce.

Mi ha raccontato che suo padre aveva una fabbrica di salumi a Novara.

«Magari li hai visti a Carosello.»

«Quelli con Bice Valori che fa la salumaia?»

«Sì, quelli.»

«Mi piace tanto Bice Valori.»

Ha detto che studiava Lettere Moderne, voleva insegnare, i bambini erano la sua passione. E infatti andava alle colonie, a fare compagnia ai bambini e a farli giocare. Poveretti, sono talmente piccoli e li spediscono quaggiù, lontano da casa, con la scusa che devono fare i bagni di mare e prendere il sole per via delle ossa e della scoliosi, vedessi come tremano, davanti alle sorveglianti. Alcuni non sanno nemmeno l'italiano. Sono i figli degli operai della Olivetti, della Breda, della Pirelli, il mare non l'hanno mai visto e hanno una paura, è per questo che ci vado, alle colonie. Tutti i martedì e giovedì mattina.

Erano quelle torri come alveari che si vedevano a destra, dopo il pontile, schiacciate contro il crespo delle Apuane.

«Vedi?»

«Sì.»

Diceva che il suo naso era troppo appuntito, sua madre troppo elegante, Elena pesante da sopportare, algida, quel modo di essere su un altro piano, capisci?

«Sì.»

Che Bubi Valle la tormentava, la prendeva sempre in giro e a lei non riusciva di rispondergli. Come se avessi un sacco di cose da dire ma non me ne venisse in mente nemmeno una e invece ti senti addosso una paura tremenda di non essere all'altezza, capisci?

«Sì.»

Io le ho raccontato di mio padre e delle banconote verde vivo, e della nostra casa nuova che sembra un cimitero. Di mia madre, che ha fatto le magistrali ma non l'ultimo anno, perché si era sposata. Del Collegio Sant'Agnese, della Villaverde che non ci vedeva bene, della Vespucci che non mi restituiva i pennini. E di come mi sento brutta, i piedi grossi, le mani grosse, il sedere che esce dal costume e bisogna tirarsi giù il gonnellino ogni minuto.

«Ma tu sei una bella ragazza», ha detto lei, «i piedi non contano nulla.»

«Ma le mani sì.»

«Oh, le mani. Guarda me. Le mie sono più brutte delle tue.»

E intanto me le agitava davanti come bandiere.

È stato proprio bello, trovare una amica così, la mia prima amica vera, arrivata dal nulla, dal bianco del vestito da spiaggia del dottor Martinelli, dall'oro liquido della tenda davanti alla nostra.

Ha guardato l'orologino di acciaio che portava al polso.

«Dio mio come è tardi. Mi staranno aspettando», ha detto.

E mentre si alzava, veloce, diritta, io ho provato l'impulso irresistibile di chiedere chi la stesse aspettando, anche se lo sapevo, e che cosa dovevano fare. Mi si è materializzata in testa Madre Maria Giovanna e sono rimasta zitta.

«Beh, allora, ciao.»

«Ciao.»

E piano, appena lei è stata abbastanza distante da non sentire, ho detto «A domani» e mi ballava nel cuore un piccolo sole felice.

Dopo un po' le altre tende hanno cominciato a animarsi, ho riconosciuto la madre di Albarosa, l'uomo bello con la maglietta Lacoste: verde scuro, oggi. L'altra signora elegante, che doveva essere la mamma di Giovannella, si è sistemata da sola sotto una tenda con asciugamani viola, nella prima fila, la più vicina al bordo dell'acqua. Poi è passato davanti a me il dottor Martinelli, si è tolto il cappello. Io ho sussurrato un «buongiorno» pieno di imbarazzo, ma comunque non si vedeva nessuno di quelli che mi interessavano.

Mi stavo domandando cosa stessero facendo e all'improvviso un rombo ha invaso la spiaggia, e l'aria si è mossa, spezzata dal rumore di un corpo pesante librato sopra le nostre teste. Ho alzato il viso, stretto gli occhi nel sole che diventava forte, bianco. Ho visto l'idrovolante.

Ammarava. Con grazia, le due punte come di patino si avvicinavano all'acqua fissa. La spiaggia si era fermata. Guardavano tutti, anche i bambini si erano zittiti. Il rimbombo è diventato insopportabile, mi sono messa le mani sulle orecchie. Di scatto mi sono alzata. Non era per vedere, vedevo benissimo anche stando seduta. Era un gesto fuori controllo, automatico. Ho visto la linea translucida dell'acqua trinciata in due strisce sottili dal fragore, e poi un patino rosso di salvataggio, che avanzava verso l'idrovolante, Vito affannato con i remi. Remava in piedi, come Caronte. Il portello dell'idrovolante si è aperto come un'ala, ne è uscita una faccia piena di allegria, «Vito, buongiorno». La voce arrivava nitida fino alla nostra tenda come se fosse a pochi centimetri. Una voce autorevole e insieme cortese. Distante della stessa distanza dello sguardo di Elena. L'uomo giovane è uscito dall'aereo e con un salto elegante si è spostato sul patino. Si è seduto su una delle punte, incurante del fatto che i pantaloni chiari si bagnassero con gli schizzi. Teneva il viso verso il sole, il naso alto, le mani immerse nell'acqua come fanno i bambini. Quando è sceso a riva, la spiaggia ha come respirato, le attività normali sono ricominciate. L'idrovolante dondolava sullo specchio azzurro.

Mi sono rimessa a sedere, schiacciata dall'eccesso di emozioni. Ho chiuso gli occhi. Quando li ho riaperti, il giovane uomo era sparito.

Mi è venuta sete. Ho camminato verso la nostra cabina, per prendere la bottiglina di vetro dove Diomira mi metteva l'acqua, come se non ci fosse il bar, lei non c'era mai venuta, alla spiaggia. Sono entrata nell'ombra verde e ho sentito le voci. Dovevano essere dietro, nello spazio sempre deserto tra le cabine e lo stenditoio dei costumi. Una ragazza piangeva. Sentivo che tirava su con il naso, arrandolava le parole. Non volevo stare a ascoltare ma era impossibile resistere. La pena degli altri è innominabilmente attraente. E poi ero frastornata dalle novità e anche eccitata, protesa a assorbire ogni minimo dettaglio, non perdere nulla del mondo nuovo che mi si squadernava davanti. La ragazza ha detto qualcosa nel pianto, «Tutto, ti ho dato tutto». Una voce d'uomo secca come una frustata. «E allora?» La voce è calma, distante. La ragazza adesso supplica, dice «Ti prego ti prego ti prego». Il dolore filtra attraverso la parete di legno verde. Esco. Un impulso. Devo andare a aiutarla. Svolto tra i cespugli di ignazia, nel bianco dei gigli selvatici fioriti. La ragazza è in ginocchio. Abbraccia le gambe di un uomo alto e freddo, che tiene le mani lunghe distese accanto al corpo, ferme. Non accenna nessuna pietà, non la aiuta a rialzarsi. Né la accarezza. O la consola. Nulla. Sta immobile, emana fastidio. Infatti stacca con un colpo secco delle ginocchia il viso di lei dalle sue gambe. Lei si affloscia sulla sabbia, calciata via come un cane. Lui si gira. Io non ho fatto in tempo a abbassare gli occhi, a spostarmi. Il suo naso da uccello mi sfiora la faccia. E poi, con uno scarto elegante, mi scansa. La ragazza piange arrotolata su se stessa, con la faccia piena di sabbia, lo chiama contro la terra.

Scappo.

Sono tornata alla tenda e di loro non c'era ancora nessuno, Alberico volatilizzato. Ho cercato di guardare la quieta conversazione delle signore sotto l'altra tenda, la processione dei bambini che andavano a fare il bagno. Alla fine, il dispiacere di quella scena orribile si è allentato nel caldo. Ma stavo ancora rannicchiata dentro la trincea della mia sdraio.

Mia madre non è venuta, credo che anche per lei fosse una prova ogni minuto che passava sotto quella tenda. Il mare mi sembrava finto, non avevo nessuna voglia di andare a nuotare, né di immergermi nell'acqua bassa per vedermi i piedi, come facevo sempre a Gabicce. Alle una ho raccattato gli zoccoli, la borsa. Sono tornata a casa. Al bar non c'era nessuno. Maia aveva cucinato la zuppa di cozze. L'odore mi è venuto dietro fino alla pineta, poi in via Vespucci, in via Nizza. La bicicletta faceva un rumore leggero di ferraglia. Ho provato il campanello: suonava.

Il terzo giorno andare alla spiaggia mi è costato come se dovessi fare un esame. Di notte non avevo dormito. Ero stata appesa a tutti i suoni minimi che arrivavano dall'ombra del giardino, dalla luce acquosa del lampione di ferro della via Leonardo da Vinci. Voci di persone che tornavano a casa, rullio leggero di macchine lente. Il suono metallico dei raggi delle biciclette. Squittire di catene non oliate perché non c'è mai tempo, ci sono talmente tante cose da fare, al Forte, e il biciclettaio è una pena, ma domani ce la porto, buonanotte, buonanotte. I miei genitori avevano parlato nel buio del portico fino a tardi, seduti sulla panca di legno. Mi stupiva la loro intimità, conservata come un segreto. Di giorno, mia madre diceva soltanto «Sì Elpidio, grazie Elpidio, cosa ti serve Elpidio». Invece di notte doveva scattare tra di loro un meccanismo misterioso, perché le voci erano spostate su un tono basso, e mia madre parlava a lungo. Non mi riusciva di immaginarmeli a letto, ma ci saranno andati per forza. Del sesso sapevo le cose che sanno le ragazze in un collegio. Anche come si bacia con la lingua in bocca, perché ero stata insieme per parecchi mesi con Demo, che studiava ragioneria a Montecatini. Mi aveva toccato dappertutto, e io glielo avevo lasciato fare. Mi pareva di non sapere bene come ero fatta e di doverlo imparare attraverso le sue dita senza delicatezze: come uno sgarbo. Ma ero vergine. Non mi sarei mai sognata di cedere, non prima di avere il velo da sposa, altrimenti, a tuo marito, cosa gli porti in dote? Questo lo diceva sempre la mamma, ma io ci credevo profondamente anche da sola.

Ero quasi nuda, incerta sul costume da mettermi, con la camicia da notte sollevata fino al sedere, mi guardavo nello specchio nascosto nell'anta dell'armadio. E mia madre è entrata in camera mia senza bussare. È una cosa che odio, ma non glielo posso dire, naturalmente. «Oh, scusami», ha detto. Ma è entrata lo stesso. Io ho buttato subito giù l'orlo della camicia da notte, chiuso in fretta l'armadio. Lei stava zitta, si era seduta sul letto. Poi si è alzata, mi è venuta vicino, mi ha fatto una carezza sui capelli. «Lo so che è difficile, Andreana», ha detto. Mi si sono riempiti gli occhi di lacrime e le ho ingoiate tutte, una di fila all'altra. Ma tanto lei era già uscita.

Bicicletta. Lucchetto. Maia che spazza via la rena davanti al bar.

La spiaggia mi sta davanti come un quadro vuoto.

Alberico.

Un lampo. Un eccesso di sole. Strisce brillanti come una scia seguono i suoi passi indolenti, sulla passerella privata dei Sangermano.

Prego che arrivi Giovannella. Adesso, per favore, Signore, adesso che c'è Alberico e è da solo, sotto l'ombra verde della tenda.

Legge.

E Giovannella arriva, mi fa un ciao con la mano, ma dalla sua tenda, dove, adesso me ne accorgo, è già seduta sua madre con la marchesa di Sangermano, i capelli di neve scoperti. La madre di Giovannella ha un cappello di paglia color giallo pallido, con fiori di rafia colorati che vibrano del tremolio di questa luce già calda, feroce. E ancora sento il morso del sole sulla mia pelle bianca, vedo la schiena di Alberico, la sua testa piegata di lato, ascolto il crepitare delle pagine di giornale tra le sue dita.

A quattro metri da me.

Alle undici mi alzo, vado a fare il bagno. Sono tutti alla tenda accanto, stesi per terra, sugli asciugamani o sulla sabbia, come se non scottasse. E, sopra tutti, Elena. Il suo bel corpo manda bagliori dal lettino da sole. La testa abbandonata. Alberico che ride e scherza e fa finta di darsi pacche e pugni con Bubi Valle. Albarosa rinchiusa dentro smorfie che spera siano quelle giuste, sotto un cappello larghissimo, di foggia vagamente cinese. Ormai lo so che anche lei non è come loro. Chissà chi sono i suoi genitori, sua madre che dice «Ovvìa» a Alberico e si tiene la mano, dove lui ha fatto il suo baciamano perfetto, stesa davanti come una reliquia. La ragazza con la gonna arancione, che tutti chiamano Marina, oggi ha un costume intero rosa con nastri di sangallo e un gonnellino plissettato graziosissimo, che dardeggia sopra le sue cosce lisce. C'è un ragazzo nuovo, con una faccia vulnerabile, che guarda tutti e si lascia prendere in giro, ha la camicia larga sui pantaloncini da bagno blu. Una medaglietta d'oro gli penzola sul petto senza peli. Ha i capelli scuri, occhi vivi. Si è arrotolato le maniche della camicia, per essere più libero nei gesti. Parla, muovendo le braccia a disegnare cose che non capisco, nell'aria liquida del mezzogiorno di questa mattina di giugno, a Forte dei Marmi, paese di bengodi, felicità distante.

Non ho nemmeno nuotato. Sono rimasta in piedi nell'acqua fino alla pancia, con la schiena rivolta verso la spiaggia. A un certo punto ho sentito una specie di fiato caldo tra le cosce, ho capito che stavo facendo pipì.

Sono andati a fare il bagno anche loro, i ragazzi correndo, le ragazze guardinghe, attente a camminare con la schiena diritta, a dondolare in modo fluido il sedere. Hanno lasciato gli zoccoli sul bordo scuro della riva. Sono entrate nell'acqua. Si muovevano con circospezione, avanzando lentamente nella sabbia che degradava e Bubi è arrivato di spalle a Giovannella, ha cominciato a schizzarla battendo il dorso della mano aperta sull'acqua, lei strideva come un uccello piccolo, ferito. Alberico si è mosso come una serpe, sotto il pelo dell'acqua, è corso addosso a Elena, l'ha presa per i polpacci, l'ha tirata giù, dentro il vetro azzurro. Devono essersi attorcigliati. Il ragazzo con la catenina d'oro è stato fermo per un po', come se quella confusione lo intimidisse. Poi deve essersi fatto coraggio, si è buttato nella mischia.

Suoni allegri di caos, braccia che scivolano dalla presa di mani scintillanti di gocce, nuvola di spruzzi come neve a raggi. Strilli come puntine di metallo, rumore dell'acqua che si apre su schiene rovesciate in abbracci guerreschi, mani sugli occhi a spazzar via il sale, mani sul naso che soffia via l'acqua, salti, rimbalzi. E all'improvviso emergono, piccolo gruppo compatto di corpi di maschio con, issati sulla schiena, le gambe piegate come su una seggiola, corpi celesti di donna. E si schizzano, si urtano, configgono dandosi spinte per buttare di sotto la cavallerizza, il cavallo, se si potesse.

A un certo punto sento il freddo del costume bagnato, un freddo ghiaccio.

Esco.

Sono andata a casa senza nemmeno cambiarmi, il vestito da mare incollato al due pezzi gonfio d'acqua, i capelli non tanto asciutti, anche se sono corti.

Pedalo veloce perché sto scappando.

Mio padre è tornato a Santa Croce, perché è lunedì e lunedì si lavora. Mia madre parla al telefono con Ersilia. Deve avere nostalgia di Gabicce anche lei. Mangiamo nella sala da pranzo, silenziose tutte e due, schiacciate dagli affreschi neri. Minestra di fagioli e coniglio arrosto.

E poi è di nuovo mattina e mi ricade addosso la mannaia della spiaggia.

Ho mal di testa. Ho mal di stomaco. Ho paura.

Però mi vesto, il copricostume più brutto che ho, giallo a quadretti, largo come un lampadario, tanto che importa. Uscendo, prendo il vecchio cappello sfondato di mia madre, abbandonato sulla panchetta nell'ingresso, me lo metto in testa. Dal giornalaio di viale Morin compro «Bolero film». Almeno non li dovrò guardare.

Arrivo sempre troppo presto. Maia fa finta di non vedermi, mentre spazza davanti al flipper che è nascosto vicino alla porta dei gabinetti. Deodoro non fa nulla, appoggiato al palo dove sventola la bandiera del bagno. Mi siedo sulla sdraio e all'improvviso non mi importa più di niente, né degli asciugamani con le cifre, né del patino da corsa, del tavolinetto, degli scherzi, della battaglia a cavallini nell'acqua che brilla. Apro il mio «Bolero film». Vanna piange asciugandosi gli occhi alla manica della sua vestaglietta di parrucchiera, dietro di lei un giovanotto con la giacca sta aprendo lo sportello della sua Millecento, gli naviga sulla testa una nuvola bianca dove è scritto «Peccato, non volevo farla soffrire, ma non c'è futuro, per noi». Nella fotografia accanto, è seduto alla scrivania di un ufficio elegante e combina, al telefono, una cena con una certa Fiammetta, molto sorridente, nel riquadro in alto, la piccola mano vezzosa che gioca con la sua collana di perle.

Capisco che ho cominciato dalla fine.

Dal giornalaio mi sono comprata un pacchetto di caramelle Charms di tutti i colori. Le mangio tutte, senza succhiarle, le faccio scroccare sotto i denti, i denti che sono costati a mio padre tanti soldi. Le butto giù senza sentire nessun sapore, solo rabbia.

La tenda a sinistra, davanti, è vuota. E anche la tenda accanto.

Dove saranno?

Dopo una settimana non avevo più nemmeno pensieri. Mi mettevo a sedere sulla mia sdraio, facevo finta di leggere. Mi sfrigolava accanto la vita degli altri, luccicante. A mezzogiorno attraversavo la spiaggia scottandomi i piedi e facevo un bagno breve, la schiena fissa alle cabine, alle tende. Tornavo a casa con addosso il costume bagnato, come una punizione. Certi pomeriggi, alle cinque, prendevo la bicicletta e facevo finta di passare per caso davanti al Tennis Roma. Mi ci portava una forza cattiva, i piedi pedalavano da sé. Passavo davanti alla rete di recinzione, rallentavo senza volere. Sentivo, oltre la siepe di pitosforo, il plof regolare della pallina contro le racchette di legno, il tlac più rapido del rimbalzo, e urletti, e respiri affannati e voci scintillanti che mi spezzavano il cuore. Scusa, no dai, l'hai fatto apposta Bubi, vantaggio alla difesa, no è vantaggio pari, Marina ti vuoi schiodare?, Albarosa corri corri, bel colpo, mi butti due palle?

Batte Alberico.

Ace!

Vedevo le loro biciclette appoggiate alla rete arrugginita, una sull'altra. Una Mg verde era sempre parcheggiata di traverso, ci dovevo girare intorno. Voltavo l'angolo, scivolavo via. Mi restavano addosso le loro voci, attaccate dentro lo stomaco con la colla.

Mi consolavo con le case. Pedalavo a zig zag, nelle stradine ombrate di pini alti, guardavo oltre i muretti di cinta, oltre le siepi, i giardini e le ville. Ogni tanto, mi arrivavano rumori di vite sconosciute e affascinanti, una canzone suonata al giradischi, il rombo di una macchina sportiva appena messa in moto, e ticchettare di zoccoli, e giochi di bambini e frusciare, scivolare, muovere: misteri di un acquario distante. Mi piaceva soprattutto una villa sulla via XX Settembre. Si vedeva solo un muretto, dipinto di bianco. Le teste inclinate dei pini sbucavano fuori come persone. Nel bianco del muro, aguzzando gli occhi, si distingueva la sagoma di una porticina. La villa aggettava un piccolo ponte di legno sul ruscello che correva parallelo alla strada. Avrei voluto mettermi a sedere sulla spalletta e dondolare i piedi. Ma non avevo il coraggio. Pedalavo piano piano, il più piano possibile. Ma poi dovevo andar via. Pedalavo fino alla fine della strada, dove il ruscello si faceva fosso imputridito, covato dai rami lunghi di un salice, da cadaveri di ninfee. E subito giravo la bicicletta, tornavo indietro con una fitta di paura.

E ancora non sapevo nulla.

E poi è successo. È successo quando Diomira aveva cominciato a farmi lo zabaione per merenda perché mi vedeva triste. Quando dormivo un sonno torpido nel buio smeraldino della mia camera da letto. Quando mio padre aveva detto a mia madre che bisognava trovare una soluzione per me, che il Bagno Gemma erano soldi buttati via, che a ventiquattro anni Andreana è una zitella, se non si sistema quest'anno tanto vale tornare a Gabicce che quanto ci ho speso su questa casa lo so solo io, dico al Sirena che la voglio rivendere e magari ci faccio un guadagno, sono fortunato, io. Pensavano che non sentissi, erano al buio sulla panchetta del portico. Ma io sentivo tutto.

Stavo seduta sulla mia sdraio, ci avevo appoggiato sopra un asciugamano qualunque. Loro erano sparsi tra la tenda di Elena e quella dei Sangermano. Li guardavo con la coda dell'occhio, sopra l'orlo di «Grand Hotel» e mi parevano inaccessibili come cristalli in una vetrina. Erano di più del solito, almeno dodici, quindici, forse.

Marina stava abbarbicata sulle gambe di un uomo bellissimo, con la faccia ombrosa, giocava con un piccolo telefono di plastica, gli si buttava addosso. Giovannella parlava intenta, il mento sopra la mano, con un ragazzo vestito con la camicia bianca e la cravatta, che doveva essere appena arrivato. Il ragazzo con la medaglietta al collo, Emanuele, disegnava sulla sabbia con un bastoncino di legno, gesticolava. Aveva intorno due o tre facce annoiate. Poi era arrivato Deodoro con una carriola di ferro verde, la vernice era un po' screpolata. Ci aveva messo dentro i galleggianti arancioni delle reti, ma non aveva calcolato che scegliendo la passerella dei Sangermano si sarebbe ritrovato in balia del gruppo. Infatti, appena è arrivato vicino alla tenda, Bubi Valle si è alzato di scatto, lo ha intontito di parole e intanto altri due ragazzi con costumi verdi e blu scozzesi lo hanno scostato. E in un secondo la carriola era di Bubi, Deodoro messo di lato. E Bubi ha strappato Marina dalle gambe del giovane uomo bellissimo, che non ha fatto una piega, si è solo sporto verso il tavolinetto, verso il suo Martini, con noncuranza. Bubi l'ha presa in braccio, lei rideva. L'ha sistemata con garbo dentro la carriola e la portava in giro, una traccia rotonda intorno alla tenda. Gli altri due battevano le mani, Marina era scossa da una risata esagerata, il seno balzellante dentro le coppe troppo piccole del due pezzi con le frange. Finché non sono arrivati accanto al bastone dove sta attorcigliata la sistola per lavare i patini e Bubi l'ha sfilata con un gesto rapido, da ladro. Ha girato la chiavetta. L'acqua è schizzata fuori fortissimo, Bubi si è messo a spruzzare Marina, lei si riparava con la mano. Una tartaruga capovolta con la corazza verde. Tutti hanno riso, applaudito. Finché la voce quieta della marchesa Sangermano ha detto «Bubi, ora basta». E, di colpo, l'acqua è stata chiusa, i battimani cessati. E Bubi, che non poteva permettersi che di ubbidire ma un po' gli doveva rodere, con la canna della sistola ormai muta si è avvicinato a Marina, che si scrollava l'acqua via dalla scollatura con la mano. Faceva finta di darle da bere, con un gesto largo e magnanimo da quella bocca vuota, lei rovesciava il collo, offriva la gola e la bocca spalancata. Denti bianchi di lupo che abbagliano, il petto proteso, la schiena inarcata. Sicché le risate sono ricominciate e i battimani e gli strilli anche. La marchesa non ha detto nulla. Ma dopo, mentre passavo accanto alla tenda per andare a fare il bagno, l'ho sentita dire «Ormai, anche sulle baracche c'è l'antenna della televisione», con un tono di riprovazione assoluta, e ho avuto l'impressione che la generale rovina dei costumi avesse a che fare con lo scherzo di Bubi.

Dopo ero seduta al sole, un po' intontita, i fotoromanzi sparsi intorno alla sdraio come cadaveri di una guerra persa, il costume di lana rosso, quello di tre anni fa, che non si asciugava. E mi è sembrato di sentire un'ombra davanti a me, ho socchiuso gli occhi, una fessura minuscola.

Giovannella.

La faccia vicino al mio viso, deve essersi messa in ginocchio. Ha il solito costume nero da vecchia, i capelli asciutti tirati indietro. Dice che le dispiace non essere tornata a trovarmi, ma non si giustifica. Nel loro mondo non si danno mai spiegazioni, lo dovrò imparare, lo imparerò, mi schianterà il cuore, ma lo imparerò, sono sempre stata diligente.

«Ehi Andreana.»

Vuole che stia attenta, che capisca.

Poi mi soffia sul viso il mio miracolo.

«Domani facciamo una gita alla Palmaria. Vuoi venire?»

Capitolo 3

Sceglievo il costume con un'ansia pazzesca, mia madre era seduta sul letto. Ero rossa di emozione, di felicità assoluta, di terrore assoluto. Mio padre fumava sotto il portico e c'era il sole, strisce di sole che aprivano l'ombra in disegni festosi. La casa splendeva come rinata. Cicale. Di già?

Diomira con lo zabaione. Di mattina? Ma sì, che una gita è stancante. La sensazione della porcellana tra le mani, liscia come pelle nuda. Dino curiosamente deferente: buona gita, signorina Andreana. La vita rovesciata come un guanto. Per fortuna che la bicicletta, presa a noleggio dal biciclettaio Oreste del viale Morin, fa lo stesso rumore che ha fatto sempre. Cigolìo, e un colpo secco, forte, ogni volta che il pedale finisce il giro.

Mi piace questa bicicletta rossa, con il manubrio di acciaio splendente. Questo numero di ceramica azzurra, accanto al pilastro di cotto di una villa segreta, che si chiama «Il mirto». Numero 69. Mi piace la signora anziana che cammina lentissima verso la via del mare, appoggiata al braccio di una donna anziana anche lei, ma più svelta, con il modo pratico delle governanti. Mi piace l'aria, il vento, mi piacciono le macchine in fila al semaforo di via Vespucci. Mi piace l'insegna verde del Bagno Gemma, la tamerice che sospira sopra il recinto dove si mettono le biciclette. Deodoro che fuma appoggiato al pilastro del portico, tanto è mattina presto, non c'è nessuno. Maia che bercia a Vito. Vito che fa finta di non aver sentito, seduto all'ombra con le gambe stese. Mi piace il sole che sembra rosa, e mi sfiora le spalle come una carezza. Mi piace il rumore placido della battigia, la frenesia metodica con cui un bambino piccolo, con il suo cappellino bianco e le spalle gialle di crema, scava una buca vicino al mare.

È una giornata meravigliosa.

La gioia mi attraversa come uno spasimo. E all'improvviso, anche se non voglio saperlo, so che non durerà.

Sono arrivati a grappoli, scartando come puledri liberi. Braccia allacciate a vite sottili, nude. Balzi, trabocchetti, saltelli. Io non sapevo bene cosa fare, il disagio mi mangiava le ossa.

È venuta Giovannella, ha detto «Dai muoviti che Vito ci porta».

Ho alzato gli occhi, incrociato uno sguardo che buca. Bubi. Panico assoluto. Si è messo di fronte a me, come in posa. Mi ha stretto la mano.

«Lo sai che sei la novità della giornata?»

Mi sono arrivati tutti intorno, Giovannella tendeva il dito: Elena, Emanuele, Bubi, Marina, Albarosa, Alberico, Muzio. Muzio è il ragazzo che ieri aveva la camicia e la cravatta. Oggi ha una maglietta Lacoste verde ramarro, pantaloni lunghi. E John Albert? Figurati, dorme, si è sparato sei whisky ieri sera, va a alcol non lo sapevi? Viene giù con la Ferrari, se si sveglia, lo sai che è matto, però è carino, sì, ha fascino, bisogna riconoscerlo, bambole qui ci si comincia a rompere con questi americani del cavolo vogliamo andare o vi lasciamo a riva?

Mammamia come è bello questo motoscafo lungo, stretto, elegante, biondo contro il blu fondo del mare, sarò capace di salirci senza inciampare, senza scivolare con la stessa liquida grazia con cui ci sgusciano dentro le altre, Elena con il suo maglione blu scuro da marinaio sulle cosce nude, Albarosa con il due pezzi rosa con gli specchietti, Giovannella, Marina? Mi aiuterà Alberico, a passare dal patino alla pelle immacolata del sedile, un saltino, bisogna fare un saltino, e la borsa dove la metto, e gli zoccoli, e il cappello? Strizzo gli occhi per il riflesso. Salto. La mano di Alberico mi stringe. Ma è solo perché non scivoli dentro l'acqua fredda.

E poi spezziamo l'orlo del mare come una forbice che taglia, Alberico in piedi al volante, Marina accanto, diritta, mentre le balla sul petto un lungo pendaglio d'argento, le altre stese dietro sul prendisole. Una collana di gambe. Emanuele accanto a Elena, i capelli chiari di lei che gli spazzolano un braccio, nel vento. È bello questo vento che ci acceca, il rumore profondo del motore entra dentro le ossa, non si sente nulla, solo fragore, e scuotimenti, botte, salti. Ma più di tutto una corrente elettrica che arriva da sotto, da oscure caverne di buio e attraversa la pelle nitida dei cuscini e ti percorre tutta, una scarica di energia purissima, che scoppia dal cuore di carne che hai tra le gambe e sale su come una scarica di voglia. Ansimare. Capezzoli tesi, duri sotto la coppa imbottita del costume. È un prurito, uno scardinamento, sensazione di poter fare tutto, essere tutto, prendere tutto, soltanto per quel vento che ti taglia.

Dopo un'ora siamo arrivati all'isola. Blu limpido contro le rocce grigie e verdi di cespugli bassi, ciottoli, sassi. Alberico ha fatto una mezza virata, i corpi lucenti sono scivolati a destra, poi a sinistra. Risatine, squittii. Ero l'unica seduta rigida, sul sedile immacolato, stretta contro la fiancata del motoscafo, ritratta dal luccichio delle gambe di Marina. Emanuele mi è venuto vicino, un salto consueto oltre la spalliera.

«Ti sei spaventata?»

Mi ha colpito quel modo di fare così diretto, il fatto

che mi trattasse come se fossimo amici. Sentivo dentro lo stomaco un nodo di ferro, la sensazione di far parte di quel quadro perfetto era svanita appena si era spento il rombare furioso del motore. Madre Maria Giovanna avrebbe detto che non si può saltar fuori dal cilindro; e che ognuno ha il suo posto nel mondo. Sono rimasta zitta. Emanuele mi ha fatto un sorriso breve, affacciato nello spazio minimo tra il mio viso e il parabrezza del Riva. Poi ha ritratto la testa, è andato dietro con gli altri. È stata Giovannella che mi è venuta a prendere, e era la stessa Giovannella del primo giorno che ci eravamo conosciute, con gli stessi leggeri imbarazzi, le larghe mani sventolate a bandiera davanti a tutti per dire di buttarsi in acqua, con una vivacità che le stava appesa addosso come un vestito fuori di taglia. In mio onore, sono sicura: per proteggermi. Per salvarmi.

Si sono buttati giù l'un l'altro, nell'acqua che spandeva un freddo potente. Sono saltati con tuffi a candela, la superficie piatta all'improvviso franta in cerchi larghi di corpi che affondano e schizzi, spruzzi, una violenza che era una scusa per toccarsi. Alberico, nessuno si era azzardato a sfiorarlo. Si è tuffato dalla prua, un tuffo di testa come un arco di fontana. Io guardavo a bocca serrata, dal blu profondo dell'acqua. Avevo sceso con circospezione i gradini scivolosi di gomma bianca della scaletta, mettendo i piedi in avanti. Avevo paura. Che non mi guardassero. Che mi guardassero. Che non mi toccassero. Che mi spingessero sott'acqua. Che si slacciasse il laccetto del reggiseno del due pezzi. Che l'acqua mi entrasse nel naso, negli occhi. Ho desiderato di essere a casa, la nostra casa triste piena di umido e di occhi vuoti.

Loro stavano accanto a me, lontanissimi. Io nuotavo a rana. Mi vergognavo delle gambe, delle braccia, della pancia, vicino al motoscafo che splendeva. E sono arrivata sotto la scaletta, con l'angoscia di non saperci salire; e invece ci sono salita. E stavo lì, nel velluto del caldo e provavo a allungare le gambe, solo un pochino, sul prendisole candido, a stendere un pochino la schiena, tenendola su con le braccia tese contro la superficie liscissima della pelle bianca. E mi è venuto in mente che magari quella pelle era uscita dalla conceria di mio padre. Da quegli odori rappresi, quei fetori, quei vetri lerci, quegli operai con la faccia coperta di sangue secco e di fuliggine e i denti vividi nel buio degli stanzoni. Le vasche nauseanti che olezzavano di fumi chimici, bolle e rigogli, schiuma rossastra, verdastra. Bambini senza scarpe sugli usci di casa a aspettare il pane portato da padri stremati nel sacchetto di carta gialla del fornaio e subito buttato sul tavolo sghembo, afferrato, spaccato, la luce gialla della lampadina appesa sui visini pieni di fame. Mi è dispiaciuto che i sogni siano fatti della buia fatica degli altri. La pelle troppo bianca mi ha dato fastidio.

Elena e Marina parlavano del Rosay, io non sapevo cosa fosse. Tenevano le teste accostate. Poi ho capito che era un collegio e che Elena non ci andava più, adesso studiava Lettere in Cattolica, e Marina Legge a Villa Irnerio. Cercavo di orientarmi nel loro codice segreto. Alla fine i soldi del Collegio Sant'Agnese non erano stati spesi male: ero alla prova e tutto quello che avevo imparato, non la storia o la matematica, ma i modi, il garbo, la postura, le domande da fare mi ritornavano in mente come l'olio che risaliva dal fondo della scodella piena d'acqua, quando Diomira mi faceva il rito contro il malocchio.

C'era, intorno a loro, un cerchio di sensualità pura, pelle baluginante, biancore, pieghe segrete mostrate nello scivolare di lato, di fianco, contro le braccia degli uomini ingordi che si protendevano in scherzi fasulli, travolti dalla smania di toccare. Mi sono accorta dopo un po' che il cerchio promanava da Elena. Marina, no, Marina vi era inclusa come un pezzo di arredamento: grazioso, ma superfluo. La corrente era intorno a Elena, riguardava solo lei. Lei la usava come un riparo di cristallo. Si metteva la mano sul viso, la punta dell'indice sulla narice. Lasciava che il seno uscisse fino al capezzolo, quasi, nell'aria accecata di sole. E ti veniva voglia di staccare con i baci quel ditino perfetto da quel nasino perfetto e poi scostare le braccia, buttare giù la coppa del reggiseno, mordere il capezzolo di ombra rosa e poi scendere giù, verso l'ombelico. E suonarvi per farsi aprire. Alberico, Emanuele, Muzio, Bubi, tutti le stavano intorno come pianeti, ma senza muoversi: fissi. E lei scintillava tutta, compresa di quella ammirazione, ma anche per nulla grata o stupita: ovvia.

Giovannella si era stesa vicino a me. Mi scrutava dentro lo sguardo, per capire se ci ritrovava i suoi pensieri. Cominciò a raccontarmi di Elena.

Abitava a Milano, in via Cappuccio, una casa con statue in giardino. Giovannella avrebbe voluto abitare lì anche lei, invece che in corso Magenta 24, un bel palazzo, ma moderno, capisci? Suo padre aveva una fabbrica di tondini di ferro. Dal 1920, non sono gente nuova, arrivata adesso, che a Milano tu non te lo immagini quanta ce n'è, dopo la guerra sono usciti fuori come funghi, dice mia madre. Anche se in fondo anche noi siamo spuntati come funghi. Il prosciutto cotto mio padre se lo è inventato perché l'ha visto agli americani al campo di prigionia, non so come ha fatto, ma è riuscito a farsi dare dei disegni, delle formule, ma mia madre non lo dice mai e invece parla degli arricchiti come cavallette da scansare. E io ci credo, a mia madre, anche se certe volte mi fa venire una rabbia pazzesca, non mi vuole mandare alle colonie, ma io ho ventidue anni e ci vado lo stesso.

«Oh, hai ventidue anni.»

«Perché?»

«No nulla, non li dimostri, ecco.»

«Veramente dicono tutti che sembro una zia.»

«Tutti chi?»

«Bubi.»

«Ah, Bubi.»

Elena restava chiusa nel suo cerchio potente, distante. Ma era come se le cose che Giovannella mi raccontava aprissero piccoli varchi in quella luce, attenuassero lo splendore nel preciso momento in cui ne davano conto.

E poi c'è la storia di sua zia, non so se l'hai vista, è quella signora tutta vestita di blu che viene in spiaggia la mattina presto, con le gambe strette mentre cammina. E suo padre. Il fascino Elena l'ha preso da lui, l'hai visto di certo, si chiama Marcello.

Ah, Marcello delle gonnelle. Un bel viso fermo, schiena forte sotto il nido d'ape della maglietta, sì. Mi sono ricordata il brivido, la testa di Elena bionda sui pantaloni chiari di lui, abbandonata, arresa.

La zia è rimasta zitella, e gli ha fatto da madre, l'ha tirata su lei, se intendi tirar su una mandandola al Rosay che così te ne liberi. Io invece ho studiato al Parini.

La madre di Elena era morta di cancro. Cancro al seno, nel '47, Elena aveva sette anni, non se la ricordava nemmeno. Andava certe volte nello studio di suo padre perché c'era uno sportello chiuso a chiave e lei sapeva dove era la chiave. Nel primo cassetto della scrivania, a destra, sotto il tampone di carta assorbente, accanto agli astucci delle Mont Blanc sistemati con ordine, uno sull'altro; e poi la fila delle Waterman, e gli inchiostri e la scatola foderata di velluto color crema per i pennini d'oro. C'era, tra Elena e suo padre, una spessa coltre di non detto, che autorizzava ogni comportamento. Faceva parte di un accordo di cose sapute ma evitate perché avrebbero fatto troppo male. La chiave apparteneva a quel patto.

Elena entrava.

C'era, nella stanza, l'ombra pesante delle tende di damasco color panna, uno sprazzo di cortile attraverso la spaccatura che si apriva tra i due lembi; la fontana con il puttino. Rumore di acqua che gocciola via come il tempo che passa.

Mamma.

Elena prendeva la chiave, la afferrava senza cercarla, con le dita strette. Apriva lo sportello basso della libreria. Le cassette del superotto stavano lì, allineate, una fila ordinata di etichette scritte in una grafia di formichina dalla zia Sofia. Devozione da sorella. Elena passava il dito sulle etichette come se accarezzasse sua madre. Poi sfilava con garbo una cassetta, due, lentamente, per non graffiarla. Tirava fuori il proiettore da dietro l'angolo della libreria, alto sul suo treppiede. Stendeva il pallore dello schermo bianco contro lo scurore dei libri. Girava dietro il proiettore, si chinava con il suo bel collo bianco sul lato, ne cercava gli ingranaggi, i pulsanti, lo faceva partire. E ecco sua madre, viva, festosa, sua madre in altalena, le gambe lunghe e luminose su e giù contro il peso dell'aria, la larga gonna che si ritraeva come schiuma e poi ripiombava giù, risacca della vita. E i capelli biondi, mamma, biondi come i miei, chiari, color del miele chiaro, e gli occhi, scuri, scuri come i miei, di orzo, di croccante, ma non si vedono, mamma, in questo bianco e nero forato da troppe visioni che ogni tanto si apre come una cerniera e scricchiola. E sparisci.

Stava seduta sul divano, le mani raccolte sulle ginocchia piegate, il viso intento. Faceva passare e ripassare quei filmini tiepidi dell'amore di suo padre, cercava lo sguardo di sua madre e lo perdeva sempre. Sua madre a Parigi, nel vento della Tour Eiffel. Sua madre in motoscafo, a Venezia, la sagoma di zucchero del Gritti dietro le spalle sottili nel vestito di seta friabile, fragile come il tempo che ci resta. Sua madre su un prato davanti alla vecchia casa di Cernobbio, le finestre con le persiane intarsiate a uccellino che canta, le ortensie tutte fiorite. E c'era anche lei, qualche volta, ma di sfuggita, come un ingombro necessario. E forse quel cancro cattivo era venuto lì soffiato dalla invidia di altre donne, tutte le altre che il padre così bello aveva abbandonato, una dopo l'altra, finché non aveva sentito la pelle friggere del desiderio saldo di una carne sola. Elena guardava sua madre disperatamente, la guardava come se la volesse ingoiare, ritrovarsela dentro, spazio perso, intrico di sussulti, urlo di quando si nasce; di quando si muore. La guardava attonita, meravigliata, illanguidita. Passava ore seduta su quel divano, a guardare e riguardare e guardare ancora. La veniva a cercare il domestico Lattanzio, il pranzo è servito, signorina Elena.

Era il loro segreto.

Lasciava che il filmino finisse, che il viso pieno di riso di sua madre si crepasse, scoppiasse, spaccato nel bianco dello schermo vuoto, che il rumore di ruote minuscole che scorrono senza portare da nessuna parte continuasse come una ninna nanna fuori tempo massimo: ma c'era. Riponeva sua madre nella scatola di cartone, poi nella fila ordinata delle scatole in verticale, attenta a rispettare l'ordine in cui erano state messe, la postura, l'inclinazione. Prima di chiudere lo sportello, passava ancora il dito sulla superficie liscia delle etichette. La attraversava una mancanza assoluta, un freddo non riscaldabile, uno spazio eternamente vuoto, che restava vuoto anche se si intestardiva a riempirlo di ammirazione, di sguardi, di sfioramenti, dell'elettricità vivida che sua madre e suo padre le avevano trasmesso come una aureola di cromosomi incantati.

Andava a cena, leggera nelle sue scarpe di velluto da casa.

«Quanti anni ha?»

«Diciannove.»

E poi la domanda che mi strideva in testa, che mi bucava i pensieri, domanda da fare con noncuranza, senza darci peso.

«È fidanzata con Alberico?»

Marina scherzava con Bubi. Lui le stava dietro la schiena, giocavano a imparare a pilotare il Riva. Lui le spingeva la mano sul cruscotto, gliela attorcigliava sulla manopola bianca della leva del cambio, lei faceva scattare gli interruttori, passava il dito sul contagiri, una volta, due volte: un ridere troppo bianco di denti. Poi lo cercava, piegava verso di lui il collo abbronzato. Si toccavano. I capelli di lei dentro la bocca di lui, le mani ossute di lui sulla piega morbida della vita di lei, del gomito, dell'avambraccio. Albarosa fremente sotto il cappello largo da mondina ricca. Giovannella di colpo intristita, muta. Emanuele fermo contro lo splendore del sole sulle rocce aguzze, gli occhi addosso alla schiena di Elena, al suo sedere di burro. Muzio si era tolto la maglietta, era a torso nudo, imbambolato. Alberico dormiva.

E poi, uno scatto di vitalità improvvisa, rumore, urla, io ho fame, anche io, ma quando si mangia?

Bubi alto nel sole, fiero, i capelli appena asciugati scuri sul viso splendente.

Sperperava se stesso come massimo dei divertimenti.

Era come se avesse davanti un tempo infinito. Un tapis roulant che correva a velocità frenetica, e lui arraffava tutto quello che gli passava accanto. La vita non sarà festosa con lui. Lo inchioderà con una pista di polvere bianca tagliata di talco e di veleni, comprata dal fornitore sbagliato, in una serata sbagliata. Nel buio scurito di rimpianti di una Milano che non dorme mai, tessuta di night club e discoteche e ritrovi e casini travestiti da masseuses e entraîneuses e agenzie di escort scelte su catalogo come a Hong Kong. E non le chiami puttane perché costano molto, molto di più delle puttane e si può ferirle, tagliarle, incatenarle, persino spengere una sigaretta su quei seni stanchi, basta pagare cinque milioni. E milioni per Bubi è carta straccia, ne mette volentieri dieci, in contanti, sul comodino dell'Hotel Miura. Poi esce nella notte. Compra la polvere. Se la soffia nel naso con un piccolo bocchino d'argento. E si dimentica di tutto, nel rantolo improvviso che lo accascia per terra, sul tappeto di Keshan rosa e verde. Bubi Valle è un uomo di gusto. Ha quarantacinque anni e è morto.

Ma adesso è lui che dice «Vi invito in trattoria, maialine» con una voce che scintilla. Alberico muove appena la testa. «Guida tu», dice. Il Riva parte con il suo carico di stelle.

La trattoria era sull'acqua.

Un promontorio grande quanto dieci passi, come un dito teso e sopra un lenzuolo di cemento grigio, perché, arrivando a piedi nudi dalle barche, non ci si ferissero i piedi. Il mare vivido e scuro e piccole palme stente contro una facciata scrostata di sale: doveva essere stata rosa. Davanti, una terrazza con una ringhiera liberty, nera. Profumo di Liguria, il senso assoluto della bellezza in attesa, netta come tagliata nel vetro. E tavolini vecchi, con sedie vecchie e scompagnate, alcune di legno marrone, da bar di paese. Di certo c'è, impregnato nella spalliera, il fumo delle Nazionali senza filtro. C'è l'odore delle cicche che strabuzzano dal portacenere e vino da poco prezzo per scordarsi il mare cattivo, la pesca cattiva, la moglie piagnucolosa, i figli che hanno sempre fame... Tovaglie di incerato a quadretti, piatti di porcellana spessa capovolti sulla plastica. Milioni di mosche e zanzare e moschini e vespe e calabroni, ronzare dentro le orecchie. Fiammate di calore esagerato sulla pelle che scotta. Friggere, tramestare.

È arrivato il padrone. Aveva un grembiule bianco molto sporco che gli toccava quasi i piedi, una camicia nera. La moglie berciava dietro le frange della tenda di plastica che ombrava la porta del bar. Doveva conoscerli bene, perché sorrideva in un modo esagerato e intanto scostava sedie che non c'era bisogno di scostare, con deferenza, intenzionato a impedire a chiunque di avvicinarsi ai signori. Famiglie con il padre in canottiera mangiavano spaghetti con le cozze, il mento spruzzato di gocce acquose di sugo. Io mi ero messa a sedere in fondo al tavolo, accostata al verde della vite americana che saliva per certi pilastrini arrugginiti verso una specie di pergolato fatto di fili di ferro storti. Non mi aspettavo nulla. E invece Emanuele è venuto a sedersi accanto a me, e dopo di lui, Elena. Alberico.

«Cosa prendi, Andreana?»

La voce tiepida di Emanuele dentro l'orecchio, chiusa nella confusione di quel pranzo della domenica di impiegati in vacanza, di soldatini in libera uscita stropicciati da sartine piene di speranze. Ho preso quello che prendevano gli altri, estremo tentativo di integrazione finta. Le vongole non mi piacevano e poi mi imbarazzava infilare le dita nel piatto, succhiare le conchiglie per tirar via la vita moscia che racchiudevano. Invece Marina ne ha fatto un capolavoro. Si è messa davanti a Bubi. Prendeva dal piatto le vongole, le teneva con due dita scostate dalle labbra. E appariva, dal fondo cupo di quelle labbra dischiuse appena, il balenare vivido della lingua rossa: un guizzo. La punta rovesciata, oscena, leccava l'angolo della bocca, lentamente. Poi di colpo, all'improvviso, scattava nel bianco scintillante della valva e si prendeva il suo piacere, con una soddisfazione percettibile e straniante. Bubi stava appeso a quella lingua. Giovannella era grigia, contro il blu fondo del mare, e zitta. Alberico pensava al Brasile.

Veramente non c'era mai stato, ma se lo immaginava. E poi aveva visto le fotografie. Almeno i primi tempi le aveva guardate con una specie di curiosità malsana, come se spiasse, e invece era roba sua, meglio, di suo padre. Ettari infiniti di tenute dove si faceva non sapeva bene cosa, forse allevamento di vacche. E una suo padre se l'era messa nel letto e sua madre aveva detto, con garbo: «Una baldracca». Era il '55, Alberico aveva ventiquattro anni, faceva finta di studiare Economia e Commercio a Villa Salutati. Il diploma l'aveva preso a pagamento, con offerte solide ai padri del collegio. Assai beneaccette perché dei 435 milioni di dollari che l'Unrra aveva dato all'Italia, i padri non avevano visto nemmeno una lira e neanche dei soldi del Piano Marshall. Ma all'università, le telefonate appropriate della marchesa non servivano a nulla.

E c'era quel padre lontanissimo, con la sua ballerina che chissà se era una ballerina. Ma in fondo a Alberico non gliene fregava nulla, lei era laggiù, con suo padre, in quello scrosciare d'acqua di cascate infinite, in quelle spiagge di neve adombrate da sederi di cioccolata. In soffitta era rimasto il baule con le divise di colonnello degli alpini. Tranne il cappello. Lo teneva piegato con cura nel suo cassetto delle camicie da smoking. Un quadrato oblungo di feltro verde macchiato. Ma la penna bianca pulitissima, intatta. Da bambino se l'era provato di nascosto, nel moncone di specchio che c'era nel gabinetto della servitù, al terzo piano. E proprio quando era sceso, con la paura che lo scoprissero, aveva sentito suo padre che diceva «Meglio partiate, Lydia». E allora lui e sua madre erano andati a Crans, in Svizzera, dalla zia Virginia, che aveva una casa vicino a La Moubra. Bisognava fare un sacco di strada a piedi per andare a sciare.

E poi, dopo la guerra, una volta che a Firenze c'era il raduno degli alpini e la città era tutta verde di cappelli con la penna e rossa di fiaschi di vino cattivo e d'argento di cori che schiantavano le statue sotto la Loggia dei Lanzi, loro erano alla finestra grande del primo piano. Affacciati. Suo padre anziano, con il cappello in testa. E, sotto, la fiumana dei soldati che sfilavano. Li guardava incantato, anche se aveva più di vent'anni. Sua madre si era ritirata in salone, sotto la Madonna vestita di nero di Duccio di Buoninsegna, insieme al suo ventaglio. Erano rimasti solo loro due, diritti al davanzale della finestra del Palazzo. Suo padre indietro e lui davanti.

E all'improvviso uno dei soldati doveva aver alzato gli occhi, c'era troppo riflesso in via Tornabuoni. Aveva visto il cappello, la penna bianca. La medaglia d'argento al bavero del Caraceni di suo padre. La Julia. E subito la mano era scattata sull'angolo della tempia, rigida, la testa si era girata verso suo padre. I soldati che gli marciavano accanto avevano alzato gli occhi anche loro. E di colpo un'ondata di rispetto aveva percorso la marea di teste e ora tutte, tutte, proprio tutte avevano la mano rigida accanto alla tempia, il collo girato. Saluto al Signor Colonnello.

Gli era venuto come un istinto di buttarsi di sotto per finire tutto il prima possibile. Ma poi non si era buttato. Invece era scivolato di lato, aveva fatto un passo indietro verso i divani verde salvia dove sua madre si sventolava per il caldo di giugno. Aveva lasciato il podio a suo padre. E mentre si chinava sopra sua madre e la baciava di traverso, sul collo, un bacio da amante, aveva pensato che sua madre era lì per lui, non aveva cappelli con la piuma bianca, né reggimenti che le si inchinavano, né medaglie d'argento sul petto largo da matrona. E gli era parso troppo difficile essere figlio di suo padre.

«Tuo padre si scopa sempre la ballerina?»

«Sì.»

Ha alzato le spalle.

«Per fortuna.»

E subito sono scoppiate risate esagerate, Bubi ha cominciato a tormentare Albarosa, lei si difendeva strusciandogli i pugnetti sul viso. Giovannella si è alzata di scatto, si è avviata al juke-box.

Le sono andata dietro, mi è sembrato un restituire quello che mi aveva dato. E poi neanche io sapevo cosa fare. Emanuele aveva parlato con Elena tutto il tempo, a voce bassa. Ogni tanto si girava verso di me, per educazione, con un sorriso assente.

Siamo entrate nell'odore di sugo. Dietro il banco di marmo del bancone chiazzato di giallo, di marrone, non c'era nessuno. Tutti a servire, fuori. Bottiglie di Vecchia Romagna, di Fernet Branca, di marsala all'uovo, di China Martini; altre senza etichetta, dense di liquidi scuri. Il frigorifero basso dei gelati Motta. Il juke-box era in fondo, tra due finestre con i vetri sudici. Una scopa lercia era rimasta appoggiata accanto alla porta del gabinetto, dal battente aperto si vedeva il cesso alla turca.

«Cosa vuoi che metta?», ha chiesto Giovannella. Ma aveva già infilato dentro le cinquanta lire e trafficava con i tasti. Ci è scorsa davanti la ruota sfrigolante dei dischi. E poi un braccio di metallo ne ha arraffato uno, come un destino ineluttabile. Il colpo secco del quarantacinque giri sul piatto. Ronzare. La puntina che lo artiglia. Due battute di tamburo, un fiato gigantesco di violini. E poi scoppia un urlo nello stanzone vuoto.

«*Io sono il vento*
Sono la furia che passa
E che porta con sé
E nella notte ti chiama
Che pace non ha...»

Giovannella cantava, prima pianissimo poi a voce sempre più alta, contro le note di petto di Gino Latilla, diritta accanto al juke-box, la schiena alla tenda di plastica filettata di caldo.

«*Sono l'amor*
Che non sente e che va...»

Non sapevo cosa fare. La nostra amicizia a tratti, appena nata e dimenticata e poi ripresa, non mi autorizzava a nulla. E poi temevo di offenderla. O anche di metterla con le spalle al muro. Ormai cominciavo a decifrare la trama di rete dei loro rapporti. Le curve, il punto dove le ascisse e le ordinate si incontravano, la fuga delle rette in parallelo. Il loro modo di attrarsi e respingersi e cercarsi e scappare. Il gioco senza leggerezza degli sfioramenti, il segnale del collo piegato o offerto o negato, le mani molli o tese allo spasimo. E toccarsi e scansarsi e porgere il viso di lato per essere baciate sulla guancia. Ma poi spostarlo di colpo di una frazione di millimetri, l'asse di inclinazione modificato, la bocca dell'altro all'improvviso spiazzata, incerta. Vicinissima alle labbra dove è vietato andare.

«Si torna?»

Mi è scappato di bocca. Giovannella mi guardava con un'aria di superiorità assoluta. Ma poi invece si è girata, ha scrollato le spalle alla canzone a cui si era abbandonata. Le ho visto il petto sollevato da un respiro fondo, da atleta prima della gara.

Siamo uscite, la tenda a strisce ci ha battuto sul viso come un concerto di frustini.

«Intanto Fanfani si è dovuto dimettere», diceva Emanuele, serio nel sole.

«Eccolo lui, cervello ambulante. Ema, ci fai sentire tutti idioti. Suicidatelo di cozze!», urlava Bubi. Brancicava ancora Albarosa.

Alberico fumava una sigaretta lunga, contro l'azzurro dell'acqua. Stava troppo vicino alla curva pastosa della spalla di Elena. C'erano scodelle sporche dappertutto, vassoi unti con gli avanzi di salame grasso, pane sbocconcellato, schizzi di sugo sulla tovaglia di incerato. Un fiasco rovesciato colava d'oro sulle gambe di Muzio inebetito. Sugli altri tavoli, un ordine composto, voci basse nel primo pomeriggio e occhi larghi di bambini sazi. Non ci guardavano, ma di certo ci stavano giudicando, noi e i nostri privilegi odiosi, il modo arrogante in cui ci prendevamo tutto e tutto ci faceva schifo. La nostra soddisfazione da padroni. E il Riva che dondolava nel sole, distante anni luce dalle loro nuove cucine economiche, dal sogno della lavatrice, dal televisore alto sulla parete del bar. Le donne avevano capelli raccolti, vestitini più da chiesa che da mare. I bambini calzini bianchi dentro sandali con gli occhi, gambette di stecco fuori da pantaloncini corti come mutande. Io non sapevo da che parte stare.

«Secondo me, Fenaroli è colpevole.» Marina soffiava fumo come un vulcano addosso all'assassino.

«Furbo, però.»

«Furbissimo.»

«Ma a te, uno che paga un poveraccio per ammazzargli la moglie ti pare furbo? Almeno prenditi un sicario professionista, non uno che fa l'elettrotecnico. E poi è scemo, via, si fa riconoscere da quell'altro della Rhodiatoce di Pallanza mentre torna indietro col treno.»

Muzio si era risvegliato pieno di astio contro quell'esponente inabile della sua classe.

«Vabbe', era geometra», si è sganasciato Bubi, perché era uno scherzo, lo avrei saputo dopo. Muzio studiava ingegneria al Politecnico da moltissimi anni, era fuori corso e suo padre gli diceva che lo avrebbe mandato all'Istituto per geometri e che l'università smetteva di pagarla davvero, questa volta. Che tanto in fabbrica c'era Terenzi, che era valido, molto valido. Glielo diceva all'inizio di ogni novembre, quando si apriva l'anno accademico, da sette anni. Otto adesso, nel '59.

«Oppure ammazzala da te.»

La voce di Alberico ferma sopra il vocìo.

La pelle nuda di tutte le ragazze percorsa da brividi di eccitazione. Gambe strette sotto il buio del tavolo, perché non fugga via il calore che subito c'è scoppiato dentro. Ah, le mani di Alberico sul collo, il suo viso distante vicinissimo. E rantolargli contro il petto nudo l'ultimo respiro.

«Ma era nudo, Ghiani?», dice Elena all'improvviso.

«Ma sei scema?», gridano Bubi e Muzio insieme e le saltano addosso tutti e due, scostando con le cosce i tavolini accostati, e i bicchieri di vetro spesso franano per terra rompendosi in mille scintille opache, in una nebbia scricchiolante su cui saltellano entrambi ridendo come scemi sulle loro espadrilles stinte. Felici, potenti. Inaccessibili anche loro, permeati dalla grazia senza enfasi che si spande da Alberico, dal modo secco eppure garbato in cui ha detto «Oppure ammazzala da te».

«Ma tu la ammazzeresti, tua moglie?»

L'ho detto e subito me ne sono pentita, ero stata zitta tutto il tempo, tutto il tempo, ma perché mi è venuto in mente di aprir bocca e poi di dire una cosa così, così piena di cose non dette, di messaggi cifrati, di sottintesi.

Sto imparando il codice di funzione.

Alberico piega la testa di qualche centimetro. Mi inquadra. Chissà cosa vede, forse solo una sagoma rattrappita dalla sua audacia sulla sedia puzzolente da bar, le spalle incurvate, il respiro trattenuto da bambina che ha fatto quello che non doveva fare.

E poi mi ritaglia dentro il suo campo visivo. Mi mette a fuoco. Strizza gli occhi, ma non ce n'è bisogno, vuole solo segnalare una attenzione reale, la sua discesa dall'empireo nella polvere della strada.

«Tu sei Andreana, vero?»

E finalmente esisto.

Poi ce ne andammo. L'oste rimase sul bordo del piccolo molo di sassi finché il Riva non decollò, alto sulle prime onde del mezzo pomeriggio. Si strusciava le mani sul grembiule dove aveva infilato il fascio smagliante e ragganchito delle banconote che gli aveva messo in mano Alberico. A caso dalla tasca dietro il costume, chiusa da un bottoncino di madreperla nera. Non si occupava dei soldi, Alberico, lasciava al suo amministratore la volgarità dei conti, le file incolonnate di cifre del dare e dell'avere che pure gli toccava far finta di studiare all'università. Ma tanto si sapeva che non ce ne sarebbe mai stato bisogno.

Si era tolto la maglietta e era nudo e scintillante nel sole di burro delle cinque. Come raddolcito. Guidava in piedi, le ginocchia elastiche per assecondare la velocità.

Gli guardavo la schiena e mi immaginavo come doveva essere sentirsela sotto la punta delle dita, percorrere le linee che arabescavano le fasce dei muscoli, i promontori sottili dei tendini tesi. E poi salire verso la base del collo appena sfrangiata di capelli neri, e appoggiare il viso. Mi sarebbero rimasti dentro la bocca, pulviscolo, pania. E poi chinarsi sopra quella schiena e appiccicarci il seno, il duro dei capezzoli. La debolezza inerme della pancia nuda.

Il rombo del motore del Riva ci aveva zittito, ci sballottava uno contro l'altro, ma senza che nessuno avesse più voglia di approfittarne, perfino di rendersene conto. Ci pesava addosso il cibo unto che avevamo mangiato, la foschia del vino. Volevo toccare e essere toccata, leccare e essere leccata e crescere e sparire e restare abbandonata su un letto di lenzuola sfatte, umide di sudore e di umori che non riuscivo a immaginare, gocce sul bianco consumato della stoffa. E gambe spalancate, arrese, per sempre, per tutte le mattine e le notti e i giorni, appese alla tua carne, ai tuoi respiri. Appese a te che non mi vuoi sentire.

Dopo un po' devo essermi addormentata, il rombo e lo sballottio mi cullavano. Forse si appisolarono anche loro. Forse si toccarono, si sdraiarono uno sopra l'altro, montagna di corpi in gradazione dal rame al bronzo al mogano e all'oro. Forse Alberico agguantò Elena, se la mise davanti al petto, guidò con lei come scudo, e intanto la baciava sui capelli. Forse Marina appoggiò la testa sulle gambe di Bubi, la girò di proposito verso il rigoglio del sesso. Forse Giovannella scavalcò il tappeto dei corpi, andò vicino a Muzio.

Muzio era rimasto tutto il tempo steso sul prendisole. Ma non dormiva. Stava lì, abbandonato, appagato dall'assenza di richieste, a respirare l'aria frangiata di gocce minuscole che gli arrivava a tratti dalla coda spumeggiante del motoscafo. Come un bue l'erba. Il corpo di Giovannella. Carne di donna contro la sua schiena. E ora Muzio si sarebbe voluto svegliare, e brancicarla tutta, sperdersi nel suo odore di suora. Ma non lo poteva fare. E gli era saltata addosso d'un balzo tutta la vita che si era dimenticato di avere. Suo padre con la fissa della fabbrica, ma via, quella baracca di lamiera, quegli operai disgraziati che si portano il mangiare da casa dentro certe lattine di alluminio puzzolenti, quelle donne con le vestaglie azzurre troppo corte sulle gambe nude, la catena di montaggio delle calze, velocissima. E qualche stupido ci aveva rimesso due dita, un pollice. Uno, una mano, ma perché non era stato abbastanza svelto. E le aule a anfiteatro del Politecnico, quei cortili uno dentro l'altro, i soffitti sporchi, il giallo degli stucchi umbertini. Il professor Trevi, lontano dietro la cattedra, che spiegava le derivate facendo stridere il gesso sulla lavagna. E intanto lui si godeva i seni e i sederi delle ragazze grassocce, fotografate nei campi e accanto alle reti di cinta delle zone industriali, che salutavano dalle pagine de «Le Ore».

Muzio non si svegliò perché non poteva, Giovannella respirò il sale del mare finché gli occhi non le bruciarono. Albarosa fece finta di vomitare, Bubi fece finta di non vedere. Marina gli aveva infilato la punta delle dita sotto l'orlo del costume. Un attimo. Annusamento di cani in calore. Elena sgusciò via come una mandorla dalla buccia marrone delle braccia di Alberico.

Arrivammo.

Vito ci era venuto a prendere con il solito patino rosso di salvataggio. La spiaggia era vuota, oblunga sotto il sole piegato delle sei. Sento ancora il caldo della rena sotto la pianta dei piedi, l'odore delle alghe sulla riva. Rivedo Albarosa mentre si butta per terra, Muzio che le salta addosso e comincia a farla girare, la rotola come un arrosto nell'olio. Lei strilla i suoi stridi da uccellino a molla. Vedo Bubi che dopo un momento si butta anche lui nel mucchio e subito, scambiandosi uno sguardo, tutti e due prendono Albarosa. Uno per i piedi e l'altro per le braccia. Albarosa vola dentro l'acqua, come un panno nel vento.

Facemmo un altro bagno, nell'acqua intiepidita di sole. I ragazzi ci schizzavano, io strillai come le altre, forse un tono sotto. Imparavo.

Finché quella giornata incredibile non scelse per me. E mi piegò le gambe in ginocchio davanti al retino pieno di granchi di un bambino. Aveva scambiato me per la sua tata. E mi offriva il suo bottino vivo con orgoglio trionfante, tenace, tirandomi giù per la mano.

Ero curva sui granchi, a disagio. Speravo che gli altri non mi guardassero.

Le gambe forti di Alberico.

Circonfuse di peli chiari che riflettono la luce come specchi.

Senza aspettare che mi rialzi, senza nemmeno fare il gesto di abbassarsi lui, Alberico dice «A domani». E poi, mentre io mi alzo confusissima, rossa, si gira verso di me, ormai è a qualche passo di distanza, gli altri sono già sotto la tenda e ridono e schiamazzano, si sfiorano, Alberico mi soffia, deciso: «Sì, l'ammazzerei».

E io so che lo farebbe. Potrebbe farlo.

Lo farà.

Mentre risalivo intontita verso le cabine, Marina mi trafisse con uno sguardo che capiva tutto, che vedeva oltre me, oltre Alberico. E sapeva come sarebbe andata a finire.

Era sulle ginocchia di Emanuele, si divertiva a metterlo in imbarazzo. Lo abbracciava, gli si strusciava addosso attorcigliando i piedi. La divertiva da morire quel disagio, era un gioco non nuovo ma sempre soddisfacente. Le piaceva toccare gli uomini, essere toccata. Le piaceva il contatto della pelle tiepida, l'eccitazione frenata che suscitava, il senso di onnipotenza. Diceva spesso di sì. Mordeva tutto quello che non si deve fare.

Era cominciato presto. Dalla faccia imbalsamata di sua madre. Da suo padre che scopava la caposala. Era andata al cinema di pomeriggio nella pioggia di ottobre. Aveva quindici anni, stava seduta affondata nella sedia di legno come in una pancia. C'era odore di muffa, cancrena di sigarette. Il braccio steso, il destro. La mano dentro i pantaloni del ragazzo che aveva accanto. Uno spartito di carne. L'attrice bionda sullo schermo nero, le sue cosce bianche fuori dal baby doll come montagne di latte. Il ragazzo aveva fiottato un grido. Lei aveva pensato che erano uguali, l'attrice e lei, friabili della stessa paura. Era tornata a casa e sua madre aveva l'emicrania, la domestica piagnucolava in cucina. Le era piaciuto essersi fregata di tutto. Voleva solo bambolotti vivi.

Albarosa si lavava i piedi nella ciotola di plastica bianca, davanti alla porta della sua cabina. Il suo cappello da mondina ricca buttato di lato. Poi si era infilata i pantaloncini gialli alla pescatora, i sandaletti d'oro. Le piacevano i suoi piedi dentro i sandaletti.

Certe volte si guardava allo specchio nuda. Guardava la v della inforcatura delle cosce, le gambe diritte come trampoli, la curva morbida del pancino. E poi risaliva su su, fino al seno. Una sera che sua madre era al cinema con la Morelli, aveva preso dal mobile bar una coppa di champagne, e se l'era provata contro la boccia della mammella. Le era salito tra le gambe un caldo che non aveva mai provato, sicché aveva appoggiato subito il bicchiere sul cassettone azzurro da bambina. Però poi aveva toccato con la punta delle dita il rosa cupo del suo largo capezzolo. E ci girava intorno come in giostra. Si era guardata anche il sedere a mandolino, il punto dove la schiena rientrava sui fianchi, le fossette come occhi di pagliaccio sopra le natiche. E siccome l'aveva presa una specie di soddisfazione, era andata a cercare lo specchio che c'era sulla toilette di sua madre e se l'era infilato tra le gambe. Lì, dove non aveva guardato mai. Un piccolo ragno di carne. Aveva tolto lo specchio subito. Era andata a riporlo. E intanto pensava a quando era brutta. La più brutta della classe, della scuola. Si vergognava di essere magra e alta come una giraffa e con la faccia da cinese, ma non voleva dargliela vinta, a quegli schifosi dei suoi compagni. Durante l'intervallo, quando aveva accumulato troppo dolore, scappava via e si chiudeva nel bagno, un bagno con certe piastrelle bianche orlate di sudicio nero e la finestra con i vetri che dalla polvere non ci potevi vedere. Teneva ferma la porta con la mano, perché non c'era chiave e neanche paletto, era una scuola. Si accovacciava sul cesso alla turca. Lacrime rabbiose la squassavano tutta.

Io mi sposo subito.

E con un principe, di sicuro.

Albarosa ha solo diciassette anni e questa è l'estate più bella della sua vita.

Sono tornata a casa e mi è venuta incontro la mia vecchia vita.

Davanti al muro di cinta, ma a rispettosa distanza, era parcheggiata una Seicento grigia. Io sapevo che era di Gino. Doveva essere venuto a prendere mio padre.

«Buonasera, ragioniere.»

Aveva una faccia bianca, da morto. Un vestito celeste come una caramella. Puzzava di caldo, di fatica di stare nel mondo. Ma si era messo tra me e la porta di casa.

«Ha fatto un bel bagno, signorina?»

Non si spostava.

«Sì, grazie, ragioniere.»

«E l'acqua come era?»

«Bella.»

E ancora era fermo.

«Le piace stare a Forte dei Marmi?»

«Sì. Molto.»

Un muro tra me e la porta. Ma era tutto rosso in viso, le manone penzolanti. Sudava.

È arrivato mio padre dall'ombra dell'ingresso. Dietro di lui, Dino strascicava una valigia di cartone verde.

«Ah, sei qui Andreana. Saluta il ragioniere.»

Mio padre mi trattava come una bambina piccola e io lo lasciavo fare.

«Buonasera ragioniere.»

Mi ricordo gli occhi fermi di Gino, il modo deferente in cui ha detto «Buonasera signorina». E non me lo spiegavo, ma mi pareva perfino soddisfatto e un po' meno agitato. E soltanto dopo, dopo quando se ne sono andati per tornare alla conceria, perché di domenica c'era sempre da fare, e mia madre salutava sul cancello, mio padre spenzolava il braccio dal finestrino abbassato, «Addio Elpidio», «Arrivederci donne! Ma non c'è il poggiatesta in questa macchina?», soltanto dopo ho capito. Aveva a che fare con mio padre, con la nostra recita del saluto. Per la prima volta, ci aveva legato il filo sottile della comune menzogna.

Mi addormentai con la finestra aperta, nella penombra intessuta di lucciole e di stridi. Sognai che la mia casa di Santa Croce bruciava e io scappavo in motoscafo nel vento.

Gino guidava dentro la notte.

Gli camminava davanti la sua vita. Teneva la strada con piccoli aggiustamenti del volante, beota nella concentrazione. Dove vuole andare è molto lontano da dove è partito.

Lo imbarazzava e anche lo lusingava la soggezione con cui lo trattavano i suoi genitori, quando tornava al podere a trovarli. Scendeva dalla sua Seicento e i piedi gli affondavano nella mota, perché c'era uno spiazzo e un pezzo di sentiero prima di arrivare sull'aia. Suo padre stava sempre seduto su una seggiolina di legno accanto ai vasi sbreccati di gerani. Sua madre governava i maiali nella fanghiglia del trogolo. Arrivava e aveva addosso l'odore disgustoso della loro merda. Lui si sarebbe voluto scostare, ormai era uno di città. Ma poi invece si lasciava abbracciare. Sentiva il corpo grosso di sua madre pesargli addosso. Lei si era strusciata le mani sul grembiule tutto macchiato e adesso se lo sfilava via con le dita in tremito.

«Mamma mia Gino se tu ci dicevi che venivi.»

E subito andava in cucina, quella cucina piena di buio e di odori delle bestie che stavano dietro la porta di legno, con i battenti marci che non chiudevano più, sicché il loro puzzo entrava nella minestra, nel paiolo della polenta.

«Che tu stai bene?», chiedeva sua madre.

Lui scostava di poco una delle sedie scompagnate, si metteva a tavola.

«La vacca ha fatto il vitellino, lo vuoi vedere?»

Gli tornava dentro la pelle tutto quello da cui era scappato. Ma gli piaceva, gli piaceva ributtarsi nel letamaio dove era cresciuto perché così apprezzava di più la strada che aveva fatto. Su su, dalla maestra Cortigiani che aveva detto ai suoi genitori che bisognava farlo studiare alla media di Ponsacco. È un ragazzo che merita... Tutte le mattine in bicicletta controvento, per gli argini, con il ciotolino con il desinare che gli batteva sulle gambe, che il vento gli spaccava le labbra ma non importava. E poi ragioneria a Pisa e dormire al ricovero di nascosto, dentro i peti dei vecchi. Usciva all'alba, aspettava in via Santa Teresa davanti alla biblioteca, che aprisse. Entrava a studiare ma anche per stare al caldo. La sua bicicletta era la sua fidanzata, la lustrava, la oliava. L'aveva rubata a un soldato tedesco, con un coraggio che ancora lo spaventava. Gliela aveva sfilata da sotto il naso, allungando il braccio come se non fosse nemmeno suo. C'era salito sopra, era scappato di corsa. Il soldato, che si era fermato a pisciare, l'aveva inseguito per un tratto, la patta aperta, la carne penzoloni. Aveva tredici anni, era poco dopo l'8 settembre. La bicicletta la teneva ancora in casa, gli rammentava tutte le sue speranze.

Passava un'ora con i suoi genitori e gli pareva già troppo. Sicché si alzava.

«Ma perché non mi hai detto che venivi che ti facevo la ciambella», si crucciava sua madre. E intanto si arrotolava le mani nella stoffa unta del grembiule. Misurava la distanza infinita che la separava da quel figlio ignoto.

Gino partiva. Guidava e pensava a Andreana. Andreana che si fermava alla conceria venendo da chissà dove, andando chissà dove. Passi di fretta verso il gabbiotto dove il signor Berti sta seduto a fare conti. Attraverso il vetro alonato di sudicio, i capelli di Andreana come una nuvola di oro nero. Gli occhi di quel marrone fondo, come di terra umida. Cosa guarderà? Il corpo piccino, le gambe. Quel pezzo di chiaro di pelle che esce dall'ombra del colletto. Il seno sotto il cappotto, una curva.

E ora cammina sulla piazzola.

È già andata via.

Andreana di vetro che a toccarla con le sue manone di contadino gli pareva che si sarebbe rotta.

Io sono al servizio. Emanuele è a rete. Sta leggermente curvo verso il nastro bianco, la racchetta gli appoggia sulla spalla destra. Dovrebbe guardare davanti a sé. Invece gira la testa, mi lancia uno sguardo in tralice, di incoraggiamento. È uno sbaglio grave. Si è distratto.

La palla che sto battendo gli sibila di lato, rimbalza velocissima. Alberico picchia con tutta la sua forza. Volée. Schiacciata. Emanuele si scansa appena prima di essere colpito in pieno. Corro verso il lato opposto del campo, sono sulla palla.

Eccola.

Diritto su Elena. Elena risponde su di me.

Rovescio.

Ho piegato poco le gambe. La pallina vola alta. Fuori.

Il campo di terra rossa, soffice. E correrci sopra, piegare le gambe, battere, schiacciare. Il rumore del colpo contro il budello delle nostre racchette. I nostri gonnellini bianchi che svolazzano, le facce rosse e tese dei maschi. Qui, adesso, nel pomeriggio che scolora, nella luce bionda che fruscia tra i platani. Sulla panchina di cemento verde sono buttate a caso le nostre sacche, appoggiate alla rete arrugginita stanno le nostre biciclette, la custode del tennis arriverà tra poco a portarci le gazzose, strascicando i piedi dentro le ciabatte. Come è bello avere vent'anni, essere vivi. E giocavamo, figurine bianche, palline bianche, scambi tesi che tagliano l'aria. Forte dei Marmi, 1959, estate di promesse.

E poi finì la partita e entrai nello spogliatoio. Una porta sbreccata di legno, piastrelle umide. Silenzio. Appeso sull'attaccapanni di ferro dipinto in color vaniglia – uncini o unicorni o teste di rinoceronte giallo – c'era un costume nero, abbandonato contro il fondo chiaro del muro. Dalla finestra a ghigliottina, appena socchiusa, fiottava una luce smagliante, pacata dal vetro bianco. Le ombre disegnavano triangoli sul muro e c'era la panchetta di legno vuota, c'erano gli scaffali vuoti, le docce vuote di passi. Solo il costume nero, appeso come un impiccato.

E all'improvviso fui triste.

Sulla panchina di cemento verde, Emanuele fumava una Muratti.

«Noi andiamo.»

È la voce di Elena. La fatica e le corse non l'hanno spiegazzata. La sua luce è intatta. Si appoggia al braccio di Alberico. Lui la porterà via con la sua Mg verde.

«Allora ciao.»

Emanuele sedeva e guardava la sua vita.

Suo padre era architetto e suo nonno architetto e il nonno del nonno architetto. C'era uno studio, in via Meravigli, dove la targa di ottone ancora riportava tutti i nomi. Savio&Savio&Savio&Savio, una fila inquietante di destini. A lui il suo piaceva. Gli piaceva essere quasi architetto, diventare il quinto Savio della lista incisa di nero sull'oro. Andava allo studio, certe volte, di notte. Respirava l'aria ferma, la pace. C'era un odore di polvere pia. Toccava i disegni ripassati a china appuntati sui tavoli, il tecnigrafo, le matite. Non apriva mai la porta della stanza di suo padre. Stava lì, nell'ombra, seduto sopra uno degli sgabelli dei disegnatori. Le luci della strada entravano dalle finestre senza riparo. Sferragliava, dentro le pozzanghere, un tram. Con la punta delle dita seguiva la infinitesima traccia della sua linea nel mondo.

Villa Merani a Como. Villa Pollenza a Portofino. Agenzia Dodici del Credito Italiano. Palazzotto per abitazioni e uffici in via Durini. Condominio a Varazze. Convitto delle Suore Canossiane a Bergamo Alta. Garage per trecento auto a Torino. E di colpo gli pareva un peso troppo duro da portare il suo destino già scritto, l'obbligo di soddisfare aspettative che attraversavano il tempo e le tombe dei morti. Gli sembrava di non avere nulla da aggiungere, nulla da dire. E che, alla fine, lo scopo di tutto fosse il denaro. Il denaro che stava dentro i trumeau del salotto di via Manzoni, nella argenteria spessa sulla tavola da pranzo, vassoi di argento francese per il vitel tonné, centrotavola di specchio con giardino di Capodimonte. E sua madre trionfante al tavolo della canasta che si alza e dice «Vogliamo prendere il tè?». E lui, di nascosto, in cucina, che sfila pianissimo il tovagliolo che copre i salatini appena arrivati dalla pasticceria, già composti in ventagli eleganti e ghirigori arzigogolati per il servizio. La mano rapida, di furetto. E poi se la infila dentro la tasca del grembiulino, scappa in camera sua. E si mangia il salatino, che non gli piace perché dentro c'è il sapore acido di una acciuga, accidenti. Ma lo mangia lo stesso, e poi si guarda le ditine unte, le scaglie di pasta sfoglia sulla manica, sul petto, come medaglie. Gli tocca andare di là a salutare.

Cammina nel corridoio lungo con le sue scarpine blu, i pantaloni grigi di flanella all'inglese, la camicia con il collo a smerli. La porta gli si apre davanti come una bocca che inghiotte. Dietro c'è sua madre.

Ma come sei cresciuto, Emanuele, dimmi, Maria Pia, ma quanti anni ha, adesso? Ah ma allora sei un ometto. Buffetti. E gli tocca anche dare dei baci. Lo fa di fretta, schifato dalle guance cadenti, dal profumo dolciastro di muffa e borotalco di quei colli pieni di rughe. Poi gli mettono in mano la sua tazza di tè. Lui la beve, composto, dondolando i piedi sotto il tavolo del bridge.

Ma ora è seduto nella notte al suo posto nel mondo, il bambino Emanuele pigiato stretto tra i fardelli che ha nello stomaco. Non è più sicuro. Vorrebbe scappare, andare via. Prendere la Giulietta Sprint. Mettersi in autostrada, la nuova autostrada, quella da Milano a Bologna, incredibile, solo tre ore, si tagliano i campi come nastri, i caselli paiono leoni d'Egitto, in fondo è bella. Bravi, gli ingegneri. E correre. 165 all'ora. Chissà se li fa, sul contachilometri c'è scritto. Chissà come è correre via nel vento, all'indietro dentro la vita. Partire senza arrivare mai. Una lunga linea diritta. Diritta e basta. Finalmente passa la notte, sua madre magari sarà andata a cercarlo nel letto. No, stasera c'era Rubinstein alla Scala e poi un pranzo da Wally Toscanini. Di certo era stanca.

Esce.

Oppure, di pomeriggio, andavamo ai go-kart.

Era un posto in pineta, dopo Viareggio, verso Torre del Lago. Si arrivava per un lungo viale di platani larghi, pigiati sui sedili delle macchine aperte, ridendo dello spavento altrui. Formiche umane camminavano in fila sul bordo, dove l'asfalto finiva. Madri accaldate strascicavano bambinetti mesti della giornata di spiaggia. Secchielli di latta pendevano dalle sporte di paglia, e palette, formine. Noi passavamo veloci, alzando nuvole di polvere bianca.

Alla pista, tutto era arrugginito e spelacchiato e sassoso e sporco. Per questo ci piaceva moltissimo. C'era un uomo grasso, lucido, che ritirava i documenti, i soldi. Li contava ogni volta. Noi aspettavamo impazienti, attraversati da sboffi di eccitazione e di paura. Finalmente ci diceva: «Potete andare». Ci sembrava un padre autorevole nei suoi calzoni corti pieni di tasche sfondate. Si correva verso le macchinette leggere come gusci d'uovo, rosse e blu e verdi: il volante, il sedile, quattro ruote piccole. E basta. La prima volta, mi ricordo, mi ha preso una ansia pazzesca, ero sicura che sarei andata a sbattere contro le balle quadrate di paglia ammonticchiate lungo le curve. Sicura che mi sarei ribaltata, rotta la testa, spaccata le braccia. Certa che sarei stata punita. È stato Emanuele a venirmi vicino, mi ha aiutato a entrare nella gabbia del go-kart, mi ha spiegato i freni e l'acceleratore e la posizione.

«Tieni le braccia tese.»

«Sì.»

«La testa diritta.»

«Sì.»

«Vai piano, all'inizio.»

«Sì.»

«Non guardare gli altri.»

«Sì.»

«Comunque ci siamo noi.»

«Sì.»

Come le sento, le nostre voci.

Ohi, Alberico, aspetta, non puoi partire adesso, no, ora no, aspetta, dai Bubi che facciamo la gara, le donne sono fuori, chiaro? Muzio si è preso il dodici, non vale. Io il tre non lo voglio. Elena, facciamo scambio, dai, vabbe' allora Giovannella, dai, per favore, tu sei la migliore di noi... E rombo di carburatori, sgusciare di ruote, stridere, crepitare. Sfriso di gomme, ciottolare, sfiati, fumi. Curve. Schiene piegate per assecondare l'angolo. La faccia furba di Bubi, veloce sul go-kart migliore. La bocca stretta di Emanuele. Muzio esaltato in seconda posizione. Noi ragazze indietro. Albarosa non è salita, ha detto che la mamma glielo ha proibito e ora ci guarda da sotto la tettoia del chiosco infimo che serve da bar. Giovannella guida assorta, attenta a ogni minimo movimento. Elena è sole che corre. Marina ride, butta in fuori la gamba nuda nei pantaloncini cortissimi, canta «*Cha cha cha della segretaria... Cha cha cha*». Io punto le braccia tese contro il volante di plastica come se tenessi lontano un leone.

Alberico è primo.

Una volta andammo, dopo i go-kart, a vedere la casa di Puccini. Attraversammo strade diritte di villette liberty con file di panni stesi a asciugare accanto alla porta e Muzio disse «Sono gli sfollati, una volta entrati non li mandi più via». Bambini in mutande correvano su impiantiti sporchi.

La casa era appesa davanti all'acqua, molto ben tenuta.

La custode ci mostrava il pianoforte accanto alla finestra. Toccava il vetro della portafinestra sul giardino, «Stavano sotto la magnolia, su quelle due sedie».

Io dissi «Il Maestro e sua moglie?». Mi era presa una curiosità, non so.

La custode fece un respiro fondo, «No», disse.

E stemmo tutti zitti, all'improvviso.

«La faccenda si fa interessante, cara custode», disse Bubi muovendo le mani come a teatro. Albarosa spalancava gli occhi.

«Non la sapete, la storia di Doria?»

Adesso la custode aveva il coltello in mano dalla parte del manico, gliela avrebbe fatta vedere lei a questi signorini senza creanza.

Stavamo zitti e Bubi fece il furbo.

«Doria dei biscotti?»

Ma la custode non si fece intimorire. Si aggiustò il gran petto, si appoggiò alla finestra, ci raccontò di Doria Manfredi. E mi sembrava di vederla, la piccola Doria con i suoi diciotto anni negli occhi, mentre puliva uno a uno i tasti del pianoforte, con devozione, la vestaglia azzurra da servetta, stretta in vita dal grembiulino immacolato. E poi il Maestro che suonava e componeva, forse «Madama Butterfly». Le note nel salotto come acqua di fontana. Doria appoggiata al battente socchiuso, nell'ombra dell'ingresso. E lui sa che lei è là. Il cuore dentro la pancia, poi su per lo stomaco, la gola. Giù dove le gambe si chiudono sul loro segreto, giù fino alle ginocchia strette, ai piedi ghiacci. E piano piano le note la aprono tutta come un coltello. Non facevano nulla di male. Ma Elvira era la moglie. Non lo poteva permettere. La custode calcò il tono, disse «La moglie», spezzando le sillabe, e ci guardava. Doria era stata accusata di avere una tresca con il Maestro. Era autunno. Foglie in terra, marce, gialle, ombra svelata di colpo. Rose senza petali su branconi di spine. E il cupo del lago sotto la pioggia nera. Elvira, alta e forte del suo ruolo di moglie. Doria si ritrae, si rinsecca. Sparisce.

Si avvelenò. Era gennaio. Il Maestro sconvolto, non si sa se fossero stati amanti. Io credo di no. Si erano attratti come poli di elettricità inversa, ma senza congiungimenti meschini di carni di età differente. Ci fu un processo, il tribunale. Il Maestro dovette testimoniare. Per cinque anni non scrisse.

Mentre ce ne andavamo, io mi sfilai dal gruppo, rifeci all'indietro il corridoio delle cucine, poi la stanza da pranzo, il salotto. Dalla finestra, guardai le due sedie sul prato.

Pensavo alla piccola serva, alla bottiglia azzurra di veleno sul comodino sghembo della sua stanzetta di monaca. Al bruciore. Chissà se avrà detto «Ti amo» per una volta ancora.

Altre volte, si andava alla partita. I ragazzi giocavano sette contro sette sul campo dello stadio comunale, sulla via XX Settembre. Nessuno voleva fare il portiere e Bubi, che andava tutte le notti al Caffè Roma, aveva convinto il barman a venire lui, tanto di pomeriggio era libero. Si chiamava Alvaro, era un omone con mani grosse che sembravano più adatte a spezzare i bicchieri che a reggerli. Parava senza sforzo, sollevava una manona e zac. Ognuno di loro giocava il suo carattere. Emanuele generoso, gentile. Muzio con sotterfugi e sgambetti. Bubi con piroette scenografiche. Alberico correva benissimo. Arrivava da solo davanti alla porta, gli altri seguivano a rispettosa distanza. Tirava. Se parava un certo Umberto Fidi, orchestrale alla Capannina, Alberico faceva goal. Solo la manona di Alvaro lo fermava.

Una eccitazione potente come una droga saliva dal campo, cresceva nei mucchi aggrovigliati di corpi, di polpacci, di gambe elastiche, forti, di teste luccicanti, spalle, visi. E toraci magri dentro le maglie larghe. Noi ragazze facevamo un tifo all'inizio moderato, contenuto, poi sempre più sversato. Marina si alzava la gonna, prometteva premi speciali, sculettando. Albarosa si mangiava le unghie con lo sguardo fisso e poi saltava su all'improvviso, applaudiva, scalpitava, urlava «Dai Bubi». Elena solo non si scomponeva. Io dicevo «Dai, forza», incerta tra l'esagerazione e l'indifferenza, e non risultavo per nulla convincente, né d'aiuto. Giovannella organizzava certi coretti destinati a intimorire gli avversari, come «Tornate a casa, tornate a casa, tornate a casa». I ragazzi ci aggiungevano un efficace «coglioni», quando avevano vinto e noi intonavamo il coretto come addio.

Una volta, a luglio, alla terza partita, mi pare, arrivò un musicista famoso. Guardò la partita dall'inizio e poi, alla fine, entrò in campo, prese da parte Alberico e disse se volevano andare a giocare una partitella di riscaldamento, prima della Allegra Olimpiade, allo Stadio dei Pini, il 9 agosto. Rivedo il campo, i ciuffi d'erba gialla, e l'argento fulgido delle Apuane ancora mi buca gli occhi. Vedo Alberico diritto al centro del prato, vedo il suo petto scolpito dal sudore sotto la maglietta, il modo da bambino con cui si passa sulla fronte il polso e il dorso della mano. E subito drizza le spalle, ritorna padrone di sé, riagguanta la sua maschera. E ascolta. I nomi che l'altro gli elenca tutto compreso di soddisfazione, i nomi che poi ci ripeterà ridacchiando, gli gocciolano addosso. Renato Fineschi, Renato Sellani, Romano Mussolini, Franco Cerri, van Wood, Vittorio Gassman, Sandro Ciotti.

«Si fa musicisti contro giornalisti, come l'anno scorso. È per la Croce Verde e per i Donatori di Sangue della Misericordia. Due tempi di trenta minuti. E prima giochereste voi.»

I ragazzi avevano smesso di scambiarsi pacche e versacci, si erano riuniti in un gruppetto muto. Alberico ha mosso appena il mento, guardava davanti, oltre la testa del musicista.

«A noi non piace dare spettacolo, ci scusi», ha detto.

Porgeva la mano in modo definitivo. Gli altri scuotevano la testa per dire «Sì, chiaro».

Il musicista non ha insistito.

Andavano via, di nuovo scherzando come matti, saltellando sui calzettoni bianchi sporchi di fango. Un gruppetto di maschi sudati. Alberico si è girato, ha alzato il registro di voce. Il musicista era a qualche passo, solo in mezzo all'erba scolorata del campo.

«Ma l'offerta la facciamo, non si preoccupi», ha detto in modo gentile.

Emanuele è tornato indietro, si è accostato al musicista. A bassa voce ha chiesto: «Il sangue, dove possiamo donarlo?».

Una fila cigolante di biciclette accostate a due, a tre, mani tese da un manubrio all'altro, scherzi, spinte, pacche, ma non siete mai stanchi? No bambolina mia... ci dovresti mettere alla prova... Dopo la partita, andavamo a mangiare le focaccine da Vincenzo in via Idone. Era un budello, un sottoscala, una specie di cantina buia sotto una finestra slargata per far passare la gente. Si scendevano una decina di scalini a chiocciola, pareva di scivolare di sotto. I ragazzi brancicavano con la scusa di sorreggerti. Si rideva. Si rideva di nulla.

Si scostavano tavoli bassi, dove restavano incagliate le ginocchia nude. Sedie piccole, strette, bassissime. Ci si stringeva in tre su due seggioline, le cosce contro le cosce, il gomito nell'incavo dell'ascella.

Oh, scusa. Ti do noia?

No.

Il sapore forte del sugo di arselle dentro la bocca. La prima Coca-Cola della serata.

Per me vino bianco.

Ma Vincenzo, non hai ancora imparato a fare il Bloody Mary?

E che d'è?

Chiedilo a Alvaro.

Oh ragazzi, che me li volete far girare anche stasera?

Stavamo pigiati nel buio e la vita ci sembrava azzurra, ci sembrava di nuotarci dentro come pesci, senza nessuna fatica. Luccicanti come i rivoletti di sugo che ci colavano tra le dita, giù dalla carta gialla. Come il tramonto rosso che non vedevamo, ma sapevamo che c'era, sulla spiaggia, davanti alle tende vuote, agli smerli dei rastrelli di Deodoro, di Vito. Pulizia perfetta. Riverbero di nitore. Tutto preciso, preordinato, incolonnato, rifinito. La spiaggia all'uncinetto. Il Riva che dondola al molo del Cinquale.

Ville chiuse dietro muretti bianchi.

E dentro, dentro, cosa ci sarà?

Capitolo 4

Nella stanza con il letto verde entra una donna.

Muove passi attenti a non disturbare, perché è una donna educata. Una anziana donna educata. Porta un vestito nero. Lo scollo a cuore lascia scoperta una punta di décolleté profumato di talco.

Nella sua camera da letto, che si trova, per l'occasione dell'estate, a trentacinque chilometri da questa stanza, in una via su cui sporgono chiostre di pini appuntiti, anche questa donna ha una toilette. È un trofeo di tulle candido e seta d'oro. Al centro si alza un baldacchino, sorretto da una cuspide a volute d'oro. Sotto il baldacchino immacolato di veli uno specchio alto e grande aspetta di riflettere l'incanto della sua padrona. Ai lati dello specchio, candelieri di vermeil a forma di cigni, i cigni del lago dove balla il suo ultimo ballo la bella Odette. Sorvegliano una schiera di porcellane rosa e oro di Limoges, scatoline, portacipria, cofanetti, portagioie, un piccolo scrigno, un portaborotalco. In un bicchiere d'argento, matite e rossetti. In un altro, molti tipi di mascara e piegaciglia e kajal e rimmel. Su un vassoio di sheffield, scatoline di cipria e tubetti di fondotinta. Astucci di fard di molti colori differenti. Forcine e mollette e fermacapelli di vera tartaruga e fiocchi di velluto e gros grain di vari colori, montati su pettinini.

La donna si avvicina al letto con la coperta di damasco verde. Gli occhi della malata restano chiusi.

«Andreana.»

Andreana apre gli occhi. Muove i bulbi oculari verso l'alto.

«Sono qui.»

Ancora lo stesso movimento.

«Come va oggi?»

La donna si è seduta sulla poltrona lisa, ha accavallato le gambe. Appoggia la schiena al velluto consunto. Respira. Si vergogna un poco di respirare.

«C'è un bel sole, sai? L'estate sta proprio arrivando... Dovresti vedere il giardino delle rose...»

Si morde le labbra. Ma ormai ha già detto quello che non doveva dire. Lascia fare al vento.

«Sai la rosa Temptations, quella che avevi preso tu al Chelsea Show? È quasi nera, è incredibile vedere tutti quei bocci scuri. Anche un po' triste...»

Sospira.

«Non mi piace tanto, ma a te piaceva così tanto. E poi ci sono i rincospermum, un bianco... lo dovresti vedere. Non c'è proprio bisogno di vederli, per te, veramente... li hai visti tante volte, li conosci. Te li puoi immaginare, no? Te li immagini?»

Ha esaurito il repertorio che si era preparata. Si guarda le scarpe di vitello chiaro con la punta più scura. Accavalla e scavalla e riaccavalla le gambe.

L'altra muove gli occhi verso il basso.

«Cosa è che non vuoi?»

Ora è sinceramente in affanno, sinceramente presa dalla cura che le viene richiesta e non riesce a decifrare.

«Prendo il foglio?»

Gli occhi vanno ancora verso il basso.

«E allora?»

Comincia a spazientirsi.

«È questo?»

Gira per la stanza. Indica il battente della grande finestra di legno bianco, socchiuso. Fa il gesto di chiuderlo. Corre a guardare gli occhi ticchettando.

Gli occhi vanno verso il basso.

«Allora è questo? O questo? Cosa ti dà noia? Cosa vuoi che faccia, Andreana?»

Tocca l'armadio di quercia nera, accende e spenge l'abat-jour gialla. Corre a guardare gli occhi.

Vanno di nuovo verso il basso.

Sposta una sedia, la accosta al letto. La scosta.

«Ah, è questo.»

Ora è china sul povero corpo morto. Sta attenta a non muovere per sbaglio cateteri e tubicini e sondini e mandrini. La macchina che pompa l'aria dentro il petto scarnito fa un rumore di fiato. Si sente bene. Viene da una caverna.

Tira con le due mani fini il bordo del lenzuolo, lo rincalza con una spinta che un poco la affatica, non è più una ragazza, anche se non vuole saperlo. Dimostra cinquanta anni, ma non li ha più da molto tempo. Lei lascia che gli anni la aspettino da qualche parte, dove ancora non ha deciso di andare.

«Ecco fatto.»

È soddisfatta. Non è una malata facile.

Gli occhi vanno verso l'alto. Si chiudono.

«Ah.»

Ma si tira su troppo in fretta. La collana di perle che adorna la carne ancora tiepida del décolleté si impiglia nel braccio metallico del trespolo della fleboclisi. Il filo di nylon subisce una tensione eccessiva, si spezza. Perle rotolano dovunque nella stanza buia.

«Oh.»

Lei non impreca.

Adesso è china sul tappeto marrone e nero, un antico tappeto liso. Raccoglie le perle con l'indice e il pollice, circospetta, attenta. Poi le mette nel pugno sinistro. Ha raccolto il filo in tempo perché non tutte le perle scappassero. Deve avere quasi finito. Allora dà un ultimo sguardo sotto il letto, le perle rotolano sempre sotto il letto. Ma è buio. Mette dentro la testa. Porta i capelli raccolti dietro la nuca da un grazioso pettinino con un fiocco color beige. Una screpolatura del legno della spalletta le ghermisce una ciocca.

Vede.

Raso?

È un baluginio. È un nastro. Appeso nel buio, pende un nastrino bianco.

Un nastro dentro il legno del letto? Tasta la consistenza del tessuto, pare rinsecchito, incrudito di polvere vecchia. Tira. La mascella di legno antico si apre con uno scricchiolare ostile.

Ora ha in mano una chiave.

Capitolo 5

Pedalavo svelta sulla mia bicicletta e la notte mi attraversava tutta. E c'erano grilli e sospiri di foglie e gocciolare lontano di fontane nel buio. Certe finestre, oltre i muretti bianchi, le ringhiere turchesi, le palizzate verdi, illuminate. Scoppi di voci. Ronzio di televisori subito ringoiati dal buio.

Andavo da Alberico.

L'invito mi era arrivato sempre attraverso Giovannella. Non ero ancora una di loro, avevo bisogno dello chaperon.

Era venuta sotto la nostra tenda. Io leggevo.

Emanuele mi aveva parlato di un romanzo scritto da un principe morto. Ero andata alla Libreria Verdi a comprarlo e non mi ricordavo bene il titolo. «Un animale, dell'Africa.» Il libraio rimestava tra le copertine, le aggiustava. Aveva girato la testa, fatto un sorriso brusco. «Siria, dai alla signorina "Il Gattopardo".» Era un libro giallo uovo con titoli neri alti, una copertina di zucchero che anche a tenerlo solo in mano era bello. Usciva dalla borsa di paglia come un segnale. All'inizio era difficile da leggere, non succedeva nulla.

Mi capitava di distrarmi, gli occhi mi vagolavano nello splendore azzurro della spiaggia. Guardavo l'orlo frangiato di bianco dell'acqua, i bambini già pronti a bucare la sabbia con le loro palette rosse e gialle, intenti. E mi era entrata nel campo visivo l'ombra lunga di Giovannella. Sempre il suo costume nero, sempre i capelli all'indietro, senza forma.

«Cosa leggi?»

Ho sollevato la copertina.

«Sì, è bello. Ma devi passare le prime cinquanta pagine, e anche tutto il pezzo in cui il principe e il prete parlano di politica. Io l'ho saltato, a dire la verità.»

«Ma se salti le pagine, il libro non lo leggi veramente.»

«E perché, se passi per una strada e non vedi tutto, proprio tutto quello che c'è, non ci sei passata?»

Le trovavo nella voce un astio spropositato, non le assomigliava. Non era da lei.

«Sì, hai ragione.» Non mi andava di discutere. Non con loro.

Lei metteva la mano nella sabbia, la stringeva a pugno, poi allentava la presa, di pochissimo. La sabbia filava via, giù. Come una clessidra che si svuota.

«Certo che Elena è insopportabile.»

«Uhm.» Non volevo prendere posizione. Non ancora.

Di nuovo sabbia che cola via come la vita.

«Va bene, è bella, insomma. Carina. Ma se la tira, se la tira in un modo...»

«A me non sembra.»

Ero atterrita dal mio coraggio, dal modo in cui avevo disobbedito al partito appena preso.

«Cioè, non tanto, insomma. Forse sì.»

Giovannella mi guardava stranita.

«Quelle scene con Alberico», ha detto. Secca.

«Che scene?»

E mi mangiavo il cuore con le dita.

«Ieri sera, in Capannina, a un certo punto si sono alzati e sono andati in terrazza, da soli, senza nemmeno dire scusate, abbiamo caldo, non lo so. E quando ci hanno degnato di nuovo, lei si è messa a sedere e lui in ginocchio ai suoi piedi, che se per caso ti volevi alzare e andare a ballare dovevi dire "Per favore spostati scusami, scusate", e invece era lui che si era messo in mezzo.

Li odio, certe volte. Sono così fasulli. Come è Alberico lo sanno tutti. È capace di tirarti il collo con la stessa tranquillità con cui si accende una sigaretta. Le donne valgono meno delle sigarette, per lui. Tu non ti immagini nemmeno quante ne ha avute, quante ne ha rovinate. Perché ci cascano tutte, tutte. Ci credono, lui è uno che quando vuole ti fa credere anche che vola. E poi c'è il castello, il palazzo, l'Mg. Ma lui il cuore non ce l'ha, no, non ce l'ha. E ieri sera, guarda, era proprio da vomitare quella recitina di devozione e Elena che se la tirava in un modo.» Si era calmata. La mano non stritolava più la sabbia. Si era messa a pettinarla, in larghi gesti con il palmo aperto.

«Hai mai giocato a pista?»

«Beh sì, a Gabicce, da piccola.»

Curiosa conversazione: su nulla. E su tutto.

«Come eri da piccola?»

Stupore assoluto. Ecco una domanda a cui ero impreparata. Non sapevo mai quando abbassare la guardia, con Giovannella. Se ritrovare l'intimità istantanea che ci aveva legato il primo giorno. Oppure lasciare che si sfilacciasse nella recita della spiaggia.

«Ero brutta.»

«Anche io.»

«Ma tu sei alta.»

«E allora?»

Protestava con tutto il suo corpo. La mano tagliava a colpi di accetta un piccolo monte di sabbia.

«Non lo so, dicevo per dire. Lo so come ci si sente. E poi mia madre mi faceva mettere gli slip anche quando avevo già il segno del seno, e io mi vergognavo da morire. Mi vergognavo proprio. Cercavo di camminare dietro gli ombrelloni, perché così quelli delle sdraio non mi guardavano. Ma gli altri bambini mi prendevano in giro, dicevano "Guarda che poponi". Allora io scappavo alle cabine, e mi ci chiudevo dentro. E poi mi mettevo le mani sopra quelle cose che sporgevano e le chiudevo, le tappavo. Le volevo cancellare. E mia madre non mi comprava il costume intero e ero disperata. Disperata.»

Mi ha preso un soprassalto di pudore.

«Andiamo a fare il bagno?»

«Così presto?»

Era dispiaciuta. Voleva stare lì a chiacchierare.

«No, dicevo per dire.»

«Ah, va bene.»

E poi siamo state zitte, per un po' e lei alla fine ha detto «Il più cretino è Bubi» e le scappavano gli occhi verso l'angolo a destra della spiaggia, l'ombrellone dove stava Albarosa, la prima fila davanti al mare. C'era Bubi sdraiato sul lettino, la testa sollevata, un cappello bianco di panama in testa. Se lo era tirato sugli occhi, faceva smorfie, se lo toglieva, se lo rimetteva. Era un gioco veramente stupido. Ma poi ho riconosciuto Albarosa, le lunghe gambe sul lettino accanto. Si era stesa di lato, vedevo solo il sedere, la schiena. Eppure c'era, in quel corpo bambino appoggiato su un fianco come su una ottomana, una vibrazione di energia sessuale che arrivava fino a dove eravamo noi, a metri di distanza. Come una carta moschicida.

«Quella cretina», ha detto Giovannella.

«Beh, sì. Ma è una ragazzina.»

«Sì, ragazzina... Quella ce la mette in quel posto a tutte, vedrai.»

Arriva Muzio. Muzio è la scia di Giovannella, il suo strascico. La mia tenda diventa all'improvviso un polo di attrazione. Siamo in tre, diciamo scemate. E quando Marina scende in spiaggia, verso mezzogiorno, viene da noi. Ha le occhiaie di un azzurrino stinto, la bocca rossa di rossetto color sangue scuro. È una tigre che ha finito il suo pasto. Si sistema come un gatto sulle ginocchia di

Muzio, lui si imbarazza, sbuffa. Ma poi aggiusta le gambe, la tiene su. Lei gli butta le braccia al collo e ride come una matta. E rido anche io, prima studiando il modo di ridere e poi senza pensarci, con naturalezza. E sono contenta che mia madre non ci sia, che non venga più alla spiaggia, ora che il mio destino è mio.

E poi mi lancina il pensiero che dorme sempre dentro di me. Dove sarà Alberico?

Come succede certe volte, perché la vita tesse trame di ragno e lega tutti dello stesso filo, Muzio risponde alla domanda che non ho fatto.

«Elena e Alberico sono in idrovolante con Giuseppe Cardi.»

«I maiali.»

È arrivato Bubi, sventola il panama sotto il naso di Giovannella, la prende per le spalle, la butta giù, riversa sulla sabbia che scotta.

«Ma che fai scemo.»

Protesta debole, perché deve protestare, ma una tonalità festosa le arriccia le labbra mentre arrota il suo finto insulto. È compiaciuta. Quella attenzione la ripaga della sofferenza di prima. Muzio la mette in guardia senza saperlo. O forse lo sa.

«Oh Bubi, ti ho visto, sai. Che ci fai con Albarosa?»

«Nulla, via. Ci gioco.»

Guarda la spalla bianca, la curva del costume nero sulla scapola. Ci passa il dito.

«Io pascolo da altre parti.»

Ride e Giovannella tira un respiro fondo e poi dice «Ma sei scemo proprio». Eppure non capisce.

E poi è Marina che si attorciglia a Muzio, gli bacia il collo.

«Sa di brillantina Linetti.»

Tutti a ridere, il disagio di essere femmine e maschi stemperato dentro Carosello.

E mi arriva l'invito. Distratto.

«Ah, Andreana. Stasera si va tutti a cena da Alberico, i suoi non ci sono per due giorni. Se vuoi puoi venire.»

Se vuoi puoi venire.

Ma io non sono offesa. Non è possibile che mi offenda. Non mi offende nulla. Rispondo, attenta a non sembrare troppo grata, troppo eccitata. Rispondo imitando il loro disincanto.

«Mah.»

Pausa. Labbra chiuse, spalluccia.

«Beh, sì. Sì. Sì, va bene. Grazie.»

Respiro.

E intanto Giovannella se ne va, gli altri sono chiusi dentro il loro gioco e io di colpo mi alzo dal lettino, la rincorro.

«Non mi hai dato l'indirizzo, eh, scusa, sai, ma dove devo venire?»

Le passa negli occhi un lampo di pena.

«Via Roma Imperiale. Il numero non lo so. Un muretto bianco, si chiama Villa Lydia.»

Gira le spalle. Ma prima si prende il tempo per dire, con un tono superiore, «Non ti aspettare nulla, una serata tra noi. Magari poi si balla. Oppure ci si annoia. Che ti frega?». È già lontanissima nell'orizzonte che trema.

La bicicletta mi consolava con il suo dong puntuale a ogni giro di ruota. Avevo guardato la piantina appesa nel negozio di Oreste, c'ero andata con la scusa di farmi controllare la pressione delle ruote. Tre strade: via Colombo, via Dalmazia. E poi Roma Imperiale. Ma continuai fino a via Fiume. Mi infognai nel buio della campagna. Il rosa della balza del mio vestito splendeva e io pedalavo, pedalavo, andavo giù, giù senza sapere dove. Fino all'odore dei campi, ai pomodori in fila negli orti, ai ponticelli slabbrati su rivoli fermi di buiore. Fino alle stradine sterrate incavate tra l'erba alta, agli alberi stenti di mele, piccole mele verdi, amare, come quelle che a Santa Croce si danno da mangiare ai maiali. Fino alla notte senza più lampioni.

E poi smisi di pedalare e scesi. Appoggiai la bicicletta per terra, mi misi seduta nella polvere. Non me ne importava più nulla, del vestito. Mi abbracciavo le ginocchia. C'era un silenzio spesso, solo interrotto di grilli. E io pensavo che potevo anche non andare, potevo tornare indietro, dire a mia madre che non mi sentivo bene, hai preso troppo sole, Andreana, però che peccato proprio stasera. Comprarmi le caramelle Charms dal tabaccaio e anche l'ultimo numero di «Grand Hotel», stendermi sul letto, nella luce vacua della lampadina circonfusa di vetro smerigliato. Leggere della segretaria Pamela, della sartina Evelina, dell'ingegner Rapisardi, del dottor Cecchi, di Millecento parcheggiate nell'ombra di una stradina come questa, con finestrini appannati e sopra nuvolette con scritto «Vuoi diventare mia moglie?». E lei diceva sempre sì. Potevo non andare alla guerra, restar serrata nella mia trincea. E c'era la notte. La potevo toccare. La luna forse era una curva stretta, persa da qualche parte di cielo, gialla. Me la immaginavo nel buio, ci vedevo a cavalcioni tutti i fratellini che mi sarebbe piaciuto avere.

Poi mi venne freddo, mi alzai. Ripresi la bicicletta, levai la polvere dal vestito. Non era passato nessuno.

Ancora sento sulla pelle l'aria tiepida di quella notte. Sento il rumore delle ruote sull'asfalto secco. Sento in fondo, nel buio, il rombo segreto del mare che non dorme. E non è passato nessun tempo. E io sono lì, ora, frammento di nulla e di speranze e corro dentro al mio destino come in una bocca che mi mangia.

Cercavo di immaginarmi come poteva essere la casa dei Sangermano: antica, bianca, imponente ma discreta. C'erano molte case dei primi del secolo, attaccate quasi alla strada, con alte finestre bordate di mattoni rossi e scale bianche nell'ombra della sera. Ho dovuto fare la via Roma Imperiale per tre volte, su e giù. Erano tutti bianchi, i muretti. E il nome delle ville non si leggeva. A un certo punto ero proprio disperata, vagavo come un sacco vuoto annunciata dal dong della mia bicicletta. Mi è passato accanto un fascio di fari. Andava avanti bucando l'oscurità. Avanti, avanti. Mi ero accostata al muro, ho ricominciato a pedalare. Sono arrivata in fondo alla strada, fino a un muretto bianco che non so come mi era sfuggito. Un cancello di legno scuro dentro una rientranza si stava richiudendo, sentivo il motore della macchina che mi aveva superato spengersi. Morire.

«Mi scusi.»

Mi era parso di avvertire una presenza, dietro il cancello. I battenti si sono riaperti. La giacca bordeaux del cameriere Otello.

«Buonasera signorina.»

«Buonasera.»

E mi batteva il cuore.

«Posso lasciarla qui, la bicicletta, non si preoccupi.»

«No davvero, signorina, la lasci a me, la porto al parcheggio delle biciclette. Però prima le faccio strada. Non la conosce, vero?»

Il mio vestito rosa scintillava nella penombra, guizzava come un coniglio scuoiato. I lampioni illuminavano un giardino immensamente grande, di cui non si vedeva la fine. Ombre alte di querce e cedri del Libano e profumo forte di magnolie maestose. E siepi di alloro tagliate a quadrati perfetti, siepi di pitosforo a forma di animali, siepi di bacche di san Giuseppe alte come palazzi, fiori rosa e bianchi, odore denso, acido, stordente. Lo sai che le bacche di san Giuseppe sono velenose, Andreana? Lavati bene bene le manine, se le tocchi, che sennò muori avvelenata.

Un viale largo di pietre grigie tagliava il verde perfetto dell'erba. Cipressi neri abbracciavano la notte. Di colpo ho visto la casa. Una casa, due. Tre. Case accostate. Da sola non avrei mai trovato quella giusta. Sono illuminate tutte e tre. E mi paiono case quasi di contadino. Non ci sono stucchi, né colonne, né marmo, non c'è nulla. Solo semplicità. Dagli archi emana un lucore stravolgente. E musica, e risate. C'è un pozzo in mezzo al cortile d'ingresso. Attenta Andreana, stai attenta, che la nonna Zita il pozzo lo tiene sempre aperto per tirarci su l'acqua e non ti può badare perché deve governare le galline e chiudere le pecore e mungere la vacca. Stai attenta a non cadere nel pozzo, che ci cascò una bambina, si chiamava Serafina, è ancora laggiù che urla, la senti? Che buio nero nel pozzo, che acqua ferma che aspetta.

I lampioncini di ottone appesi al bianco del muro spezzavano il porticato di ombre e di luce. Le facce scomparivano e poi tornavano. Le voci scoppiavano in toni alti e acuti, si rintanavano in strilletti soffocati. Rumori misteriosi e bellissimi di sedie spostate. Il cigolare di un dondolo. Attraversavo l'ala deserta del loggiato e cercavo di stare ben diritta sui tacchi delle scarpe bianche a décolleté. Le balze del vestito di chiffon rosa tempestato di pois bianchi si infilavano tra le cosce, tra le ginocchia. Otello mi precedeva, aggiustando il suo passo al mio. Mi sentivo una papera. Ho dovuto fare uno sforzo pazzesco per non tornare indietro, nella mia camera triste, nel colare di umido dai muri che piangono. Mamma, papà, mi dispiace.

Ho incespicato nello scalino del portico e sono franata sulla spalliera di una poltrona larga come un divano.

«Ah sei qui.»

Si era alzata Giovannella, da un mucchio senza forma arricciolato tra i cuscini. Ho spalancato bene gli occhi. E ho visto che avevo sbagliato vestito.

Loro erano tutte in pantaloni. Pantaloni sottili alla pescatora o appena lunghi su caviglie di vetro. Del colore dei ghiaccioli. Azzurro forte, giallo limone, rosa, fucsia. Avevano camicette di seta diritte, portate fuori dalla cintura, magliette di lycra strette sul seno. Niente collane. Niente tacchi. Marina a piedi nudi, Albarosa con i suoi sandaletti d'oro, le altre con gli infradito. Elena era accomodata su un divano largo di vimini, le gambe lunghissime chiuse dentro una guaina elasticizzata che le faceva sembrare ancora più lunghe e finiva con degli stivaletti dello stesso turchese abbacinante. La guaina le saliva su come una specie di costume fino alla curva rotonda dello scollo. Sopra portava una casacca di Emilio Pucci. Blu scuro, con una bordura a strani disegni, come gocce allungate colate giù dalla tavolozza di un pittore, con fregi e rettangoli di giallo e pesca e geranio e viola sulle maniche e sulle spalle. Era bella da fare male. Guardava, la testa piegata di lato, il collo teso da cigno. Si era pettinata con la divisa, l'onda molle dei capelli tirata dietro l'orecchio sinistro e aperta come mare sulla riva dell'altra guancia.

In fondo al portico, sdraiato sul dondolo, circondato di ragazze che gli stanno appese intorno come grappoli d'uva, c'è Alberico.

Distinguo le risatine, i gestacci. Vedo le gole protese, i capelli sfilati via dal viso inclinato con brevi occhiate sbieche. Seni all'altezza della sua bocca. Lui si alza di colpo, le scuote via come piattole. Una lo insegue. Ha un paio di pantaloncini rosa, una maglietta nera. Lo prende per le spalle, da dietro. Dice «Dove credi di andare bel marchese» con un tono atteggiato da civetta. E adesso c'è silenzio, e tutti guardano Alberico. Lei è aggrappata alle sue spalle e forse la incrina per un momento la paura. Forse vede il cappio che si è messa al collo. Lui se la sradica di dosso. «Levati.» Lei scivola contro il muro color avana del portico. Ha il viso di pianto.

Io sono rimasta immobile, a boccasecca. Ho incrociato il suo sguardo rapido.

«Ah. Ciao.»

Era già con Bubi e Muzio a scherzare in un circolo chiuso di maschi.

Io scrutavo le altre e ero disperata del mio vestito di paese, mi vergognavo delle balze, tre file, no quattro, della cinturina leziosa chiusa dal fiocco che a casa mi piaceva tanto. Non sapevo dove mettermi. Le lacrime mi pungevano gli occhi, come quando andavo dalla nonna Zita e i bambini dei contadini facevano gruppo contro di me. Mi puntavano le fionde, alti contro il muretto dell'orto. La nonna diceva «Vai vai Andreana, vai a giocare». Io sapevo che ci dovevo andare. Strascicando i passi, tornavo da quelle facce piccole e appuntite, da quegli occhi stretti contro l'intrusa.

Ma non mi guardava nessuno. Ho trovato la forza di cercarmi un posto a sedere. Inciampavo in gambe accavallate, in pantaloni di lino bianco, di lino blu.

«Ah, ciao.»

Mi sono seduta da una parte, sullo stesso divano dove stava Elena. Ho sempre insistito dove sento male.

Elena si muoveva con gesti appena accennati e subito ritratti. Riempiva lo spazio di luce. E poi c'erano gli occhi. Occhi di cannella e di cielo, occhi che non avevo mai visto, striati di pagliuzze sghembe color oro. Azzurro denso circondato da una aureola di zucchero caramellato. E negli occhi uno sguardo che attraversava le cose come un pugnale nel petto. E ti veniva voglia di offrire la gola a quel pugnale.

Io stavo seduta con le gambe strette, la schiena di traverso, mi affannavo in piccoli sorrisi spenti. Loro scherzavano e ridevano e parlottavano. Ho capito che si sarebbero potuti sedere sopra di me senza vedermi. L'energia che c'era tra loro era percepibile, viva. Un cerchio fluido e invalicabile. Mi sentivo morire. E non potevo andar via.

Poi si è alzata non so da dove l'ombra smilza di Emanuele. Di nuovo una camicia con il taschino, ma bianca, e sigarette in mano. Si è messo a sedere nell'angolo stretto di divano che avevo lasciato libero.

«Fumi?»

«No, grazie. I miei non vogliono.»

Lui era troppo educato per sorridere. Ha fatto un piccolo cenno come di approvazione. Sono arrossita e mi è venuto in aiuto con la delicatezza che ormai avevo cominciato a riconoscergli, con una grazia da donna, da sorella.

«Fanno bene, sai. E fai bene tu, a dare retta ai tuoi genitori. Certo che i genitori rompono talmente. Ma io sono convinto che alla fine, quando saremo vecchi quanto loro, romperemo anche noi. Perché è giusto.»

«Quanti anni hai?»

«Ventidue. E tu?»

«Ventiquattro.»

Cincischiammo con una mezza conversazione e intanto gli altri si erano messi a giocare a rubabandiera sul prato, figurine splendenti nel buio. Muzio reggeva il fazzoletto al centro delle file che si fronteggiavano. Chiamava sempre il numero di Elena, lei correva senza sciuparsi.

«È la prima volta che vieni al Gemma, vero?»

«Beh, sì. Prima siamo sempre andati a Gabicce.»

Mi rigiravo le «c» dentro la bocca, non me ne importava.

«E dove è, Gabicce?»

Gli raccontai della spiaggia, degli ombrelloni appiccicati, di come era fare il bagno camminando per centinaia di metri nell'acqua bassa. Di mio padre che aveva la Millequattro da tre anni e i bambini gli correvano dietro tutti i sabato sera quando arrivava. Della pensione dove andavamo, e poi dell'albergo Riviera, quando la conceria aveva cominciato a rendere.

«Ah, tuo padre ha una conceria.»

«Sì.»

Prese fiato. Si preparava un discorso che chissà quante volte avrebbe voluto fare.

«È fondamentale per la nostra economia la lavorazione delle materie prime. Gli operai sono il nostro futuro, stiamo costruendo una classe, stiamo portando sviluppo e benessere. Dobbiamo renderci conto che l'economia agraria è superata. Non che non serva, ma sono le industrie che ci porteranno fuori dalla miseria. Perché tu l'hai vista, la miseria, li hai visti, i bambini che chiedono l'elemosina, non è solo una cosa da film, da "Ladri di biciclette". L'hai visto "Ladri di biciclette"? Io ci ho pianto. Io mi vergogno di essere ricco. Voglio fare cose che cambino la vita della gente. Voglio costruire case aperte alla luce per tutti, non quelle file di scatole di latta e di cartone, hai visto "Miracolo a Milano"? Ma lo sai che in dieci anni, dalla fine della guerra, un milione, un milione di poveracci si sono andati a guadagnare il pane in America? E il carbone, il carbone, quello è una maledizione, non è giusto che trattino così i minatori. Come bestie. Quei disgraziati di Marcinelle, ma ci pensi? Era agosto, l'8 di agosto, tra un mese neanche. E noi siamo qui in vacanza a fare gli idioti e laggiù c'è ancora gente che ci scende, in quella miniera del cavolo. E magari scoppia un altro incendio e quei maiali dei padroni dicono che è colpa degli operai che saltano i pasti per risparmiare e puntellano male le gallerie per fare prima. Duecentosessantadue morti, ma ci pensi?»

Buttò la schiena contro la spalliera del divano. Sento ancora il calore del suo fiato affannato, l'urto della rabbia che all'improvviso lo aveva invaso.

Mi sono scostata.

«Scusami, è che io... certe cose mi fanno imbestialire. Ma tuo padre è una brava persona di certo. E poi guardaci, tutti qui a fare i mantenuti. Sì, come le puttane che la Merlin finalmente ha fatto una cosa giusta, le donne bisogna difenderle, non sfruttarle. Quei magnaccia con quelle facce putride, ma li hai visti? E noi con le nostre spider a correrci in mezzo. Muzio lo fa tutte le sere che può, con un certo Mazzitelli di Bologna. Vanno verso Migliarino, ci sono ancora, lì, le puttane. Senza casini. All'aria aperta o dentro la macchina. La strada non la puoi chiudere e neanche la pineta. Muzio non ci va nemmeno a puttane, perché ha paura. Ci gira intorno, fa su e giù, chiede quanto costa e poi si sganascia dalle risate. Lo hai capito come è Muzio, vero? A me certe volte stare qui, in mezzo a questa gente di merda, mi pesa moltissimo. Ma non c'è nulla da fare, sono i miei amici d'infanzia, capisci? Beata te che è tutto nuovo.»

I pantaloni di Alberico all'altezza dei miei occhi spalancati. Mi tende la mano.

«Vieni dai Andreana, che Ema ti rincretinisce. Non puoi fare a meno del pubblico nuovo, vero Ema?»

Sono tesa, la schiena attraversata di incertezza.

«Vai vai» dice Emanuele e intanto si sposta in maniera impercettibile lungo la spalliera del divano.

«Vieni che ti faccio vedere la casa». Mi alzo dentro le

balze da pasticcino del mio vestito rosa. Sono in piedi. Mi giro. Emanuele è già scivolato verso Elena. Alberico mi tiene ancora la mano.

E io vado verso il mio bosco.

Rivedo la casa che luccica tutta, il pavimento di cotto rosato, i tappeti sottili spenti da chissà quanti passi. I divani rossi, di un rosso attutito, intorno al camino incorniciato di pietra. I nostri corpi accostati nel corridoio largo. Le panche addossate alle pareti. Rivedo il disegno elegante della spalliera ricamare la parete bianca smagliante. Lo studiolo. La scrivania del '30 curvata come se il legno fosse di burro, la sedia con lo schienale dello stesso noce. Le cornici con le fotografie sono quinte di teatro e dentro c'è una vita incantevole, l'abat-jour spande sui nostri visi intenti una luce di panna. Una scala che sale. Gli scalini di mogano sono vivi sotto i nostri passi. Sento, nitido, il profumo voluttuoso delle dalie color sangue nel vaso di cristallo sopra la consolle. Di nuovo cammino accanto a Alberico lungo la galleria con la collezione di stampe di velieri, di nuovo apro le porte laccate di bianco. E dietro ci sono stanze da letto azzurre e gialle e verde chiaro e beige, copriletto bordati di gros grain di un colore che fa contrasto, seggioline delicate, toelettine di tulle, chaise longue e poggiapiedi e qualcuna ha un piccolo caminetto. Un bagno di piastrelle azzurre che sembrano acqua. Che specchio grande. Ancora ho nelle orecchie la musica del cristallo, mensole di cristallo, bottiglie di cristallo, bicchieri istoriati. Alberico li fa suonare con il dito per me. Una poltroncina nel bagno. Provo lo stesso stupore di allora, lo stesso sconcerto che ubriaca. La scala sale sale ancora. Gira con la stessa grazia verso il secondo piano, larga uguale, dello stesso mogano. E in cima c'è una porta bianca, chiusa. Ma dove porta?

Dove?

Il ticchettio sfasato dei miei tacchi mi bucava le orecchie. Alberico mi guidava senza lasciarmi la mano. La pressione calda delle sue dita era naturale, liquida, fluida. La sua mano mi portava su, in cima, accanto a lui. Mi sollevava nel suo paradiso.

Gli andavo dietro con la docilità di un cane trovatello, di un bastardino infreddolito. L'armonia delle cose mi attraversava come una musica. Scalino dopo scalino le mie gambe diventavano leggere. Mi riempiva tutta la pressione di quella mano. Mi confondeva la gentilezza commovente e insieme spaventevole con cui quella mano mi portava. Il modo in cui mi faceva posto nel mondo.

Alberico parlava con la sua bella voce mossa, con mezzi toni e pause. E divincolamenti rapidi, quando le parole scavavano vuoti che non voleva riempire. «Camera di mia madre. Lei e mio padre non dormivano insieme.» Pausa. Ritrattile, ombrato, il tono si spengeva in un gesto come di regalo, il braccio appena sollevato, un dito a indicare nulla. «Camera mia.» Un letto francese coperto di blu con ghirigori di nastro bianco. La libreria con la collezione di modellini di legno di barche a vela. Una fila di coppe su mensole scure. «Gioco a polo a Deauville. E queste sono del tennis. Tornei di amici. Sono seconda categoria, da ragazzo ho vinto la Coppa Lambertenghi.» Ha tirato giù una coppa con un largo manico d'oro, doppio. «Sci. Corviglia Cup. Ma non è stato difficile, i tedeschi bevono anche prima della partenza, la sera fanno le cinque al night. Non è difficile.» Si è avvicinato alla finestra; indicava il bosco di quercioli, fitto. «Dormo con la finestra aperta, per sentire il boschetto che respira.»

Io lo seguivo come una bambina il lupo.

Bevevo ogni pausa, ogni parola. Eppure quella confidenza mi spaventava. Era come trovarsi davanti un dirupo seducente e terribile. Ma non potevo impedirmi di guardare di sotto.

«Camera degli ospiti.» Una cassettiera dipinta di ocra e grigio, il senso di vuoto delle stanze che non appartengono a nessuno.

«Non piace neanche a me, ma mia madre adora avere ospiti. Le riempiono la vita, penso.» Ancora un abbassamento di tono. Chi è questo giovane uomo che mi mette davanti la sua vita con garbo, con il minimo indispensabile di reticenza? Il dio distante si è acquattato altrove.

«Adesso ti faccio vedere una cosa.»

Ha girato un angolo, ha aperto una porticina. Dietro c'era come una rientranza nel muro, una nicchia. E dopo una specie di stanzetta triangolare. A malapena ci si entrava in due. Una finestrina, tonda come un oblò di barchetta, impolverata di buio. La luce quadra di una lampadina appesa a un filo disfatto.

«Ti piace?»

Ho serrato tra i denti la carne dell'indice, l'emozione mi mangiava.

«È la mia stanza segreta.»

La percorreva con lo sguardo come se fosse immensa. Si era appoggiato alla parete diritta sotto l'oblò che dava sul giardino.

«Ci sono sempre venuto quando ero triste.»

Io lo sapevo che c'era da aver paura.

Lo sapevo che avrei dovuto scappare, rientrare nel cerchio sicuro degli altri. Giocare a rubabandiera, ascoltare i Platters. E bere Martini e Bloody Mary e Alexander e Gin Tonic che mi grattano la gola e mi riempiono gli occhi di lacrime.

E lo farò, dopo.
Ma sarà troppo tardi.
E ora seguo docile la mano di Alberico. E quando quella mano mi lascia io mi sento annegare.
«Non sei mai triste?»
Mi spingeva con una fretta improvvisa. Non voleva che rispondessi. Sentivo sulle spalle un peso tremendo, mi pareva di tirare su con il naso, di stropicciarmi gli occhi per non piangere. Siamo usciti. Di nuovo al sicuro nel corridoio. Alberico si sposta di lato, mi riprende la mano. Me la lascia il tempo di chiudere la porticina, la riagguanta subito.
Io sono il topo. Sa che alla fine mi mangerà. Ma ora non ha voglia di mangiarmi. Ora non gioca più. Ora gli preme contro il petto, da dietro, una pietra che lo soffoca. È da tanto. È da tanto tempo che c'è quella pietra dietro il petto. Non si vede, da fuori. Ma ora vuole andare dentro. Sollevarla. Guardare cosa c'è sotto.
«Mio padre era un uomo impegnativo.»
Perché adesso parla di suo padre, perché strappa la carne sotto cui ha seppellito la pietra che lo schiaccia?
È per quegli occhi pieni di sgomento. Per quegli occhi parla.
«Un eroe di guerra, capisci? Lui camminava davanti e io dietro con la signorina.»
C'è questo corridoio lungo, finestre aperte sul buio. E d'improvviso fa freddo. Però continua. È per quegli occhi.
«Era un uomo bellissimo. La signorina mi preparava, mi vestiva. Io scendevo per salutarlo. Ma era già andato via. Una volta mi aveva promesso di portarmi a caccia con lui, era una domenica mattina. Io avevo aspettato quella domenica per tutto un mese, contavo i giorni. Mi ero immaginato la colazione fatta di corsa, la signorina che mi portava nel suo studio e poi noi due dentro la

macchina che andavamo nella nebbia verso la campagna. Magari si girava. Magari mi parlava. I cani dietro a guaire, a saltare contro il finestrino. Io e mio padre. E la macchina. E il caldo. Il vapore sui vetri come in un sottomarino. Ma poi non mi riusciva di immaginarmi più nulla. Quella mattina mi sudavano le mani, le mie mani molli di bambino. Ho bussato e poi bussato e ribussato, ma la porta dello studio non si apriva. E allora sono entrato e lui era già andato via, si era dimenticato. Si era dimenticato di me.»

Brulicano i vermi sotto pietra. Sono vivi.

«Ti farò vedere le fotografie di mio padre.»

Di quel dolore ritrovato, ho afferrato solo un futuro, il futuro del verbo dentro quella frase. Mi ci sono aggrappata come a un salvagente nel mare.

Attraversavamo stanze abitate di ombre, di vestiti abbandonati a una gruccia, di pantofole ai piedi di letti intonsi. Di silenzi. Mi è venuta la pelle d'oca. Ma c'era la mano di Alberico stretta intorno alla mia. E il calore delle sue dita.

Non mi sembrava neanche più di ticchettare, mi sembrava di scivolare come in un acquario. Due pesci blu, attaccati in una luce chiara.

E poi salimmo l'ultima rampa di scale. E c'era la porta. Piccola. Bianca. Chiusa.

«È la soffitta. La vuoi vedere?»

E adesso, a distanza di tanto tempo, io vedo di nuovo quella porta, vedo lo sguardo disarmato di Alberico, sento il suo fiato tiepido che mi accarezza il viso. Riconosco la curva rotonda delle sue spalle. Gli vedo battere il cuore.

Siamo entrati.

La porta non ha fatto rumore, si è aperta come una

aureola liquida di astronave. La luce morbida di una luna larga barbagliava su un pavimento di assi scrostate, su casse di legno scuro accostate ai muri. Bauli semiaperti. Polvere. Una biciclettina sghemba che mi è parsa rossa. Alberico ha fatto un movimento brusco, ha strappato dall'ombra il suo vecchio giocattolo. Lo tastava come se fosse diventato cieco all'improvviso.

«È strano essere bambini piccoli. Ti pare sempre di correre. E poi diventi grande e corri lo stesso ma non sai più per dove. E neanche se ne vale la pena.»

Cercava il mio vestito rosa nella penombra dove ero sgusciata.

«Questa me l'ha regalata mio padre. Io a Malavolta, nella sala delle Armi, nascosto dietro l'armatura di qualche antenato cattivo. E la tata Debbie che mi cerca, la sua voce dentro le sale vuote. E dice "Al-be-ri-cooooo", perché è inglese di Leeds e il mio nome è complicatissimo da dire, sicché lo lascia correre da solo attraverso i saloni enormi, sorvolare vetrine e tavoli da pranzo e cassettoni e panche, finché non mi trova. E poi mi dice "Your father is here", in un modo secco, definitivo. Io esco da dietro la ferraglia che mi protegge, perché quando c'è mio padre bisogna esserci per forza, lo so anche se sono piccolo, avrò tre anni, quattro, forse. Mio padre mi viene incontro in cortile e ha la sua giacca da caccia, è altissimo, è bello in una maniera insopportabile. Mi solleva tra le sue braccia, mi fa volare, mi lascia proprio andare da solo nell'aria. Io urlo di paura vera, non mi piace questo gioco. Vorrei che mio padre sparisse. Vorrei che sparisse tutto. Vorrei andare via, dentro le braccia bianche di mia madre, dentro il suo profumo che sembra una siepe di gelsomino e mi intontisce tutto. Alla fine mio padre mi mette giù e Otello viene avanti con questa bicicletta rossa da grandi, senza le ruotine, con le ruote di metallo che girano da sole. E io ho ancora più paura, ma mio padre mi mette seduto per forza, mi schiaccia i piedini sui pedali, mi gira con rabbia le gambe. E io pedalo e piango.»

Aveva appoggiato delicatamente la biciclettina sul pavimento, come se fosse di vetro fragilissimo. Ha aggiustato il manubrio, dato un piccolo colpo alla ruotina storta, cercava di raddrizzarla. Io sono uscita dall'ombra, verso quel dolore rappreso. E mi scottava le mani una carezza, come venuta da sé. Il mio vestito di confetto frusciava nell'alone della luna.

«Poi ho imparato benissimo. Anche senza le ruotine.»

Parlava a voce bassa, si cullava nella sua nenia.

E poi ha alzato gli occhi. E mi guardava.

«Perché non ti togli le scarpe?»

Me le sono sfilate una alla volta. Le punte si erano graffiate. Le tenevo in mano e lui le ha prese. Le ha appoggiate con garbo sul pavimento.

È fermo davanti a me.

C'è troppa luce.

Ora ti vedo. Vedo il chiarore del tuo viso. Sento il tuo respiro dentro il silenzio. Hai stretto le braccia al petto ma le hai aperte subito. Ti sei arreso, non hai più guerre, non hai più ferite. Hai la mano libera, vuota, caldissima. E me la offri. È addomesticata, molle, non può farmi male.

«Sì.»

Mi porti dove è più scuro, nell'angolo più lontano, più riparato, non dici niente. Però mi pianti negli occhi i tuoi occhi, saldi, affinché io non possa estirparli mai più. I tuoi occhi spersi di padrone smarrito. Io mi appoggio al muro per non cadere all'indietro. Ma cado lo stesso, cado all'infinito dentro un baratro senza luce. La gola nuda, il petto duro sotto il tulle del mio vestito. Nessun pensiero. Solo forza, forza che tira giù, porta via. E dirupo. E caldo.

Mi sei caduto addosso con le braccia tese, le palme contro la parete. Mi hai incatenato dentro la tua gabbia.

Avvicinasti il viso e io ero schiacciata contro la superficie ruvida del muro, sentivo ogni minimo secondo di quell'avvicinarsi. Lo temevo e lo desideravo con la stessa forza vitale e sottomessa. Il soffio del tuo respiro sopra il mio respiro. La bocca. Pelle, solo pelle, pelle dappertutto, pelle nuda che non so perché è nuda. Da dove spunta questo petto magro che adesso tengo tra le dita, questo petto da uccello. Scorro i polpastrelli lungo le curve delle costole, nei cerchi soprammessi delle vertebre indifese. Hai la pelle che non ripara, la sento sulle dita come carta di riso, ha avvallamenti, buche, orli slembati che mi inteneriscono. Di colpo abbassi le braccia, mi strappi dal muro. Mi torci con una destrezza che fa spavento. E ora ti offro la schiena cedevole, languida. Hai di nuovo il tuo garbo, la cerniera scivola liquida tra le due dita lunghe fino al bordo chiaro delle mutandine chiare. Hai trovato il gancino minuscolo che chiude lo scollo a barchetta da bambina. Le tue dita sanno dove andare.

Il mio vestito per terra.

E ora siamo insieme sotto il damasco liso della coperta che mi serra, insieme nel fiato di macchina che pulsa accanto al mio letto di malata. E siamo vivi, vivi come in quella estate, in quella sera fosforescente.

Il reggiseno bianco. Le mutandine bianche. La tua mano studia il mio corpo, disegna righe, arabeschi. E poi mi piega con grazia, mi accompagna mentre scivolo giù su una coperta che prima non c'era. Ma forse c'era, c'è sempre stata, è lì per questo, una vecchia coperta marrone in attesa. Freddo, graffia. E la mollezza tiepida dei primi baci. E allora io ti restituisco i baci e sono brava a baciare, li do in un modo che ho paura di me. Sono brava a aprire la camicia, a slacciare i bottoni con la fretta che brucia le dita. A sfilartela giù dalle spalle. E ora sei nudo dalla cintola in su. Prendo i baci e li mangio. Ti ingoio la lingua, la gola. Ti succhio l'anima, ho la bocca feroce.

E poi siamo nudi. Mi chiudi il seno in una coppa di dita, tiri con i denti il capezzolo rosa. Morsi a questo collo forte di uomo, la mano giù, su di te, sulla carne dura rotonda cattiva. Mi hai toccato le cosce, le ho rinchiuse, serrate, ma tu le hai separate. Il vuoto mi esplode dentro come una mannaia. E sono caverna di buio. Rosa dentro la notte.

Urlo.

Un urlo lungo da bestia.

Dopo ti rovesciasti addosso a me con tutto il tuo peso, perso. Lentamente mi baciavi la testa, i capelli, le guance. Senza fretta. Mi accomodasti come una cuccia, trovasti con le labbra la piega del collo, l'osso dietro l'orecchio.

«Piccola.»

«Bambina.»

E mentre eravamo incollati, rumore crudo di passi. Passi che salgono pesanti sugli scalini. Uno, uno ancora. Passi alla porta.

«Signor marchese, ma è lì?»

Siamo di terra, il calore svanito. La coperta punge.

Eppure c'era dolcezza nelle sue mani, nel modo in cui aveva spostato il peso di lato per liberarmi. Senza affanno. E io disperata. Mi prese per un braccio, mi aiutò ad alzarmi con un mezzo sorriso divertito, sembrava un passo di danza. Gli sgusciai viva di sotto. Dio mio il vestito. Me lo infilai, arraffai la cerniera. Alberico era già vestito, pantaloni, camicia, espadrilles, tutto.

E Otello aprì la porta.

Ci guardava e di certo registrava ogni dettaglio minimo, la distanza colpevole che c'era tra me e Alberico, lui davanti, io indietro nell'ombra. La camicia, un lembo, fuori dalla cintura dei pantaloni del signor marchese.

«Che c'è, Otello?»

La voce di Alberico era piana.

«I signori vanno via.»

E così ho saputo che era tardi. Che quel viaggio dentro noi due era durato il tempo finito delle risate degli altri, dei loro scherzi scemi, delle gelatine di frutta ingoiate con il gin.

E infatti, quando siamo scesi, un po' dopo Otello, e siamo comparsi uno accanto all'altra nella luce vivida della loggia, gli altri ci hanno guardato in un modo furbo, cattivo. È stato Bubi che ci ha indicato con l'indice teso, e ha detto «Buongiorno, avete dormito bene?». Gli altri si sono sganasciati nell'odore di vodka, di Mercedes col filtro. Marina dondolava le gambe, ha messo i piedi sul naso di Alberico che si era seduto con calma vicino a lei.

«Ma che avete fatto?»

Alberico non ha spiegato nulla, non ha dato nessuna risposta. Si è ripreso subito il rispetto. Splendeva nel mucchio informe di colori e pelle abbronzata e teste scure e bionde e rossicce e color cenere. Si è cambiato argomento.

Io stavo zitta, il silenzio non lo sceglievo neanche, era uno stato naturale. Stavo zitta. Guardavo.

Alberico è scivolato con noncuranza giù dal divano, si è appoggiato alle gambe di Elena. Lei era la stessa di prima, come se non fosse successo nulla. Si è piegata come una rosa, gli ha bisbigliato qualcosa all'orecchio, lui ha riso. Io ero lì, su una seggiolina bassa, gelata di colpo. Mi saliva in gola il groppo della mia vergogna. Non lo posso dire alla mamma. Giù giù, nella parte più bassa del ventre, sentivo una fitta di dolore acido, che si spandeva in cerchi e mi saliva fino allo stomaco, alle spalle, alla zona fragile e esposta della nuca.

Siamo rimasti lì, a fumare, a ascoltare tramortiti Neil Sedaka che cantava «Oh Carol», il ritmo sincopato di «Mack the knife», Santo & Johnny, i bicchieri ciondolanti in mano, i piedi scossi fuori tempo, ogni tanto, come lucertole che guizzano via dalla loro coda. Verso mezzanotte e mezzo Marina ha proposto di andare in Capannina, Bubi si è svegliato di colpo. Giovannella ha alzato le spalle. Intanto Albarosa si stirava i pantaloni sulle cosce magre, guardava dal basso in alto Bubi, ha detto «Non so se la mamma mi lascia». Alberico si è alzato a cambiare il disco, è andato dentro, verso il mobile a tre scomparti di mogano lucidissimo, vicino alla finestra del salone. L'ho visto cercare con la mano nel caos delle copertine colorate, facce larghe di cantanti di moda. Poi ha sollevato il braccio del giradischi, sfilato il quarantacinque giri che c'era, appoggiato al suo posto, con cura, il disco che aveva scelto. Gli guardavo le mani. Erano gentili e guardinghe. Come su di me. È tornato e oramai ci eravamo alzati tutti, anche io sui miei tacchi assurdi.

Perché non ti togli le scarpe?

Sì.

Mi tolgo il cuore e te lo metto in mano; e anche gli occhi, le gambe, le braccia; e i piedi, li vuoi i miei piedi grandi di contadina?

Mentre Alberico andava a prendere le chiavi di casa, e Bubi arraffava Marina per la vita e Muzio scarnificava una foglia con i denti, Elena ci guardava a labbra socchiuse come creature abbastanza inutili. Di colpo ci si è scaricata addosso la voce disarmata di Gino Paoli, il suono straziante dei violini: «Questa canzone è dedicata a te».

La voce ci è venuta dietro fino allo spiazzo dove avevamo lasciato le biciclette, fino al viale del cancello. Ha saltato la palizzata, si è buttata giù per la strada diritta. È rotolata in via Dalmazia, in viale Morin, è passata sulla siepe fitta del passaggio privato che portava alla spiaggia. È rimbalzata sui cancelli verdi e azzurri, sui muretti di mattoni imbiancati, sulle insegne degli stabilimenti, sui cartelli stradali, si è infilata in via Corsica, in via Leonardo da Vinci. E mi sono accorta che ero io che cantavo.

Gli altri hanno cigolato via verso la Capannina, una fila alternata di biciclette e schiamazzi nella notte limpida di una luna sempre più alta. Io non sono andata. Non me la sentivo. Volevo covare la ragazza che non ero più nel cuore del mio letto.

Poi non è cambiato nulla. La crepa dentro Alberico subito richiusa nella superficie liscia delle abitudini. Perché solo in superficie si è al sicuro.

Il patino da corsa di nuovo offerto ai piedini di smalto rosa di Elena. I loro passi affiancati, il modo di parlarsi all'orecchio. La gita in Riva e io sola, dietro, seduta sul prendisole di pelle bianca: Portovenere, questa volta. Un giro tra i negozi sulla banchina, costumi appesi su grucce di filo di ferro e giocattoli di plastica da bambini piccoli. Marina compra una macchinina rossa, di ferro pesante. Ci sediamo a un tavolino di marmo macchiato, su sedie appiccicose di sciroppo di menta. Lei estrae la macchinina dalla sua borsa con gli specchietti, comincia a passarla sulle braccia di Bubi, ha la faccia da schiaffi, lui lo adora. Muzio scatta in piedi facendo franare borse e sedie, di corsa torna al negozio, compra un camioncino con una minuscola ruspa, e fa vroom vrrom, dice «Ora ti mangio», prova lo stesso gioco con Giovannella. Ma Giovannella guarda le braccia abbronzate di Bubi, la linea sottile, biancastra, che le ruote, passate e ripassate ridendo, disegnano tra i peli chiari. E vorrebbe appoggiarci la bocca, muovere la lingua dentro quel sentiero. Mi accorgo che dalle sedie di plastica a cordoli pendono fili spezzati, come un pianto interrotto.

«Ma tu l'hai letto il rapporto Kinsey?»

Elena sollevava la testa, strizzava gli occhi azzurri nel sole.

«Ma che sei scema? Il rapporto Kinsey non l'ha letto nessuno. Vuoi dire i risultati.»

Bubi secco. Ogni tanto gli capitava, era come un atleta stanco di correre la maratona, che si accosta di lato, riprende fiato, si riposa una frazione di secondo prima di rimettersi a correre. Io non sapevo nemmeno cosa fosse, il rapporto Kinsey.

«È uscito su "Oggi"», ha detto Giovannella.

«E di che parla?», ha pigolato Albarosa.

Gli occhi bovini di Muzio si sono sgretolati di soddisfazione.

«Di sesso, piccola, di sesso. Lo sai quella cosina che si fa ma non si dice? La mammina non ti ha detto nulla?»

Albarosa ha indietreggiato, si è fatta piccola nel due pezzi giallo limone. Elena era attenta. Hanno parlato di Kinsey, delle americane che figurati se è vero dicono che il sesso prima del matrimonio è una cosa normale.

«Per gli uomini è diverso, è una necessità fisica, noi ci dobbiamo sfogare» ha detto Muzio e la mano gli è finita in zona proibita, sul breve gonfiore dei pantaloncini scozzesi da spiaggia. Così, di riflesso. Aveva separato le sillabe di «sfo-ga-re» come una scarica di pugni in viso.

«Ma anche le donne sentono gli stessi impulsi degli uomini, scemone.»

Marina già a cavalcioni su di lui, indifferente e viva. E ha raccontato che su «Arianna» c'era scritto che i dottori ormai si erano convinti che la famosa differenza non c'è, che anche alle donne piace sco-pa-re.

Brivido di tutti, Elena, Albarosa, Giovannella, ma anche la solida rozzezza di Muzio, la leggerezza vaga di Bubi, la superiorità di Alberico si sono incrinate per un momento.

«Certo che noi ci dobbiamo controllare, voi siete donnaioli, noi diventiamo subito puttane», ha stabilito Marina con la sua voce d'argento.

Io ero rintanata nella sdraio con il telo blu bordato di giallo. Mi sembrava che tutto quel discorso terribile fosse stato orchestrato per me. L'enormità di quello che avevo fatto mi stava davanti resuscitata dall'oblio in cui l'avevo seppellita. Subito, dalla prima mattina. Quando Alberico mi aveva detto «Ciao» con un tono secco, liquidatorio. Mi aveva girato le spalle.

Mi è scoppiata accanto la rabbia di Emanuele. Stava spesso seduto vicino a me, io avevo cominciato a abbassare la guardia, a aprirmi con circospezione, lui era gentile, capiva, aveva una capacità da rabdomante di cogliere il non detto, di interferire con la linea frastagliata dei miei pensieri. Ci scambiavamo confidenze e intavolavamo discorsi seri, nella disattenzione generale.

«Rendetevi conto che la Merlin ha fatto l'unica cosa giusta. È scandaloso. La legge lei l'ha proposta nel '49, il '49, dieci anni fa e l'hanno votata a gennaio dell'anno scorso, questi disgraziati. E non fatemi più sentire quelle idiozie che dici tu, Muzio, lo sfo-gar-si e la cavolata che gli uomini sì e le donne no, e come faremo ora che ci chiudono i bordelli, l'igiene, le donnacce sul marciapiede, i soldatini, tutte cavolate. E non è vero nulla che il marito va bene se tradisce perché è un uomo e invece la moglie no, lei è una puttana. Ma che siamo nel Medioevo? Ma vi ricordate che N. N. è rimasto fino a tre anni fa sui documenti? Ma dove vivete, accidenti? Sfo-gar-si col cavolo.»

Era diventato rosso, travolto dalla sua stessa veemenza, dall'indignazione. Il gruppo lo ha ringoiato subito.

«E dai», ha sussurrato Marina che nel frattempo si era mossa come una gatta verso le sue gambe, piantate nella sabbia tiepida. Gli ha dato un bacio sui capelli, era alta sopra di lui. E Giovannella con il suo tono definitivo «Però ha ragione». Alberico non ha detto nulla. Tenevo la testa bassa, mi è sfuggito uno sguardo sbieco, da sotto. E ho visto che Alberico mi guardava.

Aveva gli occhi accesi di qualcosa che non ho saputo riconoscere. Li ha sviati subito. Sono tornata invisibile. Vuota.

Attraversai quei giorni anestetizzando ogni sensazione, immersa in un torpore per nulla vigile, nemmeno capace di ingannare mia madre.

Non hai fame. Mangia.

Ingoiavo cose da mangiare, sentivo un sapore di legno e basta. Sapeva tutto di legno. Andavo al mare, facevo il bagno, uscivo in gita sul Riva, andavo al bar a mettere canzoni nel juke-box e a bere cedrata.

Il picnic, sarà stato il terzo, il quarto, ormai mi sembrava un rito assodato, senza più magie. Spilluzzicavo dalle ciotole un po' di pomodori, un po' di formaggio, una milanesina. Partecipavo disattenta alle ondate ricorrenti di conversazione che mi si frangevano ai piedi. Il papa Giovanni e Fanfani e le scarpe di coccodrillo di Gucci e Coppi e Rossellini e Sonali das Gupta e Marisa Allasio e Pier Francesco Calvi di Bergolo.

La rapina di via Osoppo.

La marchesa Sangermano nutriva per quei banditi un disprezzo venato di ammirazione.

«Bisogna dire che sono stati moderni.»

«Sì, come la rapina al furgone Brink's di Chicago» ha

detto una mattina il dottor Martinelli, che ci teneva a comparire bene.

«Ma la paura, la paura» sussultava nel suo grasso la mamma di Albarosa, che si immaginava la stessa rapina al suo bel negozio di antiquariato di Borgo San Jacopo.

Il dottor Martinelli si era lanciato in una descrizione minuta dei fatti, la marchesa troneggiava sulle sue idee solidissime.

«Ma come si fa a non accorgersi che il figlio dei portinai fa il bandito...»

Pausa.

«Va bene che era un condominio di periferia. Via Washington, credo. Vero dottore?»

«Sì marchesa, proprio: via Washington.»

Il loro minuetto ora mi pareva vuotaggine pura.

«Ma ti mangi le unghie.»

Emanuele è accanto a me. Si è seduto sul lettino. È più di un mese che ci vediamo tutti i giorni, per tutto il giorno. E solo ora si accorge delle mani.

«Beh, sì.»

«Ma perché.»

Pare stupito davvero. Non sa che mangiarsi le unghie, rovinarsi le piccole pelli fino a scarnificarsi, e il sangue gocciola rosso vivo dalla pelle scuoiata, è un modo per darsi pace. Vado avanti da giorni in questa cappa di aria soffocata, di movimenti a rimorchio, e spazzatura sotto il tappeto. Gorata di vergogna. Lavorata di angoscia.

Mi prende la mano, io la ritraggo istantaneamente. Ora le tengo tutte e due serrate in grembo. Comincia a accarezzare il dorso, la catena nodosa delle nocche. Piccoli movimenti lenti, gentili. Mi accorgo che ho allentato la stretta, lasciato sfilar via le mani come serpi. Gliene lascio una, tanto non se ne accorge nessuno. Perché mi viene su la voglia di piangere?

All'improvviso voglio dirgli tutto, rovesciargli addosso la mia colpa come un pitale pieno. La carne viva intorno alle mie unghie è rosa, ma un rosa fetido, marcio.

Emanuele mi guarda in tralice, da sotto. Ha percepito i miei pensieri, come se li avesse letti. Subito stacca la sua mano dalla mia.

«Meglio di no», dice.

E io non so se è meglio non parlare di quello che patisco o se è meglio non tenerci la mano davanti a tutti.

In un balzo, un balzo da puledro, un balzo da animale che abbranca la vita, è già da Elena.

È strano che lei sia qui. Da giorni, lei e Alberico si assentano spesso, vanno in patino insieme, loro due soli, a giocare a tennis, loro due soli, a prendere l'aperitivo in Capannina.

Nessuno invita me.

La mia ammissione al gruppo segue un percorso obbligato come una via crucis.

Capitolo 6

La malata dorme nel letto verde, pesante di damasco liso. L'infermiera ha fatto l'iniezione, la donna anziana in visita ha guardato il corpo morto che era terra sotto le mani pietose per professione. Si è raggrumata nel suo vestito nero, ha stretto nel pugno le perle scappate. È stata contenta di andar via.

Potrebbe attraversare il vestibolo, bucare di ticchettio il marmo dei pavimenti freddi, poi aprire la portafinestra, sostare sulla balconata, scendere una delle due rampe di scalinata che l'abbracciano intirizzite. Riprendere la macchina che ha parcheggiato sulla ghiaia. La macchina è una Mini Minor nuovo modello, beige con il tettuccio nero.

Invece sceglie il percorso opposto, passa da dietro.

E questo è strano.

Dunque esce nel giardino all'italiana. Nota che alcuni dei gerani in brutti vasi sopra la balaustra di pietra sono sfioriti, tocca con la punta delle dita la terra: secca. Il giardino la accoglie con i suoi colori indorati dall'ora pomeridiana. Le siepi di bosso sono fitte come velluto, tagliate basse. L'aiuola grande è orlata di lavanda violetta, ma non ci sono api. Una fila di petunie fucsia delimita al centro un cerchio, costruito di grasse foglie di cercarys albina. Al centro del cerchio, un uccello a ali ritratte disegnato con petali bianchi.

Lei attraversa la bellezza chiusa del giardino e ha fretta, non sa perché ma ha fretta.

E ora si è pentita di aver scelto la via più lunga.

Passa in mezzo alle due vasche perfettamente rotonde dove vagano ninfee serrate come sudari. Alti macigni di bosso delimitano il viale. E piante di limoni, in vasi pesanti da trasportare come la vita. Ma l'aria è limpida, c'è ancora una cuccia di tepore, e lei comincia a godere di quella passeggiata insolita, nel silenzio del giardino in attesa. Rallenta il passo. Una fila di poltrone di vimini e panchine verdi di legno la guarda passare. Le viene in mente che le statue della facciata potrebbero andare lì a sedersi di notte, quando nessuno le vede. Ma è un pensiero che subito si scuote di dosso, e allora gira la testa verso la limonaia.

È per questo che lo vede.

Se avesse scelto la strada abituale, uscita sul viale d'ingresso, non si sarebbero incontrati, non accadrebbe nulla. Ma è così che ci si muove addosso la vita, sceglie piccoli pezzi del suo disegno, ci impedisce di concepire l'intero. Noi raccogliamo quei pezzi, e ci paiono inoffensivi. E poi siamo dentro la nostra prigione e non ci siamo accorti di nulla.

«Oh te.»

Una testa bionda di uomo giovane, di ragazzo appena sbocciato. C'è una tenerezza che commuove nelle teste, nei corpi dei maschi giovani. La loro virilità è addolcita dal velo di infanzia che ancora portano addosso, un vestito di vulnerabilità che non si vede. Per questo le donne di mezza età hanno voglia di abbracciare questi corpi adolescenti, vogliono succhiare quella debolezza, quella disponibilità a essere offesi che sparisce appena diventano adulti.

Ora si è tirato su, sta diritto. Ha una bella schiena, belle spalle quadre. Porta una maglietta Lacoste rossa consumata, stinta. Gli si apre in viso un sorriso di bambino diligente. Ma gli occhi, gli occhi sono di uomo, sono già oltre l'età che dimostra, sono fasci di torcia elettrica che scavano il buio e lo riporteranno in luce.

«Ciao.»

E si pulisce le mani sul fianco dei blue jeans.

«È guasta?»

Sta armeggiando su una moto. Azzurra, marca Suzuki. È una motocicletta che corre su e giù per le colline di Lucca e le azzanna con grazia, la stessa grazia da leopardo con cui il corpo giovane di questo giovane uomo si muove, sotto il tetto marcio di questa antica limonaia, sulle mattonelle di cotto sbreccato, mentre le viene incontro.

«No, la ripulisco. Mi piace che sia in ordine. Tu non ti immagini come è bello un motore pulito.»

E ora ride e cerca il suo sorriso. Lei glielo dà. Le piace assecondare, non prende decisioni, non le ha mai prese, lascia fare al vento.

«Non l'ho trovata male, la nonna.»

«Pensi che le dispiacerebbe dei gerani?»

Alza le spalle, non ne può più della malata, di quella stanza senza aria.

«E Saskia?»

Adesso il giovane uomo si ritira come i petali di un girasole di notte, cova quel nome, lo tiene con sé qualche secondo, perché è un nome che non si lascia buttare là come acqua, come gli altri nomi.

«Forse viene a cena. Perché non ti fermi anche tu? Farebbe piacere anche al nonno.»

Si è ricordato che è l'uomo di casa.

La bella donna scolorata dal tempo pensa alla cena. La stanza da pranzo fresca, le portefinestra aperte sulla sera. Il nonno e il nipote e la ragazzina e lei, seduti come bracci di una croce. Parole che occupano il silenzio. Il cameriere Dino che strascica i passi intorno al tavolo lungo. Come è invecchiato, anche lui... Posate appoggiate sul bordo del vassoio, il rumore dell'argento sulla porcellana. Vino rosso nei bicchieri alti.

Dice «Non posso, che peccato. Mi aspettano a casa».

Ma non è sicura che davvero la aspettino.

E ora sono uno davanti all'altra. Ronza una vespa nell'oro della sera. La moto azzurra balena dell'ultimo sole. Si baciano, il giovane uomo appoggia la bocca sulla guancia di lei, le dà un bacio da bambino, esegue un compito che conosce. Lei sussulta, è una bocca di giovane uomo che la tocca, non importa che lo conosca da diciannove anni, ora è uomo, ha una bocca d'uomo. E c'è questa aria dolce, e l'olezzo greve della lavanda in fiore. Non ha più voglia di andare via, non le importa che la aspettino.

«Va molto veloce?»

Le torna in mente quando era ragazza. Il giovane uomo risponde impettito di soddisfazione.

«Beh, sì. Pensa che certe volte da qui a Forte ci metto un quarto d'ora.»

«Tua madre non vorrebbe.»

«Mia madre sta a Punta del Este.»

Le si è rivoltato contro all'improvviso.

«Non lo dovevo dire.»

«Non importa.»

Dove andrà, questo bambino chiuso dentro un uomo? Avrà mangiato cioccolatini a letto, ieri sera, ci saranno carte scartate e lucide nel cestino del suo bagno, ci sarà odore di uomo sulla camicia buttata nel cesto della biancheria da lavare, sotto il lavabo?

«Dispiace anche a lei, sai?»

Lui si chiude come un libro chiuso.

«Non credo molto.»

Non si possono proteggere i figli oltre il confine che li butta a capofitto nel mondo. Ma lo vede esitare, la mano che si regge alla moto ha le nocche bianche, nel collo tenero batte una vena impazzita. Pensa alla donna che sta in Argentina e ha tutto il diritto di farlo, nel mondo sfasato che ci tocca. Lo vede raggrumare le spalle dentro un sospiro strozzato, e senza preavviso la lancina un pensiero di fiamma. Se potessi comprarti con la mia vita la felicità, io te la comprerei, e non avrei paura di morire.

«Io vado.»

Volta la schiena al ragazzo, alla limonaia nell'aria illanguidita del tramonto. Cammina passi di ghiaia. Non dovrebbe girarsi. Ma le sale un groviglio di umori su per il naso, si compatisce, e allora cerca nella borsa di paglia il fazzoletto.

Ora ha in mano la chiave.

«Filippo.»

Lui ha già rimesso la testa sulla moto, la rialza, le viene incontro perché è un giovane uomo educato.

«Secondo te, che è questa?»

Capitolo 7

Eravamo al bar, sparsi a grappoli sulle sedie, pieni di noia. Il juke-box era guasto. Ci avviluppava un silenzio mesto, gocciolare di pinguini liquefatti sul pavimento di graniglia. Maia cucinava e ci arrivavano addosso, nel caldo, zaffate di cacciucco spinato e l'acido dei pomodori in conserva. Deodoro stava appoggiato al pilastro del portico, di sghembo per godersi l'ombra, ma anche per non farsi vedere. Aveva messo a punto un'arte oculata per nascondersi, sfuggire alle incombenze ingiuste che gli venivano comminate per quello stipendio da fame. Che, se fosse stato per lui, col cavolo che ci veniva a lavorare per questi stronzi, ma sua madre era vecchia e lo soffriva, e poi mangiare bisogna, accidenti a tutto. Ma, mentre il lavoro dell'inverno, all'officina, gli piaceva, e gli piaceva avere l'unto dell'olio di macchina sulla tuta blu, e anche le automobili gli piacevano, infilarsi lì sotto come in un buco di donna, questo dell'estate no. Non c'entrava che faceva rabbia stare lì a sudare e intanto vedere questi stronzetti che si succhiano il pollice distesi al sole, accidenti a loro. Era il caldo, la sabbia. Il maledetto mare che si portava via tutto, non lo sapeva cosa, ma tutto. Il mare gli faceva schifo. E gli toccava lavorarci, porca troia.

Albarosa si era messa davanti a Bubi e gli si muoveva di fronte ballando senza musica. Ci è venuto addosso un rombo pazzesco. Alberico è schizzato in piedi, ha rovesciato la seggiolina di legno dalla furia.

«Johnny maiale», ha detto. E intanto correva tutto soddisfatto dietro l'angolo della tettoia, verso lo spiazzo dove venivano parcheggiate le macchine. Il gruppo gli è andato dietro come una collana che si sgrana.

Io mi sono alzata con qualche frazione di secondo di ritardo, nel mio tempo sfasato. Ho inciampato sui miei nuovi sandali infradito, perché ancora non avevo imparato a camminarci. Mi sono avviata dietro a loro.

I sandali li avevo comprati nel negozio in piazza dei Cavallini, dal calzolaio Valdemaro. Di pomeriggio, dopo che avevamo fatto il picnic, forse era un sabato.

Se non mi ci avesse portato Giovannella, in quel negozio minuscolo, grande poco più di un armadio, non ci sarei entrata. Mi avrebbero tenuta lontana gli squittii e le risatine e le gambe perfettamente depilate e le unghie perfettamente smaltate e i piedini perfettamente piccoli della piccola calca di signorine e signore, tutte in casacca Emilio Pucci e pantaloni alla pescatora, o prendisole della Valditevere o gonne a ruota di Simonetta Visconti. Ma lei mi aveva spinto dentro, proprio spinto.

Su, dai.

Avevo cercato di districarmi nell'ingolfamento di piedi e gambe e borse enormi e capelli gonfi e lisci e a onde, tra braccia con ciondoli e colli con collane di corallo e di onice e di ambra. Ma avevo perso uno zoccolo, era rimasto infilato chissà sotto quale tacco, in quale angolo, dietro quale sgabello. E adesso ero disperata e saltellante, nella calca. Mi veniva da piangere.

Il calzolaio Valdemaro stava seduto al suo bischetto, in fondo al buco nero della sua bottega, quasi spariva sotto gli stridi. Ciuffi di laccetti appesi come scalpi di tutti i colori dappertutto, pile e pile di solette legate con elastici sporchi, in mucchi pericolanti. E campioni di sandali polverosi, rinsecchiti dagli anni, esposti in una specie di scaffale lurido. La luce gialla di una lampadina sola. Odore di cose da buttar via, muffa, umidità, sudore. Bullette tenaglie lesina trincetto bisegolo piede di ferro raspa punteruolo marcapunti forme catino punzone in ordine perfetto sul legno sconquassato del deschetto: come strumenti di chirurgo. Il calzolaio Valdemaro non sollevava mai la testa. La moglie invece si occupava delle clienti con tentativi di sapienza mondana, le smistava, le lusingava, si accucciava ai loro piedi. Sollevava la testa da formichina verso la loro distanza e sussurrava «Va bene così, contessa?».

Quando fu il mio turno, disse «Contessa» anche a me e io mi vergognai del mio compiacimento, diventai rossa come una ladra.

«Prendili blu e anche bianchi e oro per la sera.»

«Ma io non esco mai, la sera.»

«Uscirai, dai, falla finita. E poi da Alberico c'eri, no?»

Sì.

Sono arrivata sul piazzale del parcheggio un bel po' dopo gli altri. Erano affastellati intorno a una Ferrari rossa con le ruote cromate. A un giovane uomo con i capelli ricci, appoggiato alla capote nera, un elfo in visita. Alberico gli stava a fianco con aria da padrone, gli aveva messo il braccio sulle spalle. Poi si sono spostati tutti come un'onda, mi hanno attraversato senza vedermi, quasi.

Erano di nuovo seduti nel bar, ma in schemi completamente differenti. Un cerchio stretto intorno al giovane uomo con i capelli ricci, che si era messo accanto a Alberico.

Ma dove sei stato disgraziato che ci hai dato il pacco alla Palmaria e poi sei sparito per un mese chi è la fortunata no il fortunato. Oh Muzio che sei scemo? Ti hanno messo in galera per debiti. Alvaro, è stato Alvaro perché non gli paghi mai i conti. Quelli del Caffè Roma per tutte le bottiglie che gli hai rotto. Oh ma lo sai che sei ingrassato, coglione?

Il giovane uomo con i ricci stava zitto. Eppure emanava da lui una corrente fortissima, più che se avesse detto qualunque cosa. Si è messo la mano in tasca e ha tirato fuori una scatolina chiara, l'ha aperta con uno scatto secco. Ha preso un sigaro lungo e se l'è acceso.

Gli altri erano appesi ai suoi gesti.

«Sono stato a Cuba.»

Giovannella ha respirato troppo forte, gli altri fissavano il giovane uomo affascinati. Il cerchio di attenzione incondizionata che lo circondava ha vibrato.

«Ma dai.»

Non si è dato nemmeno la pena di rispondere, gli brillavano gli occhi, la bocca, le dita intorno al grosso sigaro scuro.

«Va bene, John Albert Goldstalk: dettagli.»

Alberico si era appoggiato con il gomito al tavolo su cui Elena era quasi distesa. Le ha preso tra le dita una ciocca di capelli. L'ha lasciata andare.

«John Albert Goldstalk: americano, di grande famiglia ebraica. Simpatie cubane.»

Ecco, ora cominciava a divertirsi veramente, questo giovane uomo di vento. Gli vedevo baluginare il bianco dei denti oltre l'orlo delle labbra sottili come uno strappo.

«Facciamo conto che sia il titolo del "New York Times".»

Nessuno lo ha preso in giro.

«Ha ammazzato il senatore McCarthy con un infarto premeditato. Ha due casse di rum nel bagagliaio. Ha parecchi lividi sul collo, le signore mi scuseranno. È andato a cena con il dittatore appena insediato. Alcuni mesi dopo il colpo di stato, a dire la verità. Ma i giornali non la dicono mai, la verità.»

Raccontava di Cuba, del nuovo dittatore che aveva aperto ai russi di Kruscev, cacciato quel fetente di Batista. «Ma lo sapete che c'era gente messa in prigione nel '33 e quando lo hanno rimesso su, dopo vent'anni, quello stronzo se li è fatti ricercare tutti e quelli che non erano morti li ha ributtati in prigione? E la gente moriva di fame e quei disgraziati stavano a sedere sui soldi degli americani e facevano orge e festini e scopavano le bambine... Scusate signore, ma a Cuba le cose bisogna dirle come sono davvero... Scusa Elenina, non farmi il broncio che poi ti devo baciare tutta... Alberico, scherzo.»

Io ho sentito una puntura al petto.

«Una ricchezza da fare schifo, da fare schifo. I mobili francesi, oro e diamanti e tappeti e maggiordomi e automobili grandi come carri funebri. E questi fottuti che si credevano i padroni del mondo e torturavano e ammazzavano e andavano a cena camminando sui cadaveri. E affamavano il popolo. Gente bella, proprio bella. Io li ho visti. Ci sono stato.»

«Ma come hai fatto a entrarci, che è tutto chiuso?»

«Eh... Chiuso. Chiuso per i coglioni che stanno a Forte dei Marmi.»

E ha detto che, siccome suo padre ci aveva lavorato, con Batista e anche con Grau, dopo la guerra, per lo zucchero, anzi, quando ci fu l'uragano mandò soldi e vestiti e aiuti, e aveva amici e amici di amici, aveva bisogno di sapere bene come stavano le cose della nazionalizzazione. E con questa scusa lui si era fatto mandare a Cuba.

«E Guevara?»

Emanuele teneva la testa eretta, aveva spostato la sedia in modo da essere vicino a John Albert.

Elena ha atteggiato la sua bocca rosata in un broncio grazioso, mosso un pochino il mento, aveva questi istinti da odalisca. Ha chiesto «Cos'è Guevara» con una specie di condiscendenza.

«Un profumo di Balenciaga, Elenina nostra. Giungla, sudore, maschio, cose così.»

Bubi l'ha trafitta senza ritegno. Ho pensato che era l'unico che vedeva anche il cervello di Elena. L'unico che aveva deciso di interferirci.

Lei guardava John Albert.

«Non è vero, vero John?»

Lui le ha buttato un bacio con tutte e due le mani e intanto raccontava, in quel suo modo irretente, da basilisco, che aveva incontrato anche Guevara, un pazzo spiritato con una faccia di quelle che a voi donne fanno venire i brividi. Ha il fucile sempre a tracolla, anche quando mangia. E mangia con le mani... Mamma mia che brividi, quasi me lo facevo, io, Guevara.

«Scemo» l'ha rimbeccato Elena piccata. Mi è sembrato, per un momento, che scendesse dall'empireo, che nella sua aureola si fosse aperta una slabbratura.

John ha spiegato che l'ha colpito e toccato e entusiasmato in una maniera pazzesca il modo in cui la rivoluzione ha messo tutti insieme, tutti d'accordo. Il popolo lavorava e portava lo zucchero alle granjas del pueblo appena istituite e diceva che aveva visto file e file di trattori importati dagli Stati Uniti, e i contadini che andavano e li prendevano e ci lavoravano i loro campi. E le ragazze cantavano sempre. E c'era chi diceva che adesso avrebbero riaperto le miniere di nichel e anche quelle di rame e che i soldi sarebbero corsi a fiumi. Non come durante la guerra che non arrivavano le navi e non c'era da mangiare. Né dopo, quando Batista si arricchiva e affamava il popolo. E le ville dei coloniali erano tutte vuote, perché erano scappati a

Miami. La gente ci andava a ballare dentro, portava via quel poco che c'era rimasto, un candeliere, una spazzola di vermeille, si camminava su piatti di Sèvres rotti per la fretta, si buttavano nei camini di marmo i calici di cristallo da champagne per il gusto di veder schizzare intorno tutte le schegge. E c'erano dei furbi che arrivavano con le navi pronte dagli Stati Uniti e compravano a due lire tutti i mobili e i quadri e i vasi e i tappeti che i rifugiati in Florida avevano preparato già nei container. Credevano che i loro domestici glieli avrebbero spediti; e invece quelli mica scemi, se li erano venduti. A due lire, ma venduti e poi a Cuba due lire sono un capitale. Ci compri rum per un mese con venti pesos.

«Nelle strade c'è solo gente felice, i bar stanno aperti tutta la notte, la musica è dappertutto, le ragazze sono tutte un sorriso, ti guardano e sorridono, ti senti elettrizzato, ti senti vivo. Io all'ambasciata ci andavo a dormire di giorno, la notte stavo per le strade. L'ambasciatore aveva paura, diceva che secondo lui Eisenhower non si sarebbe dovuto fidare. Qui a noi ci buttano fuori tutti, è questione di mesi, un anno o due al massimo, crede lui.»

È scattato in piedi all'improvviso, ha cominciato a muoversi come un serpente, a dondolare il bacino. Poi si è bloccato, ha alzato il pugno destro contro il soffitto del capanno del bar di Maia soffocato dall'odore del cacciucco che bolliva.

«Hasta el pueblo sempre.»

«El pueblo unido sempre sarà vencido.»

Le ragazze hanno sbattuto gli occhi, come se qualcuno avesse acceso la luce di colpo, i ragazzi erano inebetiti. È stato Alberico che si è alzato. Ha sfilato il sigaro dal pugno ancora chiuso, se lo è messo in bocca. Ha rotto il cerchio della fascinazione di John Albert in rivoli aperti di discorsi differenti, domande sulle ragazze, su Castro, su L'Avana distrutta.

«Ma non è distrutta.»

Pareva tutto lontanissimo e eccitante. E c'era un senso di rivoluzione guardata dalla finestra del salotto, sicché quando Maia è arrivata e ha detto che il juke-box funzionava, l'aveva riparato Sirio del Bagno Piave, nessuno l'ha presa in considerazione. E John Albert ha continuato a rispondere. Muoveva la testa verso l'interlocutore, dedicandogli la sua assoluta attenzione per due o tre secondi, l'altro ne restava vinto. Intersecava discorsi e gesti, ci avvolgeva tutti nel cerchio pulsante della sua passione.

«Perché non sei rimasto?»

Si sono girati tutti verso di me, verso me che non esisto. Io già mi volevo rimangiare intera quella domanda fuori posto. Mi sono rinserrata nella seggiolina, ero defilata, in terza fila di sghembo.

«Castro mi ha detto di venire a fare la rivoluzione a Forte, chica. Quante ville avete, qui? Quanti poveracci?»

Mi guardava come se mi infilzasse.

«La vuoi fare insieme a me?»

Ha ruotato la testa verso il suo pubblico, ha detto «Chi è questa bellezza misteriosa che apre perfino la bocca? Neanche me l'avete presentata, maiali».

Sono avvampata, e intanto John Albert è schizzato tra le sedie, mi è arrivato davanti, mi ha trovato la mano abbandonata sulle ginocchia e mi ha fatto un baciamano perfetto. E io sarei voluta diventare una gamba del tavolino a doghe, un frammento di marmo del pavimento di graniglia. Mi è venuta in aiuto Giovannella. Si è alzata subito dopo John Albert e mi si è messa accanto.

«Lei è Andreana.»

E mi colpisce moltissimo che il giovane uomo con i ricci, invece di chiedere come tutti «È il primo anno che vieni al Forte?», dica «Sei bella». Con calma mentre mi guarda negli occhi. Facendomi sentire ancora peggio, lì sul momento.

Poi andammo a fare il bagno. Ci fu una battaglia di cavallini e John Albert la diresse con il sigaro acceso, muovendolo in ampi cerchi di su e giù da direttore d'orchestra. Alberico si issò Albarosa sulle spalle, lei tremava di piacere. Bubi infilò Elena con la testa stando sott'acqua e poi riemerse come un mostro marino, con le gambe di lei come una sciarpa al collo. Emanuele mi offrì le spalle, chino nell'acqua bassa davanti a me. Mi ci arrampicai. Giovannella guardava. Muzio si agitava intorno a lei con il suo grosso corpo, ma non ci fu verso, lei non si lasciò convincere. E mentre ci asciugavamo al sole, stesi sulla riva come birilli in fila, Alberico e John Albert cominciarono a darsi pugni per scherzo, a rotolare insieme. Le ragazze strillarono, Emanuele si scostò, ma rideva.

In questa camera di pena e di buio, di nuovo scoppia quell'estate che bolliva, e mi risucchia di caldo, mi annega di torpore. Il lenzuolo è rena chiara che si sfrangia di azzurro e di schiuma, la coperta è mare smeraldino. E ancora mi suonano dentro le orecchie gli squilli della rivoluzione che verrà.

Non ci toccherà, non ci capiterà nulla.

Ci capiterà tutto.

Ma noi non lo sappiamo, non ancora.

Uscendo dall'acqua, avevo guardato verso le cabine. Mi era sembrato di riconoscere la sagoma triste della ragazza che avevo visto piangere abbarbicata alle ginocchia di Alberico. Stava diritta in fondo alla passerella a patire della nostra gioia. Era un rimorso. O forse un segno. Dopo qualche minuto, avevo rimesso a fuoco quel punto preciso. Era sparita.

La marchesa Sangermano ha acceso di bianco la penombra della tenda.

«Oh, John Albert.»

Lui era già schizzato a farle il baciamano.

«Ortensia come sta?»

«Bene, benissimo, la mamma adora EastHampton, dice che assomiglia all'Argentario, ma più civile.»

Le voci mi arrivavano attraverso il sole che mi pesava sugli occhi chiusi.

«E tuo fratello Diego?»

«Si occupa delle raffinerie in Texas, non lo vedo mai.»

«E tua zia Milagros? So che ha deciso di ritirarsi in convento.»

«Pare.»

Rumore di sedie a sdraio spostate, tramestio di lettini.

«Ragazzi, io vado. Siamo serviti alle due precise.»

Brevi suoni sussurrati, ronzio di vespe gialle, grasse. Lentezza intontimento indifferenza accidia. Il loro mondo accanto eppure separato, ombre indistinguibili nell'aria che trema di caldo. Minuscoli campanelli di sartie di metallo che sbattono a intervalli sul boma del dinghy che Emanuele ha lasciato armato da ieri.

Stavo a occhi chiusi sulla sdraio, stesa dentro una pozza di quiete. Ma il rumore delle sartie mi risvegliava di continuo, come un richiamo bucava la mia nebbia. Lentamente ho cominciato a capire che qualcosa mi premeva contro, da dentro. Un groppo chiuso sopra allo stomaco, un annodamento dolente. Non immediatamente percepibile, ma presente, sbozzato in primo piano a mano a mano che la mia attenzione lo riconosceva.

Una pena che aspetta.

Mi soffiavano dentro le orecchie le frasi appassionanti di John Albert, gli strilli festosi della battaglia di cavallini. Poi ha cominciato a farmi male la testa, fitte squarcianti di dolore acuto. Mi sono tirata su dalla sdraio, ho visto che gli altri se n'erano andati. Ho scosso bene la testa, rimesso a fuoco il mondo. Mi saliva agli occhi, su per il naso, una tristezza fonda. E inattesa. Lo stomaco non mi faceva più male. È passato il dottor Martinelli, mi ha salutato scappellandosi nel suo modo ridicolo. Io ho annuito, accennato un mezzo sorriso vacuo.

È stato mentre raccattavo i sandali, li pulivo dalla sabbia contro il bordo della sporta di paglia. Il naso ha cominciato a prudermi, le lacrime a pizzicarmi gli occhi. Di colpo mi sono ricordata di quello che avevo fatto.

Il terzo giorno che c'era John Albert, il nostro gruppo teso e vivo e elettrico come non era mai stato, discorsi su Castro e su Kruscev e su Budapest e su Tambroni, Giovannella è venuta a chiamarmi. Si è chinata a raccogliere gli zoccoli rossi sotto la sdraio, ne ha sollevato uno.

«E i sandali?»

«Finito», ho detto io, brusca. Stavo imparando la loro regola di non dare mai spiegazioni. Lei è sembrata urtata, come se lasciando a casa i sandali l'avessi offesa.

«Beh, se ti va, stasera si fa un Monopoli a casa di Elena. Se vuoi...»

«Perché vieni sempre tu, a chiedermelo?»

Ha fatto un passo di lato, come se l'avessi colpita.

«Certe volte mi sembri proprio stupida, Andreana», ha detto riprendendo il controllo.

«È perché gli altri non mi vogliono?»

Giovannella mi guardava con una pena lenta.

«Beh, non venire.»

«No no. Vengo.»

Una risposta troppo rapida. Giovannella gira le spalle, muove appena la testa mentre alza la mano in un saluto all'indietro. È già a metà della passerella. Io corro vicino a lei, la sabbia brucia.

«Scusami, sono fatta male» dico, e per una volta non me ne pento.

E adesso siamo una di fronte all'altra.

Se non mi sposto, lei non potrà camminare fino alla tenda dei Sangermano dove sono tutti intorno a John Albert, che pontifica dal lettino da sole, nel suo costume giallo e azzurro delle Hawai.

In questo silenzio improvviso, fermo, possiamo dirci la verità.

Allora lei mi guarda, e ha occhi di vecchia, vecchi come il suo costume nero, come i capelli sbiaditi buttati all'indietro. Stringe le labbra, fa un respiro breve. Sta soppesando il momento. Sta decidendo cosa fare. E io sbaglio tutti i tempi, non la lascio entrare in sintonia con la mia angoscia.

«Dove devo venire?», sbotto.

E questa volta sì che sono pentita.

«Via Nizza, in fondo. Si chiama Villa Sole.»

Ha già deviato i passi, fatto una piccola curva. È con gli altri. Io saltello via verso la mia tenda, mi siedo all'ombra, faccio finta di leggere il libro dell'animale africano. Ma vorrei «Grand Hotel». Vorrei Gabicce, il mondo che conosco.

Nella mia camera di malata, il buio vede tutto. È gentile. Permette che veda anch'io.

Il pomeriggio, Giovannella era andata alle colonie.

Le colonie erano due torri bianche che svettavano dove finiva la spiaggia, in un posto chiamato Carrara, distante dal Bagno Gemma quanto la luna. Aveva guidato la sua Cinquecento sul lungomare, attraversato banchi di biciclette, di famiglie che sbordavano fino al centro della strada, bambini magri su tricicli rossi, umanità ribollente e sguaiata, appena riordinata da vigili bianchi come gelati Motta, gesticolanti su pedane bianche e nere da circo. Guidava piano. Lasciava che vivessero gli altri. Era il suo modo. Era passata accanto alle reti che rinchiudevano i campeggi, aveva visto roulotte alte su schiere di tende svedesi. C'erano catini di plastica, mutande e asciugamani stesi su fili tesi tra gli alberi. Donne grasse con vestagliette più corte davanti armeggiavano con le pentole sul Campigaz. All'ingresso, un pulmino aperto di lato mostrava un bancone, e un uomo e una donna, vestiti con sudici camici bianchi, affettavano una porchetta unta. Le era venuta all'improvviso voglia di un panino. Aveva considerato che poteva accostare, lasciare la macchina con il finestrino aperto. Affacciarsi a quel bancone rialzato come un pulpito, chiedere, ottenere. Pensava al sapore di carne forte, maiale nel caldo. Al grasso che sarebbe colato giù, macchiando la camicetta bianca. Alle briciole sul sedile, sulla gonna blu. Pensava al groppo che avrebbe fatto in gola quel pane pieno di mollica, fradicio di umidità. Poi le era sembrato troppo difficile. Aveva continuato a guidare, lenta nella calca dei corpi.

Arrivò alle colonie che erano le quattro, i bambini già in fila, pronti per ritornare alla spiaggia. Mentre passava davanti al cancello, cercò la testina scura di Giuseppe, non la vide. Lasciò la macchina all'ombra. Si affacciò all'ingresso.

«Signorina Parretti!»

La sorvegliante la guardava stupita. Non era il giorno della Parretti, non era l'ora. Questi ricchi fanno quello che gli pare.

«Mi scusi Rosa, passavo di qui e mi è venuto in mente che magari vi serviva aiuto.»

Giovannella aveva imparato che la deferenza era la tassa da pagare per quel visino pallido.

«Se vuole, signorina, ci può accompagnare al mare, oggi gli si fa fare il bagno anche di pomeriggio, ai bambini, fa un caldo...»

Sfiorò le due o tre testine che aveva più vicino. Andava benissimo. La sorvegliante mosse il minuscolo esercito con comandi secchi: avanti, marsch! I bambini camminavano su tre file, a intervalli regolari, spiumati dentro i loro grembiulini a quadretti. Le venne un urto di pianto.

E Giuseppe non si vedeva.

Ma non poteva chiedere subito di lui, sarebbe suonato strano. Tutti i bambini erano uguali, alle colonie. Aiutò a svestirli, a metterli dentro l'acqua, sorvegliò le testine che le erano state assegnate, asciugò corpicini secchi di piccoli uomini e piccole donne con il destino scritto dentro le loro ossa di coniglio. Bambine con occhi grandi la osservarono senza dire una parola. La colpiva sempre la docilità dei bambini delle colonie, i loro mezzi strilli, mezzi giochi, mezze risate. Come se la parte viva di loro fosse rimasta a casa con la mamma, in quelle stanzette chiuse, soffocate di caldo, nelle periferie trappola di città ostili.

E Giuseppe non si vedeva.

Alla fine, proprio quando infreddoliva e i bambini rivestiti già allungavano di ombre sfasate, silenziose, i tavoli del refettorio, le prese un'ansia che non sapeva dire. E andò dalla sorvegliante. Chiese di Giuseppe. Lei ci mise un po' a capire quale Giuseppe. Alla fine disse «Ah, Puglisi. È in infermeria». Le venne uno sbocco di paura. Domandò se poteva andarlo a trovare.

«Ma certo, Tecla, accompagna la signorina Parretti.»

Salì scale di marmo, curvate come una conchiglia. Magari era Terragni che aveva fatto questo enorme fungo di marmo per piccoli dolori e gioie stente. Attraversò un corridoio slabbrato, poi una porta, un'altra. Il visino bianco sul cuscino bianco.

«Che hai, Giuseppe?»

Lui aprì gli occhi di buio nel visino spaurito, le prese la mano. La teneva stretta. Lei pensò che era come una visita in carcere. La ragazza che l'aveva accompagnata era andata via. Nella camerata c'erano sei lettini, una sola finestra, chiusa. Si moriva di caldo.

«Ma non hai caldo?»

«No, grazie.»

La gentilezza delle maniere di Giuseppe la inteneriva. Le aveva raccontato che viveva verso Affori, badava lui ai tre fratellini piccoli. Aveva sette anni e il viso da vecchio. La mamma, operaia. Il padre non c'era. Lui diceva «Il mio papà» e girava la testa per nascondersi. Si erano scelti per quella riservatezza, per le buone maniere, per quella tristezza che li abitava senza che nemmeno se ne rendessero conto. Lei aveva in tasca, quel primo giovedì, un lecca lecca giallo, trasparente. Glielo aveva dato di nascosto, lui si era acceso di gioia pura, aveva ringraziato con i suoi occhi grandi spalancati di emozione trattenuta, ma viva.

«È buono.»

«Sì.»

«Grazie, signorina.»

Parlava come un adulto composto. E c'era il suo grembiulino a quadrettini azzurri, sulla sedia. Sulle gambette magre, sulle braccina lividi brutti. «Sono caduto prima di partire.» Una volta le aveva detto che sapeva cucinare: spaghetti. La polenta no. Preparava la cena, la mamma tornava alle otto, i fratellini mangiavano pane e latte. Giuseppe barbagliava nei pensieri di Giovannella nei momenti meno prevedibili, le troncava il respiro. Dietro di lui, lei vedeva i poveri che conosceva dai film, da certi discorsi di sua madre, che era dama della Croce Rossa. Sistemava il cuscino e le venne tra le mani una cosa piccola, dura. Ritirò le dita, erano zuccherose.

«Che hai lì sotto, furbacchione?»

Lui sorrise di fierezza, si agitò come una lucertolina, e arraffò la cosa infilata tra la federa e il lenzuolo. Gliela mostrò, rapido. Era il lecca lecca. Sfatto, intatto.

«Te ne regalo uno nuovo, se vuoi.»

«No. Grazie.»

In macchina, mentre tornava indietro, Giovannella piangeva. Pensò che aveva ragione sua madre, che, forse, alle colonie, era meglio se non ci andava.

Ora sono stanca, mi stancano i ricordi degli altri. E non voglio più i miei, non voglio tornare indietro. Ho trascorso i miei anni a dimenticare, ho dimenticato con diligenza. Ho imparato a vestirmi di grigio, di verde cupo, di nero, a alzare dentro gli occhi un muro perché nessuno ci guardasse dietro. Non voglio vedere più nulla, voglio la pietà che spetta ai morti. Perché rammento tutto?

Si giocava a Monopoli in stanza da pranzo. Il tavolo aveva il piano di marmo appoggiato su gambe bellissime e arcuate. Le sedie avevano la spalliera alta e comoda. Tutti i mobili erano laccati di un color avorio pallido, bordato di una sottile filettatura di rosso. Alle pareti c'erano stampe di pesci, il pavimento era di marmo grigio. Era una eleganza differente da quella di Villa Lydia, meno ricca. E tuttavia forse la preferivo, nella mia graduatoria appena nata delle cose belle. Mi sembrava che pesasse meno sull'anima. Più di tutto, mi era piaciuta la vista da fuori, la casa rossa sul prato verde inciso di margherite gialle. La linea bassa del profilo, solo il pianterreno, finestre orlate di cornici bianche, siepi di alloro a circondare la porta, pochi scalini di pietra. Niente porticato, niente camini, niente logge, muretti. Era una casa felice quanto la nostra era morta.

La zia di Elena ci aveva accolto sorridendo, si era subito eclissata. Elena era talmente radiosa. Aveva un vestitino giallo con le maniche all'americana, sandalini infradito gialli, i capelli le spiovevano sul rosa delle guance e lei se li tirava con un piccolo gesto nervoso dietro le orecchie. Stava buttata sul tabellone, picchiettava le sue casette verdi, gli alberghi rossi, che aveva sistemato su via dei Giardini. Giocava con Alberico, lui e lei accanto, ogni tanto lui le toccava il braccio, la gamba, il collo, senza distrazione, intento. Io pensavo cosa avrei fatto se fossi stata lei, se avessi avuto i suoi capelli, i suoi occhi di cielo e di croccante, le sue gambe, il suo seno. Se avessi avuto quel padre così bello invece del mio che veniva dal sangue secco. Quella zia lunga lunga, con i capelli stretti a crocchia, la bocca intirizzita. Quella casa splendente, quel tavolo, quelle sedie, e le stampe dei pesci. Se avessi avuto Alberico.

Erano passati dieci giorni, credo. Un po' più di una settimana. Non contavo più i giorni. Muzio aveva comprato la Compagnia Elettrica e l'Acquedotto e cercava di farsi vendere da Emanuele le due azioni che gli mancavano lanciando offerte spropositate. Giovannella giocava in un modo assente, Albarosa saltellava tra Bubi e la sua sedia, la trascinava in piccoli movimenti, che sperava sfuggissero a tutti, sempre più vicino a Bubi.

«Bubi aiutami.»

Lui si alzava subito, confabulava attaccato al suo piccolo orecchio senza lobo.

«Lo compro», diceva lei sussultando tutta. Tutti erano allegri e compiaciuti e divertiti da questa serata da ragazzini. La distanza degli anni rendeva eccitante maneggiare casette e segnaposti e banconote verdi finte e dadi, confermava la superiorità del presente, la licenza di riprendersi ogni minima sensazione cosa emozione oggetto che ci si era lasciati dietro. John Albert pontificava sul potere, faceva battute feroci a Muzio.

«Ma compra la macelleria.»

«Ma non c'è», ha detto Elena.

«Eh, no, piccola. Troppo sangue», l'ha rimbeccata Bubi.

John fumava il suo sigaro, era il filo che lo teneva legato al mondo. Parlava sopra il vocio degli altri. Beveva tè alla pesca dentro un bicchiere di vetro blu, strizzava gli occhi come se fosse stato alcol a novanta gradi. Non c'erano alcolici, la zia Sofia non lo permette, qui, aveva detto Elena senza scusarsi. Le principesse non si scusano. Il titolo glielo riconoscevo, avevo imparato in collegio che ci sono persone a cui spettano di diritto cose che tu non potrai mai avere. È il vento che ci sparge, che ci dispone, assegna i posti nel mondo. John Albert si è mosso. Uno scatto sul tabellone di cartone spesso, rosso scuro, con la mappa delle proprietà, le casette, gli alberghi. Ci ha messo la mano sotto, l'ha sollevato. C'è stato un terremoto di Monopoli, proprietà e carte e denaro e casette saltate da tutte le parti come se fossero vive.

«Mi manda Fidel», ha urlato. «Sporchi capitalisti affamatori di popolo, la rivoluzione vi travolgerà. Sarete schiacciati tutti, sarete polvere sotto le scarpe dei lavoratori. Giù la testa davanti al popolo, mummie.»

Gli altri erano ammutoliti, incerti, non capivano se era uno scherzo davvero.

«Ma anche tu sei un capitalista», ha detto Elena soffiando via una ciocca di capelli dal viso, girata verso Alberico. Era turbata, era la prima volta che le riconoscevo addosso una emozione. John Albert aveva appoggiato le palme sul piano di marmo del tavolo. Incuteva rispetto, distillava paura fredda.

«Okay okay, finirà tutto. Finirà presto, prima di quello che noi possiamo prevedere da questo posto cieco. Finirà il capitale, finiranno le nostre case enormi, il personale, i piatti di porcellana, finirà perché non può durare, ragazzi, non può durare, non si può sparare all'infinito sulla gente con la scusa che sta preparando la rivoluzione, finiranno le nostre madri, i loro bridge, i nostri padri grassi sui loro grassi sederi.»

«Mio padre non è grasso.»

«Zitta, scemetti. Facciamolo finire.»

Non riuscivamo a incasellare quella sparata dentro schemi conosciuti. Non sembrava uno scherzo, ma era uno scherzo, di sicuro. Però John Albert era appena tornato da Cuba, John Albert era strano. Sputava parole piene di spigoli, spariva, ricompariva, rombava via come la sua Ferrari.

E certe notti, quando la Capannina chiudeva, quando il Jimmy's chiudeva, quando Regine chiudeva, quando il Number One chiudeva, e chiudevano i bar dove era andato a bere gli ultimi whisky vodka rum margarita Bloody Mary e sul lungomare c'era la brina dell'alba, a Piccadilly il puzzo delle prime uova fritte, in rue de Rivoli la pena dei clochard stesi in terra a dormire, sulla Sesta con la Cinquantasei la merda dei cani lavata da ometti in tuta azzurra; certe notti lui camminava a vuoto. Allineava i piedi su linee immaginarie. La linea che andava diritta verso suo padre, raffinerie, zuccherifici, abiti di Sam Lutney, una moglie principessa romana con perle incise nella scollatura, dodici camere per ospiti a EastHampton e solo nove nel Maine. La linea che svoltava nel bar degli omosessuali del Village. Duke Street. Piastrelle bianche e giornali con foto pornografiche e sul muro del cesso numeri di telefono e misure di cazzi. La linea che andava verso qualcosa che non gli riusciva di vedere. I negri, i cinesi, gli italiani, quegli odori fetidi nei posti dove portava a mangiare le sue amiche di Park Avenue per istupidirle di trasgressione finta e scoparsele poi in tranquillità. Bambole di carne per il suo scannatoio sulla Cinquantadue. Poi arraffava il taxi che lo aveva quasi investito, tornava a casa da sua madre. Si buttava a dormire con addosso gli odori della notte. Alle undici sua madre era ancora in vestaglia di seta e socchiudeva la porta, lo guardava addormentato di traverso, tutto vestito. Richiudeva subito, come si fa con una cassaforte. Si alzava alle due, beveva il primo whisky della giornata. Usciva a cercare la linea della sua vita nella pulsazione ininterrotta della Quinta.

Albarosa si alzò a raccattare i frammenti del gioco sparsi dappertutto, Muzio rantolò una cosa che nessuno capì. E già John Albert rideva come un pazzo, aveva preso Elena, se l'era sollevata davanti, poi l'aveva resa a Alberico con un inchino di deferenza buffa, «Dovere signor marchese». E subito la crepa si era richiusa, il disagio annacquato dentro il tabellone da ricostruire, litigi, gomitate, qualche casetta messa di frodo su una casella vuota, giù le mani, furbastro, ma era mia, sì, col cavolo. Incrociai lo sguardo perplesso di Emanuele, incerto se crederci o no. Il pensiero di quello che avevo fatto non mi abbandonava mai. Mi spiegavo la presa di distanza di Alberico e anche la giustificavo, era giusto, me lo meritavo. Cosa avevo creduto, cosa mi aspettavo? Ero una troietta con cui lui aveva scopato, ero questo. Me lo dicevo con queste esatte brutte parole, trovavo nella volgarità una specie di conforto, un guanto per il mio strazio.

E poi Alberico mi vede.

Penso di essergli comparsa davanti come un fantasma, dilavata di pallore. Qualcuno che non c'era fino a un momento fa e ora è qui, trasparente, ma vivo. E bisogna farci i conti. Non so se è stata la sparata di John, lo spazio vuoto che ci ha spalancato sotto i piedi. Se è stato il vestito giallo di Elena. Se è stata la vibrazione di angoscia che mi alonava ogni gesto. Non so dove ci siamo trovati. C'è stato un punto. Un punto sospeso. Invisibile e vivo. Mi sono alzata, esaltata da quei pochi secondi di intimità segreta. Ho farfugliato di un mal di testa, Emanuele si è preoccupato subito.

Vado solo a prendere aria in giardino.

Esco nella sera quieta e la pace di quel prato buio mi attraversa e mi placa, restituisce alle sensazioni un nome un posto uno spazio. Mi chino a toccare l'erba, i fili tesi e fragili delle margheritine selvatiche. Siedo e mi tolgo le scarpe. Passo i piedi sull'erba, li sento riprendere vita, lentissimamente. Ritorno in sintonia con il corpo che mi ero dimenticata di avere. Tocco le gambe, le ginocchia, la curva intiepidita delle cosce, l'orlo delle mutandine. Le braccia, il gomito, prima uno, poi l'altro. Il collo, il mento, la guancia destra, la sinistra. La bocca. Mi ricostruisco rimettendo al loro posto i pezzi frantumati, tocco ogni pezzo per verificarne la posizione corretta, la consistenza, il calore di carne viva. Cantano grilli nell'ombra. Frusciano ali nel boschetto dietro la casa. E colpi secchi di biciclette giù, verso il cancello, la strada. Respiro odori che riconosco. Certe sere, a casa della nonna Zita, scendevo di nascosto le scale veloce come un leprotto e aprivo il paletto del portoncino slabbrato della cucina per uscire sull'aia. Andavo a ascoltare la campagna che dormiva. I miasmi delle bestie che ci respiravano in casa, del pollaio, del maiale, la mota, gli escrementi, il letame, mi pizzicavano dentro il naso. C'era sempre un barbagianni che gufava contro la notte. Ma non avevo paura.

Risvegliata, ricostruita, sono tornata verso la casa, verso la stanza illuminata, verso le voci che arrivavano fino all'ingresso, oltre il cortiletto con la fontana. Lo sguardo di Alberico mi stava addensato intorno come una luce. Avevo voglia di fare pipì, di lavarmi la faccia, o forse volevo solo guardare il mio viso, riconoscerlo dentro lo sguardo che mi aveva fatto rinascere.

Ho cercato nell'ingresso il corridoio, la porta del bagno degli ospiti. Andavo avanti nella penombra aureolata dai riquadri delle finestre, aperte sulla luna che montava. Ho trovato a tastoni il bordo alto dell'interruttore. C'è stato uno scatto.

Ho fatto un passo indietro, la luce era come uno schiaffo.

Davanti alla porta del bagno c'era Alberico.

Le mani e gli occhi e il naso e la sua bocca, il suo respiro fragile di uccello ferito. Il bordo duro del lavandino contro la schiena, il freddo circolare della porcellana bianca contro la pelle nuda, il mio vestito sfilato giù come una buccia. Io lo assecondavo, guizzavo la pancia, il fianco, e il vestito era sui miei piedi, ci inciampavo. Alberico chino davanti a me, nello spazio infinitesimo tra il water e le mie gambe. Le sue mani sulla mia caviglia. Mi solleva il piede, fa scorrere via il vestito. Non si solleva. Resta chinato, tiene il mio piede tra le mani, slaccia il sandalo, lo sfila. Mi prende il piede come un gioiello, lo guarda, sento il caldo del suo guardare sulla pelle morbida. Mi passa la bocca sulle dita una dopo l'altra, lentamente. Ogni volta che cambia dito, mi attraversa un tremito incontrollato di elettricità morbida. Poi infila la lingua nello spazio tra le dita, brevi lampi di lingua. Io sto curva come un fiore, appassito sullo stelo del corpo che avevo scordato di avere. E poi appoggia con delicatezza il mio piede sul pavimento fresco, solleva l'altro. E di nuovo ripete il suo rito. Ancora brividi e fremere e respiri fondi e io non ho più testa né pensieri né desideri, nulla. Sono tutta concentrata dentro la sua bocca, chiusa sulla punta della sua lingua, sono solo la porzione minuscola di pelle che lui conforta scalda lecca succhia adora. Sono una bambina molto piccola e una donna molto vecchia, sono colma di dolore e di felicità densa. Sono pelle fosforescente nel buio, schiena dentro uno specchio, gambe aperte su di lui seduto. Mi giace dentro, mi lascia tempo per abituarmi, per ascoltare il suo fiato sul collo, nell'anfratto ombroso dei primi capelli, la lingua che mi lava. E poi siamo un affanno condiviso e ripetuto e stridente, gufi nella notte, e lui mi soffoca la bocca con la mano, io schiaccio il suo viso sulla mia spalla. Riflessi automatici di protezione.

Codice rosso. Semaforo: allarme.

Ma non c'è nessuno, solo il nostro buio trafitto dalla luna. Però ci separiamo svelti, ci arrangiamo a rimettermi il vestito, lui si tira su i pantaloni affastellati sulle caviglie, aggiusta la Lacoste blu dentro la cintura. Mi aiuta a rimettere i sandali.

Usciamo nel corridoio attraversati di paura.

Nulla.

Nessuno, solo la luce che ci conosce da prima. Mi fa un gesto secco, capisco che vuole che vada io avanti. Così vado, cammino sulle piastrelle di ceramica facendo un rumore esagerato. E subito sono nell'ingresso, attraverso il cortile, la cantilena della fontana. Gli altri. Sono ancora intorno al tavolo, ancora accesi di infanzia. Si toccano, squittiscono, luccicano di serenità garantita e immobile. Solo Emanuele mi incrocia lo sguardo. Solo lui capisce. Gira la testa di scatto, come se gli avessi sparato un colpo di pistola.

Continuammo a giocare e dopo un po' arrivò Alberico, Elena voltò la testa verso di lui, offrì il collo al suo bacio leggero. Stavo seduta davanti a loro, avevo ripreso la sedia di prima, aggiustato la distanza tra le mie gambe e il tavolo con una consapevolezza appena ritrovata, una disinvoltura mai avuta. Feci finta di giocare. Non era difficile, mi ero azzardata a comprare solo Vicolo Corto e Vicolo Stretto, la piccola speculazione dei poveri con cui si perde a priori. Sulle mie caselle viola non cadeva nessuno, non ci avrei comunque mai guadagnato abbastanza per pagare agli altri i pedaggi che dovevo. E di colpo mi accorsi che mi divertivo. Ero leggera. Mi percorreva una gioia segreta, la avvertivo come un fondo di splendore nascosto sotto gli strati di superficie dei soliti gesti, delle battute minime. Guardavo gli altri e mi sentivo forte. La cosa più incomprensibile era che la vicinanza di Elena e Alberico, la loro intimità evidente, aveva smesso di ferirmi. Li guardavo come guardavo tutti gli altri, non sentivo nessuna puntura cattiva. Capii che facevo parte del quadro, il loro cerchio mi aveva fatto passare.

Ero un piccolo cono d'ombra confitto nella luce di Elena e Alberico.

Uscimmo tutti insieme nella notte chiara di una luna gialla, andavamo in Capannina a riprenderci la nostra vita da adulti. Nel pasticcio di scambi e affastellamenti e sostituzioni e richieste, mi toccò il posto accanto a John Albert sulla Ferrari. Alberico prese Elena sulla Mg, Muzio ammucchiò dentro la sua Aurelia Marina, Giovannella, Emanuele, Bubi e Albarosa, uno sull'altro. «Sembra sbarbacipolle», guaì Albarosa spiaccicata sulle ginocchia di Bubi. Muzio arrotò il motore, gli bruciava arrivare sempre ultimo nelle mezze gare che facevano tra loro da una stazione della serata a un'altra. La Ferrari e la Mg lo seguivano con calma, in una scia di rombo largo, che frastornava. Io stavo rilassata contro il sedile di pelle, mi lasciavo trasportare. Muzio accelerava. Vedevo i fanalini di coda dell'Aurelia sempre più lontani, come scivolati giù, sul fondo di via Nizza. Svoltò secco nel viale Morin, poi all'angolo di via Vespucci una curva strinata di gomme. Viale della Repubblica. Una processione di lampioni, l'Aurelia è lontana, nera. E poi all'improvviso scarta, le lucine rosse fanno un salto a destra. E subito corrono via. Davanti a noi, l'Mg inchioda. Anche John Albert pigia il freno, io schizzo in avanti per il contraccolpo, verso il cruscotto, il parabrezza. Mi ferma il suo braccio steso come un riparo.

Accostammo. Si rischiava a fermarsi in mezzo al viale del lungomare, anche se era notte fonda. Alberico aveva piantato l'Mg al centro della carreggiata, era sceso. Stava chinato su qualcosa. John Albert aprì lo sportello di scatto, preoccupatissimo. Mi mossi anche io. Loro erano già accanto. Mi affacciai oltre le loro schiene e vidi il cane.

Non era un cane, era un rotolo sventrato di pelo insanguinato, allagato in una pozza nera. Solo gli occhi non erano morti. Erano occhi vivi di uomo, scivolosi e lucenti. E ci guardavano. Guardavano e sapevano di morire, umidi di un dolore arreso, accettato, lo sapevano, loro, che il dolore è incluso nel pacchetto della vita. Non accusavano, non chiedevano. Guardavano e basta.

«Vieni via.»

«No.»

Alberico aveva girato la testa verso John Albert.

«Va bene, lo portiamo sul bordo della strada.»

«No.»

«Ma sei impazzito? Qui siamo birilli, vuoi farti investire?»

E lo tirava su a forza, per un lembo di maglietta.

Alberico gli scrollò via la mano.

«No.»

Si mise a carezzare il cane. Gli passava la mano aperta sul muso dove colava un filo grigio di bava, sulle guance, sulla testa. Diceva qualcosa a voce bassa, sussurrava rassicurazioni. Il fagotto sventrato ebbe un sussulto, gli intestini gocciavano via dentro la pozza nera. Arrivò da lontano un rumore di macchine.

«Vieni via.»

«No.»

E si prese il cane tra le braccia, lo avvoltolò nel suo grembo. Lo abbracciava. Il cane mugolò di qualcosa e non era dolore soltanto. In un secondo, John Albert mi tirò via verso il marciapiede, due macchine, a distanza ravvicinata una dall'altra, scartarono per non prendere in pieno l'Mg, l'ombra d'uomo per terra.

E Alberico non si era mosso. Il cane moribondo gli rantolava tra le braccia, il sangue era già marrone sui pantaloni bianchi. Gli teneva il viso vicino al muso, come accanto a un uomo che muore. Poi il cane guizzò, pareva che si volesse alzare, lasciarsi dietro tutta quella pena. Invece morì. Alberico lo tenne tra le braccia, lo adagiò nello spazio minimo dietro ai sedili della Mg. Elena non era scesa, schizzò via come punta.

«Ma che fai?»

Il sangue e gli intestini gocciolavano sulla pelle, sul cambio, sui tappetini. Elena era già fuori della macchina, colma di schifo. Alberico non diceva nulla, si era rimesso al volante. Partiva.

«Vengo con te.»

E fu naturale sedermi accanto a lui, con il cane morto dietro e l'odore di sangue e di feci e di destino, nel naso, nella testa. Elena andò via con John Albert, parlottavano. Prima che partissimo, John Albert urlò da lontano a Alberico: «Ma che ti è preso?».

Lui già guidava, circospetto e lento, come l'autista di un carro funebre. Io mi sforzavo di non piangere, ma poi smisi, lasciai che le lacrime mi chiudessero gli occhi, la gola.

Portammo il nostro fagotto di dolore nel giardino di Villa Lydia, Alberico lo adagiò sull'erba, con la mano gli carezzò il muso un'ultima volta.

«Domattina lo faccio seppellire da Otello.»

Poi mi ha accompagnato a casa. Tergiversava sul cancello, aveva ancora addosso i pantaloni macchiati, e mi ha guardato dentro gli occhi, senza reticenze.

«Prima non l'avrei mai fatto. È te che devo ringraziare.»

Era già risalito in macchina, andato via nel buio.

Facevamo le solite cose, ma Alberico era nuovo. Gli scoprivo gesti e attenzioni e turbamenti per cose infinitesime, da nulla. Salutava Vito, ci si metteva a chiacchierare di calcio. Una volta, passando vicino per andare a nuotare, gli sentii dire che l'Uzzanese aveva un attacco migliore del Pontremoli, Vito gonfiava il petto soddisfatto. Era attento agli altri. Gli coglievo mezzi sguardi su Giovannella, su Bubi, su Emanuele.

Siamo tutti afflosciati sui divani verdi e rossi, sono le due di notte, la Capannina già si è svuotata. Bubi deve aver bevuto, è cattivo. Ha preso di mira Giovannella, il suo vestito nero. Si butta addosso a lei, glielo tira sulle cosce, lei lo spinge via, con il viso rosso di imbarazzo. Mi fa pena.

«La monaca, la monaca», dice Bubi. La chiude in una morsa stretta, solleva la sottana, passa la mano sulla coscia bianca.

«Cosce di monaca, cosce di monaca, chi le vuole le cosce di monaca?»

«Basta.»

Alberico è in piedi. Afferra Bubi per le spalle.

«Sei un idiota e non reggi il vino. Vai a casa. O ti ci mando io a calci.»

Bubi è diventato un bruco, è sgusciato via a testa bassa. Gli altri hanno guardato Alberico stupefatti. Lui mi ha lanciato un'occhiata sghemba, rapida, atteggiato le labbra in un inizio di sorriso, solo per me.

«Ma che gli è preso?» mi sussurra Emanuele contro l'orecchio. Io sono raggiante dentro la mia bolla di felicità appena nata.

Era presto. La spiaggia sbrilluccicava di pagliuzze dorate che non avevo mai visto. Il mare era di un turchese denso. Bambini mai incontrati pigolavano con i piedini dentro l'acqua.

«Ciao.»

Le altre tende erano quasi tutte vuote.

«Mi posso stendere?»

«Sì.»

Si mette bocconi sul lettino da sole che avevo ottenuto da poco, con preghiere e ricatti e mance e mezzi sorrisi a Deodoro. Prendo una sdraio, la accosto al lettino.

«È bello venire in spiaggia presto.»

Teneva la testa sollevata verso di me, il mento appoggiato alla curva tenera del braccio.

«Piace anche a me. Sembra tutto nuovo. Tutto di vetro.»

«Come se a toccarlo si potesse rompere.»

«Sì.»

Respiro troppo forte, lui mi pianta in viso i suoi occhi affilati.

«Non l'avevo mai fatto.»
«Ma dai.»
«No, davvero. Non da quando posso decidere io.»
Si era messo a sedere, mi inquadrava. E ora sono civetta, giocherello con l'indice sul morbido della guancia, lo guardo da sotto in su. Il corpo parla da sé.
«E perché ora lo fai?»
Dice quello che voglio sentire, lo dice guardandomi bene in faccia, senza sfuggire, senza reticenze.
«Perché ci sei tu.»
E siamo vicinissimi, la mia testa inclinata di sbieco, sento il suo tepore sull'ombra del viso.
«Beccati!»
Ci staccammo di schizzo, era Emanuele con John Albert, portavano il sacco delle vele del dinghy.
«Vieni?»
Si alzò lentamente, svogliato. E poi, davanti a tutti, disse «Vengo, però mi dispiace» e mi lanciò il mezzo sguardo speciale che avevo cominciato a conoscere, a desiderare, e la punta di un sorriso segreto, per me sola.
Giorno dopo giorno, la distanza che aveva sempre aureolato Alberico si fendeva di crepature sottili.

Il liquido che cola lento dentro il sondino, nel mio stomaco torturato, è finito. La plastica sterile è pulita, nitida come uno specchio.

Ci guardo dentro e vedo Alberico immobile in una piega di giardino, contro l'orlo del bosco di quercioli e platani e lecci. È notte. Sua madre dorme dietro a una finestra chiusa. Grilli e cicale sorvegliano l'aurora, e chiurli di civetta. Ha la camicia slacciata sul collo, lascia che la brezza fresca gli accarezzi la pelle. È il fiato del bosco, un fiato che lo chiama. E ora sento i suoi pensieri, li penso nella mia stanza di moribonda. Ma non lo vedo più stagliarsi dentro il riflesso lattiginoso della plastica. È andato via, il sondino è vuoto. E all'improvviso capisco. Io sono lui. Per questo non lo vedo.

Non è mai stato nel bosco. Da piccolo era sicuro che lo abitassero gli elfi e i nani e le creature mostruose dei libri di favole che gli leggeva Debbie. Stava a rispettosa distanza. Solo una volta, correva dietro a uno sciame di lucciole e ci era entrato. Lo aveva agguantato un buio senza speranza, le lucciole ingoiate chissà dove. Era scappato piangendo. Era piccolo, poteva. Più tardi Debbie aveva preso per lui una lucciola, due, tre, gliele aveva portate strette nel pugno. Le aveva deposte dentro il suo. Lui era stato fiero di quella luce, ma poi, entrando in casa, quando aveva aperto la mano per mettere le lucciole sotto il bicchiere del comodino, si era accorto che erano morte. Tre sputi neri flosci. La bellezza morta. Perché gli torna in mente ora, questo ricordo, perché lo irretisce come un richiamo? Ci sarà qualcuno, nel mondo, a cui sarà morta in mano, nello stesso modo, la bellezza e la vita? C'è qualcuno, nel mondo?

E allora entra nel bosco. I rami gli frustano il viso, ma non gli importa. Entra e non sa cosa cercare. Va. Il bosco si svela a poco a poco, in pozze di luce lunare, intrichi di foglie, di tronchi. Va. Si toglie le scarpe. Gli pare che l'erba umida, le foglie fruscianti, non meritino l'offesa delle scarpe. Rametti secchi e erbacce appuntite gli bucano la pianta dei piedi. Eppure va. Respira. Distingue, adesso, gli odori. Di umido, di marcio, di verde. Bucature di gelsomino selvatico, acuto e dolce. Fruscia un coniglio dentro la distanza. E trova il suo albero. Lo vede nel buio, lo riconosce. Un tronco grande e lacero, aperto in radici che abbracciano la terra. Deve essere grigio, spellato di anni. Appoggia la guancia dentro una ferita bianca. È morbida, è tiepida. Ascolta, con l'orecchio fisso contro la corteccia, il respiro placato dell'albero, la sua forza. Resta lì finché non sorge l'alba. È il suo posto, è lì che si ritrova. Protetto dal suo albero, prende coraggio. Butta radici, cerca. Non sa cosa cerca. Sente una mancanza. Adesso lo abita di nuovo il vuoto di quei giorni lenti, di bambino triste, e lo scoramento di quel terrazzo, dove gli alpini rendevano gli onori al coraggio irraggiungibile di suo padre. Ascolta il lavorio dei ricordi sotto la crosta dura dei pensieri soliti. E lo apre un coltello. Uno sguardo. Due occhi da animalino ferito e fiero.

Il mare era una lastra di azzurro, Bubi fremeva.

«Giornata da patino.»

Ci entrava in testa lo splendore, ci lavava della stanchezza della solita notte in Capannina, dell'alba. Gatti pigri nel sole. Stavamo zitti, la tenda era una alcova di corpi abbandonati, lasciati fare. E Muzio è arrivato saltellando ridicolo sulla sabbia che scottava.

«Niente patino.»

«E perché?»

Bubi era infastidito dalla stessa esistenza di Muzio, mi aveva detto «Ma ti pare che uno così ce lo dobbiamo tenere?», e lo pensava davvero.

Si godeva il suo momento, cincischiava. Elena ha girato il viso verso di lui, dal paradiso del suo lettino con l'asciugamano a bolle rosa. Gli ha dedicato uno sguardo di velluto e di attesa.

«È andato a Firenze.»

«A Firenze? Ma dai!»

Muzio insisteva. Bubi ha detto che andava a chiedere alla marchesa. Ha camminato verso la tenda dei Weber, Marcello e la madre di Alberico parlavano con le teste accostate. È tornato a passi scorati.

«È andato a occuparsi di non so cosa. Una vendita.

Con l'amministratore. È partito alle sette. Alle sette! Ma voi ce lo vedete Alberico che a metà luglio, non si mette nemmeno a letto, torna dalla Capannina, e se ne va a Firenze a occuparsi di affari? Con quaranta gradi? Ma se più che firmare assegni non ha mai fatto...»

Era arrabbiato, Alberico gli guastava la giornata. E poi lo inquietava. Ma che persona stava diventando? Uno che lavora a metà luglio: ma via. Gli altri hanno scrollato le spalle, sbuffavano. Emanuele si covava Elena, ha detto «Sarà impazzito».

Ho preso un respiro fondo.

«Secondo me ha fatto bene.»

Quella sera, nel gioco degli equipaggi per tornare a casa, eravamo stati a cena da Oliviero, al Cinquale, finii sulla Mg. Era il posto solito di Elena, ma ci fu un rigiro, qualcosa: Emanuele la caricò sulla Giulietta, Alberico aprì per me lo sportello verde nel buio. Arrivava, dal giardino dove il locale chiudeva, il profumo forte del pitosforo. La macchina puzzava ancora del sangue del cane morto.

«Non mettere la borsa dietro.»

«No.»

E andavamo, nella notte, e il rombo della macchina mi cullava.

«Dormi?»

«Beh... sì.»

Come era dolce parlarsi, ora che aveva rallentato, che il motore era un sottofondo, un abbraccio, il sipario che ci separava dal mondo.

Gli vidi un baluginare di denti, guardava diritto davanti. Invece spostò la mano. E aveva preso la mia.

«Ti dispiace?»

«No.»

Dalla mano mi saliva un bruciore che invadeva le guance, lacrime stupide mi bucavano gli occhi. Mi carezzava.

«Ma non devi guidare?»

E ora davvero mi guarda, ora è il suo viso nuovo che si sporge verso di me e mi accarezza tutta. Accosta. Siamo fermi nel marciapiede stretto che orla la spiaggia degli stabilimenti, le cabine sorvegliano il mare che dorme.

«Ora non guido più.»

Lo vedo chinarsi verso di me, mi ricordo ogni frazione infinitesima di quel movimento. Il sedile scotta contro la mia schiena, le sue dita scottano sulla mia guancia. Coglie con la punta dell'indice una lacrima, si mette l'indice in bocca. Succhia. E poi subito è dentro la mia bocca. Brucio tra le gambe, arrotolata contro di lui. Mi adagia come un fagotto molto caro contro il volante. Sento il tocco friabile dei suoi polpastrelli sul mio viso. Sulla fronte. Sul naso, sulla guancia. Il mento le labbra di nuovo la guancia gli occhi la fronte. E io nasco sotto le sue dita, divento viso occhi guancia fronte naso mento. Prima non ero nulla, solo paura. Mi chiude le labbra con il pollice, è umido, sa di terra, di mare, di uomo. Voglio fare l'amore. Qui. Ora.

Mi fermò con la mano. E mi guardava.

Ci bagnava una luce azzurrina, il blu dell'ora che accompagna l'alba e la fa scendere dal letto.

«Dammi tempo.»

Guardo, sulla coperta di damasco liso, la piccola macchina verde bottiglia, ferma con le sue vite dentro, fragili come cristallo crepato.

Mi riportò a casa e non ci eravamo detti nulla. Scese a aprirmi lo sportello, mi baciò in fretta sulla guancia.

«Vai a dormire subito.»

«Sì.»

Gli girai le spalle, non sopportavo più niente, ero affogata di emozioni, di struggimento. A casa, andai in cucina, mi versai un bicchiere di latte e lo bevvi così, in piedi. Sapeva di infanzia, della nonna Zita, della latrina con la fossa putrida nel casotto del campo.

Mi stesi vestita sul letto, mi pareva che spogliarmi avrebbe sciupato tutto. Tempo come di neve, rumori svaniti via. Solo quel bacio e quel terrore. E basta. Mi accoccolai contro il cuscino e me lo misi tra le gambe. Lo abbracciai e solo allora ebbi pace.

Alle sei ero sveglissima, non avevo veramente dormito. Ogni tanto, ero cascata dentro un sogno incerto, altalenante, dove c'erano molte borse, in una stanza, e tutte erano mie, ma arrivava sempre qualcuno a portarmele via. E io gli correvo dietro, senza raggiungerlo mai. E ogni volta mi agguantava un groppo di angoscia. Alla fine mi alzai, mi infilai un costume a caso, il prendisole. Uscii attenta a non fare rumore, l'erba del giardino era bagnata di brina fredda. Presi la bicicletta.

Andavo al mare. Mi chiamava la calma dell'acqua.

Il Bagno Gemma era deserto, le finestre della casa di Maia e Vito ancora sbarrate. La spiaggia intonsa, ricamata dal rastrello la sera prima. Camminavo con gli zoccoli in mano, l'azzurro mi riempiva gli occhi, per questo non vidi Alberico. E all'improvviso era lì, di colpo sui miei passi.

«O te?»

Rideva felice di quella telepatia misteriosa e probante.

«Hai fatto bene a venire, anche se ti avevo detto di dormire.»

Mi prese per mano, mi riportava sotto la tenda. Aveva un progetto, una cosa in mente, lo capivo dal modo soddisfatto in cui mi guardava. Mi avvicinò una sdraio, lui si buttò sul lettino, fece finta di prendere il sole. Ma aveva tirato su la testa e mi bucava con gli occhi e sapeva di zucchero, e di aspro.

«Tu pensavi che potesse succedere? Voglio dire: ci credevi? Ci credevi che potesse succedere, che succedesse?»

Era intontito dalla sua stessa foga. Mi pareva di vedergli dentro il lavorio febbrile di quei pensieri. Capivo che dovevano averlo martellato per tutta la notte, in un modo talmente insopportabile che aveva dovuto alzarsi, vestirsi, cercare il conforto del tempo immobile della spiaggia con ore di anticipo.

Eppure ero inquieta.

Io non sapevo nulla, dell'amore. Me lo immaginavo come su «Grand Hotel». I finestrini di una Seicento rigati di pioggia e dentro due teste accostate e nuvolette bianche che escono dalla bocca. Sguardi vacui. «Lascerai il negozio di parrucchiera.» «Si capisce, sarò tua moglie, la madre felice dei tuoi figli.» Era questo, l'amore. Un accordo. Si andava a vivere insieme, si condivideva il letto, ma prima si andava in chiesa. Si facevano figli. Si apriva una nuova casa e la nuova casa era uguale a quella vecchia dove si era cresciuti, ma con mobili nuovi e pentole e piatti nuovi. Il marito tornava a casa la sera, la moglie sorvegliava la cena. Si parlava dei bambini, del tempo. Non mi ero mai interrogata sull'intimità vera, né sul destino che accoppia le persone prima che nascano. Immaginavo, anche per me, una macchina parcheggiata da qualche parte, una testa chinata verso la mia, «Mi vuoi sposare?», «Sì». I genitori contenti di sollevarsi del peso della figlia, la figlia sollevata dal peso dei genitori. Un vestito di tulle che avanza lento sulla passatoia rossa della chiesa di Santa Croce sull'Arno, la chiesa della prima comunione, della cresima. «Adesso può baciare la sposa.» E uscire dentro la nebbia del riso gettato con pugnetti invidiosi da amiche ancora signorine. Salire sulla Millequattro bianca a noleggio con l'autista, mandar baci dal finestrino aperto a metà. «Amore.» «Sì.» Non mi riusciva di separare l'amore dal suo contorno, dalla trama di gesti e rituali che lo incameravano tra i fatti della vita. Non ci sentivo una rivoluzione, il confluire di anime scelte altrove, la sfida di ritrovare la tua coda tagliata, la metà della mela, del petto.

«*Ci credevi?*»

Il suo sguardo mi spaventa, è feroce. Pretende, mi fruga senza riguardo. Ora mi spoglia davvero, ora mi snuda, non prima, quando abbiamo fatto l'amore. Perché ora è la mente che vuole, la mente che era spenta quando ci siamo amati come animali, per terra, nel bagno, corpi confitti nello stesso odore, nello stesso fiato.

«No.»

Scuoto la testa, la scuoto con violenza, con una rabbia che non riconosco, scuoto la voglia di scappare, lo smarrimento improvviso che mi toglie le forze, se non mi difendo, se non lo caccio.

Via, indietro. Non ti darò più nulla.

«Smetti.»

Mi strappa dalle mani la borsa di paglia dentro cui non sto cercando niente, e intorno a me si sparge tutto il suo misero contenuto, lo specchietto, il fazzoletto, il libro. E allora mi chino e senza preavviso mi esce un respiro cattivo.

«Vai via, sei orrendo.»

E di colpo lui si acquieta. Mi aiuta a sedermi, mi accarezza i capelli. Ma c'è nel suo sguardo una lama. La affila. E poi taglia.

«Deve essere duro essere soli contro il mondo.»

Il riverbero mi squarcia. È la prima volta, la prima volta nei miei anni coscienti in cui un altro mi penetra con questa esattezza, con questa verità lancinante. È la prima volta in cui un altro mi rivela a me stessa, nomina la caligine di sensazioni e incubi e stravolgimenti e tenacia secca e bisogno inconsulto di scappare che mi raspa in gola, mi succhia la testa. Da quando ero piccola, da quando sono grande, da quando la vita è una guerra perduta.

Si piega a raccogliere lui le mie povere cose. Tasta lo specchietto, lo lucida sulla stoffa dei pantaloni. Liscia le pagine torturate del libro. E piano, lentamente, lo vedo che si sposta verso di me, verso le mie gambe serrate. È qui. E ora ci appoggia la testa, la guancia fredda, scolorata. Resta in ginocchio davanti a me seduta.

E adesso è un cane, io non ho più paura. E sono io, ora, che lo accarezzo sul capo, io che lo consolo. Gli sciolgo le mani dalla borsa. Chiudo tra le mie braccia la sua testa arresa. Il nostro tempo non è più quello degli altri, è spazio separato e nitido. Impermeabile. Sicuro.

Ora lo posso dire.

«Non l'aveva mai capito nessuno.»

Alza la testa, si libera di scatto dalla mia presa. E sento la tela dei suoi occhi che mi si avvolge intorno e mi abbozzola, mi rimpicciolisce, mi fa entrare dentro il nero della sua pupilla, bambina ritrovata nella notte del tempo.

Si è alzato, è magro, è pallido, è debole, è perduto. Gli trema il labbro, la mano con cui mi aiuta a tirarmi su è sudata, ma fredda.

«Cosa mi hai fatto?»

«Cosa mi hai fatto tu?»

Il giorno dopo c'era la gara delle macchine.

Giovannella mi aveva avvisato di vestirmi con i pantaloni più larghi che avevo, di mettermi scarpe da ginnastica. Aveva anche detto che non era che ci dovevo andare per forza. Ma io sarei andata anche all'inferno e sarei stata contentissima. A mia madre non avevo detto nulla, solo che forse uscivo, ma tardi. Lei si era accorta della mia nuova disposizione d'animo, aveva provato a fare qualcuna delle sue domande unte, «È andata bene, ieri sera, vi siete divertiti, come era la casa?». Avevo mangiato sorridente, ma con la testa sul piatto del maiale arrosto, talmente inadatto alla stagione da strapparmi un sorriso segreto, ora che ero anche io dall'altra parte del mondo.

E ora era notte alta, la casa dormiva. Stavo in giardino, sulla panchina di pietra, accanto al gorgogliare della fontana. Aspettavo che Emanuele mi passasse a prendere. Pensavo che era bello, il nostro giardino. Selvatico ma bello, con i lecci e i pini e i quercioli e la siepe di gerani rossi che orlava il viale di ghiaia. E anche la casa, a guardarla dalla panchina, aveva un carattere, non lo so, un aspetto come da casetta di Lego, con i pilastrini di mattoncini rossi intorno alla finestra del salotto. Sulla facciata, c'era una meridiana. Ah, non l'avevo mai vista, sembra un gioco di dama. E anche san Paolo che è lì accanto e rimane folgorato da uno schizzo violento di frecce gialle, non è brutto, no, non è brutto, se lo guardi da vicino è intirizzito ma ha l'aureola che splende. E gli angeli sopra la porta, con le trombe e i liuti, suonano una musica che mi pare di sentire per la prima volta, note dolci e espanse sul cielo stellato, riverberate dall'oro e dall'azzurro, dal battito d'ali.

Alle una è arrivato Emanuele. Ho sentito la Giulietta che accostava, il motore già abbassato di giri morire lentamente. I passi di Emanuele sul ghiaino davanti al cancello di legno.

«Andreana, ci sei?»

Che meraviglia, che bellezza, che gioia pazzesca questa notte che mi si apre davanti. Notte spessa, notte bevuta dalla falce della luna che cala, mangiata dal cupo dei pini. Emanuele guida e ogni tanto si gira a guardarmi. I fari della macchina spazzano il lungomare deserto, le insegne degli stabilimenti in attesa.

L'appuntamento era al Secco, davanti a casa Cestari. I Cestari erano costruttori di Roma, avevano comprato quasi tutto il tratto di marina che andava da Motrone a Lido di Camaiore, contando sullo sviluppo rapido della zona. Per ora, ci avevano costruito la loro grande villa, un castello, più che altro, con ali e cupolette e tripla fila di finestre finto medievale. E due campi da tennis, uno da calcetto, le bocce, una pista di cemento per le automobiline a motore. Tutti ben distribuiti da un furbo architetto tra le siepi e le magnolie e le ortensie, gli iris, i gerani di un giardino immenso. Si arrivava alla casa per un viale a giri concentrici, che moltiplicava le aspettative, fino al sorprendente colpo d'occhio finale. Cesare Cestari aveva ventisei anni e non lavorava, non pensava di lavorare mai nella vita. Era piccolo, minuto, trasparente di capelli rossi e crespi, aveva la pelle bianco carta assorbente chiazzata dalle macchie rosse del sole che si ostinava a prendere e mi faceva venire brividi di disgusto ogni volta che mi toccava baciarlo per dirgli ciao. Non era simpatico, ma aveva una Alfa Romeo Spider giallo uovo. E questo lo rendeva indispensabile per la gara.

Erano le tre di notte, i locali del lungomare già chiusi erano dinosauri nel buio. Siamo arrivati davanti a casa Cestari e c'era una trepidazione di gente senza sonno, altre macchine affastellate sul marciapiede, una pila di piolini rossi e bianchi, ragazze con gonne larghe che svolazzavano sulla faccia di ragazzi per nulla interessati. I fasci di luce gialla inquadravano e lasciavano fuori le facce, come occhi di bue di un teatro. Le persone erano ammonticchiate in uno spazio relativamente piccolo, certe ragazze sedute dentro le spider, altre semplicemente appoggiate alle portiere aperte, molte fumavano. I ragazzi erano gruppuscoli compatti chini intorno a un cerchione, a una gomma, al cruscotto di una Maserati. Non c'era nessuna aria di cospirazione. Cesare Cestari aveva tirato fuori una bottiglia di whisky, i ragazzi se la passavano come in un film. Li rivedo tutti. Sento la vibrazione di attesa che li attraversa, l'emozione compressa in gesti rallentati. Sento, dentro l'eccitazione, la punta aguzza di una angoscia che non si spiega, ma c'è. E mi intenerisce la loro giovinezza, la loro paura di essere giovani. Mi stringe il cuore quel loro tempo che sembra eterno, e sono figurine di carta che bruceranno e sarà cenere ogni emozione, ogni sguardo, ogni timore. O forse l'amore resta. Resterebbe, anche dentro questo letto. Se io l'avessi saputo. Se non avessi fatto quello che ho fatto.

«Vado a cercare Elena, tanto gli altri li hai visti.»

«Sì.»

Sono rimasta da sola in quel mucchio di ragazzi affacciati sulla vita.

«Andreana.»

Giovannella mi era venuta vicino, mi aveva preso per un braccio, di nuovo compresa nel suo ruolo di chaperon. Mi spiegava che sembrava pericoloso, ma non lo era.

«Non è mai successo nulla e questo è il terzo anno che facciamo la gara.»

Passavamo da una macchina all'altra e intorno a ciascuna macchina c'era la piccola folla dei suoi specifici ammiratori, di consulenti del pilota, di ragazze eccitate. A tratti, arrivava nell'aria ferma il rimbombo del mare vicino. Siamo andate accanto a Alberico, lui era già fuori dalla Mg, ci è venuto incontro, ha baciato prima Giovannella e poi me. Mi ha appoggiato le labbra accanto alla bocca, ho sentito il suo fiato caldo, la pressione della sua mano sulla vita. Giovannella si era girata per una frazione di secondo, attratta da un'ombra che sembrava Bubi.

La bocca di Alberico sulla mia, guizzo di lingua, morbidore.

Ma poi eravamo già al nostro posto regolamentare, Giovannella di nuovo concentrata su Alberico, la faccia ombrata di delusione.

«Credevo fosse Bubi.»

Ci ha preso alle spalle la risata di Marina.

«Sarà in giro a far danni come al solito.»

Dondolava le spalle, faceva finta di ballare una samba, si è appiccicata a Alberico.

«Ce l'hai la musica?»

Bubi, saltato fuori all'improvviso da un cerchio di buio. La stropiccia, la sbaciucchia, la tocca; ballano insieme una samba che si canticchiano da soli. Larà lallalalalalarà lala larà Brasil larirıririrì larì rirì. Marina dondola il seno, sguiscia di sedere, Bubi la fa roteare, le mette le mani sulla scollatura, e intanto piega le ginocchia. Giovannella ha le spalle strette, si gira troppo in fretta verso qualcuno che ancora non l'ha vista.

«Carlo, Carlo.»

Esce dalla nostra scena.

Muzio chiamava dalla Mg, aveva la testa china sul volante. Ci siamo avvicinati, Alberico mi aveva messo un braccio intorno alle spalle, con naturalezza.

«Ganzo questo bloccasterzo. Che marca è?»

«Tixis.»

«Cioè?»

«Americano.»

Muzio armeggiava con la chiave, con il tubo di ferro, la serratura. Ha tolto la chiave e se l'è messa in tasca.

«Se un maledetto di ladro ci prova, si sfracella. Ganzo. Beh, tocca ricordarsi di averlo messo», e piegava la testa nel buio dell'abitacolo, tastando in fondo, vicino ai pedali, dove la bocca di ferro aveva rinchiuso il piantone dello sterzo contro un paletto che non si vedeva. Ha restituito la chiave a Alberico.

«Marchese, sei il meglio.»

Ci saranno state almeno cinquanta persone, forse di più. Le macchine non si vedevano, nascoste da capannelli fitti. L'eccitazione montava, era una marea che saliva, sparigliava i gruppi, mescolava facce e discussioni e piccoli incitamenti. Il lungomare era deserto. Pareva la pista di Monza, il rettilineo che avevo visto alla televisione. È arrivato Cesare Cestari, minuscolo e all'improvviso autorevole, l'idea della gara l'aveva avuta lui e ora si godeva la sua gloria.

«Signori signori un momento di attenzione.»

«Che idiota, si crede Mike Bongiorno.»

«Però la casa è bella.»

Di nuovo Cesare Cestari, ma questa volta gli si è fatto intorno un piccolo vuoto, il segno visibile della sua temporanea autorevolezza.

«Invito i piloti a prendere posto. Gli assistenti vengano da me per dare i nomi degli equipaggi.»

Ero imbambolata. Mi sembrava impossibile esserci anche io. Tenevo le mani ferme lungo il corpo, tutta concentrata nello sguardo. Emanuele mi era venuto accanto, non me n'ero accorta. Mi ha soffiato dentro l'orecchio.

«Ci stai a correre con me al secondo turno?»

Lì per lì ero scombussolata, non avevo mai fatto gare in macchina in vita mia, sapevo a malapena guidare. E poi le loro macchine aperte, veloci mi davano una fitta incontrollabile di paura di morire. Ho cercato Alberico e lui era lì, pronto a raccogliere il mio sguardo, a farlo entrare nel suo, fin dove non capivo più nulla. Mi ha fatto un cenno, e io ho smesso di pensare.

«Sì, vengo.»

Un soprassalto di onestà.

«Ma non l'ho mai fatto, prima, va bene lo stesso?»

Emanuele mi prende per il braccio, dice che va benissimo, non devo fare nulla, solo stare seduta e cercare di non farmi prendere.

Un'incudine di trepidazione.

«Che vuol dire non farmi prendere?»

Emanuele scuoteva le spalle.

«Ti fidi no?»

Eravamo già davanti alla Porsche bianca di Bubi.

«Ma questa è di Bubi.»

«Sì, ce la presta. Però al primo turno ci corre lui con Marina.»

Intorno a Cesare Cestari si era assiepato un mucchietto vociante di maschi, poche ragazze appese a qualche braccio, però più invelenite, meno disposte a transazioni e compromessi.

«Due turni e gara a tre finale», urlava Cesare Cestari con la sua vocetta da castrato.

«Tre turni.»

«Quattro.»

È entrato nel cerchio Alberico e c'è stato un silenzio quasi immediato.

«Sentite, sono le quattro e mezzo. C'è tempo per due turni e per la finale. Cominciamo subito.»

Cesare Cestari doveva esserci rimasto male, per il modo in cui Alberico aveva ottenuto senza nessuna fatica apparente il risultato che gli era costato un quarto d'ora di sforzi e di agitazione. Il gruppo si è sciolto in rivoli verso le macchine, Emanuele mi ha stretto il braccio, mi ha guidato sul bordo del marciapiede largo che fronteggiava la linea degli stabilimenti. Si vedevano, benché lontani, i bastoni degli ombrelloni in fila, il frangere bianco delle onde a riva. La luna era già bassa.

Io stavo lì, docile, ma le gambe mi tremavano di emozione. Intorno montava l'eccitazione. Pungolamenti, irritazione, accaloramenti e rombare di motori provati su di giri, macchine fatte girare, piegare, messe in posizione sulla linea disegnata virtualmente dai piolini sistemati sul bordo del lungomare. Non ci veniva in mente che poteva passare un camion o una corriera, una macchina, una motocicletta. La notte era morta tranne che per noi. Tutte le macchine sportive della Riviera erano lì. Venti, venticinque, trenta. Ormai ci saranno state cento persone, tutte percorse dallo stesso brivido. E la corriera e i camion passavano dall'Aurelia, le motociclette e le vespe e le lambrette e i gilerini dormivano dentro i garage delle ville, dentro i giardinetti dei condomini, davanti alla porta delle casupole di Seravezza, di Vallecchia, di Pietrasanta.

Quattro o cinque ragazzi, con la camicia bianca, una specie di divisa da servizio d'ordine, si affannavano tra i musi delle spider, scansando fiancate e bauliere e portiere aperte all'improvviso. Cercavano di allineare le macchine. Tre file. Quattro. Quattro macchine su ogni fila. Le urla e il vociare e gli squittii e i balbettamenti intasavano l'aria. La gente si chiamava da una fila all'altra, dai marciapiedi, dal buio. Alcuni scambiavano di posizione e i ragazzi del servizio d'ordine si disperavano, si agitavano, uno si è spostato da una parte, si passava la mano tra i capelli con la faccia rassegnata.

E poi, all'improvviso, tutto in ordine.

Si è sparso un silenzio denso di aspettative, di concentrazione, di emozione posticipata. Io ero di nuovo imbambolata, mi dimenticavo di respirare. Avevo una paura tremenda; e anche nessuna voglia di tirarmi indietro. Mi sono girata di scatto verso il buio e mi è balenato davanti il sorriso rinfrancante di Alberico, si era spostato dietro di me, non l'avevo visto. Intorno aveva una folla di ragazze carine, che se lo bevevano di ammirazione. Emanuele mi stringeva il braccio.

«Da qui non si vede nulla, poi ti spiego.»

«Ma quelli che partono dietro perdono di certo.»

«Guarda che non è una gara di velocità.»

«E che gara è?»

«Di furto con destrezza.»

C'è stato un fremito brusco di concentrazione. Cesare Cestari, che stava su una specie di podio messo di lato, all'altezza dei musi della prima fila di macchine, ha urlato con la sua vocetta acuta.

Pronti.

Attenti.

Via.

E erano già partiti. Un rumore pazzesco, onde fluide di corpi protesi a cercare di vedere come andava. Le macchine già lontane, fari e urli nel buio spazzato di luce convessa, accelerazioni, frenate secche, svoltolamenti. Non mi riusciva di capire nulla, stavo attaccata al braccio di Emanuele, scolorata di ansia.

La gara finiva davanti alla Capannina, a Forte dei Marmi. Una decina di chilometri. All'arrivo una squadra di servizio d'ordine verificava gli equipaggi. Poi le macchine tornavano indietro. Percepivo la presenza di Alberico dietro di me, calore puro, non avevo nemmeno bisogno di girarmi. Le ragazze carine cinguettavano scemenze. Alla fine Emanuele ha avuto una specie di pietà, mi ha spiegato il gioco.

«Si rubano le ragazze.»

«Che?»

«Io guido, mi affianco a una altra macchina e cerco di sfilar via la ragazza che c'è sopra.»

«Ma siete pazzi. Non ci credo.»

Davo fondo a tutta la mia nuova sicurezza. Avevo sfilato il braccio dalla presa di Emanuele, ero arrabbiata. Lui dondolava sulle gambe come per un tic.

«Senti Andreana, lo abbiamo sempre fatto. Non succede mai nulla. Non andiamo veloci, si scherza. Ci si accosta, si tira la ragazza per un braccio. Se le va, lei salta su, scavalca la portiera e si butta in macchina.»

«Ma in macchina dove.»

«Sul sedile, in braccio, tanto andiamo piano. Se hai paura non lo fare, non funziona, ti fai male davvero se hai paura, sai come quando scii? Così. Tanto io chiamo un'altra, lo vogliono fare tutte le ragazze, te l'avevo chiesto perché pensavo che ti facesse piacere.»

«Perché non fai la gara con Elena?»

«Perché lei va con Alberico.»

Stavo lì, incerta. Anche attratta. Volevo fare la ragazza rubata e anche non farlo.

«Ma come funziona, esattamente?»

«Niente, se ti va di cambiare macchina, quando l'altro ti prende per il braccio, salti su e scavalchi. Se non ti va, gli dai una spinta, gli molli uno schiaffone, gli dai un morso, quello che ti pare. Lui si mette a ridere e scappa a prendere qualcun'altra.»

«Ho un po' paura.»

Non mi costava più nulla essere sincera, Alberico mi proteggeva.

«Ti capisco.» Con un mezzo sbuffo di delusione.

Ero fuori.

«Allora vai a cercare un'altra?»

«Sì. Se faccio in tempo.»

«Allora vengo io.»

«Ma non hai paura?»

«Sì, però voglio venire.»

Ero pervasa di energia sconsiderata.

Mi vedo camminare verso i piolini rossi e bianchi, attenta a dove mettevo i piedi. Le macchine stavano tornando, c'erano gruppetti subito riformati intorno, gridolini, stridi, frenate spettacolari a un centimetro dagli spettatori.

«Ma non si fa mai male nessuno?»

«Nessuno.»

«Non ci credo.»

«Senti Andreana non è il momento, mi vorrei concentrare. Ma dato che ci tieni. Sai Orazio Colzi? Non faceva nulla di nulla di pericoloso. Faceva il bagno. E gli è venuta l'idea di fare una corsa e di buttarsi. L'acqua era bassa, ha fatto male i calcoli. La testa gli si è ingrippata contro il fondo in un modo sbagliato, ma di una inclinazione minima, una cosa da centimetri, no, da millimetri. Si è rotto l'osso del collo, è per questo che sta in carrozzina.»

Mi è venuto da piangere per Orazio Colzi, per il sorriso arrabbiato che aveva in viso le poche volte che l'avevo visto al Caffè Roma, la sua carrozzina al tavolo, come se fosse una sedia uguale alle altre. E poi Orazio Colzi mi è sparito di testa, volatilizzato, e mi è arrivata addosso tutta la smania e l'eccitazione e la tensione costipata che attraversava tutti gli altri.

Emanuele mi ha aperto lo sportello della Porsche. Bubi era sceso con un salto da gatto, abbracciato a una biondina pallida con degli shorts incongrui. Marina sudata, rossa, accesa di soddisfazione gli dava pacche allegre sul sedere.

«Guarda che Ema non sa guidare» mi ha urlato Bubi.

Lo sguardo obliquo di Giovannella ci spiava da lontano, non sapevo se aveva sentito. Ma ormai ero dentro. Sono salita.

«Che devo fare?»

«Nulla.»

Cesare Cestari questa volta correva e la bandierina bianca la teneva un ragazzo altissimo, magro magro, più un paletto che un ragazzo. Aveva perfino gli occhiali, non so quanto affidamento poteva dare.

Pronti.

Attenti.

Via.

Almeno novanta all'ora. Cento. Sul cruscotto di radica brillano le scansioni del contachilometri. Cento. Centodieci. Novanta. Cento di nuovo. Novanta di nuovo. Accelerazione brusca. Centodieci. Centoventi.

Ottanta.

Emanuele si gira verso di me, una frazione di secondo.

«Attenta attenta!»

E io vedo il cofano verde bottiglia della Mg di Alberico.

I motori girano in rombi attaccati, i cerchi cromati si toccano per un decimo di secondo. Scintillio. Schegge di oro e giallo e rosso e bianco negli occhi sbarrati.

La mano di Alberico lascia il volante, siamo vicini, vicinissimi.

Ora.

Mi sfiora il braccio che io già protendo, attanagliata di terrore puro. Salto. Voglio saltare. Mi metto in ginocchio, non so come faccio. Il sedile della Porsche di Bubi è bassissimo, raccolgo le gambe di scatto, mi rovescio di fianco, la faccia verso la Mg, verso Alberico.

La sua mano tesa.

«Non alzarti non alzarti scivola scivola.»

Muovo la gamba piegata, non so come faccio. Mi riesce. Ci riesco. La gamba scivola sullo spessore della portiera. Hanno rallentato, hanno rallentato tutti e due. Emanuele non se l'aspettava, non può competere con Alberico. O invece forse non gliene importa nulla, lui che in fondo non ha nessuna voglia di vincere, gioca per giocare, per diluire l'inquietudine delle notti del suo sgomento. Il braccio di Alberico mi ghermisce, l'altra gamba mi viene dietro senza che io faccia il minimo sforzo. E sono bocconi, la faccia sul cambio, il sedere sulle ginocchia di Alberico che guida e dice «Presa!» con un tono trionfante da padrone.

Poi la Mg rallenta, rallenta ancora. Elena si china verso di me, mi aiuta a scivolare sul sedile accanto a lei. Andiamo verso i lampioni della Capannina, verso il lucore del servizio d'ordine. Un ragazzo con la faccia strizzata di stanchezza scrive su un foglietto un grosso numero 3 accanto al nome di Alberico.

Tornavamo e io stavo in mezzo tra Elena e Alberico, nel silenzio. E intanto l'alba occhieggiava da dietro l'orlo delle Apuane, e c'era una vaghezza appena rosata che si posava su tutto, sul cofano lucido della Mg, sui pantaloni bianchi di Elena, sul pullover azzurro di Alberico, sulla fila scomposta di spider stanche che tornavano al punto di partenza, senza darsi più noia.

Scendemmo. La finale la corsero solo quattro equipaggi. Alberico si mise a guardare accanto a me, sulla linea della vecchia partenza che era il nuovo traguardo. I quattro che gareggiavano salirono in macchina, le loro ragazze piene di soddisfazione e di alterigia. Partirono due Alfa Romeo, una Mercedes, una Porsche nera. Sentii il respiro di Elena tra me e Alberico. Lui la seguì. Ma prima mi sfiorò con il dito bollente la pelle indifesa dietro al polso. E ora provo, rinchiusa sotto il mio sudario, la stessa fitta di allora. E all'improvviso, sbocciato dal fiato di metallo del respiratore che ho accanto al letto, mi trincia il desiderio di essere nuda.

Vinse un certo Talani di Montecatini, suo padre importava carne. Cesare Cestari fischiò con un fischietto da tordi.

Quando Emanuele spense il motore e scese dalla

Giulietta per aprirmi lo sportello mi venne in mente John Albert.

«All'ultimo momento non è venuto. Lo fa abbastanza spesso. Dice che viene e poi non viene.»

«Ma perché?»

«Glielo puoi sempre chiedere.»

Lo baciai sulla guancia, gli dissi che era stata la serata più senza fiato della mia vita.

«Allora a domani.»

«A domani.»

Chiusi il cancello e mi sembrò che, insieme alle prime cicale, mi arrivasse all'orecchio un sussurro, una mezza parola rimangiata, forse «Gattino».

Capitolo 8

Avevamo preso l'abitudine di vederci la mattina presto. Un presto esagerato: le sette al massimo. Era l'orario perfetto per i segreti. Alberico arrivava in spiaggia perfino prima di me, come se non avesse dormito nemmeno le poche ore che ci separavano dal frastornamento della sera prima.

Lo vedevo, un'ombra lunga sul lettino da sole, la testa giù come se dormisse. Avanzavo sciupando con i miei piedi grandi la trina della spiaggia intatta. Lui drizzava la testa quando io ero ancora abbastanza lontana, come se un radar invisibile lo avesse informato della mia presenza. Sollevava il braccio in un saluto che mi inteneriva.

Poi si alzava, mi veniva incontro. E eravamo due righe di passi che si fronteggiavano e si avvicinavano. E poi diventavano un cerchio confuso di orme troppo larghe sulla rena molle. Braccia e nasi e bocche e pance e seno e torace e gambe e inforcatura delle cosce e ginocchia e tendini e muscoli avvinghiati avviluppati stretti abbarbicati.

Andavamo alla tenda tenendoci abbracciati, senza sorridere, compresi dalla serietà di quello che stavamo vivendo, dalla ineluttabilità del nostro incontrarci. Mi stendevo sul lettino a fianco del suo.

Quanto abbiamo parlato, in quell'estate di magia, io e Alberico. Quanta anima ci siamo versata dentro gli occhi, quanto pianto mai detto. Onde di puro piacere incontaminato. Il piacere benedetto di esserci trovati.

«Guarda.»

Sollevavo appena il mento, gli mostravo tutto quello che c'era intorno come se glielo regalassi. L'acqua trasparente da fare male, specchio smeraldino, e sotto la rena nuda. Le gale di spuma bianca. La sabbia scura d'acqua e poi subito asciutta, l'onda ritratta nell'andare e venire del mare. E il disegno di quei mezzi cerchi, veri e nitidi, e subito perduti. Una nave lontana segnava l'orizzonte piatto.

Hai mai voglia di partire?

Sì. Certe volte.

Io sempre.

Perché sempre?

Giocava con la sabbia, la faceva filare dal pugno come da una clessidra. E mi guardava, mi teneva gli occhi nell'anima con determinazione. Come se la forza per farlo dipendesse dalla saldezza della presa.

E una mattina mi risponde.

«Non lo so. Ci penso, mi succede di pensarci anche se non mi va. Pensare fa abbastanza male. Lo faccio di più, adesso che ti ho trovato, ma questo l'avevi capito. Ce l'ho con te, per questo.»

Il tono di colpo abbassato, una carezza di parole.

«Adesso non pensare che sono ingiusto.»

«Tu non sei ingiusto mai.»

«Beh, mia madre l'hai vista. La capisco anche, povera donna. Le tocca fare la marchesa Sangermano tutte le mattine prima ancora di scendere dal letto, ci pensi? Si studia le battute, si studia le entrate. È un lavoro a tempo pieno. È una fatta così, per lei la forma è la sostanza. Me l'ha sempre detto. Quello che si vede da fuori corrisponde a quello che c'è dentro, ma conta molto di più, perché è quello che gli altri vedono. Casa nostra è una ghiacciaia. Mio padre si è trovato una ballerina in Brasile. Manda giù un sacco di soldi e si sente a posto con la coscienza. Ma mia madre adesso ce l'ho io sulle spalle, è mia responsabilità. È il mio dovere nel mondo.»

Allungo il braccio, lo sfioro appena. E ancora siamo dentro lo stesso sguardo.

«Quante ragazze hai avuto?»

«Sono uno che spreca. Uno che lascia. Sciupo. E poi vado via.»

Perché non ho paura?

Racconta. Di quando stava con una di Genova e anche con una di Roma e con una di via Cappuccio e tutte e tre sapevano una dell'altra.

«Sono abbastanza corretto.»

E tutte e tre speravano di vincere la gara. Lo attiravano, lo coccolavano, gli mandavano lettere e bigliettini. Facevano scenate, anche piccoli pianti. Una di Torino gli si era piazzata davanti a casa, in via Santo Spirito, il portiere era spaventato, gli era toccato farla salire. Lei aveva gridato, nello studiolo che era stato di suo padre, con il san Sebastiano che riluceva nella penombra. Gli aveva detto che poteva fare tutto quello che voleva, anche prendersi un'altra davanti a lei. Che avrebbe fatto tutto quello che voleva lui, qualunque cosa. Aveva detto «Anche a letto», con la voce che tremava di un partito già preso. Lui l'aveva riaccompagnata alla stazione con la Mg con la capote alzata, perché non sopportava che tra loro si muovesse la minima aria.

«Era morto, capisci? Tutto morto. Ma perché voi donne non vi volete mai rassegnare?»

Il pugno si apre di scatto, la sabbia rovina di sotto. Io lo guardo come se le donne non fossero me. E questo deve averlo rassicurato, perché si gira tranquillo, offre la pancia al tepore del sole che sale dietro le cabine, contro il pennone della bandiera mencia nell'aria fermissima.

«Mi ci vedi a fare il marchese Sangermano? Quando

mi servono soldi, mando un telegramma a Perini e Perini li appoggia su qualche banca. Io li vado a prendere e li spendo. Potrei non spenderli, non andarli nemmeno a prendere. Non cambierebbe nulla. Ci sarebbe sempre tutto, il castello, Villa Lydia, il palazzo a Firenze, la Mg, ci sarebbe tutto. Che io ci sia o non ci sia, non cambia. È questo, capisci? Io non servo a nulla. È per questo che mi sento addosso mia madre, lei modifica il quadro. È la mia responsabilità unica. È l'unica differenza che io posso fare nel mondo.»

Parla a scatti, come se dovesse ascoltare quello che dice, per riconoscerlo, decifrarlo.

«Io non ho mai parlato con nessuno come parlo con te.»

Stiamo in silenzio. Esistiamo uno dentro l'altro, uno per l'altro. Siamo uno. Più di quando facevamo l'amore, perché abbiamo lasciato il corpo da parte.

Verso le nove, la spiaggia si sveglia di strilletti, di tate vestite di blu con il grembiule bianco che spingono carrozzine sulla passerella pubblica, fino a ombrelloni lontani. Di anziani signori con il panama bianco e larghi fasci di giornali sotto il braccio, le scarpe bianche, i calzini bianchi, i pantaloni bianchi. Variabili identiche del dottor Martinelli che si sistemano all'ombra, chiamando Deodoro per aggiustare l'ombrellone con larghi gesti delle braccia pendule. I bambini sgusciano via dalle creme per il sole che le tate impiastricciano loro addosso, pensando al fidanzato lasciato a Rovereto. Scappano verso il bordo rilucente dell'acqua e ne riemergono caracollando con i loro secchielli stracolmi. Litigano tra loro con una determinazione da far spavento in esserini così minuscoli, si buttano la rena negli occhi, urlano forte ogni minima rabbia. Le tate accorrono, si guardano in cagnesco, ciascuna con i cuccioli di pertinenza. Vieni via, facciamo un gioco più bello.

Abbiamo guardato il gioco continuo della spiaggia, le linee, le intersezioni, i sommovimenti, microbi dentro la lente convessa di un laboratorio.

«Beh, io vado.»

«Sì, è meglio.»

Si alza, stira le lunghe gambe, tende le spalle all'indietro. Fa un lungo sospiro.

«Andreana.»

«Sì.»

«Nulla.»

Lo guardo andare verso la tenda Sangermano, rientrare nella atmosfera terrestre. Non gira la testa. Ma io non ci penso, non me ne accorgo.

Non ancora.

Più tardi aspettavamo la portantina del picnic, Giovannella era stesa sulla sabbia vicino a me. Tenevamo la testa sollevata per vedere se arrivava Otello.

«Speriamo che ci sia la frittata di cipolle.»

«E la crostata di lamponi!»

Sembrava più allegra, Bubi era diventato più gentile dopo la strigliata che gli aveva fatto Alberico in Capannina. Ora le stava seduto accanto buono buono, sorrideva innocuo. E mi parve che, contro l'orlo delle cabine, affiorasse la sagoma della ragazza che avevo visto abbarbicata alle ginocchia di Alberico.

«Chi è?»

Scosse la testa in un sospiro.

«L'ultima vittima, o la penultima.»

«Di che?» chiesi. Talvolta ci prende la furia di non risparmiarci nulla.

«Di Alberico. Sai quante ce ne sono? Non gli importa di nessuno. Sembra tanto carino. Ma chi lo tocca muore.»

«A me non sembra che sia così.»
«Ah no? Ma dove vivi Andreana, qui non siamo a Santa Croce, sai... Scusa.»
«Non importa.»
Lei resti pure laggiù, su quella grata di cabine aguzze, a aspettare. Con me lui è buono.

Ho preso il mio «Gattopardo» giallo e scorro le pagine finché non ritrovo la scena di Tancredi e Angelica dentro la soffitta.
«Bambi che legge.»
John Albert, che sorpresa!
«Ma non eri a Portofino?»
«Sì e ora sono qui, baby. Mi piaci, sei l'unica che fa domande con un senso minimo.»
Si mette a sedere sul lettino accanto al mio, senza chiedere il permesso.
Insiste dove fa male.
«Ti hanno già detto che sembri un cerbiattino?»
Faccio un sorriso medio, scuoto le spalle mimando una indifferenza intrisa del fastidio che provo realmente.
«Tu metti sempre a disagio la gente?»
Fa un sobbalzo, indietreggia di una frazione minima di spazio.
«Le unghie dove le tieni nascoste?»
Io rido. L'imbarazzo è sparito nella soddisfazione di aver trovato la risposta giusta. Faccio una orecchietta alla pagina per ritrovarla quando mi servirà. Gli rido sul viso, una risata che mi è sbocciata addosso da pochi giorni, da quella sera del Monopoli a casa di Elena. Ride anche lui, mi acchiappa la mano. Mi porta alla tenda dove sono gli altri.
«Guardate cosa ho preso nel bosco.»
Le ragazze mi salutano leggermente seccate, Ema-

nuele si alza a darmi un bacio, Alberico è disteso ai piedi di Elena, che fuma. Si tiene la testa con il braccio a triangolo. La gira appena.

«Oh, ciao Andreana.»

Indifferente. Complice. Segreto.

«Giuseppe Cardi ci ha invitato in barca.»

Ci attraversò un brivido di eccitazione. Ormai sapevo anche io chi era Giuseppe Cardi, condividevo l'emozione, solo con una venatura di inquietudine in più, un residuo del senso di estraneità che mi aveva abitato per più di un mese. Alberico sollevò appena la testa.

«Io andrei.»

«Quando si va, gente?» disse Bubi elettrizzato.

«Intanto, bisogna che arrivi», stigmatizzò John Albert. Era quello meno contento.

Eccolo.

Il ketch completamente invelato di nero era basso contro l'orizzonte, alla distanza regolamentare oltre le boe.

Ci fu un movimento tellurico di corpi, borse, sacche, fretta di correre alle cabine a cambiarsi il costume, a prendere i cappelli, il copricostume, le camicie. Elena non si scompose. Splendeva fragile e commovente nel sole delle undici e mi strinse un brivido di rimorso. Ma Alberico ed io eravamo due sottomarini, navigavamo in acque profonde e mobili, dove la vita brulicava, la superficie liscia del loro rapporto non era stata intaccata.

Arrivava la marchesa Sangermano.

«Addio ragazzi, che succede?»

Alberico la baciò lieve sulla fronte, le passava la mano sulla guancia, in una carezza gentile.

«Oh, mamma, mi dispiace lasciarti sola, c'è Giuseppe Cardi con la barca, ci ha invitato a colazione.»

«Sono molto contenta. Digli che saluto molto Dorina.»

«Non credo che ci sarà, mamma.»

«Ma questo non ti esime dal portarle i miei saluti, Alberico.»

«Sì mamma.»

Arrivò di corsa Albarosa, ansimante, disse che sua madre la lasciava venire.

«Ma tu non sei stata invitata», disse Bubi, cattivo.

Le si incresparono le labbra e John Albert ebbe pietà di lei.

«Dai scemetti che puoi, è Bubi che ti prende in giro.»

Lei tirava su con il nasino, muoveva in giro la testa in cerca di conferme. Giovannella distolse lo sguardo, Marina era accanto a Bubi, gli faceva un massaggio alle spalle.

«Deve remare», si giustificò sotto lo sguardo adulto di Albarosa.

«Ma porca miseria non c'è Vito?»

«È dal dottore.»

«E Deodoro?»

«E quello pensi che remi?»

Ci fu una specie di panico da fatica, e John Albert disse che si offriva volontario.

«Faccio io su e giù, con il "Noia".»

E fummo un gruppo sfilacciato di seni e sederi e due pezzi e pantaloncini a minuto disegno scozzese e magliette lunghe e cappelli e borse di paglia con asciugamani a casaccio. «Ma che fai, prendi il telo? Beh, sì. Ma Andreana sul "Lothar" di teli te ne danno quanti ne vuoi.»

«Anche di aragoste, se è per questo.»

Il resto della spiaggia ci guardava, eravamo lo spettacolo del giorno. C'erano madri con figlie smunte, accovacciate sotto la loro tenda con gli occhi pieni di invidia. I padri, che leggevano il giornale con i piedi allungati sulla sdraio davanti, lo avevano abbassato sulle gambe pallide, sollevavano la testa verso di noi. Sulla riva, vecchie donne con le gambe rigate di varici nere chiamavano visini lontani. Teeeereeeeeesaaaaa. Eeeeeemilioooooo. Eneeeeeeea. Laaaaaapooooo. Miiiileeeenaaaaa.

Ci ammucchiammo sul patino da corsa. I puntoni affondavano sotto il pelo dell'acqua, l'intera struttura vibrava e si intirizziva, si piegava a ogni minimo movimento di un piede, di un braccio. Togli la mano dalla coscia di Marina. Tu stai zitto e rema. Aiuto scivolo tieniti stringimi abbracciami. Oh e a me nulla? Ma non doveva remare John Albert? Io remo a ritorno. A ritorno quando?

Ci avvicinavamo alla prua maestosa di quel ketch così bello e si affacciarono due marinai con la divisa nera come le vele. Uno scese veloce giù dalla scaletta appoggiata a babordo, si allungò con la schiena verso Bubi che remava.

«Pronti?»

«Sì.»

Lanciò la cima per l'ormeggio volante, Alberico la afferrò con naturalezza, fece una gassa d'amante sotto lo scalmo. Il patino rullava, la barca sciabordava, il passaggio da uno all'altra richiedeva una destrezza che non ero sicura di avere. Incespicai leggermente un momento prima di saltare, il marinaio mi tese la mano.

«Mi dia la borsa.»

Elena e Giovannella non gliela avevano data.

Salivamo rapidi la scaletta, tenendoci alla cima tesa tra i candelieri. E mi accorsi che John Albert era rimasto sul patino, e staccava l'ormeggio, scioglieva veloce la gassa che aveva fatto Alberico.

«Ma che fai, non vieni?»

«La porto a fare un giro.»

E mi accorsi che Marina era stesa al sole sul lettino a doghe, con gli occhi chiusi come morta. John Albert remò calmissimo, a colpi regolari e fondi. Dal parapetto, gli altri li guardavano andar via. Io salii su, ero l'ultima. Girammo una specie di angolo e c'era un salotto di mogano e cuscini viola, vele e sedie da regista e tavoli e bicchieri di cristallo appoggiati su sottobicchieri neri e secchielli con champagne in fresco. Due ragazze in divisa bianca con bordi viola sull'attenti. Su uno dei divani, con i piedi sul cuscino e la faccia al sole, era seduto un uomo giovane, sui quaranta anni, di una bellezza da rapace simile a quella di Alberico, ma più incancrenita, vergata di rughe. Uscì una bellissima donna con i capelli stretti in uno chignon incongruo, vestita di un caftano color oro, parlava con un accento strascicato, francese.

«Oh eccovi finalman, mes garçons. Sgiusepe, svegliati, sci sono i nostri ospiti.»

Giuseppe Cardi si alzò mentre i ragazzi si mettevano in fila per fare il baciamano alla signora col caftano. Baciò Elena quasi sulla bocca, «Come sta il sole che splende?». Albarosa «Ciao bambina». Giovannella «Ma perché sempre il costume nero?». Mi arrivò davanti «Sono Giuseppe Cardi, benvenuta a bordo».

Io cincischiavo l'orlo del copricostume bagnato con la sinistra, gli detti la destra, con un lieve sussulto. Lui me la strinse. La borsa di paglia mi scivolò tra i piedi. Già non gli interessavo più.

«E che succede a riva?»

Aveva questa smania di far domande. Di sapere ogni infinitesima cosa, più era stupida e più lo divertiva.

I Cardi possedevano miniere di carbone in Germania, acciaierie in Belgio. E poi navi, navi da carico e da passeggeri, un transatlantico di nome «Italia», una compagnia di traghetti. Emanuele mi aveva detto che erano anche azionisti di una banca in Francia. Erano ricchi da quattro generazioni. Avevano a Forte dei Marmi una grande villa nascosta dentro la pineta dove aveva cavalcato D'Annunzio, a cui avevano dato loro gli aerei per la beffa di Buccari. Avevano ville a Portofino, a Capri, a Taormina, a Cortina, a Crans. Ogni villa era sempre aperta a aspettarli. Era una ricchezza fuori misura per quell'Italia che sapeva ancora di miseria. Incuteva ammirazione e rispetto, perché era una fortuna nata senza delitti. Ma Giuseppe Cardi doveva annoiarsi molto, lo capii subito. Aveva le labbra sempre piegate verso il basso, lo sguardo come attraversato di vuoti, anche se ti fissava. Dorina era figlia di un banchiere francese, di poco più anziana di lui. Non avevano figli. Giuseppe era il figlio di Dorina.

Alberico teneva il bicchiere con lo champagne in mano, accavallava le gambe sulla sedia da regista.

«Mammà la saluta molto.»

«Ma che sgentile.»

Bubi piroettava intorno a Giuseppe Cardi, gli raccontava della gara di macchine, della tresca tra Rosanna Tesaro e il marito Pinatti.

«E la Pinatti?»

«Nulla, fa finta di non vedere. C'è Ariberto che tiene tutto sotto controllo, se arriva la Pinatti, corre da Pinatti marito e lui si alza per andarle incontro e intanto la Tesaro scavalca la balaustra di legno del bar e scappa sul marciapiede. Ariberto ci si diverte un sacco, secondo me.»

«Se non è cambiato da prima della guerra, una volta ci scappa il morto.»

«Oh mammina santa» esalò Albarosa.

Giuseppe Cardi scambiò con Alberico uno sguardo. Era l'ultima volta sul «Lothar», per Albarosa, di certo.

«E adesso voglio sentire la voce della novizia. Venga qui, signorina. Come ha detto che si chiama?»

Mi soccorse Alberico. Attento, tranquillo.

«Lei è Andreana, Giuseppe. Andreana, ti presento Giuseppe Cardi.»

«Ci siamo già presentati, marchese.»

«Bene.»

«E da dove arriva?»

«Da Firenze.»

Di nuovo, aveva risposto Alberico.

Ma Giuseppe Cardi non mollava l'osso in questo modo facile.

«Molto carina. Ha l'aria nuova.»

Arrossii.

«Cosa pensa di questi matti con cui si mescola?»

Ero allo sbaraglio nel mondo. E mi arrivò un pugno in piena faccia.

«Anche lei soccombe al fascino del divino marchese?»

Mi attraversava con il suo sguardo a tratti, da bambino potente, scavandomi la fossa.

«È fidanzata.»

Alberico aveva risposto per me.

Si girarono tutti, e non guardavano me. Guardavano lui.

«E perché non ce l'avevi detto?»

«E perché ve lo dovevo dire?»

Di nuovo Alberico, ironico, superiore.

Ci fu un silenzio carico di attesa inespressa e alla fine Bubi sciolse la tensione con uno dei suoi scherzi, mi fece un inchino, disse che si ritirava. Invece Emanuele si agitò leggermente sulla spalliera del divano dove si era seduto.

«Io no.»

Era serio. Elena fece un musetto come di domanda.

Ma Alberico accese una sigaretta e lei si accostò al suo viso per farsi accendere la sua. Furono subito chiusi, loro due soli, dentro un cerchio di magia. Durò una frazione di secondo, non mi punse neanche. Scostando la testa, Alberico mi lanciò un'occhiata obliqua di complicità assoluta. Io intercettai uno spezzone dello sguardo a tratti di Giuseppe Cardi e seppi che non gli era sfuggito nulla, del nostro gioco segreto.

Lontano e vicinissimo, il patino «Noia» attraversava il mare carico di desideri in attesa.

Li vedo. Li vedo con i miei occhi chiusi, che non si muoveranno mai più. Gli occhi che questa notte distinguono tutto. Il buio che abito me li restituisce vivi dentro questa camera nera. Accanto al mio letto di tortura, John Albert rema con la sua foga paziente, verso i bagni di Fiumetto, poi verso Tonfano, Motrone, il Secco, Viareggio. Due ore, quasi. Si ferma davanti al Fosso dell'Abate, contro la sagoma bianca del Chiuhahua. Abbastanza vicino alla spiaggia, al liquido fetido che scola nel mare. Non c'è nessuno sulla frangia di sabbia sporca. Non vedrà nessuno. John Albert è un uomo attento, non si sarebbe mai fermato oltre le boe, teme i motoscafi dei pazzi italiani che non sanno guidare, solo spendere soldi in cappellini bianchi con la visiera, da finto marinaio della domenica. Lo sforzo fisico scioglie le sue rabbie, i nodi mentali costipati, li trasforma in vettori e onde di forza, in cose che si possono misurare. Per questo lo placa. Il corpo lucente di Marina gli sta davanti come una promessa.

Con Marina è semplice.

Con Marina non ci sono panzane da dire, complimenti da fare. Con Marina si fa l'amore e basta. Ormeggia il patino alla boa, infilandola nello spazio vuoto tra il sedile e il remo. Marina si abbassa la spallina del due pezzi con la stessa naturalezza con cui si butterebbe in acqua. Lui caracolla verso di lei appoggiando i piedi con circospezione sul mogano scivoloso. Si stende. Lei gli si rotola addosso, è sopra di lui. Il seno molle gli sfiora i peli del torace. Lei gli ride contro, senza richieste. Lui suona la schiena incurvata come un mandolino, fa scorrere il dito nella fessura delle chiappe. Trova l'apertura, la apre con l'indice, senza gentilezza. Lei si schianta contro di lui, inarca il sedere, come se lui avesse premuto un interruttore, fatto scattare il piacere. Il patino ondeggia, si flette dentro l'acqua mosso dal loro muoversi. Sciabordio. Scricchiolio. Affanno. La lingua nella piega segreta tra l'ombra dei capelli di rame e il piccolo orecchio. Pelle trasparente a leccarla, e brividi, e ansimare. In pochi minuti, arrivano insieme alla fine, lei rantola come un lupacchiotto, lui geme piano, come esalando un dolore che gli sta rinchiuso dentro da chissà quanto tempo. Si staccano. E lei si è già tirata su a sedere.

«Hai una sigaretta?»

Tornando, lui rema molto più lentamente, la spiaggia non scorre più come un film. Risalgono il Lido di Camaiore e il Secco, la sagoma bassa della Bussola, il tetto di lamiera che luccica. Gli ombrelloni in file verdi e rosse e blu. Lui si ferma ogni tanto, a prendere fiato. Lei si è messa a sedere con la schiena rigida contro il prendisole, si tiene i piedi con le mani, lo guarda da sotto in su. Ridacchiano, ma il disagio si è installato tra di loro come un terzo incomodo. Lui pensa al «Lothar», a Giuseppe Cardi. A quando diventerà come lui.

E gli viene in mente che potrebbe andare a Cuba. A Cuba a cambiare il mondo, a rovesciare il calzino dalla parte del buco. A Cuba a arringare contadini pezzenti, a insegnare a leggere e a scrivere a quei bambini che guizzano tra lo sporco delle strade come lucertole. A

Cuba, seduto sotto un patio di colonne marce, con un fucile sulle ginocchia e un sigaro in bocca, a fare ordine nella rivoluzione. Andrebbe lui a trattare con Nixon per alzare i prezzi dello zucchero non raffinato, la pentola di Cuba va tenuta coperta. Questa gente deve mangiare. Impiantare una acciaieria. Impiantare almeno due raffinerie. Impiantare una estrazione mineraria decente di manganese. Una fabbrica di birra. Importare il triplo di trattori. Pomodori e banane. Nazionalizzare tutto, via le piccole proprietà, anche loro. Al popolo la proprietà dei mezzi di produzione. Carne color bronzo tiepida, nel letto chiuso dalla zanzariera slabbrata. Chiese di zucchero dove si balla il merengue. Una camicia bianca, pantaloni da soldato. Che Goldstalk. È un americano. Ebreo americano. Molto ricco. Rivoluzione allo stato puro. Non si sa quando torna in America. Forse mai.

E intanto gli sfila di lato la spiaggia quieta, Forte dei Marmi, paese di bengodi, tranquillità distante.

«Sono arrivate le ostriche.»

Giuseppe Cardi socchiudeva gli occhi, come se quell'arrivo non lo riguardasse.

«Ma prima facciamo il bagno, no?» disse Elena.

«Io non posso, ho mangiato le focaccine alle undici», disse Albarosa. Giuseppe Cardi chiuse gli occhi definitivamente, rinserrato nel suo divano viola.

Però nessuno aveva veramente voglia di fare il bagno, il lusso di quel ketch meraviglioso e intimidente invitava a stare fermi, per non sciupare nulla.

«Vuoi fare sci d'acqua?» chiese Giuseppe Cardi a Elena. Aveva gli occhi chiusi, ma l'inclinazione della testa e del mento erano giusti. Come se la vedesse.

«Mi piacerebbe. Molto», rispose lei. Faceva cadere le sillabe come piccoli regali.

Giuseppe Cardi si sollevò sui gomiti.

«Stacey.»

Una delle hostess, con i capelli tirati dietro le orecchie e la faccia seria, era già accanto a lui.

«Fai venire il motoscafo.»

«Lo faccio anche io, Giuseppe, ti va?» si intromise Bubi. Era irrequieto in modo esagerato, guardava la superficie deserta del mare.

«Notizie di Goldstalk?» chiese Giuseppe Cardi. Gli piaceva girare il coltello nella piaga. Non gli sfuggiva nulla, questo mi era chiarissimo. Le persone erano comparse nel suo teatrino personale, le muoveva come voleva, tirava i fili e poi li lasciava andare di colpo. I burattini si schiantavano sul pavimento freddo.

«Si sta divertendo con Marina, vero Bubi?» disse Muzio. Aveva l'aria di aver pensato a lungo quell'intervento da elefante.

«Non me ne frega nulla.»

Bubi era scoperto, fragile all'improvviso. Albarosa gli scivolava addosso con tutte le scuse possibili. Giovannella era muta, imbalsamata sulla sedia da regista, a gambe strette, la bocca fissa in una piega dura.

«Parretti, che mi dici dei salumi?»

Giuseppe Cardi non aveva pietà. Almeno, non la praticava quella mattina, sulla sua barca meravigliosa, al centro di otto piccole vite in attesa.

Alla fine facemmo il bagno, e dopo i marinai ci dettero asciugamani viola. Ce li drappeggiavamo addosso, aspettando il turno per la doccia calda sul ponte. Elena era l'unica davvero a suo agio, difesa dalla sua bellezza. Si stese sul divano, con i piedini toccava i piedi di Giuseppe Cardi, per scherzo. Dorina parlava con il comandante. Dondolìo di collane, schizzi di luce sui ricami d'oro. Era abituata.

Poi ci fu il rumore dell'idrovolante, le vele sussultarono. Atterrò vicinissimo. Ferite bianche nell'acqua blu fondo, pattini oscillanti. Fu calato il dinghy, e due marinai ci saltarono dentro con grazia selvatica. Andarono lenti verso il portellone aperto. Borbottio di motore. Cima in acqua. Cima recuperata. Tieni.

Mangiammo le ostriche arrivate da Fauchon, sapevano di Parigi.

Champagne Crystalle. Flûtes di cristallo che balugìnano fragili come desideri inconfessabili. Elena lunga distesa sui cuscini neri e viola, la testa sorretta da una manina, l'altra che sfiora il mento, in posa per lo sguardo di Giuseppe Cardi.

Vedo arrivare il motoscafo e nel pozzetto sono appoggiati due paia di sci d'acqua. I marinai accostano. Sono vestiti di blu, hanno pantaloni bianchi, scarpe bianche. Elena scioglie i muscoli di gatto, stira con rapidi sboffi di noia le spalle, il collo lungo. Giuseppe Cardi è sveglio all'improvviso, ritto al centro del ponte.

«Guido io.»

I marinai salgono sul ketch, Elena scivola in mare, è un pesce azzurro subito lontano. Giuseppe Cardi butta in acqua gli sci, lei li afferra, armeggia sotto il pelo dell'acqua. Prende il manubrio. È curva a pelo dell'acqua.

Pronta?

Sì.

Il Riva romba fortissimo, la scia è spuma di neve. E dalla spuma Elena nasce come Venere, alta sugli sci perfettamente allineati, un braccio levato a salutarci dalla distanza del suo paradiso.

Lei butta via la testa come butta via le gambe e le braccia nella velocità che la afferra e la porta via, dentro questo mare che non va da nessuna parte, e il ketch è già dietro le spalle, no, eccolo, è qui, sono giri, giri concentrici, esibizione, scherzo. No, non è uno scherzo. Sembra. Se adesso lei si lasciasse andare, se mollasse la presa delle mani sul manubrio, se battesse la testa sul legno, se il peso del suo corpo gentile la tirasse giù, di sotto, verso il fondo che non si vede, di sabbia fine e alghe e meduse palpitanti e pesci minuscoli in banchi fittissimi, fitti da non poterli attraversare, fitti come una coperta, fitti come un panno nero. Pesci neri. E, sotto i pesci, sotto quel buio, il viso assente di sua madre morta.

Tornarono in barca per nulla scomposti, come se tutto quello che disturbava i mortali potesse solo sfiorarli da lontano. Si misero a chiacchierare in disparte. Il sole delle tre ci avviluppava di torpori. Giovannella ebbe un sussulto di vitalità improvvisa, prese Bubi per un braccio, lo portò dentro.

«Voglio farti vedere una cosa.»

Nel salone del ponte medio c'erano un Fragonard e un minuscolo de Chirico appoggiato sullo scaffale della libreria. Li avevo visti quando ero andata a cambiarmi il costume, nella cabina che ci era stata assegnata da Stacey. Il salotto era marrone, con filettature di bianco, c'erano cioccolatiere d'argento allineate su ripiani laccati. E una collezione di velieri, d'argento anche quelli. Fuori, Giuseppe Cardi arabescava con l'indice la schiena di Elena.

«Facciamo arrabbiare il marchese.»

Alberico sorrideva tranquillo. Io guardavo quei fili intrecciarsi e sciogliersi e muoversi e tessersi e tirarsi, guardavo il nostro piccolo teatro d'agosto e mi brillava intorno una pace infinita.

Giuseppe Cardi beveva l'incanto di Elena con una faccia da vampiro. Adesso capivo perché ci aveva invitato: eravamo le comparse per la sua noia. Il sole si abbassava nel tepore delle cinque. Non so quanto Crystalle avevamo bevuto. Io ero sospesa, fluttuavo in maniera deliziosa. Mi vedevo dall'alto, seduta per terra, accanto alle gambe di Emanuele intirizzito dall'angoscia. Si mise a discutere di politica praticamente da solo.

«Placido Rizzotto è un eroe», disse.

Albarosa sussultò.

«Chi è Placido Bizzotto?»

«Ti dice nulla la parola mafia?»

Lei si rintanò dentro le braccia di Bubi.

«Argghhhhhh. Sono il mafioso siculo e ti mangiooooooooo.»

«Oh Bubi», esalò lei con la sua vocina querula. Lui smise.

Emanuele parlava da solo di Bernardo Provenzano. Giovannella alla fine raccolse un frammento di discorso, qualcosa sulla Russia.

«Eduardo è andato in Russia.»

«A fare che?»

«A vedere come vivono loro. E poi a vedere le sue commedie, lì hanno molto successo.»

«Da noi meno. Non si capiscono», disse Muzio, era soddisfatto di essere riuscito a introdursi nella conversazione.

«La cosa più bella è l'amore con Isabella», disse Giovannella. Era incerta, teneva la voce abbassata di un tono, due. Si guardava i piedi. Io leggevo «Oggi», sapevo tutto. Mi faceva piacere stare dalla sua parte e allora raccontai di Ravello, di loro due chiusi all'Hotel Palumbo a consumarsi d'amore. Lui scriveva una commedia nuova, poi gliela avrebbe regalata, lei l'aveva confidato a una cameriera.

«Mi piacerebbe che qualcuno scrivesse una commedia per me», disse Giovannella con la voce velata di tristezza.

«Io non so scrivere», buttò là Bubi, soprappensiero.

Lei si rabbuiò subito.
«E chi te l'ha chiesto?»
Non le riesce afferrare la vita.

Non si poteva andar via finché non tornava il patino. Dorina non si vedeva, a poppa i marinai chiacchieravano a bassa voce. Stacey ci portò un gelato sfatto, che colava dolcemente nel piatto di porcellana azzurra. Eravamo appannati, abbozzolati. Tempo fermo. Alberico si era seduto accanto a Giuseppe Cardi e adesso parlavano loro due, complici, Elena relegata in uno spazio attiguo, come un giocattolo riposto. Mi venne in mente un pensiero maligno: che Giuseppe Cardi sapesse di me, di Alberico. Che si sarebbe divertito a sconfessarci davanti a tutti. Mi ricordai il suo sguardo obliquo, la consapevolezza di essere stata scoperta da quegli occhi di un azzurro freddo. Stavo in allerta. Ma poi vidi che loro due, Giuseppe Cardi e Alberico, ridevano insieme con quella solidarietà pura che hanno i maschi quando non gareggiano più. Allungai le gambe, soffiai un segreto fasullo nell'orecchio di Emanuele, solo per sentirmi addosso la sua attenzione. Misuravo il mio nuovo potere con questi piccoli gesti, come quando si impara a sciare e si stringono sempre di più le curve del corto raggio, si aumenta la velocità, la pendenza: per vedere fino a quando si regge.

Il «Noia» arrivò sciabordando che erano passate le sei.

«Ma che siete scemi», disse Muzio con la sua vociona. John Albert socchiuse gli occhi, era in basso, a pelo d'acqua, noi sporti dal parapetto del ketch come da un loggione di teatro.

«Siamo furbi, caro Muzio, molto più furbi di voi.»

Salirono. Marina era stanca, meno viva del solito. Tirò fuori, mentre era sulla scaletta, un cappello incongruo, di paglia a striscioline, come un cesto di capelli ispidi. Se lo mise. In cima alla scaletta si aggiustò il due pezzi ancora bagnato, con un brivido freddo. Lei e John Albert arrivarono nel salotto aperto, lui scambiò una stretta di mano con Giuseppe Cardi che non si era alzato. Si alzò per Marina.

«Ci sei mancata, Costa. Mai fidarsi dei comunisti americani.»

John Albert si versò lo champagne in un bicchiere da acqua, senza chiedere il permesso a nessuno.

«I capitalisti italiani sono ancora giovani, non hanno capito nulla. Ti vuoi tenere questa barchetta, Giuseppe? Devi darne un pezzettino a quelli che scendono dal treno con la valigia di cartone, devi fare come noi con quelli di Staten Island. Fare finta di aprire le braccia. E la tua barchetta te la tieni. Gli fai solo fare un giretto. Come a noi.»

Ma Giuseppe Cardi non aveva voglia di stare al gioco. Ci congedò da imperatore stufo.

«I marinai vi preparano il patino.»

Però venne fino sulla scaletta a salutarci. Baciò Elena sulle labbra, sviò lo sguardo mentre stringeva la mano a Muzio. Toccò il sedere a Marina. Arrivò a me.

«Attenta al lupo.»

Sono tornata a casa e davanti al cancello c'era la Seicento grigia di Gino. Ho appoggiato la bicicletta al muro e intanto cercavo di ricordarmi che giorno era, venerdì, sabato. Lunedì. Mio padre doveva essere a Santa Croce. Non capivo cosa ci faceva Gino a casa nostra, perché ero sicura: non era domenica. Non ero andata alla Messa.

Mi piaceva andare alla Messa nella chiesa di Santa Maria a Monte, anche se era lontana. Una chiesina piccola, appoggiata sulla prima collina, dietro Pietrasanta. Dovevo pedalare un'ora, per arrivarci. Attraversavo la pineta fitta, su un sentierino ritagliato tra gli alberi, poi un vialone lungo, orlato di platani. L'Aurelia. Una via in salita. C'era un atelier di sculture, angeli e alti uomini nudi, in attesa dietro la rete sbilenca. Ancora una curva a sinistra, un altro viale lungo, la via per Camaiore. Il cimitero. Buttavo uno sguardo di inquietudine alle tombe bianche, alle cappelle di mattoni con il nome inciso in bronzo, alle finestre di vetro colorato. Non mi riguarda. Passerò oltre e dirò in chiesa un Eterno Riposo, perché io ho paura, dei morti. In chiesa infilavo le dita nell'acquasantiera, mi facevo il segno della croce. Sedevo in fondo, mi distraevo. Pensavo che era il diavolo che mi agitava i pensieri, li girava tutti sulla soffitta, sul bagno degli ospiti di Elena. Non avevo il coraggio di andarmi a confessare. La piccola pace che la chiesa mi dava si frantumava e si ricomponeva, seguendo onde di pensieri opposti. Però alla fine mi sentivo bene, riammessa. Mi pareva che l'amore giustificasse tutto.

«Oh Andreana guarda chi c'è.»

Mia madre in piedi sotto il nostro portico. Gino dietro, una sagoma sulla porta.

«Buonasera signorina Berti.»

«Ovvìa, la chiami Andreana, l'è una ragazza, ragioniere.»

«Se la signorina mi onora di chiamarmi Gino.»

«Saluta il signor Gino, Andreana.»

Come se avessi sette anni invece di ventiquattro. Ma cosa mi importa? Ho addosso una giornata incredibile, posso salutare chiunque, anche il san Paolo e le frecce che lo illuminano, sulla via di Damasco della finestra del nostro ingresso.

«Buonasera, Gino.»

Lui accelera troppo il respiro, gli viene fuori una frase con sillabe e vocali accavallate, indistinguibili.

«Buonaserndrana.»

Il casiere Dino l'ha visto ansimare e camminare su e giù sotto il portico, mentre aspettava che io tornassi. E quando gli è andato a chiedere se voleva qualcosa da bere, lui gli ha domandato un bicchier d'acqua come un condannato. E poi se lo è bevuto tutto in un sorso, boccheggiava. Dino l'ha visto sudare e stringere i denti. Gli ha fatto persino pena, quel giovanottone grosso strangolato da una paura che si poteva toccare.

Ma intanto è davanti a me e mia madre dice che è a pensione da una signora in piazza Marconi. È la sua settimana di ferie, l'ha presa prima del Ferragosto per liberare mio padre in quella data obbligata. La conceria non chiude mai, solo mezza giornata del 15 agosto. Troppi ordini.

Mia madre ondeggia verso l'ingresso.

«L'ho invitato a cenare con noi.»

Sono andata in camera mia a cambiarmi, mi pesa che ci sia quell'estraneo in casa. Ci siamo seduti a tavola quasi subito. C'è una tovaglia bianca, le posate buone, il servizio buono. Gino mangia intirizzito, il cucchiaio della minestra gli sparisce in mano. Tira su, un breve scchhhh che mi fa rabbrividire di disgusto. Diomira arriva strascicando i piedi, con il vassoio delle braciolíne fritte con i fagioli all'uccelletto, e Gino si serve intimidito: la fettina più piccola, un mezzo cucchiaio di fagioli. E io me lo immagino dopo, mentre torna dalla signora dove è a pensione, ingozzarsi di pane e porchetta comprato al banchetto di piazza Marconi, leccarsi la punta delle dita unte. E poi prendersi la testa fra le mani, pesante di pensieri che non mi riesce figurarmi. Cosa può pensare un impiegato di mio padre? Che è estate, che è sistemato, che la porchetta è secca, che la villa del padrone è bella, è brutta, è grande? Che la figlia del padrone è antipatica, che si dà arie, che è bassa? Che sembra un animalino selvatico?

A tavola, parla solo mia madre, ragioniere qui, ragioniere là. Mi fa dire della giornata, sospira soddisfatta quando può spiegare a Gino chi è Giuseppe Cardi.

«È più ricco di Rockefeller. Pigliane ancora, Andreana. E anche lei, ragioniere, si serva, mi faccia questo onore.»

Mia madre mescola il gergo delle sue amiche, della Erminia, di Santa Croce, a pochi modi di dire che ha come sussunto dall'ambiente nuovissimo che abbiamo intorno. Sicché, finita la cena, dice con una grazia amabile «Vogliamo passare in salotto?» e Gino è atterrato come da un knock-out. Io ho fretta di liquidare quella cena improvvida, alle dieci ci vediamo con gli altri al Caffè Roma, come tutte le sere, e poi in Capannina. E mi devo cambiare e prima fare la doccia e cercare di arrangiare i capelli e pensare a Alberico. Ma Gino sta lì, con il suo corpaccione che smotta continuamente dalla poltrona. Non ha l'aria di uno che ha capito che deve andare via. Parla della ditta, di mio padre. Una volta rientrato sul suo terreno, ha perso la timidezza, inalbera una certa autorevolezza. Spiega come sono gli ordini, cosa si deve cambiare per adeguarsi al mercato, alla domanda sempre crescente. Dice che il momento è buono, buonissimo, che c'è una voglia generale di lasciarsi dietro le spalle le penurie del dopoguerra. Che tutti vogliono stare meglio. Dice che si vende la pelle per fare divani e poltrone e cappotti e scarpe, che la ditta manda quintali di pelli in America, che le esportazioni del paese sono aumentate del venti per cento, e gli investimenti del diciotto e i consumi del sette.

«Ma che mi dice, ragioniere» lo compiaceva mia madre senza capirci nulla, perché a lei bastava spenderli, i soldi, e di come saltavan fuori ora non ne voleva sapere più niente. Io fibrillo nel vestitino a fiori con lo scollo a barchetta.

«Dovrei andare.»

«E dove?» salta su mia madre.

«Per carità figurarsi.»

Gino era già in piedi, con una agilità sorprendente.

«Grazie per la cena ottima, ottima veramente. Non c'è bisogno che si disturbi, conosco la strada.»

Invece lo accompagno, naturalmente. Sul cancello, nella luce alonata dei lampioni di via Leonardo da Vinci, Gino si è girato a guardarmi con una intensità che mi ha colpito. Ha detto «Buonanotte Andreana» con un tono guardingo, come se io fossi stata di vetro, e lui potesse rompermi solo parlandomi.

Poi ci furono giorni strani, dovunque andassi mi seguiva lo sguardo di Gino. C'era la sua macchina parcheggiata. O lui passava sul bagnasciuga, con il costume nero di maglia e il suo grosso corpo bianchiccio, e rallentava davanti al Bagno Gemma, perlustrava la spiaggia finché non trovava la nostra tenda. Andavo a comprare «Grand Hotel» da Lauro e me lo trovavo davanti per caso. Ero dall'ortolano a comprare le pesche e arrivava anche lui, a cercare le ciliegie. Mi salutava sempre, con una specie di tremito di gratitudine, diceva che non aveva sperato di vedermi, e invece eccomi lì. La terza volta che ci eravamo incontrati per caso, mi chiese se poteva permettersi di offrirmi un caffè. Io non sapevo come liberarmi dal peso della sua devozione. Sbagliando, dissi che andava bene. Mi fece salire sulla sua Seicento, che era lucida e dentro di una pulizia esagerata. C'erano coperture di plastica sui braccioli e copertine di paglia sui sedili, anche il pomello del cambio era foderato di plastica. Appeso allo specchietto, dondolava un peluche minuscolo, un cane rosa. Accanto al cruscotto, c'era uno di quei portafotografie di pelle con sopra scritto «Non correre, pensa a me», e la foto di una donna anziana, con la faccia marrone di rughe. Un crocifisso a calamita era attaccato allo sportellino del cruscotto. Ero a disagio, ormai il mio mondo era un altro. Mi portò in centro, parcheggiò in via Spinetti davanti alla gelateria Cervino, sotto gli occhi di quelli che erano seduti al Bar Principe a non far nulla. Poi girò dal mio lato, mi venne ad aprire lo sportello. Mi scortò fino a un tavolo libero. Mi scostava la sedia. Si affannava, terrorizzato dal suo stesso coraggio.

«Va bene qui? le piace? C'è ombra, c'è sole, dica lei, dove vuole sedersi, vuole cambiare posto, c'è l'altro bar davanti alla libreria, magari lei lo preferisce. Magari...»

«Va bene qui.»

Ero già pentita.

Passò Emanuele in bicicletta, mi fece un cenno senza fermarsi. Albarosa uscì con sua madre dal negozio della Pansini, con un sacchetto voluminoso. Fece finta di non vedermi, o forse non mi vide, non so. Non mi veniva in mente di cosa parlare. Dissi che il caffè era buono, davvero. Che c'era il sole, per fortuna. Che non faceva troppo caldo, meno male. Gino era ammutolito. Stava seduto davanti a me e mi guardava: semplicemente. La sua ammirazione mi parve insopportabile, impegnativa. Gli sentii addosso un sentore di sudore acido, gli vidi la camicia bianca alonata di sudore sotto le ascelle, le goccioline che gli luccicavano sui baffetti biondi sopra il labbro grosso. Provai il desiderio incoercibile di alzarmi e andar via. Bevvi il caffè di un fiato, ingolfata dalla sua venerazione. Dissi che dovevo andare, un impegno che avevo dimenticato. Lui era già in piedi, «Ma si immagini».

E poi, mentre mi scostava la sedia, disse senza guardarmi «Per me è stato bellissimo poterle offrire un modesto caffè». Mi venne da ridere: un modesto caffè. Mi avviai a piedi, sperando di incrociare qualcuno che mi desse un passaggio fino a dove avevo lasciato la bicicletta, in via Duilio. Mi scrollai Gino di dosso con uno sbuffo di superiorità.

Era il giorno del mercato e i marciapiedi ribollivano di gente. Signore anziane si puntellavano sui loro bastoni, mariti rassegnati si lasciavano trascinare nel gorgo della folla, con la mano sul sedere a difendere il portafoglio. Biciclette a muraglia e vociare, strillare, richiami di ambulanti modulati come canzoni. Donneeeeee venite donneeeeee. Mi ro-vi-nooooooo, donne mi ro-vi-nooooo. Pesce frittooooo, pescedalessoedarooooooosto. I'croccante vien qui che la mamma te lo compra, occhè glielo compra i'croccante ar su' figliolo?

Mi buttai nel gorgo, mi lasciavo portare. Lo scalpiccio, le botte, gli spintoni. Appeso sulla testa di una donna con il cappello a forma di mezzaluna, vidi penzolare un copricostume turchese, con le gale sulla pettorina. Provai a fendere la barriera dei corpi per raggiungere la bancarella, chiedere quanto costava. Il caldo avvolgeva tutto, il sole picchiava alto nel mezzogiorno. Qualcuno si sentiva male, qualcuno credeva di soffocare, qualche bambino urlava a vuoto di rabbia. Sui banchi, i vestiti erano ammucchiati, frugati, rovistati, sventrati da centinaia di mani a caccia di un tesoro qualsiasi. L'anima del mercato permeava tutto, affrettava le mani, ingorgava i passi, stringeva in una morsa di ansia gli sguardi affannati a cogliere, prendere, conquistare, rapire, portar via. Rinunciai, ma ormai ero alla estremità interna dell'anello, quasi fuori dal vortice. Mi bastò stare ferma, aspettare che si aprisse un varco casuale: infilarmici dentro. Sbucai sulla terra sporca della pineta ammutolita. Le giostre ferme, le carrozzelle riposte in chissà quale capannone. Un'isola fuori dalla tempesta.

E c'era Alberico.

E era solo.

«O te?»

«Ti aspettavo. Lo sapevo che saresti venuta.»

«Ma io al mercatino proprio non ci volevo venire, è che ero in paese...»

Non so perché non gli dissi di Gino.

Mi venne vicino, sentivo il suo tepore, il profumo di dopobarba inglese. Mi mise un braccio intorno alle spalle e io sussultai di spavento.

«Ma non ci vede nessuno», disse.

Come se mi leggesse nei pensieri. E poi mi fece fare un mezzo giro, come una bambola di carne, mi attirò con la mano appena appoggiata sulla mia nuca. Io sollevai il viso. Baci. I baci densi che avevamo imparato a darci, come una chiave che gira nella serratura in infinite combinazioni, prima di prendersi il gusto di aprire la porta. E poi lingua contro la lingua, e una bocca intera da viaggiare.

Poi andammo abbracciati verso la sua Mg. L'aveva parcheggiata davanti al cinema Nuovo Lido, sul viale Franceschi, fuori dalla confusione del mercato.

«Ma come hai fatto a trovarmi?»

«Come hai fatto a trovarmi tu?»

Mi riportò in via Duilio, aspettò che slegassi la bicicletta. E non mi chiese nulla. Invece mi tenne stretta, nella paura che arrivasse qualcuno che conoscevamo dal lungomare squartato di sole.

«Stasera ti porto alla Capannina Ungherese.»

«E che gli diciamo, agli altri?»

«Non ci andiamo e basta.»

Era impossibile, impossibile, non poteva stare succedendo a me, la contentezza mi spalancava il cuore. Non avevo la voce, avevo in bocca troppa saliva. E poi nulla.

«Ti passo a prendere alle dieci.»

Feci un cenno con la testa, il naso mi pizzicava, avevo una voglia tremenda di piangere. Lo guardai rombare via, girare in viale Morin. Pensai che non sarei andata in spiaggia. Avrei aspettato le dieci stesa nell'ombra filettata dalla luce delle persiane socchiuse. Stesa sul mio letto di ragazza. Avrei ingoiato come un groppo duro questa felicità impossibile. Avrei cercato di insegnarla al corpo, ai pensieri. Avrei provato a essere felice.

Arrivai a casa e c'era la Seicento di Gino davanti al cancello. Mia madre sulla porta, che gli parlava.

«Oh Andreana, il ragioniere ti ha riportato il golf che avevi dimenticato dall'ortolano stamattina.»

Per favore no.

«Era andato a comprarsi le ciliegie, vero ragioniere? Pensa come è stato gentile. Anzi, sa che le dico, ragioniere? Si deve fermare a mangiare un po' di minestra con noi, non si fa complimenti, quello che c'è. Che si ferma, vero, ragioniere?»

Gino era spaventato dalla sua stessa fortuna, biascicò un «volentieri» smangiucchiato d'ansia.

«Lei mi permette signora Berti? Chiedo permesso.»

E sparì. Mia madre mi fece un cenno di sbalordimento divertito, sentimmo la Seicento che rantolava. Partì. Tornò dopo dieci minuti, seppellito da un fascio orrendo di gladioli, ciascuno di un colore differente. Li depose tra le mani di mia madre, sussurrando ancora «Mi sono permesso, mi scuserà». Mia madre li prese e le parvero belli, quei gladioli da contadino.

Spezzatino e patate arrosto e, di primo, minestra di ceci. Gino disse che era tutto buonissimo, che la signora Davanzati, da cui stava a pensione, gli aveva fatto da cena due volte, ma che uno spezzatino così se lo sognava.

«Che si diverte, qui al Forte, ragioniere?» chiese mia

madre appoggiandosi compiaciuta alla spalliera dura della sedia. Gino mi cercò gli occhi. Rispose a me.

«Sì. Molto. Veramente molto.»

Mia madre non indagò oltre. Passammo in salotto. Ma ormai c'era in Gino una sicurezza nuova, qualcosa che gli cresceva dentro ogni minuto che passava, una specie di certezza. Una decisione presa. Parlò di nuovo del boom, disse che era appena l'inizio, che la ditta avrebbe guadagnato bene, benissimo. Mia madre ascoltava finalmente a suo agio. Le faceva piacere che sua figlia nuotasse in un oceano nuovo, ma, per sé, si ritagliava il solito stagno di Santa Croce: Erminia, il ragioniere, quelle tre o quattro amiche che avrebbe rivisto alla fine di settembre, nelle case tirate su dal geometra.

«Ovvìa, io andrei a riposare. Ma lei resti pure, ragioniere, che Andreana le fa compagnia.»

Gino in piedi.

«La signorina non riposa?»

«No», rispose mia madre, «mai.»

E se ne andò. Mi toccò chiacchierare del caldo e della conceria fino alle quattro. Poi Gino disse che dovevo essere affaticata.

«Come passa il tempo quando si sta bene.»

Andandosene, sul cancello, mi prese la mano, chiese se mi poteva rivedere. Io risposi «Ma certo» con un tono frivolissimo, che relegava quella evenienza nel limbo delle possibilità impossibili. Mi trattenne la mano.

«Allora mi posso permettere?»

Sfilai via la mano.

«Buonasera.»

Alle dieci e un quarto Alberico non era ancora arrivato. Mi mancava come un braccio staccato, come un occhio, come una mano. Mi mancava dentro tutte le ombre, dentro tutte le macchine che passavano, dentro tutte le voci che salivano a tratti dal buio. Mi mancava come il pane, come il sonno. Mi mancava come un bambino perso. Eppure, ero inchiodata alla panchina dove lo aspettavo. Morivo piano dentro i miei sogni. E ora che è passato tanto tempo, io sento come se fosse adesso il respiro della pineta che mi guardava, il rumore come di fiato delle vite minuscole che la abitavano, grilli e cicale addormentate e corolle appena richiuse nel buio. Acciottolìo di piatti dalla finestra della cucina, passi su per le scale. E poi più nulla. E in questa stanza chiusa di silenzio, dentro il mio corpo spento, io sono quella ragazza piena di fiducia e di paura, sono quei pensieri brutti come pietra che schiaccia, sono il freddo che lo scialle non ripara. Perché io lo so che non verrà. Lo sento.

Arrivò alle undici e non disse nulla, non spiegò nulla. Loro facevano così, ormai avevo imparato. Salii in macchina, non era nemmeno sceso a aprirmi lo sportello. Ma poi eravamo sul lungomare, e la macchina respirava. E noi respiravamo la notte infiocchettata di lucine e biciclette e automobili lente che sorpassavamo nel vento. Dimenticai tutto.

E ancora mi commuove la mia trepidazione di allora, il modo senza riparo in cui mi abbandonavo a sensazioni e struggimenti e timori e terrori. Come una candela nel vento. E non la riconosco, Andreana dei vent'anni, non so chi è, non mi assomiglia, non sono più io. Io sono un'altra. Porto collane di grossi sassi di onice, non spendo parole inutili. Governo dalla mia scrivania nuda la vita degli altri. Non pratico il vizio dell'emozione. Eppure, in questa notte che riapre piaghe marcite, in questa camera cruda, la sua passione mi intenerisce. E la vorrei salvare.

Vedo Alberico parcheggiare su una via stretta, di lato al grande spiazzo abbandonato del Poveromo. Sul tetto del ristorante avevano sistemato una collana di lampadine. Una melodia triste di tzigani esalava dalla siepe di pitosforo, come un sospiro. Mi ero messa un vestitino bianco che amavo, la gonna larga, a ruota come una corolla di seta e un corpetto nero, con le mezze maniche, scollato a cuore. Era un vestito troppo elegante, ma mi sentivo bella. Per questo l'avevo scelto, dopo infiniti ripensamenti. Mi sentivo una sposa.

Ci dettero un tavolo d'angolo, con una candela al centro, dentro un bicchiere. La tovaglia sembrava uno scialle a quadretti. Alberico mi guardava intenerito. Mi sfiorava le dita.

«Non mi sono mai sentito così.»

«E come ti sei sentito?»

Arrivò il cameriere a prendere la comanda, ordinò il gulasch per tutti e due, chiese che fosse molto speziato. Patate e cavolo rosso di contorno.

«Ti piace il gulasch?»

«Sì.» Poi ci ripensai. «Veramente non l'ho mai mangiato.»

Alberico mi guardava tutta, mi incamerava dentro il suo sguardo. Disse «Non sai come è bello per un uomo essere il primo».

«Il primo del gulasch?»

«Il primo di tutto.»

E io rabbrividii e mi sentivo svenire. Sentivo la forza che gocciolava via come sangue, da una ferita dolcissima. Che spavento è l'amore.

Parlammo. E anche rimanemmo zitti, avvolti dai violini strazianti, affacciati su una pena che riluceva nel buio, ma che allora ci pareva riguardasse solo gli altri.

Non noi. Il gulasch mi pizzicava giù per la gola, su nel naso, il tokaj mi annebbiava la testa. Alberico era languido, appoggiato alla spalliera della seggiolina, dall'altra parte del tavolo. Eppure lo sentivo dentro di me, lo sentivo attaccato a me, indistinguibile e caldo. Lo desiderai. Uno spasimo vero, un boccone di traverso. Che hai? Devo andare in bagno. Incespicavo verso la piccola porta ritagliata nel legno della boiserie. Un corridoio scuro, un'altra porta con la scritta di latta. «Gabinetto.» Entrai. Alberico entrò subito dopo di me.

Durò due minuti, tre.

Era pronto.

Mangiavamo il gelato di vaniglia, ci imboccavamo a vicenda. Alberico mi asciugava con il dito i rivoli di crema sciolta all'angolo delle labbra e poi si metteva la punta del dito in bocca, e la succhiava. Ciascuno cullava l'altro dentro la sua pancia. E tutto era nuovo. Il gelato e il dito e la sua bocca e la mia bocca e il suo braccio e il mio braccio. I violini ammutolirono. La luna era alta, dentro il vetro della finestra aperta sul profumo dei lentischi. Ci portò il conto la padrona. Era grassa, si asciugava le mani sul grembiule. Chiese se ci era piaciuto il gulasch. Ma sì.

E poi uscimmo e barcollavamo tutti e due, abbracciati nello stesso passo. C'erano falò accesi nella notte e gambe di donne intorno.

«Sono prostitute?»

«Sì.»

Macchine rallentavano. Dai finestrini sporgevano visi allupati. Qualcuna delle donne si avvicinava, si slacciava rapida la camicetta per mostrare la sua merce. Altre piegavano la testa in ghigni furbi, le labbra rosse dentro le rughe. Qualcuna saliva. C'era la stessa atmosfera febbrile del mercato della mattina, la stessa smania di arraffare una cosa qualunque per sottrarla agli altri. Le donne pigolavano e guaivano e chiamavano e scherzavano. Gesticolando, urlavano promesse volgari. Il sesso, su quel prato inselvatichito, nell'erba bruciacchiata e spenta, gocciolava come pus.

«Oh, Alberico.»

Mentre camminavamo verso l'Mg, all'improvviso, ci fu un fruscio, un richiamo di gufo. Sollevai lo sguardo. Cercai dentro la siepe di rovi al lato opposto della strada. E incrociai due occhi nel buio. Occhi fondi, fissi, che non mi videro. Occhi piantati dentro la carne di quelle donne in vendita. Occhi che le bevevano e anche le guardavano atterriti. Occhi che si sgranavano, feriti dai fari, e sobbalzavano di angoscia. Un povero corpo di ragazzo, imbambolato dentro la sua prigione.

Era Emanuele.

Capitolo 9

Nella villa sulle colline di Lucca, davanti alla limonaia, il ragazzo con gli occhi di uomo ha finito di lucidare la Suzuki azzurra. Ora contempla il giardino che impone alle piante prigioni geometriche. La sera spande una coltre nera.

Pensa a sua madre.

La vede nella casa con la facciata di vetro. Vede che stanno cenando. Mangiano fuori, sulla veranda, il marito di sua madre ha una camicia bianca. A Buenos Aires, sua madre abita nel quartiere della Recoleta, sembra Parigi. Lui pensa che le piaccia perché sembra Parigi. Si può camminare su e giù per strade con alte case ottocentesche con fregi di pietra e statue appese ai frontoni, e ci sono negozi di antiquari e platani giovani che bucano i marciapiedi. Escono da grate nere, la terra deve essere sotto, ma non si vede. Come fanno a crescere quegli alberi? È stato alla Recoleta e anche a Punta del Este, gli sembrava un dovere. Gli sembra di dover proteggere sua madre, anche se ora sta bene.

Fa da padre anche a suo padre.

Se avesse potuto scegliere, avrebbe voluto una famiglia normale e un padre e una madre disposti a invecchiare accanto. Avrebbe portato i nipotini a trovarli, sua madre avrebbe detto che era stanca, ma non sarebbe importato. Invece sua madre è ancora bella, nella casa con la facciata di vetro. Porta abiti che compra su Madison. Quando va a Manhattan sta molto attenta a non incontrare suo padre. Suo padre abita su Park, Park 1220, è stato anche lì, ma era più difficile. Le cose si possono accettare se sono vestite di parole, ma toccarle è differente, viene un formicolio nei muscoli, un rospo dentro la gola. Gli ha dato fastidio la vita di suo padre.

Sua madre acquista abiti al secondo piano di Barney's e da Givenchy. Un abito lo comprarono insieme, una volta, lui se lo ricorda. Erano appena tornati dalla campagna e sua madre aveva vecchi pantaloni sporchi e una camicia stinta. Parcheggiarono in via Tornabuoni davanti al negozio di Ferré, sua madre parcheggiava sempre dove voleva lei, appoggiava contro il vetro del cruscotto biglietti rapidi indirizzati al vigile, «Mi scusi». Non le arrivavano mai multe. Entrarono e il negozio era un mausoleo intimorente di cui sua madre prese subito possesso. Benché fosse vestita sciatta, le furono subito intorno commesse trepidanti. Accorse la direttrice. Salirono scale dove lui pensava di cadere ingoiato, con scalini sospesi. Aveva sette anni, otto. Entrarono in un salone grande e sua madre scelse abiti da sera senza esitazioni né incertezze. Glieli portarono in un camerino grandissimo, con poltrone di velluto come in salotto e specchi con cornici d'oro. Sua madre tirò la tenda, lui aspettava. Uscì con un abito lungo, nero, con catene d'oro che lo incidevano come squame di un pesce magico. Lui stava seduto su un seggiolino e si sentiva adulto. «Questo ti fa bellissima.» Sua madre comprò quel vestito. Lui fu l'uomo di sua madre, l'uomo di una donna.

Abbassa gli occhi e ha in mano la chiave. Il nastrino di raso che è stato bianco è rigido, rinsecchito. Gli viene l'impulso di buttarla via. Se la buttasse via, non accadrebbe più nulla. O forse accadrebbe lo stesso, perché il disegno dell'intero deve compiersi e non ci lascia spazio, il destino, ci ripiglia sempre.

Ma è sera, il buio mangia il giardino. Le statue della facciata si sporgono a vedere a che punto è la notte, aspettano di sedersi sulle panchine.

Dovrebbe andarsi a lavare le mani, invece attraversa il vestibolo spoglio, apre la portafinestra, scende la rampa della scalinata. E ora corre tra i cipressi neri. Sa che, se corre, lei arriverà prima.

Infatti lei arriva.

Fari in fondo al viale. Si mette al centro della lingua bianca, slarga le braccia. La macchinetta è ferma, ma il motore rantola per la pendenza, per la fatica di vivere in bilico come si vive. E ora lei scende.

Come sei bella, Saskia.

Stanno un po' abbracciati, lei si sente bene. Ma poi se lo scrolla di dosso, le formicola dentro le braccia, sotto la grana fine della chiara pelle del viso, un'ansia che non saprebbe dire. E ora sono tutti e due dentro alla macchinetta scalcagnata, e lei guida e ride, ride e guida. E lui pensa che non vuole nulla del mondo, nulla se non quel riso, lei che guida e ride e ride e guida, lei soltanto, tutta.

Scendono.

«Mamma mia come è bella questa casa.»

Lei è americana e le piace tanto tutto quello che il tempo ha accarezzato. Se la stringe al petto, stringe un uccellino che canta, stringe la felicità pura.

«Mi sei mancata», dice.

«Scemo.»

Però è pesante contro la maglietta rossa. Lui sente il profumo dei suoi capelli lisci.

«Ma come fai a avere capelli che sanno di menta e di erba e di un sacco di profumi?»

«Shampoo.»

Lui la respira. La respira e fa rumore come un bambino piccolo che mangia.

«Per fortuna che sei venuta.»
«Perché non dovevo venire?»
Entrano nel vestibolo.
«Tua nonna come sta?»
«Cavolo.»
«Beh, andiamoci ora, no?»
Per lei la vita è diritta, una sequenza di cose semplici, luminose.
«Ma non ti dispiace?»
«E perché mi dovrebbe dispiacere? È tua nonna.»
Camminano per i saloni spogli. Divani con cornici d'oro riposano sfiancati alle pareti. Dal soffitto, cherubini impassibili contemplano lo stordimento dei mortali.
«Come è bella questa casa.»
«La comprò mio nonno, era di una vecchia famiglia rimasta senza soldi. Lui aveva i soldi e se la prese.»
Se ne vergogna un po', gli pare una usurpazione, un furto travestito.
«E perché, scusa? Se tuo nonno non l'avesse comprata, questa bellezza sarebbe andata in rovina, non ci sarebbero questi cieli pieni di angioletti, queste porte di legno, non ci sarebbe la scalinata, né il giardino, nulla.»
Lo abbraccia, gli appoggia la testolina sul petto. Lui vede la linea pulita della scriminatura che taglia al centro la curva dolce del cranio.
«Come sei bella.»
«Scemo.»
Ma è felice.
Ora lo guarda.
«Senti, io penso che le case ci chiamino, sai. Le case si parlano tra loro e si raccontano le storie e si dicono: questo sarebbe il nostro perfetto padrone. Tu hai mai comprato una casa? Mio padre ne ha comprate così tante che io mi ero quasi stancata. Questa casa ha scelto tuo nonno e lui l'ha presa.»

«Veramente l'ha comprata per far vedere a tutti quelli di Santa Croce che lui aveva fatto i soldi davvero.»

«Poteva sempre comprarne un'altra, no? Qui ci sono così tante ville... e invece no. Questa.»

Ora salgono le scale, quelle strette, quelle che portano al primo piano dove sono le camere da letto e i salottini.

«Come era tua nonna?»

Per lei, è stata sempre un corpo morto sotto un damasco verde liso.

«Mi piacciono gli occhi.»

Si è girata, il suo visino splende nel buio. Si può amare così, senza difesa, si può amare ogni particella minuscola di un visino che ride?

«Tua nonna ha gli occhi verdi.»

«No, marroni.»

Non si può farsi mettere sempre i piedi in testa.

«No, verdi.»

Ora ridono, e lei dice «Andiamo a controllare» e non importa se scherzano su una tragedia, il dolore è così lontano, così differente. Anche il dolore luccica della stessa patina meravigliosa di tutto quello che guardano, perché sono insieme.

«Ma dove ti ho trovato, eh, dove ti ho trovato? Nel fustino del Dash?»

Lui le respira sui capelli, sulla guancia felice.

Sono entrati e illuminano la stanza. Lui fa un passo, due, si accosta al letto. La malata apre gli occhi, lentamente. Muove il globo oculare verso l'alto.

«Ciao nonna, sono venuto con Saskia. Te la ricordi vero?»

Saskia ha fatto un passo avanti. Due.

Gli occhi vanno verso il basso.

«Non ti preoccupare, non fa nulla, nonna. Sarai stanca. Ora andiamo via.»

Si china sul povero corpo spento, annusa dolore costipato, feci umane dentro buste sterili. Ora appoggia le labbra sulla guancia crettata. Non sa che è il teschio che lo commuove, il modo esatto in cui le ossa del viso si intersecano e si inseriscono una dentro l'altra sotto il velo leggero della carne consumata.

«Ti voglio bene, nonna.»

Ma gli occhi sono già chiusi.

«Non importa», dice Saskia mentre scendono e si tengono abbracciati anche se potrebbero scivolare, per quelle scale strette. Ma si abbracciano perché solo un altro braccio salva la vita e le dà il senso, solo un altro fiato.

«Non voleva essere scortese, è sempre stanca, in questo periodo. Penso che la disturbi il caldo. Il dottore dice che l'aria condizionata le farebbe male. E poi questi muri spessi tengono fresco, abbastanza fresco.»

Come mi piace parlarti sui capelli, amore mio.

«Sai mia nonna non è sempre stata così.»

«E come è stata?»

«Differente.»

«Come?»

«Beh.»

«Allora?»

«Un mezzo generale.»

«Generale come?»

Sono scesi, attraversano un corridoio vuoto.

«Una grande organizzatrice.»

«Avevi detto un generale.»

«Comandava lei, va bene. Ha sempre deciso lei tutto, anche per me. Quando mio padre è andato via, lei ha detto che io restavo a Lucca e io ci sono rimasto.»

«Se non venivi a New York non ci incontravamo.»

Se la riprende, se la tira addosso come una coperta.

«Lo sai che ti amo?»

Lo dice come un sospiro. Esce da sé.

«Dai raccontami. Mi piace tanto sapere di te.»
«Ma questa è mia nonna.»
«Appunto.»
«Si è sposata con il mio nonno a ventiquattro anni, di dicembre, il primo di dicembre. Mio padre è nato subito. Il bisnonno aveva una conceria, ma questo mi sembra che lo sai già. Il nonno ha preso lui in mano la conceria e siccome era bravo l'ha fatta rendere e guadagnare. È andato in America, ha trovato i clienti, poi è tornato e si è messo a fare scarpe e borse e valigie con la pelle che conciava lui. Ha trovato gli artigiani giusti e alla fine faceva le scarpe e le borse e anche le valigie migliori che ci fossero. Gliele compravano i marchi importanti e ci mettevano sopra il loro nome, ma erano del nonno.»
«E tua nonna?»
«Stava zitta. Sempre zitta. Ma comandava lei. Con gli occhi.»
«E tuo padre?»
Chiude le spalle.
«Non mi va di parlarne.»
Ora sono sulla terrazza, guardano il buio. Bisognerà andare a cena.
Mangiano, loro due soli, appiccicati stretti al lungo tavolo di legno chiaro. Si imboccano di cibo e di baci, felici di quella felicità che si porta come un vestito vecchio.
«Andiamo in Capannina?»
Sale in camera sua a prendersi un pullover, a cambiarsi i pantaloni. Dalla tasca dei blue jeans, la chiave rotola sul pavimento di marmo. Suona come un campanellino.

Capitolo 10

Alberico non era venuto al nostro appuntamento solito e io stavo seduta sulla sdraio ingobbita dalla delusione. La spiaggia delle sette non mi sembrava per nulla bella, il mare era di un azzurro insopportabile. Deodoro passava e ripassava il rastrello sempre nello stesso punto, faceva venire i nervi. Presi «Il Gattopardo», lo tenevo in mano senza convinzione. Poi l'ho rimesso dentro la borsa di paglia rossa, ho preso «Grand Hotel». Leggiucchiavo battute qua e là. Mi creda signorina Lanfranchi. Ma le pare, avvocato. Non ti sposerà mai perché è me che ama.

E ho visto Elena. E Alberico.

Li ho sentiti, prima di vederli. Ho sentito come un cuore che batteva. E invece erano loro due a cavallo sulla spiaggia deserta.

Arrivavano quasi accanto, in un trotto maestoso. Elena rimbalzava con scioltezza sulla sella, Alberico aveva lo stesso ritmo, ma uno stile più secco, rigido. Portavano pantaloni color panna infilati dentro stivali marroni con una alta fascia nera, una maglietta Lacoste, lui blu, lei rosa. Non avevano il cap. Erano di una bellezza struggente.

Io non sapevo se far finta di non averli visti, oppure alzarmi, correre verso di loro. Poi ho pensato che magari i cavalli si sarebbero imbizzarriti, che in fondo poteva anche sembrare sul serio che leggessi. Ho chinato la testa su «Grand Hotel». E di colpo quelle fotografie mi hanno fatto orrore, mi sono parse ridicole, ho buttato la rivista dentro la borsa, ce l'ho spinta dentro. Ho lasciato che le pagine si accartocciassero, perché era così che mi sentivo, accartocciata. Buttata in un canto.

Loro sono passati oltre. Ho visto le schiene, il sedere dei cavalli, ascoltato il battito ritmato del loro trotto diluirsi nell'aria trasparente. Li ho guardati andare verso il molo, poi superarlo. Diventare due puntini chiaroscuri contro la linea dell'orizzonte.

E non mi davo pace. Non mi riusciva. Mi mangiavo le unghie, le scarnificavo, tiravo le pellicine, sentivo male. E continuavo a farmi male. Non sapevo neanche mettere in fila i pensieri minimi. Dove saranno. Perché Alberico non mi ha detto nulla. Allora non mi vuole più. Deve farlo perché lei l'ha chiesto. Altrimenti lei se ne accorge. Altrimenti gli altri ci scoprono. Altrimenti deve finire. Volevo Alberico, la spalla di Alberico, il petto di Alberico, volevo che mi asciugasse le lacrime, allora sì che avrei pianto. E poi, tutto d'un tratto, ho pensato che era tutto sbagliato, che io non avevo niente a che vedere con lui, con sua madre, con la loro tenda con la passerella privata e il picnic e Giuseppe Cardi e la gara di macchine e l'aperitivo alla Capannina e il Riva. Ho pensato che è uno sbaglio innamorarsi, affidarsi a un altro, caricarlo del peso di renderci felici.

«Oh te.»

Emanuele.

Si siede accanto a me sulla sabbia, non fa ancora così caldo, non scotta.

«Sei venuta presto.»

«Sì.»

«Anche io.»

Poi stiamo zitti, guardiamo il mare, la spiaggia che si

riempie di gridolini e di passi, come se fosse la stessa mattina di tutte le mattine.

«Hai visto Elena?»

«No.»

Si alza.

«Io vado.»

«Allora ciao.»

E non ci siamo detti nulla. Cammina verso la tenda dei Sangermano con un passo obliquo, sfuggente.

Più tardi, verso le undici, Alberico e Elena si presentarono in spiaggia, salutarono i genitori, che stavano tutti insieme sotto la tenda dei Weber. Elena baciò suo padre sulla nuca, in quel suo modo da amante. Alberico si chinò sul viso di sua madre. La madre di Albarosa parlava dei suoi De Pisis, disse che si era stufata: «Sugli stucchi ci va un Degas». La marchesa Sangermano rabbrividì, stabilì che i De Pisis erano come i frigidaires, arredamento puro, che un dipinto era una cosa differente. «Un Canaletto, per esempio, anche se io trovo molto eleganti i fondi oro, vanno molto bene con la mobilia di alta epoca.»

«Chissà come è importante la sua collezione, marchesa» si agitò il dottor Martinelli.

«Dottore, lei mi lusinga. Devo riconoscere che, sugli acquisti, sono piuttosto esigente. Ma mi faccio consigliare, ho trovato un giovane studioso di storia dell'arte, viene a Palazzo, cataloga quello che c'è, e intanto mi propone cose nuove.»

«E cosa ha acquistato, se mi posso permettere?»

«Si permetta, si permetta, caro dottore. Lei conosce Giovanni Domenico Montorfano?»

«Precisamente no, me ne dispiaccio infinitamente.»

«Una Salita al Calvario, tempera su tela, di una finezza... L'attribuzione al Montorfano è in contrasto con quella al Foppa, e il mio giovane studioso pensa addirittura che sia del Bevilacqua, che ha una pala in Brera con molte analogie di stile.»

Marcello Weber si stiracchiò, per nulla interessato al circolo di rispettosa ammirazione che si era addensato intorno alla testa candida della Sangermano. Sparigliò.

«Non capisco il gusto di mettersi in casa un Cristo che sanguina.»

La marchesa non fece una piega.

«Questo non sanguina, caro Marcello. E poi non si può sempre ridere, nella vita.»

Lui la gratificò di un sorriso incantatore.

«Cara Lydia, con te c'era da aspettarselo. Niente umori, mai. Sono troppo volgari per te.»

Si rimise a sonnecchiare al sole.

Venne da me Giovannella, come ai vecchi tempi. Io riposi «Il Gattopardo» in grembo. Ero arrivata alla scena del ballo.

«Stasera si rubano le chiavi delle cabine a Maia e si fa il bagno di mezzanotte. Se vuoi venire.»

Mi sembrò di essere precipitata in fondo alla discesa. *Se vuoi venire.* Pensai all'acqua tiepida, alla luna piena.

«Ma con il costume?»

«Mi sembri scema, certe volte, Andreana. E poi sei strana, stamattina. Perché non sei venuta sotto la tenda?»

Era inquisitoria.

«Leggevo.»

La sua attenzione era già volata via. Gli occhi seguivano Bubi che correva dietro a Marina, verso la superficie screziata del mare. L'aveva raggiunta. L'afferrò per le spalle, la rotolò nella rena con una specie di furia animalesca, vivida. Lei strillava beata. Bubi la prese per le caviglie, cominciò a trascinarla come quando facevamo la pista per le palline. Il sedere di Marina disegnò sulla sabbia un corridoio lungo con alti bordi e una piccola v all'inforcatura delle cosce. Come un richiamo. Bubi la mollò dentro l'acqua, in una caligine di schizzi.

«Sono tutti uguali» sbottò Giovannella.

Ma guardava verso Alberico.

«Ma Alberico che c'entra?»

E allora capii.

«Anche con te...»

Scrollò le spalle, e rispondeva a se stessa, alla sua pena, non a me.

«E allora? Uno di più, una di più. Lui fa così con tutte.»

«Così come?»

«Senti, non fai che chiedermi come è Alberico. Ma perché non vai a vedere da te, eh? Con quella faccina da bambina, magari lo attiri, gli piaci. Gli piacciono le vittime.»

Ero indietreggiata, lei mi venne quasi addosso. E ora respirava in affanno, le batteva in gola il vecchio strazio.

«Ti usa e poi ti butta via. Sparisce. Non si fa trovare. Non risponde al telefono. Poi un giorno, all'improvviso, te lo trovi davanti e è dolce e tenero e innamorato, e tu ci ricaschi dentro a testa bassa. E dura tre ore, un pomeriggio, una sera. E sparisce di nuovo. Ti attraversa con gli occhi. Non esisti, capisci? E dopo va in giro a raccontare che ci sei stata. Diventa di una durezza pazzesca. Fa male, fa veramente male, male fisico. Poi guarisci, o almeno fai finta, provi.»

Prese un fiato lungo, sbuffava.

«Contenta?»

Non voglio avere pensieri. Per questo sono qui, davanti a questo juke-box. Ho i soldi stretti in pugno. Ora metto la musica. Ora metto una canzone. La moneta entra nella feritoia, il piatto dei dischi comincia a girare. Scorro il dito sulle etichette, voglio una canzone allegra, che non dica nulla. G12. «Tintarella di luna». Magari ballo, tanto al bar non c'è nessuno. Così mi gira la testa. Invece il disco si ferma su D1. Esce una voce impostata, grave. Allora scappo a casa. Pedalo via più veloce che posso. La canzone mi insegue come un assassino.

«*Io sono il vento.*»

Attraverso il lungomare senza guardare. E se morissi? Una macchina, una frenata, la testa come porcellana spaccata sull'asfalto. Nessun pensiero.

«*Sono la furia che passa e che porta con sé.*»

Di nuovo Gino. Ma quest'uomo non ha nulla da fare, nulla? E mia madre che dice «Ho detto al ragioniere di fermarsi, quello che c'è c'è, senza complimenti». E mi tocca andare a cambiarmi, in fretta, nemmeno mi lavo il viso. Mi tocca mangiare e chiacchierare del caldo, del mare, del pollo arrosto con purè che stiamo mangiando.

«Il purè è proprio buono, vero ragioniere? Diomira ha imparato da poco a usare il passatutto elettrico, viene sofficissimo, vero ragioniere?»

E io il purè lo butterei nella tazza del water.

Poi restiamo a parlare in salotto, Gino ed io. Mia madre va a fare il riposino del pomeriggio, le è indispensabile per il cuore, fa fatica, il suo grasso cuore, a portarsi dietro il suo peso. Ma anche io ho il petto pesante, anche io mi sento soffocare. E mi tocca parlare del tempo. E poi, di colpo, senza preavviso, senza cambiare il tono spento della nostra conversazione inutile, Gino si alza dal divano dove sta seduto tutto composto e mi viene vicino. Dice: «Andreana». Io mi ghiaccio. Poi riprende il controllo, chiede se gli posso mostrare il giardino, il giardino che dorme nel caldo. Sento l'afa. La sento ora, viene dalla finestra, perché in questa stanza c'è una finestra. Io lo so. Ma non c'è più questa stanza.

Non è stanza, è pineta. Aghi secchi sulla terra secca, polvere nel naso. E passi. Ma perché sono qui, perché sono con quest'uomo grasso in questo giardino morto? Io non ci voglio stare.

Ma sono qui. Vieni a prendermi amore mio, petto di uccello, portami via da questa polvere, dall'uomo grasso che suda e ora mi ha preso la mano.

Via, via la mano. È mia. Ridammi la mia mano.

Starnutisco.

Mi scusi, devo cercare un fazzoletto. E sono in casa, nell'ombra cupa del nostro ingresso di tomba. Che faccio adesso? Aspetto un tempo plausibile. Esco. Dico che ha telefonato la zia Lina, che bisogna che ci parli. Mi scusi, devo andare. Devo andare io, mi scusi lei.

Andreana.

Se ne va e il mio nome resta sospeso tra di noi come una cima che vola verso le mani dell'ormeggiatore.

Alle sei, andai da Vincenzo a mangiare una focaccina e a vedere chi c'era. Avevano messo due o tre tavoli sulla strada, e il nostro gruppo ne occupava uno, slargandosi di sedie sull'asfalto. Emanuele avvicinò una seggiolina per me, fece spostare Albarosa per incunearmi nel cerchio. Incrociai lo sguardo di Alberico, senza averlo cercato, mi sembrò umido di una tenerezza incerta, che cercava un sostegno nella mia. Ma non avevo voglia di cedere così presto, mi chinai apposta sull'orecchio di Emanuele, gli misi la mano sul braccio, sussurrai una scemenza che lo fece sorridere. Di sbieco, vidi Alberico ritrarsi come se si fosse scottato.

«Che costume ti metti, stasera?» mi chiese Albarosa tutta eccitata.

«Boh.»

«Io quello bianco.»

«Ma la mammina ti lascia venire?» la morsicò Muzio.

E Bubi, inaspettatamente, soccorse Albarosa.

«La mammina non sa tante cosettine, vero bambina? Aaaarghhh sono il lupo e stasera ti mangio.»

Mi sembrava tutto molto stupido, inutile. La focaccina sapeva di calce, la Coca-Cola era tiepida.

«Si è rotta la ghiacciaia.»

Le persone agli altri tavoli ci guardavano con il misto di ammirazione invidia rispetto che avevo imparato a riconoscere, e che ci seguiva come uno strascico.

Venne Vincenzo, un bell'uomo con il corpo asciutto dei marinai viareggini.

«Omaggio della casa.»

Lasciò sul tavolo traballante cinque bottiglie di birra Peroni. I ragazzi se le litigarono per finta, dandosi manate e piccoli pugni. Io mi sentivo fuori posto, non avevo più voglia di fare nessun gioco. Nemmeno di fare il bagno di mezzanotte, anche se non l'avevo mai provato. Bubi si defilò, mi accorsi all'improvviso che non c'era. Emanuele si era alzato.

E mi venne vicino Alberico.

«Ciao.»

«Ciao.»

E mi sentivo morire.

«Vieni a fare il bagno, stasera?»

«Perché, te ne importa?»

Ero cattiva. Una bestiolina ferita.

Lui disse il mio nome. Lo disse a voce bassissima, come lo respirasse. Lo disse come un rimpianto. Io mi incrinai di quel respiro, del mio nome sulla sua bocca. Delle sue mani appoggiate sulle ginocchia aperte, come se stesse per cadere. Mi venne un singulto, prurito di lacrime strette negli occhi socchiusi. E mossi la mano. Di poco. Misi la mia mano scolorata sulla sua. Per un momento. Ma lui la seguì come un cane, la cercò nel cavo tra le sedie dove l'avevo abbandonata. La prese. E stemmo così, tenendoci per mano di nascosto, improvvisamente allegri, tutti e due. Tutti e due giocando con il mignolo, con l'indice, percorrendoci a turno il palmo con il pollice, e giri dei polpastrelli e pressioni leggere e carezze brevi. Scordai. Gli altri non si accorsero di nulla.

Poi tornò Bubi, sventolava due chiavi grosse, di ferro, con il numero inciso di nero sul cartellino bianco.

«L'ho fregata», disse tutto contento.

«Ragazzi, ci si vede alle dieci», stabilì Alberico.

Il gruppo si sciolse in rivoli di biciclette frullate via nella stradina stretta.

La luna argentava tutto, anche i nostri visi. Però bisognava cercarla, infilarsi nello spazio che aveva scelto di illuminare, aprendo il sipario del buio. Le luci del viale della Repubblica erano un flipper da suonare. Il mare batteva di onde lunghe la spiaggia. Il rumore della risacca ci arrivava nitido nel silenzio. Lontano, passavano macchine, motociclette. Il pennone del bagno era impalato e vuoto, la bandiera riposta. La tela delle sdraio e dei lettini era umida della brina della sera, i pantaloni, le gonne leggere ne restavano impregnati. Ci saliva su per la schiena un brivido delizioso. Stavamo zitti, dopo l'euforia dei primi momenti. La notte ci invadeva l'anima. Ciascuno voleva parlarci da sé.

Hai portato la chitarra? Ce l'ha John Albert.

Lui si sciolse dall'incanto di Elena, andò verso la cabina numero 3, quella che Bubi aveva aperto. Ma eravamo ancora tutti vestiti, le scarpe in un mucchio all'inizio della passerella. Tornò con la chitarra.

Cercavamo di distillare il groppo delle emozioni affastellate in un rosario consentito di atteggiamenti, liberare l'energia bloccata. E poi John Albert trovò la canzone giusta. Pizzicava le corde abbastanza a caso, ma era la musica, che importava. Il riconoscersi ciascuno dentro gli occhi dell'altro, i mezzi gesti, le mezze paure, le mezze audacie. E c'era il mare che batteva la riva, le onde che non finivano mai. *Que será, será, Whatever will be, will be, The future's not ours to see. Que será será.* Bubi prese Elena, la faceva ballare sulla sabbia fredda in larghi giri spettacolari. Muzio agguantò Giovannella, lei incredibilmente lo lasciò fare. E ora erano in due coppie a ballare, poi tre, perché Emanuele aveva tirato su Marina, come una mela dal cesto, e la faceva volteggiare tenendola stretta sul petto. *Que será será.* Alberico venne verso di me e mi batteva il cuore. Mi ero alzata. Mi mise la mano sulla vita, sulle scapole. Il suo naso vicino alla mia guancia. Il suo respiro contro il mio respiro. *Que será, será, Whatever will be, will be, The future's not ours to see. Que será, será.* E ora era la vita che danzava, larghi cerchi di tutto quello che ci aspettava e che pensavamo di sapere e di poter immaginare e fronteggiare e vincere. Ora era l'amore che danzava, quel sentirsi così arresi e senza forze e persi e perduti. E quella paura palpitante. Ora era la nostra amicizia che danzava, il nostro essere insieme ma distanti, e aggrovigliati e sparsi. Ora era la luna che danzava e ci beveva tutti.

Albarosa era rimasta muta, stava per piangere. John Albert cambiò canzone. *They, asked me how I knew, My true love was true. I of course replied, something here inside, can not be denied. Smoke gets in your eyes...*

Ma non ballavamo più. Eravamo di nuovo seduti in un cerchio stretto, dondolavamo la testa su e giù, e ci tenevamo abbracciati. Riiiiii lariririrìràààà uhòòòòòòò ri larirrirà. John Albert cantava con la sua bella voce pulita. Era un momento perfetto. E, in un modo che raramente la vita ci permette, tutti, tutti e dieci, ce ne rendevamo conto, e lasciavamo che quella felicità pura ci si riverberasse addosso con lo stesso splendore della luce argentina che ci illuminava.

«Si va?»

John Albert aveva appoggiato la chitarra a una sdraio, di colpo annoiato. Gli capitava. Si stancava all'improvviso, consumato da una fretta che non sapeva dire.

«Le signore per prime.»

Così ci avviammo verso la cabina numero 3, nella luce di latte. Avevamo tutte un costume bianco. Tutte tranne Giovannella, di nuovo rigida nel suo solito olimpionico nero. Il costume di Elena era a bustier, di un tessuto soffice a nido d'ape. Marina aveva un costume con le spalline come un vestito, il tessuto rimborsava sui fianchi come una corolla. Albarosa, un costumino di elastan con un gonnellino a pieghe da bambina. Lasciammo i nostri vestiti come burattini impiccati ai ganci dell'attaccapanni.

I ragazzi si erano spogliati all'aperto, appagati da quella greve confidenza di maschi. I peni ricacciati dentro i pantaloncini, e sguardi sbiechi alla dotazione degli altri.

E c'era l'acqua, e era cristallo, si rompeva davanti alle nostre gambe. Saltellammo di freddo. E poi i ragazzi ci presero da dietro, ci ghermirono come frutti da cogliere. Incespicammo, traballammo, franammo dentro l'acqua tiepida. E ci furono schizzi e toccamenti e pelle sfiorata e accarezzata dentro le chiazze di buio. E abbracci e spalle sfregate contro un petto offerto. E mani che si trovavano e calci dati per scherzo e schiene che scivolavano, guizzavano, rotolavano. Io seguii Alberico. E nuotavamo nel buio.

Uscimmo dall'acqua e subito ci prese il freddo della pelle ghiaccia, l'umido. Corremmo verso gli asciugamani che avevamo lasciato alla tenda. Ce li buttavamo addosso ridendo, qualcuno ne faceva come delle fruste e provava a batterle sulle schiene. Ce li rubavamo, ce li sfilavamo di mano. Sciogliévamo la tensione sessuale del bagno notturno in questo rimbambimento, in questi giri concentrici colmati di gridi. Ci perdonavamo dei baci dati di nascosto, dei seni strizzati con rapidi gesti segreti, sotto lo scudo dell'acqua. Mi era sembrato, a un certo punto, di aver visto baluginare il bianco di un corpo svelato. Marina. O Giovannella. Forse Giovannella, era la più lontana. Ma con Muzio, non mi pareva possibile.

Ora ricordo. Ricordo con la pelle il tepore dell'acqua. Con i piedi che non sentono nulla, sotto il lenzuolo ben teso, io ricordo. Chi ha teso questo lenzuolo? Era un viso. Si è chinato. Era un viso che devo riconoscere. Ma non adesso, ora no. Ora ricordo.

Ricordo il marmo della sabbia, la sensazione della rena sfilata tra alluce e indice, e grattare con le unghie e fare mezzi circoli per lasciare il segno di qualunque cosa. Ricordo la mano di Alberico che scivolava sulla mia schiena, sotto il pelo dell'acqua nera. Ricordo la sensazione di cavalcarlo dentro il silenzio che avevamo trovato, le ginocchia strette contro i suoi fianchi, le braccia intorno al suo collo. E acqua salata in gola, capelli che grondano acqua sugli occhi chiusi di lui. E mi pare che la nostra giovinezza, quel colmare di attese e di angosce ogni pensiero, fosse una condanna segreta.

«Disturbo?»

«Dai.»

Emanuele si siede accanto a me, ha una tensione fredda dentro i gesti.

«Tu mi hai visto, vero?»

Butta fuori quella domanda diretta come un urto di vomito. Qualcosa che non può controllare e che lo disgusta.

Sono le sei di pomeriggio di un giorno uguale a tutti i giorni, gli altri sono da Vincenzo a mangiare focaccine, o al tennis, o a giocare a calcetto o a comprare sandali e costumi nei negozietti di via Carducci. Sono rimasta in spiaggia a covare la mia pigrizia, la completezza che mi dà Alberico, un senso da gatto di appagamento totale. L'intimità che continua tra lui e Elena non mi provoca nessuna ansia, sento che non è intimità vera, solo contiguità di corpi trattenuti al chiuso della loro prigione. Non l'apertura completa, la comunanza incondizionata che appartiene a noi due.

«Dillo.»

Inquisitorio. E disperato, anche.

«Sì.»

«E cosa hai pensato?»

Io non so che dire. Non ho pensato. Ho solo registrato l'impressione di quegli occhi sgranati nel buio, la fiancata della Vespa come una pozza di chiarore, contro la siepe nera. E ho cancellato quella impressione, come un negativo nell'acido.

«Cosa pensi di uno che va a guardare le puttane?»

Gli trema la voce, ora. Lo spaventa ogni parola che dice.

«Perché ci vai?»

«Non lo so.»

«Secondo me lo sai.»

«Sì, va bene. Lo so. Ma perché cavolo si deve sempre sapere tutto, chi ci obbliga, perché permettiamo agli altri di squartarci di domande?»

«Scusami.»

E è questo, questa richiesta sommessa di scuse, che apre la cataratta delle sue angosce. E alla fine lo libera.

Guarda il sole arancio e violetto contro la linea blu fondo del mare, esala un rimasuglio di fiato.

«Non sono mai stato con una donna.»

Tengo il suo sguardo confitto negli occhi, non lo lascio cadere.

«Lo vedi come è bello? La vedi questa bellezza assoluta, il punto di violetto, e di rosa allargato sull'orizzonte, e l'arancione, i colori, la pace, la senti questa armonia? Io amo la bellezza. La bellezza del tramonto, la bellezza di Miles Davis, di Chopin, l'infinita bellezza che ci circonda. Non voglio sciupare questa bellezza, non voglio diventare una bestia infoiata. Io voglio fare l'amore, non scopare, capisci Andreana, capisci? Gli altri scopano, credi che non li veda?»

Mi scappa un sussulto breve come una scossa.

«Ma io voglio l'anima di una donna, non il suo sedere, le sue tette, scusami: la sua fica. Non invidio gli altri e non mi piango addosso. Ho imparato che ognuno dei giorni della vita è unico, ma che lo possiamo ricordare solo se contiene qualcosa di speciale: come questo tramonto che ti lascia senza fiato. Capisci?»

«Ma non sei innamorato di Elena?»

Si ritrae, un gesto breve di presa di distanza anche fisica.

«Elena è bella, Dio, ma lo vedi quanto è bella Elena, lo vedi? Io amo questo di lei. Amo la sua bellezza. Ma non so se riuscirei a farci l'amore. Perché Elena la sua anima la tiene sotto chiave, non la dà a nessuno, non la dà nemmeno a Alberico.»

Senza volere, mi scanso come se mi avesse dato uno schiaffo.

«Che hai?»

«Nulla. Ti sto a sentire.»

«Cosa pensi di me?»

Capita in questo modo. Si spalancano all'improvviso

queste comunioni inattese, di colpo si è nudi dentro lo sguardo di un altro, verso cui ci porta una corrente segreta. E si parla senza pensare alle parole.

«Hai paura.»

«Non è vero.»

«Sì, è vero. Io te lo posso dire perché l'ho provata. Lo so, la conosco. Avevo paura anche io. Avevo paura a mettermi nelle mani di qualcuno che poi mi avrebbe potuto abbandonare. Avevo paura di fare l'amore. Ma non perché non sta bene. Avevo paura perché, se fai l'amore, permetti a un altro di diventare il tuo padrone.»

«E lo sapevi? Cioè te ne accorgevi, ci se ne accorge, o cosa? Come si fa, come hai fatto a non avere più paura?»

È proteso verso di me, trema tutto.

Non lo so, non so insegnartelo, Emanuele. E poi non te lo posso dire.

Quante persone ci sono, quante, che passano la vita e invecchiano e diventano freddi sotto la terra fredda o dentro cassetti di marmo impilati in sotterranei gelati. E ancora portano, chiusa nello stomaco, quella paura. E si sposano dentro la loro paura e fanno figli e tradiscono e chiedono perdono e ancora tradiscono: dentro la loro paura. E non sono stati vivi mai.

Ripete la domanda che lo taglia.

«Cosa pensi di me?»

E io mi sento adulta di colpo.

«Penso che tu hai paura della vita.»

«Cavolate.»

«No, e lo sai benissimo. Perché tu non sei di quelli che fanno l'amore per vedere come è.»

Adesso gli brilla negli occhi una luce fredda.

«E tu perché hai fatto l'amore?»

E ora devo strappare alla caligine della coscienza ragioni per quello che non ha ragione.

«Non ho scelto. È successo. Succederà anche a te.»

«No, a me no. A me bastano le puttane.»

Oh, Emanuele.

Gli sale in gola un groppo di compatimento.

«Mi vergogno, sai Andreana, mi faccio schifo, perché almeno ci andassi, a puttane. No, io le guardo. Sto lì e le guardo. Le cosce con le vene varicose, le bocche sdentate, i capelli di stoppa, le calze rotte, mi ipnotizzano. Studio come si fermano le macchine e la faccia schifosa di chi c'è dentro. Come aprono lo sportello e buttano dentro quei loro petti sfatti, come rantolano, come gorgogliano, come camminano quando scendono dalla macchina con i soldi infilati dentro le mutande. Io non voglio fare come quegli uomini lerci, non voglio sporcare l'amore. Non che non mi venga la voglia del sesso. Mi eccito anche io. Scusami se te lo dico in questo modo diretto, mi sembra di parlare con me stesso. Scusami, mi scusi?»

«Sì.»

«Io mi trattengo. O faccio in un altro modo, ma da me, capisci, da me. E adesso ti dirò una cosa brutta. Io, donne come Marina, non le considero tanto differenti dalle puttane che vado a vedere al Poveromo.»

«Per lei è un gioco.»

«No, proprio no. Per lei è sprecare tutto, come fa sempre. Io la conosco da prima di te.»

L'intensità della nostra conversazione si ritrae come un'onda, sul terreno più saldo del pettegolezzo. Rientriamo nei panni di prima, ciascuno aggiustandosi l'anima.

«È stata anche con il padre di Elena, te lo immagini? E con John Albert, e secondo me anche con Giuseppe Cardi. E con Bubi e con Benedetto Asca. Starebbe anche con Muzio. Magari c'è già stata.»

«Senti, io devo andare.»

Fa freddo.

Un soprassalto di angoscia pura, un chiodo di metallo dentro il cuore. «Non lo dirai a nessuno, vero?»

«No.»

«Allora ciao.»

«Ciao.»

Si è già incamminato sulla passerella, si volta.

«Ci vieni a sentire Mina, stasera?»

Tutte le sere andavamo in Capannina, era una delle stazioni obbligate della giornata. La Bussola era una eccezione, dipendeva dal programma. Se ci piaceva il cantante, ci andavamo.

Mi passò a prendere John Albert.

Il rombo magnifico della sua Ferrari arrivò dal fondo di via Corsica e Dino uscì con una scusa in giardino. John Albert infilò il muso della Ferrari dentro il cancello, lasciò il motore acceso. Scese. Mia madre era già sulla porta, imbambolata di ammirazione. Dino si precipitò a aprire il battente, con una velocità mai vista. Buttò uno sguardo di venerazione pura al muso rosso, da squalo, di quella macchina meravigliosa. Io ebbi la sensazione di una bocca spalancata per ingoiarmi, stavo incerta a metà del vialetto, sui miei sandali infradito. Mi ero messa un vestitino a fiori bianchi e azzurri, con lo scollo a barchetta, la gonna un po' gonfia, un po' da bambina. John Albert schizzò verso di me con la sua solita energia appena liberata per me, mi fece un inchino buffo con la testa. Poi andò verso mia madre, che già fibrillava, le fece un baciamano perfetto. Li presentai. Mia madre disse, in un soprassalto di sapienza mondana, che aveva molto sentito parlare di lui.

«Lei è stato a Cuba, vero?»

«Forse ci torno», disse lui, con un sorrisetto indecifrabile. Si girò verso di me. «Però per ora andiamo alla Bussola.»

Mia madre fece un mezzo passo all'indietro, sussurrò un «Certo certo» di vago imbarazzo. Le succedeva spesso di non capire il senso esatto di uno scambio di frasi, la piega vera di una conversazione sotto la maschera delle buone maniere. Dino corse a presidiare il cancello. Quando John Albert gli passò davanti, si permise uno sgarro.

«È la 250 GT, vero?»

«Una gran macchina», rispose John Albert, con la stessa confidenza con cui si sarebbe rivolto a un amico. Dino drizzò le spalle inorgoglito. Ci scortò fino sulla strada.

Via Leonardo da Vinci, viale Morin. Girammo in via Vespucci.

Il lungomare.

C'era una animazione contenuta, automobili in fila, molte Lancia, qualche Aprilia, ma anche Millecento comprate usate e parecchie Seicento. Il fiume delle automobili si apriva davanti alla Ferrari. Accostavano, la lasciavano passare, la macchina rossa sgusciava via rombando e il rombo conquistava la strada, allargava i polmoni, riverberava dentro la pancia aprendoci caverne. L'asfalto vibrava di quel rombo. C'erano famigliole che passeggiavano sul marciapiede, leccando il loro cono gelato nell'aria intasata dal fumo dei tubi di scappamento. Vespe e Lambrette guizzavano tra le macchine, portandosi via coppiette trepidanti. Qualche vecchio, con le mani callose dei contadini, stava seduto su una seggiolina di legno, fuori dalla porta delle pensioni, a guardare il mondo che passava. Qualche negoziante fuori orario guidava l'Ape imprecando. Bambini stanchi trascinavano i piedi sui passi dei grandi. Sulla piazza di Fiumetto, una lunga coda orlava l'ingresso della gelateria Roma. Passammo a pochi centimetri da un uomo con gli occhialini da impiegato, una giacchetta grigia incongrua. Scavava con il cucchiaino le ultime gocce di gelato dal bicchierino di carta. Poi se lo accostò alle labbra, lo succhiava. Ci guardò passare con uno sguardo sbieco.

La Bussola ci saltò addosso da lontano, il suo muro di cartelloni sovrastava tutto. C'erano strisce di vari colori, alte parecchi metri, con scritti i nomi degli artisti. Quello più alto di tutti diceva: «Tutte le sere, dalle 21 e 30 alle 6, ballate con il quintetto Basso-Valdambrini». Subito sotto: «THE FOUR SAINTS». Sotto ancora, su sfondo rosso: «Society All Stars: Franco Cerri Giorgio Masetti Nunzio Rotondo Gilb Cuppini Romano Mussolini». E poi c'era un cartellone violetto, e, in rosso, a caratteri in corsivo, c'era scritto: «Stasera Mina».

Ero elettrizzata, le gambe si muovevano da sole. La potenza compressa della macchina mi attraversava tutta, sentivo l'asfalto bollente che scappava da sotto le ruote. La stessa vibrazione sessuale che avevo provato la prima volta sul Riva di Alberico che correva. E l'idea che stavo per vedere Mina moltiplicava tutte le sensazioni, mi faceva fremere di eccitazione. Mina era un mito, per me. Era un mito per tutti. Era la giovinezza sbattuta in faccia alla gente. Mi ero tenuta sul comodino «TV Sorrisi & Canzoni» uscito subito dopo il festival di Sanremo. C'era la sua faccia sversata e sopra il titolo: «Nel mondo della canzone è scoppiata una Mina». Mina era pazzesca. Era vita allo stato puro. Tutti i cantanti prima di lei erano gente morta, con facce da cadavere, imbalsamati davanti al microfono. Tutti tranne Modugno, ma «Volare» piaceva anche a mia madre, la canticchiava. Mina no, Mina non la poteva vedere, diceva che era una «urlatrice», non una cantante. Mia madre non canticchiava mai «Nessuno», perché «Nessuno» non si poteva canticchiare. Bisognava urlarlo. «*Nessuno... ti giuro... nessuno...*»

La Ferrari inchiodò sui piedi del parcheggiatore. Entrammo nel giardinetto e poi nel capanno alzato sulla spiaggia. Il buttafuori salutò per primo, «Buonasera signor Goldstalk». Un cameriere che sembrava un cliente ci guidò a un tavolo attaccato alla pedana, circondato da divanetti bassi, ma comodi; rossi. «Il suo tavolo, signor Goldstalk.» Venne il maître a salutare. John Albert fece un cenno, una alzata di spalle media. Arrivarono due secchielli pieni di ghiaccio, e dentro il ghiaccio sbattevano due bottiglie di Dom Pérignon. Due camerieri disponevano con circospezione flûtes e mandorle salate e olive infilzate su stecchini sulla tovaglietta rossa, attenti a sistemare ogni calice sul suo sottobicchiere di finto argento. John Albert fece aprire subito una bottiglia. Brindammo.

«Ai cerbiatti.»

«Grazie. Ai lupi.»

Ormai ero cresciuta.

Arrivarono gli altri. E erano eccitati quanto me, solo Alberico avvolto dal disincanto di sempre. Quando c'erano gli altri, era lo stesso di prima. Solo con me da sola era nuovo.

Arrivarono i Four Saints e Emanuele mi tirò in pista a ballare un boogie abbastanza scatenato. Mi prendeva e poi mi lasciava andare, mi spingeva proprio via. Ma io sapevo che mi avrebbe ripreso e mi godevo ogni secondo di quelle giravolte, di quei passi incrociati. «Sottopassaggio», gridò. E senza rendermene conto ero seduta per terra sulla pista di legno, le gambe tese. E gli passavo tra le cosce aperte spinta dalla forza di inerzia centuplicata dallo slancio delle sue mani. «Uahuuuuuuuu.» E incrociai lo sguardo di Alberico, che era rimasto seduto insieme a John Albert, loro due soli al tavolo vuoto. Ogni volta che giravo dalla loro parte, lo sguardo di Alberico mi riacciuffava.

Sì, sento la musica. Arriva nitida in questa camera fosforescente di ricordi. E io ballo di nuovo con il mio corpo assente. Sento ancora le gambe, le braccia, sento nei piedi lo spasimo di andare. Vedo la tenda a righe rosse affacciata sul buio della spiaggia. L'orchestra elettrizza l'aria, pulsano, le giacche bianche dei camerieri con il vassoio in equilibrio pulsano sopra un mare di teste. Vedo il bar di specchi, le bottiglie fitte. Riconosco il dinner jacket del commendator Rossini delle lavatrici. È seduto da padrone al tavolo intasato di camerieri, perché dà le mance in gettoni d'oro, gli stessi con cui paga i campioni della sua squadra di calcio. E mi buca gli occhi la batteria che scintilla, bum bum bum, come il mio cuore che mi scoppia. La calca sulla pista toglie il fiato. Gonne a ruota che svolazzano e gambe che si incrociano e braccia che si tendono e riacchiappano e fanno girare e tirano di fianco e mollano e riprendono. Pantaloni di lino bianco, pelle abbronzata, gli scolli bianchi sulla schiena nuda. Il nostro tavolo è pieno di bottiglie e di bicchieri a metà, e di Coca-Cola e aranciata San Pellegrino. E tutto vibra e dondola, sarà la musica, sarà la testa che gira, il mondo che barcolla. Come corre la vita in questa notte svelta, su questa pista che ruzzola.

E poi arrivò Mina. Ci eravamo messi a sedere per terra intorno al piccolo palcoscenico rotondo, le gambe raccolte dentro le braccia, le spalle attaccate. L'attesa ci incollava gli occhi. Ci furono tramestii, strascicare di strumenti. Musicisti in giacca bianca e cravatta nera aggiustavano i bassi, appoggiavano il bongo in terra, dietro la quinta di legno, tanto non serviva. Accordavano con stridi le chitarre. E c'era un fervore che si trasmetteva a noi attraverso le vibrazioni del pavimento e ci elettrizzava, ci toglieva il respiro. Ma quando arriva. Quando. Alberico era seduto stretto tra Elena e Emanuele, non mi guardava più.

Signori: Minaaaaaaaaa!

Applaudivamo come se fosse un lavoro. E poi la batteria squillò, la tromba martellava.

Entrò Mina.

Era forza pura, energia pura, vita pura. Aprì la bocca, ci mostrò un morso di denti da leonessa. Sollevava gli avambracci a palme aperte, mimando un gesto da strega. Era vestita di nero, un lungo vestito senza spalline. Il seno bianco. Be bop a lula... uhò uhò uhò be bop a lula... uhò uhò uhò hu. La corrente ci passava attraverso, ci scuoteva le spalle, ci martellava il petto sotto i vestiti. Come a lei. Emanava ritmo. I musicisti si piegavano tutti, si agitavano, assecondavano la melodia in un modo puramente fisico e l'eccitazione travolgeva tutto. I tavolini e i bicchieri e i camerieri e i commendatori. E le mantenute e le sartine travestite da signore per una sera. Squartava industriali e ragionieri e commercialisti e ingegneri. E avvocati e gioiellieri e petrolieri e truffatori e venditori di fumo e playboy. E ragazzine con gli occhi sbarrati. La bocca spalancata per mangiarci. E poi «*Nessuno ti giuro naaaaassuno...*». Teneva le vocali aggrappate alla nota, ce le impiccava, le lasciava gridare, slungandole in singhiozzi che rimbalzavano addosso, trovavano il punto del sesso, giù, tra le gambe. E pescavano in quel buio vibrazioni e scariche e brividi e trilli che ci incrinavano come cristallo che si spezza. Era magnifica.

La forza la abitava da dentro, la ondulava in dimenamenti e oscillazioni e dondolamenti fascinanti e irresistibili. E l'onda che la attraversava si riverberava sulle nostre facce beate, se le tirava dietro come uno strascico. Lei muoveva le spalle e le braccia e la vita e la schiena e le gambe. Baluginava, sul biancore della pelle fragile delle ascelle, un cespuglio nero di peli, osceno e titillante. E il sudore la lucidava, la rendeva sdrucciolevole e viva. «*Tuuuuuuuuua, tra le braaaaaccia tuuuuuue.*» Rimbalzavamo dentro la sua voce. Le note ci zampillavano addosso, ci gocciolavano in faccia. Era magnifica.

E io non pensavo nulla, stavo interrotta dentro la sua musica.

Cantò tutto. Aveva fatto sei dischi in tre mesi. Cantò tutto un'altra volta. La tiravamo fuori dalle quinte con raffiche di applausi intestarditi. E lei usciva.

E cantava.

Poi fu troppo stanca, la sua forza risucchiata dai nostri visi sollevati a berla. Salutò con la testa, un inchino elastico, di nuovo vita allo stato puro.

Non uscì più.

L'orchestra riponeva gli strumenti, due ragazzi vestiti in giacca blu aggiustavano la batteria per l'esibizione di Basso e Valdambrini. Ci alzammo stiracchiando le gambe, le schiene intorpidite. Stavamo zitti, ammutoliti. Istupiditi, quasi. O come spenti. Come se Mina avesse fatto scattare un interruttore dentro di noi. E la sua assenza lo avesse chiuso. Poi suonarono un lento, e molti dei più vecchi si alzarono a ballarlo dai loro tavoli ordinati.

Emanuele si sedette accanto a me, mi disse «Lo sai che l'anno scorso lei cantava per Mike The Boy e lui si mise con una di Massa, invece che con lei?».

«Ma Mina c'era anche l'anno scorso?» domandò Elena. Stava incollata a Emanuele, lontano da Alberico.

«Splendore, lei c'era ma non se la filava nessuno, era una di Cremona e basta, studiava ragioneria.»

«La mamma dice che è una urlatrice, non una cantante», si inserì Albarosa.

John Albert aprì la bocca, «Uhuuuuuuu». Bubi si

chinò verso Albarosa, scivolava quasi giù dal divanetto. «Uhù uhù uhù.» Lei si raggrinzì contro la spalliera, beata. Disse con un broncio atteggiato che voleva ballare. Bubi se la prese come un cesto di fragole, arraffandola dal sedile. Giovannella si alzò di scatto, e Muzio dietro. Andarono, loro quattro, a ballare. Emanuele mi sussurrò che Bubi lui non lo capiva, che rischiava troppo. Disse che le madonnine infilzate sono pericolose.

«Voi come le chiamate, a Santa Croce sull'Arno?»

«Acque chete.»

Le acque chete rovinano i ponti.

La notte si dipanava come tutte le notti della Bussola e non finiva mai. Pensavo a quando John Albert mi avrebbe riaccompagnato a casa con la Ferrari. Pensavo se mi avrebbe baciato. Cercavo di stabilire come mi sarei comportata, se avrei risposto al bacio oppure no. Pensavo se gli avrei dato la lingua, quanto seno gli avrei permesso di toccare. E poi, come un bianco che acceca, mi ricordai che ero fidanzata con Alberico, anche se non lo sapeva nessuno. Tranne John Albert, forse. Forse Alberico glielo aveva detto. O forse l'aveva capito da sé. Poi mi girai verso il bar. E caddi dentro gli occhi bolsi di Gino.

Era vestito con una giacca sbagliata di un marrone triste, e stava intirizzito sullo sgabello. Mi venne in mente che ci poteva essere da chissà quanto tempo, che forse mi aveva visto ballare. Lasciai lo sguardo su di lui una frazione di tempo di troppo. Si alzò. Lo vidi con infinito spavento avvicinarsi al nostro tavolo, chinarsi in un inchino fuori luogo.

«Permette questo ballo?»

Gli altri lo scrutavano tutti. Io ero ammutolita, sicché Gino ripeté la domanda. Ma prese la mira. «Signorina Berti, permette questo ballo?»

Mi alzai in fretta, disperata, per non doverlo presentare. Alberico girò la testa verso John Albert, gli disse qualcosa. Emanuele si alzò per farmi passare. Andai a ballare.

Arrivederciiii... Esco dalla tua vita, salutiamociiiii. Arrivederciiiiii. Questo sarà l'addio ma non pensiamociiiiii. Mi teneva a distanza, con il braccio mezzo piegato, aveva la circospezione di chi non sa dove mettere i piedi. Un povero orso ballonzolante. *Con una stretta di mano da buoni amici sinceri ci sorridiamo per dir arrivederciiiiiiii.* Lo detestavo, volevo che sparisse, volevo essere sola sulla pista piena di gente, tornare sola al tavolo, fare finta che non fosse mai venuto a reclamarmi. *Abbiamo sfidato l'amore quasi per giocoooooo.* Sentivo il suo alito spesso, doveva aver avvicinato la faccia. Guardavo il vuoto davanti a me. *Ed ora fingiam di lasciarci soltanto per pocoooooo.*

«Grazie.»

«Ma non è ancora finito.»

«Mi scusi ragioniere, devo andare.»

Mi riaccompagnò al tavolo.

«Quando posso rivederla?»

Più tardi, mentre ballavamo, Emanuele mi domandò se era un mio amico. Spiegai che lavorava per mio padre.

«È il nostro ragioniere.»

«È innamorato di te», disse Emanuele, dopo una pausa breve di silenzio.

«Come?»

«Nulla.»

E continuammo a ballare.

Ormai i tavoli erano mezzi vuoti, camerieri stanchi ammucchiavano sui vassoi i bicchieri sporchi. L'orchestra suonava ancora, una musica diluita di sonno. Volevo che fosse mattina.

Mentre cercavo con lo sguardo Alberico, John Albert mi venne vicino.

«È andato via con Elena.»

Ma ero troppo stanca per i timori.

Fu dopo, quando John Albert mi propose di andare in spiaggia a guardare l'alba, che accadde. Sgusciammo attraverso la rete, in un foro slargato da centinaia di fughe uguali alla nostra. Camminavamo sulla rena fredda, senza scarpe e la spiaggia era un bosco di sagome livide. E poi di colpo ci fu uno squarcio di blu, un minuto lungo di un blu freddo che ritagliava le cose fuori dal loro alone, precisandole con esattezza perfetta.

Fu quando il blu cedette al rosa. John Albert mi aveva preso per mano, mi accarezzava il palmo con un movimento ritmato del pollice. Si era girato, rapido.

«Rododaktulos Eos.»

Sussurrava, come se un solo decibel potesse spezzare quell'incanto. Poi mi attirò verso di sé, mi alitò nell'orecchio qualcosa. Colsi sillabe colate di fiato, due parole secche, «Le rosee dita». Mi baciò. E in uno sbalzo di tempo che mi chiuse lo stomaco, io gli restituii il suo bacio, misi la lingua sopra la sua lingua, gli permisi di leccarmi la fossa cupa tra i denti e il palato. E chiudevo gli occhi per non vedere Alberico con Elena.

Il mare color di rosa. E gli ombrelloni rosa e poi giallo tenue e poi vivo. Ombre di patini tirati in secco, in file serrate e slentate, ondeggianti.

Un rumore.

Un affanno di corpi.

Sfilacciamento. Rotolare.

E, dallo spazio stretto tra un patino e l'altro, come un cuculo che esce dal suo nido di orologio, con la stessa rapidità, la stessa fuga, sbucò la testa madida di Muzio rosso di soddisfazione. E io seppi che il lucore di carne che noi potevamo solo indovinare, sotto quella faccia, era Giovannella con la gonna alzata.

Mi aspettava sotto la tenda.

«Sei in ritardo.»

«Sì.»

Teneva la testa rivolta al mare, al silenzio battuto di risacca. Mi sedetti.

«Non è facile per me. Pensavo che lo capissi.»

Lasciò che mi montasse dentro un'ansia affilata.

«Pensavo che capissi tutto.»

«John Albert ti ha raccontato di ieri sera, vero?»

«Ci sono rimasto male.»

Gli pulsava nel tono una delusione vera, agguantata di stupore.

Scelsi di non chiedere scusa. Alberico fissava lo stesso spazio minimo di riva, la stessa onda orlata di spuma che batteva e ribatteva in circoli appena allentatati.

«Hai mai avuto paura di morire?»

Dice proprio così. Lo dice di nuovo, in questa camera colma di miasmi. Lo dice al mio viso immobile, al mio tempo breve che cola. E lo vorrei fermare. Vorrei alzarmi, mettergli una mano sulla bocca. Invece continua.

«Io sì. Io ho sempre paura di morire. Mi sveglio, la mattina e ho paura di morire. Mi vesto e ho paura di morire. Faccio colazione e ho paura di morire. E il bello è che, se mi costringo a pensarci, la morte non mi fa paura veramente, capisci? Mi fa paura se non ci penso. A Malavolta c'è una cappella rotonda. È un posto raggelante. Ci sono solo tombe, e un altare nel mezzo. Una volta ci sono entrato da piccolo, perché il giardiniere aveva dimenticato la porta socchiusa. Ci faceva un freddo incredibile, anche se era estate. Era tutta di marmo. Ho cominciato a leggere le parole scritte sulle lapidi, certe lapidi grigie immense, una sopra all'altra. Leggevo nomi Sangermano, nomi Benci, nomi Villalta. Ludovico, Piero, Alina, Fiamma, Beatrice, Germano. I nostri nomi di casa. E leggevo quello che c'era scritto sotto. Portato via nel fiore degli anni. Tolto a noi infante. A Dio tornato nella pace della giovinezza appena sbocciata. Tenevo gli occhi fissi sulle lapidi, li facevo scorrere su e giù, in cerchio, fila dopo fila, e ho scoperto che i Sangermano e i loro parenti sono morti sempre giovani, sempre. C'erano bambini, neonati, adolescenti, una folla infinita di vite appena cominciate, subito precipitate nel buio. Sono fuggito nel prato. La porta è rimasta aperta. Le ombre mi sono venute dietro. Mi visitavano di notte, sentivo il freddo di quelle lapidi dentro lo stomaco. Il respiro si ingolfava di paura. È la stessa paura di adesso. La stessa paura. Non mi piace dormire a Malavolta, ma non lo posso dire. Ti metti a ridere, vero? Vero?»

«No.»

Si era girato verso di me. E poi di colpo guardava di nuovo il mare trasparente.

«Tu non ti immagini cosa vuol dire il peso del destino sulle spalle. È come essere sempre con una folla di gente che ti preme contro la schiena, ti muove le braccia, le mani, ti riempie la testa. Ti spiano, ti sorvegliano. Perfino dalle tombe si alzano per venirti a cercare. Si aspettano che tu faccia come loro. Che tu conservi, preservi, tenga alto il nome della famiglia. Il tuo nome è la pietra che ti hanno messo al collo quando sei nato. Il tuo nome e le cose. Generazioni e generazioni di cugini che hanno incrociato il loro sangue moscio per non dilapidare il patrimonio. Le cose io ce le ho nel sangue. Mi arrivano dai secoli, dalla lentezza del tempo. E mi avvelenano, mi corrodono. Mi consuma il nome che porto. Lo sai cosa è il teatro di verzura? È un teatro fatto di bosso, foglioline di bosso piegate e potate e tagliate indirizzate, a fare un palcoscenico e le quinte e leoni accucciati e sfingi. C'è in qualche casa in qualche campagna, non mi ricordo dove. Le cose che abbiamo sono così tante che nemmeno le so tutte. Io mi ci buttavo dentro, proprio dentro. Mi buttavo a braccia spalancate sulle siepi di bosso, e mi graffiavo tutto, la faccia, le braccia, le gambe. Restava, nel bordo alto della siepe, l'impronta del mio corpo come in croce. Ecco, quello ero io. Senza nome, senza destino. Una impronta di ramoscelli troncati.»

Gli accarezzai una mano, lentamente.

«Sai cosa vuol dire prendere, Andreana? No, non lo sai. Io ho preso e basta. Ho preso per non sentire l'angoscia che bussava. Sono un predatore schifoso, lo devi sapere. Devi sapere che ho adoperato le ragazze e non conta se loro ci stavano, è lo stesso. Devi sapere che me le sono scopate come si fuma una sigaretta, che le ho buttate via allo stesso modo. Tutte queste donne stupide che il mio nome mi ha messe nel letto.»

«E Elena?»

Non ce l'avevo fatta a resistere.

«Scusami.»

«No, hai diritto. Hai questo diritto nuovo, che io non pensavo di potere mai dare. Questa è la cosa che mi stupisce. Neanche ti avevo visto, all'inizio, e ora ti do dei diritti su di me. Per colpa tua, non ho più riparo, capisci. Ho solo buchi. Buchi spaventosi, Andreana, dei buchi che tu nemmeno ti immagini, vero? Vero? Non ci sono buchi lì dove abiti tu, in quel posto che non ho mai visto. Santa Croce sull'Arno, vero? E tuo padre ha una conceria, massacra bestie. Ma che mi importa della conceria di tuo padre, Andreana?»

Era all'improvviso incrudito di durezza. Il naso mi

pizzicava di lacrime che non volevo mostrargli. Sanguinavo, ma zitta.

«Sa di sangue, la conceria, Andreana? Ci sono le pelli delle bestie squartate che gocciolano sulla segatura, c'è puzzo di carne marcita, c'è odore di ammoniaca, di disinfettante? E tuo padre, Andreana? Tuo padre è quel grosso uomo che sembra una bestia anche lui, quello che viene la domenica con i calzini dentro i sandali e il costume di lana blu, vero? Vero?»

La violenza gli riverberava intorno come una lama.

Cominciai a piangere, senza rumore. Se ne accorse.

«Dio, sono un animale, avevo perso il controllo. Perdonami.»

Io piangevo più forte, la tensione sciolta da quella retromarcia affannata. Ma non si alzò dalla sdraio, non venne a abbracciarmi. Rimase in silenzio. E a poco a poco, io mi calmai. Cercai, nella borsa di paglia rossa, il fazzoletto stropicciato e mi soffiai il naso.

E poi era tutto passato.

Martoriava la sabbia.

«Non lo so cosa mi fai, Andreana, non lo so.»

Si era alzato, andava via, verso l'orlo spumato dell'acqua, le spalle chiuse. Allora gli corsi dietro. Lo abbracciai sulla schiena, e abbracciavo la sua debolezza, e all'improvviso ero forte. Mi rovesciò la testa addosso al suo collo, sentivo la sua mano calda che mi stritolava la nuca, mi spingeva contro di lui, con forza, con rabbia. Una lacrima gli tagliava la guancia.

«Ti va di camminare?»

Non abbiamo passeggiato mai insieme. Ma ora camminiamo sulla riva, e l'acqua ci lambisce i piedi, e ci cura. E, dopo un po', io gli lascio la mano, mi metto a correre dentro l'acqua, e poi mi giro a sorpresa. Vola una frusta di schizzi. E lui adesso ride, e mi si butta addosso e rotoliamo nella riva bassa, e siamo di nuovo noi, noi soli nel mondo. Noi sabbia che il mare porta via.

Ci sedemmo verso la foce del Fiumetto, usciva dall'acqua marrone un odore di marcio che prendeva la gola.

«È un postaccio.»

«Sì.»

«Ma è il posto giusto per vedere le cose come stanno, ti pare?»

«Sì.»

Ma ero inquieta.

«Non ti ho detto la verità su mia madre.»

«Non voglio sapere nulla.»

«Sbagli, perché se lo sai poi ti diverti di più. Mia madre è brava. Lo spettacolo le viene bene. Prima di incontrare mio padre, la pagava l'impresario. Poi l'ha pagata lui. Lui con le *cose*. Non piangere di nuovo, *per favore*. Non lo sopporterei. E devo andare fino in fondo. Mi devi dare questa possibilità, per una volta.»

Ero ghiaccia.

«Non è un segreto doloroso, stai tranquilla. Quelli te li ho già detti tutti.»

Scavava con i piedi solchi fondi nella rena sudicia.

«Isa Bluette. La compagnia di Isa Bluette e Nuto Navarrini. "Sottane al vento". Lo davano a Roma, alla Sala Umberto, nel '29. Nella compagnia c'era anche Macario. Andarono anche a Parigi alle Folies Bergères. Mi immaginavo le cosce nude di mia madre. E gli uomini che le guardano con la saliva alla bocca. A mio padre sono sempre piaciute le ballerine. Penso che le abbia mandato fiori e, dentro i gambi, un involtino stretto: un pacchetto di gioielliere. Lei deve averlo scartato davanti allo specchio macchiato di rossetto, mentre si sfilava le mutande sudate. Le scarpe bianche buttate sotto la mensola, il rimmel colato sotto agli occhi. Avrà sorriso, avrà chiamato le altre. Ragazze, venite a vedere questo gonzo cosa mi ha mandato. Si sarà rigirata tra le mani il cartoncino di Pineider con lo stemma dei Sangermano, chissà se ha provato un po' di imbarazzo. Mio padre me lo immagino con la tuba e il mantello nero. La sciarpa di seta bianca svolazza nell'umido greve della nottata romana. La Bugatti con l'autista aspetta a pochi passi. Mia madre che esce, maestosa, intabarrata in un cappotto lungo fino ai piedi. E mio padre che si toglie il cappello con un largo gesto elegante, e le fa il baciamano.»

Le parole gli si scioglievano in bocca, con una specie di dolcezza arresa.

«Ecco, ora lo sai. Se mia madre scopre che ti ho raccontato il suo segreto, mi ammazza.»

Feci un mezzo sorriso vago. Lusingata. Atterrita.

«Non lo dirò a nessuno.»

«E se lo dicessi io? Ci pensi? Ci pensi al casino che succederebbe? Mia madre scapperebbe a Malavolta, il dottor Martinelli suderebbe di imbarazzo, Marcello Weber allungherebbe le gambe, attaccato alla sua Camel, direbbe: che bella storia. Ma invece, sai cosa penso? Sai cosa penso *davvero*? Che non succederebbe nulla. Le *cose* sotterrerebbero il segreto di mia madre. Il dottor Martinelli la ossequierebbe con un brivido in più. Sarebbe tutto. Mia madre scavalcherebbe anche questo salto.»

E finalmente era tranquillo. Poi allungò la mano, mi cercava. Mi appoggiò il palmo sulla coscia nuda.

«Si va?»

Tornammo. Erano quasi le nove, la spiaggia si era riempita di bambini e di tate.

«Chissà dove è Debbie, adesso. Chissà dove vanno a finire, le persone della tua vita.»

Si chinò a darmi un bacio.
«Tu non sparire.»
E già non c'era più.

Restai seduta a lungo, cercavo di ricordarmi tutto quello che mi aveva detto, le parole, i toni, il modo in cui guardava il mare battere e ribattere sempre nello stesso punto. Gli altri erano tutti alla tenda dei Sangermano, facevano per scherzo una pista e si litigavano i campioni. Mi arrivavano pezzi di frasi. Anquetil lo voglio io, Gimondi Gimondi datemi Gimondi, zitta tu che non sai giocare. Mi sembravano distanti anni luce. Poi sollevai il viso con la sensazione nettissima di qualcuno che mi fissava. E era Gino.

«Lei mi permette, signorina Berti? Andreana...»

E era già seduto, nel posto preciso di Alberico.

Cercavo una tonalità neutra, e il tempo per mascherare il fastidio.

«Oh, ragioniere.»

«Ha passato una bella serata?»

«Sì, grazie.»

«Anche la mia è stata molto bella.»

«Ah.»

«Lei permette che aggiusti la sdraio?» L'aveva già spostata, mi stava di fronte. Come un giudice, come un poliziotto.

«Sta facendo una bella vacanza?»

«Sì, grazie.»

«Alla conceria le cose vanno proprio bene.»

«Bene.»

Il suo corpo madido mi ingombrava la tenda.

«Vogliamo fare un bagno?»

L'acqua era verde smagliante. Provai violentissimo il desiderio di sentirmi addosso tutto quello splendore.

«Va bene.»

Ci alzammo, lui mi seguiva premuroso, ma senza più la timidezza delle prime volte. Restammo nell'acqua bassa, parlavamo del tempo. E all'improvviso, fui stanca. Gli dissi che dovevo andare, con la stessa fretta con cui l'avevo piantato in asso in mezzo alla pista della Bussola la sera prima.

«Di già?»

«Mi aspettano.»

Mi guardò uscire dall'acqua, mi guardò mentre mi asciugavo con il telo a righe, mi guardò mentre andavo alla tenda dei Sangermano, scuotendo i capelli per scrollar via l'acqua. Mi guardò finché non lo salutai da lontano.

E adesso, a distanza di tanto tempo, io riconosco le infinite minuscole particelle che poi si composero a chiudere il nostro destino. E mi sbalordisce la mia acquiescenza. Mi stringe il cuore la beffa dell'amore, il girotondo di attrazioni e legami e mancanze che spezza invece di unire, polverizza la smania di uno dentro il rimpianto dell'altro.

Hanno smesso di giocare a pista. John Albert legge l'ultimo numero de «l'Espresso».

«Ma ci pensate? Voi italiani siete proprio pe-ri-co-lo-si.»

Separa le sillabe come pallottole.

«Guarda che sei mezzo italiano», dice Emanuele e ha un sarcasmo nuovo nella voce.

«Infatti sono molto pe-ri-co-lo-so. Vero Andreana?»

«Pericolosissimo.» Rido. Devo essere arrossita, ma rido. La mia nuova prontezza, il modo in cui ho imparato a aderire ai loro schemi, a nuotare nel loro stesso acquario, stupisce anche me.

«Va bene, siamo seri. Ora vi dico cosa c'è scritto su questo lenzuolo.»

«Quale lenzuolo?» indaga Elena soave.

«Questo lenzuolo, questo lenzuolo, mio splendore» John Albert agita «l'Espresso» in un fruscio di pagine slentate. «Prendete Muzio.»

Muzio inalbera un sorriso beota.

«Cosa ha fatto Muzio ieri sera, eh? cosa ha fatto? Cosa ha fatto dietro ai patini?»

Istintivamente, mi giro verso Giovannella. Ha la faccia chiusa, muove un piede sulla sabbia.

«Voi direte: e che ce ne frega? Eh no, cari compagni, ve ne deve fregare per forza. Perché Muzio è, potenzialmente, un individuo molto pericoloso. Muzio potrebbe far cadere Antonio Segni, per esempio. Potrebbe sparare a Amintore Fanfani. Magari ieri notte, dietro ai patini, preparava un attentato. Oppure, mettiamo che Muzio sia un simpatizzante di don Milani, quel prete che sta sulle scatole al Sant'Uffizio. Mettiamo che ieri notte stampasse copie clandestine di quello che scrive il prete. Potrebbe essere, vi pare? Muzio sembra una bestia, ma non è detto che lo sia.»

«Non sono una bestia» dice Muzio, con una frazione di ritardo di troppo.

«Sì sì va bene, sei un esempio, bue. Qui», sventola «l'Espresso», «c'è scritto chiaro che siamo schedati tutti.»

«Che vuol dire schedati?» spalanca gli occhioni Albarosa.

«Quanti saranno gli italiani, quarantacinque milioni, quarantasette? Bene: ci sono dodici milioni di schede.»

«Che schede?»

«C'è un cassettino, cara piccina, con dentro tanti bei fogliettini e su ogni fogliettino c'è scritto un nome e accanto tante cosettine. Per esempio c'è scritto: Tessari Albarosa, anni diciassette, madre che non sta mai zitta e mangia patatine fritte comprate da Bicche Bocche alle undici e mezzo tutte le mattine, padre antiquario, cerca marito a Forte dei Marmi, beve Gin Tonic di nascosto, si depila le gambe ma non le ascelle, è innamorata di ...»

«Zitto zitto» supplica lei.

«Va bene, non lo dico. Ma sul fogliettino c'è scritto. E qui viene il bello. Perché, cara piccina, io non lo dico, se tu in cambio mi dai qualcosa. Cosa mi dai, eh, cosa mi dai?»

Mi colpisce l'indignazione che traluce sotto lo scherzo.

«Lo Stato ha il diritto di controllare i cittadini per il bene comune» ribatte Emanuele. «Tu non capisci un cavolo.»

«Quello che ciascuno fa nella sua camera da letto riguarda solo lui, in un paese libero» urla John Albert.

Cominciano a discutere e noi assistiamo in silenzio, come se solo loro due siano autorizzati a occuparsi di un argomento così serio. È strano vederci tutti zitti, la testa inclinata prima a destra e poi a sinistra, come a una partita di tennis, per seguire il rimbalzo delle battute. È strano veder crescere la rabbia di Emanuele, vederlo spostare le sue insicurezze sul piano solido del contenzioso politico. John Albert considera la schedatura di massa un abuso inammissibile, dice che è la madre di tutti i mali d'Italia.

«I ricatti, capisci? I ricatti. Tutti sotto ricatto: potenzialmente. Tutti servi.»

Non l'ho mai visto così inferocito.

«Tu sei stalinista» dice Emanuele, lapidario.

«E tu sei un idiota.»

Bubi si riscuote, torna il solito Bubi.

«Ovvìa, baciatevi. Datevi un bacino, così: ciùciùciùcicicì. Muzio, fagli vedere come si fa. Oppure fate a botte. Sarebbe bellissimo. Albarosa fa l'arbitro.»

«Perché io?» squittisce Albarosa disperata.

E scoppiamo tutti a ridere in un modo fasullo ma liberatorio, la tensione carica di vera ostilità si scioglie in ondeggiamenti e mezze frasi e piccoli pettegolezzi sussurrati all'orecchio. E Bubi dice che John Albert, per essere stalinista, è abbastanza facoltoso, può dire a papà di comprargli la Russia e poi schedare Emanuele per divertimento. L'incidente è seppellito. Ma ci rimane addosso un'ombra di disagio, come se, confrontata con il mondo, la nostra meravigliosa estate si fosse incrinata. E la nostra complicità non avesse superato la prova.

Capitolo 11

La sera andavamo alla Capannina.

Scendevamo dalle biciclette in via Duilio, le appoggiavamo al muretto di mattoni rossi della villa sempre chiusa di un industriale milanese. Al posto della casetta del custode, c'era un negozietto che vendeva giocattoli, girandole, palline da pista in pacchettini di rete rossa. E sigarette, e biro e biglietti della lotteria e fiammiferi Minerva: una piccola tabaccheria di paese. Chiudeva dopo mezzanotte. Il proprietario si chiamava Lauro. Usciva e ci diceva di spostarle, che sennò chiamava i carabinieri. E io sento ancora le nostre risate, lo scalpiccio dei nostri passi veloci, il rumore metallico delle biciclette ammonticchiate che cadevano proprio davanti all'ingresso del negozietto. E le imprecazioni di Lauro che ci venivano dietro, nell'ombra frastagliata di pini. Ci pareva di non dover mai pagare per nulla. E mentre il tabaccaio Lauro, aiutandosi con molti maremma maiala, cercava di districare il nodo delle nostre biciclette e di sistemarle in un modo che non gli togliesse i suoi pochi clienti, noi entravamo alla Capannina.

L'ingresso alla Capannina era una prova.

Davanti alla vetrata sul marciapiede, con i tavolini bassi e le poltroncine di legno verdi e rosse dove stavamo all'ora dell'aperitivo, una muraglia spessa di gente che guardava. Arrivavano spider e coupé e Maserati e Porsche e Millequattro e Lancia. Si ammucchiavano sulla strada chiusa davanti alla terrazza, come biglietti da visita. Ne scendevano signore in lungo, con scialli e sciarpe e gioielli e acconciature complicate; signori con giacca e cravatta, attraversati di fretta finta. La folla si apriva per farli passare. Il parcheggiatore Tullio intascava le chiavi, con una mezza giravolta di deferenza esagerata. Di fianco alla terrazza, sui lati della corta galleria che portava dentro, due omoni alti, vestiti di nero, le spalle poderose, le mani grosse. Mi ricordo le facce. Vedo i loro sguardi fissi, intenti. Li vedo allargare le gambe, bloccare l'entrata, spedire al casotto della biglietteria, con un cenno imperioso del mento, una fila mesta di aspiranti all'ingresso, già bollati come inadeguati da quella richiesta. Perché, in Capannina, non si doveva assolutamente pagare il biglietto. Fermarsi al casotto della cassa, pagare le tremila lire di un ingresso, e poi aspettare che uno degli omoni tagliasse il biglietto a metà e finalmente si scostasse, era un'onta assoluta. Nessuno, che avesse pagato il biglietto, poteva a nessun titolo considerarsi parte del meraviglioso mondo degli habitués della Capannina. Poteva entrare e stare a guardare. Ma non sarebbe mai diventato oggetto dello sguardo altrui. Nessuno lo avrebbe *visto.* Perché era questo, la Capannina. Guardarsi. Ci guardavamo, noi fortunati, noi che entravamo dicendo un «buonasera» finto casuale, che allargava la maglia stretta dei buttafuori dello spazio minimo per far passare i nostri vestiti da mezzasera, i pantaloni immacolati e le camicie con lo stemma e le cifre dei maschi. E avevamo, tutti, una soddisfazione in fondo agli occhi, la gratitudine vaga di chi è stato ammesso in un posto dove altri aspettano fuori. Facevamo finta di essere disinvolti, sera dopo sera. E, sera dopo sera, ci sedevamo sugli stessi divanetti di cotone verde, sulle stesse seggioline basse con i cuscini rossi perfette per baciarsi di nascosto. Sera dopo sera, bevevamo Negroni e Opal Cocktail e Coca-Cola e

Alexander e Gin Tonic. Sera dopo sera, ci sussurravamo scemenze, sporgendoci attraverso il tavolinetto dove il solito cameriere Nevio si affannava a portare e ritirare olive e noccioline e patatine fritte e bicchieri con il bordo intinto nello zucchero. E c'erano borsette da sera di perline, di pizzo, di coccodrillo, di raso nero e viola e fucsia, e di seta colorata di Emilio Pucci, appoggiate per terra, sul parquet lucido, che scricchiolava. E, ogni sera, c'era qualcuno che perdeva la borsetta, qualcuno che ci infilava dentro un bigliettino, qualcuno che rubava una pochette e la apriva sul tavolo, davanti a tutti, tra gli strilli eccitati delle ragazze. I vecchi ballavano la raspa, la samba, il cha cha cha. Arrivava l'orchestra di Bruno Risaliti, e lui raccontava le sue barzellette con una minima noia, la noia di tutti gli anni in cui le aveva già raccontate. Ma ridevano tutti, ridevano i commendatori con le sartine travestite da signore per una sera, ridevano gli industriali del Bresciano, i gioiellieri, gli architetti della nuova speculazione edilizia, ridevano le contesse e le principesse, i marchesi con il titolo finto. Risaliti inanellava i suoi doppi sensi che colavano grasso. E noi stavamo seduti e non ridevamo perché erano balli da vecchi, battute da vecchi. E solo dopo, quando i vecchi erano andati a dormire, noi andavamo a ballare. Strusciavamo i nostri corpi di animali giovani con tutte le scuse possibili. «I sing ammore» e «Pity Pity» e «Blue Spanish Eyes».

Ballavamo il boogie, ballavamo il rock di Paul Anka e Neil Sedaka. Ballavamo «Tom Dooley» e «Goodbye baby» e «Sweet sweet girl to me» e anche «Dracula cha cha cha» e «Patricia», ora che i vecchi se n'erano andati, lo sguardo ingombrante dei genitori sparito nella notte. E c'era solo Giuseppe Cardi che ci esaminava attraverso il cristallo del suo bicchiere di whisky. Lo faceva dondolare a ritmo. E intanto, dietro le sue spalle, oltre il bancone del bar fatto di cime da barca, il barman Alfio shakerava cocktail con una concentrazione assoluta. Giuseppe Cardi non gli faceva nessun effetto, aveva visto re e regine e persino Mussolini, dicevano. C'era, quando le contessine Silla e Montigiani entrarono a cavallo sulla pista, e erano nude, quando Italo Balbo atterrò davanti alla Capannina con la sua squadra di idrovolanti e un corteo febbrile di gran dame. C'era quando il commendator Paci, per festeggiare il primo miliardo, offrì Dom Pérignon a tutto il locale.

Quando eravamo stanchi, ci buttavamo sui divanetti, spargendoci nei tavoli svuotati. Lasciavamo che le gambe e le braccia colassero via la fatica, appoggiavamo la testa alla spalliera, come morti. E c'erano voli come di rapaci intorno a ragazze estenuate, e gesti e sfioramenti. E la testa girava di Negroni e di voglie. Allora fuggivamo al bagno. Era un bagno verde di marmi, con un largo specchio che rifletteva i nostri visi impalliditi e risucchiava il rosso del rossetto ripassato tre volte, e poi scambiato, e i sussurri, e i segreti. E poi uscivamo e la porta dei bagni era come quelle dei saloon che vedevamo nei film di cowboy, ci rimbalzava addosso, barcollavamo. E era contro qualche ragazzo che entrava. La custode Pina, con la sua divisa nera, il grembiulino bianco intatto, sedeva attenta accanto al tavolinetto con il cestino delle mance, senza contarle. E altre mance intasavano il chiodo che Quirinetta aveva messo di lato, sul palcoscenico dell'orchestra: biglietti larghi da cinquantamila, fatti sparire ogni mezz'ora da un apposito incaricato, per far posto ai nuovi.

Verso l'alba, andavamo sulla terrazza che guardava il mare. Ci arrivava, allungato dalla distanza, il suo rombo lento, un odore come di pesce, di salsedine aspra. Rabbrividivamo di umido dentro la seta dei nostri vestiti a fiori, incrociati sul seno, scollati a barca o a v, o aperti in complicati intrecci di nastri sulle nostre schiene, vivide nel buio. E i ragazzi ci baciavano, cogliendoci alla sprovvista. Ma quanto lo avevamo pensato e desiderato e cercato, tutta la sera, sera dopo sera, quel bacio fondo, attento prima e poi scrupoloso, devoto, accanito, quel bacio che ci affogava il respiro nel loro odore di maschi sudati. I camerieri passavano facendo un giro largo, era l'alba, quasi. Gli orchestrali riponevano gli strumenti, scambiavano battute libere del lavoro già svolto, bevevano whisky a larghe sorsate. Il maître Evaristo veniva a chiudere il bar della terrazza, buttava un lenzuolo bianco sulle bottiglie, sui bicchieri.

«È ora di chiusura, signorini.»

Poi ci fu la festa hawaiana di Gianmaria. Gianmaria era il prototipo del nullafacente, ma senza la grazia distante, l'incantevole disincanto, con cui Alberico si prestava al ruolo. Gianmaria non aveva grazia né incanto, e tuttavia riluceva di soldi fatti da suo padre in qualche strano modo durante la guerra, si diceva truffando gli ebrei in fuga dai treni per Auschwitz e Buchenwald e Dachau. Pare che, come un avvoltoio, li stringesse in cerchi concentrici sempre più ravvicinati, e si presentasse alla loro porta un minuto prima della Gestapo, offrendo un centesimo del valore di tutto: della casa, dei gioielli, dei mobili, dell'argenteria, con l'aria di fare loro un favore grandissimo, e a rischio della vita. E ora quei soldi così malvagi erano diventati ville e palazzi e speculazioni immobiliari di case tirate su in tre mesi, cinque piani di carta velina, e scale e pavimenti di grana di marmo. E la Maserati di Gianmaria, la Ferrari di suo padre, i brillanti grossi come nocciole di sua madre, l'autista, il fattorino, la guardarobiera, le donne di servizio. E la festa hawaiana.

Ma eravamo giovani, non ci veniva in mente di pensare ai grandi delitti da cui nascono le grandi fortune. E invece ci mettemmo a preparare, con una frenesia che ancora mi attraversa in questo corpo morto, i nostri costumi. Ognuna di noi voleva qualcosa che le altre non avessero: dei fiori veri di strane corolle esotiche, un reggiseno di paglia e perline, un gonnellino speciale. I ragazzi intasarono la tabaccheria di Lauro, dove la guardarobiera Diletta raccoglieva le ordinazioni. Per loro, bastava un gonnellino di rafia, striscioline giallastre, o bianchicce, legate a un largo gros grain, da allacciarsi in vita sopra il costume, e poi un cappello buffo, della stessa rafia. La zia di Elena le preparò un costume speciale, che fu coperto da assoluto segreto fino alla sera della festa. La madre di Albarosa andò in un negozio di Viareggio, in passeggiata, dove la conoscevano e dove le avrebbero fatto un costume incantevole, con larghe gale di fiori di stoffa di colori accecanti, fucsia, turchese, giallo vivido. Mia madre sussultò di preoccupazione, mentre mangiavamo arista con le rape nella nostra funebre stanza da pranzo. Disse «Cosa ti metti, cosa ti metti», come se mi fosse caduta addosso una disgrazia. Risposi con uno sbuffo, un'alzata di spalle che rimarcasse la distanza che ormai ci separava.

E poi fu la sera della festa.

John Albert mi venne a prendere alle nove, con la sua meravigliosa Ferrari GT rossa. Il casiere Dino accorse ad aprirgli il cancello, si genuflesse, quasi, in un mezzo inchino più alla macchina che al proprietario, «Benarrivato signor Goldstalk». Mia madre si mostrò sotto il portico, sventolando un ventaglio, disse «Divertitevi, ragazzi». Io feci un cenno con la mano, e scivolai con il mio gonnellino di banane di paglia, sul sedile color panna del passeggero. «Sei uno schianto» disse John Albert, e sembrava sincero. Io mi sentivo un po' una scimmia e un po' Joséphine Baker. Avevo scelto il gonnellino di banane per una specie di sfida con mia madre, per dimostrarle che non mi facevo impressionare da nulla. Era una guerra nuova, in corso da quando avevo saputo esaudire le loro speranze e entrare nel mondo che loro avevano sempre ammirato da dietro il vetro. Ma adesso, seduta rigida sul sedile di nappa tiepida, la mano di John Albert sulla coscia, e premere di dita leggermente sudate, scorrere di polpastrelli affannosi lungo la piega dell'inguine, e intanto guidava; adesso mi vergognavo di quelle banane ridicole. Avrei voluto un gonnellino a strisce sottili di rafia, come tutti.

«Non è vero, sei bella, sei diversa» disse John Albert come se avesse ascoltato i miei pensieri.

«Per te è facile.»

Ero arrabbiata. Non mi muovevo ancora con la loro destrezza, nel loro mondo di trappole.

John Albert girò la testa verso di me, la Ferrari correva sul lungomare.

«Anche per te, Andreana, anche per te. Ma non te ne accorgi.»

E poi accostò, e c'era lo scalino del marciapiede, le ruote sobbalzarono, se lo mangiarono in un rombo che moriva. Mi tirò contro di lui, mi rotolò con la schiena sul volante. E mi baciava il collo e la gola e le orecchie e il naso, e i capezzoli e lo stomaco e poi la bocca. Dopo mi appoggiò con delicatezza al mio posto, come se fossi di vetro. E io confrontavo quella furia con un'altra furia, e mi si strinse il cuore.

Ma la festa era bellissima.

La Capannina era stata presa in affitto per l'intera serata. Una muraglia di macchine sportive e berline di lusso e biciclette la proteggeva dal mondo, sorvegliata da cinque o sei parcheggiatori belli come attori. John Albert buttò le chiavi a uno di loro, e dalla massa di persone che premevano contro le luci vietate di quella festa, e le bevevano da lontano, uscì un lungo «ohhhhh» di compiaciuto stupore. Le chiavi furono prese al volo, la folla respirò di soddisfazione. Era così, allora. I poveri erano poveri ma rispettavano i ricchi, come se la loro differenza sancisse una qualche qualità che loro non avevano, fosse un merito e non un abuso o una rapina. Perché il denaro è questo: una rapina, un furto. È fatto della fatica degli altri, di imbrogli e di intrallazzi e di vergogne. Ma luccica e incanta, e incatena.

Mi appoggiai al braccio di John Albert.

Entrammo.

Dentro ci sommerse la musica hawaiana, la confusione, la calca. La balaustra di legno che correva lungo la galleria dell'ingresso e dentro lo spazio rettangolare della Capannina, separando il bar dalla pista dal ristorante dal foyer, era sparita. Al suo posto c'era una spalliera fitta di corolle di anemoni clematidi elianto ibisco magnolia lobelia oleandro orchidee, una pura esplosione di colori da brivido. Ghirlande di orchidee intrecciate a tuberose correvano da una parete all'altra, rimbalzavano contro il muro bianco in volute e giravolte, salivano spesse verso la balconata. E, dalla balconata, pendevano tralci di palme e foglie lunghe di kenzia e ficus e acacia e foglie grasse e lucide di piante mai viste. Dal soffitto, trofei di ibisco, infilzato tra rododendri e gigli, dondolavano sulla marea di cappelli di paglia a uovo, a pagoda, a cuffia, a cresta, a cupola, a gronda. Su capelli a ricci, a onde, a chignon intrecciato di corolle, a treccia, a cascata, lisci, corti, a sfumatura alta, all'americana. Su miriadi di gonnellini danzanti su gambe lunghe, corte, snelle, grasse, forti, muscolose, sottili, smagrite. Su un mare di spalle nude e seminude, abbronzate, mezze abbronzate, color cioccolata, cappuccino, panna, caffè. Su reggiseni e corpetti e bustier e décolleté foderati di fiori ballonzolanti. Su coroncine e corolle e diademi e aureole e ghirlande di ibisco, rododendro, camelia, orchidea, incollati, cuciti, appoggiati su nastri a chiudere la fronte. E c'era elettricità viva in ogni minimo spazio, pura vita beata in ogni infinitesima cellula di ciascuno di quei corpi affastellati. E i secchielli dello champagne cocktail scintillavano, i camerieri ci pescavano dentro con il loro ramaiolo d'argento con pura allegria, godendosi la festa. E i bicchieri tintinnavano, i chicchi d'uva e le fragole e le ostriche e le mandorle salate e i vol-au-vent di aragosta e le barchette di gamberi e le tartine di salmone e caviale e i pâté e le mousse e gli émincé di tonno di fegato di funghetti di filetto passavano tra le teste, su vassoi alti come torrini e pericolosamente pencolanti nella calca, macchiavano le tovaglie verdi decorate da piramidi di orchidee rosa e bianche, finivano schiacciate sul parquet non più lucido, attaccandosi alle palme dei piedi nudi.

C'era un profumo che stordiva i pensieri, annacquava ogni possibile vigilanza, sperdeva, in afrori e turgori e olezzi violenti di fiori tropicali e rari, di pelle umana sudata.

Ci buttammo a capofitto, come un tuffo in un mare di corpi. E ci perdemmo subito, io tirata da qualche mano, da qualche braccio, lui sperso da altre mani, altre braccia. E ci prese la stessa felicità elettrica degli altri, la loro stessa accalorazione. E ballavamo il tamurè e l'hula hula, dondolavamo in onde fluide il bacino e le spalle, senza muovere le gambe, lasciando che la marea ci trasportasse. Era come essere ubriachi e drogati e intontiti eppure così vivi da sentire vivo ogni centimetro di pelle, ogni sbuffo di fiato.

Mi persi, mi spersi, lasciai che mani che non conoscevo mi strizzassero, mi palpeggiassero, mi sfiorassero nella calca. A nessuno importava di nessuno, era la musica e la vita e essere giovani e belli e privilegiati e felici, quello che ballavamo, marea fitta di desideri e di speranze, Forte dei Marmi, 1959, felicità presente.

Alberico mi trovò quando era già passata mezzanotte.

Sentii una presa da padrone, mi guidava con le mani strette alla vita, verso la terrazza sulla spiaggia. Io non potevo nemmeno girarmi, ma non mi importava. Mi bastava quel brivido, il sentimento preciso di appartenergli. E fummo noi due soli nel mondo, dentro quella calca, noi due attaccati come serpi in amore.

Noi due soltanto.

In terrazza, una folla di facce accaldate guardava in su, verso il cielo nero. E all'improvviso uno schizzo lucente tagliò il sipario della notte, vibrando. La vibrazione ci attraversò tutti, poi esplose in una corolla fitta di petali rossi e amaranto e viola e violetto e argento e fucsia. Subito altri proiettili di luce partirono dal buio e si spaccarono in cerchi, cascate, turbini, vortici, mulinelli. Un pulviscolo di scintille ci cadeva addosso, ci zampillava contro una pioggia d'oro e d'argento. Rimbombavano botti. Colpi secchi schiantavano l'aria. E Alberico mi teneva stretta, mi leccava con rapidi sfioramenti la pelle senza difesa della nuca. Diceva il mio nome come se lo respirasse. E io non lo sapevo, ma non sono mai stata felice come in quella notte di incanto e di stravolgimento, su quella terrazza con il mare che ansimava nel buio, ricolmo delle nostre attese.

Poi tornammo tutti dentro, e ci fu un tramestio speciale, a musica spenta. Era il momento del discorso. Ci mettemmo a sedere per terra, ci ammonticchiammo sui divanetti verdi, sulle seggioline rosse, ci impilammo su ginocchia serrate di ragazzi frastornati, incapaci di approfittarne. E aspettammo. Gianmaria salì sul piccolo palcoscenico tappezzato di paglia, urtò la batteria, fece quasi cadere una chitarra. I musicisti stavano impalati, di fianco, contenti di quella pausa. Solo il trombettista ebbe un piccolo sussulto, gli vidi la mano stringersi sul suo strumento. Gianmaria disse poche cose abbastanza stupide, tipo «Divertitevi, spero che vi divertiate, divertiamoci». Ebbe una valanga di applausi, affrettati dalla smania che finisse. E poi la musica ricominciò. Gonnellini di paglia si agitarono in una calca affannata, teste si urtarono, pelle nuda si sfregò a pelle nuda.

E Alberico mi guidò su, verso la balconata, allo stesso modo in cui mi aveva portato verso la terrazza, le mani strette sulla mia vita fragile.

Mi piaceva molto stare appoggiata alla balconata della Capannina e guardare di sotto.

Vedevo la marea della gente che ballava e, dall'alto, mi sentivo curiosamente estranea e autorizzata a giudicare. E anche obbligata a riflettere. Nelle serate normali, sulla balconata c'erano molte coppie e gruppi di amici che cenavano. Ci parevano spaventosamente anziani. Le donne avevano larghi vestiti di seta luccicante, gioielli, corpetti stretti, la pelle dell'interno del braccio cominciava a cedere in brevi sussulti, quando si giravano a prendere le sigarette dalla borsetta, in un gesto che avevano imparato da poco. Gli uomini stavano con la schiena appoggiata alla spalliera, in un atteggiamento finto rilassato, facevano strani cenni al cameriere, finché non portava ancora champagne. Poi fingevano di litigarsi il conto, ma svogliati. Alla fine, lo prendeva l'unico che, fin dall'inizio, aveva deciso di pagare.

La festa era in basso, di sotto. E sulla balconata, in quella sera di mezzo agosto, c'eravamo solo Alberico ed io.

L'eccitazione, la frenesia, l'ubriacatura di corpi e odori e cocktail era rimasta di sotto. Ogni scalino che avevamo salito aveva ritagliato per noi uno spazio fuori dal tempo. E ora eravamo fianco a fianco, i gomiti sulla balaustra di legno a guardare lo sperdimento degli altri. La musica arrivava attutita, un rumore di sottofondo incuneato tra i festoni di fiori, tesi sopra la pista.

«Ti sei divertita?»

«Oh sì, tanto.»

«Allora ti diverti anche senza di me.»

«Ma no.»

«No.»

E mi strusciavo con la testa contro la sua spalla.

E poi parlammo.

Alberico mi fece sedere a un tavolino vuoto, dove stava di solito chi giocava a carte. Si divertì a girare per me dietro il bancone del bar, cercò due bicchieri, li riempì di un liquido come sangue scuro. Me li porse oltre il piano di legno lucido. Era stranissimo e bello essere soli dentro quella confusione pazzesca, tra trecento, quattrocento persone affannate, perse nella smania di non perdere nulla. E noi avevamo tutto, avevamo la pelle d'oca di essere accanto, le mani bollenti per la smania di toccarci, la bocca secca di emozione, le guance rosse di intenzioni non dette. Per la prima volta Alberico mi sembrava fragile, debole. E anche il suo naso da rapace adesso mi commuoveva. E ci sembrò che il nostro amore fosse di carne, vivo e presente in mezzo a noi. Ci sembrò di essere arrivati a destinazione. E, a tratti, ci toccavamo, sfioramenti brevi, saggi di un territorio conosciuto e ignoto, per darci la conferma di essere insieme.

«Come ho fatto a perdere tutto quel tempo?»

«Quale tempo?»

«Il tempo prima di te, amore mio.»

«Hai detto amore mio.»

«Sì.»

«Non me l'avevi mai detto.»

«Ti dispiaceva?»

Ora era intenerito, si piegava verso di me. Mi prese la mano. E percorreva le linee del palmo con le labbra socchiuse.

«Sì.»

E poi fui forte. Dissi che mi dispiaceva tutta la vita che lui aveva fatto prima di me. Tutte le ragazze, il modo in cui usava le persone.

«Ma non conta, ora. Ora ci sei. Io sono cambiato, grazie a te. Adesso, ogni volta che il vecchio Alberico esce fuori lo guardo con un disprezzo che lo atterra. Tu le vedi, le ragazze che mi girano intorno, no?»

Io pensavo a Elena, ma non chiesi nulla. Lasciai che il mio destino mi ingoiasse.

«Prima di te, avrei approfittato. È una cosa da uomo, non so se tu la puoi capire. C'è questa carne che ti mettono davanti come sopra un piatto, e tu ti servi. Ma ora penso a te, penso a te ogni volta che mi vengono intorno, che mi si buttano addosso. Tu magari non ci sei, non è che stiamo sempre insieme. Mia madre si dà da fare a raccoglierle tra le figlie delle sue amiche. Me le porta a casa in confezioni varie.»

Rabbrividivo di terrore retrospettivo.

«Non devi aver paura, Andreana. Io sono tuo. Pensi che vorrei buttar via tutto quello che abbiamo? Sicché puoi stare tranquilla. Vedi» e mi baciava le mani, ogni parola un bacio breve. «Vedi, piccola, io non sono abituato a essere innamorato, non mi sta bene addosso, essere innamorato. Non mi piace nemmeno. No, non ti offendere. Ridammi la mano.»

Gliela ridetti.

«Possibile che tu, che hai ventiquattro anni, sia ancora una bambina piccola? Ti offendi come una bambina piccola. Ma io ti devo spiegare, no? O vuoi che non ti dica nulla? Io sono stato senza dire nulla per tutti questi anni, e, credimi, mi veniva naturale. Perché è una fatica, andare a cercarsi dentro le ragioni e poi cercare le parole per dirle a un altro. Le parole per fargli capire. Non ne vale la pena. Quasi mai. Ma con te, piccola, con te è diverso. Con te non ho voglia di fare altro che parlare. Sì anche fare l'amore, ma quello viene dopo. Non che ne potrei fare a meno, ma è una conseguenza, non una causa. Con te, è come mi si aprisse un rubinetto dentro la gola, e io non sapevo che c'era, capisci? E vengono giù tutte le cose che non ho mai detto, che non sapevo nemmeno di provare. Ma tu non ti spaventare, no, piccola, no. Non ti spaventare.»

Mi stringeva la mano come se potessi scappare, tornare giù nella confusione degli altri.

«Ma lo sai che sei proprio bella?»

E ora mi guardava come una Madonna. Io stavo ferma, non muovevo nemmeno un muscolo, perché non volevo che quel momento infinito finisse.

Poi mi prese il viso tra le mani, piegò la testa. Mi dette un lungo bacio affannato. Io avevo ancora dentro la bocca il sapore di John Albert. Ma ricacciai giù quel pensiero cattivo, lo buttai a capofitto nel caos degli altri. Ballavano come matti, sotto le ghirlande che si disfacevano, in uno sfrigolare di vetri rotti. Camerieri solerti li spazzolavano subito, davanti ai loro piedi nudi.

«Tu la senti mai la fatica di essere amati?»

Si era scostato.

«Lo senti, il peso di essere responsabile per qualcuno? Di doverlo fare felice per forza?»

Tormentava il bicchiere, lo faceva girare in cerchi sempre più stretti, assediati.

«Una ti dice "ti amo" e tu resti schiacciato come se ti fosse cascato addosso un palazzo. Perché adesso sei diventato responsabile di lei, della sua vita. Devi andare da lei, stare con lei, anche se ti fa venire l'urto di vomito. Te la devi portare sempre dietro. E se lei è brava, ti tocca anche sposarla. Dai, non ci restare male...»

Gli occhi mi traboccavano di pianto.

«No, dai. È per farti capire.»

Mi carezzava la guancia, di nuovo sporto verso di me. Rovesciò il bicchiere.

«Non ti riguarda. Non è di te che parlo.»

E poi si alzò, mi venne vicino. Mi staccò dalla sedia e aveva lo sguardo di legno.

«Scendiamo», disse.

Di sotto, gli altri ballavano e si intrecciavano e si mescolavano, ma stanchi, con meno fluidità, meno accaloramento, meno vita. John Albert si materializzò alle mie spalle, mi tirò per una delle mie finte banane, disse «What's the mess?». E frugava con lo sguardo Alberico. Lui fece il suo solito sorriso di condiscendenza, e la rabbia breve di John Albert si dissolse. Elena era seduta su uno dei divani verdi. Teneva le mani sul grembo, la testa appena inclinata, in attesa. I dentini baluginavano dalle labbra rosse, il seno perfetto era una striscia morbida, tra due ghirlande di fiori di seta. La sua esatta bellezza illuminava tutto, era fragile e potentissima. Non si mosse. Fu Alberico che andò a sederle accanto. E le prese la mano.

Poi la festa finì. Raccogliemmo i sandali e i mocassini dal guardaroba improvvisato, da dove Eletta aveva occhieggiato, per tutta la sera, il frutto del suo lavoro da sarta hawaiana. E uscimmo, onde di corpi allacciati, nella luce fredda della mattina presto. Le ultime macchine svicolavano via dal parcheggio, passavano in motorino garzoni e camerieri che entravano in turno negli alberghi. Passò in bicicletta la pescivendola Divia e il suo richiamo ci entrò nelle orecchie come una musica da chiesa, con la stessa capacità ipnotica. Per tornare a casa, dovetti scavalcare il cancello. Avevo perso le chiavi.

Tornammo alla Capannina e ci tornammo ancora. Ascoltammo l'orchestra di Armando Trovajoli, ascoltammo Nini Rosso e Gino Marinucci. Ascoltammo Charles Trenet e Paul Anka e Gilbert Bécaud, ascoltammo i Platters, i Trinidad, Pérez Prado, Maurice Chevalier. John Albert, mentre Paul Anka cantava «You are my destiny», mi sussurrò in un orecchio che era tutta una finta, che la persona di cui parlava la canzone, quella che era il destino, non era la fidanzata: ma la mamma. Io non ci volevo credere.

«Me lo ha detto lui, e si diverte molto dell'equivoco.»

Era plausibile che lo conoscesse, accettai la spiegazione. Ma, mentre cantavo a mezza voce il ritornello, sporgendo inconsapevolmente il collo in avanti, nello stesso movimento che faceva Paul Anka, non ci lessi dentro nessun segnale.

Vedevo Alberico tutte le mattine, nella calma azzurra della spiaggia vuota. E, mattina dopo mattina, aumentava la nostra confidenza, cresceva la mancanza di difese. Affondavamo nella palude delle nostre paure, delle nostre attese, tenendoci per mano. Gli raccontai di mio padre, del disagio con cui andavo alla conceria, del modo in cui mia madre mi sembrava su un altro pianeta. Gli dissi che avevo paura di restare zitella. Non mi importava di mostrargli il mio lato migliore, non pensavo, non calcolavo. Parlavo come se parlassi a me stessa. E lo stesso accadeva a lui.

Gli guardavo il profilo, la piega stretta che certe volte intirizziva le sue labbra sensuali. Stavo dentro il marrone lucente dei suoi occhi. E amavo tutto, ogni infinitesima cellula del suo corpo, ogni minuscola porzione di pelle.

La radice dei suoi capelli e le punte delle sue dita e il suo alluce un po' più lungo delle altre dita dei piedi. E l'ombreggiatura bianca sotto il bracciale di metallo del Rolex; e ciascuno dei peli attorcigliati del suo torace, ognuna delle sue ciglia lunghe, ogni dente, le vertebre, il padiglione del suo orecchio, i peluzzi biondi che ombravano il lobo. E ancora vedo il modo in cui allungava, dalla sua sdraio, la sua bella mano dalle dita eleganti e piene di forza trattenuta verso la mia mano, il modo arreso in cui girava verso di me la sua testa da sparviero. E ancora lo amo, lo amo con tutta la forza serrata dentro il mio corpo morto. Mattina dopo mattina, Alberico affilava le sue parole e le lanciava come coltelli a infilzare il futuro.

Io ci credevo.

«Disturbo?»

Emanuele.

«Ma no.»

«Non mi va di uscire in barca.»

«Neanche a me.»

Cincischia la sabbia, ci fa dentro cerchi sempre più stretti con un bastoncino scheggiato, trovato chissà dove. Poi solleva gli occhi, è un capriolo prima dei cacciatori.

«L'hai detto a nessuno?»

Ci resto male. «Per chi mi hai preso», dico con un tono definitivo.

Continua a cincischiare la sabbia. È così indifeso, così trepido.

Guardo il mare, la scia bianca che trincia l'acqua mentre il Riva parte in un rombo di schizzi e di stridi.

«Tu l'hai letto "Il facocero"? Pensavo che, dato che leggi "Il Gattopardo"...»

È incerto, valuta se posso reggere un argomento differente da scarpe di coccodrillo e sandaletti e Capannina e a chi piace chi.

«Pensavo che leggessi Dino Buzzati.»

«Beh, no.»

«Dovresti. Perché tu sei diversa, Andreana. Tu ci sei arrivata nel mezzo, a scompigliarci i giochi. Guarda che stai combinando un casino», dice con un mezzo sorriso di segreto condiviso.

Io cerco di controllare lo schizzo della testa, cerco di difendermi.

«Ma dai.»

Emanuele adesso è meno esposto, meno vulnerabile. Adesso possiede una frusta, la rotea nell'aria di vetro della mezza mattinata azzurra.

«Non sei solo tu, che sai vedere al buio», dice dopo un po'. Mi squadra.

Forse ci ha visti, forse di mattina in spiaggia. Qualche volta ci siamo baciati. O sulla balconata della Capannina, alla festa di Gianmaria. O perfino, e mi sento male, uscire dal bagno degli ospiti della casa di Elena. O nel buio dell'acqua del bagno di mezzanotte. Poi deve aver deciso che mi ha tenuto sulle spine abbastanza, cambia rapidamente il tono, l'argomento.

«Il facocero è un animale brutto, molto brutto, Andreana.»

Mi parla come se fossi un bambino piccolo che deve essere addormentato.

«Sì.»

«È vecchio, è un vecchio animale brutto che sta in un deserto scavato di termitai. L'hai mai visto, il deserto, Andreana?»

«No.»

«Io sì, lo studio di mio padre ha fatto dei progetti per la Mauritania, ora che la stanno decolonizzando, non lo so come andrà a finire. Loro pensano che i negri ce la faranno da soli, io penso di no. I negri non sanno neanche dove cominciano i loro paesi e dove finiscono, perché i confini li abbiamo fatti noi colonialisti, con la squadra e il righello...»

Volevo sapere del facocero.

«Sì, va bene, il facocero.»

Smorza la sua rabbia giovane. Racconta in fretta, affastella parole e piccoli gesti e rapidi accenni ai movimenti lenti del facocero che muore.

«Gli spara un cacciatore da una macchina, lui vede questa macchina di ferro, non capisce. Viene ferito a una zampa. E allora il facocero» e la voce gli si spezza di compassione «ci ripensa, cambia idea, torna indietro dai suoi compagni facoceri, perché li disprezzava, prima, e se n'era andato.» Fa una pausa, stringe le labbra.

«E poi torna a cercarli, per non morire da solo.»

La morte del facocero ci viene addosso, in questa mattina di splendore, tra i gridi dei bambini sulla riva, i richiami delle tate, lo sciacquettìo di piedi nell'acqua bassa. Ci incrina i pensieri.

«Ma perché ti fa paura, stare solo?»

Si ritrae.

«Perché *vuoi* stare solo, Emanuele?» Parlo piano. Ma non mi dà margine, non si lascia penetrare. Distoglie lo sguardo in un modo plateale, più eloquente di un grido.

La spiaggia ci riempie della sua luce di cristallo e di azzurro, delle voci, di quel senso magico di attesa che abita tutte le spiagge, nella mattina di una giornata meravigliosa.

«Ma lo vedi come è bello?»

Muove il mento verso l'incanto del mare. E subito è un altro Emanuele.

«Che fai?»

«Nulla.»

«Cantavi.»

«Sai quando ti ho visto, per la prima volta?»

Adesso mi prende la dolcezza del ricordare, quell'intenerimento del passato che fa sentire vecchi quando si è giovani. E ci si può giocare, come con uno yo-yo.

«Quando?»

«Ballavi con Marina "Guarda che luna", al bar, e Maia si arrabbiò e venne a spengere il juke-box.»

È già in piedi, è di nuovo un altro, pazzo quanto Bubi. Mi strappa dalla sdraio, mi agguanta alla vita, canticchia «*Guarda che luna guarda che mare In questa notte senza te vorrei morire Guarda che luna Guarda che mare*». Mi piega, mi rovescia la testa. E ride, è eccitato, e si è dimenticato di tutto, di tutta la malinconia, di tutta la paura, di tutto quel puro terrore di non restare giovane per sempre.

Dalla tenda dei Sangermano arriva una specie di ululato, Bubi ci corre incontro, si tira dietro Marina. Poi la allaccia con un rapido gesto da proprietario, e ora ballano insieme a noi. Cantiamo a squarciagola, come pazzi, ci pare che ci sia solo quello, solo la nostra pazzia, e il mondo su un vassoio: a disposizione. I bambini ci vengono addosso, saltano, ci tirano, si appendono alle nostre gambe. E le tate dietro, di corsa, con richiami storditi, a cui non credono nemmeno loro. Come è bello ballare senza musica la musica dei nostri corpi, delle braccia, delle schiene, delle gambe, ballare la bocca che si cerca, ballare la pelle che luccica, le dita che sfiorano, ballare la sabbia che scotta, l'acqua che accarezza la spiaggia. Ballare tutto il tempo che abbiamo davanti, tutto il tempo di meraviglie che ci aspetta, in questa mattina che scintilla, in questo sole che brucia, in questa luce che ci abbaglia, Forte dei Marmi, 1959, futuro che dardeggia.

È dopo, quando stiamo stesi sulla riva a farci lambire dall'acqua, su e giù, su e giù, come una culla che dondola, su e giù, su e giù, come una carne che muove un'altra carne. È dopo che Emanuele si gira verso di me e dalla distanza dell'acqua, in cerchi lenti e bianchi, che ci separa, urla «Guarda che era Bubi, quello che hai visto, non ero io. Solo Bubi si mette a ballare davanti a un jukebox». E gli sento nel tono come uno sfrigolìo di scherno.

Non mi diverto più.

Alle una, quando loro andavano a fare il bagno, li salutai e andai dal parrucchiere.

Alberico non era ancora tornato.

Mi piaceva andare dalla Rosy, era un posto di pace. Entravo e lo stanzone era quasi vuoto, e c'era sempre una delle ragazzine che spazzava via ciocche di capelli tagliati da poco, con rapidi colpi che mettevano in ordine il mondo. La Rosy era un donnone con mani enormi, aggiustava il casco sulla testa con circospezione, più per la paura di guastarlo lei, con le sue manone, che per proteggere le clienti. C'erano copie stropicciate da troppe mani di «Grazia» e «Annabella», e anche, ma nascosti, parecchi numeri di «Grand Hotel» e «Bolero», macchiati di larghe gocce di tinta da colorazione. Certe volte, ci trovavo dentro ciocche di capelli, schiacciate tra le pagine. I caschi rombavano come aerei al decollo e si portavano via tutti i pensieri. Non avevo bisogno del parrucchiere, portavo i capelli corti, divisi da una riga di lato, ricci piccoli e scomposti, inadeguati come me alle pettinature complicate delle altre. Le sedie erano di finta pelle, e c'era, appeso davanti ogni sedia, uno specchietto minuscolo, in una cornice dorata, e una spazzola e un pettine e forbici luccicanti, su una minuscola consolle di vetro con le gambe d'oro. Tutto era trasparente, esile. E c'era un sentimento come di equilibrio miracoloso, di misteriosa armonia. La sensazione precisa che solo lì, in quella pace rumorosa, le cose andassero come dovevano andare.

Mentre ero sotto il casco, la testa irta di bigodini duri, «Grazia» aperta sui consigli della Signora Quickly, «Fino a dove mi posso spingere, con il mio fidanzato?», «Non cedere, figlia mia, la purezza è il tuo tesoro. Devi resistere con fermezza a quello che lui chiede. E se si sfoga un po' prima del matrimonio, la vostra sarà poi vera serenità», e mi aveva preso uno sbocco di paura, entrò la mamma di Albarosa. Era tutta trionfante, eccitata, si guardava intorno con rapidi giri d'occhi.

«La marchesa di Sangermano non è ancora arrivata?»

«Silia, prendi subito la pegnuarre per la signora Tessari, si accomodi si accomodi» diceva Rosy, e la madre di Albarosa riverberava dello splendore riflesso della marchesa in arrivo.

«Marchesa marchesa si sieda, si accomodi presto bambine presto cosa posso fare per lei che onore che onore marchesa che onore.»

La madre di Alberico lasciava fare, con un atteggiamento condiscendente, da regina democratica. Rosy in persona le lavò i capelli, nello sgabuzzino nascosto dietro il paravento, sul lavatesta di plastica nera scheggiata. Ma, prima che la testa specialissima della signora marchesa vi si appoggiasse come tutte, aveva passato in fretta la mano, a lavar via i capelli altrui, le gore di schiuma secca.

«Sta comoda signora marchesa, sta comoda?»

Distinguevo le gambe, lunghe sotto il caftano color arancio. La linea armoniosa delle braccia. E pensavo al suo segreto. Pensavo a quelle cosce nude, al padre di Alberico che le comprava con un gioiello, al tono che adesso la madre di Alberico si dava. Per lei era un lavoro. Ma non è così per quasi tutti?

Maschere intirizzite nel teatro dei giorni. Mi guardavo dentro il minuscolo specchio ovale e mi dispiaceva tutto di me. La faccia mi sembrava larga e vuota, ora che avevo i capelli tirati nei bigodini, gli occhi stretti, lunghi, le ciglia sfrangiate in un modo ridicolo, la bocca troppo gonfia, il naso troppo piccolo. E non mi trovavo nel viso nemmeno un particolare minimo che potesse autorizzarmi a sperare di fare come le bellezze che si erano sistemate su su nella scala del mondo. Provavo l'impulso di scostare da sola il casco, sfilar via la testa, e sparire. Ci misi anche sopra la mano. La tirai via di scatto.

«Che serve qualche cosa, signorina?»

Mi vergognai che non mi avessero chiamato per nome.

Mentre una delle aiutanti di Rosy mi pettinava, e tirava forte con il pettine i riccioli venuti troppo fitti, sentii la madre di Albarosa che diceva a voce esageratamente alta qualcosa con la parola «ballo». Il resto se lo portò via il rumore dei caschi che ora rombavano, in una massa compatta di teste impettite.

Gino tornava regolarmente, come gli incubi. Aveva finito quella sua vacanza da povero, nella stanza a pensione di piazza Marconi. Si era lasciato dietro le carte unte degli arancini fritti, stritolate di nascosto nel secchio della spazzatura, quando la signora Ersilia non vedeva. Una gruccia stortata da tre paia di pantaloni di lana estiva da poco prezzo, che teneva un caldo infame. Era passato a salutare, aveva parcheggiato la sua Seicento discosta dal nostro muretto di mattoni rossi. Dino lo aveva fatto aspettare a lungo, prima di degnarsi di aprirgli il cancello. Era entrato, ma era meno timido, meno incerto delle prime volte. Camminava forte di una sicurezza conquistata sul campo. Mi aveva preso la mano, l'aveva scossa due o tre volte, con intensità. Lui non sapeva nulla, di baciamano. Aveva chiesto se mi poteva rivedere.

«Ma certo ragioniere, la torni quando la vole», aveva detto mia madre, tutta sollevata che un pezzo del mondo sicuro di Santa Croce le si scodellasse davanti di nuovo, come un buon sapore che si conosce. E io avevo articolato con attenzione un «Con molto piacere», spezzettato di pause a macchinetta.

Ma era tornato, purtroppo. Era tornato almeno una volta a settimana, anche due. Me lo trovavo davanti quando andavo a comprare «Bolero» dal tabaccaio Lauro, quando portavo la bici a rimettere la catena dal biciclettaio Oreste, quando scendevo in strada per scegliere il pesce, e mi chinavo sul cestino sbilenco, legato al manubrio della bicicletta della pescivendola Divia. In spiaggia, si materializzava dalla caligine nelle ore più imprevedibili. Si metteva diritto al sole, la sua ombra grossa ridotta a un'orma nel furore del mezzogiorno. Oppure compariva verso il tramonto, salendo non so da dove, forse dai Bagni Milvia, confinanti con il loro carico di persone comuni. Lo rivedo mentre si avvicina, vedo i suoi piedi goffi pestare la sabbia, la canottiera bianca, la giacchetta sul braccio, penzoloni. Lo vedo puntare verso di me, un passo dopo l'altro. E anche adesso, che è passato tanto tempo, io sento di nuovo lo spasimo di ansia che mi prendeva, mentre misuravo la distanza che ancora ci separava. Mi pareva che un macigno mi rotolasse contro, e avrebbe seppellito tutto, schiacciato tutto, sommerso la mia nuova vita. E era lui quel macigno.

Facevo finta di leggere. E mi commuove la testina piegata sulle pagine colorate, su fotografie che non riesco a discernere, perché se le mangia la grossa ombra che incombe. Sempre più vicina, sempre più breve. Eccola. È qui.

«Signorina Andreana.»

Perché non mi alzavo, perché non dicevo « Mi scusi, devo andare, mi aspettano», perché permettevo a Gino, e alla vecchia vita che era Gino, di riprendermi, di soffocarmi? Perché ci possiede, talvolta, come una smania di fare il nostro male, di offrirci al colpo che ci staccherà la testa?

Mi toccava intavolare una conversazione minima, rintanata in argomenti neutri: il tempo, il caldo, il traffico che aveva trovato a venire, che avrebbe trovato a tornare. Mi guardava. Mi guardava e io distoglievo lo sguardo. Quando se ne andava, mi pareva di uscire di prigione.

Ne avevo parlato con Emanuele un'altra volta, a Emanuele non sfuggiva mai nulla. Aveva detto di nuovo che Gino era innamorato perso, che avrei dovuto metterlo almeno sull'avviso.

«Sull'avviso di che?»

«Sull'avviso.»

Un pomeriggio, eravamo ai go-kart. Albarosa ci aveva guardato spersa, dal bordo pista, mentre correvamo come pazzi nella polvere e Marina sventolava come una bandiera una gamba nuda, fuori dal telaio. Muzio si abbatté su una delle squallide seggioline di plastica a trecce, con i braccioli di metallo arrugginito e quasi la sfondò. Disse che arrivava John Albert, che aveva organizzato al Chiuhahua una serata da maschi.

«Cosa è una serata da maschi» si lamentava Albarosa, con la sua vocina indispettita da quel pomeriggio di obbedienza coatta.

«Scemetti, è una cosa dove il lupo mangia Cappuccetto Rosso, hai capito?» la canzonò Bubi. Con un'ombra nuova, come di affetto, nella voce.

«È uno spogliarello con prostitute» disse secca Giovannella.

Emanuele saltò su come se l'avesse punto.

«Eh no, non mi dire che Jimmie Jimmie è una prostituta. È molto peggio, molto peggio. Le prostitute sono povere ragazze sfruttate, vendono quello che hanno per mangiare. Jimmie Jimmie guadagna quello che vuole, non si fa usare da nessuno, ha lei, il potere. Non ne ha bisogno ma si spoglia e fa le cose da maiali. È peggio, molto peggio.»

Io scambiai con Emanuele una occhiata involontaria. Arrossì.

«Posso venire?» insistette Albarosa.

«Senti cretina lo sai cosa vuol dire maschi, lo sai? Ce l'hai, il pisello?»

Muzio si era alzato, faceva roteare la sedia su cui lei era seduta, a destra e a sinistra, come una trottola.

«Piantala.»

Bubi, serio all'improvviso. Muzio smise.

Non mi mancava per nulla John Albert. Era un accessorio. Tutto il mobilio della mia vita, in quell'estate, era Alberico, il petto di Alberico, le mani di Alberico, la bocca di Alberico, il suo respiro sul mio seno nudo. Avevamo fatto l'amore altre tre volte, in momenti rubati e stravolgenti, che ci rintoccavano in cuore come campane, per tutti i giorni che separavano ognuno dei nostri incontri da ladri. John Albert era solo stordimento di baci, e carezze affrettate nell'incavo del reggiseno. Le mutandine no, non gliele facevo toccare. Gli fermavo la mano, lui rideva dentro la notte, dentro la sua Ferrari. Andava e partiva, senza dare spiegazioni. Ero sicura che baciasse Marina come baciava me, o forse baciava Isabella Orsi Migliani o Marité di Boulle, o una di quelle che chiamava «beauties», alla maniera di New York. Le caricava sulla Ferrari come bagagli, strappandole dai tavoli dell'aperitivo in Capannina. Ogni tanto, lui e Alberico se ne andavano via, loro soli, sulla Mg, senza dare spiegazioni. Li vedevo sparire, nell'orizzonte lungo del viale Franceschi e poi del viale Italico, su, verso Vittoria Apuana, verso i Ronchi, Marina di Massa, Marina di Carrara. Immaginavo le loro teste una di fronte all'altra, la Mg parcheggiata con il muso tra gli olivi, il fumo alonato delle sigarette, nella prima ombra della sera. E non mi riusciva di figurarmi che cosa si potessero dire.

«Si va?» chiese Muzio. Non era capace di assumersi in proprio nemmeno la minima scelta.

«Claro che sì» disse Bubi.

Alberico mi cercava con gli occhi, mi fece un sorriso di rassicurazione.

Ero passata solo una volta davanti al Chiuhahua. Un capanno subito davanti alla spiaggia. Muri bianchi sbreccati e alti cartelloni illuminati, con il nome degli artisti che lampeggiava sul tetto di lamiera. E coroncine e ghirlande di neon, come in una sagra di paese, appese alle porte e alle finestre con le persiane rosse aperte. Era pomeriggio, non c'era nemmeno una macchina nel parcheggio largo, davanti all'ingresso. Una donna, con una vestaglietta corta sulle gambe grosse, passava uno straccio sui vetri. Non c'era niente di peccaminoso, niente che potesse almeno evocare la promessa dell'insegna: «Sexy show». Mi immaginavo gli industriali, gli architetti, i gioiellieri, i venditori di televisori e lavatrici e frigoriferi e automobili e mobili moderni e mobili antichi, tutta la massa compatta dei ricchi appena diventati ricchi, che si pigiava nello spazio compresso sotto quel tetto bollente, doveva esserci un caldo insopportabile. Le loro facce che colavano grasso e umidore, mentre le ballerine si spogliavano nude. Le mani passate sulla fronte, sui capelli radi. Le camicie slacciate, le cravatte infilate dentro le tasche della giacca, appesa con attenzione alla spalliera, perché non prendesse grinze, mentre con gli occhi non mollavano la carne sul palcoscenico. Quel dimenarsi, quello scuotimento, quei seni ballonzolanti con il capezzolo coperto da un bottone di paillettes. E le mogli a casa, o alla Bussola, o alla Capannina, o al Principe di

Piemonte, o al Bar Torino o al Caffè Versilia, sedute tutte atticciate, con i loro gioielli, i loro scolli, i loro scialli, le loro pettinature alte come torrini, le mani un po' macchiate, e sigarette nervose dentro i portacenere, e sguardi obliqui al sedere del cameriere. Sapevano tutto e facevano finta di non immaginarsi nulla. Perché così va la vita, in certe case, in certe coppie, in certi amori. Ciascuno può esercitare i suoi vizi senza doversene vergognare, il dolore dorme se la colpa non è vestita di parole.

Andarono al Chiuhahua in un gruppo luminoso di macchine accostate: la Ferrari di John Albert, la Porsche di Bubi, la Maserati di Gianmaria, la Giulietta Sprint di Emanuele e la macchia nera e tronfia della Lancia Aurelia B12 di Muzio, e l'Mg di Alberico.

Ognuno solo dentro la sua macchina, come un soldato a cavallo.

Noi andammo al cinema Impero a vedere «Tempi duri per i vampiri». Lia Zoppelli aveva i capelli imbalsamati e la faccia schizzinosa, come la madre di Albarosa, Sylva Koscina assomigliava a Elena. Renato Rascel correva come un moscerino buffo per corridoi lunghi di castelli finto medievali, inseguito da lenzuoli con gli occhi. Ma non mi riusciva di ridere. I sedili di legno a doghe sottili ci rigavano le cosce, sotto la gonna. Albarosa mangiava con determinazione semi di zucca, sputava la buccia dentro la manina a pugno, come se sua madre la potesse vedere. Giovannella guardava il film sbuffando di fastidio. Invece Marina rideva, circonfusa dalla sua solita allegria senza ripensamenti. All'intervallo si alzò, ma prima si era sporta verso di me.

«Lo vedi quello?»

Era uno che veniva sempre in Capannina, alto, piuttosto bello.

«Mi faccio offrire due Coca.»

E infatti tornò a braccetto con lui, che si chiamava Piero Algranti Scotti. E poi si mise a sedere accanto a lei. E mi pareva che si sfiorassero nel buio.

Scesero. Le luci delle insegne schiarivano la notte, la penetravano di fremiti. La porta larga di vetro era spalancata come una bocca. File e file di macchine bloccavano tutti gli accessi, come guardie da superare. C'erano Lancia, Appia, Alfa Romeo Spider, Giuliette Sprint, e Maserati e Triumph e Porsche e Millequattro, Millecento e Mercedes 300 SL Roadster e Aurelie B20 e Alfa Romeo 2000, e poche Seicento. Parcheggiatori nani, con il cappellino bianco da finto marinaio e giacchette strette blu e bianche si agitavano tra i cofani e le bauliere, spingevano, berciavano, gesticolavano. Il sudore correva sotto la giacca in rivoletti spessi, sulle loro povere schiene di vinti. Ma non si davano pace: era la loro ora da generali.

E dunque scesero, giovani corpi di animali giovani, che seguono una pista di carne. Entrarono. Con le loro camicie bianche e le cravatte strette e i pantaloni blu di lino, di cotone makò delle Americhe; e le maglie a polo di seta lavorata a maglina con la nuovissima filanca, a minuscole righe eleganti; e i blazer blu con i bottoni d'oro. Il nome di Jimmie Jimmie dardeggiava sopra le loro teste come una promessa.

Era una serata privata. Un certo Ottaviani, amico di John Albert, festeggiava il suo addio al celibato. John Albert era tra quelli che gliel'avevano organizzato. Gli piaceva buttarsi a capofitto dentro imprese stupide, era come se avesse un'anima doppia, le imprese idiote lo riposavano dalla fatica di cambiare il mondo.

Entrarono spingendosi, dandosi pacche, e pugni sugli avambracci e sul petto. Ciascuno camminava il suo essere maschio e si ferrava. A ciascuno, sussultava in fondo ai pensieri un timore vago e innominabile, l'obbligo di essere all'altezza, di esibire la dose adeguata di virilità richiesta.

C'era fumo, odore denso di attesa. Camerieri vestiti di nero, con papillon rossi, passavano svelti. Sui tavoli c'erano secchielli lucenti con dentro bottiglie aperte di champagne, e foreste di bicchieri con la roba più forte che si poteva ordinare: rum e tequila e whisky invecchiato e vodka in esili pissidi ghiacce. Ci stavano seduti decine e decine di maschi uguali a loro, con le stesse camicie bianche, le stesse cravatte strette, gli stessi pantaloni blu di lino, gli stessi blazer blu con i bottoni d'oro. Ciascuno si specchiava nell'altro, e subito si voltava per non vedersi. C'erano saluti da maschi, abbracci forti ma rapidi da maschi. Tensione. E muscoli e peli di petto di uomo che occhieggiavano da colletti già slacciati, per il caldo e per l'attesa. Ragazze sedevano loro sulle ginocchia. Ragazze si appoggiavano al loro petto chiedendo da bere. Ragazze infilavano le dita lunghe dentro l'apertura tra un bottone e l'altro, dentro l'orlo del collo delle camicie già stazzonate, in quell'attesa insieme snervante e fascinante, prolungabile all'infinito, come il piacere lungo di un far l'amore lento. Ragazze con lunghi capelli neri, corti capelli color mosto, castagna, pepe, notte, ragazze con lunghi capelli biondo oro, biondo cenere, biondo miele. Ragazze con la gonna larga già sollevata, e non se ne curavano. Ragazze con lunghe gambe abbronzate allacciate ai pantaloni dei maschi. E ciascuno di loro aveva quell'aria beota, istupidita, che hanno gli uomini quando si lasciano fare. Le ragazze, dopo, ne avrebbero riso tra loro, avrebbero riso di quella storditaggine. E avrebbero confrontato le mance infilate negli slip di pizzo nero, nel reggiseno nero bordato di trine rosse da poco prezzo. Facendo finta di ridere, per aggiustare la malinconia.

Saliva odore di sesso.

Di colpo, l'orchestra di Vico Ceragioli rullò i tamburi e sul palcoscenico entrarono, dondolando come campane, tre grasse donne nere, montagne di carne vestita di chiffon rosso. Cominciarono a cantare una nenia istupidente e ipnotica e intanto dondolavano. A tratti, per far risaltare il ritornello che usciva in vocali lunghe e modulate dal loro petto largo, le tre matrone nere si mettevano di profilo, si prendevano per le spalle e ancheggiavano facendo un trenino. E c'era, in quel movimento greve eppure sinuoso, un richiamo erotico che era impossibile non sentire.

Stettero zitti e il silenzio si infilò in ogni pertugio e ne prese possesso. Separò gambe che restarono intrecciate, ma adesso erano distanti, bocche esperte e mani esperte da pelle di uomini in libera uscita.

Le Swan Sisters cantavano.

E poi, di colpo, smisero di ancheggiare, di toccarsi, esalarono un gorgheggio lungo, da galline strozzate, e sparirono nelle quinte. E mentre gli uomini giovani si riprendevano e si scuotevano e si rimpossessavano di bicchieri e delle mani e delle bocche che armeggiassero con loro e su di loro, l'orchestra di nuovo rullò i tamburi. Sapeva di Africa. E uscì, violenta, forte, feroce, e nuda, quasi, Jimmie Jimmie, con la sua pelle nera lucidata da olio di oliva di Lucca, e una lunga collana sul seno diritto da dea Uruti. Cominciò il suo numero girandosi di spalle, dimenandosi in una oscillazione che intontiva. Dalla calca dei giovani maschi si levò un coro lento, e poi sempre più accanito, veloce, affannato: oh oh oh oh oh oh oh oh. A ogni rullo di tamburo, a ogni sculettamento. Alla fine si girò, con un sorriso da donna che ha vinto. Scese dal piccolo palcoscenico, ondeggiando i fianchi e il seno e le spalle. Cominciò a girare tra i tavoli. Si metteva a sedere sulle ginocchia degli spettatori, le ragazze si scansavano deferenti, svelte le facevano posto. E succhiava lei, con la lingua di un rosa osceno, la carne del collo, dello sterno, slacciava in fretta i bottoni per trovare il tepore dello stomaco, la rientranza dell'ombelico. Infilava svelta la mano giù, giù, dentro i pantaloni bianchi. La tirava via con un ghigno, si alzava. Sui tavoli, sulle teste, sulle schiene, passava un'onda viva di desiderio e di obnubilamento. E lei si spostava da un tavolo all'altro, da un giovane uomo all'altro, seguendo impulsi decisi sul momento, per come uno sguardo la colpiva, per come una mano la allacciava. E certe volte, senza preavviso, si scuoteva tutta e scivolava via come una serpe da una mano che la abbrancava, e girava la testa in un movimento rapido, veloce, di diniego, fortuna che sfiora e che abbandona. E c'era un palpito e un sussulto e eccitazione vera e vero turbamento in ognuno di quei corpi giovani che a questo si erano preparati, che questo erano venuti a prendere. Jimmie Jimmie ne baciava qualcuno a caso, sulla bocca, e si strusciava tutta. Prima di abbandonare il campo, controllava con la mano se aveva vinto, e di quanto. E i giovani uomini erano spaventati e conquistati e arresi. Avrebbero pagato qualunque cosa, per possedere quel corpo di femmina. Non perché era bella, non era bella. Ma era donna, purissimo odore di donna, pura femmina da sverginare, da sbattere, da infilzare.

E intanto cantava. Aveva una voce aspra, che arrotava la gola e entrava sotto la pelle. A fine serata, avrebbe scelto due uomini, tre. Avrebbe sussurrato l'indirizzo del cottage sulla spiaggia dove si era fatta alloggiare. E gli uomini ci sarebbero andati, nel pomeriggio del giorno dopo, e avrebbero fatto l'amore. Lei avrebbe detto che, senza far l'amore con due uomini differenti ogni giorno, non avrebbe potuto cantare. E alla fine della stagione, quando sarebbe ritornata al Crazy

Horse, a Pigalle, al Number One di Soho, avrebbe avuto voglia di pantofole e latte caldo. La recita che l'aveva fatta ricca e stella dei locali di strip-tease forse le sarebbe pesata addosso come una pietra. Ma avrebbe continuato, perché ciascuno ha il suo personaggio, e la commedia deve arrivare in fondo.

E poi se ne andò.

Sgusciò via dai tavoli e poi dal palcoscenico, uscì parecchie volte chiamata da applausi frenetici. Dondolava il seno, dimenava i fianchi, ma con una breve stanchezza. E poi non uscì più. L'orchestra ricominciò a suonare. «Notte lunga notte», «The millionaire» di Pérez Prado e «Oh Lola» di Mario Petri, «Ya ya» di Johnny Restivo e «Forty Days» di Ronnie Hawkins e «Venus» di Los Chakachas. Le ragazze fecero alzare i giovani uomini, si strusciavano, si appiccicavano, strofinavano il seno e l'incavo del bacino all'inforcatura delle cosce contro il rigonfiamento dei loro pantaloni. Dicevano complimenti e apprezzamenti e parole intinte di volgarità e continuavano a sfregarsi. E c'era sesso in ogni minuscola cellula di ogni corpo, sesso dentro l'aria spessa di fumo, sesso nei bicchieri abbandonati e ripresi a caso, chi se ne frega. Sesso sulle giacche spiegazzate dei camerieri, nei loro gesti allentati, sesso nelle trombe degli orchestrali, nel sudore che correva a rivoli giù dalle loro facce rosse. Il festeggiato Ottaviani urlò che bisognava brindare. Si alzò una ragazza.

Era alta come un uomo: di più. Aveva una bella faccia pulita e tuttavia intorbidata da una bocca con labbra troppo gonfie. «Bocchinara» sussurrò Muzio, all'orecchio di Emanuele, scansando il petto della ragazza che gli sedeva addosso. Emanuele si scostò violentemente. Era straniera. Parlava con un accento da americana, era una trovata di John Albert. Disse che bisognava bere in un certo modo, che era la regola. Tutti i giovani corpi di uomini giovani riverberarono la sua presenza. Lei diventò una statua, una dea a cui obbedire. Stavano attenti, muti, percorsi da una vibrazione irresistibile, dal sentimento del peccato finalmente raggiunto. Erano eccitati, concentrati nella loro eccitazione. Lei disse che bisognava bere senza bicchieri. «No bicchiere» disse, e muoveva un ditino in una oscillazione morbida, da bambina che fa le porcherie. Per tutti quei maschi, la ragazza alta era irresistibile. Risuonava dentro il sesso di ciascuno di loro, liberava tensioni e paure e sbigottimenti e terrori e li scioglieva nel burro della sua carne offerta, nelle mossette da bambina arresa. Raggiungeva e penetrava e infilava il loro essere maschi, era l'uomo che li prendeva. Era peccato puro.

La ragazza alta come una colonna andò verso il palcoscenico.

L'orchestra aveva smesso di suonare, il direttore fece un gestaccio. Ricominciarono.

«Late last night» di Paul Anka. La ragazza aveva un tubino nero, alti tacchi su décolleté incongrue di coccodrillo. E calze, nonostante il caldo. Mosse le gambe a ritmo, fece qualche passo. La pelle chiara rifletteva la luce dell'occhio di bue che l'attrezzista le sparava addosso, seguendola come un cane al guinzaglio. Avanzò verso i tavoli della prima fila, ne scelse uno, scelse un giovane uomo attento. Alberico. Si chinò davanti a lui, ondeggiava il seno molle contro il suo viso fermo. Si girò di scatto, seguendo un giro di musica. Mostrò la schiena. Gli fece capire che doveva tirar giù la lampo. Alberico deve averlo fatto con calma, senza fretta, esercitando la distanza dalla vita che gli apparteneva ogni volta che non eravamo insieme. Il vestitino nero deve essere scivolato giù dalle spalle, giù sui fianchi, sulle gambe. La ragazza deve averlo saltato via con un piccolo salto. O forse l'ha raccolto, l'ha gettato a qualcuno dei tavoli laggiù, verso il fondo. Forse l'ha preso Muzio, forse l'ha annusato. E ora, la ragazza era quasi nuda: il reggiseno nero, gli slippini neri, e le calze e le giarrettiere. Le scarpe di coccodrillo nero, da animale feroce. Muoveva le gambe allargandole e chiudendole, davanti alle facce protese dei giovani uomini che si agitavano ai tavoli. Si era fermato il tempo dentro lo stanzone con il tetto di lamiera, faceva troppo caldo, troppo caldo. E c'era troppo sudore, troppa aria spessa, troppo desiderio con i denti spalancati. La ragazza socchiudeva le labbra, piegava il collo. Infilava due dita dentro l'orlo degli slip e subito le ritraeva. Si toccava con la mano la pelle del seno, sbertucciava la coppa di pizzo. E alla fine agguantò un capezzolo e lo mostrava, stretto tra le dita magre. Gli uomini la bevevano, la succhiavano. Erano frastornati e devastati e stanchi. Lei si girò di scatto, allungò le mani. Sganciò il reggiseno. Poi si girò, lo sfilava con una lentezza esasperante, fingeva di toglierselo, e poi se lo rimetteva. Lo stanzone era un respiro solo, fondo. Se lo tolse. Lo sventolò come una bandiera, l'orchestra rullò tamburi che non c'erano, nella canzone. Il reggiseno volò via come un uccello pieno di vento. Poi le calze. Le slacciava chinando la schiena nuda, muovendo il seno di panna. Le arrotolava, ma lentamente, con uno strazio infinito. Giù, appena giù, sulla coscia, poi il ginocchio, la rotula, il morbidore del polpaccio, la caviglia. Il tallone. Sulla punta del piede, la calza era un rotolo grosso, attorcigliato, nero. La tolse con un gesto rapidissimo. E poi l'altra calza. Giù, appena giù, sulla coscia, poi il ginocchio, la rotula, il morbidore del polpaccio, la caviglia. Il tallone. Sulla punta del piede, la calza era un rotolo grosso, attorcigliato, nero. Volò via, su facce tese, attonite, spaurite.

Come inquieta e attira e sballa questa carne bianca svelata, l'ombreggiatura che traluce dal pizzo dello slip e la manina che ci gioca, e tira e abbassa e spinge il dito dove non dovrebbe.

E alla fine lo slip scivola giù: ma rapido. E lei è nuda.

«No bicchiere, no bicchiere.» Un cameriere con la faccia impallidita arriva con una bottiglia di champagne. La stappa mentre monta un ululato un boato un tramestio e le sedie si spostano, si aggrovigliano, si ammonticchiano. Le ragazze comprate per la serata sono spinte via ma ridono contente e anche loro si alzano e corrono verso il palcoscenico. Dove c'è la ragazza nuda. E il cameriere versa lo champagne sulla testa bionda, lo champagne cola lungo le righe del viso, sugli occhi chiusi, mentre lei si dimena. Cola sulla bocca dischiusa. Una punta rossa di lingua rossa guizza e balena. E lecca. Lo champagne corre giù, in rivoli e ruscelli e fili esili di liquido trasparente. Giù sulla clavicola, sul capezzolo, giù sul rigonfiamento della pancia, sulla piega dei fianchi, giù dentro l'ombelico che si riempie e trabocca, giù sul triangolo del pube scuro, giù per le cosce bianche. È da lì che bisogna bere.

La ragazza fa un cenno, mima il gesto. E il festeggiato, che è già sopra di lei, è il primo che beve quell'oro che cola dal sesso di lei, e lo succhia beato, e lecca le sgorature sulle cosce. E dopo, dopo molti minuti, è Muzio che, appena Ottaviani si scosta per riprendere fiato, si mette al suo posto, con la faccia laida protesa. E mentre la ragazza strilla, strilli acuti e divertiti e professionali, a ogni bottiglia ghiaccia che adesso tanti maschi giovani le versano addosso, in un arraffare di mani e di bocche e di braccia che si scansano e si allacciano e tirano e spingono, Emanuele indietreggia, perché non può sopportare quello scempio. E Bubi si fa strada nella muraglia di corpi e beve anche lui, Gianmaria lo sposta. E leccano insieme le cosce, una coscia per uno. John Albert e Alberico sono rimasti seduti, gli unici seduti.

Guardano da lontano, privi di stupore, e freddi. Ogni tanto, parlano tra loro. John Albert piega la testa verso Alberico, Alberico si gira per sentirlo meglio. E chissà cosa si dicono, in quella notte di stravolgimento e di libera uscita, Forte dei Marmi, 1959, e carne che fibrilla.

Poi finì. Uscirono che era l'alba. I giardinieri del comune annaffiavano le aiuole di petunie rosse. Jimmie Jimmie dormiva buttata sul letto del camerino, nuda. Le Swan Sisters erano già in albergo, e una scriveva al nipotino a New Orleans. Loro trovarono a tastoni le loro macchine, erano troppo ubriachi. I parcheggiatori li aiutarono a mettersi a sedere, accesero i fari, chiusero le portiere, con giri brevi di maniglie a punta. E andavano in fila, accostati e lenti: come soldati dopo la battaglia.

Capitolo 12

Sono davanti al cancello. La macchinetta scalcagnata è densa dei loro fiati. Il cancello è di legno, mangiato di tempo. Odore di muffa, di umido, di stanze chiuse, di pioggia che non ha lavato nulla.

La via è buia. Silenzio immobile. Gore di luce gialla alonano di chiaro, a tratti, l'asfalto. Se ci fosse brezza, i lampioni arrugginiti suonerebbero di parti metalliche ciondolanti, che forse si staccheranno. Cadranno.

Filippo ha in tasca la chiave.

«Ti dispiace se ci fermiamo un momento?»

Saskia ha guidato tutta concentrata lungo i saliscendi delle colline e poi per il nastro nero della autostrada che spacca la linea dei monti della Versilia. Filippo pensa: ora ti bacio, fermo la macchina e ti bacio. Bacio il modo in cui ti tieni i capelli tirati sulla nuca, il modo in cui drizzi il tuo collo delicato nello sforzo di penetrare la notte, queste strisce lunghe di buio tranquillo. Bacio il modo in cui alzi i gomiti a triangolo, quando mi guardi con i tuoi occhi senza riparo, la piega che ti ombreggia l'angolo della bocca, il lobo morbido del tuo piccolo orecchio.

Sono usciti dalla autostrada davanti a un casolare trasformato in discoteca. Ragazzi come loro aspettavano fuori che fosse abbastanza cresciuta la notte. Da vicino, avevano maglie differenti, facce differenti, scarpe differenti. Musica a volume molto alto usciva dagli sportelli spalancati delle loro macchine grosse, ci stavano appoggiati contro per non cadere.

Non sa perché è venuto lì, ci sono venuti i suoi pensieri, hanno camminato da sé. Non sa che il disegno dell'intero si sta componendo lentamente.

Ora è sceso.

La macchinetta bianca è un salvagente nel buio.

Apre il battente di legno scheggiato, ammuffito sui lati e sul fondo. La casa è chiusa da molto tempo, si ricorda di estati passate da bambino a nascondersi nel giardino troppo grande per le sue gambette corte. Si ricorda la nonna in piedi contro il bordo della piscina, nel frastuono di cicale esagerate. Lo condannava a andare a letto, pietrificata nel suo silenzio. Filippo ha sempre temuto quella nonna che non parlava mai. La bisnonna gli piaceva di più, era grassa e soffice e aveva polli dentro la casa, che zampettavano sul pavimento. Ma ha, della bisnonna, solo ricordi impolverati e distanti, di quando il nonno lo portava di nascosto a salutarla, dentro una casa spersa nei campi.

Il battente si apre, lui precipita nel buio schiarito di ghiaia. Si ricorda che ci sono almeno due curve, la chiostra dei pini vieta alla luna di prendere possesso del giardino. Ora è davanti al garage. La villa è lontana, mostra appena un angolo del portico, archi di buio ne sfrangiano il contorno. Cicale zitte e il silenzio dei suoi passi.

Apre con attenzione il pannello basculante del garage, lo mise il nonno e non lo volle fare elettrico. Disse che era più sicuro.

Ora è dentro.

Cerca l'interruttore, è un vecchio interruttore di porcellana bianca, con il tasto nero, si ricorda, ora. Lo spinge. Luce bianca buca la polvere. Sagome di automobili vecchie, coperte di teli di incerato grigio.

Ora tiene in mano la chiave.

Non è una chiave di automobile, lui lo capisce, lo sa. Lui ha la passione dei motori, andrà a ottobre a iscriversi a Pisa a ingegneria. Perché è venuto in questo posto di polvere, di ombre? Gli è presa una frenesia, come se sapesse di dover cercare, non sa cosa, solo cercare. Scosta i teli cerati grigi. Crepitano. Corre svelta l'ombra di un topo piccolo. Lo sporco gli arrochisce la gola, i teli si alzano dentro nuvole di polvere, con un rumore di tuono. Si accartocciano uno sull'altro, scoglie di serpenti che mutano. E alla fine, sgusciano le sagome delle macchine sportive che suo nonno collezionava e che da anni ha dimenticato sepolte in questo carcere. Sono soltanto quattro. Una Ferrari rossa, una Porsche bianca, una Maserati gialla con le porte che si aprono a volo di gabbiano. Di lato, c'è una Mg verde bottiglia, l'interno è di cuoio chiaro. Lui sta fermo davanti alle macchine. Deve scegliere. Sente che non ha spazio per nessun errore. Deve scegliere da subito la macchina giusta, quella che sa parlare. Lo prende una inquietudine attraversata di paura, la paura che disvela i segreti.

Saskia aspetta fuori, nella sua macchinetta bianca. Starà fumando. Piegherà la sua testina tenera contro la fiancata del finestrino aperto, tranquilla. È la tranquillità di lei, il pensiero della tranquillità di lei che lo calma. Si lascia guidare. Il vento lo guida, lo porta verso una macchina, una sola. Gli fa aprire lo sportello. La giuntura di gomma sotto la lamiera si era incollata al bordo metallico del battente e ora si stacca basculando, con un rumore di tappo che salta.

È seduto dentro.

Tocca il volante di radica, lo riconosce. Riconosce la sensazione rotonda della leva del cambio. Ci avvolge sopra la sua mano innocente. Vede, oltre il cristallo intatto del parabrezza, il muro bianco, è in grado di distinguere l'intrico nerastro di ragnatele antiche, con il microscopio che adesso sono diventati i suoi occhi. Ha appoggiato la chiave davanti a sé, sul bordo del cruscotto nero. E ora accarezza il volante e poi il contachilometri, il contagiri, gli indicatori dell'olio, della benzina. Accarezza la macchina, sente che la macchina deve diventargli amica. Gli pare di conoscerla, di averla già guidata. La macchina lo accoglie, lo conduce come una voce che non parla.

Per questo, ora, lui ha in mano la chiave.

La piccola chiave con il nastro di raso che è stato bianco e ora è rinsecchito e duro.

C'è un gesto ineluttabile. Il segreto si dispiega violato. La chiave entra dentro il bloccasterzo. Gira. Il rumore è duro. Un colpo secco. Il bloccasterzo libera il paletto di ferro incastrato nel piantone. Lo sterzo adesso è libero. Filippo è di nuovo un bambino piccolo seduto dentro la sua macchinina, gira il volante a destra, poi a sinistra. A destra. A sinistra.

Ora è immobile.

«Cazzo.»

È uscito di scatto dalla macchina, schizzato via dal sedile. Si infila nello spazio stretto tra il cofano e il muro. Vede che il frontale della Mg è come ripiegato, accartocciato su se stesso in una voluta aggraziata, appena sopra il parafango.

«Cazzo.»

Allora torna allo sportello. L'ha lasciato aperto. E ora si china. Il piantone dello sterzo adesso è libero dal morso del paletto. Prima era chiuso. Prima questa macchina era bloccata. Poteva solo andare diritto.

È tornato da Saskia.

Lei è in piedi nella notte slavata di una luna tonda salita all'improvviso. È appoggiata al cofano della sua macchinetta e fuma. Come sei bella amore nella notte.

«Pensavo che fossi morto.»

Allora la prende con le due mani per i lembi della maglietta e se la tira addosso. Mette il naso sotto l'orecchio di lei, il piccolo orecchio che profuma. Prende il suo fiato.

«Che c'è.»

«Verresti dentro con me?»

Lei spenge la sigaretta sul muretto bianco, è lì, pronta, luce dentro il buio.

«Dai.»

Ghiaia sotto i loro passi. Il giardino di pini è un palcoscenico di ombre gialligne. La prende per mano.

«Dimmi di quando eri piccolo.»

«Piccolo.»

Fa smorfie. La prende in giro per scappare via.

Ora lei è ferma davanti a lui, fragile e potente.

«Tanto non ti lascio andare.»

«Va bene.»

Ma la porta sul prato della piscina, e, prima di sedersi, si toglie le scarpe. A piedi nudi, percorre su e giù l'erba, sente l'umidore della prima brina, il verde lo penetra attraverso la pianta dei piedi e lo risana. Anche Saskia si è sfilata i sandali, e gli corre intorno in piccoli cerchi felici. Lei non sa ancora.

«Ero buffo, avevo i capelli ritti sulla fronte, una ritrosa. Buffo.»

Lei gli tocca i capelli, ne solleva una ciocca con la sua manina.

«Così?»

Se la tira addosso sull'erba che scivola. Come farebbe se lei non ci fosse?

«Poi ero sempre di buonumore, almeno mi hanno detto che ero sempre di buonumore.»

«Chi te l'ha detto?»

La piccola testa lucente è piegata di lato, concentrata su di lui. L'erba profuma di verde.

E forse è l'erba, forse è quel profumo. O forse è il dolore raggrumato dentro l'Mg che lo agguanta. Forse è il peso del pianto che non gli è riuscito di far uscire di gola, in quel tempo archiviato. Capita certe volte, di piangere uno strazio a distanza di giorni, o di mesi, di anni. Come se il buco di quella ferita fosse aperto di colpo da una sensazione inaspettata e imperiosa, che per un altro sarebbe inosservata. Per Filippo, in questa notte di prima estate, nella pace delle case ancora chiuse, nel silenzio delle stradine orlate di chiostre di pini, è l'erba. L'odore di nuovo che ha l'erba, di pulito.

«È stato mio padre.»

L'ha detto. La voce gli è uscita screziata di una rabbia secca, la rabbia di ciò che ha perduto.

«Se non ne vuoi parlare, non importa.»

L'erba è diventata ghiaccia. Filippo si affanna sulla mancanza che lo morde, in bilico tra nominarla e ricacciarla sottoterra. Il giardino aspetta. Ma è per Saskia che si decide.

Ma sì. Sì, mi va. Sì. Ti metto nelle manine la mia vita, è una striscia che penzola, e non so dove si attaccherà. Ma so che ho bisogno di aiuto. Comincia a parlare e le sue parole sono grumi di rodìo che si disgrega, cola via nella brina del prato.

Era mattina. Una mattina in quella casa triste di via Santa Marta, con la fontana che sgocciola in cortile dal pisello di un puttino brutto. Lui andava a scuola, buttava a caso libri dalla scrivania nello zaino, e biro e pennarelli e gomme e una canna. Aveva quindici anni, era novembre.

«Disturbo?»

Suo padre chiedeva sempre il permesso. Non è una cosa da padri, ma il suo, di padre, lo faceva.

«Vado a scuola.»

Pura evidenza. Ma i padri non vedono.

«Sì.»

Però intanto si è seduto sul letto.

A Filippo il fatto che suo padre si sieda sul suo letto non fa piacere. Si sente invaso. Gli piace che le cose siano in ordine. Sulle sedie ci si siede, sul letto si dorme. Ma non si azzarda a scostare per suo padre la sedia di plastica della scrivania. Con questo padre ha sempre un rigurgito di disagio. Suo padre è note che escono dal pianoforte dietro una porta chiusa. È spartiti che non si possono toccare. Aerei da prendere. Da piccolo pensava che suo padre vivesse nei camerini dei teatri. Gli piaceva andarlo a trovare, saliva e scendeva meravigliose scalette buie, e dappertutto c'erano mani che si sporgevano a accarezzargli la testa. Dallo sgabellino di velluto nel palco di proscenio, lui non vedeva nulla, ma la musica e gli applausi gli colavano addosso come gelato sciolto.

Ora suo padre raccoglie le spalle nel maglione bianco a coste larghe. Ha capelli scuri che danzano in ciuffi sulla fronte aperta. Ha un naso da sparviero, la bocca dolce. Ha rughe di cometa all'orlo esterno degli occhi. La bellezza di suo padre si impone sulle cose come una evidenza naturale e irresistibile.

Allunga le gambe nei pantaloni di velluto chiaro.

«Ti devo parlare.»

Filippo non ha più voglia di sentire.

«Devo andare, ho latino alla prima ora.»

Ma suo padre resta seduto, le braccia di Filippo cadono ai lati del suo corpo di mutante giovane, non sanno cosa fare. È per questo che si siede anche lui, ma lontano, sulla sedia che non gli ha offerto. Questo padre non è un padre che parla. Suona o sta zitto o passeggia di notte. Lui lo sente, sente i passi nei corridoi con gli specchi veneziani, sente il rimbombo. Suo padre non dorme la notte.

«Vado a New York. Parto.»

Non è una cosa di cui stupirsi. Suo padre va a New

York e a Parigi e a Londra, a Budapest, a Tokyo, va a suonare.

Ma lo guarda da adulto, anche se è un quindicenne che ha fatto tardi alla prima ora.

«Mi faresti la giustificazione, papà? Sennò il preside non mi fa entrare alla seconda ora.» Filippo si tormenta le mani. Cazzo cazzo cazzo.

«Sì.»

Ora ha fretta. «Va bene. Dimmi.»

E suo padre prende tempo. Si appoggia con la schiena alla parete che fa da spalliera al letto. Tormenta con i denti il labbro inferiore.

«Suono male.»

I genitori tocca consolarli sempre.

«Ma no, sei bravo.»

Senza convinzione, tanto non se ne accorgono, a loro basta la frase pura e semplice, il significato primo, piano. Del tono non gliene frega un cazzo. I genitori non vogliono complicazioni. Ti hanno fatto nascere, hanno fatto quello che dovevano. Poi sta a te. E se vuoi parlare, parla, ma loro hanno da fare.

«Lo sai quanti anni sono che non dormo?»

Ora suo padre è acceso di qualcosa. È una macchinetta a carica. Deve aver dato molti giri alla chiavetta che lo comanda. Gli viene in mente un orso ballerino che aveva da piccolo, anche l'orso ballava, e durava quanto i giri all'inverso della chiavetta. Quanto durerà la carica di suo padre?

«Quanti?»

Suo padre guarda il muro.

«Come ti pare la nonna?»

«Perché?»

Suo padre lo fissa.

«Che avresti fatto, se ti fosse toccata come mamma?»

Non ha nessuna voglia di infognarsi in questa palude, non intende esporsi, dare giudizi. Già gli è toccata sua madre, e questo padre strano.

«Che hai fatto tu?»

Deve essere la risposta che suo padre cercava, pare molto più rilassato. Il viso si schiude in un sorriso senza peso. Senza più pietre in tasca.

«Secondo te, cosa è il talento?»

L'ora di latino è già a metà. Che cazzo di esame è questo?

«Eh?»

«Io ho dovuto avere talento. Lei mi ha obbligato. A cinque anni, io studiavo solfeggio per tutto il pomeriggio, tutti i pomeriggi. Mi faceva venire in casa un maestro che puzzava. Quando andava via, il suo odore mi restava nella camicia, nei pantaloni. Mi ha obbligato a andare al Conservatorio a Firenze. Interno. E avevo tredici anni. Loro si trasferirono a San Michele proprio allora. Ti piace San Michele?»

«Boh, non ci andiamo mai.»

«Sì, è vero. Io soffoco in quel posto. Le statue di notte escono dalle nicchie, si buttano giù dal tetto, dai cornicioni. Le dovresti vedere.»

«Tu le hai viste?»

«Molte volte. Tutte le volte che mi sono buttato di sotto.»

«Eh?»

Ok, è andata anche la seconda ora. Chi se ne frega della Tardelli e dell'insufficienza a latino.

Suo padre ha raccolto le ginocchia tra le gambe, in una posa da donna. Sembra stanco di colpo.

«Ho incubi da molti anni, da tutti gli anni che conosci. Quindici anni. Non è colpa tua.»

Si è accorto che ho fatto un piccolo scatto. Sono arretrato. Mi sto difendendo.

«Dipende da me, da come sono fatto. Non escludo

che alla mia musica questi incubi abbiano fatto bene, l'orrore giova alla musica. Se suoni senza patimenti, suoni acqua... Io la mia musica la devo al terrore delle notti che ho trafitto di passi, di vomito, di urli. All'inizio non sapevo cosa mi succedeva. Stavo solo male. Vedevo cose schifose, ma non sapevo perché, capisci?»

«Sì.»

Ora è attento.

«Mi si aprivano delle voragini sotto i piedi e io ci cadevo dentro. Una forza spaventosa mi risucchiava e allora io urlavo e puntavo le mani, le gambe, ma non ce la facevo. Tua madre diceva che avevo gli incubi perché ero spaventato dai concerti. Andammo a dormire in due camere separate. E sai cosa succedeva? Che più mi mangiavano gli incubi, più la mia musica cresceva e piaceva ai critici. Anche al pubblico. Suonavo partiture che rifrangevano l'orrore delle mie notti e il pubblico pativa, ma sentiva il potere della mia musica e tornava a sentirmi di nuovo.»

«E poi?»

Ora gli sembra di ascoltare una favola.

«Poi ho capito.»

Ora si abbraccia con le mani le spalle.

«Tua nonna non mi ha mai toccato, capisci? Mai. Non ho memoria di un suo bacio, di un abbraccio: nulla. Mi teneva a distanza, lasciava che di me si occupasse una sua vecchia domestica, si chiamava Diomira. Era Diomira che mi baciava e mi metteva a letto e mi lavava e mi aiutava a vestirmi. Aveva capelli bianchi e gialli, unti, lunghi, un porro all'altezza del labbro e dentro c'era un pelo nero, lungo. Per me era bella, era la donna più bella che conoscevo. Sapeva di sudore vecchio, di borotalco buttato sopra a coprire gli odori cattivi. Questo sono state le donne per me. Odori sporchi coperti di bianco e dita che ti spezzano.»

Suo padre non ha mai parlato così a lungo con lui. Ma ha cambiato natura.

«In un incubo, c'era un ascensore che scendeva, io non sapevo dove andava. Sapevo che dovevo morire quando arrivava in fondo. Le pareti si stringevano, mi toccavano, erano diventate braccia di mostri, lingue di mostri. Occhi di mostri mi mangiavano gli occhi, con denti che uscivano dalle orbite. Mio Dio.»

E è suo padre che è spaventato.

«Va bene così. Basta. Hai capito.»

«Cosa?»

Gli si sono aguzzati i sensi. Percepisce nitida una sensazione di pericolo assoluto.

Suo padre si appoggia di nuovo alla parete, si appoggia con tutto il suo peso. Respira. Respira troppo forte, si può sentire il rumore del respiro.

«Vado a New York.»

E va bene, ok ok, non la facciamo tanto lunga, ok ok, vai a New York, avevi cose sul gozzo, me le hai dette. Basta. Ora mi alzo e vado a scuola.

Ma suo padre si prepara da mesi questo discorso.

«Vado dal mio amante.»

Suo padre ha una donna. Una amante. Ce l'ha a New York. Ok, non lo vuole sapere, perché i padri spuntano dal nulla per rovesciarti addosso i loro casini?

«Devo proprio andare.»

Ma suo padre lo trattiene per il braccio. Si muove in silenzio, ha un corpo che non pesa come il corpo di un uomo. Ora sono in piedi, uno davanti all'altro e nessuno dei due è un adulto. E nessuno è un ragazzo.

«Sono frocio.»

Lo scanserebbe, ma suo padre lo regge stretto, con una presa all'improvviso salda.

«Non avere schifo.»

«Non ho schifo.»

Lo tiene stretto, ma adesso gli consente alcuni movimenti minimi, ha verificato la sua reazione, sa che non scapperà. Non più.

«Mi piacciono gli uomini, mi piacevano anche quando avevo la tua età, ma non lo volevo sapere. C'è sempre stata tua nonna tra me e le donne. Ma io non lo capivo. Avevo paura delle donne e pensavo che, standoci insieme, la paura sarebbe andata via. Per questo, ne ho avute tante, anche dopo che ho sposato tua madre ho continuato. Ma stavo male lo stesso. Anche io ho pensato all'inizio che fosse il pedaggio da pagare al talento. Poi, piano piano, ho cominciato a capire che il talento che credevo di avere non era nemmeno talento: era obbligo. E ho dovuto riesaminare tutto, riprendere in mano tutti i fili. Ogni incubo, l'ho dovuto riattraversare. E mi sono ritrovato a girare di notte per le strade intorno alla Centrale, con il bavero del cappotto alzato per non farmi riconoscere da me stesso. Andavo a piedi, camminavo rasente ai muri che sapevano di piscio. Guardavo i corpi degli altri, i loro movimenti da cani. Sentivo l'ombra covare rantoli, schizzi. Avevo schifo eppure ci andavo. Camminavo insieme ai miei incubi, nel mio cappotto da uomo di famiglia, da padre perbene. Una volta, due volte, facce scure di ragazzi della tua età mi si sono fatte vicino, hanno illuminato di denti bianchissimi il buio. Io sono scappato via come una vergine. Ma ci tornavo. Ci tornavo ogni mese, poi ogni settimana, poi ogni notte. Se uscivo con tua madre, se avevo un concerto, io andavo in quelle strade nel tempo fermo della notte piena, aspettavo il livore dell'alba appoggiato a muri lerci, i piedi tra preservativi e siringhe. Questo ero, figlio mio. Un mendicante che cercava pietà nello squallore dei corpi mescolati a pagamento. Mi ha aiutato un uomo come me, uno con il cappotto blu uguale al mio, che mi ha riconosciuto mentre non aspettavo nulla, su una panchina di cemento, nella piazza che sussurrava. Ho trovato una via, un filo spezzato mi è tornato tra le mani, una seconda possibilità. Per questo, ora io parto. Vado a New York. Vado da lui.»

Ripete «Io parto» per darsi coraggio. Per partire. Filippo lascia che quello che è accaduto si depositi in un luogo dove non andrà mai più.

«Va bene.»

Suo padre si è alzato. Dice la solita frase inutile.

«Poi capirai. A suo tempo.»

«Sì.»

Escono insieme.

Sua madre è in salotto, al telefono con qualcuno. Scosta il ricevitore dal suo bell'orecchio bianco, appoggia la sua bella mano bianca sul microfono. Piega la testa verso la porta che dà sull'ingresso. La cameriera ciabatta verso la cucina.

«Ciao.»

La luna è tonda sul prato, l'odore di verde è potente. Saskia gli ha preso una mano, se l'è messa sul cuore.

Si guardano, si bevono l'anima dagli occhi, sono talmente giovani.

«Ognuno ha il diritto di essere felice.»

Le parole di lei disgorgano l'intorcinamento di paura e di schifo, sciolgono il grumo di quel ricordo sepolto sotto quattro anni di polvere nera. E allora lui piange. Piange a singhiozzi da donna, schiantati tra la schiena e lo stomaco, piange e urla e grida nel prato verde che sa di pulito. Non sa quanto dura, né sa che cosa esattamente piange. Ma piange, e lava di acqua di lacrima il peso del pomeriggio, della notte, di suo padre. Il peso della chiave che luccica nella luce violenta del garage.

Dove sarà la chiave?

Capitolo 13

L'estate splendeva.

La luce tagliava il fiato, intontiva, riverberava. Sollevando la testa dai nostri lettini da sole, nel clangore del mezzogiorno, guardavamo la spiaggia e la spiaggia ondeggiava, pulsava in cerchi sussultanti, mossa di caldo. Era un ballo continuo, una perenne autorizzazione a farsi girare la testa, a fare cose che d'inverno, col freddo e il buio e la pioggia, erano vietate. Così esercitavamo l'ozio, coltivavamo il flirt e l'intrigo e le bugie grandi e quelle piccole, e ci mescolavamo in gruppi e sottogruppi e coppie e triangoli e doppie coppie. Fluttuavamo alla brezza leggera della vita.

«Hai visto Bubi?»

Emanuele si era allungato accanto a me, sul telo verde con le mele gialle che avevo teso sulla sabbia tiepida del pomeriggio.

«Perché?»

«Marina si sta dando da fare, se arriva non sarà contento.»

Marina luccicava su un lettino distante, abbracciata a qualcuno che non si distingueva chi fosse.

«Tazio Leva.»

«Magari non fanno nulla» azzardai. Ma non ero convinta.

«Andreana, ma quando cresci? Il mondo è brutto brutto laggiù, sai? Succedono tante cosacce...»

E era Bubi comparso all'improvviso. Due piedi saldi piantati a mezzo passo dalle nostre facce.

Scattammo su, prima a sedere e poi in piedi. E ci guardavamo a disagio.

Fu Bubi che gestì la situazione. Mi prese all'improvviso, mi tirò contro di lui; mi baciò sulla bocca, un bacio freddo, tecnico.

«Ecco fatto. Ora siamo pari.»

Io ci rimasi male, Emanuele mi proteggeva.

«Ma sei scemo, Bubi, lascia stare Andreana, non è una delle tue troiette», disse con un tono grigio di rabbia compressa.

«Ohi ohi, Ema, stai a vedere che la campagnola bella ti ha già cotto e mangiato.»

«Piantala di fare casino.»

Emanuele, secco.

Bubi alzò le spalle, andò via.

Io cercavo di districare le emozioni intrecciate di quei pochi secondi, il bacio di Bubi, la frase buttata lì su me e Emanuele.

«E Elena?» chiesi. Mi parve un riparo.

Emanuele sussultava ancora, come se Bubi l'avesse picchiato. Poi si buttò i capelli via dagli occhi, si rimise a sedere sul telo. Si teneva le ginocchia tra le mani.

«Forse mi hai messo in padella davvero.»

Non mi guardava.

«Emanuele, io...»

«Sì, lo so già. Non me lo devi dire.»

Scattai in avanti per la paura.

«Cosa sai?»

Puro terrore. E, sotto, un brivido, il brivido irresistibile che danno i segreti svelati.

«Tutto.»

E rimanemmo zitti.

Poi arrivò Elena, e era strano. Lei non arrivava mai,

lei stava. Lei si esponeva in un posto qualunque, la tenda dei Sangermano, una poltroncina della Capannina, un divanetto verde sulla terrazza. Invece, in quel pomeriggio di sole smerigliato e violetto e rosa, nel tramonto che si avvicinava, Elena si insinuò nel nostro territorio: venne lei da noi. E si attorcigliò, come una vipera gentile, tra me e Emanuele, separò i nostri corpi accostati con la sua pelle luminosa, con la luce del suo due pezzi di piquet bianco. Emanuele ne fu abbagliato. E smise di guardarmi. Era pasta molle dentro le sue mani.

«Brava» mi disse Giovannella, più tardi, mentre cercavo di convincere Maia a darmi un ghiacciolo alla menta. Diceva che aveva chiuso, che il bar era chiuso, che faceva freddo, che mi sarebbe rimasto sullo stomaco. Era esattamente quello che volevo: una punizione che arrivasse dal destino, ma guidato. Uno stravolgimento, e vomitare tutti i pesi che adesso mi schiacciavano il petto.

«Perché?»

«Via Andreana con me non attacca. Te li sei fatti tutti, uno per uno. Prima John Albert, poi Emanuele. Poi Bubi.»

«Ma che dici?»

Maia tirò la serranda che chiudeva il bancone del bar con un colpo secco. Nessun ghiacciolo.

Giovannella era bellicosa, come i buoni quando si arrabbiano. Disse che era stufa del mio modo falso ingenuo di fregarli tutti. Disse che le dispiaceva avermi aiutato a fare amicizia con loro, e che l'avevo delusa. Doveva aver visto il bacio che mi aveva dato Bubi. Provai a convincerla che era uno scherzo, una ripicca. Le raccontai di Marina e di Tazio Leva. Lei disse che non le importava, che io ero sua amica e che l'avevo tradita.

«Ma tu stai con Muzio?»

«Cosa?»

«Ti ho visto.»

«Anche io ho visto te, se è per questo.»

Mi girò le spalle e se ne andò via impettita, con il costume nero di maglia e la schiena chiusa.

Io andai in cabina a cambiarmi e, invece che preoccupata, ero triste, ma senza riuscire a decifrare bene le ragioni della mia tristezza. Alberico e John Albert giocavano a tennis. Passai dal campo mentre tornavo a casa, ma la partita era già finita e i campi del Roma erano deserti. Qualche foglia gialla di platano scricchiolava nel vento debole della prima sera.

«Guarda.»

Era passato qualche giorno. Eravamo alla Capannina per l'aperitivo e John Albert mi mostrava un catalogo spesso. C'era un quadro blu. Un blu che lavorava il cuore, lo frullava, lo rimetteva al suo posto ricolmo di una energia mai provata.

«Te lo vorrei regalare.»

Io passavo il dito sulla pagina, come se quel blu potesse penetrarmi nei polpastrelli.

«È bello.»

Non avevo molte parole, non è che avevo studiato tanto.

John Albert mi scrollò con una specie di tenerezza, la sua mano sopra i miei capelli.

«Mi piace questo di te, Andreana. Che non perdi tempo a fingere. Non sei come queste puttanelle che ci girano intorno, e vogliono solo un coglione che le sposi.»

«Devi proprio dire parole brutte?»

«E come dovrei dire?»

«Ragazze. Uno stupido, o anche: uno scemo.»

«Ma le parolacce dicono la verità, dicono le cose come stanno. Infatti, io le dico e tu diventi rossa. Perché non sei come noi, Andreana. Se vuoi che sia sincero», e mi metteva le mani sulle spalle, come un padre, «ho paura che tu ti rompa la testa. Perché sei fatta di carne, e noi di plastica, you see?»

Ero incerta, sospesa.

E arrivò Alberico.

Mi tolse a John Albert con una naturalezza che mi colpì. Si guardarono, e poi Alberico mi prese per mano, disse, «Te la porto via», semplicemente. E mi rimase negli occhi il loro sguardo, consapevolezza sfuggente di qualcosa che io non sapevo.

Mi fece salire sulla Mg. Gli altri stavano dentro le poltroncine verdi e rosse, risucchiati dai loro Martini.

Era l'ora dolce quando il pomeriggio muore. Correvamo verso Fiumetto, sul viale della Repubblica. Girammo sul viale Apua, sotto l'ombra fitta dei platani. Passammo il semaforo che difendeva l'incrocio con l'Aurelia. Poi salimmo su, verso Pietrasanta. Passammo davanti allo scultore di tombe, e poi davanti al cimitero, lungo la strada che portava a Seravezza. E di colpo l'Mg girò davanti alla piccola chiesa dove mi piaceva andare a Messa e salì su verso Monteggiori.

A mano a mano che salivamo, la vita degli altri si allontanava, diluita prima e poi dissolta, nel blu occhieggiante del mare, striscia già scura contro l'orizzonte. La strada arrampicava in curve brusche, che la Mg agguantava con il muso quasi diritto, in mezzo agli oliveti. Rami antichi e nodosi e scrostati, bucati da minuscoli ciuffi di foglie d'argento, si tendevano verso di noi, come braccia vive. E l'Mg saliva, riempiendo la vasca delle colline del suo rombare. E non c'era vento tra i nostri capelli, non c'era vento tra le nostre teste accostate. Portavo, mi ricordo, pantaloncini rossi alla pescatora, e una maglietta bianca. Avevo la testa vuota di pensieri, il rumore del motore che mangiava la salita mi chiudeva le orecchie. A ogni sballottamento, io scivolavo contro lo sportello, o contro la spalla di Alberico. Sentivo l'odore della sua pelle.

Lo sento ancora. È un profumo nitido. Sa di buono, di fresco. Sa di cespugli e di mare e di passi accostati. Mi sale dentro il naso, anche se adesso il mio naso è morto, anche se non ci sono cellule né neuroni né peptidi né nulla, che possano agguantare quel profumo per il mio olfatto disseccato. Lo sento. E rivedo la piccola macchina verde che sale, un tornante e poi un altro, e un altro, e ancora un altro, su su verso qualcosa che non si vede. Su tra l'ombra degli olivi vecchi, che allargano le loro braccia vecchie per prenderci. E sotto, il mare, striscia già scura nell'orizzonte illanguidito.

Si fermò. Scendemmo. Il paese ci stava davanti, rinchiuso da una specie di muraglia di case, appeso in cima alla collina. Una via di pietre e di ciottoli lo tagliava nel mezzo. Il sole bagnava tutto di un colore di rame. Era una dolcezza che spezzava il cuore.

Camminavamo abbracciati, su per la stradina ripida, e non dicevamo nulla. C'erano gerani rossi, dentro barattoli di latta arrugginiti, sulla porta delle case, e vecchi appostati a guardare la vita, dalle loro sedie di paglia consunta. Da certe porte, usciva l'odore grasso di sugo, da altre, stridìo di bambini. Un bar, chiuso da una tenda a strisce di plastica di tutti i colori, riluceva con la sua insegna già accesa. Su una balconata aggettava la facciata di una chiesa enorme, spropositata, una chiesa a cui il paese non poteva sfuggire. Sul portone di legno scrostato, parecchi avvisi ingialliti dal sole dicevano di matrimoni, di morti. Per strada non c'era nessuno. Alberico mi teneva stretta, più stretta quando mi sentiva barcollare su un ciottolo, in un affossamento. E non dicevamo nulla. Lasciavamo che la dolcezza ci aprisse come una lama gentile. Arrivammo in cima, a un belvedere casuale, dove la via si appoggiava a un muretto. E fu su quel muretto, che ci sedemmo, penzolando i piedi sul vuoto dello strapiombo di olivi e di penombra.

Non stiamo più abbracciati. Ora siamo distanti, ciascuno concentrato a non cadere. Il muretto è stretto, e il burrone profondo. Basterebbe un movimento falso, uno scoramento improvviso, per trascinarci di sotto. Parliamo, la dolcezza digerita, l'emozione spenta.

Parliamo del paesaggio, prima. Adesso è viva quella estate che ci agguantò la vita. Adesso che dal fondo del mio letto mi sforzo di ritrovare il ghirigoro del nostro destino, io sento di nuovo le nostre voci. Sento la voce bassa e elegante del mio amore, e la mia voce sommessa. E ci vedo, due figurine staccate su quel muretto che guarda il vuoto e l'orizzonte lungo.

Alberico racconta di quando era piccolo, a Malavolta. Di quando pensava che gli olivi fossero uomini travestiti; e che di notte camminassero, e entrassero dentro il castello, senza che nessuno li potesse fermare. E aveva paura che venissero a prenderlo, e trasformassero anche lui in un olivo, con i piedi di terra e la testa di legno, e i buchi bianchi al posto degli occhi. E io lo vorrei consolare, ma resto ferma. È questo che vuole il mio amore da me: che io ascolti. Che ascolti tutto il cupo che lo abita, ora che ci guarda dentro. So che solo il mio esserci gli basta. Se lo toccassi, spezzerei l'incanto. E dunque resto ferma. Resto zitta. Ascolto il mio amore parlare dei baci di sua madre, di come li aspettava di notte, a occhi socchiusi, mentre sorvegliava che nessuno chiudesse la porta della sua camera. E i passi delle cameriere, che finivano di preparare la casa per il riposo, lo accompagnavano, lenti, dentro un torpore sempre più denso. E poi sentiva le labbra di sua madre sulla fronte, la mano di sua madre sui capelli, e finalmente smetteva di combattere, e dormiva. Lo ascolto raccontare di quando è seduto sui banchi dell'università e tutto quello che i professori dicono gli pare pura demenza, una massa informe di formule e raggiri di parole. E gli viene l'orgoglio del nome Sangermano, e pensa che non ha bisogno di ossequiare quegli idioti, non ha bisogno del loro benestare, e allora, a metà lezione, si alza e esce.

«Cosa ti faceva vedere John Albert?»

«Un quadro blu.»

«Ah.»

«Lo conosci?»

Di colpo mi lancina il bisogno di sapere chi ha dipinto quel quadro.

«È un americano, piace molto a John Albert. Gli piace perché dipinge il nulla. Dipinge solo un colore. Si chiama Klein.»

Allora quel blu che si spande nel cuore e riempie la testa, quel blu che incrina, vuol dire il nulla. Non ci posso pensare. Sembrava gioia. E invece è il nulla. Non lo voglio sapere più.

«E a te, cosa ti piace?»

E aspetto.

Mi racconta di Parigi, della galleria d'arte dove l'ha portato una sua amica francese. Subito uno strozzamento nel petto, mi passa negli occhi l'immagine di loro due abbracciati, di loro due arrotolati in un letto, e dalla finestra si vede la Tour Eiffel, l'unica cosa che di Parigi conosco. Ero così, allora. Così fragile, così esposta, bastava una parola per spezzarmi i sogni. E allora mi ci abbarbicavo, li tenevo stretti, e non volevo sapere.

E ora è intento, è tutto preso da quello che mi racconta, è di nuovo a Parigi, di nuovo in quella galleria.

«Tu entri. Entri e è tutto buio. Poi piano piano ti abitui e capisci che sei in uno spazio chiuso, basso, che ti fa soffocare. Tocchi le pareti e il pavimento e il soffitto che ti schiaccia. E senti una cosa ruvida e spaccata, che punge e si sgretola. Ma tu vai avanti, cammini avanti lo stesso. La cosa ti avvolge, riempie lo spazio: e tu ci sei nel mezzo. È una cosa fortissima, non so spiegartela bene. È una cosa come di schiantamento e di nascita, non so. Ti manca il fiato e ti senti soffocare, ma anche ti senti come non ti eri mai sentito, dentro qualcosa, capisci? Appartieni a qualcosa, non sei più un punto invisibile dell'universo, quella cosa che ti avvolge, ti risucchia, ma ti dà anche il senso di esistere, capisci?»

«Sì.»

E poi dico «Ma non è un quadro».

«La pittura non è solo quadri, Andreana. La pittura deve parlarti, deve sapere come ti senti, riconoscerti, capisci? E può darsi che sia un quadro blu o una caverna dentro cui entri. Non c'è differenza.»

«Ma non hai paura, dentro la caverna?»

«Sì. Ma anche no. Ti senti al tuo posto. Rimpicciolito e enorme, immortale, è una sensazione incredibile. Volevo comprarla per Malavolta, ma il gallerista non me l'ha venduta.»

«Magari a tua madre non sarebbe piaciuta tanto», rifletto.

E il mio amore mi guarda, uno sguardo lungo, e poi dice «Tu hai capito tutto, vero, Andreana? Tu capisci tutto, è questo che mi spaventa, di te».

Io non so che cosa ho capito, però scivolo all'indietro, sposto una gamba, con circospezione, l'altra. Adesso sono in piedi sui miei sandali infradito rossi, e anche Alberico è in piedi. E ci guardiamo. E c'è il sole che scivola giù, dentro la cerniera del mare, sale dall'erba sotto gli olivi un brivido di freddo improvviso. Alla fine il mio amore mi abbraccia, ma dopo un po', come se avesse dovuto ritrovarmi, riconoscersi nelle braccia, nella bocca, il suo amore per me.

Siamo diritti, sul bordo esile del muretto, i piedi attorcigliati. Basterebbe un movimento sbagliato per cascare di sotto.

Poi andiamo a cena, alla trattoria di Eumene, che è una terrazzina dietro il bar, da dove si guarda la notte che sale. Mangiamo con le mani coniglio fritto e ci imbocchiamo di pomodori rossi e sanguinanti, di gelato di cioccolato Motta, preso dal frigorifero del bar. Al tavolo accanto, finisce di cenare una famigliola in vacanza. Il padre è stremato di cibo, tiene la schiena curva sul tavolo. La moglie passa e ripassa un pezzo di pane nel sugo del coniglio in umido, finché il piatto bianco non è lucido e perfettamente pulito, il figlio e la figlia si tirano molliche di pane, e qualche calcio. La madre se ne disinteressa, tutta presa dal suo sugo.

«Perché li guardi?»

«Non lo so.»

«Sì che lo sai.»

«Non voglio diventare come loro» dico piano, e un po' mi vergogno.

Allora il mio amore mi prende la mano, mi attira verso il suo viso, oltre lo spazio breve del tavolo con la tovaglia di plastica a fiori, mi dà un bacio veloce, dice «Tu non diventerai mai come loro».

E io mi sento al sicuro.

E poi ci alziamo, e sono le nove passate, tardi per il paese. E il mio amore va a pagare il conto dalla signora Eumene, che siede dietro la cassa, con la sua vestaglia, stampata di girasoli e macchie d'unto del coniglio che ha fritto. Io aspetto seduta, e davanti a me ci sono le collane di luci della Versilia, come gioielli su un vassoio di velluto nero. Non penso nulla. E il mio amore arriva, e mi allaccia alle spalle, da dietro, e mette la sua bella bocca sul lobo del mio orecchio e dice «Ho la chiave». E allora io mi alzo, obbediente. Insieme camminiamo, io dietro a lui, fino alla porta a vetri che dà sulla scala che porta alle camere in affitto. La signora Eumene ci guarda, lenta, dice «Buonanotte». E non ci chiede perché non abbiamo bagaglio.

E poi siamo dentro la stanza. È così piccola. Il letto matrimoniale la ingombra fin sotto la finestra serrata. Sopra c'è una coperta di una stoffa pesante, tramata a fiori scuri. Il mio amore la scosta. Escono due cuscini secchi di lana dura, lenzuola ruvide, rammendate qua e là.

«Apro la finestra?»

«No.»

Non voglio far entrare il mondo dentro la nostra sera.

Non c'è bagno. C'è un lavandino appeso al muro, con sopra uno specchio con una mensola di vetro nero, e un bicchiere di plastica giallastra.

«Girati, ti prego.»

«No.»

Rabbrividisco. Eccitata. Atterrita.

«Voglio vederti nuda.»

E allora mi spoglio, mi spoglio per il suo sguardo attento, per le sue mani immobili, per le ginocchia piegate sull'orlo del letto, in attesa. Mi spoglio contro la porta chiusa, perché è l'unico spazio che consente movimenti. Mi spoglio nella luce ferma della lampadina che pende al centro del soffitto, sotto il piatto di smalto bianco arrugginito. Mi spoglio e non ho più paura. Tolgo la maglietta bianca sfilandola dalla testa, i pantaloni rossi. E sono lì, davanti al mio amore, con il reggiseno bianco e le mutandine bianche e alte, di cotone, da bambina. E il mio amore mi guarda. Mi guarda e non si muove. Mi guarda. Io sento il suo sguardo che prende possesso di me, mi incamera tutta dentro i suoi occhi. E sono sua, gli appartengo, sono sua perché è il mio padrone. E allora slaccio il reggiseno, faccio scendere le spalline, prima una, poi l'altra, sollevo le mani a regalargli il seno. E poi è il sesso che gli regalo, e sono diventata tiepida e ho le guance rosse di eccitazione e di terrore. E forse sono ridicola, mentre mi chino a far scivolar via dalle gambe le mie mutandine, prima una gamba, poi l'altra. Ora sono in piedi, nuda. Nuda dentro la luce ghiaccia. E il mio amore non fa nulla, non si muove, non mi ripara. Guarda. E io gli finisco in ginocchio davanti, ma non ho scelto, è accaduto. Ora lui è vestito, e io nuda inginocchiata davanti a lui. E ancora lui è immobile. Non sono io che gli apro la cerniera dei pantaloni, non sono io che gli cerco il sesso, sono le mie mani. E dopo lui è abbattuto sul letto, come un falco schiantato. E io ho paura di aver sbagliato e di non averlo fatto felice. E ho ancora in bocca il suo sapore e mi vergogno di averlo scansato di colpo, dello sgomento, del modo in cui ho lasciato andare la mano. E allora gli rotolo sopra, gli do una fila di piccoli baci che so dare, tra il collo e la spalla, sollevando il colletto della camicia bianca. E alla fine mi bacia anche lui, alla fine è nudo anche lui, è dentro di me.

Dopo, il mio amore si alza. Va a spengere la luce. Il buio ci riposa, ci placa. Sicché, possiamo parlare. Quante cose abbiamo da dirci, amore mio, quante parole squartate dalla furia che ci ha preso, aspettano dentro la notte. Fuori devono esserci i grilli. Ma non li sentiamo.

I passi pesi della signora Eumene, la serranda del bar che rotola giù in un rumore di ferraglia. Gli stessi passi sulle scale strette. Fanno una sosta, breve, davanti alla nostra porta. O forse no, forse è il battito del nostro respiro. Forse non sono i passi di nessuno.

E all'improvviso, io so che è il momento. Lo so. Ho già vissuto tutto, quella povera stanza in affitto, quei cuscini duri, i nostri corpi tiepidi nel buio. E aspetto. La fiducia mi abita, non ho più paura.

«Io mi sono innamorato di te» dice Alberico, a voce alta. E io ho i capezzoli che mi dolgono dei suoi morsi e del dolore che mi attraversa tutta, adesso, il dolore che arriva quando la felicità è intollerabile, troppa. Ma allora è questo, l'amore? Questa paura, questo fiato spento, questa pietra sul cuore che ti schiaccia?

«Perché piangi, piccola?»

«Per nulla.»

E il mio amore mi abbraccia, mi tiene stretta stretta, e mi dà tanti baci leggeri, come foglie che cadono sulla mia pelle umida di lacrime incontenibili. Piango tutto quello che ho e che ho paura di perdere.

E ora siamo con la schiena appoggiata contro il muro freddo, io dentro la culla delle sue braccia, del suo petto. E facciamo progetti, studiamo tattiche. Alberico dice che deve dirlo a sua madre. E ancora una volta, l'ultima, il destino mi agguanta, e io lascio che mi sfugga l'ultima possibilità, l'ultima via per salvarci. E non chiedo, non domando, non indago. Lascio che Elena sia il mio peccato di omissione, il peccato che ci ucciderà tutti.

Intanto l'estate passava.

Una mattina uscivo e mi trovai davanti al cancello Gino. Era passato da poco il Ferragosto, in casa c'era ancora mio padre, pensai che fosse venuto per una cosa di lavoro. Invece era venuto per me. Spinsi la bicicletta dentro la porticina appena socchiusa, e gli andai quasi addosso.

«Mi scusi.»

«Mi scusi lei signorina Andreana.»

Già il modo in cui mi parlava mi soffocava. Volevo trovare subito una scusa per andarmene.

«Chiamo subito Dino, così la fa accomodare in salotto.»

Aveva la mano sul manubrio della mia bicicletta.

«No.»

«Ma lei è venuto per mio padre, vero?»

Cercavo un appiglio a caso.

«No.»

La mano ferma sopra il mio manubrio.

Scostai la testa, presi un respiro fondo.

«Mi scusi ragioniere, devo andare.»

«No.»

Cominciavo a avere paura. C'era in Gino una forza compressa che potevo percepire fisicamente. Teneva ferma la mia bicicletta con la mano chiusa sul tubo del manubrio. Poi ci ripensò, tornò timido, confuso.

«Mi scusi.»

Aveva tolto la mano.

«Devo andare», dissi in un tono deciso che deve averlo intimorito. Si scostò, ma intanto chiedeva se gli permettevo di accompagnarmi, mi guardava con i suoi occhi da cane. Avrei dovuto dire di no. E invece mi uscì di bocca una mezza frase condiscendente, «Se crede». Perché il potere esercitato su un altro eccita e rinunciarci dispiace.

E dunque ci avviammo verso la spiaggia, io rigida con la mia borsa di paglia in mano e Gino che spingeva la mia bicicletta. E chiacchieravamo, prima in modo guardingo, poi sempre più sciolto. Gino mi parlò del podere, delle loro bestie, del cervello fritto che cucinava sua madre, non più del tempo o della conceria, ma di sé. E io scoprii che non era l'uomo noioso che avevo creduto, che c'era in lui vero sentimento delle cose, davvero amava sua madre, e andava fiero della sua vita di povero. E mi disse di quando pedalava all'alba sull'argine, e il vento ghiaccio dell'inverno gli spaccava la faccia e le mani di geloni. Di quando, al ricovero, stava sveglio la notte tra i catarri dei vecchi. Era strano il modo in cui i suoi racconti tristi, eppure detti senza tristezza, mi arrivavano diritti al cuore. Arrivammo in fondo a via Leonardo da Vinci; svoltammo sul lungomare.

Era mattina presto, la luce ancora innocente. Il viale senza macchine era un nastro grigio. Mi prese di colpo l'angoscia di fare tardi da Alberico o che Alberico mi vedesse con un altro, a quell'ora insolita. Afferrai la bicicletta dalle mani di Gino, lui mi guardò sorpreso.

«Che succede?»

Gli dissi che dovevo andare, che mi ero scordata un impegno importante, un appuntamento. Lui restò fermo come uno stupido, in mezzo al viale vuoto, a guardarmi andar via.

Intanto l'estate passava.

Erano i giorni di fine agosto, intrisi di struggimento. Continuavamo la vita di prima. C'era il tennis, il gokart, c'erano le gite in motoscafo, i picnic, le serate a casa di Elena a giocare a giochi da bambini e a toccarci sui divani in penombra nel salotto di lino celeste. C'erano i gelati alla Veneta, i film al cinema Impero, e le notti in Capannina che non finivano mai, il mercatino del mercoledì, e domenica la Messa.

Una volta andammo alla Bussola a vedere Fred Buscaglione. Cantava in un modo che pulsava dentro le gambe, riempiva la testa di allegria incondizionata. Giovannella non mi aveva ancora perdonato del tutto, ma si era convinta che il bacio che aveva visto era stata la solita bravata di Bubi e mi aveva reintegrato nella sua mezza confidenza. La nostra intimità riguardava le vicende degli altri. Non si era mai più scoperta, con me, dopo quella mattina di inizio luglio, in cui mi aveva raccontato dei bambini delle colonie. Mentre stavamo ammonticchiati sulla pista, e scuotevamo la testa a ogni singhiozzo di Fred Buscaglione, mi toccò il braccio, si chinò verso di me, e mi indicava una donna bionda, bella come Elena. Mi disse che era l'amore di Buscaglione. Mi piacque, quell'uomo con lo sguardo da buono, che cantava piegato sul pianoforte con la voce che puzzava di sigarette, mi piacque che fosse innamorato. E poi diceva «piccola» come il mio amore.

Altre volte suonavano le orchestre di Armando Trovajoli, i Pérez Prado, i Trinidad. Avevano giacche bianche e cravatte bianche su camicie nere; oppure maglie da marinaio a righe bianche e rosse, o bianche e blu, e sopra una blusa. C'era il bongo, il tamburello, e timpani, tamtam, talabalacco. Era musica che scuoteva e rimbalzava e sollevava le spalle, faceva muovere le mani a pugno, i gomiti stretti, in cerchi ritmati stretti. Gli artisti, i musicisti, i cantanti, avevano tutti la stessa faccia concentrata, prendevano sul serio quello che facevano e vi si dedicavano con dedizione vera, passione vera. Era come se godessero la stessa allegria che ci passavano con la musica. Come se, anche loro, fossero contenti di essere vivi, di essere all'alba di tutto, nel mondo che si era dimenticato la guerra e adesso si affacciava sul benessere. Correva, tra loro e noi, la stessa febbre galvanizzante, lo stesso entusiasmo. La stessa eccitazione spessa.

Emanuele era andato a trovare i pittori del Quarto Platano. Aveva coltivato, per vie traverse, tramite suo padre, una specie di mezza conoscenza con il maestro più famoso di tutti, Carrà. E mi raccontarono gli altri che, una volta a estate, andava, di pomeriggio tardi o la sera, a salutarlo, mentre sedeva con i suoi amici artisti sotto la tenda stinta del bar dove si ritrovavano, da vent'anni, gli intellettuali che passavano dalla Versilia. Emanuele mi aveva raccontato che era stato sempre zitto, che parlavano di concetto visionario dell'arte e impulso naturalistico e colori passionali e del fritto di paranza della Bersagliera di Viareggio. Che Pea aveva una barba da Mosè, Carrà il solito basco e che, di nuovo, c'era una donna bellissima, se n'era innamorato sul posto, la scrittrice Maria Bellonci; e poi due storici dell'arte, Roberto Longhi e Piero Bigongiari. E un signore con i pantaloni corti arrotolati sulla coscia, e una maglia blu, e sandali da prete, che era stato zitto tutto il tempo come lui. Gli chiesi se, per caso, sapeva di un artista che dipingeva caverne dentro le stanze. Fece un cenno come se fosse una cosa che sapevano tutti, disse che si chiamava Pinot Gallizio.

Io infilavo nei miei discorsi, appena potevo, il nome del mio amore. Parlavo del Riva, senza ragione, oppure di Villa Lydia, del «Noia», del cameriere Otello, della marchesa madre. Dicevo «Eh sì, anche Alberico», «Alberico dice», «Come fa Alberico», «Come il rovescio di Alberico» e non mi importava se era a sproposito. Mi bastava nominarlo, sentire le dolci sillabe del suo bel nome che mi salivano tra le labbra, dal cuore, e uscivano nel mondo a raccontare il nostro amore segreto.

Gino continuava a arrivare e a ripartire. Mi sembrava un gufo in attesa, ma, certe volte, mi faceva compassione. In fondo mi assomigliava. Doveva provare, anche lui, lo stesso senso insopportabile di esclusione che io avevo abitato, nelle prime settimane di quell'estate. E non avevo cuore di lasciarlo solo. Acconsentivo a prendere un caffè con lui, un aperitivo, una Coca-Cola pomeridiana. Ma mai nei posti dove avrei potuto incontrare gli altri. Per lo stesso motivo, gli chiesi di non comparirmi più in spiaggia all'improvviso. Credo che Gino abbia travisato, interpretato la mia richiesta come un indizio di avvicinamento, profumo lieve di complicità condivisa.

Nulla alimenta l'amore quanto il segreto. E dunque, in quel finire di agosto, in quei giorni meno impazienti, allentati in brevi abitudini condivise, io penso che Gino abbia costruito dentro di sé il castello di un interesse che da parte mia non c'era, di una disponibilità a lasciarsi coinvolgere che io non provavo per nulla. Ha creduto di potermi afferrare con le sue mani grosse, di potermi tenere per sé.

Solo questo spiega quello che poi è accaduto.

Siamo tutti sotto la tenda dei Sangermano e stiamo zitti. La dolcezza dell'estate che muore ci lascia esausti. Emanuele gioca con la sabbia, la muove con l'indice in circoli svogliati. Elena si offre al sole, la testa reclinata come se dormisse. Anche i bambini strillano meno, qualche tata lavora a maglia sotto l'ombrellone. Le drizze dei Flying Dutchman di mogano lucido, tirati su a mezza spiaggia, suonano di metallo nel vento. Vito sta seduto sulla sedia da regista, le gambe allungate, gli occhi semichiusi. Deodoro fuma, steso sul patino rosso del salvataggio. Il colore dell'acqua è più scuro, più blu: in gradi di intensità crescente, mattina dopo mattina, in ognuna delle mattine che scivolano lente verso settembre. Verso la luce nitida, lucidata di pioggia finita, che ha spesso il settembre in Versilia, nel profilo affilato di schegge delle Apuane. Una luce che scopre tutto, lascia nudi, nel primo freddo che arriva.

«Come ti vesti?» dice all'improvviso Giovannella, riscuotendosi contro il mio viso, alta contro il sole. Apro gli occhi.

«Come mi vesto quando?»

«Ma per il ballo di Alberico, no?»

E così so che il mio amore, tutte le estati, alla fine dell'estate, il 21 di settembre, dà un ballo al castello. E mi dispiace che non me l'abbia detto lui. Ma subito penso che ha fatto bene, le cose che abbiamo da dirci, che ci urge di condividere e di riconoscere, sono più importanti.

«Allora che ti metti?»

Non mi va di mostrarmi senza riparo a Giovannella. Cerco un nome da dire, mi vengono in mente le Castelli. È un nome che ho sentito perfino a Santa Croce sull'Arno, il nome di una delle sartorie più celebri di Firenze. E subito Albarosa schizza dalla sdraio e dice, con un guizzo di felicità: «La mamma mi ha fatto il vestito dalla Milena Bianchi», che è l'altra famosa sartoria fiorentina.

«Io mi vesto Schubert» esala con una finta rassegnazione Bubi e si atteggia come se lisciasse una gonna lunga davanti a uno specchio.

«Va' là scemo», gli si butta addosso Emanuele. Lottano come galli tra le nostre risate, aggrovigliandosi nella sabbia che non scotta più. Marina intanto si è alzata e si è gettata a scompigliarli. La quiete di prima è svanita, mutata in eccitazione stravolta.

«*Io* mi vesto Schubert, scemo, e vedrai come ti stendo», dice Marina, e gorgheggia di risolini e mezzi sospiri, mentre i due corpi d'uomo la schiacciano e la rotolano tra loro. Si alza Muzio, in una delle sue versioni di attivismo sbagliato. Prende per le spalle la povera Albarosa, se la mette in braccio come un mazzo di fiori. Corre verso la linea blu dell'acqua, urlando «Milenabianchimilenabianchi». Sta per buttarla nell'acqua. E gli arriva, alle spalle, Bubi.

«Piantala, idiota.»

Muzio si rattrappisce tutto, fa un dietro front brusco. Albarosa viene deposta sulla riva, fuori dal cerchio dell'onda che batte. E ora sta ferma, tremante del pericolo scampato e Bubi le mette un braccio intorno alla vita. Tornano insieme verso la tenda, Muzio contrito, Albarosa trionfante.

«Cravatta bianca o nera?» chiede John Albert.

«Ma scusa tu sei il miglior amico di Alberico, *dormi* anche da lui, e non lo sai?» si inalbera Muzio. Ha fatto una pausa di troppo prima di dire «dormi».

«Cravatta nera, conoscete mia madre.»

Alberico è appena sceso dal Riva, Vito lo ha traghettato con il «Noia» a riva.

«Cosa ha contro la cravatta bianca?»

Alberico mi lancia uno sguardo obliquo.

«Dice che fa avanspettacolo.»

Cominciò una attività febbrile di vestiti e scarpe e prove e acconciature. Dalla Rosy venne aperto un cassetto speciale e era pieno di fiori di seta di colori abbaglianti, zafferano e carnicino e indaco e amaranto, acquamarina, ametista, cremisi, turchino. Di pietre finte, e jais e perline e nastri di gros grain e di raso e di seta crespata. Andammo tutte a farci provare qualche pettinatura arzigogolata e, quando fu il mio turno, la Rosy mi passò alla lavorante Isolina, che si dette da fare il minimo indispensabile, aggiustò un ricciolo spanto, appuntò qualche forcina. E poi disse che non c'era nulla da fare, nemmeno un fiore o un fiocco, i miei capelli non sopportavano nulla.

«Puoi mettere degli orecchini molto grandi» mi consolò Marina. «Ne ho un paio che ho preso a Capri, di perle d'oro e d'argento, te li presto.»

«Grazie.»

Ma c'ero rimasta male.

La guardarobiera Eletta era nella sua gloria, faceva pesare ogni punto che accettava di dare, ogni ritocco. Si lamentava delle sarte delle celebri sartorie, diceva che le cuciture erano sghembe, che i gancetti erano attaccati con lo sputo, l'orlo non era pari, e sembrava che, senza di lei, tutte avremmo dovuto andare al ballo nude. I ragazzi andarono a Firenze a comprare nuovi cravattini da smoking, nuove fasce, nuove bretelle di raso bianco, nuove sciarpe lunghe di seta bianca. I camiciai di Genova e di Napoli spedirono nuove camicie con lo sparato, il plastron, il piquet al colletto, sciancrate, diritte, ricamate, pieghettate. I gioiellieri di Viareggio tirarono fuori i bottoni da sera, li mostrarono a John Albert su un vassoio di velluto rosa e lui li comprò tutti, per sé e per Alberico: zaffiri e diamanti e rubini e diamanti. Si fece fare un pacchetto unico, disse che li avrebbero aperti insieme. Andammo dal calzolaio Giberti a Viareggio e dalla Guarini in via Spinetti, e Albarosa fece una spedizione con Marina a Firenze da Ferragamo, a cercare i sandali più belli del mondo. Andarono e tornarono in treno, e, al ritorno, le scatole di Ferragamo ingombravano la rete dei bagagli. Marina aveva scelto un paio di sandali che fermavano il respiro: un arzigogolo di laccetti incastonati di pietre rosse come il sangue, tacco vertiginoso, ma piazzate divinamente, da ballarci tutta la notte, disse. Albarosa aveva comprato dei sandaletti d'argento, leggeri leggeri, che agguantavano il suo piedino e facevano venire voglia di coprirlo di baci. Io comprai dalla Guarini di via Spinetti un paio di décolleté di raso color oro vecchio, incrostate di paillettes color bronzo. Sul davanti, la tomaia era stata ricamata a fiori larghi di perline minute color panna, e, al centro di ogni fiore, scintillava un pistillo di diamante finto. Il tacco era a spillo, abbastanza alto, foderato dello stesso raso. Comprai anche una piccola borsa uguale, dello stesso raso e ricamata degli stessi fiori. Mia madre era venuta con me al negozio, e io mi ero vergognata di lei, la commessa ci aveva scoperto subito, aveva assunto immediatamente quel tono di superiorità insopportabile che le commesse dei negozi di lusso riservano ai clienti di cui si vogliono sbarazzare.

Rivedo quel negozio, le poltroncine fintoantico foderate di velluto rosso, la commessa sprezzante in ginocchio ai miei piedi. E il mio povero piede grosso, il piede della nonna Zita che governava i maiali come la madre di Gino, rattrappito sul panchettino mentre la commessa sforza, con una malagrazia appena travestita di fretta, il minuscolo laccio di sandali che non potrò comprare, perché non ho il piede adatto. Ma quando guardo verso la porta per scappare, entra Marina con il suo bel sorriso. E le devo presentare mia madre, e mia madre dice «piacere», ma a Marina non dà fastidio. Fa finta di non vedere la montagna di scatole vuote che mi circonda, il campo di battaglia dei sandali morti e dice alla proprietaria, che è subito accorsa e ora è piegata in festeggiamenti mielosi, «Alla mia amica starà bene la décolleté di Gucci che ho provato io l'altra settimana».

E la famosa décolleté di Gucci si materializza per incanto dall'oscurità dove era stata lasciata, perché la mia volgarità non la contaminasse. Esco con il pacchetto in mano, il sacchetto di carta elegante stretto contro il petto: come un naufrago che tocca terra.

Non parlavamo che del ballo, dell'orchestra che avrebbe suonato, del décor floreale che avrebbe addobbato il castello, delle centinaia di candele che avrebbero illuminato gli spalti, dei candelabri in ogni angolo di tutti i saloni, dei lampadari di cristallo di baccarat che sarebbero stati accesi, come era abitudine, solo per il ballo. Gli altri provavano, nel descrivermi la festa che già conoscevano, il doppio piacere di essere generosi e superiori. Io li ripagavo ascoltandoli con una attenzione da scolaretta prima dell'esame. Sui vestiti, diversamente dalle scarpe, mantenevamo un riserbo assoluto, nessuna si azzardava a dare la minima indicazione, né del colore, né della foggia o del modello.

Il mio vestito palpitava dentro l'armadio.

Andavamo nei soliti posti, facevamo le solite cose. Ma tutto era come svogliato, già messo da parte, sostituito dall'attesa. Quando andavamo in Capannina, mettevamo sulle camicette i golfini a rebecca di lana shetland di Robertson, le piccole maglie di cachemire sottile color bianco latte, rosa tenero, celestino. Quando ci alzavamo per andare a ballare, ce li sfilavamo, sganciando i bottoncini a uno a uno in un gesto di inconsapevole erotismo. O forse lo facevamo apposta. Mentre ballavo, con la faccia affossata nella spalla di John Albert o di Emanuele o di Bubi o di Gianmaria, mi succedeva di buttare lo sguardo ai nostri tavoli a bordo della pista di parquet lucido. I nostri golfini, abbandonati sulle spalliere e sul divanetto, mi parevano resti di una vita passata, scoglie abbandonate. La terrazza era stata chiusa con tendoni a righe bianche e rosse, sembrava l'arena di un circo. Ci facevamo incursioni brevi, più che altro per confidarci segreti inesistenti da rivelare subito. O per darci baci fondi ma veloci, ansimanti della paura di essere scoperti. Una sera mi lasciai baciare da John Albert. E, mentre aprivo gli occhi e li scansavo via dai suoi, per dimenticarmene, vidi Bubi, in un angolo, dietro la colonna bianca della balconata del primo piano. Stava accoccolato contro il corpicino di Albarosa, la faceva sussultare di baci e strofinamenti. E mi parve, per la prima volta, come arreso.

Eravamo usciti con il «Noia», soli. Era una mattina pulita di settembre, quando l'aria ritaglia le cose e le scontorna. La linea tonda dell'orizzonte, davanti a cui scurivano le sagome dell'Elba e di Capraia. La vela di una piccola barca, verso Carrara, e la spiaggia già quasi vuota di ombrelloni e di tende riposte per l'inverno, a mano a mano che i villeggianti partivano. Il patino spezzava l'acqua con la sua scia elegante, senza romperne lo splendore. E c'era un rumore lieve di sciacquettìo, i remi battevano il mare a colpi invisibili, lo aprivano in onde profonde, che si dilatavano in cerchi aperti verso me distesa. Guardavo il mio amore, il ritmo con cui faceva scorrere il seggiolino sulle corsie di acciaio, ogni volta che si incurvava nella spinta sui remi. Non ho mai più guardato nessuno come guardai Alberico, in quella mattina che scelse la mia sorte, e la sua. E mai più è accaduto che un altro mi guardasse prendendomi e lasciandomi; e lasciandomi, e riprendendomi. Ogni volta, ci pareva di bere l'uno dall'altro una essenza un elisir un filtro: ineludibile e potente.

Oltre le boe non si vedevano barche. La spiaggia era una striscia gialla indistinta e lontanissima. Alberico li mollò e i remi caddero nell'acqua, stremati. Allora li raccolse con un gesto secco delle braccia, li accostò al galleggiante e poi li tirò su sistemandoli contro lo scalmo.

«Andremo alla deriva», disse.

E io lasciai che quelle parole mi catturassero, mi inondassero di abbandono, e di dolcezza. E poi si alzò, il mio amore alto e bello. E venne a sedermisi accanto. Sorrideva con la grazia di un dio gentile. Mi passava le dita sul viso, sui capelli, e poi sul collo, nella scollatura tonda del mio costume blu chiaro.

«Come sei bella, Andreana», disse.

Lo disse come un timore che agguanta. E io mi sentii bella, dentro il suo sguardo, bella come non avevo mai saputo di essere. Della stessa luce di Elena.

Restammo abbracciati, stesi sul prendisole. L'acqua sciabordava vicino alle nostre teste, mentre il patino si muoveva piano, portato da una corrente invisibile.

Il patino è qui.

In questa stanza.

Alberico sta disteso sul legno del prendisole, sente distintamente le stecche contro le vertebre. Ha i sensi in guardia. È un animale e fiuta il pericolo. Andreana gli pesa sullo sterno, gli schiaccia il respiro sul cuore. Si alzerebbe. Se fosse il se stesso che conosce, lui si alzerebbe, se la scuoterebbe via di dosso. Ma è un altro. Ora è suo padre su quel terrazzo con gli alpini che sfilano sotto i suoi occhi, la mano levata nel saluto. Non sa come è arrivato fino a lì, a quel patino fermo sull'acqua ferma, a quel corpicino abbandonato. Ma adesso sa che non si vuole alzare.

Si gira. Vuole vederla in viso. Vede i piccoli occhi socchiusi di cerbiatto in guardia. Allora anche lei sa. Sa tutto. Questo piccolo mostro che lo snuda. Questa bocca gentile che lo mangia. Cosa mi hai fatto, piccola, cosa mi hai fatto? E dove stava, prima di te, la tenerezza che ora mi tronca il fiato, dove stavano le carezze che non prendono e danno soltanto? Dove mi porti, tu? Tu che odori di sangue e di dolore sordo, tu che sei forte e aguzza e debole e gentile. Tiene il piccolo viso tra le palme, potrebbe schiacciarlo, se volesse. Basta una stretta, e aspettare il sangue.

Non vuole. Il piccolo viso è nudo nelle sue mani e arreso che lo guarda.

A questo viso bisogna dire. Servono parole. Bisogna scavarsele sotto la pelle, nel nascondiglio dove sono state riposte dal bambino che è stato lui per tutto questo tempo, per questo tempo che si apre e è immobile come il lenzuolo che ricopre i morti.

A questo viso.

Eccolo: lo tiene. Di nuovo lo ha rinchiuso nelle mani, non gli farà mai male, mai più, mai più, bambina, piccola donna trepida e di ferro, tu che mi mangi e io ti lascio fare.

«Che hai?»

Lei si accorge di tutto.

«Nulla.»

Si appoggia con la guancia sulle ferite di legno, è attenta, vigile.

«No, tu hai qualcosa.»

«Ti voglio sposare.»

Lo ha detto. Resta tra loro il muro di parole. Lei è ferma. E stanno fermi insieme, distanti, lei ha gli occhi bassi, e ora non lo guarda. È lui che con la punta delle dita, dita leggere perché non si spezzi, le solleva l'orlo docile del mento e la beve con gli occhi, beve il suo viso, l'ombra di capelli smarriti sulla fronte bianca, la linea scura del sopracciglio. Gli occhi. E ora è l'uomo che voleva essere e non lo sapeva, e per questo la domanda in sposa, per restare quello che è adesso, per questa forza, per questo coraggio.

«Mi vuoi sposare?»

Si è sollevata di scatto, scuote la testa, confusa, decisa. Si è voltata, ora guarda il mare. Forse non si lascerà prendere, salterà via. Bisogna prenderla. Afferrarla e tenerla stretta, non può andar via.

Allora la gira. La gira a forza, con le gambe puntate sul legno, i gomiti stretti. Girati, mostro. Dimmelo in faccia perché non mi vuoi. Ora la picchio. Sì, la picchio.

Due sberle per rimetterla al suo posto, questa troia. Dio come è tenera, tra le sue mani. E come trema.

Ora è girata verso di lui. Ma non le vede gli occhi. La testa piccola piccola è piegata sul petto, come una rosa senz'acqua. Bisogna sollevarla di nuovo. E di nuovo ha paura che si spezzi, ha paura di farle male. Allora è lui che piega la testa, lui che si curva dentro le spalle, mette il suo viso accanto al viso di lei, si affaccia sul suo turbamento, e ha gli occhi del bambino che ha appena ritrovato. Annusa. Respira sudore. E sale. Lecca gli occhi socchiusi, inghiotte pianto. Vieni qui. Qui, su di me, vieni. Appoggiati. Sono quest'uomo. Posso tenerti, so tenerti. Posso. Posso reggere tutto il tuo peso, tutto il peso che mi butti addosso, perché mi ami. Vieni. Vieni qui. Non devi avere paura.

E dopo, dopo quando il patino dondola vivo, dentro una corrente che li porta via, dopo, mentre stanno abbracciati sul legno tiepido del loro calore, lei gli dice che muore di paura. Allora è lui che la consola e la accarezza sui capelli, e dice progetti e date e cose da fare, e corre con il cuore in gola dentro la sua anima nuova. Ci vorranno le stanze dei bambini. Quanti? Due, tre. Quattro, meglio. Due maschi e due femmine. Lei avrà la pancia tonda e piccola, lui ci appoggerà la testa, e dopo faranno l'amore.

E ora è forte, è grande, è vivo.

Alla fine, decidemmo di annunciare il nostro matrimonio durante il ballo. A metà serata, lui avrebbe fatto raccogliere gli ospiti nel salone del Sole, avrebbe battuto con il cucchiaino sul suo calice di cristallo. Mi avrebbe chiamato vicino a lui.

«Vedrai che faccia faranno, mia madre non se lo aspetta proprio, povera donna.»

L'acquisto del vestito occupò due settimane. Mia

madre si era rivelata molto più pratica e efficiente di quello che avessi potuto supporre. Fece venire da Santa Croce la sarta Emera, la portò Gino con la sua Seicento, e poi restò per cena.

Passammo il pomeriggio sedute al tavolo della stanza da pranzo, sotto gli occhi vitrei di Dante a passeggio su un Lungarno vuoto, a sfogliare, appuntare, piegare angoli, strappar pagine di riviste pesanti come sassi che la sarta Emera aveva portato con sé. «Burda» e «Mademoiselle» e «Cartamodello» e «Alta Moda» e «Collezioni» e persino un «Vogue» conservato nella carta velina e maneggiato con due sole dita, di punta, perché non si sciupasse. Mi guardavano, dalle pagine lucide e spesse, donne irraggiungibili, con alti chignon sul viso perfetto, incantevoli. Schiene nude con bretelle intrecciate, abiti magnifici con gonne e sottogonne di raso a panier, a pieghe, a volants. Abiti a colonna, a anfora, a sirena di pizzo, trina, tulle, organza. E fiocchi, cappe, scialli, e perfino pellicce di visone selvaggio e stole di zibellino e sciarpe di chinchilla. Era un universo così estraneo e separato da me e dalla mia vita che mi intimoriva e mi rendeva triste. La sarta Emera mostrava, indicava, sottolineava, spiegava come correggere una scollatura troppo profonda, la piega di una sottana, accorciare, allungare, stringere, sveltire. Mia madre faceva segni di approvazione ampia e senza riserve, io stavo zitta. Mi piacque un abito con una gran sottana nera di moiré marezzato, e un bustino di pizzo fragile, bianco latte, appena aperto a v alla base del collo. Ma mi ricordavo che, sull'«Enciclopedia della fanciulla», avevo letto che si vestono di nero, ai balli, solo le vedove o le sposate di una certa età, così non dissi nulla. Mi passò davanti un abito stretto, color ghiaccio, lungo fino ai piedi e diritto, tutto chiuso da minuscoli bottoncini foderati di raso e percorso da ramages ricamati di perline e palline d'argento e minuti cristalli di rocca in nuance, con due bretelline sottili. Mi sembrò che mi assomigliasse, non so perché. Mia madre stabilì che «faceva vecchia» e anche la sarta Emera confermò annuendo con vigore. Poi ci fu un abito di Iole Veneziani, splendido, con lo strascico bordato di visone bianco, incrostato di pietre; un abito a ruota, con un bustier rigido, inondato di perle e cristalli, di Emilio Schubert, che, nella fotografia, danzava sulle gambe meravigliose di Sophia Loren; alcuni lunghi abiti da soirée con drappeggi perfetti della Biki. La sarta Emera si mise a magnificare una certa stoffa «podesuà», e era una cosa morbida e opaca che assomigliava al raso ma aveva la consistenza del «faille». Ne aveva portato un campione e mia madre se lo passava tra le dita. Io volevo dire che non potevo più andare al ballo, alzarmi, andare via. Invece rimasi seduta e a un certo punto, su «Mademoiselle», in una pagina intatta, trovai un vestito corto, di pizzo in vari toni d'oro. La gonna scendeva appena sotto il ginocchio in gronde fitte, ma non così larghe da risultare ingombranti o da impacciare i movimenti; il corpino era incrociato, e lasciava scoperto il décolleté e le braccia. In vita, una minuscola cinturina dello stesso tessuto si chiudeva a fiocco. Era un abito da cocktail, ma mi piaceva immensamente. E mi seduceva l'idea di tutto quell'oro che non dava nell'occhio, ricamato sull'organza, in disegni allentati di ramages esili. Dissi che mi sarebbe piaciuto averlo. Era di Nina Ricci. La sarta Emera si avvicinò la fotografia al naso, ci strofinò quasi gli occhi sopra. Disse che era un modello di una complicazione enorme, e che la stoffa non si sarebbe potuta trovare che a Parigi. Propose invece un abito fucsia, di rasone spesso, tagliato svasato e con un bustino a maniche lunghe incrostato di pietre rosa più scuro, che era di Cap-pucci. Disse che l'aveva già fatto, in bianco, per la figlia del dottor Patalini, la Morena, che si era sposata a giugno con uno molto benestante di Montecatini. Io insistevo per l'abito color oro. Mia madre confermò la sua nuova personalità efficientista e disse che saremmo andate insieme da Valli a Firenze. Che Valli ce l'avrebbe avuto di certo, quel tessuto: era il negozio di stoffe più fornito che ci fosse. La sarta Emera si dovette rassegnare. Mi prese le misure accanto alla finestra aperta sul giardino di pini, perché ormai era quasi buio e non ci vedeva bene. Io avevo paura che Gino, che era andato a fare una passeggiata per discrezione, tornasse proprio allora e mi vedesse in mutande. Mia madre sembrava che non ci pensasse, tutta presa come era dal vestito.

Andammo a Firenze il giorno dopo, subito, dovetti rinunciare alla mattina dei segreti, senza nemmeno poter avvisare Alberico. Dino ci accompagnò con la macchina alla stazione di Viareggio. Prendemmo un treno che faceva tutte le fermate possibili, e metteva una ansia pazzesca, ma poi, alla fine, arrivammo. Da Valli, la stoffa c'era, e proprio quella francese originale. Il commesso ci mostrò varie pezze, finché non gli venne in mente di andare nel magazzino a prendere quella giusta. Intorno a noi, un brulichio di mani e facce e prove allo specchio con la pezza srotolata mentre due garzoni la reggevano, per appoggiare al décolleté un lembo e controllare come stava al viso. Il nostro commesso appoggiò la pezza giusta sul piano di legno del banco e cominciò a misurare i metri, facendo saltellare l'anima di cartone. Pareva viva. Agitava il metro di legno, tac tac tac. E, all'improvviso, la stoffa fece un ultimo giro: finì. Sussultammo tutti e tre, poi il commesso si chinò verso mia madre e disse, come se fosse un segreto di importanza vitale, «Siete fortunate, sette metri esatti». E uscimmo con tutto quell'oro sottobraccio, impacchettato di sogni e carta velina.

Attraversammo i giorni che ci separavano dal ballo facendo finta di non preoccuparcene, ma non era vero. Sentivamo, in un modo vago ma certo, che, dal ballo, sarebbe uscito qualcosa di nuovo e di definitivo per tutti. Era come se ciascuno di noi avesse messo, su quella data, lo spillo del suo desiderio, e aspettasse. In Capannina ogni sera la pista si svuotava prima, già alle sei era troppo scuro per giocare a tennis. Andavamo al cinema imbacuccati di golf. Al mercatino c'erano gli spazi lasciati vuoti dagli ambulanti che avevano già cambiato piazza, e coperte e maglioni e brutti cappotti in vendita, appesi ai bastoni delle tende. Comprammo a Viareggio, dalle sorelle Landi, le matasse di lana da lavorare a maglia sotto la tenda. Andammo a mangiare i funghi a Montignoso. Al ritorno, una nebbiolina bassa stringeva i campi e dovemmo tirare su le capote delle nostre spider.

Arrivò il giorno del ballo.

Capitolo 14

Saskia guida e il suo nasino punta la linea chiusa della autostrada che va verso Lucca. La notte è nel suo mezzo, c'è ancora strada da fare, il disegno dell'intero si va precisando.

Filippo ha lasciato la chiave infilata nel morso lucente del bloccasterzo, prigioniera del suo delitto. Il nastrino di raso bianco risecchito penzola contro la leva del cambio. Ma stringe il pugno come se ancora la tenesse in mano. Lascia che alla coscienza affiorino baluginii di pensieri. La moribonda nel letto. Suo padre mentre chiude delicatamente la porta dell'ingresso di casa che non riaprirà mai più. La moto che luccica nella sera di ombre quando Elena gli consegna la chiave. Chopin zampilla dentro la macchina, è un valzer. Suo padre suona al pianoforte, dietro una porta sbarrata e la musica apre la porta, dipana accordi struggenti, di una dolcezza che strazia, lo confonde di pietà, di smarrimento. La campagna è placida di brina e di sussurri, nel finestrino opaco di respiri. Passano accanto a una chiesa, il campanile rintocca un'ora che non si può sentire e Filippo permette che il pugno si allarghi.

Arrivano.

Saskia protesta per ricevere le sue labbra. Lui prova l'impulso di stringersela addosso come uno scudo, di portarla con sé nel buio dove ha deciso di andare. Ma è tardi, è sempre tardi quando siamo soli.

«Ciao amore mio.»

«Mi piace quando dici "Amorre mio".»

«Amorre mio.»

Farebbe tutto. Per questo visino, per la scriminatura vulnerabile che divide i lisci capelli, per quei dentini che lo mordono sul tendine della spalla, quando la fa godere.

«Allora ciao.»

«Ciao.»

Resta ferma.

«Va bene, ciao.»

«Un altro bacio.»

«Ciao.»

E poi è lei che ride, quella risata di cristallo smeriglio. Lei che dice «Dai sembriamo Stanlio e Olio...». E mette in moto. E quando la macchinetta scalcagnata parte, lei si gira per tenerlo negli occhi ancora un istante e grida «Avrivedoooooorciiii».

Solo, cammina verso la casa. Il viale di cipressi chiude il mondo in una linea lontana e profonda, da anima di videogioco, le luci di Lucca brillano in toni vari di azzurro e di giallo. Sa che accadrà qualcosa in questa notte strana.

La villa dorme e gli viene voglia di passare da dietro. Dietro, la villa elegante nelle sue piatte finestre di facciata, si diletta di follie, si lascia abitare da statue di uomini e dei e ninfe e efebi. Alte statue bianche con pepli che ondeggiano per sempre immobili alla brezza che arriva dal mare, scavalcando il monte Quiesa. Statue più piccole, che furono bianche, ma di pietra porosa con macchie nere di vecchiaia, palpitano sulle balaustre. Al pianterreno, in nicchie gemelle, Ercole e Zeus sorvegliano dai loro piedistalli i casi meschini degli uomini e non si chinano a consolarli. Filippo cammina sul viale di ghiaia, scricchiolano sassolini sotto ai suoi passi. Il giardino dorme di ombre rivelate dalla luna, sfere di bosso, orsi di bosso, piramidi di alloro. Il cedro del Libano, dove stava appesa la sua altalena, fruscia e gli parla. Le statue scendono dai loro piedistalli e gli corrono incontro, poi scartano, si siedono tranquille sulle panchine, iniziano la loro conversazione saggia. Sua nonna è una statua. E pensa un pensiero osceno, di cui subito prova rimorso: era una statua anche prima, prima che la malattia la imprigionasse nel marmo del suo corpo.

Quando apre la portafinestra della loggia, il vetro barbaglia, lascia entrare la luna. Per questo non accende la luce. Se l'avesse fatto, non sarebbe accaduto nulla, tutto sarebbe rimasto in ombra. Ma il disegno dell'intero corre verso il compimento.

A passi di fretta piega subito verso sinistra, verso il corridoio vuoto dove solo un divano di raso cremisi aspetta appoggiato alla parete spoglia. L'interruttore è a destra.

Luce.

E nella luce un frullo di corpi.

Sul divano rosso un vecchio con i pantaloni abbassati sta seduto a schiena affannosamente diritta. Una donna in ginocchio davanti a lui si affanna ad alzarsi. La donna è vestita del bianco della sua divisa sghemba, il vecchio ha una giacca da sera da casa, di seta bordata di passamaneria. Si riaggiusta i pantaloni.

«Filippo.»

Lo dice come una condanna.

«Scusate.»

Fa un passo indietro, verso la porta che lo salva. Ma la luce ormai è accesa, non si può sfuggire alla luce. Allora scappa lui, esce. Riapre la portafinestra, a passi che schiantano la grana fina della ghiaia, esce dalla scena di un delitto che non vuole vedere, si infogna tra le siepi di bossi antichi, muri fitti di verde che separa. Cerca la grotta dei venti. Non è un posto dove gli piace andare. È un buco di notte continua, rinchiuso da un cancello alto di ferro rugginoso, con punte aguzze e iniziali intrecciate di sconosciuti. O di venti. La grotta è umida, verde. Gocciola acqua da piaghe che non si vedono su pareti ammuffite di peccati sepolti. Sul bordo dell'ingresso, in una nicchia di ciottoli, una statua consunta, dilavata di un vento che qui deve soffiare sempre, il vento dei morti che risparmia i vivi. Eolo urla a bocca sdentata i suoi soffi. Il corpo tarchiato avvolto in un mantello piumato, e ai suoi piedi, tre teste di mostro, un mostro a tre teste, spalancano bocche paurose che soffiano aliti fetidi. Eppure, è entrato. Aspetta. Lascia che il vento che soffia mistero in questo cavo buio lo avvolga. Vento, alito, respiro, sospiro che arriva dalla terra, di cui nessuno sa le ragioni fisiche, e forse è un foro praticato con sapienza da un maestro di giardini barocchi, nel secolo in cui il giardino parlava e si muoveva e atterriva per gioco; ma non importa. Importa solo il vento.

«Posso entrare?»

Suo nonno sta nel riquadro della porta verniciata di lacca grigia e orlata di color seppia elegante. Filippo è vestito sul letto intatto.

«Ti devo spiegare.»

«No.»

Volta la testa al muro. Ha imparato dal giorno di suo padre che l'unico modo per crescere sani è lasciare agli adulti i loro peccati.

Ma suo nonno è già accasciato sulla seggiolina davanti alla scrivania.

Lo guarda.

Si è vestito, non ha più la giacca da casa. Ha una camicia bianca intatta, pantaloni scuri. Una giacca leggera. Ha la cravatta. Si è ripulito della scena che suo nipote ha visto, rivestendo abiti intonsi. Si è rimesso addosso la sua dignità di vecchio.

«Nonno, io avrei sonno, è tardi. Possiamo parlare domani?»

Ma sa che parleranno adesso.

Il vecchio è curvo, diritto e curvo. Il peso della testa con capelli lisci, ben pettinati su un lato, il peso della fronte, lo tirano verso il basso suo malgrado. È un vecchio, gli fa pena: è un vecchio. Ma gli occhi sono appuntiti e stretti, otturatori di mitragliatrice a alzo uomo. Una linea di perforazione. L'oggetto di questa inquisizione è lui. Filippo non si capacita di come i ruoli si siano potuti invertire, il giudicante diventare giudicato. Di colpo prova per quest'uomo una vampa di curiosità. È un estraneo che vaga per le stanze, da tempo ha delegato i suoi affari a un gruppo ben allineato di dipendenti, che si presentano in orari precisi a render conto. Filippo e il nonno non si parlano, se non per le cortesie minime richieste dalla convivenza. Potrei avere il sale? Finirei la salsa, se a nessuno interessa. Nessuno è il nonno. A tavola sono solo loro due. Suo padre non viene a San Michele da quando è partito per New York. Sua madre è a Punta del Este. Sua nonna muore. Nella camera di ragazzo, la luce della lampada alogena è violenta, bluastra come un livido grandioso. Ci sono tutti i colpi che ha preso Filippo, tutti i suoi abbandoni. Un calcio è sua madre, uno schiaffo è sua nonna, suo padre è una scarica di cazzotti. A scuola, i professori hanno sempre detto che era «insolitamente riflessivo per la sua età». Gli è sempre piaciuta la matematica, l'ordine imprescindibile e misterioso dei numeri. Le incognite convenzionali. Le dimostrazioni da fare. Abitando la matematica, si impara la precisione del caos. Non è un carattere da caos, Filippo. Ma gli è toccato diventarlo.

«Tu non sai nulla.»

Filippo respira. Si è tirato su, ha messo i piedi per terra.

«Va bene.»

Siccome si è arreso, decide che tocca a lui anche il passo successivo. Per questo va a sedersi sulla sedia di fronte a suo nonno. La scrivania impero, con i suoi fregi d'oro, li separa come un banco di tribunale.

Il vecchio è diritto, muto. Tiene stretto il destino con le sue labbra serrate. Ancora un minuto.

«Forse doveva andare così.»

«Così cosa?»

«È stato bene che tu ci abbia visti.»

«Nonno.»

«Sì: bene.»

Il nipote giovane sta seduto con le braccia che penzolano lungo il corpo.

«Io amo tua nonna.»

«Sì nonno.»

«No, non devi dire "sì" in questo modo, Filippo.»

Chiama il nome di suo nipote per prenderne possesso. Con il peso del suo nome l'inchioda, lo vincola al processo, al giudizio finale.

«Devi ascoltarmi.»

«Sì nonno.»

Vorrebbe dire «cazzo», ma i vecchi non dicono «cazzo».

«Io amo tua nonna.»

Il nipote ora è a disagio, si muove sulla sedia, ha un piede che dondola. Anche la gamba dondola, e il ginocchio. Il movimento oscillatorio arriva alla coscia, alla inforcatura delle gambe. Le gambe parlano di quello che la coscienza non vuole dire.

«Sono cose tue. Nonno Gino.»

Ora anche lui usa il nome come una chiamata a reo.

«Tua nonna è malata da tre anni, da tre anni. E prima. Prima...»

Fa una pausa. Deve trovare il prima nella fuga dei ricordi. «Tua nonna non è mai stata facile. E tu lo sai, stai con noi da quattro anni, ma era tua nonna anche prima. Tu non te la ricordi...»

Ha trovato il ricordo sbagliato.

«Se tuo padre è un pervertito, una ragione c'è.»

Filippo scatta in piedi.

«Basta.»

Ora è il cavaliere di suo padre, il templare di suo padre. Fiammeggia, corpo fragile di ragazzo irretito di doveri e di incubi.

«Lascia stare mio padre. Ha il diritto di amare chi gli pare.»

Pensa: io amo Saskia, se Saskia non ci fosse, non lo difenderei.

Il vecchio sente che deve fare marcia indietro, recuperare adesso.

«Scusa. Ti chiedo scusa. È che sono vecchio, tu lo sai come sono, i vecchi.» Aggiusta ancora, meglio. «Tuo padre ha fatto bene a scegliere come ha scelto. È libero, e magari è anche felice, chi lo sa?»

Suo nonno parla di suo padre come di un estraneo, senza commozione. Ne parla da osservatore a distanza.

«Ma è di me che ti voglio parlare. Eh, non ti meravigliare, ai vecchi succede, parlano tanto. Sono stati zitti per anni e poi parlano e non te ne liberi più, parlano tanto che nemmeno te lo immagini, Filippo. Io amo tua nonna come il primo giorno. Non lo dico per dire. Non lo dico perché mi hai visto, di là. E poi che hai visto, in fondo? Un vecchio che si prendeva un po' di soddisfazione, una pocaggine. Un vecchio. Le infermiere lo fanno. Aiutano i vecchi, li imboccano, li lavano, li sbarbano, li fanno godere.»

«Nonno.»

È irrigidito di disgusto. Distanza e disgusto.

«Eh no, Filippo, le cose bisogna chiamarle con il loro nome, mi frega assai se sei una margheritina.»

Ma come parla il nonno, in questa notte strana?

Il vecchio si sta aggiustando la cravatta, si è aggrappato alla salvezza del nodo perfetto.

«Io tua nonna l'ho sempre amata. La amo. La amo come uno strazio. La amo come una Madonna che mi degna.»

E ora la vede, lei ragazza, il musino, i capelli scuri, la bocca rossa. Il collo. Il collo bianco bianco. Gentile.

«Io per tua nonna ho ucciso.»

Capitolo 15

La mattina del giorno che avrebbe cambiato la mia vita sgusciai via da casa prestissimo, per andare alla spiaggia. Uscendo dal cancello di servizio, andai a sbattere contro il parafango della Seicento di Gino. Lui scese subito, mi parve insonnolito, come se si fosse appisolato.

«Non fa nulla, Andreana, non si preoccupi.»

Io ero sbalordita, stufa di quella adorazione soffocante.

«Allora buongiorno.»

«Se ne va?»

«Sì.»

Troppo brusca.

Gino si era piazzato davanti alla ruota della mia bicicletta, mi impediva di muovermi.

«Posso permettermi di invitarla a fare la colazione al bar?»

Disse «la colazione al bar» come se fosse una proposta straordinaria, impossibile da rifiutare. La trepidazione con cui mi guardava, spiando la mia reazione al suo invito mi scombussolò, mi fece dire, d'istinto, «Va bene», senza valutare le conseguenze.

Lasciai la bicicletta appoggiata al muretto della via Leonardo da Vinci, salii sulla Seicento. Di nuovo, mi colpì l'estrema pulizia dell'abitacolo, e anche la volgarità degli accessori sparsi sul cruscotto e sul sedile. Un cuscino lavorato all'uncinetto, una Torre di Pisa con la calamita. Sui sedili dietro e anche sul lato interno delle portiere e perfino sui braccioli, c'era ancora la fodera di plastica della fabbrica. Dentro la cavità vuota della autoradio, un pacchetto di caramelle Charms aperto, e una rotella di liquirizia mangiucchiata. Gino parlava a raffica, delle solite cose di cui parlavamo sempre, prendendo le misure alla nostra distanza: io impegnata a chiudere porte, lui ad aprirle. Una volta visto dove portava, non gli avevo più permesso di trascinarmi sul terreno scivoloso delle confidenze. Volevo che il nostro rapporto restasse nella casella che gli avevo assegnato: buona educazione e una vaghissima pena per la sua vita da poveraccio. Mi portò al Bar Ducale. Ordinai un cornetto e un cappuccino e lui nulla. Mi guardava mangiare, tormentando la tovaglietta di stoffa blu del tavolino, in silenzio. La via Carducci era deserta. Un netturbino con la divisa azzurra lavava l'asfalto con uno spazzolone lungo. Passò muta la pescivendola Divia, con il cestino pieno di bestioline appena pescate.

«Beh, allora grazie.»

Mi ero alzata.

«Vuole già andar via?»

E mi aveva preso la mano.

La sfilai via, infastidita all'improvviso.

«Senta, Gino.»

«Mi permette di accompagnarla a casa?»

E di nuovo la sua trepidazione mi incrinò.

«Va bene.»

Va alla cassa a pagare. La radio accesa parla di una ragazzina di quindici anni, che si è buttata sotto un treno perché suo padre, un arrotino sessantenne, aveva proibito al suo fidanzatino di venirla a trovare. Ci incamminiamo verso la macchina e Gino mi riprende la mano. Dovrei sfilarla di nuovo, ma una sensazione strana di tepore inaspettato mi trattiene. Gliela lascio. Lo sento pulsare contro il mio palmo dentro le sue grosse dita flosce. Sa di pelle non lavata, di camicia stantia. Capisco che ha dormito in macchina davanti al nostro cancello, sta seguendo i passi di un copione studiato e ripetuto nei dettagli minimi da chissà quanti giorni.

«Allora stasera c'è questo ballo», dice, mentre mi apre lo sportello, con un gesto imbambolato.

«Sì.»

«Si metterà l'abito della signora Emera?»

Mi secca quella domanda stupida, mi pare che pretenda il pedaggio per avermela portata in casa, il pomeriggio in cui dovevo scegliere il modello. Sbuffo, guardo fuori dal finestrino. Via IV Novembre. Via Stagi. Il Fortino di mattoni rossi, macchiato di cespi di capperi menci. La chiesa. Via Duca d'Aosta. La provinciale orlata di platani già ingialliti. Una donna stanca sta mettendo fuori dalla porta il secchio pieno della spazzatura. Via del Paradiso. E poi gira in via Carrara.

Si ferma sotto un piccolo tabernacolo, con una brutta Madonna dipinta, e davanti due vasetti sporchi con pochi fiori imputriditi. Sono pentita di averglielo permesso.

«Le dispiace se parliamo un po'?»

Gli trema la voce, e io capisco cosa sta per dire. Ma non posso impedirglielo, non ho nessuna via d'uscita, sto attentissima a non farmi toccare. Gino è come in trance, aggrappato al volante come se stesse ancora guidando. Mi prende un istinto di sopravvivenza pura.

«Io scendo.»

«No.»

Mi ha bloccato, ha il braccio contro il mio grembo, la mano sopra la mia mano afferrata alla maniglia dello sportello. La presa è forte, risoluta. Lascio andare la maniglia. E di colpo voglio che cominci e che finisca nel più breve tempo possibile. Gino mi libera la mano, tirando indietro la sua, se la torce con l'altra, per frenare il tremito che l'ha preso.

«Scusi.»

E prima che io possa rispondere e dire una cosa qualunque, prima che la tensione che c'è tra noi si spezzi in una giravolta spenta di buone maniere, mi getta in viso la frase che si è preparato da giorni e giorni, che si è ripetuto per tutta quella notte passata al freddo di settembre, bagnata di brina e di sudore ghiaccio.

«Io l'amo.»

«No.»

Mi scosto da lui con un guizzo rapido, di schifo. Mi riparo il petto con le braccia, serro le ginocchia.

«No.»

Invece che ritrarsi, Gino si sporge verso di me, e mi prende a forza una mano.

«Io l'amo», dice di nuovo. Scandisce le parole come se io non le avessi capite.

«Voglio scendere.»

Ma Gino si allunga verso il mio sportello, chiude con un colpo secco della sua manona la sicura. Io ho paura. E allora mi volto e lo bacio. Un bacio come uno sfioramento, pressione leggera subito tolta, ma gli scoppia il viso di stupore, e di gratitudine, dice «Andreana Andreana», mi tempesta le mani di baci, a capo chino.

Ma io guizzo via dai suoi baci bagnati di saliva e di lacrime, le lacrime oscene che adesso si pulisce con il dorso della mano. E è un uomo colpito a morte.

«Senta ragioniere.»

«Gino.»

«Gino.»

Si mette diritto sul sedile che scricchiola di plastica. Si ricompone.

«Lei non mi vuole, vero?»

Io respiro di sollievo perché l'ho scampata. Ora può farmi pena.

«Lei è un uomo straordinario, Gino, davvero.»

Si gira verso di me, e non crede a nulla.

«Onesto, gran lavoratore, serio, profondo. Lei è molto profondo.»

E lui annuisce, rassegnato, e stanco.

Cerco una cosa da dire che non faccia troppo male, però definitiva, ineluttabile. Prendo la rincorsa di un respiro lungo.

«Sono fidanzata.»

Rotolo le sillabe come sassi smossi nella furia di scappare.

Cade sullo schienale come se non avesse più forza, le spalle scese, le braccia morte. E io dico che mi dispiace, che sono veramente dispiaciuta, che possiamo restare buoni amici, che la vita va così, sceglie, ci sceglie.

«Non io. Non me, vero.» All'improvviso cupo. Serra le mani sul volante, lo scuote tutto. Mi spavento, per la seconda volta, è una violenza trattenuta e potente. E allora con delicatezza gli appoggio una mano sulla spalla, con delicatezza gli allento le dita.

«La prego, ragioniere.»

«Gino.»

«Gino.»

Parlammo. Mi amava dalla prima volta che ero andata alla conceria, dalla prima volta che aveva visto il mio corpicino. Ero l'incarnazione di tutti i suoi sogni, mi avrebbe fatto la sua regina, la sua principessa, la sua imperatrice. Mi avrebbe comprato una villa meravigliosa, con un giardino tutto di rose. Mi avrebbe dedicato ogni minuto della sua vita, ogni respiro. Voleva tanti figli perché sarebbero stati belli come me. A mano a mano che mi metteva in grembo il suo amore assoluto e potente, cresceva in lui la calma della certezza e ci credeva. Disse che l'amore sposta le montagne, che il suo amore per me era la cosa più forte che avesse mai provato. Disse che mi avrebbe convinto a amarlo. Io lo lasciavo dire, come si fa con i pazzi.

«Lei non ci crede, vero, non ci crede. Invece mi amerà.»

«Ma io già le sono molto affezionata, Gino. Molto affezionata.»

«No. Io voglio che mi ami.»

E si girò a guardarmi e era languido e carezzevole e dolce, e solido, forte, tenace. E io, per un momento, pensai che forse lo avrei potuto amare.

Se non ci fosse stato Alberico. Mi sembrò di essere, con Gino, in una confidenza antica, come con me stessa. O forse fu solo l'ansia di chiamare il nome del mio amore.

E fu così che lo dissi.

Gino accolse il mio segreto con una naturalezza che mi colpì, come se già lo sapesse, o se lo aspettasse. La passione si era sciolta, la tensione svanita. Era attento, lucido. Indagava.

«È quel giovane biondo con la Mg verde bottiglia, vero?»

«Sì.»

«Ma ancora non avete annunciato il fidanzamento, vero?»

«No. Non ancora.»

«E quando lo farete?»

«Stasera.»

Lo dissi a me stessa, lo dissi al mio cuore che batteva, alla mia paura che non fosse vero, alla gratitudine, all'ansia. Lo dissi alla bambina che avevo smesso di essere e alla donna che ancora non ero.

«Stasera.»

Gino rinculò contro lo schienale.

«Così presto?»

«Stasera.»

«Al ballo?»

«Sì, al ballo.»

Ero io, adesso, a essere certa, sicura. A buttargli in faccia il mio destino già deciso.

«Al ballo al castello?»

«Sì, al castello.»

E solo allora mi resi conto della mia cattiveria, del male che gli stavo facendo. E mi chinai sul suo viso svuotato, gli posai le labbra sulla guancia. Dissi, in un soffio, «Mi dispiace».

«Non fa nulla.»

«Ha già smesso di essere innamorato?» e lo guardavo in tralice, da civetta, all'improvviso decisa a conservarmi la sua devozione.

E Gino mise la mano sulla chiave dell'accensione, fece scaldare il motore in pochi giri arrotati, ingranò in folle, poi la marcia indietro. La prima. E mentre sterzava per fare inversione sulla stradina stretta, e il muso della Seicento grattava contro gli sterpi del campo, si girò di scatto verso di me, mi fissò per pochi secondi con occhi da pazzo.

«Non cambia nulla», disse. «Nulla.»

Mi riportò a casa e ci salutammo in un modo molto formale, freddo. Ma ormai ci davamo del tu. Io ripresi la bicicletta che avevo lasciato appoggiata al muretto, andai giù verso viale Morin. Gino mi seguiva con la Seicento e mi attraversò il pensiero che avrebbe potuto investirmi, o anche soltanto farmi cadere. Bastava un colpo leggero con il paraurti. Ma si tenne lontano. Arrivammo sul lungomare, si accostò, mi fece un cenno con la mano. Era sparito.

Mancava ancora una giornata intera.

Verso le undici arrivarono in spiaggia Bubi e Muzio, e poi John Albert. Marina non si fece vedere, «Dorme», mi informò Bubi in un tono neutro. Albarosa scese a mezzogiorno, con il suo due pezzi con i nastri azzurri e una camicetta Emilio Pucci gialla e viola e azzurra. Si mise a sedere in braccio a Bubi, con naturalezza. Giovannella tornò da una passeggiata solitaria verso il molo e andò diretta da Muzio, gli propose di uscire in patino. Muzio strizzò un occhio a Bubi e John Albert, disse «Qui si va in rete», a voce abbastanza alta. Poi seguì Giovannella e il suo costume nero. Elena non venne. E nemmeno Emanuele. Stavamo zitti. Ogni tanto ci cambiavamo di posto, spostavamo la sdraio o l'asciugamano. Non avevamo voglia di fare nulla che non fosse aspettare, in quella quiete lenta, in quell'aria di cristallo e di blu, Forte dei Marmi, 1959, nirvana che ti culla.

Passai accanto al bar, andando via. Sul juke-box qualcuno faceva suonare «Io sono il vento». Di Gino mi ero già scordata.

Pomeriggio. Il tempo gocciolava senza passare.

Verso le quattro andai da Giovannella a vedere il suo vestito e a mostrarle il mio. La trovai che se lo provava allo specchio, un lungo abito a colonna di cady nero, tempestato di pastiglie di jais nere e perline minute nere. Si atteggiava lo scialle, nero dello stesso cady, e inutile perché l'abito era accollato. Mi disse che la imbarazzavano le frange.

E poi, mentre andavo via, con il mio oro sotto il braccio, mi disse, girandosi di scatto «Sono brutta, vero?».

«No, sei seria. Perché non ti vesti di bianco, per una volta?»

«E perché?»

«Perché ne hai proprio voglia, anche se non lo vuoi riconoscere.»

Mi guardò riprendere la bicicletta con un sorriso sforzato. Mentre mi chiudeva il cancello alle spalle, mi girai per salutarla con la mano e vidi che si era appoggiata al legno, come se stare in piedi fosse troppo difficile.

A casa, trovai Marina che era venuta per aiutarmi con il trucco. Aveva preparato sul lavandino del bagno e sul ripiano della mia toilette una processione di scatole, scatoline, barattolini minuscoli. In una scatola un po' consumata, una pasta nera scavata al centro riluceva della sua saliva. Ci intingeva dentro un pennellino e orlava gli occhi di una riga scura. Lo fece anche a me, ridendo. Poi tirò fuori due striscioline di nylon con tanti ciuffetti che sembravano ciglia. Se le incollò sopra le sue.

«Anche se sono di suore morte o di spose siciliane morte, non mi importa», disse. «Guarda come sono bella.»

Ma io non me le feci mettere. Invece, le permisi di spruzzarmi la polvere d'oro, che aveva comprato dalla profumiera Elide, sulle labbra e sulle palpebre.

«Guarda che è velenosa.»

«E allora perché me la metti?»

«Ma perché è bella, no?»

Ero incerta.

«Ma se bacio qualcuno?»

«Qualcuno chi?»

Emanuele venne a prendermi alle dieci esatte, perché ci voleva circa un'ora in macchina per arrivare a Malavolta. Salutò mia madre. Lei si torceva le mani di emozione e di spavento preventivo, sapeva dei tornanti e di quanto erano pericolosi. Forse, anche, temeva qualcosa per me, con l'istinto da bestia che hanno le madri. Strinse la mano a mio padre, che presidiava la panca del portico. Poi mi offrì il braccio e scendemmo, come due vecchi sposi ai giardini, la pendenza minima dal marciapiede di casa al cancello. Camminavo sulla punta dei piedi, per non sciupare le mie scarpe di raso dorato e il mio vestito corto danzava insieme ai nostri passi e luccicava nel buio.

«Sei bella, sai, Andreana», disse Emanuele, mentre mi apriva lo sportello della sua Giulietta Sprint e si inchinava in una postura galante che non gli conoscevo, come se gli abiti che portavamo ci imponessero gesti sconosciuti prima.

«Grazie.»

«Mi piace il modo in cui non sprechi le parole. Noi sì. Tranne Alberico, lui è come te.»

Io ebbi un brivido di gioia segreta. E ora, ora che è passato tanto tempo, tutta una vita di tempo, e i ricordi si stagliano nitidi nella mente come guglie di una cattedrale, io penso che Emanuele sapesse. E che avesse detto quella frase mosso dalla sua intima gentilezza, dal desiderio vero di farmi sentire felice e benaccolta alla prova finale che mi aspettava. Guidava lento, senza guardarmi mai. Il lungomare era abbastanza vuoto, c'era solo la confusione solita davanti alla Capannina, ma meno intenta, già stanca, era l'ultimo sabato di apertura. Passammo il molo, poi il Cinquale, i Ronchi, Marina di Massa, Marina di Carrara. A mano a mano che ci allontanavamo da Forte dei Marmi, dalle luci, ci venivano incontro altri odori, altre facce, altri rituali, come un paesaggio sconosciuto anche se contiguo. File e file di furgoncini aperti su un lato, trasformati in banchi alti da cui si sporgevano omacci con grembiuli macchiati di sangue e di unto che offrivano porchetta, salsicce, lupini, croccanti. Famiglie intimidite, venute al mare in settembre perché costava meno, attraversavano la foresta di venditori a testa china. Solo i bambini, attardati sulle loro gambette stente, aprivano la bocca e guardavano, intontiti di stupore, le luci, lo scintillio del cellophane, dell'olio, dei dolci. Oltre la rete di recinzione, i campeggi erano semivuoti e tristi, con poche tende canadesi sbarrate. Prendemmo la strada della Val di Magra e subito vedemmo fari di altre macchine, che salivano come la nostra. Io pensavo alla confusione che mi ero lasciata dietro, la cipria e il rosso per le guance e i rossetti aperti, come feriti sul campo di battaglia del lavandino. I vestiti ammonticchiati sul letto, per terra, i reggiseni provati e poi buttati a caso sul copriletto e sulla poltroncina, le collane sparse sul piano di marmo della toilette, per cercare quella giusta. E poi non avevo scelto nulla, lasciato nudo il mio collo bianco. Invece avevo messo gli orecchini, due lunghe strisce d'oro vero, che terminavano in due larghe boules lucenti come palloncini su un albero di Natale. Mi facevano un viso esotico, contrastavano con i capelli castani, e riflettevano le schegge dorate che mi erano nate nell'iride, come sole trasferito anche lì. Mi sentivo talmente bella. Avevo talmente paura.

Attraversavamo la campagna schiarata di chiazze della luna che saliva, e anche la campagna era in attesa. Chiudeva, dietro le porte delle case serrate, sotto la terra secca delle vigne e degli olivi, un lavorio che io potevo percepire, di anime smosse, di humus gocciante, di insetti in marcia in caverne oscure e profonde, un'ombra indaffarata di misteri.

E salivamo. I tornanti sgusciavano via uno dopo l'altro, in un rotolare di ghiaia smossa e curve che mi inclinavano contro il fianco di Emanuele. Lontano e poi sempre più vicino e più nitido, lo sfolgorio delle luci di Malavolta ci attirava.

Il castello si stagliava luminoso e saldo, contro il cielo bucato di stelle. File e file di lucignoli palpitanti disegnavano i merli e i camminamenti. La pietra dura di sassi delle pareti nude brillava come oro nella notte. Era un pugno potente piantato sulla valle, chiuso e alto e senza vezzi. E inaccessibile, erto. Io pensavo a come doveva essere crescere lì, in quella forza serrata e senza finestre, condannati al dominio e alla distanza. Pensavo ai pianti del mio amore bambino, dimenticati in fondo a corridoi senza fine vuoti di passi. A come doveva essersi sentito abbandonato, e solo. Alla condanna che era un nome come il suo, una madre come la sua, un castello come Malavolta. Capivo che io ero, per lui, la corda buttata oltre il parapetto per scappare, sentivo la pena e il coraggio e la paura di spenzolare nel vuoto. Capivo che mi doveva scegliere continuamente, contro tutto quello per cui era stato educato.

E salivamo. Torce alte di fiamme appena mosse di vento indicavano il percorso, dagli ultimi tornanti fino alla rampa di ingresso. Ai lati della strada, già nelle ultime curve, c'era una siepe di facce. Erano mamme e ragazzini e vecchi e uomini di paese, schierati per partecipare alla festa e guardare le macchine e i loro occupanti, spiare i lunghi vestiti e gli abiti da ricevimento e gli smoking e i frac, e i gioielli. A ogni macchina che passava, la siepe di facce si slargava e si tendeva e mani e dita indicavano e segnalavano e si urtavano. Qualcuno salutava con la mano, altri chinavano il capo come in un omaggio all'antica. Certi ragazzini audaci si sfilavano dalla mano della mamma e correvano dietro ai fari rossi delle spider, saltellando e facendo versi e urlacchiando. Emanuele si girò a guardarmi, sentì il dovere di dirmi che succedeva sempre, negli ultimi anni, e che erano brave persone. E mi disse che, il giorno dopo, la marchesa avrebbe aperto, come tutti gli anni, il cortile del Cannone e tutto il paese sarebbe entrato a festeggiare e a mangiare gli avanzi. Io tenevo la testa diritta, guardavo davanti a me, piena di imbarazzo nel mio vestito d'oro.

Davanti alla rampa delle carrozze, due camerieri con la livrea blu e gialla dei Sangermano aspettavano immobili. Emanuele mi chiese se volevo scendere, dissi che volentieri lo accompagnavo al parcheggio. Girammo dietro una torre tonda e poi accanto a un bastione a quadrilatero, incombente e fiero. E dopo entrammo nella spianata dove un tempo doveva sorgere un altro bastione. Adesso c'era un cortile d'erba, adibito a parcheggio in occasione dei ricevimenti. Erano già arrivate parecchie macchine e un factotum anziano, con una bella faccia antica, in cacciatora e stivali di gomma, guidava una schiera di ragazzetti, vispi nel buio con torce elettriche per far strada alle macchine, verso i posti rimasti liberi. Vidi la Triumph bianca di Gianmaria, la Porsche bianca con i sedili rossi di Bubi, la Appia del dottor Martinelli, la sagoma scura e bovina della Aurelia di Muzio. E, di lato, accostata al muro del bastione Ovest, in fondo alla prima linea di macchine e come defilata per far posto agli ospiti, la Mg verde bottiglia del mio amore, aperta a accogliere la notte.

Emanuele mi aiutò a scendere. Ci avviammo. La terra molle mangiò uno dei tacchi delle mie scarpe d'oro e saltellai mentre Emanuele, chino, lo liberava senza sorridere. Voltammo di nuovo contro il bastione, e poi sotto la torre.

Sulla rampa, c'era già una piccola fila di coppie luccicanti di raso e seta e moiré e pizzo e tulle, punteggiata dal nero degli smoking, dal bianco di qualche dinner jacket, dallo svolazzio candido di lunghe sciarpe di seta da gran sera. Alte acconciature di capelli raccolti, gonfi, impacchettati in chignon, code, trecce, intrecci, toupet annodati di fiori di seta e di pietre e brillanti finti, onde fisse di lacca spessa, e riccioli a spirale, a cannoncino, a elica, a turacciolo. E corti capelli di uomini, sfumature alte, nuche fresche di barbiere e odorose di colonia Roger&Gallet. Salivamo lenti, a piccoli passi strettiti, tra due cordoni di bosso e limoni intrecciati. Prima di attraversare la porta con lo stemma leonino dei Sangermano, passammo sotto un arco di alloro e querciolo e limoni. Io pensavo alla fatica di intrecciare stretti quei rami minuscoli, alle dita gonfie e tagliuzzate, al filo tagliente di ferro da avvolgere intorno a ciascun rametto, per poterlo legare agli altri, per farne quel decoro meraviglioso, che già domani sarebbe morto. E anche noi saremmo morti, noi che adesso salivamo a questo ballo sfolgorante, noi che eravamo giovani e pensavamo che la morte fosse per gli altri, noi così belli, così vivi. Morti. Nella coda che proseguiva su per la scala dei cavalli, sotto la volta a botte, fino al primo cortile, mi sentii toccare la vita. Era Muzio.

«Grandioso, eh.»

«Sì. È bello.»

Intanto Muzio tirava il corrimano di verzura, finché non lo ruppe. I limoni rotolarono tra i piedi degli invitati, che li scansavano con una certa apprensione. E salivamo. Provavamo un disagio intermittente, sensazione di non essere all'altezza, una minima e irragionevole preoccupazione per il vestito, lo sparato, le scarpe, per la foresta di discorsi inutili e vaghi da attraversare prima di potersi divertire davvero. E anche pulsavamo di eccitazione, di attesa, della smania di non perdere nulla.

Attraversammo il cortile del Cannone, lastricato di pietre consunte forate di erba nera. Prendemmo la scalinata monumentale. Ogni due scalini, animali fantastici di bosso verde vivo facevano la guardia: leoni e serpi e elefantini e draghi. E di nuovo pensai alla fatica che ognuno chiudeva dentro la sua anima di ferro, alla pena nascosta sotto quella bellezza. Oltre la foresta di teste, mi arrivò nitida la voce atteggiata della madre di Albarosa. Diceva che, a lungo andare e facendo tanti lussi, per i figli del marchese Alberico non ci sarebbe rimasto più nulla. Cercavo di capire con chi stava parlando. Intravidi una testa di capelli bianchi, cenni di assenso vago e incrociai lo sguardo sperduto del dottor Martinelli, sgomento delle meraviglie che vedeva. Albarosa era accanto a sua madre, tutta compresa del suo vestito.

Seguivamo la colonna in cammino verso la festa, allineati a due a due come scolari. Io tenevo gli occhi fissi sulla schiena della coppia che ci camminava davanti. A mano a mano che salivamo, mi montava in gola un sapore acido, come un fiotto di vomito rappreso, e stringevo le labbra. E poi, con uno scarto improvviso, il muro di stoffa scura e di raso azzurro sparì.

E davanti a me c'era Alberico.

Era in piedi accanto a sua madre. La marchesa era alta e troneggiante e imponente al capo della scalinata, maestosa allo stesso modo della pietra candida, delle volute larghe con cui i gradini salivano. Indossava un abito color mandarino, di raso, a colonna. Il corpino, proprio sopra il seno grandioso, era invece dello stesso raso spesso, ma color panna, e ricamato a disegni d'oro chiaro. Bianche e ricamate erano anche le maniche a sbuffo, corte e gonfie, che davano alla figura un aspetto placido e vezzoso, ma di un vezzo da vecchia. Portava guanti lunghi, color ghiaccio, e cinque fili di perle dégradé, di magnifica imperfezione. I capelli erano gonfi di una acconciatura intirizzita di lacca, e solo il lobo delle orecchie spuntava. Lunghe perle a goccia, in parure, sfioravano la pelle crepata del collo. Lydia di Sangermano era gonfia come la sua acconciatura, tutte le sue piume inalberate a dimostrare quanto regnava sul mondo, dal suo castello addobbato a festa, quanto l'indecoroso comportamento del marito marchese non avesse per nulla scalfito né il suo potere né la sua autorevolezza. A tratti, scoccava al figlio occhiate in tralice, di commento e apprezzamento o spregio, e lui le appoggiava la punta delle dita sul braccio protetto dal guanto di seta. E c'era, tra loro, una complicità che si poteva toccare.

Io pensai a quando avrebbe saputo di Alberico, e di me. A come avrebbe lottato perché quella loro complicità durasse oltre me, sopra me. Mi escludesse.

Alberico era inaccessibile nel suo smoking perfetto, i bottoni di rubino rossi sullo sparato come gocce minuscole di sangue rappreso. Credo di essere rimasta impalata, per un momento, il bisogno inconsulto di scappare mi schiantava il petto. Gli cercavo gli occhi, per trovar riparo. Ma non mi riuscì di agguantarglieli. Stava girato, già proteso verso la coppia successiva di ospiti che aspettava educatamente dietro di noi. Feci alla marchesa un inchino imperfetto che le strappò un'increspatura di labbra. E mi sentii morire. Disse «Buonasera Emanuele» e mi parve un modo per cancellare me, ributtarmi nel fango da dove provenivo. Di nuovo, cercai lo sguardo di Alberico. Non c'era. Gli riuscì di prendermi la mano senza incrociare mai i suoi occhi con i miei, e già rideva di qualcosa con qualcuno che era alle mie spalle. Emanuele mi prese alla vita, con il suo braccio saldo.

E ci buttammo nel mare della festa.

Passavamo nei salotti brulicanti di gente, girando la testa come per cercare l'aria. Ci toccavano, ci fermavano, ci salutavano. Oppure ci fermavamo noi, e subito il sommovimento continuo di facce e corpi e mani e capelli, si intorbidava, si spezzettava in schegge che avanzavano o arretravano, per superare lo scoglio del piccolo gruppo che si era appena formato, con noi al centro. Subito un altro gruppo ci scansava, altre mani ci spingevano, e baci sulla nuca e dita strette sulla vita, gomiti contro lo stomaco, e scuse rapide, e allegre, giri di sguardi e ammiccamenti e abbracci svelti, indaffarati, veloci. E guanti che scivolavano giù, nella poltiglia di piedi, strascichi di tulle rosato e giallo e cilestrino calpestati senza volere. Un orecchino smarrito. Era un brillante vero, si ritroverà? Ma cosa importa, alla fine? Avanzavamo, e Emanuele mi teneva saldamente per mano, e apriva la folla per me. E io camminavo, e ero bella. Ero uguale a loro, l'ombra di un momento prima sciolta dalla euforia del ballo, dall'energia che saliva da tutti quei corpi di animali giovani in agguato. Lo capivo, non poteva scoprirsi, il mio amore. Avremmo recitato ancora, per l'ultima volta, la nostra indifferenza, fino al brindisi, fino all'annuncio del nostro matrimonio. Mi terrà per mano. Guarderà tutti e poi si volterà e ci sarò io sola nei suoi occhi, e mi prenderà tutta. Forse si butterà il bicchiere dietro le spalle e ci sarà rumore di vetro che si spezza. E anche io butterò il mio bicchiere, e poi mi bacerà, tutti batteranno le mani e ci verranno addosso in una montagna di gioia e di facce, e avrò caldo, avrò freddo, magari piango, ma poco.

Il mondo luccicava, era mio. E camminavo con Emanuele dentro la folla del ballo.

I salotti splendevano in infilata, uno dentro l'altro. Eppure conservavano, nonostante gli sforzi del décor, una certa aria di tetraggine in agguato. Dalle pareti dipinte incombeva la mestizia di tonache e mantelli e copriorecchie e palandrane e cerimoniali e finte architetture dugentesche, con finti orti dei semplici e cupole lontane e casupole sullo sfondo. Un eccesso di merlature e riquadri e cordoli, disegnati a fingere il Medioevo, incorniciava affreschi enormi, di un colore troppo vivo e come impietrito, che celebravano i trionfi della casa Sangermano, dalle battaglie nelle piane di Toscana a guerre incerte con avversari inteccheriti e molte corazze sparse per terra, gocciolanti del sangue dei vinti. Trofei di rose e di camelie erano appoggiati sulle cassapanche e sui tavoli e sulle credenze, accanto a vassoi grossi di argento pesante, pieni di piccoli dolci.

Seduti sui divani, le madri e le nonne e certi gran signori anziani e altissimi, di una eleganza che obbligava a esser seri, almeno per il tempo minimo in cui passavamo loro davanti, i passi pieni della fretta di arrivare al salone da ballo, chiacchieravano come dipinti in antiche stampe di genere, in pose e posture e movenze ugualmente atteggiate e finte. Erano vecchi. Oltrepassavamo la loro vecchiaia come se non ci riguardasse, come se la stessa macchia non aspettasse anche noi, dietro lo splendore che adesso ci apparteneva. E ridevamo di nulla, sgusciavamo via come piccoli pesci, in branchi franti e ricomposti e sciolti e riagglutinati. E eravamo felici e giovani e bellissimi, e camminavamo verso la nostra tragedia, ma non lo sapevamo.

Non ancora.

Entrammo nella sala da pranzo. Su ogni lato era apparecchiato un lungo buffet, preparato come un quadro da godere prima di tutto con gli occhi. Gli antipasti, i primi, i secondi, i dolci. Montati su alzate di argento, stesi su vassoi ovali di vermeil, su piatti rotondi stemmati, in legumiere d'argento, dentro ciotole di porcellana blu e gialla con il leone dei Sangermano, tremolavano aspic e galantine, luccicavano carni rosa di salmoni giganteschi. Friggevano sugli scaldavivande di sheffield ravioli e tortelli intinti di ragù scuro, fiorivano trionfi di sedani fronzuti, carote arancioni, finocchi, ravanelli, colava il grasso del foie gras. Maestose îles flottantes erano adagiate su un oro di zabaione bucato di gherigli di noce, piramidi di profiteroles gorgogliavano del loro gianduia, gelati verdi e rosa nuotavano già dentro i cestini di croccante. Molti vassoi erano stati intignati, l'ordine iniziale della preparazione perduto. Mozziconi e sbocconcellamenti e rimasugli già rovinavano l'effetto, e c'era, nonostante l'opulenza, un'aria mesta di cose destinate a sciuparsi. I camerieri affannati avevano facce sudate, su cui passavano di nascosto la manica della livrea, la punta dei guanti che andavano a cambiarsi ogni mezz'ora. Il buffet veniva rifornito, ma con una cura sempre più impedita dalla fretta. E io pensavo al lavorio che quei buffet nascondevano, alla fatica di tutte le mani che li avevano preparati, delle mani che adesso li servivano, che poi avrebbero rimesso in ordine. Mi immaginavo le cucine enormi, affogate nella penombra del sottosuolo. Le sguattere con il grembiule macchiato, e la paura di sbagliare che le fa tremare. La cuoca di casa che torreggia e impone e governa torme di camerieri avventizi, orgogliosa del suo potere di un giorno. E strisce rosastre di polipi schiantati per farli ammorbidire sul bianco delle piastrelle, e pentole che affumicano i visi, e lo zucchero che abbruna dentro l'alluminio e poi sfrigola sul marmo e seppellisce mandorle e noci e nocciole e noccioline. E polli e fagiani e lepri e conigli e tacchinelle scuoiati e squartati e battuti, viscere levate con le mani sanguinanti, occhi vitrei di pesci ammucchiati in un canto.

Non mangiai nulla.

Davanti a uno dei tavoli, Marina si lasciava imboccare di fragole da Gianmaria. Tazio Leva intingeva la punta dell'indice in una flûte di champagne e, dopo ogni fragola, le posava qualche goccia sul labbro. E lei rideva con la sua bella risata libera di desideri, la risata che le muoveva le gambe nella vita lieve e stordita che aveva scelto di vivere. Aveva i capelli arrotolati in una specie di spirale ai due lati del viso, sopra le orecchie, e il nasino usciva come il muso di un ermellino dall'acconciatura, vibrante sulle labbra rosse. Pareva una sirena di squame di raso miele e violetto, le spalle nude, il seno vivo. E si girava tra le macchie nere degli smoking, come dibattendosi, ma per finta. Passammo nella stanza accanto, e c'erano tavoli apparecchiati, lunghi e stretti, e candelieri sfolgoranti. Sulle sedie alte finto medievali, molti vecchi che mangiavano comodi, chiusi in difesa dalla nostra giovinezza e arroganza. Ma avevano, alcuni, occhi lucenti di guizzi, non arresi. Una donna soprattutto, mi colpì. Avrà avuto ottanta anni, eppure aveva belletto e perle e un diadema tra i capelli radi. L'abito di raso nero era scollato su una pelle che esalava odore di talco. Girava la testa, inclinandola in un modo vezzoso, verso un uomo più giovane, in frac, con due baffetti bianchi curati. Lo stuzzicava con piccoli cenni, versucci, brevi smottamenti verso di lui oltre il piatto nemmeno toccato. Aveva i modi di una ragazza, la stessa consapevolezza del suo potere, la stessa trepidazione che non bastasse. Si teneva la vita stretta, non era morta né vecchia come gli altri. Le rilucevano nel viso gli amori che aveva attraversato. Lui la guardava incantato, del tutto preso dentro la sua rete, ogni difesa abbandonata. E, in un fiotto di ansia, io pensai che Alberico non mi aveva mai guardato così.

Boogie mambo raspa samba profumo a onde dense suggestione erotica di corpi avviticchiati marea di corpi caldo bollore disordine scuotere stringere prendere.

Ballavamo stretti sotto le volte a crociera decorate in stile finto medievale, scandalizzando i santi che, alle pareti, benedicevano le fortune dei Sangermano vittoriosi a Campaldino. Ballavamo in giri e volteggi e sottopassaggi e passeggiate e incroci e giravolte, accanto ai visi mesti di fanciulle velate che andavano spose, in cortei di portantine, verso irti e foschi castelli, emersi da brume spesse solo per ingoiarle. Ballavamo intrecciando i piedi con le gambe dei camerieri avventizi che si sperdevano a guardare la nostra allegria con gli occhi spalancati. Ballavamo e facevamo incespicare il cameriere Otello, che attraversava la sala, nella livrea di gran ricevimento, tutta blu con bordi oro e marsina bianca bordata di lamé d'oro, per sorvegliare, ma anche per portare, nella bolgia dei ballerini, l'ordine della signora marchesa.

Il castello vegliava il nostro stordimento, l'emozione, la nostra pura felicità chimica, con i suoi spalti chiusi, le due torri, i bastioni feroci, con gli stemmi scolpiti di marmo bianchissimo, nelle arcate di buio sopra i cortili.

Alberico aveva ballato con tutte, ma soprattutto con Elena. Non mi importava. Custodivo dentro di me il nostro segreto, l'appuntamento preso per dichiarare il nostro fidanzamento. Era una gioia che illuminava ogni infinitesima particella della festa, ogni grammo di cibo, ogni goccia di vino. Mi rendeva sicura, io che non lo ero mai stata, e a mio agio, io che mi ero abituata a vivere dentro la paura. Ballavo, con i miei grandi piedi di colpo leggeri, i miei sogni, il mio amore, la vita che si apriva come un fiore per me. Ballavo il tempo che ci aspettava, la tenerezza, lo sperdimento. Ballavo i bambini che avremmo avuto, i viaggi che avremmo fatto, le notti in cui ci saremmo amati fino al giorno che nasce. E mi vedevo, un folletto d'oro nel bosco della festa. La bellezza di Elena non mi faceva male, non mi faceva *nulla*. Ballava con movimenti precisi, il corpo flessuoso, elastico, agguantato da un abito bianco meraviglioso, di Gattinoni, fatto arrivare da Roma apposta per lei. Era a bustier, corto, di una forma a campana drappeggiata di un plissé che nasceva da un solo punto proprio sulla punta docile del fianco perfetto. Aveva i capelli sollevati, alti in uno chignon tempestato di fiori freschi di geranio pallido, e le spalle e il décolleté erano nudi e bellissimi. Non le invidiavo l'abito, né l'acconciatura, non le invidiavo *nulla*. Avevo tutto quello che desideravo. In un impeto di generosità, mentre la guardavo ballare con Emanuele, le augurai in silenzio la mia stessa gioia, la mia stessa fortuna.

Smettevo un lento ballato stretto con John Albert, «The end of the rainbow» di Earl Grant.

E mi trovai accanto Alberico.

Come spuntato dalle pareti dipinte. Era perfetto, intatto. La festa gli era scivolata addosso senza scalfirlo.

L'orchestra suonava «Il tuo bacio è come un rock» e lui mi agguantò per la vita, mi strappò via dalla premura di John Albert; mi guidò al centro del salone, mentre gli altri si allargavano per farci posto. Mentre giravo e volteggiavo e battevo il tempo doppio con le mie scarpine d'oro di Gucci, che avevano una gora di rugiada sulla punta, incrociai lo sguardo di John Albert. Stava appoggiato a una parete, ci guardava. Aveva negli occhi una rassegnazione nuova, come uno scoramento; e vi si abbandonava, convinto che nessuno lo vedesse. Io distolsi subito gli occhi, dispiaciuta di quella intimità violata. Non volevo saperne nulla. L'odore di colonia inglese del mio amore mi riempiva la testa di stordimento, le gambe erano cedevoli e leggere. E ogni volta che nelle figure del ballo il mio corpo, nudo dentro il vestito di oro fine, toccava una parte di lui, io avrei voluto fermarmi, restargli raggomitolata addosso per sempre.

Poi ci fu una pausa lunga di silenzio, gli orchestrali sciamarono verso il bar. Ci vennero intorno gli altri, ci fu la confusione solita di battute e scherzi e sguardi.

L'orchestra tornò, gli orchestrali aggiustavano gli

strumenti con una indolenza impastata di liquori. Suonarono un valzer. Le note gocciarono lente, spuntavano da un silenzio teso, in onde sempre più ravvicinate e più larghe. E quando ci fu il primo lungo stacco, e una frase intera e travolgente ci avvolse come un baleno di tempesta, il mio amore mi prese la mano. La sollevò in avanti.

E cominciò il nostro valzer.

Mi teneva con la mano ferma alla vita, i nostri corpi si toccavano. Il petto invece era scostato, io tenevo la testa reclinata, gli occhi dentro i suoi occhi. E la sala girava e la testa girava e il suo viso girava. I nostri passi si intrecciavano come se sapessero da soli dove andare. A ogni giro, io perdevo folate di paura. A ogni giro, agguantavo piroette di felicità pura. E ansimavo e tremavo e perdevo l'equilibrio. Ma lui era lì, e mi teneva stretta.

E ballavamo.

Poi mi lasciò, con una specie di inchino fatto per scherzo. Agguantò Elena, ballò con lei il valzer che suonarono subito dopo. Emanuele venne da me. E ancora, oltre le spalle dei nostri compagni, Alberico e io incrociammo gli sguardi. Ancora un valzer. Un altro. Ballai con Muzio, e speravo che finisse.

Poi ci fu un lento. «*Te si fatta na vesta scullata...*» Alberico mi abbrancò via da Muzio. Mi teneva stretta, stretta contro il suo cuore che non sentivo battere, e muovevamo i piedi in un cerchio infinitesimo, concentrati tutti e due dentro la sensazione abbacinante del nostro essere vicinissimi. Il mio amore mi respirava sul collo, mi fiatava tepore dietro l'orecchio. E, a tratti, come seguendo le parole della canzone, mi stritolava, mi premeva contro di sé come per schiacciarmi sotto la sua pelle. Farmi entrare tutta dentro di lui.

«Devo dirti una cosa.»

Mi prese un fiotto di panico. Ho sempre avuto paura, ogni volta che qualcuno mi ha avvertito. È quella frase. È quel modo. Nessuno dice «Devo dirti una cosa», se la cosa non fa male. Camminammo allacciati verso una delle portefinestra che davano sull'erba del giardino di rappresentanza, alto sul bastione. L'orchestra suonava la stessa canzone. «*T'aggio voluto bene a te, tu m'hai voluto bene a me.*»

«Che c'è, che mi vuoi dire?» e tremavo tutta, e non era di freddo.

Al di là della portafinestra, gli altri ballavano indifferenti.

Si scosta, mi scosta. Raggrinza le spalle nello smoking intatto.

«Freschino, no?»

Ma ha gli occhi altrove.

Sono le tre, sono le quattro, è notte piena, notte all'improvviso stanca.

Oltre la balaustra, puntini stenti di luci lontane. Ombra che sale.

«Sì.»

Sorride, fa un passo verso di me, si avvicina in un modo da salotto, da estranei. Appoggia i gomiti al davanzale di pietra e guarda, anche se non c'è nulla da guardare.

«Che vuoi dire?»

Gira la testa, come se non si ricordasse. Ha un viso aguzzo, ma gli occhi sono due fosse cupe.

«Ti diverti?»

Un groppo di canzone fiotta dalla finestra, mi aggredisce.

«Come?» dico.

E allora faccio per aggrapparmi alle sue spalle, ma lui si gira di scatto, mi respinge. È di fronte a me. È giunco, è quercia, è faggio, è pioppo. È sasso.

«Non posso.»

Mi viene un muso di lepre.

«Non puoi cosa?»

È muro davanti a me.

Ma non sei un uomo che scappa. E allora parli, tranquillo, calmo, ogni tanto ti tocchi i capelli e subito incroci di nuovo le braccia. Tieni e presidi lo spazio vuoto tra noi come la trincea che ti difende dal te stesso che stavi per diventare. E io ti frano addosso, contro le tue braccia serrate, contro il tuo viso cattivo. Le mie lacrime bagnano il risvolto del tuo smoking, e non andranno più via. E allora tu mi stringi, mi prendi, mi riprendi con te, e sento i tuoi baci sulla mia testa floscia, sui capelli bagnati di guazza.

«Non posso annunciarlo stasera.»

Ma allora è questo. Solo questo. Mi appendo alla mia corda e credo di essermi salvata.

«Ma non importa, non importa, amore mio, posso aspettare, possiamo aspettare, c'è tanto tempo, tanto.»

Ora ho tirato su la testa dall'umidore della sua camicia bagnata di moccico e pianto, e mi passo le mani sugli occhi, e sono di nuovo la bambina che piangeva da sola, nel lettino vuoto di bambole, e si consolava da sé. Ti guardo e mi tremi negli occhi. E tiro su con il naso e dico «C'è tempo, abbiamo tutto il tempo, tutto il tempo del mondo» e la gioia mi batte contro le palpebre e mi vergogno della scena che ho fatto. Allora ti prendo la mano, me la metto sul cuore, lì dove il mio vestito d'oro leggero si apre nello scollo acuto. Voglio riavvolgere il tempo. Adesso andremo a ballare e poi ci saluteremo e domattina dormiremo e ci vedremo nel pomeriggio, insonnoliti e appagati. E dopodomani mattina saremo di nuovo insieme, nella luce delle prime ore di sole, che adesso è tagliente di freddo, ma talmente azzurra, e commovente. E poi finirà l'estate e troveremo il modo di vederci ancora, e ci sarà un giorno che lo diremo a tutti. E questa sera sarà dimenticata, persa. La racconteremo ai figli, ai nipoti, con il brivido del pericolo scampato, tenendoci la mano anche se siamo vecchi, amore mio.

«Sposo Elena.»

Un fiato.

Cado in ginocchio sulla terra ghiaccia. Sono sull'erba, l'erba mi stritola, mi mangia. Lui si rassetta la giacca, passa veloce il palmo sul risvolto di raso che le mie lacrime hanno spiegazzato. E quando mi passa vicino, mi accarezza la testa e dice mi dispiace.

Se n'è andato.

E sono sola nel buio della notte.

Capitolo 16

Sono seduti uno di fronte all'altro, in mezzo c'è la scrivania. Nessuno dei due si è mosso, né il nonno che confessa, né il nipote che ascolta.

«Che hai detto?»

Il vecchio cammina saldo nella terra infida in cui ha scelto di muoversi, dove rotolano le pietre che porta al collo da quel giorno di quarantacinque anni prima. Dunque ripete. E ripetendo diventa padrone delle sue parole, permette alle parole di lavarlo. Questo è espiare. Questo snudamento di spada contro se stessi. O forse questa è solo la confessione. L'espiazione sono gli anni in cui le pietre hanno affondato il corpo in una acqua putrida e segreta. Gli anni in cui il corpo si è scuoiato via la carne, asciugandosi, rimpicciolendosi. Per nascondersi.

«Nonno.»

Cerca la parola che ristabilisca i ruoli, restituisca il peso che adesso lo schiaccia a chi ne è titolare legittimo.

«Avrei dovuto andare alla polizia?»

«Nonno.»

Ora implora.

La notte bussa ai vetri. La luna corre veloce nel suo letto di buio. E il vecchio parla, ha aspettato tanto. Ha aspettato quarantacinque anni, e ora parla perché sente il vento che la morte gli soffia intorno.

«Tu lo sai cosa vuol dire spezzarsi le mani all'alba, nel gelo dei campi? Lo sai cosa vuol dire studiare nella stalla perché perfino in cucina fa freddo? No, non lo sai, sei un ragazzino viziato, tuo padre ha fatto questo, di te.»

«Lascia stare mio padre.»

«Scusami. È difficile, per me, tu non sai come è difficile, sto scoperchiando una tomba. Senti il fetore? Io lo sento. È il fetore che mi fa dire cose che non c'entrano, mi svapora la testa.»

Ma che ha il nonno, stanotte?

«Non mi conosci, eh? Non mi conoscevi in questo modo. Ma le persone sono recite, attori, facce, non si guardano allo specchio senza il trucco addosso. Io l'amavo. Brutta parola, amore. Vuol dire possesso. "Io ti amo" vuol dire che tu devi stare con me. Io non ti lascio a un altro. E se con l'altro tu fossi felice, se tu fossi felice più di quello che saresti, che sei, con me? Se amore fosse "amare", io dovrei darti all'altro, aprire la mano, lasciarti volare via. Ma chi lo fa? Tu lo faresti?»

E guarda quel viso da bambino di riccioli, quel viso che ora lo strina.

«Mi dispiace.»

«Non importa.»

Ma i ruoli sono nitidi, stabiliti dalla postura dei loro corpi. Il vecchio parla diritto sulla sedia, il suo è un interrogatorio. Il nipote giovane è raccorciato sull'altra sedia, le spalle curve. Ascolta. Il peso della confessione li schiaccia allo stesso modo, e tuttavia il testimone è il giudice.

«Io la volevo. L'ho voluta subito. La volevo perché era distante e anche uguale. Era quella persona che io potevo diventare, quello che volevo essere. E la volevo. Il tuo bisnonno me l'aveva anche fatto capire, che me l'avrebbe data. Me la dava per la ditta, perché io ero bravo e la ditta aveva bisogno di me. Per certi vecchi che hanno visto due guerre, la ditta conta più di una figlia. Ma lei mi ha rifiutato. Oh, io ho provato, ci ho provato tanto. Sono andato a chiedere amore come un mendicante, la seguivo di notte, dormivo in macchina davanti alla casa. No, non la casa che conosci. Villa Lydia l'ho comprata dopo, l'ho comprata per pagare un pegno, per diventare un altro. E l'ho comprata per coprirmi, ma aspetta, lasciami dire. Capisci?»

«Sì nonno.»

Capisce. Sente la forza del vecchio, la forza del peccato svelato. È ingobbito su quello che sente, e tuttavia ha trovato la forza di ascoltare. È abituato a caricarsi di pesi.

«Sai, mi piace ricordare tua nonna da ragazza, mi piace tanto. Era bella, tanto bella che rischiava di rompersi, capisci? E io avevo le mani grosse. Ora sono fini, sono mani da ricco, è incredibile come il corpo si adatti, è un costume di scena perfetto, per ognuno dei personaggi che ci tocca impersonare. Vedi, io pensavo che tua nonna si sgretolasse, tra le mie mani, e per questo ero stato gentile. Dimesso. Avevo aspettato, credevo che poi lei si sarebbe accorta di essere come me, di una pasta differente da quelli del Bagno Gemma. Li guardavo da lontano. Andavo sul mare, passavo come per caso e intanto li scorticavo con gli occhi, loro e le loro tende con la tela verde, loro e il patino di legno da corsa. Li seguivo alla Capannina. Al tennis.»

Filippo non dice nulla, il racconto adesso lo culla.

«E poi le ho detto che l'amavo. C'era una Madonna dipinta, un tabernacolo su un crocicchio. Gliel'ho detto sotto quella Madonna. E lei ha detto di no. Ha detto che c'era un altro. Che la voleva. Che lei lo sposava, quell'altro. E che potevo fare? Che avresti fatto?»

Ora lo guarda con quegli occhi aguzzi. Ha pieghe di mastino alle labbra, umori gonfi sotto le palpebre. Può vedergli sotto la pelle il lavorio dei vermi che lo mangiano, i vermi di quella pena, quel dolore chiuso, inestricabile, che la confessione non lava.

«Sono andato dove dovevo andare e ho fatto quello che dovevo fare.»

Il vecchio è di carta. La cravatta lo impicca.

«Che hai fatto, nonno?»

«Ho sabotato la macchina.»

Cazzo.

Filippo scatta in piedi, gli brucia la faccia.

«Cazzo nonno.»

Il vecchio ora sta zitto, la confessione lo ha rattrappito, è una scoglia vuota di serpe, la forza colata via con la colpa che lo teneva diritto.

«Ma perché hai dato alla nonna la chiave?»

«Quale chiave?»

Capitolo 17

Non c'è nessuno che sente, in questo giardino nero. Mangio la terra con la bocca, l'erba ghiaccia mi bagna il vestito, le mutande, il reggiseno. Ma non ho freddo.

Aspetto.

E non aspetto nulla.

Dalla portafinestra arriva la musica, la gioia inconsulta degli altri. Ascolto le melodie, le parole. Cerco di seguire il filo del senso delle frasi stupide. Adesso l'orchestra suona solo lenti. E piano piano, lentamente, in onde sorde da ubriaca, mi torna la forza di alzarmi, di scuotere la terra dall'oro del mio vestito. La forza per asciugarmi la faccia bagnata con l'orlo della sottana.

E torno dentro anche se sono morta. Torno a rimettere il tempo dove era.

Nel salone da ballo adesso pulsa una eccitazione scomposta, la foresta di facce è tutta girata dalla stessa parte, verso la pedana dove gli orchestrali si sono ritratti, per far posto al mio amore con la sua flûte di cristallo in mano. E, dall'altra parte, c'è il vestito bianco di Elena. C'è Elena. E il mio amore la tiene per mano. Brusìo. Il cling argentino del cristallo che suona.

«Devo fare un annuncio.»

Silenzio. Tempo interrotto.

«Elena ed io ci sposiamo.»

E scoppiano grida e boati e fischi e schianti e battimani. Il vestito bianco di Elena sparisce sotto gli abbracci. Alberico non ha più la giacca, Bubi e Muzio l'hanno issato sulle mani intrecciate come un sedile, e vanno in giro per il salone con lui in portantina. E c'è il rosso del divano dove si acquieta un vestito di raso mandarino e bianco, e accanto, in piedi, il bianco di uno sparato teso su un petto che ancora non si arrende. Fila di schiene nere e sete colorate che si chinano a baciare e a complimentare. Tintinnio di brindisi, un altro valzer. La marcia nuziale.

E io vedo solo macchie, e non distinguo i visi.

Ero appoggiata al muro, l'oro del mio vestito mi pesava addosso. C'era una confusione pazzesca, frastornamento, gridi, sussulti, musica forte che nessuno ascoltava. Riprendevo possesso del mondo a poco a poco, emergendo dal torpore in cui mi ero abbozzolata. Sezionavo in istantanee ferme gesti e atteggiamenti e situazioni intorno a me. Mi sforzavo di orientare la mente a distinguerle, a riconoscerle, a individuare e ricordare i nomi delle facce, la proprietà dei vestiti. Alberico e Elena erano chiusi dentro lo stesso cerchio che avevo riconosciuto la prima volta che li avevo visti insieme, sotto la tenda dei Weber, la loro bellezza escludeva e intimoriva. Nel salotto della Lepre blu, vidi Albarosa, con il suo vestito da bambola, appiccicata stretta a Bubi. Si baciavano senza più fiato. Muzio chiudeva Giovannella contro un affresco, con il suo corpo ottuso, e lei si lasciava toccare. Marina stava raggomitolata addosso a Gianmaria e lui le infilava la mano nella scollatura, mentre lei si torceva a aiutarlo. L'eccitazione del fidanzamento si era già diluita nei mille rivoli della eccitazione di ciascuno, riempita di desideri e voglie egoiste.

Loro due ballavano, ora li vedevo. Distinguevo il collo di Elena piegato nell'incavo della spalla del mio amore, la mano di lui che le accarezzava la guancia. Mi sgorgò un rugghio in gola e scivolai per terra, avevo ancora la schiena alla parete. Tenevo le mani sul viso, ma del mio grido non si era accorto nessuno, la musica l'aveva sepolto.

Nessuno mi venne a cercare. Neppure Emanuele, neppure John Albert. Erano schiantati dalla mia stessa disperazione, ma allora non potevo saperlo. E covavo la mia, perché era l'unica cosa che avevo. Ogni morso di quel dolore maligno conteneva un ricordo, uno strazio, metteva in scena quello che era stato e che avevo perduto.

Non piansi. Non ebbi mai lo scioglimento delle lacrime, il conforto che regala. E forse fu per questo.

Le lacrime che dovevo piangere, amore mio, ti avrebbero salvato. Perché le lacrime sciolgono i grumi dell'anima, riconoscono il dolore, lo lavano via. Lo restituiscono in una forma sopportabile e ammessa.

Ma io non piansi.

Fu per questo che accadde. Dal mio carcere ti chiedo perdono.

Una lancia mi spicca la testa, un cavaliere nero mi agguanta dalla parete, mi trascina nella polvere insanguinata di un affresco mostruoso. Cado dentro la musica, cado all'indietro. Allora corro. Corro attraverso il salone, attraverso i salotti, giù per gli scalini di pietra candida, attraverso il cortile del Cannone, giù per le scale basse delle carrozze, sotto l'arco di verde del portone, sulla ghiaia della strada. Giù, in basso, dietro la torre, lungo il bastione. Corro.

Mi ritrovai dove erano parcheggiate le macchine.

La luna era coperta di nuvole nere, già bassa contro l'orizzonte della valle stesa. Mi fermai. Guardavo le macchine lucenti, le spider, le Maserati, le Ferrari, le

Porsche, la sagoma nera delle Appia, delle Millequattro, delle Lancia, e avevo la testa vuota di pensieri. E poi dall'ombra mi salì in gola un grumo. E guardai le macchine di nuovo, ma ero diversa.

La luna ruppe l'assedio, fiottò fuori dal cielo nerato con la sua lingua di luce. E un raggio largo cadde sulla Mg di Alberico. Illuminava il sedile dalla sua parte, e il mio. Mi schiantai dentro i nostri ricordi. Quando mi aveva agguantato durante la gara di velocità, quando mi aveva portato a cena a Monteggiori. Il sapore della sua pelle sul copriletto della camera presa a ore. Ascoltai il loro richiamo.

Arrivai accanto alla macchina. Era davanti a me, aperta, senza difesa. La luna scivolò giù di una frazione minima di cielo, e il raggio vibrò sull'acciaio lucente del bloccasterzo. La chiave che lo teneva aperto luccicò nel buio. E fu così che accadde.

Sento ancora tra le dita il freddo di quella chiave che tolsi, il freddo che mi gelò il petto quando la lasciai scivolare sotto l'orlo del reggiseno. Ma prima, prima, io avevo compiuto il mio delitto. Mi chinai. Raccolsi dalla terra bagnata un rametto umido. Lo incastrai tra il paletto del bloccasterzo e il piantone dello sterzo. E sentivo le nostre voci, la mano di Alberico stretta sulla mia vita, e Muzio che diceva «Se un ladro ci prova si sfracella».

Scappai. Tornai ansimando sugli stessi passi, li ripercorsi tutti, cercavo un posto dove nascondermi a me stessa. Scivolai dentro la porta dell'office, restai appoggiata contro un armadio enorme, di legno laccato di un colore pallido e quieto, che mi placava. Mi passarono davanti camerieri spossati, con vassoi grandi ricolmi di brioches e cioccolatiere d'argento. Dietro la porta che mi salvava, i rumori crebbero in chiasso infantile e tramestio di passi, ci fu una catena srotolata, clangore da fantasmi. Invece erano i pentoloni della cioccolata bollente che calavano giù dal soffitto, nella sala del Camino, nel solito rito finto medievale delle feste di Malavolta.

Aspettavo. Aspettai che l'eccitazione si calmasse, che il baccano diventasse brusio e mormorio e sussurri. E intanto mi entrava dentro la pelle la quiete di quel colore di burro. E ci lasciavo annegare la mia assenza.

Poi uscii, uscii come una lumaca dopo il temporale, tremolante e incerta. E camminavo con i miei tacchi vuoti nel vuoto delle sale. Corpi allacciati sui divani, o spenti in solitudini di vino, sprofondati dentro gore di stanchezza. Dal fondo del salone da ballo arrivava una musica fiacca. Nel guardaroba spogliato, una sola mantella nera pendeva come un pipistrello morto. Attraversai l'ingresso, scesi la scalinata bianca. I tacchi suonavano nel vuoto delle rampe, tra i lumini spenti. A mano a mano che mi allontanavo, mi si formava in mente la montagna di quello che avevo fatto. Nell'assenza che mi abitava, affiorava lentamente, da un gorgo, la consapevolezza sempre più nitida di un atto ineluttabile. Come se Dio mi avesse guidato la mano. Ero l'esecutore puro di una volontà che non mi apparteneva. Mi era stato dato un compito, l'avevo portato a termine. Avevo compreso i segnali, li avevo trasformati nel destino che aspettava.

Non c'erano volti né vite vere, nei miei pensieri. Solo il gesto meccanico di raccogliere un rametto secco, infilarlo nella ferita lucente tra il piantone e lo sterzo, nascondersi la chiave nel reggiseno.

Attraversavo il cortile del Cannone e i ciottoli mi bucavano i piedi oltre la suola sottile. Passò Elena, mi venne addosso.

«Oh, scusa.»

Subito ritratta. Lei non ha nulla a che vedere con me.

E invece mi prende la rabbia di fermarla. La afferro per un braccio.

«Dove vai?»

Mi guarda, la sorprende la mia inquietudine, la mia improvvisa autorevolezza. Ma risponde.

«Faccio uno scherzo a Alberico. Gli prendo l'Mg e scappo...»

Potrei fermarla. Dovrei. Potrei correre con lei nel parcheggio, e mentre la distraggo, infilare la chiave del bloccasterzo al suo posto, sparire nel mio grumo di miseria.

«Senti...»

«Oh Andreana, scusami non ho proprio il tempo...»

E già è una pozza di luce sotto l'arco della porta d'ingresso, e corre giù per le scale dei cavalli. Io resto ferma. Ma adesso i pensieri corrono con lei. Rimbombano vuoti nel cortile vuoto.

E allora aspetto. Mi appoggio al muro di pietra che l'alba tinge di rosa. Certe volte il destino ci costringe al libero arbitrio.

Di colpo, ho i sensi all'erta, lotto per sopravvivere. Ascolto.

Scalpiccio, fervore di passi.

Voci e gridi.

Sono tutti sulla torre Ovest, saranno spenzolati tra i merli, ammucchiati dentro il camminamento stretto.

Ma cosa guardano?

Cosa?

Capitolo 18

Cammina nel viottolo stretto tra i pini e non c'è luna per il suo buio. Ma conosce la strada. Cova le parole del nonno, le spiegazioni, l'architettura del delitto.

Deve trovarne l'orma.

Le macchine riposano nell'ombra del garage, collezione finta per un peccato sepolto. La Porsche di Bubi, la Maserati di Tazio Leva, la Ferrari di John Albert, l'Mg di Alberico, trasportata lì perché al castello la dimenticassero.

E ora Filippo cammina.

Passi pesanti. La colpa cola dal suo vaso, è vernice che macchia. Cammina verso qualcosa che lo chiama, sa che deve tornare, per questo ha preso la moto. Anche per l'aria che gli puliva il viso. Per il vento. La campagna moriva dentro la notte, sagome d'ombra lo mangiavano dietro le curve. Lui ha corso. Inghiottiva bocconi di strada. Ha scelto le curve del monte Quiesa, per mettersi alla prova, per sbucare alla fine nel chiarore luminescente della costa, dove la notte è ricacciata via dalla luce dei locali, delle vie. I negozi di lusso riapriranno alle dieci, resteranno aperti fino a mezzanotte. Entreranno uomini e donne che non hanno bisogno di nulla e anche di tutto, compreranno cose per dimenticare pensieri. Non è questo che alla fine si compra, dentro un negozio di lusso? Si compra il momento preciso del comprare, quella testa leggera, la soddisfazione di farsi del bene, per una volta, il sentimento che i soldi diano alcuni minuti di felicità. Si compra lo svaporamento, ossigeno per tirare avanti nella corsa che non ci riesce di non correre e che chiamiamo «vita».

Ora Filippo cammina.

La porta basculante del garage. Il vecchio interruttore di plastica nera. La luce non è né cattiva né buona. Luce. Le cose hanno un segno poche volte. Più spesso, si espongono, lasciano agli uomini il peso di rivelarle a se stesse, l'onere di cambiarle da cose in verità.

Ora Filippo è davanti alla macchina.

Gira davanti. Si accosta al cofano. La macchina si lascia aprire perché lo aspettava.

Ora controlla uno per uno tutti i condotti del motore, il carburatore, la pompa della benzina, il filtro dell'aria, le valvole, le candele, i pistoni, i cilindri, le bielle, le pulegge, il ventilatore, la testata. Tocca con mani di cieco, perché sono le mani che devono vedere. E alla fine lo trova. Le mani si fermano, sono mani che parlano con la macchina e sono arrivate alla fine del discorso. Hanno trovato il tubo. È un minuscolo tubo che pende, staccato dall'asola dove deve stare. Le dita scivolano e lui toglie la mano. Alla luce bianca delle lampadine nude sul muro bianco del garage, lui guarda la punta del suo indice e del medio polverosa di grasso vecchio, olio rinseccato di vecchi freni. Freni anteriori. Senza più olio. Freni che non frenano.

«Cazzo.»

Questa è la piaga del vecchio.

Avrà camminato lento, accosto al muro della torre, schiacciando la schiena alla pietra. Avrà stretto gli occhi per bucare il buio. La macchina nell'ombra del cortile. Avrà sollevato il cofano, avrà avuto paura. Sopra la sua testa di escluso, voci alte e musica forte e ridere. Sotto i suoi occhi di pazzo, il disegno nitido del motore inerme tra le sue mani. Cosa avrà pensato, se avrà pensato? Con precisione chirurgica, avrà trovato il cilindretto di metallo del serbatoio dei freni. Avrà tastato il tubo che porta l'olio. Lo avrà strappato dall'asola. Avrà bloccato ogni riferimento, ogni nesso tra il gesto e la sua conseguenza. Poi avrà richiuso il cofano. Uno sboffo attutito, perché lo ha accompagnato con cura dentro la serratura cava, centimetro dopo centimetro, lentamente.

Mentre andava via, le sue grosse scarpe da contadino avranno bucato la terra, lasciato orme come lividi. I parcheggiatori lo avranno visto avviarsi verso la salita del castello, invisibile. Avrà ripreso la Seicento parcheggiata contro il muretto che dà sullo strapiombo, due curve dopo. Sul muretto della prima curva, uguale identico, si schianterà la macchina che Gino ha sabotato. Lui sa solo che avrà Andreana e non si ricorda già più né dei freni né della macchina verde. Di nulla. Scende lentamente sui tornanti verso Sarzana. Incrocia una processione di macchine sportive, facce che splendono alla notte. Lui scende.

Filippo ha chiuso il cofano. Adesso è seduto dentro la Mg. La chiave, appoggiata sul cruscotto con il suo ciondolo rinsecchito, aspetta.

Capitolo 19

E sento il rombo.

È il rombo del motore arrotato della Mg. Potente nella luce che rischiara. Sento le ruote che girano, lo schizzo. E chiudo gli occhi. Tengo la pietra ferma con le spalle, perché non mi cada addosso e vorrei che cadesse. Mi si apre in petto una crepa che mi schianta. So senza sapere, so con la pelle, con il sangue, con il rantolo roco del respiro. Si fermano i gridi. E c'è un silenzio che assorda. Un muro fermo di tempo.

Allora corro. Corro giù per la scala delle carrozze, corro lungo il bastione, corro sotto la torre Ovest, e giro nella strada. Contro il muro che protegge il primo tornante, appoggia quieto il muso verde della Mg. Vedo i fari rossi, la griglia vuota sopra il bagagliaio. Sposto gli occhi. Accarezzo il parafango, la curva della ruota, il bordo di pelle dei sedili. E guardo.

Appoggiato al volante di radica, curvo come se pensasse, la testa raccolta contro il parabrezza, c'è Alberico.

Non Elena.

Alberico.

Il lungo corpo di rapace morto.

Scesero. Arrivò uno sciame di facce incredule, spezzate di stupore. E stavano accanto alla macchina, senza toccarla. Qualche finestra del paese si aprì chiamata dallo schianto. Scese la scalinata saltellando di fretta il dottor

Martinelli e boccheggiava mentre tastava con il garbo delle cose inutili la piega inerme del collo. Poi sollevò lo sguardo e era frastornato. È morto. Erano scesi camerieri e Otello. E la marchesa, dentro la sua vestaglia orlata di cigno, senza più pudori.

Appoggiata al muro della torre, io guardavo.

Vennero con un lenzuolo. Ce lo avvolsero dentro. Stava raggomitolato, bambino arreso dentro un utero di stoffa. Mi passarono davanti.

Appoggiata al muro della torre, io guardavo.

Bevevo i gesti, li ingoiavo. Mi eruttava pianto dagli occhi. Lo vidi ondeggiare tra le mani incerte di quelli che lo portavano. Lo vidi attraversare il cortile di sassi. Gli andava dietro una processione mesta, attonita. I lunghi vestiti di raso ingrinzito, le nere giacche slembate degli smoking aperti nella furia di scendere. Camminai nel senso opposto, girai lungo il bastione. Cercavo il luogo del mio delitto. Volevo che il tempo indietreggiasse e mi facesse posto. Entrai nel parcheggio, l'erba strinata di solchi. Trovai il punto preciso dove era stata parcheggiata l'Mg. Le ruote larghe avevano scavato una buca fonda, nel guizzo con cui si erano liberate dell'erba, e non sapevano nulla. Allora mi chinai. L'orlo del mio vestito d'oro sfiorava la terra di carezze. Mi raggomitolai tutta in quel solco. Respiravo la terra umida, l'odore di erba schiacciata. Appoggiai la guancia contro la guazza, ci strusciai la fronte. E fui sporca di terra, ebbi terra nel naso e dentro gli occhi. E non piangevo più.

Pensò il dottor Martinelli a sbrigare le formalità. Non ci fu polizia, né carabinieri, né carro attrezzi. Nulla. Alberico morto fu adagiato nel suo letto, vestito da sera come era. Era senza ferite, senza tagli. Solo pallido. La marchesa era andata a vestirsi, riprendeva il suo potere in cerchi affrettati di passi e di sussulti, in telefonate rapide, secche. Il dottor Martinelli stilò il certificato di morte sullo scrittoio del salottino, la madre di Albarosa si disperava tutta eccitata. Otello e Bubi e Emanuele e Muzio e Gianmaria e Tazio Leva e altri sollevarono la Mg e la portarono dentro il ricovero delle carrozze. Avvisarono in Brasile, il padre di Alberico rispose con la voce di sonno, franò sul cuscino. Ci fu la procedura di gesti efficienti che accompagna la morte tra persone di mondo. Fu chiamato il banchiere di casa. Il dottor Martinelli scrisse «infarto del miocardio senza sintomatologia avvertibile», a larghi giri di penna. Firmò. Il maresciallo di stazione arrivò con la camicia fuori dai pantaloni, deferente e muto. Ma non c'era più nulla. Nessun segno. La Valle del Magra era rinata nel sole delle sette, la Mg al riparo tra i cadaveri crepati delle carrozze in disuso.

Il mio amore morto avvizziva sul letto. Il sangue fermo gli scavava buche nel viso, risucchiava la carne e la svuotava mangiandola da dentro. Minuto dopo minuto, il mio amore diventava teschio. Le ossa della mandibola, la prominenza della mascella, le pareti orbitali, la curvatura delle tempie e dell'osso parietale sgusciavano via dalla pelle, bucavano la dolcezza delle guance. Il suo naso da uccello era un becco senza piume. Stavo in un canto, addossata al muro che dovevo reggere perché non mi schiacciasse. E contemplavo la sua morte, il lento progredire della fine che dall'interno lo conquistava. Sentivo che non c'era già più. Guardavo affascinata il lavorio dei vermi invisibili che lo risucchiavano e lo digerivano, sotto la pelle che cambiava colore, pergamena giallastra e poi ocra, e poi cenere spenta. Gli avevano messo le gambe diritte, le braccia gli riposavano sul petto nella posa acquietata dei morti. Aveva il collo della camicia da smoking slacciato, i riccioli gli si erano fermati tra la pelle e il colletto rigido. Gli avevano tolto gli scarpini e i calzini neri da sera gli svelavano i piedi che avevo baciato. Sembrava una recita, tutto finto. Ma anche tutto accaduto e vero. E ineluttabile.

Fu questo. Questo rimbombo di destino che io vidi nel corpo morto di Alberico morto. Non ero colpevole. Era il destino che aveva scelto. Uscii. Entrava il prete.

Era un uomo grasso, respirava in affanno per tutti gli scalini che aveva dovuto fare. Portava da sé il boccettino dell'olio santo, e veniva dentro con i passi strascicati da troppe morti, del tutto privo di curiosità e di coinvolgimento. La marchesa e il dottor Martinelli e Marcello Weber e la madre di Albarosa, e alcune facce che non seppi riconoscere, si accostarono al letto. Uscii nel mormorio di una folla assiepata di domestiche e camerieri con lo sguardo incantato. Non mi vide nessuno.

Elena stava seduta su un divano, intatta. Capannelli di ospiti parlottavano senza sgomento. E mi accorsi che non c'era pianto. C'era cura, sollecitudine, efficienza, ma non le lacrime. Né strazio. Era una morte elegante. Ricondotta all'ordine. Ingoiata dal buon gusto. Lavata di tutte le scorie volgari che accompagnano la morte in luoghi più accessibili.

Trovai Bubi e Muzio che bevevano whisky appoggiati al davanzale di una finestra aperta nel sole.

«Oh siete qui.»

«Anche tu.»

«Sì.»

Mi misi tra loro due. Guardavamo di sotto.

«È da non crederci, come è successo» disse Muzio.

Mi sentii dire «Come è successo?» con una voce tranquillissima, un tono perfettamente naturale.

«Voleva fare uno scherzo a Elena. Ci siamo messi d'accordo, io la portavo sulla torre e venivano su tutti, sennò non c'era gusto. E lui ci passava davanti e diceva "Addio Elena. Non ti sposo più".»

«Con uno come Alberico c'era da aspettarselo», disse Muzio e non aveva più il solito tono furbo, pareva scosso, diverso.

«È per questo che eravamo tutti lassù.»

Bubi aveva sollevato la testa, come se guardasse la torre che non si vedeva.

«Ma Elena non c'era.»

«Sì che c'era.»

«E ora che succede?»

Mi guardarono con una aria di superiorità assoluta. Alzarono le spalle.

«Nulla.»

Parlammo in piccoli gruppi compresi. Io mi ero adeguata al loro modo, alla loro distanza. Mi ero infilata il cuore dentro un guanto. Andai in bagno, Marina si ripassava il rossetto davanti allo specchio.

«Che tragedia.»

Nell'ingresso, John Albert parlava al telefono con suo padre. Albarosa era già andata via insieme a sua madre. Prendemmo accordi per mettere l'annuncio sul giornale, Marcello Weber scrisse il necrologio in varie versioni e la marchesa, seduta al tavolo della sala da pranzo corresse, sottolineò e alla fine licenziò con un gesto svelto della mano il foglietto stropicciato. Alberico fu uno stemma, tre righe in grassetto, un versetto della Bibbia incorniciato di virgolette in uno spazio vuoto.

E poi, dentro l'anestesia di quella morte, il dolore mi aggredì come una tigre.

Ero scesa in cucina, avevo voglia di buio, di silenzio. Imboccai le scale a chiocciola e scesi. C'erano, accese, solo due lampadine gialle sopra il tavolo dove mangiava il personale, dalle finestre alte, di tomba, filtravano schegge di luce bianca. Aggiustavo lo sguardo, non sapevo nemmeno io cosa cercavo. E poi lo seppi. In un angolo, seduto su una seggiolina sghemba, un sacchetto d'uomo piangeva piegato in due, con il capo chiuso tra le mani che tremavano. Riconobbi la testa bianca di Otello. Portava ancora la marsina avorio e oro della livrea di gala, la giacca era appoggiata sul tavolo, piegata con cura. Si era preparato la sua cuccia di dolore, come un cane fedele aveva cercato il buio, la solitudine. E ora piangeva, lui solo, la morte del suo padrone. Rendeva a Alberico il premio delle lacrime. Lui, che per tutta la vita l'aveva chiamato «Signor marchese», adesso era l'unico che lo lavava del suo pianto. E mi si sciolse il nodo di sasso dentro gli occhi. Avanzai nella mezza luce ghiaccia verso quelle lacrime sorelle, mi accoccolai ai piedi del vecchio cameriere disperato, gli abbracciai le ginocchia. Lui allargò le mani, mi raccolse la testa in una specie di carezza arresa. E stemmo così, abbracciati in quel modo da serpi, io in ginocchio e lui seduto, frantumati di dolore. E poi, non so dopo quanto tempo, sentii le sue mani che mi sfioravano i capelli, con circospezione. E gliele presi. Presi tra le mie quelle vecchie mani di servo, macchiate di anni e di fumo di sigarette da poco prezzo, e mi entrò nel naso, tra il moccico del pianto, il loro odore di vecchio. Io baciai quelle mani. Le baciai e le strofinai e ci passavo sopra il viso e il vecchio cameriere sussultava, fece il gesto come di sfilarle. Scuoteva la testa, per dire no, no, no. Ma io non gliele lasciai andare, io stavo appesa a quelle mani. Dopo ci guardammo. E seppi che sapeva tutto.

Verso le dieci andammo via, una lunga processione di macchine attente, giù per i tornanti, verso l'azzurro indifferente del mare. I camerieri e gli sguatteri e le domestiche e le donne di casa levavano svelti lumi e fiori e tavoli e tovaglie, ripulivano della festa la morte di Alberico.

Ci ritrovammo sulla spiaggia, cercavamo i gesti soliti, determinati a proteggerci di ordine.

Perché la morte non si lascia scordare, amore mio, non ci permette di sfuggire al suo maglio. Ci premeva sotto lo sterno, ci ingolfava lo stomaco, e la gola. Facevamo finta di nulla, ma c'era. E bisognava difenderci. Ci vuole troppo coraggio per aprirle il cuore.

Sparsi sulle sdraio, sui lettini, assurdi nei nostri vestiti da ballo, ci raccontavamo la serata e la notte e la tragedia, aggiungevamo particolari, osservazioni, allineavamo premonizioni, distrazioni, cercavamo di inquadrare quello che era successo dentro lo schema noto e riconoscibile di un destino annunciato e inevitabile. Scoprii che non c'era affetto, intorno a Alberico. C'era complicità e solidarietà di simili e rispetto e ammirazione e anche invidia. Ma non amore, non bene. Elena era rigida, compresa nel suo ruolo di quasi vedova. Emanuele la consolava di quel dolore come si deve, tenendole la mano. A poco a poco, la tensione coagulata della tragedia si sciolse in uno stillicidio di ricordi, di bravate, di imprese di vecchi amici pazzi e privilegiati e arroganti di una fortuna che sembra eterna. John Albert raccontò delle vacanze negli Hampton's, delle regate a Hyannis. Marina di quando, da piccoli, giocavano insieme a spaccare i vetri delle serre. Muzio parlò delle ragazze prese e lasciate, della fama di amante eccezionale di Alberico. Emanuele lo fece star zitto, infastidito, disse «Piantala, coglione».

E intanto accarezzava la manina di Elena. Poi, dall'orlo nitido della spiaggia, ci arrivò il richiamo di Bicche Bocche. Avanzava lento tutto piegato sul gran cesto ovale traboccante di focaccine e bomboloni e pizze, trascinando i piedi con le scarpe bianche nella sabbia ondulata.

«Lo chiamiamo?»

«Sì.»

Venne sotto la tenda, scrollò dalle spalle il cordone del cesto, lo appoggiò davanti a noi come un altare. Poi sollevò il coperchio, con le sue mani decrepite. Ci assalì il profumo di forno, l'odore buono di pasta appena lievitata, di zucchero sciolto. E ci buttammo su quel cesto come lupi.

La vita ci riprendeva sotto le sue ali.

Bicche Bocche spianò i soldi che gli avevamo dato, li infilò con attenzione nel portafoglio che teneva nella tasca davanti del grembiule, si rimise il suo basto. Con un colpo della sua povera schiena di vecchio si caricò di nuovo addosso il suo cesto. Andò via. Alberico morto ci vegliava, pensiero d'ombra sul patino vuoto.

Capitolo 20

Non è più ragazzo. Di questi tempi, i ragazzi restano figli fino a trenta anni, a quaranta. Ma non questo ragazzo.

Non lui.

Lui ha solo diciannove anni, li ha compiuti in aprile, ma ha attraversato già il dolore, lo spaesamento. Ha saputo ritrovare la strada. Abita la casa dei nonni con il garbo che gli è stato insegnato. Ogni giorno, sale dalla nonna malata e si piega sul suo viso a baciare la carne vuota. Ha imparato a non giudicare altri che se stesso e a se stesso chiede onestà e limpidezza, e limpido e onesto è l'amore adulto che lo lega a Saskia, l'amore che lo cura.

Ma ora, il ragazzo è solo. Solo, dentro una macchina spider verde bottiglia, manomessa due volte, che per due volte ha ucciso.

Ora lui sa. Il nonno ha raccontato di Alberico Sangermano, dell'incidente la sera del ballo. Ha spiegato. Si sono salutati che già la notte si ripiegava stretta dentro l'ombra del giardino invaso di statue. Ma lo trinciava una inquietudine. Per questo, ha preso di nuovo la moto, ha attraversato il buio per tornare dove è cominciato.

E ora è seduto sul sedile di cuoio color beige e sente tutto. Sente l'odore di muffa del garage da anni rimasto serrato. La consistenza fredda del volante di radica, dell'impugnatura del cambio. Sente il pedale dell'inutile freno sotto la suola della scarpa leggera. La macchina gli riverbera addosso il suo dolore, e il dolore lo schiaccia. Piega il capo sul volante.

È lo stesso nitido preciso movimento con cui Alberico, il vero padre di suo padre, piegò la testa di rapace morto, nell'alba di un settembre interrotto. La macchina conserva il ricordo e lo possiede. Filippo riceve il ricordo in forma di gesti.

Così, con la testa china di fiore stanco, Filippo accetta i suoi pensieri. Pensa alla nonna, al corpo fermo sotto la coperta di damasco verde. Al cervello che sfrigola e impazzisce, alla colpa. Dove dorme, dove sta nascosta, la cattiveria che ci mangia, che esce fulminea come denti di cobra dal cesto chiuso delle abitudini, dei giorni? Pensa alla mano. Come sarà stata, la mano della nonna? Non ci sono fotografie sui tavoli dei salotti di San Michele. La nonna ragazza è un segreto dimenticato, sostituito di vasi e candelabri e ninnoli. Tavole cupe di santi peccatori e Maddalene mai perdonate rifrangono l'ombra dei saloni vuoti. La nonna avrà avuto una manina piccola. Avrà preso la chiave tremando. Le dita fini l'avranno racchiusa come un anello nel gioco dell'anello, ma senza poterla passare a nessun altro. Il bloccasterzo serrato avrà indirizzato contro il muretto la traiettoria della macchina. Ci sarà stato sangue?

Ma non si china a cercare macchie. Resta attaccato al volante, la testa sulla raggiera, la sensazione di liscio che dà la radica alla guancia.

Siamo tutti cattivi. Anche io sono cattivo. Io che non lo sapevo, prima che questo accadesse. La cattiveria è l'ombra e ci abita come la luce, ci appartiene e ci conosce. Può fare di noi quello che vuole.

Questo lo terrorizza.

Pensa all'uomo che guida la macchina verde. Al volante immobile. Il muro è fermo contro il cofano. L'uomo è morto. Cazzo, era l'uomo che la nonna voleva sposare. La voleva sposare. Cazzo cazzo cazzo. Perché l'ha voluto ammazzare?

Allora cerca ricordi come una via. Rivede la nonna in piedi, immobile nella sua fiamma già spenta, figura di cartone e di sassi, ordini serrati a rimettere a posto la vita. Non si ricorda baci.

Ora capisce. Per dimenticare, si è fatta muro senza porte, senza finestre, senza aperture. Per quarantacinque anni niente l'ha attraversato. E poi è saltata fuori la chiave.

È stata la chiave.

La chiave che gli scottava in tasca gli ha perforato i pensieri. Si è impadronita di lui, gli ha ordinato cosa fare. Invece che prendere il lungomare, scendendo da Lucca per andare alla Capannina, ha chiesto a Saskia di fare il viale Morin. È venuto nella rimessa. Era una chiave, uguale a tutte le chiavi, corta, moderna. Poteva aprire una porta, o il lucchetto di una bicicletta, o una serratura di armadio. Eppure, lui ha subito sentito che era la chiave di una macchina. L'ha saputo come si sanno le cose che contano davvero, con la pancia, con lo stomaco. Come una violazione. Come il rigurgito che porta in gola lo sfiato di umori marci dal fondo di carne palpitante.

Per questo, adesso è dove si trova. Fradicio del dolore di sua nonna, dell'orgoglio con cui suo nonno ha rivelato il suo delitto.

Ora nella rimessa deve esserci anche Alberico.

Deve esserci la sua ombra. Filippo ha tirato su la testa. Il posto che occupa è di un altro. Di un guscio d'uomo atterrato.

Fa per alzarsi.

Il destino che si compie, il vento corre a mettere in ordine il disegno dell'intero. Dentro la tasca dei suoi vecchi jeans c'è uno yo-yo.

Lo yo-yo è il bambino che era Filippo, che ogni tanto gli piace essere. Per uno stiramento della fodera o per un movimento brusco, lo yo-yo esce dalla tasca. Scivola verso destra, oltrepassa in un volo mirato la leva del cambio. È sotto il sedile. È nel pertugio ingoiato di polvere tra il pavimento e la leva del cambio. Allora Filippo si piega, a tastoni cerca. La mano palpa il morbido della moquette, scandaglia la fenditura. Trova qualcosa.

Capitolo 21

C'è odore di ghiaccio dentro la chiesa. Umido di tomba. Il freddo sale dalla terra, da questo pavimento di marmi bianchi e neri infossati di passi, dalle lapidi con i nomi neri sbiaditi, su cui posiamo guardinghi i nostri piedi dell'inverno, le calze, i mocassini, le scarpe basse. Ci entra addosso nonostante i vestiti pesanti, ci chiazza il naso di rosso. Fuori piove. Una pioggia fine, determinata. La città soffoca in fondo alla ferita della valletta, chiusa di nuvole nere. Contro l'arco dell'abside di questa chiesa meravigliosa e lugubre, la schiena del vescovo che celebra Messa è maestosa, di viola accecato, e d'oro. La marchesa e suo marito stanno diritti come bastoni nella prima panca, Elena è accanto a loro, accanto a suo padre, splende nel ghiaccio di questo funerale. C'è un ordine perfetto, perfettamente preciso. Ogni gesto è stato definito, ogni movimento studiato. L'organo suona una fuga di Bach sul Kyrie Eleison.

Signore pietà.

Pietà per questa vita inutile e stanca, rinchiusa di privilegi.

Signore pietà.

Pietà per la nostra vigliaccheria, per il modo in cui ci fermiamo sulla soglia del dolore degli altri.

Signore pietà.

Pietà per quello che non ci riesce di essere, per il muro di ferro con cui ci proteggiamo da tutto.

Signore pietà.

Pietà per la nostra paura di vivere, per la nostra paura di amare.

Signore pietà.

Pietà per come siamo e come resteremo, pietà per il freddo che ci abita, per la gabbia in cui siamo reclusi.

Signore pietà.

Pietà perché abbiamo peccato.

La bara è davanti all'altare, in uno spazio delimitato dal rosa sbiadito e dal giallo di un antico tappeto. Non ci sono fiori. Attorno all'altare, sugli scalini e davanti alla grata che lo separano da chi prega, una siepe di cipressi e bossi e allori fa di questa chiesa un giardino inglese di morti.

Non ci sono pianti, è un funerale elegante.

C'è una omelia lenta, smozzicata. Il microfono gracchia, le parole si sperdono nel ghiaccio, arrivano avvoltolate, indistinguibili. Il vescovo parla seduto sul seggio parato di viola e d'oro, muove le mani vizze spingendo l'aria verso il basso. Sopire troncare, troncare sopire.

Pace?

Poi il funerale finì. La bara uscì sulle spalle diritte di Bubi, e di Emanuele e di Tazio Leva e di Gianmaria, di due ragazzi che non riconobbi. Camminavano verso il portone. Li seguimmo, in una fila composta ma sussurrante di saluti e cenni. Sul sagrato, ombrelli neri si aprirono a riparare conversazioni mondane. Venne portato un carro, e sopra adagiarono la tua bara, con una gentilezza che mi colpì i tuoi amici si separarono da te, lasciando, per la prima volta, e l'unica, che il cuore battesse a vista dentro le loro mani di uomini vigorosi all'improvviso senza più forza. Fu aperto il cancello di ferro pesante del cimitero monumentale. Salimmo, una fila di ombrelli sotto il cielo che scuriva. Girammo per un sentiero di ghiaia, tra tombe fiere di cui leggevo i nomi, angeli affranti, e cherubini grassi che reggevano corone d'alloro su cenotafi autorevoli di alabastro. Fummo in uno spiazzo di cappelle. Il corteo si fermò con un sussulto davanti alla cancellata aperta di una cappella di marmo candido. I becchini ti sollevarono, ti issarono sulle loro spalle curve di abitudine. Entrasti. Ti aspettava una folla ordinata di parenti morti, su alcuni i becchini camminavano, dilavando di pioggia i loro nomi incisi. Di fianco all'altare, dove splendeva una Madonna antica, di un maestro fiorentino intenerito, una gola nera di cemento vivo ti aspettava. Prepararono argani, corde. Ti legarono stretto. Con una fatica trattenuta a labbra serrate, i becchini ti misero al tuo posto tra i morti. Altri operai del cimitero avevano intanto trasportato, avvolta in coperte di lana, la pietra che ti avrebbe rinchiuso. La scoprirono. Il muratore, immacolato e azzurro, si avvicinò, salì la scala davanti alla tua bara. Cominciò a metter calcina agli angoli e nei tratti lunghi. Dava colpi veloci e precisi. Poi scese. La scala fu spostata, appoggiata fuori alla pioggia. I becchini presero la tua pietra, la imbracarono. Tua madre guardava impassibile accanto a tuo padre, a Elena, al padre di lei. Ci fu il cigolio degli argani, il rumore scivolato e sfuggente di qualcosa che sfilava via. E poi la pietra fu al suo posto, incastrata a chiudere la fauce che ti aveva ingoiato. Nemmeno uno schizzo di calcina uscì. Il vescovo alzava le braccia nell'ultima benedizione, i chierichetti scossero il turibolo. L'odore forte dell'incenso ci fiottò addosso attraverso la pioggia che ora ti custodiva come un sudario.

Il nostro assembramento si sciolse in abbracci e saluti, nella fila lenta che passava a fare le condoglianze a tua madre, a Elena. Sospirando del dovere compiuto, protetti da te morto dalla nostra morte, scendemmo le lunghe scale bianche abboccate sul panorama fosco di Forte Belvedere e Santa Maria del Fiore.

E eri morto per sempre.

O forse no.

Non ancora.

Incespico nel marmo annerato di passi della scalinata e cerco di reggermi in piedi con un pensiero concentrato, muovo le gambe, piego le ginocchia e ogni movimento minimo mi costa una attenzione infinita. Lavorio della mente a ricostruire la sequenza esatta degli input. Sono dentro la nebbia, la stessa che è salita a coprire la città. Il mio cervello è rannicchiato da qualche parte, dentro questo ondeggiamento, questa precarietà che mi slenta i gesti, mi carica di fatica. Scendo e le parole degli altri mi arrivano come attraverso il cotone. Una mano mi abbranca. Riconosco Muzio, il suo alito denso mi scalda l'orecchio.

«La sai la novità?» e ha un tono mondano, vacuo, il tono che spesso hanno le conversazioni sul sagrato della chiesa, dopo che il carro funebre è partito. Un tempo mi sembravano blasfeme, ma ora non giudico.

«Albarosa ce l'ha fatta.»

Non me ne importa. Non so nemmeno chi è Albarosa. Chi è? Il nome vagola nella zona vuota tra oggetti senza nome che è la mia mente.

Muzio insiste, non vuole lasciar andare, senza godersela, una occasione come questa. E allora mi tira verso di sé, mi ferma la discesa con il braccio. E adesso è proprio davanti a me, e pericolosamente ondeggiamo insieme su questi scalini consunti, che pendono verso il basso, da cui scivolare è la norma.

«L'ha fregato.»

Non me ne importa. Non mi importa di nulla. Ho gli occhi vuoti, perché lui mi scuote.

«Oh, dormi? L'ha fregato. Fre-ga-to. È incinta... La bambina è incinta... la santerellina se l'è pappato in un boccone...»

«Ah bene.»

Vorrei che se ne andasse.

«Ma sei scema?»

«Sto male, ti dispiace...»

Ma non mi lascia andare. Mi agguanta più stretta, mi butta addosso uno sguardo fisso. Eppure, dentro quello sguardo stolido, balena l'ombra di un pensiero appena formato, lui cerca di afferrarlo, di riconoscerlo. Gli sfugge. Molla la presa.

«Ciao.»

«Ciao.»

Non voglio sapere nulla. Non voglio avere a che fare con la vita. Continuerò a scendere e scenderò per sempre, e starò attenta a non scivolare. Riposerò lo strazio che mi abita sotto la coltre di questo ondeggiamento, di questa foschia che mi annebbia i pensieri.

La scala scendeva accanto a grate nere di terrazze abitate di morti. E in fondo, in attesa, c'era Gino.

Mi prese la mano, io strizzavo gli occhi nel gelo, per riconoscere quella mano, quel viso.

«Sono Gino.»

«Gino.»

Prendevo tempo. Non sapevo ricordare chi fosse Gino.

«Chi è Gino?»

«Vieni.»

La voce di tenerezza risuona nel fondo di metallo vuoto.

Mi guida, con il braccio appoggiato sulle mie spalle. Io mi piego contro la sua giacca, mi lascio trasportare.

Mi apre la porta di una piccola macchina di un brutto colore, come si chiama questo colore? Chi è Gino? Salgo. C'è odore di plastica, c'è odore di povero. Raccolgo le gambe dentro le braccia e lo sconosciuto è già seduto accanto a me, gira la chiavetta, la piccola macchina annaspa, abbozza un rantolo, parte. Scendiamo verso un viale, sulla strada di ghiaia. Come si chiama questo viale? E la città, quei tetti, quella cupola rosa, come si chiama, cosa è? La testa mi balla dentro un lago nero. Le curve di questo viale mi fanno scivolare verso lo sconosciuto, le lascio fare. Farò così per sempre. Lascerò che la vita mi porti. C'è qualcosa, da qualche parte, dentro questo buio, qualcosa che spiega tutto. Forse potrei afferrarla, se volessi. Se muovessi le dita, potrei riprendermela. Ma non ho forza, non ho desideri. Ondeggio, vagolo. Lascio.

Scendiamo in questo viale addolcito di cipressi, verso un ponte, un fiume marrone, gonfio. Entriamo su un altro viale lucidato di pioggia. Poi un altro. Ci sono costruzioni basse, con tetti aguzzi, e gente fuori in attesa, di cui non mi importa nulla. Camion. Lo sconosciuto accelera, supera. E, mentre supera, io vedo il carico. Bestie. Bestie grosse, sporgono il muso che freme dalle fessure delle spallette che chiudono i lati. Sono ammassate contro quelle fessure, ci si infilerebbero tutte, schiacciano il loro grosso corpo marrone contro le sbarre di legno del carro che le porta a morte. Incrocio occhi umani disperati e stanchi. Occhi che mi inseguono anche dopo che abbiamo superato il carro, e suonano dentro il metallo che mi abita. E poi sono nebbia anche quegli occhi. Lo sconosciuto guida lentamente, ha gesti esatti, calibrati. È grosso. Sul viso largo, bianco, gli corrono due basette ridicole, lunghe. Ha labbra carnose come altre labbra, ma quali labbra? Adesso andiamo dritti, non ci sono più curve. L'onda è dentro di me che sale. Sarò capace di alzarmi, da questo sedile che puzza di plastica, saprò stare in piedi, mettere un passo davanti all'altro, arrivare da qualche parte? Come posso afferrare qualcosa, trovare un appiglio per non precipitare dentro questo buio?

E mentre andiamo, lenti sulla strada diritta annerata di pioggia, lo sconosciuto stacca la mano dal volante, la sposta di un mezzo giro. Io contemplo quella mano greve, le dita gonfie. La vedo avanzare verso di me, e non faccio nulla. Con un tonfo, la manona si abbatte sulla mia coscia. E vi riposa, ferma. E io la lascio stare. Non faccio nulla. Non riconosco la mano, né il suo proprietario. C'è solo nebbia che mi culla.

Dopo, dopo un tempo che non so misurare, e la strada ancora corre diritta tra i campi, io chiedo «Dove andiamo?».

A casa, mia madre mi aspettava con il brodo caldo sul fuoco. La pineta grondava lacrime d'acqua a scrosci violenti. Il casiere Dino venne a prendermi con un ombrello sghembo, non degnò Gino e la sua Seicento grigia della minima attenzione. Mia madre si torceva le mani, era la prima persona a cui la tragedia non fosse scivolata addosso come acqua.

«Che dolore, che dolore, un così bel giovane... E aveva tutto, tutto... I giovani non dovrebbero morire... ma sia fatta la volontà del Signore.»

Il Signore riparava mia madre da tutto, era il suo ombrello perenne. «Vieni, vieni, Andreana, sarà stato brutto», e mi apriva le porte, mi portava nel funebre androne, nella cucina morta.

«Su su, devi bere un po' di brodo...» e lo versava, confortata dal suo bollore. Io mi sentivo sbalestrata, nel luogo sbagliato. Ma mia madre la riconoscevo e anche la casa, nella nebbia dove mi ero rintanata le sagome note si stagliavano sempre più nette. Mentre bevevo a sorsi lenti dalla tazza che mi bruciava le mani, ma mi piaceva, mia madre si sedette di fronte a me, davanti al tavolo di marmo.

«Come era il funerale?» e le luccicava qualcosa in fondo agli occhi.

«Mamma.»

«Sì scusa, ma sai un funerale così... Eletta dice che non ha fatto che preparare vestiti neri e veli, in questi giorni. È salita su al castello, ha aggiustato perfino il vestito della marchesa...»

La morte di Alberico era già favola.

«E si sa di che è morto?»

Mamma, mamma, mamma. Va bene, bene: rispondo, sei l'unica di cui avrò avuto compassione. E allora racconto della pioggia.

«Chissà l'umido, ti eri messa le calze?»

Racconto del vescovo.

«Sua eccellenza Tamburani, mamma mia, e come ha parlato?»

Racconto della prima fila, della marchesa, del marchese.

«E la ballerina, c'era? Eletta mi ha detto che lui è scappato con una ballerina del Brasile, tempo fa...»

Racconto della cappella di marmo bianco, dei becchini. Ma lei mi interrompe, accesa: «E la fidanzata?».

Mi tocca parlare di Elena, di quanto era bella con il suo vestito di raso nero, le perle bianche sul collo bianco.

«Poveretta.»

E non hai parole, mamma, per il dolore che mi dorme dentro, ovattato di nebbia. Come potresti? Eppure, una parte di me, una parte che subito ricaccio giù, in fondo, vorrebbe che tu avessi capito, vorrebbe aprire la porta chiusa del mio delitto, nominarlo, piangerlo, espiarlo con te, dentro la tua pancia. Al sicuro.

E poi la crepa si chiuse. Le giornate si affastellarono una sull'altra. Ombrelloni diradati la spiaggia non più ricamata per intero dai rastrelli, solo incorniciata di righe diritte. Il mare che montava gonfio di libeccio inseguiva di rombi le barche tirate a secco sempre più in alto. Davanti alle cabine, Maia lavava le sdraio con la sistola, prima di riporle. I catini per lavarsi i piedi erano ammucchiati uno dentro l'altro, in pile pencolanti, vicino allo stenditoio, dove pendevano pochi costumi, stinti come l'estate che finiva. Venivano vecchi completamente vestiti, solo con l'orlo dei pantaloni rimboccato, la sottana accorciata dentro le mutande, a passeggiare sul bordo del mare. Il mercato del mercoledì era deserto. La mattina, una brina ghiaccia copriva tutto.

Ci eravamo dispersi senza aver preso accordi, non ci trovavamo più sotto la tenda. Senza dircelo, eravamo consapevoli che ripetere i riti soliti sarebbe stato sconveniente. Ognuno stava per sé.

Ogni tanto, mentre andavo o tornavo dalla spiaggia, incrociavo Emanuele e Elena, insieme. Riponevano le vele del dinghy di Emanuele, oppure legavano con il lucchetto, attaccate, le loro biciclette, suonavano dischi nel juke-box. Ci salutavamo in fretta, di sguincio. Cercavamo di nascondere la colpa di essere vivi, e il sollievo. John Albert era partito subito, la sera dell'incidente. La marchesa ci era rimasta male, aveva detto Eletta a mia madre. Io pensai che John Albert era scappato per custodire il suo strazio. Mi dispiaceva non averlo salutato. Mi vennero in mente i suoi occhi, trepidi su Alberico, il modo in cui piegava la testa, aspettando che salisse sulla Mg, quando partivano per i loro giri misteriosi. I miei ragionamenti si interrompevano sull'immagine delle loro due sagome accostate, contro la linea diritta del lungomare che correva verso Carrara. La pativo, quella immagine. E la scrollavo via.

Giovannella venne a trovarmi, mentre leggevo sotto la mia tenda. Mi raccontò che Bubi e Albarosa si erano fidanzati.

«Lei è incinta.»

La sua voce era senza colore.

«Andranno d'accordo, alla fine. Bubi non voleva nessuno di impegnativo.»

«Dici?»

«Sì. È stato bene.»

Lei si stringeva le mani, aggricciò le spalle.

«E chi lo sa?»

Si alzò, girava il viso verso di me.

«Siamo diventati vecchi tutti.»

E andò via, con il suo nuovo costume rosso stinto nella sera che calava.

Marina e Tazio Leva erano partiti per Montecarlo, Muzio si era fidanzato con una certa Cimbalini, di Grosseto, chissà dove l'aveva trovata. Albarosa preparava il vestito da sposa. Gino veniva a trovarmi, e andavamo al cinema per non parlare. Poi venne ottobre, facevamo i bagagli, le donne di servizio chiudevano le ville, riparavano con lenzuoli ingrigiti i mobili, i divani. Una mattina, mi svegliai e la nebbia dentro cui mi muovevo era più spessa, abitata di rantoli, grugniti. Provai a tirarmi su, mi sentivo un peso sul petto. Ebbi la sensazione esatta di morire. Invece mi drizzai con uno scatto incontrollato, un fiotto di vomito acido mi eruttò dalla bocca e sentivo lo stomaco aggrovigliarsi di spasimi. Sboccò un filo di bava, avevo la bocca mangiata di aspro. Ebbi ancora spasimi, alla fine uscì una chiazza di muco con sputastri verdi, acidi.

Arrivò una cartolina da Key West, una barca da pesca contro un orizzonte blu. Decifrai quello che c'era scritto e era un pugno che mi arrivava dalla nebbia. «Solo noi due l'abbiamo amato.»

Allineavo i piedi dentro il filo dei passi. Riconoscevo le persone con estrema fatica, abitavo dentro la mia nebbia e di nebbia riuscivo a sopravvivere. Avevo dimenticato. All'inizio di dicembre, in una mattina di gelo, camminai, accomodando con circospezione l'orlo del vestito per non inciampare, al braccio di mio padre soddisfatto, lungo un corridoio bordato di garofani e cinerina. In fondo al corridoio, Gino mi aspettava diritto, soffocato di emozione.

Finì.

La chiave me l'ero dimenticata, l'avevo buttata in un cassetto, a caso. Non so perché non l'avevo gettata via. Era una chiave e basta. Mi tornò in mano dentro una scatolina di cipria, chissà come ci era finita. Ero seduta alla toilette, mi spazzolavo i capelli, adoperavo, allora, i gesti da sposa, per convincermi che lo ero davvero. Gino era ancora alla conceria, ero sola. La notte stava chiusa fuori dalle finestre grandi, nulla bussava alla mia vita. Solo il silenzio. E quella chiave riaffiorata dal buio. La tenevo sul palmo, era fredda. Pensai alla pelle gelata di Alberico, a come Bubi l'aveva baciato sulla guancia sul suo letto di morte. Chiusi le dita. Capii che quella chiave mi avrebbe inseguito per sempre. Che l'unico modo per dimenticarmene, era tenerla sempre con me. Allora mi alzai, e cercavo con gli occhi e con i passi un posto segreto. Aprii cassetti e sportelli e coperchi e scatole. Poi mi trovai in mano un nastrino di raso bianco, chissà come. Lo passai dentro il foro della chiave. Adesso era un ciondolo.

Il letto. Ma dove? Mi chinai, infilai la testa sotto il materasso. Non si vedeva nulla. Allora presi la candela, l'accesi, illuminai i travetti di legno, le assi laterali. Incastrai la chiave in una fenditura, la pigiai bene. Uscì un tratto breve di nastrino bianco, e ci passai sopra le dita. Poi mi rialzai, ero ancora agile, la pancia non si vedeva ancora.

E fui di nuovo dentro la mia nebbia.

Capitolo 22

Di nuovo, ha attraversato il giardino. Cerca le ombre delle statue. Gli batte in tasca l'oggetto che ha trovato.

È un oggetto grazioso.

Infila la mano dentro la tasca e lo tocca. Sente il liscio della superficie, il freddo. Il polpastrello sensibile individua il reticolo della incisione.

È l'incisione che parla.

L'argento è freddo. L'incisione è colorata di nero.

Filippo cammina nel giardino, la notte gli indica i passi. Apre la portafinestra e per una frazione di secondo esita a accendere la luce. Sotto la luce ghiaccia l'ingresso è vuoto, il corridoio è vuoto. Li riempie di sé, dello spasmo che lo trincia. Sale le scale. Sa dove deve andare ma, inspiegabilmente, ritarda. Per questo, si ferma davanti alla porta della sua camera, entra. Sul letto, il nonno ha messo un biglietto scritto con la sua calligrafia da formica incerta, una calligrafia di vecchio. Appoggia il casco della moto sulla sedia, prende in mano il biglietto. Alla luce opaca della abat-jour, legge. È Elena, ha chiamato, ha chiamato tardi. E questo è strano. Doveva essere preoccupata per la chiave. E anche questo è strano. Elena è una vecchia donna tranquilla. Anche Emanuele è un vecchio uomo tranquillo. Sono la famiglia normale che gli sarebbe piaciuto avere, che non ha avuto. Il biglietto del nonno, nella calligrafia di formica sghemba, dice che Elena ha avvisato che verranno suo padre e John Albert. È per la malattia di

Andreana, anche nella loro casa di vetro su Park Avenue è arrivato il fiato di quella morte che aspetta. Elena ha chiesto di lui. Prega di richiamare a qualunque ora.

Non ora.

Per un momento, mentre indugia, mentre asseconda questo bisogno di tempo immobile che hanno le sue viscere, Filippo vede. Vede la testa di capelli radi di John Albert, il maglione nero che nasconde il collo, i grossi occhiali quadrati con le lenti spesse sulle occhiaie. Saranno seduti sul divano bianco, entrerà dalle finestre grandi la luce abbagliante di New York a giugno. Ci saranno, sul tavolo basso tra i divani, incendi di fiori rossi, saranno fresie e petunie e tulipani cinesi. John Albert leggerà «Libertad», suo padre sfoglierà uno spartito. John Albert, a un certo punto e senza preavviso, alzerà la testa, la sua testa di vecchio incoercibile. Dirà a suo padre «Ti amo». Suo padre accoglierà questa resa incondizionata con un gesto appena gentile del capo, dirà «Grazie» e tornerà a studiare. John Albert continuerà a guardarlo, gli guarderà le mani, poi il disegno elegante delle braccia, delle spalle, risalirà il petto chiuso nel pullover bianco fino alla linea chiara del collo. Percorrerà il viso e avrà occhi come mani. Toccherà da lontano le labbra che godono le cose, le pieghe che alonano gli occhi, i bei capelli lucidi. E amerà ogni cellula minima di quel corpo, di quel viso, amerà Alberico dentro ogni frammento di vita viva che corre e si installa sulla superficie di quel bel corpo in mezzo alla sua fioritura. Ringrazierà il vento per averglielo portato.

Ma non c'è più tempo. Accade come sempre accade: che il tempo che aspettava si muove di colpo e porta via, fiume di fango che trascina.

Filippo esce dalla sua camera, cammina nel corridoio

nudo dove la luce che ha acceso infierisce. Luce come esercizio spirituale. Cammina e ha fretta, una fretta che non comanda, che non può rallentare. Potrebbe aspettare il mattino, potrebbe lasciare che la vecchia donna si svegli per abitare i suoi incubi, ma non aspetta. Nelle mani batte l'argento, è caldo, adesso, caldo delle sue mani.

È davanti alla porta.

La socchiude lentamente, perché non faccia male.

Il cavo fiato di caverna della macchina possiede la stanza, la palpita, la respira. La malata è pergamena sul letto, foglio friabile. Il viso ha scavato il cuscino, vi ha cercato riparo. Anche la carne ha avuto paura. Si è arresa alla macchina, ha lasciato che la pompa metallica la risucchiasse. Ha lasciato solo le ossa. L'osso bombato della fronte, gli ossi puntuti della mandibola, della mascella. L'osso gobbo del naso.

«Nonna.»

Gli occhi sono buchi. Filippo riesce a sentire la pena che le costa aprirli, ogni fremito delle palpebre grida quella pena sotterrata, risalita da putredini violate.

«Nonna.»

Nel biancore del cuscino, il viso è terra, è carne marcia che si disfa, sola.

Ma ora c'è qualcosa sul letto.

Sul lenzuolo. Sul petto scarnito. Gli occhi alla fine domati, spalancati, ma lei non riesce a muoverli, non può spostarli, non può guardare. Percepisce un riverbero, un punto di metallo nell'alone attutito della lampadina da notte che non spengono mai. Un punto freddo.

Il ragazzo ha spostato l'oggetto. Lei ha sentito il rumore della stoffa tesa, il grattare del metallo sul lino. Con delicatezza, il ragazzo ha appoggiato la mano fresca dietro la sua nuca, deve averla sollevata, perché adesso lei vede. Sa che deve riconoscere l'oggetto, deve sapere cosa è. È metallo. Grigio metallo vivo.

Dove era, dove l'hai trovato, perché metti sul mio sudario questa cosa, ragazzo?

Cerca il gesto che deve fare, sa che c'è un gesto, ma non sa più che gesto. Allora urla dentro il silenzio, urla nel vuoto di tutte le stanze che ha aperto, di tutto il tempo perduto che la notte ha ritrovato per lei. Urla con il suo povero raglio troncato, urla con lo stomaco trafitto, con la pancia murata.

Per quanto ancora? Quanto?

Muta, lei urla.

Il ragazzo la sente.

«Era nella Mg di Alberico, sotto il sedile del passeggero.»

Non spiega nulla e dice tutto, come solo gli innocenti sanno dire.

Sul letto, il portasigarette d'argento mostra la sua incisione. È in caratteri inglesi, alti e rotondi. Copre quasi tutta la superficie, ha foga di dire. Dice.

«Andreana per sempre.»

Il pensiero si forma dentro la sua mente condannata. Nel suo cervello, le immagini si moltiplicano e si rifrangono, rimbalzano in una consapevolezza abbacinante, che sfonda il nero che la abita. Lo sforzo che lei esercita per vedere la lacera, la piega. La ferita schianta.

E il piccolo corpo rinsecchito trova la via che non sapeva di cercare.

Fammi salire in macchina con te, amore mio. Non ti darò noia, sarò buona, sarò la tua bambina piccola. Fammi sedere accanto a te. Mi rintano giù, sul tappetino, così gli altri non mi vedono, è proprio comodo, sai, ci si sta proprio bene. Oh, tu li saluti. Loro si spenzolano dai merli, si divertono molto. Ma Elena non ci crederà. Non crederà che tu la lasci. Vi ho visto ballare, sai. Stavo appoggiata al muro, avete ballato un valzer. È stato giusto così. Vai piano, amore mio, non vedi che tra un po' c'è la curva? Lo sai che questa strada è cattiva. Ma che fai? Che cerchi. Ti frughi in tasca... Che hai in mano? Attento, oh... è caduto. No, non ti chinare, la raccolgo io per te questa cosa che brilla. Questo oggetto. Ma c'è il mio nome. Il mio nome con te.

Ma allora era da me che venivi.

Un lampo che strazia. E non c'è più riparo.

Oh, tu mi hai visto. Mi hai guardato mentre vi guardavo. Giravi con Elena in un volteggio, la tenevi con la mano alla vita, stavi discosto, controllavi le vostre giravolte ma anche il salone intero. Ti aspettavi un pericolo. Tu ballavi ogni figura con una precisione esasperata, studiavi ogni passo, ogni minuto movimento. Ballavi, ma la tua testa era altrove.

Stavi come in guardia. E mi hai trovato. Se avessi sentito il tuo sguardo, amore mio, se avessi incontrato i tuoi occhi sperduti. Se avessi saputo riconoscere il momento esatto in cui hai avuto compassione di me, il momento in cui ti si è stretto il cuore. Se avessi potuto vedere la fretta con cui hai ceduto Elena a un altro, fardello all'improvviso insopportabile. Perché era me che volevi.

Dio mio che ho fatto.

Fammi morire con te. È buono questo muretto che ci corre incontro. Lascia che arrivi. Lascia che ci prenda.

Lungo la guancia rinsecchita, dalla piega dell'occhio richiuso, sull'osso fino della mandibola, scivola un rigo sottile e luminoso di pianto.

Non si piange con il morbo di Gehrig e tuttavia Andreana piange. Piange sommessa, con una dolcezza arresa, ritrovata sotto strati infiniti di corazze dure. Piange il suo destino, il suo vento.

La vera verità è il portasigarette che la possiede. Le cose ci comandano, ci sorvegliano, sanno. Le cose guardano le nostre vite di formiche e restano oltre noi, passano da un proprietario all'altro, da un destino a un altro.

Questo oggetto sa. Conosce il disegno dell'intero.

Alberico è in macchina, nella luce ghiaccia della notte che finisce. La bocca vivida. La mano destra alzata a salutare i matti che si spenzolano dai merli. Con la sinistra guida. Si sente forte, ha scelto. Ci vuole una sigaretta. La mano si abbassa, la torre è alle spalle. Cerca il portasigarette nella tasca. Alberico guida senza pensare, strafottente e allegro, sulla strada diritta che corre verso il primo tornante.

Forse le dita tremano, forse è un sobbalzo. Forse tasta il nome di lei, lo palpa, lo disegna.

Baluginio dell'argento che cade. Alberico inarca la schiena stira la spalla allunga il braccio a raccoglierlo a fermarlo. Volta la testa.

È il momento preciso in cui il muro coglie la sua distrazione. Gli corre incontro.

Luce esplosa. Ogni ruga ogni ciglio ogni poro ogni capello ogni pensiero franti disintegrati spenti. Il muro addosso. Il volante accarezza la guancia che scolora. Non un grido.

E ora è Filippo che corre. Corre sulle stradine che salgono e scendono, corre senza casco, corre con l'aria sulla faccia e gli escono lacrime di freddo dagli occhi. Intanto l'alba si riprende le colline, le colora di rosa. Filippo incrocia un contadino su un'Ape e il suo sorriso nella faccia di carta secca. Vede mucche nei campi e chiocchio di galline sull'aia di vecchie case screpolate. Vede, Filippo, con precisione assoluta, distingue ogni particolare, ha un campo visivo senza limiti, può vedere anche alle sue spalle. È per questo che corre.

Corre perché è mattina e il sole è ritornato, corre da

Saskia che dorme. Le dirà «Dormi?» soffiando il fiato dentro il suo piccolo telefono, lei dirà «Scendo». Monterà dietro a lui sulla moto, avrà la faccia di sonno. Sentirà il caldo contro la schiena. Saliranno e scenderanno colline abbracciati.

Vivere è molto.

Appendice

Dice il neuroscienziato americano Erik Kandel, premio Nobel per gli studi sulla memoria, che noi non ricordiamo un elenco lineare di fatti. Ogni volta che ricordiamo, noi impariamo *di nuovo*. Impariamo a seconda e in dipendenza dalle circostanze in cui attiviamo il procedimento che chiamiamo «ricordare». Alcuni aspetti di quello che noi *impariamo di nuovo* possono emergere, altri rimanere mascherati, a seconda dei sentimenti che il ricordo suscita. Dice lo psicologo americano Peter Levine che ogni ricordo impressiona il corpo. Le molecole informazionali, ormoni peptidi come ossitocina e acetilcolina e neurotrasmettitori viaggiano verso recettori sparsi dentro il corpo, in modo significativo dentro gli organi di senso. A ogni esperienza traumatica corrisponde una chiusura sensoriale. La paura, la sofferenza, si congelano dentro il corpo, adrenalina in cristalli. I tessuti possono rimettere in circolo queste molecole, come in un processo di scongelamento. Dice il neuroscienziato portoghese Antonio Damasio che la memoria autobiografica, cioè la registrazione organizzata degli aspetti principali della nostra biografia, corrisponde a sequenze di reti cerebrali interconnesse. Si tratta di informazioni contenute sulle cortecce inferotemporali nelle aree 20 e 21 e, in parte, nelle aree 37, 36 e 38. Entro queste reti, sono contenuti ricordi impliciti disposizionali. In ogni momento, questo insieme di aggregazioni registrate può essere reso esplicito e attivato in forma di immagini. Ciascun ricordo funziona come qualcosa da conoscere di nuovo. Questo spiega *perché* ricordiamo. E spiega anche perché ogni volta ricordiamo in maniera *differente*. I sentimenti interferiscono con la memoria. Certi sentimenti esaltano il recupero dei dati, altri lo sopprimono applicando la tendenza fondante del funzionamento della macchina umana e dunque anche della macchina cognitiva: la spinta al positivo. Ovvero: certi sentimenti eliminano il ricordo come misura protettiva.

Il dolore è uno di questi.

Ringraziamenti

Grazie a Francesca, a Chiara, a Paolo Zaninoni e a Rosaria Carpinelli.

Grazie alla mia agente, la meravigliosa Donatella Barbieri.

Grazie a Gherardo Guidi, Paolo e Marcella Gaj, Guido Guidi di Bagno.

Grazie a Alberto Vitale, per l'amichevole sostegno.

E grazie, più di tutti, prima che a tutti, a Arturo e ai miei figli Tommaso e Ginevra per l'amore e per la pazienza.

Finito di stampare
nel mese di ottobre 2004 presso il
Nuovo Istituto Italiano d'Arti Grafiche - Bergamo

Printed in Italy

Praise for Johnny Worthen

'...this is the beginning of an outstanding epic that will have broad appeal, especially to the readers of the *Dune* saga. Highly recommended for all SF collections.'
Booklist Starred Review of the first book in the *Coronam* series

'A clever and exciting collision of space opera, high adventure, and devious politics. Insightful and highly entertaining!'
Jonathan Maberry, *New York Times* bestselling author of the Joe Ledger thrillers and *NecroTek*, on the *Coronam* series

'With *Of Kings, Queens and Colonies*, Johnny Worthen creates an immersive and compelling world populated by vivid characters. As always, his excellent writing is saturated with humor and humanity. Highly recommended.'
Kate Jonez, Chief Editor at Omnium Gatherum

'The worlds of *Coronam*, with their mixture of old and new technologies, create a unique setting for an ageless story about humanity.'
Daniel Yocom, Guild Master Gaming

'Johnny Worthen is a bold and imaginative writer; his *Coronam* work is a fascinating look at our troubling history through the lens of tomorrow.'
Bryan Young, author of *BattleTech: Honor's Gauntlet*

'Political and prophetic, comprising battles and betrayals, bourgeoisie and brutes, and the persistent hum of bees, *Of Kings, Queens & Colonies* is a masterful epic of exploration and exile. A cautionary tale for citizens of the Old Earth. Sure to be on the award lists.'
Lee Murray, five-time Bram Stoker Award-winning author of *Grotesque: Monster Stories*

'A riveting story of personal obsession and epic-scale horror. Pray you never hear the Gaia Chime!'
Tim Waggoner, four-time Bram Stoker Award-winning author of *Lord of the Feast* on *The Gaia Chime*

'Worthen shows himself a master of style and substance.'
Michael R. Collings, 2016 World Horror Convention Grand Master

JOHNNY WORTHEN

FRESH START

This is a FLAME TREE PRESS book

FLAME TREE PRESS
6 Melbray Mews, London, SW6 3NS, UK
flametreepress.com

US sales, distribution and warehouse:
Simon & Schuster
simonandschuster.biz

UK distribution and warehouse:
Hachette UK Distribution
hukdcustomerservice@hachette.co.uk

The cover is created by Flame Tree Studio with elements courtesy of andreiuc88 and Jamo Images (Shutterstock.com).
The font families used are Avenir and Bembo.

Flame Tree Press is an imprint of Flame Tree Publishing Ltd
flametreepublishing.com

A copy of the CIP data for this book is available from the British Library and the Library of Congress.

1 3 5 7 9 8 6 4 2

HB ISBN: 978-1-78758-963-6
ebook ISBN: 978-1-78758-964-3

Printed and bound in the UK by CPI Group (UK) Ltd, Croydon, CR0 4YY

Represented in the EU for product safety and compliance by Authorised Rep Compliance Ltd, Ground Floor, 71 Lower Baggot Street, Dublin, D02 P593, Ireland. Contact at www.arccompliance.com

MIX
Paper | Supporting responsible forestry
FSC® C013604

JOHNNY WORTHEN

FRESH START

FLAME TREE PRESS
London & New York

For Caius and Marcus

Mercy sows the seeds of regret.
– Unknown Roman General

Chapter One

Qays Mendoza banked the bomber out of its high stable orbit to align the gravity drive for descent. The satellites were active and sending strong signals, navigation vectors, planet ID, nav stat relays and always the very clear warning to stay the hell away. Restricted area on pain of death. The Empire's highest threat warning. Really welcoming. It showed that he was in the right place, heading true toward the only recognized star port on the planet. Ground communications were deadly quiet though. Not a good sign. Not at all.

The planet rolled to fill his view screen. Fresh Start was a tawny planet, spotted with an occasional emerald dot of forest between full horizons of purple scrub grass drying to tinder. Veined with a few narrow rivers, warted by many dry mountains, and poisoned by a single saline sea, this was the Empire's most notorious penal planet. In the freezing salted sea, an island came into view; Penance, he knew it to be called. Upon that dead piece of icy rock was the Oubliette, the planet's supermax compound, where the worst of the worst the Empire had humanely captured were to be forever warehoused away from the less dangerous prisoners. The island looked empty. Not a light, not a flutter of movement. He thought he might have seen a crumbled tower ruin, but he was too far and moving too fast to be sure. His attention was drawn across the sea and inland, where smoke rose in a heaving pillar of black soot that pooled like inverted spilled grease in the upper troposphere.

Not a good sign either, Qays decided. Any sane person would turn around, but this was his destination. His answers lay somewhere beneath him.

The Lady of Jont was eighty-five meters long and forty wide. A delta ship, clovis design. A one-hundred fifty-three in diameter DFY ring, the propulsion miracle that let his ship travel faster than light, circumscribed the ship. Adjustable for flight, when flattened for landing, his ship looked like an arrowhead in a hoop.

As he'd done countless times in the last hour, Qays scanned the frequencies, military and civilian, and despaired at the flat bands registering across all channels.

"Fresh Start control, this is SBLC5-134, Mutakan Star Bomber *The Lady of Jont*, requesting permission to enter atmosphere and make landfall. Confirm and clear."

Nothing.

"Anyone home? Anyone? Fresh Start?"

No reply.

"I got nukes here. Might want to say hello."

Silence.

"Be advised, Fresh Start, this is SBLC5-134, *The Lady of Jont*, making approach to Last Fall – where I intend to land. Please don't shoot me."

Qays watched his sensors for signs of missile lock, laser tracking, a telling radar ping, but saw nothing.

He crossed into the night side of the planet and noted lights – clusters that might suggest settlements, singles that could be homesteads, lines that might mean a road. People. Normal life. Finally, a good sign.

Without approach control he'd have to land on his own. Not a problem, just unusual. Ships like his were usually conveyed inside carriers, huge, bulky cylinders of intimidation that were moved through manipulated gravity that made the simple single gravity drive in this ship look like a toy.

He knew enough not to expect a land-side gravity gantry where he could nose his clovis ship straight into a lock, the ring vertical and behind. Such luxuries were becoming rarer and rarer, even in the center worlds where the Empire hadn't decided to eat itself yet.

He descended faster than necessary, falling to the flat as quickly as he could to limit any anti-ship battery arcs. There was a full garrison of soldiers stationed on Fresh Start. A minimal presence just enough to ensure no one leaves. Keep visitors away. They'd turn their ships into sparkly meteorites to liven up a dark sky if they were pushy, like him. One of the only bases in the entire Empire with standing kill orders. He hadn't seen fighters on patrol, so guessed they used ground-based deterrents. He used the planet's horizon for cover. He wasn't treetop low, but not far from it. His gravity shell prevented the boom of his speed, Mach six at his current rate. To the ground observer, if they were far enough away, he'd appear as a silver spearhead silently streaking across the plain. To those directly underneath him, he'd be at most a flicker of a shadow, or if his drive bled at all, a fractional moment of lightness, a suggestion of free fall while planet bound.

Grasslands changed to farms and he slowed to get a better look, studying images from his side cameras to get a feel for the place. He'd been to other colony worlds, but this one was behind every one of those. Fresh Start was a prison first and a colony last. It would never have early call for resources and even if it had, it was twelve light-years from the nearest other settlement, Emory Station, where he'd just come from. After Emory Station it was another eight to its next neighbor. He remembered reading that Fresh Start was one hundred eighty-two light-years from Veldi, the Impirical Capital, and the penal planet lay 'in an odd and untraveled direction' from it. The fastest ship he'd ever been on, the frigate *Laurel*, capable of a miraculous sustained speed of five Days for Year, would take two and a half years to make the journey at constant flight. Here was the edge of empire. Here was exile.

The farms grew denser, the colors greener. The sky bluer for his improving mood. He traced a shining river from a toothy mountain range down a plain and around a wind-hewn mesa, the bottom of which, laid out upon the slopes of debris between long arroyos and trench canyons, was Last Fall, the 'capital' of Fresh Start.

"Last Fall, this is Mutakan Star Bomber, *The Lady of Jont,* SBLC5-134. I am on final approach for landing. Confirm and clear."

Static only for reply.

"Pretty please? Okay, ready or not..."

The city was walled – fifty meters of soaring yellow syncrete reaching skyward; twelve meters thick at the base, six at the top. Steel-fortified turrets were placed strategically along its length. A typical military installation. Off-the-shelf design. It probably took an airborne construction cohort all of four days to build the whole thing, and it would last for centuries – longer if it didn't rain. It didn't look like it rained much here.

The fields went right up to the walls and thatch-roofed hovels lined a road that snaked out from each gate. Similar structures grew along both sides of the river that flowed out of the city.

Inside the wall were many more buildings, hovels of organic manufacture but also not a few squared syncrete buildings radiating from its center to another inner wall. That would be the barracks and administrative center. There he saw, as by timeless design, neatly arranged buildings lining the roads spoking out from the central hub. A staging ground, a courtyard. Military normal. The area was not open as it should be, however, awaiting military parades, but brimmed with tents and people who, catching sight of his ship, pointed to the sky as he circled. It was an upscale market, he thought, a better sibling to the ones further out and between the walls.

The familiar order of a military encampment put him at ease as he vectored to the top of the mesa, the official landing port. While the outer walls of the city circled the entirety of the mesa, the inner walls of the camp curved and terminated into its sides, using the mountain itself as a barrier. He circled over the mesa once out of habit to identify an open bay, but needn't have bothered. They were all deserted. Eight empty pads, enough real estate to hold over twenty bombers like his, or more likely eight standard cargo haulers, CH-43s – the backbone of the Empire. But here there was no waiting. Bully for him.

He slowed, hovered, and then approached to land. He eased his ship in slow, noting the deserted landing towers, the vacant hangars, the lack of resupplying gear. The dark nav lights.

His DFY disc flattened wholly around the ship and his landing legs extended. Soft as a whisper, *The Lady of Jont* touched down upon Fresh Start, Last Fall Station. The edge of the human presence.

Taking a deep breath, he focused his mind upon a single moment, the slow – deliberately slow – switching off of the main drive. His finger extending toward the switch, hovering there, then easing to tap the control. It probably took him five seconds to push that one button, but his concentration stretched it far into a calming focus and centered him.

Looking up, he at last saw people atop the mesa. A clot of civilians approached his ship, brightly dressed in a fashion his mother might not remember. Fluffy collars, high hats, those god-awful pointed shoes. Their races were from all over the Empire, the nearly translucent skin of the Minerca, the ruddy pinks of the core worlds, the stringy musculature of those raised in the high-gravity planets around Aerobon. It was the most motley assortment of citizens he'd ever seen, and Qays had seen many a motley assortment. A true melting pot of people shown even in this small cross section. Every size, shape, and color, attitude and unfortunate fashion. The one thing that linked them all together was that they were all convicted criminals sentenced to life on this rock or the offspring of the same condemned to the fifth generation.

At the center and in front were three particular men. One held an ornate silver mace, tarnished, unwieldy, signifying he was a leader of some kind. The two others with him were like waiting satellites. Behind them were the curious others, prisoners all, and a small contingent of gray-clad policemen trying ineffectively to shoulder their gas guns in some kind of formal precision. He noted not a single garrison uniform in the bunch.

As he lowered the ramp beneath the ship, he watched one of the satellites try to organize the armed men into sharp lines, which only turned into chaos and bickering joining with the crowd's talk from behind.

Qays took his token bag out of the pilot's locker, slung it over his shoulder, and then left the ship.

With each step he took down the ramp and toward the group, he saw their faces contort through levels of confusion. He followed their eyes from the ship to him, from the call letters etched on the underbelly of the state-of-the-art Lance 5 bomber, one of the deadliest weapons in the galaxy, to his incongruous clothes blowing loosely in the hot, spicy breeze coming over the mesa. He wore only a teal robe with a red fringe, sandals on his feet, and carried a simple small sack wherein he would keep all his earthly possessions. The costume, contrary to the belligerent craft he arrived in, marked him unmistakably as clergy and as an ambassador of peace and tolerance.

"Hello," Qays said through a grin. "How y'all doin'?"

They stared.

"I tried to raise you by radio, but got no answer."

The man with the mace was the first to collect himself. He cleared his throat and said, "Welcome to Fresh Start. I am An'Arreza, Chief Custodian of Last Fall."

"I am Qays Mendoza, first-degree acolyte of the Glathan Church of Harmony, among other things. Blessed be to you all."

"And to you," they answered together in a single, reverent response.

A good sign.

Chapter Two

Qays allowed them their moment. Their awkward uncertainty was far better than the scenario he'd imagined – military police waiting on the tarmac, guns leveled, there to arrest him for stealing a Mutakan Star Bomber.

Except for the confusion, the scene was an echo of the other beginning, a reliving in dust of that meeting before in the dew on Haskana. The parallel was not unnoticed and his heart raced as he experienced again the opening overture of distrust and danger.

A group of leaders, stern-faced and serious, stood in front of a barrier of blank-faced armed men. Farther back, as before, ignored and disregarded, another group stood stretching to see. Within these curious and eager faces, he felt at once a distance but also a yearning. He instinctively searched those faces for her, and god help him, for an instant she was there. He nearly called out, but the ghost fled back into his longing leaving only a slender girl in a faded, beige plaid dress staring back, her red hair peeking out from under a headscarf above striking bright green eyes. It was in those eyes that he'd seen Anjali. But it was not her.

And with a start, as if coming out of a dream, he realized that the faces were not curious as he'd thought, nor were they eager, though yearning, perhaps, was present. No. These people were frightened. There was fear in these faces. Panic in their minds. He could see it in all their eyes, all except maybe that one girl's.

More people arrived, slowly milling their way forward from the steep, narrow road that he'd seen snaking up the front of the mesa.

He pulled his gaze away, and, to clear his thinking, he studied the area. The mesa was large and flat. Well spotted, he thought, and smiled to note how observant he was. His monastery teachers would be ever so pleased with his progress.

For a port, this was one shabby place, even for the edge of empire. There were enough perimeter buildings there to attend a dozen spacecraft, but his was the only one. Which was good since the buildings were all falling down. The tallest ones – the flight towers, three of them – were five floors of broken windows. There were several eroding warehouses with ripped hinges and broken doors, empty as a promise on a penal planet. He saw no life in any of the vacant radio houses. The beacon beams were silent, the landing lights dark-clodded divots over forgotten orange glass.

On the tarmac, dust was surprisingly thick and pooled in depressed puddles, putting the lie to the uniformity of the pad. Dry and wind-packed, the clods cracked under Qays's steps. Hot wind caught the soil and spun it into little yellow leather-scented tornadoes that raged for half a second before losing interest and disappearing into a bronze cloud. Centipede ants patrolled the flat – famously fast little creeps, big as a knuckle, who bit anything warmer than themselves and summoned the whole colony with a clickity call if it was tasty. They'd been known to strip the flesh off a man in half an hour. Fresh Start was famous for its dangerous native life. The centipede ants were benign compared to the javelin snakes, talon bats, and spitting sand toads. Talk was that there were carnivorous cacti that walked on their roots, and clear pools of living water that swallowed whole horses in a gulp. An ant found Qays's sandaled foot and climbed over the top. Its needly feet tickled his toes and tested his calm as he thought to kick it away, maybe with a high-pitched shriek, but he kept his stillness and the little horror clattered off his foot to explore somewhere else.

"Forgive us, Father," said An'Areeza. "We did not know anyone was coming. We haven't had communications for a long time."

"Brother."

"Brother?"

"I'm not a Father. I'm only an acolyte. You can call me Brother if you like, but my friends call me Qays. My enemies call me Mendoza. My mother calls me cute."

"What?"

"How long have you been without communications?"

"For as long as we haven't had power."

"That checks out then," said Qays with a smile, and his eyes fell again on the girl with the red hair and infinite eyes. He forced himself to look away.

An'Areeza's eyes followed Qays's to the decrepit landing port, maybe seeing for the first time himself the sad state of things. He was a plump, jowly man, half a meter shorter than Qays, and forty years older, an age that would be stately in the core, but here was only old. He sweated beneath his high hat and his pink complexion was good and red from physical exertion and mental anguish. He looked at his two companions for help. One of them stepped forward.

"Brother Mendoza," said he, with a bow so low that Qays glanced behind him to see if the emperor had arrived. "I am Benjamin Utter, a custodian. That there is Gellick, Ed Gellick, another custodian."

Benjamin was a skinny, jaundiced man with two missing teeth and a wiry beard that reached to his mid-sternum. He was all ochres and unbleached yellows, matching the planet's dirt. Ed was dark and stocky. Siennas and wet dust. Qays gauged both men to be in their hard-lived mid-thirties.

"Hello," said Ed Gellick. No bow, but a friendly two finger salute.

"Why the armed guards?" asked Qays, gesturing to the men with gas rifles.

"Honor guard?" said An'Areeza as if asking permission. "We expected you to be military. We were hoping for military. Are you military?"

"Do I look military?"

"No," admitted Benjamin.

"You didn't answer the question," said Gellick.

Qays took another look at the man. He'd have to keep an eye on that one. "I'm on a personal mission," Qays said, ducking the question again.

He could tell that Gellick wanted to press the issue, but An'Areeza spoke first. "Are there more of you inside?"

"I'm alone."

"When are the rest of the ships arriving?"

"There aren't any more coming," said Qays. "At least none that I know about."

"Jeru didn't send you?" asked Benjamin.

"Who's Jeru?"

"Sergeant Jeru. He was our last acting warden," said An'Areeza. "He left with the last of his garrison two – no, three years ago to get help."

"This Jeru left you here to get help for something and took all of his soldiers with him?"'

"Yes."

"Three years ago?"

"Yes."

"And you've not heard anything from him since?"

"Or anyone. He took the muon reactor with him, so we haven't had third-band communications since he left."

"Or general power," added Gellick.

"Why'd he take the reactor?"

"We have several theories."

"Go on."

"We couldn't call for help, couldn't report that we'd been abandoned," said Ed.

"Or," said An'Areeza, "he was thinking ahead and took it so Calouw wouldn't get it."

"Who's Calouw?"

"Anthor Calouw," said An'Areeza.

The name was familiar. Something he'd heard before. Not in core. No. He recalled mud and cold coffee. A conversation at a colony rest stop. Local lore. Raznak? Yes, Raznak.

"Anthor Calouw?" Qays asked. "The Butcher of Raznak?"

"The same."

"I thought he was dead."

"He was sentenced into the Oubliette," said An'Areeza. "That's the supermax prison in the sea."

"There's nobody at the Oubliette," said Qays. "There's not even an Oubliette at the Oubliette. It was a ruin. I saw it flying over."

"We know. They escaped, and the Butcher is on his way here."

"With friends," added Gellick.

"If he had a muon reactor," said An'Areeza, "the Butcher could use it to summon a way off the planet. Without it, the Empire is safe."

"I like your patriotic enthusiasm," said Qays, "but a muon reactor is a very valuable piece of technology. I think you were looted."

Here was the fear he'd seen. He'd assumed it was worry over the warship he'd arrived in – worry that he was a press gang refilling fodder, or more likely, an extortion party come to demand stiff tribute of grain or treasure – typical colonial 'taxation' at the hands of the military. But what frightened these people was different, more immediate and, if the stories were true, exponentially more terrifying.

As more people climbed to the top of the mesa, several guards peeled off and ushered them to an area a little distance away. Basic crowd control perfectly executed. What else would one expect from prison guards?

"I'm sorry. I'm not here about Calouw or your garrison's desertion," said Qays. "I'm on a personal errand."

"In a Mutakan warship?"

"Looks like."

"This isn't a tourist destination," said Benjamin. "Do you have papers? If you don't, just being here is a felony. This is a prison."

"I know where I am."

"Do you have papers?"

"Do you have anyone official to show them to?"

"Us."

"You're prisoners," he said. "That doesn't count."

"It does here."

"Not to me. I am a citizen of the Empire." The phrasing was formal, the declaration clear; he was of a protected class. Everyone in humanity was ostensibly a member of the Empire, but citizens were rare. Citizens could expect certain treatment, and woe to anyone who denied them that. Woe also to anyone claiming citizenship who didn't have it. It was an honor, inherited or earned. Such declarations didn't always work; sometimes it had the opposite effect, especially far from the core, which Fresh Start surely was. But here he smelled the familiar scents of bureaucracy and he waited for their reaction.

"It's a felony," mumbled Benjamin half under his breath. "But that's your business, I guess."

There came then the sound of gunfire. Three, four, five pops. The crowd surged from the holding area and moved toward the ship. Walking turned to trotting, turned to running, as they came on. He saw weapons, clubs and axes, a couple of the gas guns the missing guards possessed.

On they came.

"What do we do?" said An'Areeza.

"You're the custodians," said Qays. "Custode."

An'Areeza turned and ran, losing his jolly hat as he made a beeline for the nearest hut. Benjamin wavered, then followed his leader, nearly tripping over his stupid pointy shoes. Ed took a step back, wavered, considered, gave up. He offered Qays an apologetic glance before joining the others.

One of the guards ordered the near continent of onlookers to step back. They did. Qays lost sight of the girl when most of them followed An'Areeza and fled for cover, not wanting any part of the bloody riot erupting around them.

The armed men remained but shuffled their feet and cast glances between themselves.

"Who's in command here?" Qays asked the men.

"They were," said one of them, pointing to the tails of fleeing custodians.

"Who among you?"

"That'll be me," said the man.

"What are you?"

"Sub-custodian Flynn, Commander of the Last Fall City Guard."

"Do you know what's happening?"

"I'd guess there's a mob trying to get off-world."

"They want my ship?"

"I'd say so."

The mob was flowing onto the mesa like a rising tide. Tens, scores, hundreds now of panicked civilians rushing for the gleaming ship behind Qays.

"Take us off!" they cried.

"Help us!"

"Save us!"

"I have money off-world," said one. "Take my family and you'll be rich."

Those appeals were the exception. The mass as a whole favored wordless shrieks and blood-chilling screams, ancient human sounds of war, as effective today as they were at the beginning of time. Several guards lost their nerve and ran.

Hundreds came on.

His ship could hold maybe a dozen in quarters, two score in the bay, but he wasn't going anywhere. Besides, he might be able to push his citizenship for a visit to Fresh Start, but if he took a single soul off this rock, he'd be indentured for life if not exiled here himself. There'd be no appeal.

The desperation in them was clear from a hundred meters off, people driven mad with terror, screaming, stumbling, fighting already, bloody heads, cut arms and melees. Long pent-up fear now let loose as an escape was offered. His ship could fly, could take them off this harsh and punishing. world, which was now, with Calouw coming, also truly damned.

Qays turned to Flynn and in a voice that carried sure command, he said. "Sub-custodian, line up your men. Single firing line. One meter spacing. Take a knee."

"Shouldn't we just get out of here?"

Qays responded to the question with a glare.

"Guards of Last Fall! You heard the man," he yelled. "Form a line. Take a knee. Assume firing position. Await commands."

The men followed orders and the line was made. But still the crowd came.

He'd hoped the military line would dissuade them, but the formation had not worked, had not slowed the rush.

The guards had gas rifles. Six shots. A hundred years old. Hard sights, so only as accurate as the man. Deadly if used right. Archaic but serviceable.

Qays reached into his satchel and removed his service pistol, a Puterine plasma gun. He adjusted the field and stepped in front of the kneeling men.

The city guards didn't have enough ammunition to kill everyone, but Qays did. Three or four pulls of his trigger on wide beam ablation would fry the flesh off the entire mob in waves of atomic heat. The thought of it made his breath catch in remembered horror and he almost lost his feet.

The screams of the mob brought him back.

He set his gun to focused armor piercing. He'd kill no one this day. Or ever again.

The mob was fifty meters and coming. Forty. Thirty. Qays sensed the guards losing their nerve. Shuffling for a retreat. Flynn stood by, steely-eyed and prepared. He liked Flynn.

Twenty meters.

Fifteen.

Qays fired and blew a three-meter-wide hole into the syncrete under their feet. A plume of dust and debris erupted like a geyser, carried airborne by a deafening boom that felled the front ranks.

The crowd held up, stumbled. Tumbled over each other. Stopped.

Qays put his gun back into his satchel and stepped forward. The first three ranks were prone, many were bleeding. Nothing serious. Ear damage, cuts. The back ones pushed in close and gawked.

He waited for the smoke to clear, for the echo to die, for the ringing in their ears to subside.

"Blessed be to you all," Qays said to the stunned people.

"And to you," came the return from a few. The religion of the Empire was everywhere.

"Go home," said Qays. "This is not a way off-world."

And to make his point, Qays reached back into his satchel. There were gasps and cringing as they waited to see the gun again, but he retrieved only a small oval puck the size and shape of an excellent skipping stone.

He pressed his thumb to it and in response it lit up in blue and orange streaks, and a single flashing yellow light. A low hum. Qays drew the sigils upon the input, activated the command, and put the device back into his bag. Then he calmly turned to watch his ship, *The Lady of Jont*, SBLC5-134, retract her boarding ramp, ignite her gravity drive, and lazily lift off the mesa. It drifted silently upward, like a rising cloud, slowly spinning in languorous corkscrews until, after what seemed like a very long time, it was lost to sight in the tawny orange sky.

Chapter Three

“This was the warden’s residence,” said An’Areeza. He’d calmed down but still moved like a skittish rat, trying to process a monk with a gun. Benjamin was jittery and didn’t make eye contact with anything hosting a pulse. Gellick had been the first to recover himself, the first of the city fathers to exit the beacon shack where they’d been hiding during the excitement. By then Flynn and the city guards had dispersed the crowds and the mesa was again silent. Qays had offered to give them a sermon on politeness, but surprisingly no one had stayed to hear it.

He’d locked the chit down with a genetic code and nonchalantly put it in his bag. Only he’d be able to summon the ship back with it. The custodians had then led him down into their lair.

“And you haven’t had a warden for two years?” said Qays, noting the lack of furniture in the building.

“Longer than that,” said An’Areeza. “The last real governor warden has been gone for five years. Then a captain and then Jeru.”

“The governor left in the night,” explained Gellick. “Took his family, as much treasure as he could find, and left. The captain was as surprised as the rest of us to find him gone. A little later though, he ransacked all the defenses, took the reactors and weapons and shipped them off-world before disappearing himself one night.”

“Sounds like you have a crime problem.” Qays grinned at his witty remark.

“Because we’re criminals?”

“Yeah.”

Benjamin spoke then. “It was the governor warden that took all the obvious valuables.”

"Actually," said Gellick, "the crime rate has decreased."

"How do you know that?"

"Because that's what we do," said Benjamin. "We track stuff like that."

"Brother Mendoza," said An'Areeza. "The imperial presence was thin. The work was always done by colonists. When they left, the machines of government went on just fine."

"Better than fine," said Gellick.

"How's that?"

"Honestly?"

"No, lie to me. It'll give me something to meditate on during my evening vespers."

"Really?" said An'Areeza.

"No."

Gellick smiled. "You're an odd one."

"Explain 'better than fine'."

"Easy," said Gellick. "The governor was corrupt."

"All of the imperials," corrected Benjamin.

"With their graft removed from the equation, there was – *gasp* – enough to feed, clothe and shelter everyone. Crime plummeted."

"At least it did in our district," said An'Areeza, not without pride. "We've heard mixed reports from other regions."

They passed through empty passages with sun-scarred walls suggesting where paintings had once hung. Harsh orange light beat through draped windows. Qays shifted a curtain for a better view and was rewarded with a cloud of cloying dust.

"The governor took all the cleaning people with him when he left, did he?" offered Qays.

"This is a tomb," said Gellick. "We're taking the long way around to show you it."

Qays wondered why they were showing him these long corridors and vast pillaged rooms decaying under years of accumulated neglect. He suspected it had to do with imperial corruption and their new better government. They were making a point and lobbying for his approval for some reason.

"And I'm the first person to visit since Jeru left?"

"Yes," said Benjamin.

"We were told to expect landings of new prisoners," said Gellick. "But they didn't come. We assumed they either went to the Oubliette, which has a port, or they just turned around when they got here seeing no one was watching the store."

Qays hadn't seen a port at the Oubliette, but there might have been one there once.

"The core thinks you're still operational."

"Aren't we? We're a prison colony. What's changed?"

"Without a beta level reactor, or defenses, you wouldn't rate as an operational outpost."

"But our function was warehousing human beings," said Gellick. "Mission statement intact."

"Point taken."

"We're a colony, not a prison," said An'Areeza.

"A penal colony is a prison."

"We don't see it that way. Many of us believe, particularly the newer generations, that Fresh Start is just that, a new beginning. To be honest, Brother Mendoza, we don't miss the Empire here."

"But you want them back."

"Only because they left a time bomb in the Oubliette and now it's going off," said Benjamin.

"Otherwise, the Empire can go spin itself," said Gellick.

"Looked like a lot of people were eager to leave, even with the penalty of getting caught. Was that because of Calouw?"

"I'm sure it was."

"Not because it's a prison? Get real."

"We're not the core," said Benjamin, "but it's a good planet. Lots of potential."

"Yeah," said Gellick. "Okay, there are those who pine for the luxuries of core civilization, but that same civilization will enslave anyone caught leaving this rock. Everyone knows that. Five generations is a long time, and escape from here is one of the few remaining death sentences in the Empire."

Qays didn't know about that. The Senate had abolished the death penalty decades ago. It was why Wallen was here. The only reason. There might be small print somewhere, perhaps written into the charter of Fresh Start, that overruled it. Local governments were sometimes given such flexibility. In regular legal sentencing of the imperial courts, the worst punishments were impressment if possible, exile, then permanent confinement in exile to places like the Oubliette. No capital punishment. On the fringes, however, in the nominally independent colonies, the rules could be different – brutal, barbaric, and bloody – and polite society need not notice.

They descended a wide staircase lit by flaming braziers billowing greasy smoke.

"Our work is done on the bottom floor," explained An'Areeza. "It was the original office of the governor. There are a few administrative buildings also within the rings, but we don't need them. We've cut down the paperwork quite a bit."

"There's not a lot of paper," said Benjamin. "Period."

"Am I supposed to read something into that?" asked Qays, sensing he was.

"When Jeru left, there was a bit of a party," explained Gellick.

"All records were destroyed," said Benjamin.

Qays stopped at a big double door at the bottom of the stairs while Benjamin worked the bolts.

"How could that help anyone here?" asked Qays. "Didn't that erase all credit for time served?"

"It gave us a real Fresh Start," said Gellick.

Qays was going to mention that there were surely records stored in backups somewhere, maybe in orbit and mirrored in some core archive, but he let it go.

"It was a declaration of independence," said Benjamin.

"And everyone was good with this?" asked Qays.

"Not at all."

Gellick said, "Coincidentally, land ownership claims and mortgage records also went up in flames. Debt records and contracts of servitude, ready lists for impressment. You know, those papers that made slaves of the convicts."

The double doors opened to a blast of sensory overload. A hundred people talking in a wall-less, sunlit office space filled with desks, a long counter, and full waiting room. The air smelled of people, dust, and lavender-scented air freshener, all mixed by slowly rotating fans on the high ceiling. After the thick, oily air, uncertain light, and quiet of the stairway, this was a great relief.

The din slackened and stuttered as the gawking crowd found the custodians and the monk in his bright teal robe. Qays tipped his head and made a sign of blessing, the oval of benediction, to the masses. Several people smiled at this, but most just stared as they passed into a big office and shut the door.

The office was huge and walls that weren't letting light in were covered in murals of mankind's discovery of the planet and its conquest. An'Areeza sat behind a desk that was obviously not meant for the room, which yearned for a hectare of slab to match its vast and intimidating space.

Benjamin took a seat to the right of An'Areeza, Qays a pink chair in front of the desk, Gellick its mate on the other side.

An'Areeza unbuttoned his velvet coat and took off his silly hat, which fell to the floor and was cursed for its treason before stopping at Gellick's feet. He wiped a handkerchief across his damp forehead and regarded Qays with the confident eyes of remembered authority. "If you're not here to help us, why are you here, Brother Mendoza?" he asked.

"I told you. It's personal."

"Not good enough. You make no sense whatsoever. A Glathan monk with an atomic gun?"

"That's not an accurate description," he said.

"You're not an armed representative of the Church of Harmony, arrived in a fighter plane?"

"No, that's right," said Qays. "The gun isn't atomic. It's categorized as a 'personal plasma energy weapon'. It leaves no lingering radiation.

That's the difference. The Empire doesn't like radiation. Its bombs and guns are clean. So, you know, if you want to be technical..."

An'Areeza stared daggers at him.

"That non-atomic gun is still a felony here," said Benjamin.

"I'm just collecting felonies, aren't I?" said Qays. "Need any smuggling done? Some counterfeiting?"

"Brother Mendoza, please explain yourself," said An'Areeza.

"I'm here on a personal errand."

"What makes you think that line is working?" asked Gellick. "You've used it three times, do you see any change in our attitudes?"

Qays liked Gellick. He gave him an appreciative smirk and was not surprised to see it not returned. Instead, Gellick and the others studied him. In the light of the sun-drenched office, close up, they could study his robes, see the patterns woven into them. Qays's nose showed a classical heritage which went against the promises of the teal clothing. If they knew the Glathans they'd wonder at his age. Again a mismatch. He wore his thirty-one standard years well but it was old for an acolyte. More likely a Brother, Elder or even a Father if he'd been advanced quickly. But such titles were not the provenance of his people. His hair, curly and full, brown but apt to lighten in sunshine, was part of his aristocratic heritage which did not tend to embrace poverty. His eyes, dark brown to the point of black, were harder to fathom. He often looked to be surprised, eyes dilated to saucers, when in fact, he just stared out from behind dark, depthless pupils.

"My name is Qays Mendoza. I am an acolyte of the Church of Harmony, but as you can probably surmise, I have not finished my training."

"Where's your family from?" asked Gellick.

"The core."

"Wait," said An'Areeza. "Are you any relation to Senator Mendoza?"

So they weren't so far removed from civilization, after all. "Yes. He's my grandfather."

They stared at him with fresh confusion.

Gellick was the first to speak. "Brother Qays," he said, switching to the informal first name. "Balance for us the gun and your robes. Glathan is a faith of peace."

Glathans were members of the Church of Harmony, the only officially sanctioned faith in the Empire. It held no gods, promised no afterlife, but posited a list of tight moral rules that had led the Empire to expand across a hundred light-years in relative peace, or so it was claimed. It was a sower of tolerance, a molder of enlightened thought, and its core belief was the utter sanctity of life. It was because of the Glathans that the death penalty was no more, because of the Glathans that splinter colonies were allowed to exist, because of the Glathans that Wallen had been condemned to Fresh Start.

"Yeah," he said. "I wasn't always a monk."

"What were you before?"

"Something else," he said.

"Your evasion is getting on our nerves," said An'Areeza. "We'd like a straight answer to something, if you don't mind, Brother Citizen Mendoza."

"I'm looking for a prisoner. I need to see her."

"Who?"

"Elaine Wallen. Former captain of the *Laurel*."

The name hung in the air like shame.

After a long moment, Gellick asked, "Are you here to kill her?"

Chapter Four

Seven Years Earlier

Aboard the MSS Frigate *Laurel*, designated Fifth Rate, Battle Ready and Active
112 guns, offset payload, Man-of-War
Commanded by Captain Elaine DeFortane Wallen, LSE
397 officers, crew and marines
Main Mission: Peacekeeping along the Tezzerat frontier
Current Mission: Fifteen Year Welfare check on colony planet Seqatl-4, 'Haskana'
Master of Marines on Board: Lieutenant Qays Xixin Mendoza

★ ★ ★

"By tradition the captain's stateroom is at the back of the ship, with a window looking over the wake that stretches always from wherever they are to home," said Captain Wallen, gesturing out her window. "That wake is a direct line, a reminder – a connection near and invisible – to a promised return."

"We join the outer worlds to the capital," said Lieutenant Qays, expounding on the sentiment. "The wild marches to the human core of civilization. It is a true and noble calling, wouldn't you say, Emissary?"

"The sentiment is nice," said the diplomat diplomatically.

Qays had heard the story before. Captain Wallen loved to tell it; it was a mantra for her, a truth that justified her role, gave her sustenance crossing infinite distances with impossible technology to land in desolate places, all in total darkness or blinding light. So far from home.

The Hasker emissary was not the type to be impressed by such naval poetry. He was uncomfortable and unfriendly. A dour combination.

Seqatl-4 was designated as 'dangerous' on official charts and the *Laurel*'s welcome was uncertain. The Haskers were an enigmatic people who clashed with the Empire on every significant cultural value. Hostility was expected. This dinner was meant to test the waters before sending people down.

They had arrived two days before, after a hundred thirty-six days in the Hjiminark, that extra-dimensional layer of reality where twenty-four light-years could be crossed in endurable days. The *Laurel* was a fast ship, one of the fastest with a five Days for Year drive. They'd averaged about five and two thirds on this leg, not as fast as it could go, but for the duration, a record for the frigate. Still, they'd arrived late.

"We expected you five years ago," said Emissary Swan. "We thought you'd be by every fifteen years to see how we were getting on."

"Did you miss us?" said the captain over her cocktail. Swan was of course, not drinking alcohol. Qays was, along with the senior officers, partaking of the captain's excellent Lenearian rum.

"No, not at all," said Swan, "but knowing you were due at any time was...stressful."

"Well, we're here now. Let's catch up."

With a nod, the captain ordered the start of dinner. A cloud of white-gloved yeomen brought soup bowls in from the kitchen and placed them carefully on the ancient oak table.

Outside the thick window, dark sky slowly rolled to show new stars when the ship maneuvered for optimum viewing in the near gravity of the planet. The ship from the surface that had brought the emissary came into view where it waited in the lee. They'd been quick to appear, only six hours from arrival message to representative on board. The *Laurel* had expected resistance, a long drawn-out debate about the Empire's right to be here, but Haskana had answered immediately and sent the emissary before the frigate's engines were cold.

The ship he'd arrived in was surprisingly modern, a ten-thousand-ton cargo shuttle that spoke highly of the planet's prosperity. Hasker timber was prized in the sector and made for a solid export.

Swan was in awe of the *Laurel*. And spoke of little else while they'd mingled waiting for dinner, asking for weapons load, range, and how long it could be in space without stopping anywhere: eight years with rationing. It was a state-of-the-art warship, only four years out of the dock and already with more light-years on its engine than the twenty-year-old ship it replaced. Full gravity drive with bleed-over that provided full weight on all decks at all times, something Swan's shuttle did not have and which had caused him some distress in the journey. He'd had to shower and have his robes cleaned before dinner. He was not looking forward to the return trip to the planet, but resolutely refused travel aboard the ship's barge which the captain planned to take down the next day. It was a matter of honor somehow.

There were nine diners in all, eight primary officers, plus their important guest from the planet. Commander Perdrix, second in command, was on the bridge, happily forgoing dinner with the emissary to keep the ship vigilant around this planet. Everyone was decked out in their dress uniforms, whites for the navy and blues for Qays, Master of Marines on board. Emissary Swan wore a simple, unadorned tan robe cinched around the waist with a length of frayed rope tied in a complicated knot. The cloth was natural, undyed, and to Qays looked rough, if not abrasive. Swan was bald, not just on his head, but everywhere, as was the male Hasker way. He had no eyebrows or eyelashes. It was unnerving to look into a face without the foliage.

Following the captain's lead, they took their seats. Qays smiled to see the creamy bisque, one of his favorites. He drew deep the smells of ocean, of lobster and crab, and the glorious rough-cracked milled pepper which was nearly as valuable as coffee to his happiness. The navy had the best food. Marine fare was famous for being just south of petrified cardboard. There'd been no shortage of volunteers to fill out the *Laurel*'s compliment of marines, even with a green lieutenant to lead them.

"Is this shellfish?" asked Swan.

"Yes," said the captain.

"It's unclean." The phrase sounded straight from a hellfire pulpit, full of judgment and disgust. The table fell into silence. Wallen held her spoon to her lips, her bowl already half finished.

Qays spoke first. "Seems fine to me," he said. "My favorite. A gift of the sea. Fitting for the navy."

Swan looked around the table, saw the stares of the others and remembered where he was. "I mean, we Haskers do not eat shellfish."

"I must apologize, Emissary. I thought I was up on your customs. I know the taboos against tree nuts and eggs, but I didn't know seafood was out. I'll have something else brought to you. Salad? Rice?"

"Either would be fine."

"The main course is bison steak. Will that work for you?" asked the captain.

"Sounds excellent."

Swan's plate was whisked away and a green salad was put before him. Real greens from the ship's hydroponic bay. Qays, loving his bisque, still felt his mouth water at seeing the greens.

"It is a new rule," said Swan, not enjoying his salad half as much as he should. "Maybe seven years."

"Our information is out of date. I'll make a note."

"What's the logic?" asked Qays.

"Word of God," explained Swan.

"Oh?" Qays put enough curiosity and incredulity in his voice to avoid silencing the table again.

"However, there is a rumor," said Swan, "that God mentioned the new rule only after the Hierophant had a bad crab."

The table erupted in laughter, all except Swan, whose scandalized expression showed it was not meant as a joke. The table quieted and Swan went on. "God was warning the people through the Hierophant that the food was unclean. You shouldn't eat it either, but I understand that the Empire's ways are not ours."

"I think we'd have a riot if the emperor banned an entire food just because he had a bad shrimp." It was the quartermaster, Jyp, who spoke. He was the second most important person on the ship, as far as the ship went, first when it came to food. Qays smiled, liking how the old skyman dared to say what they were all thinking. Qays waited for Captain Wallen to chide him for the remark, she playing diplomat that day, but only a request to pass the pepper came from her; he liked his captain the more.

In the two years he'd served with Captain Wallen, they'd grown close. It had been a plum assignment for him right out of Rikkest and officer training, a result no doubt of his family's influence, but also for his excellent marks. He'd been bred to excel, fueled by ambition and all the opportunities of his class. He was the grandson of a senator, cousin, a few times removed, of the emperor himself – not that Niktin the Fourth would recognize him to say hello. Niktin the Third had been at his christening though. Since the retirement of the old gentleman, Senator Mendoza, his family had had an inevitable decline. Qays was the hope for their new ascension.

Wallen saw past that. She was famous for running a no-nonsense ship. She'd suffer no prima donnas under her command, no upstart career chargers that Qays was supposed to be. Her welcome lecture was not just for show. You performed on her ship or you found yourself in a slow tug heading back to the core. There was a list of young officers she'd demoted to deletion, but Qays was not one of them.

Born into privilege, Qays was half-ashamed of his family and succeeded to spite them. He felt he had to earn the honors he inherited. He was not unaware that that was exactly what his family hoped he'd do, the reason they'd put him into the hardest schools, allowed him to forego a cushy parliamentary internship for a military commission with the famously disciplined Captain Wallen, but he'd done it all for himself. His path had followed a certain trajectory, one that his family hoped for, leading eventually back into the Senate or beyond, but he always knew that if something better came along, he'd go that way. Not because it was easier or harder or even different, but because it would be better for him. He sought – as he later learned the Glathans would say – experiences and challenges that would 'actuate' him. To people who watched, he was an up-and-comer, a young, vibrant symbol of everything the Empire could be. He was handsome, hardworking, and moral – an embodiment of the tolerant strength the Empire sought to portray. And so he was on his best behavior.

"The people on the planet won't welcome you," Emissary Swan said. "They are very suspicious of the Empire."

"The Empire that gave them the planet they're living on? That Empire?" asked Jyp. Qays liked Jyp.

"God gave us Haskana," said Swan with certainty.

"How unwelcome will we be?" asked Qays. "Asking on behalf of a platoon of ridiculously well-armed stormtroopers I know."

"We won't resist. I'm just relating the mood."

"We'll land with a small group," said Wallen. "We'll look around, talk to a few people. Get a feel for the place. Most of our work can be done from orbit. We'll not get in the way, but our visit, and my report is required by law."

"What law is that, Captain?" Qays asked.

"The edict that established Haskana."

"The treaty," said Swan. "Between sovereigns."

"Sovereigns?" asked Jyp.

"What do you know about us?" asked the emissary.

The question seemed earnest and directed to the captain, who signaled to Qays.

"Master of Marines," she said. "What do we know?"

"I know just what I read in the mission briefing," said Qays. "The Haskers are a religious sect claiming ancestry back to the beginning of the species, though the current form can only be traced back a hundred years. About thirty years ago they engaged in a terrorist campaign to take over several settled worlds of the Empire."

"'Terrorist' is an ugly word," said Swan.

"That it is," said Jyp bluntly. "Truly ugly."

"I'm sorry, Emissary," said Qays, catching Wallen's glare at Jyp. "A point of perspective. The Hasker *insurgency* led eventually to the Empire offering Seqatl-4 to the Haskers in exchange for peace. They changed the name to Haskana, and non-Haskers were evacuated. Meanwhile, the faithful—" he could see Swan approved of that word, "—were allowed to migrate there. The Empire even supplied ships for a few years. The planet is now considered a self-governing protectorate under the Empire. Since then, we've had twenty years of peace between our peoples."

The last detail was not entirely accurate. Haskers were still a nuisance. Though the vast majority of them were on Haskana, a few holdouts on other planets had made life difficult. Their very strict orthodox moral codes and anachronistic hierarchies made them troublesome neighbors. A misspoken word or an imagined slight could turn deadly as the honor of their God and His servants had to be defended at all costs. The fact that they still had a God said everything that needed to be said about them: they were uncivilized if not outright barbaric. Luckily, they were a tiny minority of the Empire, and mostly safely sequestered on Haskana.

"We're a theocracy," said Swan. "Do you know what that means?"

"Ruled by clergy," said Qays.

"Ruled by God." He said it with flat authority; arrogance returned.

In the ensuing pause, Swan seemed to realize he'd been rude. "At least they say so," he said, his certainty gone, replaced with a wistfulness. He stared out the high window into space. There, a million million lights flickered and spoke of those things that stars have forever whispered to the seeker. There too, rising in the lower right quadrant of the bay, was a slice of the planet below them, Haskana, a weave of green forests and black peaks cut by wind and murky rivers. A dark world as worlds went in the Empire, no cities great enough to shine by day, outsourced even by their dim sun. Qays could swear he saw a shadow lift from Swan's countenance, leaving only a saddened man in the chair.

Waiters swept the bowls away, the smell of roast beef wafting in on their wakes.

"Captain," said Swan, "may I trouble your people for a bowl of that bisque, after all?"

"Of course," she said.

The main course was delayed. A bowl of steaming soup was brought to the emissary.

Diplomat that she was, Captain Wallen ordered another round of drinks and shared a story from her time aboard the cutter *Prometheus* when she was fresh in the service. A third lieutenant. It was a good story, one that they hadn't heard, full of danger and humor, a story non-sailors could understand and appreciate, casting an underdog crew against a band of drunk pirates.

"True story?" asked Swan behind a delighted smile.

"Every word," said Wallen. "Even the bit about them forgetting to re-pressurize their decks. How they managed to fly a ship baffles me still. Their attack turned into our rescue operation. We had not a marine among us, Lieutenant Mendoza. Just twenty-six green sailors, pistols and piss. We captured eighty-three pirates and secured seventy thousand tons of grain. Captain Simons retired on his prize money. He lives on Dante now. Clips coupons. Grows mushrooms. Has a cat called Ralph. Never married."

"To Captain Simons!" Jyp raised a glass.

"To Captain Simons!" joined all and drank.

"What happened to the pirates?" asked Swan.

"Tried and convicted to service. One of them is aboard the *Laurel*."

"Who?" asked Qays.

"Otiscan, E-3," she said. "He's sobered up. Doing well. Last report had him as 'leading skyman'."

"What does that mean?" asked Swan.

"Means he's top of his rank," said Jyp. "'Ordinary', 'Able-bodied', and 'Leading' are the divisions for the enlisted class."

"Why are they called skymen?"

"Can't call them seamen," said Jyp, "and spaceman sounds dumb. Starman sounds alien. Skyman is the term."

"Didn't I read in your brief that you served in the Empire?" asked Qays.

"I was a clerk on Riven," said Swan. "My father went in the

early wave. He was one of the insurgents. My mother took me away. Disavowed the church. My father sent agents to find me. I...*migrated* to Haskana twelve years ago."

"I thought that you were the Empire's representative on world," said Wallen.

"No. There are no imperial agents here. None. I was chosen to meet you because, well, I was a clerk before. An official. They figured I'd know the forms."

"How old are you, son?" asked Jyp.

"I'm thirty-four standard."

"Are you saying your father kidnapped you when you were nineteen and dragged you out here?"

"Seventeen. It was a long trip. Months in the hold of a freighter. Who knew rats could get that big?"

"I've seen a few beauts!" said Wallen, laughing.

"Bilge cattle," said Jyp. "In a pinch, they can be tasty."

"We have a taboo against eating rats," said Swan.

"We all do," said Wallen. "Quartermaster Jyp is teasing you."

"No, I'm not. If it's that or long pig—"

"Please. We are eating."

"Long pig?" asked Swan.

"Not dinner conversation," said Qays.

The main meal arrived and was eaten with glee as tales were shared around the table of any subject from sweethearts, to raising corn, to pirate raids in the Hjiminark.

Dessert was peach pie and ice cream. The captain's favorite. Qays was actually getting sick of it after so long and nearly turned it down.

Swan relished it as he'd relished everything since returning the salad.

"I'd forgotten how good..." he mumbled.

"You don't have peaches on Haskana?" said Wallen. "I can spare a few boxes. I'll send them down with you."

"We'd have to talk to the elders, make sure they're not... disallowed."

"Peaches?"

"Poison of decadence."

"Poison?" exclaimed Jyp, rum sharpening his voice. "Sir, we would not poison anyone. How dare you suggest— If we wanted you dead, trust me, we could do it without tainting fruit. We are a warship."

"Representing an empire of peace and tolerance," said Wallen, quieting her man.

"No," said Swan. "I meant nothing – it's a religious prohibition. It's the view of the…our…*my* faith. Sweets and liquors and soft fabrics," he ran his hand over his rough robe, "and such, are thought to make us weak. We are to be forged of stronger things. Luxuries are prohibited." The earlier firmness in his voice was slipping and tones of nostalgia, regret, or sorrow seeped between his dogmatic pronouncements.

"Sounds like boot camp," said Qays. "Or any day in the marines."

The line drew a laugh. Swan watched out the window as the planet passed into dusk then darkness.

"How long do you think you'll be here, Captain?" he asked.

Captain Wallen scooped out the last of her ice cream and savored the spoonful. Her pleasure was palpable and erotic. Qays hoped he'd be summoned to her quarters that night. Not just for sex, which would be fine, but he had questions about this mission and wanted to ask them in private.

When she was done, she put down her spoon, pushed the plate away, and glanced at the shadowy planet behind her.

"A week. Maybe longer."

"What would make it longer?"

"We'd stay longer if you needed us to, or if we detected a threat to the Empire," she said, "then we'd stay as long as needed to deal with it."

Chapter Five

"No. I'm not going to kill her," said Qays.

"Just want to talk to her?" said An'Areeza.

"Yes." It was the truth, as far as Qays had reasoned it out. He just wanted – no – *needed* to talk to her.

"You look like a priest, act like a soldier, but smell like an assassin," said Gellick. "Mamma always told me to go by smell."

"Don't go developing a drawl now on my account," said Qays. "Hate to have you hurt yourself."

The custodians glared at him. He recognized the natural change that happens when surprise wears off.

"Let's catch up," he said, hearing Wallen's phrase only after he said it. He swallowed the unease and went on. "I'll start. I've just come from Emory Station. For the last hundred days or so I've been frozen or flying to get here. When I left, the place was a mess. Full-on looting and riots. A declaration of independence from no fewer than sixteen different groups claiming to be in control."

"The Empire allowed that?"

"The Empire left a hundred and ten days ago. I watched the last flight out."

"Why'd they go?"

"Same reason your people left. The Empire can't control this far out anymore and trying can only bring misery. I'm speaking now as a student of civilizations, a graduate of Rikkest. Do you know what that is?"

"The premier school in the Empire," said Benjamin with new uncertainty in his face.

"Oh, that's right. Your grandfather was a senator," said An'Areeza.

Qays nodded. "I could speculate as to the reasons for the Empire's state – God knows I have." Qays saw the looks on their faces. "Old adage, gentlemen. The Glathan robe is real. It's mine. I'm not a theist – swear to God."

Only Gellick smiled at the line.

Qays went on. "I probably don't need to tell you that the frontiers have been neglected a long time. Imperial expansion stopped two hundred years ago. We've been in withdrawal for a while. And now, from what I see, from a student's point of view—"

"A privileged student," put in Benjamin.

"A privileged student's point of view," echoed Qays, "is that the Empire is not changing that. Maybe one day they'll come back, but for now, and I dare say for the foreseeable future, they're – you're – on their own."

"How long is the foreseeable future?"

"Emory Station is a pimple in dark space. Unless something draws the Empire out, it'll be decades before anything official comes this way. Maybe a century. Maybe never again."

"So no new prisoners?" said An'Areeza.

"I can't imagine anyone spending years to drop their garbage off here. There are other planets, other prisons. This was a gulag, a threat. I'm sure Fresh Start will still be used in rhetoric but let's face it, no one is going to spend five years in the Hjiminark to visit you, no matter how good your drinks are."

"Has the unrest spread to other areas?" said An'Areeza.

"Of course. You think you're special? Petty dictators are popping up all over the place. Power vacuums breed them like lice. The Empire is...contracting. And like acne on an unwashed face, the colonies are...well, you get the picture."

"But they left weapons behind?" added Gellick. "Like interstellar bombers."

Qays had to smile at him for that. "Yes, with nukes," he admitted. "They left a lot behind."

"And you just took a ship and came to our little garbage drop?" said An'Areeza.

"I hurt your feelings," said Qays. "Interesting. But no, I was on Emory Station looking for a ride here when the last platoons pulled out with the last officials. Groups were fighting all over that rock, pressing into the compound from three sides. Non-lethal weapons against their deadly ones and the Empire not sure where to point anything. They fled in a shuttle from a rooftop, through a dome hole – *a dome hole*. The hangars were already overrun. But I wouldn't worry too much about the heaviest ordnance falling into the wrong hands, Custodian Gellick, at least not right away. They were locked down hard. I just happened to have a key."

"What was the fighting over?" asked Benjamin.

"At that point, it was for power. The writing was on the wall. Lack of resupply, diminishing presence. The Empire was done on Emory Station. Time to pick the bones and play king of the hill atop the grave. The only enemy everyone agreed on was the Empire." Qays shook his head. "The Empire left. I'm sure both sides yelled 'good riddance' and meant it, though I wonder for how long. No matter. I'm here, gentlemen, and I suspect you suspected the suspect condition of things outside this circumspecting planet." Qays smiled a cheesy grin, showing that *he* at least liked his little puns.

It was only him.

"We'd wondered," said An'Areeza.

"But hoped it wasn't true," added Benjamin.

"Really?" said Qays. "What does that tell me about you all?"

"What does it tell you?"

"It suggests that you three benefited from the Empire being here, else you wouldn't miss it. Your rank of custodians, I assume, was given by the Empire."

"It's an old word."

"It's prison terminology for inmates that help their captors. 'Collaborators' was the term used on Emory Station as they dragged them from their holes."

"You make it sound dirty."

"Not if you like your captors, agree with what they're about."

"We have no enmity with the Empire. Our crimes were real," said Benjamin. "Our punishment not as bad as it could have been. Pressed into service aboard a gravity-less barge for ten years? Sure, you get your freedom in a decade, but you're condemned to zero gravity the rest of your life since your legs are pretzels. And those other prisons? They're real prisons. Like the Oubliette. This is a colony. We're colonists."

"Particularly now," said Gellick. "Since the warden left. We might want to change up our titles eventually, but they suit us for now. You see, we like what the Empire gave us, but we don't need them here now. We've shown that."

"How?"

"Since they left, we've prospered."

"Go on."

"We didn't have a power vacuum," said An'Areeza, "as you described. The colonists have been doing all the work for a long time. The guards' only function was to look tough. The only real thing they did was steal from us. Thousands and thousands of tons of grain every year. Being governor warden of Fresh Start was a plum assignment, I understand. All profit. No work. When he left, we got to keep the grain and lose the abuse."

"Can you get it off-world?"

"We don't want to," said Gellick.

"Sure, you do. And yourselves."

"If we leave, we're criminals."

"But I told you. The Empire has pulled back."

"But they're not gone. If they catch us, with a genetic scan perhaps, we're meat. Besides, where would we go? What's out there better than here?"

"In time, we'll trade, if we get a chance," said Benjamin. "But really, we need to keep our surplus. Not hoard it, not sell it off-world, but distribute it. Last Fall prospers now like no other colony I've ever heard of because there is now plenty of food. Food's always been the limiting factor here. Without the Empire bleeding us, we have enough. They took the graft, not the know-how. Not the tools. We added infrastructure and now we eat. We eat all we like and we thrive. We have artists now. A theater company."

"You take nothing for yourselves? Not even a little kickback?"

"No," said Benjamin with conviction. The feeling was shared, Qays saw, with the others.

"We are custodians. That is our purpose. We organize and we lead and we try to make this place the best it can be. We are succeeding. The Empire had good techniques, good technology, but dare I say, good riddance to the governor."

"But this paradise needs a police force."

"Of course it does. We are people. We have laws and ways to enforce them," said An'Areeza.

"You could do whatever you want, since you have the cops?"

"We already do whatever we want to do. What surprises you, citizen, is that what we want is to be good custodians of our planet."

"Which brings up an interesting point," said Gellick. "If the Empire has pulled out, as far as Emory Station and maybe beyond, what good are the protections of your citizenship now?"

"I said it would take something big to bring the fleets back here. Fuck with me, and you might find out what that something is." A total lie but he sold it with a blank face and menacing eyes. Very nice.

"So you're on official business after all?" said Benjamin.

"I would be missed," Qays said. Maybe that was true. Somewhere. By someone. Maybe. He wondered if his mother were still alive. "Plus, you tell lies. You want the Empire back. You *need* the Empire back. Let's not forget the rampaging murdering horde in the room."

"What can you do about that?"

"I'll tell you what. When I'm done with my chore here, I'll hand over my gun. How's that?"

"You mean you'll surrender to us?"

"No. I mean I'll give you an atomic gun. That's gotta be worth something against Calouw."

"What makes you think we won't just take it from you?" asked An'Areeza.

"Self-interest," said Qays. "In the flavor of not wanting to die in the attempt. The Empire is tolerant, but self-defense is still a valid reason for deadly force, and I'll be damned if I let myself be unarmed on a planet full of felons."

"But you're a Glathan monk."

"A minute ago I was an assassin. Make up your minds, gentlemen, before your lives depend on it."

"You run hot and cold."

"Don't threaten me."

"Okay," said An'Areeza and leaned back in his chair. "We know where we stand now. That's good. How can we help you?"

"Elaine Wallen. Where is she?"

"We told you the records were destroyed."

"And someone wiped everyone's memory too? And just for good measure sowed the road with salt?"

They looked confused.

"Give me a lead and I'll be on my way. You people obviously have a lot of custodial work to do. Where do you keep the sawdust?"

More confusion.

"School joke," explained Qays. "Wallen was not just an average prisoner. Someone would have noticed her come through. She wasn't damned to the Oubliette, so she came through here. Come on, boys. Organize something you can lead to make my visit the best it can be."

"Miss Barlane might remember," said Benjamin. "She had an interest in Wallen. She was around then."

"Go get her," said An'Areeza. Benjamin moved to the door.

"And can you bring me something to eat?" asked Qays. "Preferably something sweet and not poisoned."

"Sweet *and* not poisoned? That's quite an order," said Gellick, shaking his head. "But maybe something from the holiday stores."

"I'll look," said Benjamin and left.

"I thought he'd never leave," said Qays. "What's with that guy? I mean…come on." Another mischievous smile that showed he, at least, was pleased with himself.

An'Areeza looked scandalized. "I don't—"

"He's joking again, Chief Custodian," said Gellick.

"Are you?"

Qays took pity on him. "Yes. Yes, I am. A little banter to make the day brighter."

"I'm too old for this. We speak plainly on Fresh Start. You'll find your way of dealing with people not to be useful here."

"I don't know. It might have just got me some holiday cookies. What holidays do you have here, by the way? Nothing goat related, I hope."

"Snakes," said Gellick. "And virgins."

"Excellent. The classics." Qays wanted to ask Gellick what he was in for, but thought better of it. He was not about to open up about his own life, and therefore it'd be the height of bad manners to ask anyone else about theirs.

After a moment, Benjamin returned with a jar of cookies. "Miss Barlane is home sick," he said. "Here."

Qays took the jar, opened the spring lid and offered a biscuit to Gellick.

Gellick took a cookie and ate it. "Seeing if it's poisoned?" he asked.

"No, just being polite," said Qays, studying Gellick intently. "So… Custodian Gellick, how do you feel?"

"Fine."

"Oh? Okay." Qays tasted a cookie. It was crisp, sweet, and had a subtle bitter bite of ginger. "Damn, that's some good snake," he said. "My compliments to the baker."

"Miss Barlane made them. Or at least, I found them on her desk," said Benjamin.

Qays finished his cookie and ate four more. "Where can I find Miss Barlane today to thank her in person?"

Chapter Six

Qays left the administration building, né warden residence, through the front gate which was poorly guarded by local police. Qays waved to Flynn, offered him a cookie out of the jar he still had, and when the man refused, kept walking.

Benjamin had reluctantly told Qays to look in the 'Beer District' for Miss Barlane. That sounded promising, he thought.

He'd thanked the custodians and shook their hands, wished them all to be blessed and safe, then left before they found some way to slow his errand or his confidence waned. He knew he wore his attitude like an armor he didn't deserve. Stress brought it out of him, made him quick and witty, likable to some and intimidating enough to others to get by. It had served him well most of his life in one form or another, and he was actually pleased to see it return so well today. It'd let him down a lot lately after getting him across the Empire in his teens. It had been silenced in the monastery after being shattered on the *Laurel*. These last years it'd been in short supply, but he'd mustered enough of it, matched it in courage, and doubled it with guilt sprinkled with desperation to achieve a critical mass that had brought him this far. His bravado had pissed off the officials on Emory Station, but without credentials, it was all he had. It'd almost worked though; had they not been otherwise distracted they might have been more helpful. Nevertheless, today he'd bluffed his way onto the Empire's premier prison planet, dripping felonies like the sweat pouring down his back as he crossed into the market square of the inner city.

He had to remember that this was a prison. It didn't feel like one. It felt like a colony, a bustling, thriving, succeeding colony.

He met an array of humanity's castes and colors from across the Empire. A melting pot of peoples, all ages represented, from the babe in arms to the old bent man clutching a cane. There were beggars and people in fine clothes. One had a dog in a purse. The beggars weren't aggressive and though the rich moved with their accustomed haughtiness, handkerchiefs to the faces, noses in the air, they deigned to move among the rabble with their fawning retainers and bulging bodyguards.

As was to be expected with such an eclectic grouping of people, he recognized a wide mix of faiths. Though the Empire recognized only one, the Church of Harmony, the godless one with tolerant ideals he'd sworn oaths to, others were allowed. What else could a tolerant creed do? The Empire itself was secular and thought itself, if not above religion, then outside it. Its place was order. On a thousand planets, a thousand faiths could intermingle in peace because the Empire would step in if that peace were broken. Police or soldiers, centurions or marines, were a common sight in common areas where peoples mixed, just to make sure nothing untoward threatened the vast majority of non-believers which made up the vast majority of the citizenry. Those numbers shifted the farther from the core humanity spread, but the ideal, while under imperial rule, was the same. And so, to pattern, Qays noted policemen in gray uniforms picketed in open areas, each within sight of another. Whistles around their necks. Visual signals to keep order.

Though there was a dearth of imported goods, and nothing too technologically advanced for sale anywhere, the shops were well-stocked with local fare. There was hot food to be had, soups, and strong drink. There were fresh vegetables, blue carrots, box potatoes, yellow onions. Fruit by the kilo – apples, tangleberries, limes. Pink-rinded melons. But mostly there was grain – corn, red, yellow and brown, rye, glakry, wheat, barley – the currency of the Empire – sold out of barrels and measured the old way in hanging scales – filled, measured, and poured into baskets for coin. There was bickering over prices, arguments over the status of a local barmaid. There were dice games and lotteries. A large woman baked seeded bread on a glowing rock and sold them faster than she could make them. The air was rich with incense, sweet and woody, and a hint of cinnamon.

Qays had to move quickly, because as soon the denizens saw him, recognized his incongruous robe in this place, all activity ceased and everyone stared at him. Many faiths there were here, but he was unique as clergy. Teal robe, simple sack wherein all his possessions lay. Bowl, bottle. Gun.

"Blessed be," Qays would say again and again, and they would reply again and again, "And to you." He would smile and move on, and the business would resume behind him, stares following his robe like a train through the dense crowd.

He kept a tight hold on his bag. It didn't contain much. He didn't have much, but he was a seasoned traveler and if ever there was a place with skillful pickpockets running around, surely a penal colony was it.

At the outskirts of the tent market, he was back among permanent buildings, mostly repurposed syncrete barracks. He kept to the center road, the one deliberately wide enough for a battalion to march over unobstructed. It was kept clear and he saw vehicles on it. Several power-wheeled carriers, army standard. A gravity coach, with a chauffeur and tinted windows. Rickshaws, but not as many as other places.

He thought the best way to find the Beer District was by taxi, so he waved one down before realizing he had no money. He had credit chits, but what banks would accept them here? How could they? No power and the uplinks dodgy at best, nonexistent more likely. He'd meant to get currency at Emory Station before the lines went down, but the banks had been the first buildings looted.

He pulled his copper bowl out of his bag and tucked it beneath his robe before sitting down on the sidewalk. He limbered his neck and shoulders then folded his legs beneath him, placed the bowl in his lap and laid his hands across his knees. So sitting, he closed his eyes for meditation.

He was not good at it. Too often his calm would turn to a reenactment of Haskana. Too often did turning inward bring him pain instead of peace, breaking him down to set spinning again, ruining any progress he'd made the other times. He'd risk it today. When it didn't rush in, when he could hold it back, the time of quiet was helpful. The Glathans were right on that.

He turned his mind to his breath, shut out the sounds, the smells, the feeling of the orange sun on his skin. In his mind he returned to his imagined river shore to contemplate the slow current flowing past. When a thought, a memory, or a projection would come to him unbidden, he would recognize it, cherish it, but then set it upon the water to be borne away. Each new thought thus coming and going, with him choosing not to dwell on any. This disciplined his mind, allowing him to better control his emotions, thoughts, and body. But when an image of Haskana finally arrived in clouds of red fire, his eyes sprung open in fright and he caught his ragged breath in the dust of the stirring street.

It was late in the day. The sun had moved. He was now in shadow. He had a chill, but not from the turn in temperature. Looking down, he was pleased to see in his bowl many coins.

He stood up and stretched, pleasantly surprised to see the jar of cookies where he'd left it by the wall. There were a couple left. He glanced around for a child to give them to and that's when he saw her again, the slender, red-haired girl in the plaid dress. She stood across the road watching him, just beneath a streetlamp he doubted would turn on again this decade. Traffic passed between them, pedestrians, carts, cars and trucks. She was too far for him to lock eyes, but she knew he'd seen her. He gestured with the jar, offering her a cookie before turning away in disgust, realizing what a stereotypical pervert he looked like. A stranger offering treats to a girl he didn't know. Get some sense. He could not guess her age, late teens somewhere, maybe early twenties. And why the hell did that matter to him?

He put the jar in his bag and when he looked up again, she was gone. A scan of the street failed to reveal her, but her presence had affected him. So much for meditation. His only hope was that she'd been real, here and on the tarmac, and not some twisted reimagining of another.

He took a breath, trying to detect the smell of yeast. He didn't know if the Beer District was literal, but it might have been. He smelled only sweat and dry dust.

He followed the road past the inner wall into the main town. The double walls were of an ancient design. The outer wall would defend the whole; the inner, the Empire from the masses between the walls. A traditional design. Every garrison in the galaxy started out this way.

No syncrete buildings out here. Thatched roof and mud-brick wall. A couple of houses of wood, a bamboo strain he doubted was native to the planet but had been designed to grow damn near anywhere. A biological coup that. There were walled houses with gates. Nothing too formidable. The police presence was lighter out here. He saw one walking a beat, checking in at boxes with tick marks and times.

He walked for maybe half an hour until his tired feet hurt. He hadn't got a lot of walking during the hundred days of faster-than-light travel in the Hjiminark. He sat down to rub his soles and lance a blister. He looked across the streets and where he'd come, half expecting to see the girl again, not sure how he felt when she wasn't there.

He finally saw and waved down a now rare hansom cab.

"I'm looking for the Beer District," he said. "Can you take me there?"

"You're the new monk that just landed," said the driver, a pale man who'd had his nose broken before. "Whatcha' need in the BD?"

"I'm looking for someone," Qays said. "I have money." He shook his bag that rattled happily of coins.

"Your money's no good with me. You're a holy man. Climb in. Who are you looking for?"

"Someone called Barlane."

"I know Barlane. Have you there in a jiffy."

Buoyed by the kindness of strangers who'd filled his bowl and now the hansom driver saving his feet, Qays climbed into the cab with relief and joy.

There was a delay before the driver moved and Qays was about to climb out to see what it was, when the cab finally moved.

With the cabbie behind and above the passenger compartment, Qays had an excellent view of the ass end of a horse. Around it, however, he saw the narrow side streets of Last Fall, organically woven dirt paths down the slopes from the mesa. The road wove around rocks, across gutters, past fenced gardens. There were simple homes, modest businesses, smaller markets. Kids. Meeting houses. A vacant police station. Churches: Everlife, Glathan, New Doctrine, The Layers. He saw a Hasker temple, though he wasn't surprised to find one here.

The paths were circuitous and turned back upon themselves as only unplanned roads could do. Buildings went from gloomy to dark as the sun set. As they drove, he sensed water by the chill it brought in the air. He could smell cooking and animals in equal measure.

Finally, the hansom stopped in a well-lit area, a clutch of bustling buildings with low-burning gas lamps.

"Here we are," said the cabbie. "Down that alley, you'll see some stairs on the right. Take those and you'll find Barlane having supper."

"Thanks," said Qays, stretching as he got out. "Here take this, I insist." He pushed a coin into the cabbie's palm, a big one; he hadn't examined the money to see what it was.

"Thank you very much," said the man with some surprise. Must have been a good coin.

"Blessed be," said Qays.

"Thanks. And good luck to you," he said, tipping his hat. Then the cab trotted away.

There were drunks on the street which he expected to see in a place called the Beer District. Lights burned in many windows, candles, and glow globes. He noticed not a few of them shone onto the street through red glass filters. His understanding of the street was confirmed when a woman with smeared lipstick asked him what kind of thing he was looking for.

"Just looking for someone," he said.

"I can be that someone. I suspect you'd be gentle," she said, feeling the fabric in his robe. "I'll give you a discount for that."

"You know, it has been a while," Qays said, remembering the long days in the Hjiminark even before Emory Station.

"Can you, you know, do it?"

"I think so," he said.

"I mean can you for being a priest and all?"

"I'm not a priest," he said. "I'm an acolyte released from my vows. How's that?"

"You'd still be gentle?" she said, suddenly unsure. "I thought I was razzing you."

"I'd be gentle," he said. "But I can't show you now. I have an errand. Thanks for your interest, professional or not. It cheered me up."

"Cheering's what I do, darling." She gave him a kiss on the cheek, smearing her lipstick the more. Qays felt himself stir at the contact. It had been a long time.

He watched her walk unsteadily away and then turned off the road into the alley.

Narrow and half blocked in places by empty crates, garbage cans, and aluminum tanks, Qays had to step carefully around deep puddles, passed-out drunks, and hissing cats. The old adage that man had explored the stars first, but cats were on the second shuttle, held true. Qays hadn't seen a single human settlement in the galaxy, nor a single ship that traveled between stars that didn't have a cat. Sometimes the cats were quarantined because otherwise they'd decimate local fauna, but they were there. He liked them, though not everyone did. Superstitions abounded concerning their influence, bad luck or good depending on factors no scientist dared to study.

He was thinking about cats when the ruffians jumped him. The moment he caught the movement to his right, and sensed another presence to his left, he knew he'd been set up.

Qays ducked as the first attacker slammed a board into him, catching him hard on the shoulder instead of his head. A pain shot down his arm while the other attacker hit him with a shovel full in the gut that blew the air out of him.

Marine training kicked in and Qays pulled at the shovel handle with one arm, twisting it out of the man's hands and happily pulling the attacker off balance with it.

The one with the board brought it up again for another swing but Qays didn't want to lose what advantage he had. Breathless, he one-handedly rammed the butt end of the shovel into the off-balanced man. The blow was strong and sure, just at the solar plexus. The man shrieked and fell limp, telling Qays that he'd hit the nerve cluster in just the right way. He'd not be getting up anytime soon.

The board caught him on square and broke over Qays's head. His vision filled with stars. He stumbled, allowed instinct to take over, and swung the shovel at the attacker. His right arm was a plexus of pain. He had only his off arm to use. He felt the glancing blow at the end of it, not enough to do damage.

Qays's diaphragm hadn't recovered enough to refuel his air, and the lack of oxygen in his burning chest and muscles was as bad as his new concussion.

He thought of his gun in the bag, but hesitated. He'd left it on a lethal setting. He'd not be able to change it in time. If he managed to draw it, and use it, there'd be death here. Was this attack enough to kill someone over? Without an answer, he abandoned the thought, dropped the shovel, and made a right-side calf kick into the board-wielding attacker and felt it land. He followed this up with an axe kick, a poor choice in most situations, but his balance and fading stamina made it necessary. He dropped his heel down hard on the man's shoulder and heard the break before the man screamed. The board went clattering into the crates and the attacker fell in a moaning heap beside his confederate.

Unable to delay any longer, Qays fell to his knees and bent over, panting to catch his breath. He rolled his shoulder and didn't like how it felt. He touched his skull and it came away wet and sticky, black on his palm in the darkness.

A shape behind him made him turn, but not fast enough, and the world filled with fireworks before going dark.

Chapter Seven

Seven Years Earlier

The launch was the largest of the *Laurel*'s boats, a cargo carrier in its own right, called a barge by some. It was much bigger than necessary for the trip. The pinnacle would have been better, one of tenders, or even the captain's yacht for comfort, but the show of size seemed appropriate.

After the formal dinner, Emissary Swan had returned to the planet to deliver news to their leader, the Hierophant, that the *Laurel*'s people would arrive the next day. Messages were exchanged and coordinates received. The captain assembled her team.

Commander Perdrix would be left with the ship. The landing party consisted of Captain Wallen, Quartermaster Jyp, three flight lieutenants, Medical Officer Konley, Societal Officer Briggs. There was a team of three science officers led by a lieutenant Qays didn't know, and six skymen from the regular complement of the *Laurel*. With these were a dozen marines, led by Qays. The skymen and officers were unarmed and well decorated in sparkling white dress uniforms, shining shoes, gleaming gem-studded medals on their chests. Opulence and ceremony all shown at once. On the other side of that were the marines, dressed in active armor fatigues, fully armed and ready. Qays had shed his blues and was now in interactive camouflage armor, shimmering to match whatever background he was against, like a hunting cuttlefish. His platoon carried the new Mark IV energy rifles. Their many pockets bulged with grenades and power packs, medical kits, homing trackers, orbital flares – the full combat load. To anyone who knew and saw them, they were an intimidating sight. To those who didn't understand the technology, they were outright terrifying. They appeared to move as demons in smears of space, faceless figures with deadly black lances phasing in and out of perception. They were the elite of the Empire's armed forces, but Qays had not met a single one of them who had ever fired a shot in anger.

Qays didn't carry a rifle, only his sidearm, and, at the captain's insistence, his helmet was folded away for the duration. Sitting with the other officers in the launch, he was asked to turn off his camouflage too, since, as Jyp observed, it was distracting to talk to a disembodied head.

"Stay tight, Marine," said the captain. "I don't expect any trouble, but no one ever does."

"I do," said Jyp. "And I expect it here."

"Why?" asked Qays. "If Swan is their ambassador, I foresee milquetoast and bad grooming."

"They are a nasty lot," said the quartermaster. "Fanatics. Conservative to a code some megalomaniac with a list of enemies put together. Punitive is the operative word. Intolerance in the tolerant society. Someone once said they were the shadow of the Empire."

Wallen nodded. "Think of the things the Empire stands for, turn them on their heads and you'll get the Haskers."

"Can't be that bad."

"Guaranteed freedoms? Nope. Food, shelter, medicine a right? Nope. Equality? Hell nope." Jyp took a deep breath. "I don't care what Swan said, they're a patriarchy. Misogynistic, knuckle-dragging sloths."

"Tell us how you really feel, Quartermaster," said the societal officer, Briggs.

"It's a miracle they're allowing the captain to set foot on the planet," he said.

"Because she's a woman?" asked Qays.

"You'd know better than anyone," said Jyp.

Qays blushed but smiled too. It was no secret that he and the captain were lovers. Such liaisons were common. Sex among consenting adults was a fundamental right in the Empire, one of the most controversial but enduring. Monogamy was a choice, not a default, and marriage was a complicated arrangement of shared ownership and child rearing. Only occasionally did a provision for exclusivity appear in the contracts.

"I take it the Haskers don't abide by the free love doctrine?" Qays asked.

"Only as far as polygamy," said Jyp.

"Polygamy," explained Wallen. "Not polyandry. Men can have multiple wives. In fact, it's a status symbol, perhaps *the* status symbol, but the arrangement is one-sided."

"Women can't own property," said Jyp. "They are property."

"You're exaggerating."

"He's not."

"And, Master Mendoza," said Jyp, "you might want to keep your marines camouflaged. I don't know how they'll react if they see women with guns."

"How do they deal with their transgender?" asked Qays. "What about pansexuality?"

"Are you kidding?" said Jyp.

Wallen said firmly, "Not allowed. Not even thought about. Don't bring it up. And Jyp has a point about your marines. These people are infamous for being easily insulted and women are chattel. Seeing one armed in the wild they might feel...entitled."

So that's why the chief medical and societal officers weren't on the ship. They were women. They'd sent assistants in their places. That was also why all the skymen were male. He wished someone had warned him. Four – no, five of his marines here were women or pan-gendered.

"Well, spin me," said Qays, shaking his head. "I feel like I missed out. How do you know so much about these guys?"

"You, my youngster friend, were a babe safe in the core while I was ducking bombs on Rocher Plat," said Jyp.

"I was on Deleko," said Wallen.

"Atlerise Prime," added a lieutenant.

"Vortal Station," said the science officer.

"I was on Malanow," said someone from the back.

"I was on Malanow too," said the marine sergeant, a disembodied voice. "A block from the square. So many dead. The blood…"

"The Hasker Uprising. A series of coordinated attacks," said Jyp. "Spread out across a dozen frontier worlds. Vicious. They went after civilians exclusively."

"Exclusively," said Wallen, emphasizing the point.

"And the Empire didn't do anything about it?" asked Qays.

"No. We exiled them to Seqatl-4," said Jyp. "Gave them just what they wanted. Easier that way. See, they claimed to have the right to their beliefs, which included killing civilians, apparently."

Qays looked at Wallen for rebuttal, saw none. "But there are still Haskers in the Empire," he said. "I've seen some, unless exfoliation is the new fashion trend."

"Splinter groups," said Jyp. "All true believers were called back here."

"We were told," said Wallen.

"There haven't been more attacks, so that speaks to something," said Jyp. "Of course, it put the idea into the heads of other nutcases."

"We'll stop referring to them as nutcases now," said Wallen. "We'll spend the day being polite, making observations and deciding what tomorrow will be."

"What are we looking for exactly?" asked Qays.

"Science will see how they're progressing, medical will see how their health is, societal will bite their goddamn tongue and observe."

"Aye, Captain," said Briggs.

"See what they need. See if we can help them. We'll get a feel for the direction of the colony. The idea is to eventually absorb them into the Empire as a represented planet."

"What are they now?"

"An experimental settlement."

Qays knew the term was technical and carried with it certain rights and limitations, but wasn't interested in following up just then. He already felt stupid for not knowing the history of the outer worlds like his crewmates.

"And me?" Qays asked.

"Keep your eyes open. Impressions count. Check out the military if you can, but mostly be ready to act if something goes wrong."

"I've assigned a marine guard to each of you. Three to you, Captain. But maybe I should have brought only men. I wasn't aware."

"No," said Wallen. "If something happens, the fear factor of armed women will be worth its weight. Can't get to heaven if a woman bursts your organs into fragments from a thousand meters away."

"Neat-o," said Qays. "And it's five thousand now. We have scopes."

"Still, keep the women hidden."

"Aye, Captain."

Outside, the planet rushed at them. A volcano was erupting near the pole. A typhoon spun lazily in white swirls near the equator. The black desert plains reflected the low light of a setting sun, making the hunter-green forests look like felt swatches on an obsidian table before the chasing sun lit them again. It was a beautiful world in its way.

The gravity of the ship was steady, the flight uneventful. They landed at Chantan, the Haskanan capital settlement. The spaceport was quiet but large, capable of meeting the needs of a half-dozen docked ships.

"Find out what kind of traffic they get here," said Wallen to one of her lieutenants as they prepared to exit. "And why."

The doors opened, the ramp extended. Through his subvocal comms, Qays checked off the readiness of his marines. He ordered deactivation of active camouflage, but kept their armor shields at full. "Ready to go." He nodded to the captain.

"Showtime," she said and led the party off the ship.

The planet air was cool and carried a smell Qays did not recognize. The bigger of the suns stood above the horizon in an aspect of evening. The much smaller, more distant sun was already set.

They were met by a group of twenty robed men. Emissary Swan stepped up, crossed an arm over his heart and bowed, the Hasker greeting. Wallen returned it, as did her officers.

"Welcome to Haskana," said the emissary. "The Hierophant awaits you in his home. Follow us."

The party fell into casual formation and followed the group out of the small port and onto a wide street that had apparently been cleared for their passage. It'd been swept, washed and even decorated in drooping evergreen garlands strung between black stone buildings. On either side of the cobblestone road, upon raised sidewalks, people stood and quietly watched them pass. The marines scanned them all for threats, but reported none, save for their sheer numbers. People hung out windows and stood on chairs, children sat atop shoulders. The whole city must have turned out.

Qays's trepidation receded as he took in the townsfolk. The excited, curious faces were a clear slice of humanity. And except for odd silence and the limited palettes of their clothing, they were unremarkable from anywhere else in the Empire. Though all the men were bald as an egg, not all the men wore robes. Some were in overalls, others in street clothes, vests, breeches, boots. He expected to see no women, or for them to be veiled or covered, but there were a few to see in plain, rough-spun dresses. Some had scarves around their heads or wore hats, but others showed complicated hair styles with snaking braids or spiraling buns. Some even wore makeup. Young, prepubescent boys still sported hair and, along with the women, showed the coloring of the ancient Empire in their locks and tresses – brown, black, red, gold, curly, straight, patched, and maned. Qays had always found such diversity comforting in his travels. Back home the rulers were of old and similar blood, the variations few and minor. Traveling the galaxy, he'd seen firsthand how people had evolved under different circumstances, with different trials, under different suns – different fathers and wild lineages. Here in the reaches, in the recreations and distant echoes of old civilization, Qays felt at ease understanding his own life's correspondence to the process, a wild rebelliousness that yearned to break out of the orchard and grow wild on some windblown hillside.

The walk to the House of the Hierophant was about a kilometer, give or take, up a hill – the highest hill in the flat city, which luckily wasn't much. House was a misnomer. Mansion would have been closer, palace closer still. As they arrived, a wide, gold gate swung open, revealing a bubbling fountain and a huge mosaic courtyard. It was the most color Qays had seen on the planet yet. They followed their guides across the tiled space, through a colonnaded porch leading to another gold gate, then to an entry space though more gold doors and finally a reception hall.

The marines had marked all the guards who were present, twenty confirmed armed men so far, seen or detected behind walls their sensors could penetrate. Each was targeted and assigned a homing weapons lock. A word from Qays and all would die in an instant.

Qays was surprised his marines hadn't been asked to remain outside as the party was led into a vast hall. The center of the room had a low but raised platform above the checkered floor. Surrounding it on three sides was a single curved low table – pillows set down for seating. The air was rich with the smell of exotic spices and roasting meat. Soft music played as they entered.

They held up just before the platform. The locals all bowed. The imperial representatives waited. Then, from the apex of the table, as if just noticing the arrival of unexpected guests, a man stood up.

"Welcome," he said, spreading his arms and glittering in the light shining down from high sconces. The glittering was from his robe of inset gems, gold and silver thread. A bit of one-upmanship to the navy whites, Qays thought.

"I am the Hierophant," said the man, bowing as he held an arm across his chest. "Welcome all!"

"We are welcomed," said Wallen, returning the bow and gesture.

The Hierophant shrieked with delight. "Please sit down, Captain Wallen, and your men. Thank you for coming to visit our humble planet. Come! Come! You must taste our delicacies. We have a wine that puts ambrosia to shame."

"Let's sit," said Wallen.

A nod from Qays sent the marines to stations beside the local guards, who noted their faceless counterparts but didn't react.

The officers and guests were led to pillows around the table. Between every crewman was a Hasker, silent but friendly. Wallen took a seat between the host and the emissary. Qays between the emissary and a stolid man who looked like a thumb, as Haskers did, Qays was ashamed to think.

When all were seated, the Hierophant clapped his hands, and the music rose in volume and tempo. From three doors came nine women carrying trays of food and decanters of deep purple wine.

"Eat, eat!" entreated the Hierophant, and he dipped his hands in a bowl of scented water to clean them before popping a morsel into his mouth. "These are like your hushpuppies," he said. "Do you know those?"

Some of the crew did. Wallen admitted she hadn't had one before but agreed they were delicious. "Deep-fried bread. What's not to love?" she asked.

After the women had placed the food, they moved to the center of the space and froze like statues. The music shifted, and slowly but steadily rose with seething urgency until the women shifted and swayed as if they'd finally reached some critical mass of sound. Synchronized and lithely, they danced with choreographed precision, their vivid multicolored veils twirling like gossamer mist to the rhythms of the unseen music.

"I didn't think Haskers drank wine," said Wallen, enjoying her cup.

"Wine is God's gift," explained the Hierophant. "When one is worthy to receive it, they may have it."

"How does one become worthy?"

"By tradition it is reserved for Grand Elders and above."

Qays noticed that all the Haskers who sat with them, with the exception of Swan, had wine.

The dance concluded with a clamor of drums and cymbals, the women in a heap. The Hierophant clapped his hands, and the rest of the table joined in applause. Up the dancers leapt, bowed and flowed away through the side doors from where they'd come.

When they were gone, nine more women appeared bearing the next course. They, too, danced and left. This pattern went on through the whole meal with a half-dozen sets of nine, some dances short, others long, depending on the course and gestures from the Hierophant.

With the help of wine, the crew finally drew their taciturn Hasker neighbors into conversation, friendly, but growing more probing as the wine flowed. The officers were careful and the locals seemed pleased to talk, curious about the state of the galaxy outside their world. Qays recognized that all of them were in their sixties or older, old enough to have been full-grown adults at the time of settling here, citizens once, perhaps, but all denizens of the Empire for certain, educated and exposed to its culture.

"I was afraid I wouldn't be welcome at your table," Wallen said.

"Because you're a woman or because you're Empire?"

"Both."

The Hierophant laughed. "It was a concern," he said. "But I invoked privilege to extend hospitality. Just make sure you and yours don't do anything to embarrass me."

Back home where Qays was from, hospitality meant manners, but on the fringes of human expansion, and on the better worlds of the Empire, it was a solemn obligation to welcome and protect the traveler. Many a night had Qays found a bed, eaten a meal, or been made warm and dry by virtue of that ancient covenant. He was pleased to hear it was observed on Haskana.

"You have plural wives, I understand," said Wallen. "How does that affect your men when there aren't enough women to go around?"

"Well, they can always earn a wife. I've given several of mine away to worthy recipients, but otherwise it's not a problem. We are a young colony and there's much work to do. A single man is single-minded on his task if he doesn't have to worry about wives. Our wool and timber exports are thriving. And of course, if they die in the service of the faith, they're rewarded in the next life with the wives they didn't have in this one. I myself so died in a previous incarnation, fighting for the faith on Second Melvar, and see how God has blessed me now. I have eighty-three wives and the respect of all my people."

To Wallen's credit, she didn't follow up on the issue. Qays knew he would have, if only to delve deeper into the concept of reincarnation. He was surprised they didn't offer a heaven. Maybe they did.

Another carafe of wine and Qays found himself needing to find a personal. He asked Swan where he could find one, but he didn't know. This was his first time in the Hierophant's house. The man on Qays's left, Grand Elder Tannyr, knew the palace and gave him directions.

Qays stood up, waited to be seen by their host, bowed, and excused himself. A marine moved to accompany him, but Qays shook her off.

The carpeted halls were lit by lines of light strips. There were chairs and tables obviously meant to take up space and not actually be used, unless it was common for someone to suddenly need to take tea or write a letter in the hallway. Two turns later his heels clicked on marble tile and he found the door he needed and went in.

He'd not seen her, not heard her, and her sudden appearance behind him as she closed the door sent Qays's hand to his pistol.

"I mean you no harm," she said, showing her empty hands. "I just want to talk to you."

Qays put his gun away. She backed to the door and put her ear against it, raising a slender finger for him to be quiet.

She was a young woman. Qays guessed she was maybe twenty-four standard years old. She wore a plain brown dress under a stained apron. Curry, if the smell was to be believed. Her blonde hair was pulled back in a sensible tie to keep it out of her face.

When she was satisfied no one was outside the door, she visibly relaxed, turned, and examined Qays with large blue eyes. She took a deep breath and showed a smile that made his heart race.

"I need your help, space man," she said. Her accent was educated, not core, but not far from it. "I want to get off this rock. I was dragged here against my will by my relatives. And there are others, too, who are just as fed up with—" she gestured to encompass the room, the palace, the planet, the faith, "—all of this crap."

"Hello," he said. "I'm Lieutenant Qays Mendoza, Master of Marines on board the *Laurel.* Who do I have the pleasure of addressing?"

She looked at him as if he were speaking in tongues, then bent over so fast that Qays thought she would vomit. But instead, she covered her mouth and laughed. When she looked up again, she had tears in her eyes.

"Guess I'd stored up a bit of tension," she said. "My apologies." She reached past Qays to flush the toilet behind him. It erupted loudly and long as she spoke. "I forgot the proper etiquette for secretly and illegally meeting strange marines in a personal on an ass-backward hellscape planet of shit to beg for escape. My finishing teachers would be so ashamed."

"So ashamed," he said.

She shook her head. "An honest-to-god, snarky citizen. I bet you've even read a book. Do you know the Manta Dance? Do you own an automatic aromamancer?"

"The Manta is out of style – in the core at least. But some are trying to bring back the line dancing."

"You're from the core?"

"Born and bred, but don't hold that against me. What's an automatic aromamancer?"

"A kitchen gadget. So, you're educated, rich, tall, dark and handsome." She looked him up and down as if measuring meat. "It's been a long time..." she cooed. Then she cleared her throat and straightened her back. "Hello, Master Mendoza, I think I like you." She offered Qays her hand. "I am Anjali."

He took it, feeling her warm, rough fingers in his own softer ones, noticing a broken nail and a new grease blister on her thumb.

"May I?" he said.

"You may."

He lifted her wounded hand to his lips and kissed the back of it.

"Just Anjali?"

"I reject my father's name. That's how I got here."

"Well, Anjali, etiquette says that I would be no kind of gentleman-of-the-Empire if I did not try to help you. And I think I like you too. Call me Qays."

She smiled excitedly, a clear sparkle in her eyes.

"May I kiss you back?" she asked.

Qays felt his blood quicken, his heart race in his ears, his face stretch into a bursting joyful grin he could not account for.

"You may."

Chapter Eight

"Anjali. He keeps saying that word. Is it a foreign language? Something he needs?"

"I think it's a name."

"I'm sorry. I'm so sorry..." Qays recognized his own voice but not the others, and he started awake when he realized it. The light hurt his eyes.

"He's waking up."

"Go get the doctor."

He saw a shape move away, and then his vision was filled with a face.

Anjali was here before him. He felt himself floating up, being absorbed and absolved in her eyes. "Anjali," he said, beginning to cry.

"Patience," said the voice, young and breathy. Accented.

He blinked the tears away and beheld hair that was not blonde but red, eyes not blue, but jade. It was not Anjali, but the girl in the plaid dress he'd seen on the street, the one from the mesa tarmac.

He closed his eyes and fell back to whatever fresh hell he was now damned to be in.

A cold cloth blotted his forehead, making him aware of a fever beneath it. He opened his eyes again, now dry with the hard-learned self-control he obviously still hadn't mastered.

He was in a room of whitewashed walls. A single window to his left let in slanted orange light that danced among the dust motes. He was in a soft bed, a little too short for him. His feet hung over the end. Damp pillows. A thick quilt lay atop him and the room smelled of hospital antiseptics, lingering body odors and dust.

"Where am I?" he said.

"You're in the city of Last Fall on the planet of Fresh Start, inside a private home recovering from injuries. Do you remember your name?"

"Yes. I'm Lieutenant Qays Mendoza, Master of Marines on— No. No. I'm not that. Not anymore. I'm, I'm… I'm just Qays. Qays Mendoza."

"Didn't I hear you say you were a first-degree acolyte of the Glathan Church of Harmony?"

"Am I?" His head was spinning with fatigue and fever. "Yeah. Sure." He closed his eyes to the glare. "I guess I am that too – *was*. Maybe. Sure. Let's go with that. What happened to me?"

Before she could respond, the door opened and a tall woman with gray hair peeked in. "How is he?" she asked.

"He knows his name," said the girl, "but he's confused."

"That's my life, right there," said Qays.

"The doctor will be right along," said the woman in the doorway. "I'll go make some food. Wait, can he eat? Should he eat?" She gnawed on her knuckle, worrying an answer from it. "I'll wait to hear from the doctor for that. I'll just make tea. Tea is always good."

"Tea would be wonderful, my dear," said Qays. "But maybe some water now?"

The green-eyed girl was pressing a tall, sweating glass to his lips and had an arm behind Qays's head, bending him forward before he registered she'd moved at all. The tall woman was gone. He'd lost time and the room was spinning.

"Drink," said the girl. "Just take sips."

She tipped the cold, delicious water through Qays's parched lips.

"Thank you," he said. "Do you know what happened to me?"

"I do. I saw it all. You have a nasty knock on the head. Ban Rands clobbered you good. But you're okay now."

"I don't feel okay."

"You look loads better."

The door opened again, this time to reveal a bear in a vest. The creature had bushy hair, a bushier beard and a mustache that covered his lips. He was massive and he waved massive hands in hello. There was hair on the knuckles.

"I think I might be hallucinating," Qays said.

"What do you see?" she asked.

"A bear in a vest."

"That's just Doctor Felgin. That's what he looks like."

"What's he saying?" asked the bear.

"He says he doesn't feel good."

"Well, he's been injured."

"He says he thinks he's hallucinating."

"Oh, well, that's the drugs, son." The bear lumbered over to the side of the bed, pulled up a three-legged stool and sat down.

From a dented aluminum case he took out a pocket scanner and passed it over Qays's forehead.

"Looking for a brain?" asked Qays. "Let me know if you find one. I'm having doubts."

"Nah, you got a brain, though it don't always seem to always work right. Going into Whore Town alleys at night, and you a newcomer? Jingling money? You ought to have your head examined."

"Isn't that what you're doing?"

"Well, yes. But what I'm saying is, it's damn idiotic to do what you did. This is a prison, for hell's sake."

"Lighten up. He's new here."

"Nah, Patience, don't go defending fools. He's a grown man. Should know better."

"What a very enlightened outlook you have here," said Qays as the doctor shone a penlight into his eyes, then his ears, up his nostrils.

"Why do you say that?"

"Calling for patience all the time. It's straight out of the monastery. Did my teachers send you?"

"What's he on about now, Patience?"

"He doesn't know it's my name."

"Oh, well. It is," he growled. "That's this woman's name, son. And you owe her a world of thanks."

"Oh, I see now. Hey there, sorry. Patience, how do you do? Did my teachers send you?"

"He's talking gibberish."

"No, I think this is just how he is," said Patience. She had an eager smirk on her face that brought light to her eyes and memories to Qays's spinning mind. He had to look away.

"Well, it must be," the doctor said, reading the scanner results. "I see nothing otherwise. He's through the physical part of it. Can't tell what brain damage he might have. Not showing anything, but I don't have a comparison for an in-depth prognosis. He's hearty though. Tough strain, this one. I 'spect he'll feel a little hangover for a while, then be fiddle fit."

"How… Why? What – that's it. *What* did you do, Doctor Felgin? For me."

The big man put his instruments away and straightened up on the stool. Beads of sweat ran down his forehead into bushy brown eyebrows you could hide a boot in. He wiped the sweat with a red handkerchief then tied his long hair back with it.

"Beside a fracture in the shoulder I took care of, you had a bad concussion, son," he said. "What do you remember?"

Qays squirmed until he sat up against the headboard. "I was in an alley. Two guys jumped me. I put them down, and then… I uhm. I… I got nothing."

"You were clobbered by Ban Rands," said Patience. "He had a club. You went down like a fallen statue."

"That majestically?"

"Uhm-hum. Timber!"

The doctor twitched his mustache. "I knitted your shoulder but you had a concussion with major brain swelling. I don't have access to the hospital, so the choices were to open your head to give your brain room to grow by exposing it to mosquitoes and whatnot, or put you into a coma and hope the brain swelling would go down when you weren't using it."

Qays rolled his shoulder. It felt tender, but the pain he remembered from before was gone. "Mosquitoes?"

"Little pesky biting insects. They spread disease. God's biggest mistake ever, except for maybe Roxwell Pharmaceutical Company and their bastards, litigious lying lapdogs. Don't you have mosquitoes where you're from?"

"Oh, we do," said Qays. "I was just imagining one landing on my exposed brain."

"We're in the wilderness here, son," said Felgin. "I checked on you daily. Patience and Miss Barlane—"

"Miss Barlane!" exclaimed Qays.

"Yes?" came the voice of the tall woman from down the hall.

"Yes, Miss Barlane," continued the doctor. "She and Patience watched over you the whole time until it was safe to bring you back. Which is why you woke up today. The drugs are still in your system though, and your muscles have atrophied a bit. Just go slow for a week or two and then you'll be able to do whatever it is you people do." He stood up just as the woman, Miss Barlane, appeared with a tray of steaming mugs, no two alike.

"Thanks kindly, Miss Barlane," said the doctor and drank a whole cup at once. He nodded in appreciation, then stretched to his full, intimidating height. After wiping tea out of his beard, he excused himself, saying, "I'll check back in a couple of days – or sooner if need be. Ladies." He tipped a nonexistent hat and left.

Qays watched him go and then noticed a pile of folded clothes on a sideboard. His bag next to them.

"My bag," he said.

Patience shook her head. "They took your money," she said. "All your stuff."

"No. No. No… What about the puck? It doesn't look like much. It's black and smooth. About this big." He shaped his fingers into the size.

"The ship controller?" asked Patience. "Oh, they took that first thing. All they left was the bag itself."

Qays shuddered as his long-imagined penance manifested into certain reality. For years he'd seen himself here, exiled and forgotten on this planet like Wallen. He deserved to be here. That was a truth he'd long known, but shunned for cowardice. Was that not why he'd come here? To stand alongside his captain, to rot and erode on this prison planet? Well, then, mission accomplished. He was well and truly spun now. Without the chit, there was no way off-world and help was not coming – no ride, no contact to the Empire. Seeing it now, a chilling fear knotted his hands into fists.

"You okay, preacher man?" asked Patience.

"Did they take my gun?" he asked.

"Actually not." She left the room, and when she came back, she had a short stick with fishing line hanging off its end. Qays's gun dangled on its hook. "I collected it after they left."

Qays reached for the weapon. She pulled it back. "They tried to take it. It's broken," she said. "It'll give you a shock."

Qays smiled. "Not me," he said. "Me, it likes."

He reached again; she kept it away.

"I told you. It's broken."

"Give it to me, I'll show you."

She hesitated. Miss Barlane shook her head. "He's still confused."

"Trust me," he said.

Patience considered a moment and then brought the weapon within reach. Qays reached up and took it off the hook. He checked the dials, switches and triggers. All was well. Nearly fully charged.

"It wasn't doing that before," said Patience.

"No, it's got—"

Patience reached over and put her hand on his forehead. Her hand felt cool and soft.

"One usually asks to touch before touching someone," he said.

"Oh, is that how it's done? Well, I've been touching you plenty and in plenty of places." She gestured to a bedpan on the floor and Qays felt his face grow red. "You didn't object before. Even seemed to like it." She took her hand away and pulled the quilt off Qays's abdomen. "You're too hot."

"I can do that myself," he said, adding, "now."

"Yeah, okay." She sat down, rolled her neck and picked up a cup of tea.

"Patience here is your savior, holy man," said Miss Barlane, taking the stool the doctor had vacated. "You'd be in front of your god right now if it weren't for her."

"Glathans don't have a god."

Barlane shook her head and clucked her tongue. "And that right there is why the Empire will fail."

The failing Empire was a topic Qays had much pondered himself. The lack of a god had not figured into his thoughts, however. Maybe it should.

"Let's back up here," he said. "Miss Patience, how is it you saved me?"

"Just Patience," she said. "No Miss."

Her phrasing recalled Anjali, whose world was never far from his mind.

Patience was young. She was in her early twenties, slender and boney. Her muscles showed through her skin like cable. She had a friendly face, freckled checks. Her red hair was on the chestnut side and it was as long as his, past shoulder length and borderline unmanageable. Today it was fighting against week-old pigtails and winning. She reminded him of weathered trees he'd seen on lonely mountains, tenaciously budding the brightest flowers in the worst conditions. Anjali had been on the plump side, her hair a world apart. The two were nothing alike except for the eyes. Not the color, not the shape, but the depths of life concealed behind them. Spirited, vivacious. Able and unbowed.

"He's flushing," said Barlane. "Should we get the doctor back?"

"Just a hot flash from your delicious tea," he explained.

"You ain't had none yet."

"Well give me a cup."

Barlane cocked an eyebrow at him, stole a glance at Patience, and smiled.

Qays tasted the tea, hot, bitter with a hint of mint. "As I said, delicious. So, Patience, were you following me that night?"

"Yes."

"Why?"

She shrugged. "Good thing I was."

The answer didn't suffice, but it was a detail he could circle back to. He had his suspicions, but they involved examining equine bicuspids and he was a resident here now. Friends and neighbors and all that.

"What happened?" he said.

"I saw you get into a cab driven by a notorious gangster, Ban Rands."

"I saw you on the street, but not then."

She shrugged again. "Did you notice that it took a while for the cab to get moving?"

Qays nodded.

"He was setting up the mugging with his gang. Ban Rands runs with the Wall Gang. Mostly thieves and muggers, but killers too sometimes."

Qays said, "The Wall Gang? Never heard of them before."

"Really?" She stared at him, amazed. "How could someone like you, two hours on world, not have heard of a group of ten dead-enders in a corner slum of a forgotten penal colony? It beggars the imagination."

He stared at her. She stared back. Then she smiled and laughed. "Okay," she went on, "so I follow the guy Ban talks to. He picks up another thug and then they trot over to Whore Town. I hold back and watch them set up in the alley. I guess Ban wanted darkness 'cuz he took forever to show. The guys were about to leave when you pulled up."

"Lucky me," said Qays.

"Why didn't you get the law?" asked Barlane.

"I got no truck with the law. If you have a problem, and you call a cop, you then have two problems."

"I don't understand you, child," said Barlane.

"I've heard that before," said Qays. "Score one for me."

"How? I just made it up," said Patience, deadpan as a skillet. Then a smirk crossed her lips to reach her eyes, those damned kindred eyes. "The rest you know, Preacher."

"The rest I don't," he said. "And call me Qays."

Patience didn't seem to like that, but pressed on nonetheless. "Well, they jumped you. You put two of them down before Ban Rands came back around and clobbered you with a bat. Timber, remember?"

"Only from you telling it. How did I get here? What happened after timber?"

"Ban kicked his friends around to encourage them to stand up then went for your stuff. Your sack was tangled up in your arms, so he couldn't rip it away. He tried to for a while, then he just emptied it on the ground. He picked up the puck and coins and the whatnot but when he grabbed your gun he got shocked. Blue sparks that shot him like a bubbly wine cork against a wall. His arm was on fire."

Qays figured that's what had happened. "Active security," he said. He raised his hand and pointed to a blue dot on his palm. "Imbedded safety chip."

"That's handy," said Barlane.

"Good one!" said Qays.

"What? Oh. No pun intended."

"Never apologize for a pun. They're the universe giving you melons to tell you you're dyslexic."

Barlane stared. Patience rolled her eyes.

"Ban Rands put the fire out with water after first trying a bit of screaming. More than a bit really. The screams scared his friends away and they left him there, on fire, bolted out the back of the alley. When the fire was out, Rands grabbed what he had and followed in a panic, not looking where he was going. Since there was screaming, I figured I could get a closer look and was in his way. He literally ran into me. Nearly knocked me over. He got into his cab and trotted off like he wasn't leaving a trail of smoke behind him."

"Did the police come then?" asked Miss Barlane.

"Oh no. Nobody even looked down the alley. The screaming was surely heard, but Whore Town isn't known for its samaritans."

"Is prostitution frowned upon here?" asked Qays.

"Of course it is," said Miss Barlane. "It's vulgar and sinful. Sex without love is a waste of soul. One man, one woman. The only sane arrangement."

"It's not where you're from?" asked Patience.

"Well," said Qays, "everywhere's different, but it's not universally outlawed."

"The law lets it be, I guess," said Patience, "now that you point it out, but most folk don't think it's a respectable trade. Whore Town is a criminal area."

"I was trying to get to the Beer District."

"That's where you are now, honey," said Barlane. "Patience walked you all the way here."

"How'd that work?" he asked.

"You were coming to when I got there, trying to stand up, but you weren't in your head. I put your shoes on you – they'd fallen off. I used that broken rod to gather your gun. It was the only thing of value I saw you had left, so I figured you'd want it."

"Lot of good it did you," said Barlane.

"I've seen head wounds before," Patience went on. "I knew not to let you lie down. I think that was the thing to do; the doctor didn't say anything about it."

Qays shook his head. "Seemed to work out."

"We walked out of the neighborhood and I got a rickshaw to pull us here. I asked around and figured out where Barlane lived and she took us in."

"You didn't know each other before?" asked Qays.

"I still don't know her now," said Miss Barlane.

"I heard you mention the name Barlane when you got in the cab," explained Patience.

"And you, Miss Barlane, just let a stranger bring an injured man into your home?"

"Of course," said Barlane. "Hospitality, sir, is sacred." Patience rolled her eyes. Barlane added, "Within reason."

"You're religious?" said Qays.

"Not to go to church," she said, "but right is right."

"Do the custodians know what happened to me?"

"Why yes, they do. I told Mr. Utter what happened."

"That's Benjamin, right?"

"Yes, that's him."

"How'd he take the news?"

"He was surprised – not that you were attacked, but that someone got the better of you."

"I am full of surprises."

He drank more tea and felt waves of fading grogginess and growing hunger wash over him.

"What did the doctor say about food?" he asked.

"I forgot to ask him, but I suppose it'll be all right. He'd have said something otherwise, right? I take it you're hungry?"

"I am."

"I'll make something." Barlane stood up, collected the teacups on her tray and left the room, being sure to leave the door open.

Qays regarded Patience, who was fiddling with her hair, reworking an elastic and picking at a split end.

"Everyone knows you have a spaceship," she said idly. "If they hadn't also known you had a gun, I don't know if you'd have made it out of the inner wall. Do you have a death wish?"

It was a question he'd asked himself not a few times.

"I'm glad you helped me," he said. "Thanks for saving my gun, but I don't have a ship anymore. The beacon chip was taken with my things. There's no other way to bring it down."

"The thieves who took it must be far away by now. Probably the inner planets."

He smiled at her misunderstanding of the vast distances of the Empire. "No, it'll do them no good." He waved his chipped hand again. "Plus, there're codes and it doesn't fly itself. Much."

She nodded like she'd already guessed that part.

"No matter," he said. "This is where I want to be."

"Why?" She was pleased to have turned the question on him.

"I'm looking for someone."

"A rescue?"

"I don't know?"

"A hit?"

"Still don't know."

"You came a long way to the worst place in the galaxy and you don't know why?"

"I need to talk to them."

"And after that? You won't want to leave?"

"I haven't thought that far ahead."

Patience shook her head.

"You still didn't tell me why you went to such trouble to save me," he said.

"Didn't I?"

"I don't think so."

"Miss Barlane spoke true, right is right."

"And wrong?"

"Wrong is wrong and happens a lot around here."

"How do you tell the difference?"

"You just do."

"Were they wrong to attack me?"

"Don't you think so?"

"I'd have done the same thing if I were exiled and wanted to escape."

She played with her other pleat.

"Was I right to fight back?" said Qays.

"Of course."

"Would it have been right to shoot them? Kill them?"

"Yes. If you'd have been able to get to your gun you wouldn't be here now."

"The Empire believes in proportionality," he said. "Killing for attempted theft doesn't equate. And the Glathans believe life is sacred."

Patience knitted her eyebrows. "I've seen you too long outside your monk robes. Seen you naked this week. I forget you're more than a man."

"That's a hell of a thing to say."

"Don't swear, Father. It's a sin."

"Not to the Glathans. They don't have sins. Well, not many."

"They?"

She was quick, Qays thought. Street smart. There was a roughness about her that made him remember the urchins of his travels. "Do you have family?" he asked.

"No."

"You have a job?"

"Sure, I'm a full-time nurse," she said. "Pay sucks, but I get quizzed by ungrateful patients – so there's a perk. You ready for your sponge bath?"

"Sorry, I am grateful," he said. "I'm just—"

"It's all right," she said, cutting him off. "I know I'm not the easiest person to talk to."

The sound of sizzling food erupted from beyond the room, followed by the smells of sharp spices and frying meat. The scents made him woozy.

"How's the fever?" Patience asked and touched his forehead before he could answer. "Oh, and for the record, I'm going to touch you again. Have done, will do again, most like."

"Thanks for respecting my boundaries. Fever is going down, I think."

"I think so too."

Miss Barlane poked her head into the doorway. She'd donned a floral apron and waved a spatula in her hand. "Frying up some dannod meat in tomato sauce. We'll have that over pasta. Oh, can you eat meat?"

"Only when I'm hungry?" said Qays.

"He's hungry," explained Patience, seeing the concern on the host's face.

"Oh good," she said. "And after dinner, we can talk about your friend."

"Who?" asked Patience.

"Benjamin told me, Mr. Mendoza, what you wanted to see me about. I'll tell you what I know after we've eaten."

"Wait," said Patience. "It's not Miss Barlane you flew to Fresh Start to see?"

"No, honey. He's here for that mass murderer."

"Calouw?"

"No, child. The other one. Wallen."

Chapter Nine

The house was an airy duplex with a small garden out back where vegetables grew in the stark orange light. From the little kitchen window where they ate, Qays could see rows of grapes and jumkara carrot tops, potatoes and squash. There was a little bistro table too, with a couple chairs around it that would have made for a wonderful place to eat, if it weren't covered in gardening tools and mulch.

Though Qays was well heeled in inaction, had spent a good chunk of his lifetime in faster-than-light ships traversing the Hjiminark, he still felt the fortnight of his coma in every joint and muscle. He was weak and dressing was a trial. His shoulder was tender, his head still blurry with drugs. He hobbled uncertainly between his two benefactors to a kitchen table, excited to eat.

With conscious effort as he'd been taught, he took a moment to be present, relax, feel the press of emotion weigh on him and be shed of it, as far as he could make it go. As such, he was poor company as they ate their bowls of brown noodles and red sauce. The meat was gamey but tender. Qays asked what a dannod was and was told it was a big, furry pig, nearly the size of a cow. "Tough critters," Barlane explained. "Like the people here, they thrive in adversity."

Qays complimented her a dozen times, but otherwise the conversation was between the women.

"Who's Wallen?"

"I honestly don't know much about her, though I tried to find out," said Barlane, casting a gaze at Qays, who kept his low. "She was processed in five or six years back. Under heavy guard. Something bad had happened to rile up the nice worlds. A lot of people had died, that much I got. She was escorted by real soldiers and they all acted like everyone knew who she was, like we all get a daily subscription to the *Veldi Times* delivered daily to our personal computing devices. The warden must have known who she was because he came down special to look at her. They locked eyes like they were prize fighters before a bout. Then the warden took her into his office, the soldiers left, policeman arrived. It was like a formal changing of the guards. But no one really cared."

"Her?" said Patience. "It was a woman?"

"Yes."

"A woman killed a lot of people?"

"They called her a mass murderer for a genocide. I was told she was the worst ever, had killed more people than anyone else in history."

Patience looked hard at Qays, waiting for him to speak, but he was busy chasing a carrot through his pasta and didn't look up.

"Wait, wait," said Patience. "Why didn't they execute her?"

"The Empire doesn't have the death penalty."

"That's dumb."

"It's civilized."

"It's dumb."

Here Qays snuck a glance. Patience caught it and held it. He went back to his food.

"Maybe we should talk about this after eating," said Barlane.

"It all tastes really good," said Qays.

"You told me that already," she said, "but go on, tell me again."

"Best food I've had in weeks."

"'Spect it is."

They ate on, Qays at the end rearranging the food on his plate when his gut could take no more. Miss Barlane had given him a double portion and he couldn't finish it. His stomach had contracted and his jaw hurt from what little chewing he'd done.

She took pity on him and cleared the places, telling Patience to take him into the drawing room, if he didn't need to lie down or use the personal.

"No. I'm good to sit for a while."

The sun was setting, as told by the redder hues of the ochre light coming through the sheers. Patience helped Qays onto a couch and took a chair across a table where a lemon-scented candle waited for a match. A pile of bedding, blankets and a pillow said that someone had been sleeping on the couch.

"You?"

Patience nodded. "Miss Barlane is the kindest person I've ever met."

"Ever?"

"Yeah," she said, with such weight that Qays knew it was true. "Ever."

Patience, he noticed then, was in the same plaid dress she'd been in the day he'd arrived. He looked around for a suitcase or other effects that might be hers, but saw nothing.

"Where do you stay usually?" he asked.

"Here and there," was her answer.

Miss Barlane came with a tray of tea and cookies. She set it down and lit the candle with an old-fashioned match. "To get the smell out of the house," she explained. "I swear dannod grease sticks to air as much as the upholstery."

Qays took a cup and smelled the mint to vie with the lemon in the air.

"Hope you don't mind more tea. It calms me. There's been a lot to do around here and I keep making it. Don't get me wrong, it is nice to have people in the house again," Miss Barlane said. "I used to have a man here, Ritter was his name. He run off north a few years back. Been kind of lonesome since. Nice to have someone to cook for again."

"Glad I could be of help," said Qays.

"I was talking about Miss Patience," she said. "Up until today you've been as lively as a log. But you're welcome now."

She took a cookie and sat down in the last chair with her mug of tea. "What do you want to know, preacher man?"

Patience glared at him expectantly, and he saw again in those eyes tenderness and tragedy, and he had to look away.

"What happened to Elaine Wallen?" he said.

"Well, let's see," said Miss Barlane. "I told you she went in with the warden. They were together a good long time. When she came out, she was escorted to the new convict barracks. She stayed there maybe a week. I was curious about her, so I kept my ears open. No one local knew what she'd done, and the others weren't talkative. She is a pretty woman. Got that jaw that makes you think of marble. Her hair was long and I could tell she didn't like it that way."

"How long?" asked Qays. The question drew a surprised look from Patience.

"'Bout same as you. You need it cut, by the way. Want me to?"

"No, thank you?"

"Hhmmm. Suit yourself, but menfolk keep their hair short here."

"I see," he said.

She went on. "I heard that she set off south first thing after orientation. Was going to try her luck down by Dread Landing."

"That's a long way to go," said Patience. "And it's through the badlands."

"They're all badlands to the south," said Barlane.

"And that's it? She left Last Fall for this place called Dread Landing?"

"Yes."

"No recent reports or anything?"

"No. No cause for any to get to us unless something important happened. Dread Landing is two districts over and down. Central control over those areas was tentative when the warden was here. Now, they might as well be other planets. Last I heard, Two Creek County – that's where Dread Landing is – was run by a real hard case who probably should have been in the Oubliette."

"Yeah," said Patience. "That's bothering me. Why wasn't this Wallen woman sent to the Oubliette? I mean, if she was as bad as they say?"

"I wondered that too," said Miss Barlane. "You got any ideas on that count, Mr. Mendoza?"

He took a deep breath. "I'm not from here," he began.

"I'm not either," said Miss Barlane and Qays wondered what she'd done to get sent here.

"I am, and I don't know," said Patience.

Qays took a cookie, looked at it, and regretted picking it up for how full he was. He took a nibble. "From what I learned, the Oubliette is not about punishment. It's about the safety of the colony. Obviously, they thought that though Captain Wallen was a criminal, a murderer – a mass murderer," he had to swallow at that, and not for the cookie, "she didn't present an abnormal danger to the other residents of the planet."

"I can see that," said Miss Barlane. "She seemed nice to me."

"And pretty?" asked Patience.

"Handsome, I'd say. You called her captain, Mr. Mendoza? I can see that too. She had an air about her. Leadership seemed to run in her veins. I suspect her crimes were somehow related to that?" She phrased it like a question and waited for Qays to reply.

He didn't.

"Well, no one's seen her around here to mention for years. Sorry for the dead end."

"No. It's a good lead. Thank you. But how'd you hear about Dread Landing?"

"I heard it from her cellmate from the new convict block. She didn't know what Wallen had done either. Asked her point blank and she wouldn't tell. Some folks are like that, though it's unneighborly."

"I thought it was rude to ask about what it was that brought you to Fresh Start," said Qays.

"Who told you that? That question is as good as a hello around here. Especially here. Last Fall is where the newcomers come that aren't sent to the Oubliette. It is here they'll make landfall for the last time. Get it? Last Fall. Last landfall? Ain't that just ironical? Anyway, there's little else on their minds but that when they arrive, before they push out of town, like Wallen, to other places where maybe they don't ask it."

"There's a bit of crime here though," Qays said, rubbing his head.

"Yes, well, that's always been happening. We're all a bunch of crooks, don't you know? A little of that is to be expected. The warden's boys would have been on that gang like flies on shit if they were still around."

"Actually," said Patience, "the Wall Gang was in with the guards. Most gangs were. Always have been."

"Well, that may be," Barlane said, a little snippy. "But they kept it off the streets."

"You just didn't hear about it."

"Kept it off *my* streets."

"Yeah, okay then."

Miss Barlane sipped her tea uncomfortably. "Since you seem to know," she said, "is the administration still working with gangs?"

Maybe she was reading the room, sensing as Qays did Miss Barlane's need for reassurance. Patience said, "Not as much."

"That's what I thought. I think the custodians are really trying to make this place work properly," Barlane said. "That new commander of the police made integrity a central tenet of being a policeman."

"What was it before?" asked Qays.

"Integrity, but not taken seriously."

"I met Flynn. He seemed like a good man. The custodians too. Earnest."

"That they are."

"What are you in for, Miss Barlane?"

"I killed my cheating, no-account husband and his slut girlfriend and then made a run for it with a quarter million credits I'd embezzled from the lead mine where I worked." There was no sound of contrition in her answer. Just a matter-of-fact sharing of information.

"How'd you get caught?"

"The company sent men after me; the money was the problem you see, not the double homicide. By the time they caught me, I'd spent it all. They turned me over to the Empire and demanded justice. My skill set was needed here so I had a job waiting when I landed. I'm an accountant."

"How long were you on the run?"

"Three and a half weeks. You want it in hours and minutes?"

Qays laughed. "No. How'd you go through a quarter million credits in three weeks?"

"Three and a half weeks."

"How?"

"The company wanted to know that too but I forget how it happened, exactly." Her wink made Qays happy.

"You are a very interesting person, Miss Barlane. Generous to a fault. Sorry for your bad luck."

"What bad luck is that?"

"Getting sent to this penal colony."

"Are you kidding? Fresh Start is heaven compared to the company shithole I was at. And when I say shithole, I mean it. Lead mining. Shit in a hole, get it? Poison in the air. No way up, but plenty of ways down – like into the grave. No, this place is good. This place is blooming. This place will be a great planet one day. You wait and see. It'll be a gem in the Empire's crown."

"Only because the Empire left," said Patience.

"There is something to that," Barlane said. "I didn't know you were into politics, dear."

"I'm not really. Just repeating what I hear around. Folks seem to think the garrison going was a good thing, all told."

"In some ways, gotta say yes to that. Enough food now. Least around here. If only they'd taken that damn Calouw with them."

"A lot of worry about that?" asked Qays.

"Heavens, yes."

"Where are they?" asked Patience.

"Last reports – and don't go telling anyone this, honey, privileged information I just happened to overhear."

"Who'd I tell?"

"I have no idea, child, but keep it to yourself anyway."

Patience made a zipper gesture across her lips.

"Word came to the custodians this week that his gang raided Don't Mention It on the Harcourt Plateau."

"Don't Mention It?" said Qays.

"That's the name of the town."

"Lots of irony on this planet," he said.

"Grows natural."

"Harcourt Plateau is not that far from Dread Landing," said Patience.

"How far?"

"I don't know kilometers," she said. "But a day by the rickety old rail line they have. Maybe two, depending on the kind of train and what's fallen on the tracks."

"Rails got all pulled up," said Miss Barlane. "Folks around there did the same math."

"Is it on the way?" asked Qays. "I mean on the way to here from the Oubliette?"

"No, but neither was Don't Mention It. They're not rushing us. Those hard cases are hitting settlements, raiding and robbing. No hurry, but everyone has the same thought as you, Mr. Mendoza, that Calouw's band is headed here. Picking up men and supplies to make a run at us. We're the gem capital city on the planet, after all."

Compared to the cities he'd seen across the galaxy, he had to admire Miss Barlane's pride in hers. On any other world of note, this wouldn't be called a city, or even be a town, let alone a capital. Maybe there were a hundred thousand people in the city and environs. He'd seen twice as many standing at parade during a Victory Day celebration. The frontier had different values and different scales.

"How far is Dread Landing from here?"

"A couple days by good rail," said Patience. "A week and change by cattle car."

"You have cattle here?"

"Nah. Never took," said Miss Barlane. "Dannods grow faster, eat and drink less. Taste better too, in my opinion. But the name stuck to the trains."

"Are there still rails to Dread Landing?"

"Think so."

"I'll start out tomorrow," said Qays. "You've been beyond kind – both of you. I probably owe you my life."

"Probably?" said Patience.

"Surely. And thanks," he said. "Blessings be upon you now and forever. I've been a burden too long and I have business in Dread Landing that has risen to the level of urgent."

"Doctor says you need to stay put at least another week."

"I've had worse and done more afterward," he said. "Just gotta ride a train."

She wrinkled her brow and looked at Patience. The girl looked on passively.

"You can stay here a while longer, child," said Miss Barlane. "Now that you don't have to watch a grown man sleep all the time, we can visit. Like to find out more about you."

She shrugged, slid her hands into her pockets, and stared at her lap.

Miss Barlane cast a worried look to Qays. He shrugged and sipped his mint tea.

Chapter Ten

Qays turned in shortly after the talk. His head swam with receding drugs and new realities of exile. He felt also the uncertainty in Patience's demeanor, and it bothered him because she bothered him. Miss Barlane was the consummate hostess and changed his linens before he returned to bed. In a mirror, he was surprised to see his beard had been neatly trimmed. He looked like himself and not the wild man he thought he'd see. His hair was clean.

Alone in the dark, he listened to the sounds of a sleeping town before dozing uncertainly for short stretches, finding himself between places and moments. His childhood, his schooling, his off year, Rikkest, the academy, the *Laurel*, the lost years, the monastery. Now this adventure to wrap up the others, a pilgrimage to his final destination on Fresh Start, the planet of irony.

As dawn glowed through the sheers of the window, Qays stood up and found his clothes. He was sliding his gun into his satchel when he heard the front door open and shut. He waited and heard soft, sneaking footfalls approach his room. He withdrew the gun, adjusted the beam to something discouraging rather than killing, and pointed it at the door.

The door swung quietly open. He braced, and held his breath.

"Oh. You're up," said Patience.

"What the hell?" said Qays, putting up his gun. "Why are you sneaking around?"

"It's the middle of the night and people are sleeping."

"It's dawn."

"Oh, is that what that light is?"

She was still in her plaid dress, but she'd changed shoes. He thought she'd been in sandals before, but now she was in worn hiking boots with gray socks. Over her shoulder was a rucksack.

"You're not—"

"I am," she said. "I'm going with you."

"I won't be responsible for you."

"That's a nice how-do-you-do," she said. "But luckily, I don't need you to be responsible for me. I've got that handled. I need your company."

"It's not that I'm selfish," he said.

"Sure sounds like it. Listen, you owe m—"

"I know and I'm—"

"Don't interrupt me. Where are your manners, Empire?"

"Sorry. Go on."

"Okay," she said and took a deep breath. "You owe me, and you know you do. I can't stay here anymore. I've been looking to push on for a while now, and thanks to you, I have to. The Wall Gang knows I helped you. Miss Barlane mentioned me to the custodians, which means the whole damn city knows it. They don't take kindly to people going against them. They know me and will be after me."

"Just for helping me?"

"Yes."

Qays didn't believe her wholly. It didn't make a lot of sense, but he reminded himself that he was on the edge of the galaxy, the bleeding, exiled, forlorn, lost, criminal-plagued edge.

"I don't even know how I'll travel alone," he said.

"Well, there I can help. I know how to get to Dread Landing. I've been there before. You need a guide. You're pretty ignorant about how to move around non-civilized folks."

The term surprised him. It hadn't been delivered in the ironic tone he'd expect from someone born and raised here, far outside the civilization of the Empire. "I'm actually pretty good at it, usually."

"Usually," she said. "There's a train leaving in an hour. I know where it is. I know how to get on it and I have a thermos of strong moynten-bark coffee. Do you know coffee?"

"I know coffee, but not moynten-bark."

"It'll wake you up," she said. "Give you shakes too, and after a liter, some say you'll see God."

"Really?"

"No idea. But you'll be fine. You have no god, remember? Now, put your shoes on. If we wait for Miss Barlane to get up, she'll throw a fit. She was up late rehearsing her speech to make you stay and heal up. If she gets talking to you, you'll be stuck. That woman has a will."

In the morning murk, Patience was a spirit, a wisp. A husky-voiced girl giving commands. He could only follow them.

When he was ready, she led him quietly to the door. "I should leave a note," he said. "Something."

"What?"

He looked back and considered. He had nothing to give and despaired. He settled on making the bed. Patience watched him do it. "Wish I had some money," he murmured.

"Why?"

"She needs to be better rewarded."

"Do you think she did this for reward?"

"Well, no, but it'd be nice to leave something."

"Miss Barlane will understand. That I can guarantee. You saw how she was."

He studied her face, the shaggy braids, green eyes. He nodded in agreement. "When people show you who they are, believe them."

"What's that?"

"An old adage I heard once."

"Well, come then," she whispered. "We'll have time to chat later."

Kindness was a sticky issue for Qays. The tolerant Empire was generous and charitable, but it was helping with conditions. He'd had to leave the core to find the real thing in the wild, where individuals looked after each other instead of leaving it for official institutions.

That was the difference, he'd decided. Out in the reaches, the Empire's kindness was lax, no alphabet soups of support organizations to feed and clothe the needy, no sure job training beyond the draft. In the core it was efficient and widely available. One did not starve there; one did not freeze. But there one ate institutional rations and slept in hundred-bunk barracks. On the edges, in the wilds, there was no certainty, but here and there were miracles, wonderfully common, where one was nursed by smiling strangers in their homes and offered strong coffee by saviors in the dark.

The planet was arid but temperate, so it was cool and not cold, unusual for a desert. He was in his only clothes, the teal robe with the red border, mark of a first-degree acolyte of the Church of Harmony, the lowest official rank of the church's priest system. It didn't mean much, just that he'd lived in a Glathan community for a year and passed its initial trials, learned the first teachings, but had yet to commit himself to any vows.

He'd kept the robe because it was convenient but also because it was a technological wonder. Designed to be the last garment a monk would ever need, insulated and cooling, resistant to dirt, sweat, fire even.

Patience led him quickly through the waking streets of a nice neighborhood, nice being defined by its residential nature instead of its commercial. This was suburbia and it was at once familiar and reassuring.

"The train to Dread Landing is out of West Gate," said Patience. "Unless you sell your magic gun, we don't have the money to buy tickets."

"But you have a plan?" he said.

"What would you do if I didn't?"

"Under current conditions, I'd ask for the religious discount."

"Under normal conditions?" she asked.

"I'd rather not say."

She looked over her shoulder and took him in. "I thought there was a bit of streetwise in you," she said.

The sun was just making plans to come over the gray horizon when they reached West Gate. The station abutted the outer wall and was itself surrounded by a high stone fortification that would allow soldiers to defend in either direction, coming or going. Taking advantage of the tall, tan fortifications were shops set against it selling trinkets and snacks, head pillows, and replacement luggage at premium prices. Cabs and carriages lined up to disgorge passengers at the front gate, while at another, cargo was sorted and another line of less comfortable vehicles awaited.

"We need a ticket just to get past security," said Patience, indicating the guard post at the gate.

"Weapons detectors?"

"Yeah. You want to check your gun?" she asked.

"Rather not," he said. "What's the plan? Stow away in luggage?"

"No. I'd rather ride in a seat. Follow me."

She led him to a shop selling freshly baked breads. The smell was delicious if not intoxicating. Warm and yeasty. Qays felt his stomach rumble.

Patience pushed them through the line, into the door and past the shoppers, getting a few ugly looks and muttered comments as she did. There were half a dozen people working the front, cutting bread, taking money, restocking displays, pouring coffee. Not a one turned to notice them as Patience led Qays into the bakery section. A round, sweating man made eye contact with them, but then turned to his oven to read a temperature. Patience stood at the door of a walk-in freezer, glaring at Qays to hurry up.

Qays had paused in front of a cooling tray of bagels. The cook glanced at him, at Patience, and then turned his back squarely to the pair and went to weigh ingredients.

"Blueberry," Patience whispered urgently.

Qays grabbed two blueberry bagels and went into the freezer.

The room was two meters wide, three deep, and below freezing. Shelves of supplies were set up on either wall; in the middle, blocking the way, were rolling racks of frozen breads. Patience pushed her way around these and to the back wall to where, as Qays had inferred, a secret door lay. She pushed it open on crackling frozen hinges.

She peeked though and then pulled Qays into a personal stall of a public toilet. She closed the door, bent down and peeked under the divider.

"Follow me close. If anyone stares, act like we just had a quickie."

Qays gestured to his robe.

"You're equipped," she said. "I saw it."

Qays surprised himself by blushing.

"That's good. Go with that," she said. "Wait five seconds then come out."

Qays watched her hike up her plaid dress, take a breath, and then go out, pulling her skirt back down as she did.

Five seconds later, Qays skulked out, eyes on the ground. They met in the terminal.

"I take it the baker is a friend of yours," Qays said.

"Don't know what you're talking about," she said, reading the board. "Track two, the 'Honey'. Let's go."

The terminal was a standard design reproduced by imperial engineers for centuries. He'd been in dozens of the same in his travels. The main differences between them were the colors and themes. Here blue was in ascendence and shone beautifully next to the high orange glowing windows looking out at the rising dawn. Themes of law, and order, and the glory of penance was the decor du jour. A mosaic floor was accented by slogs: 'Love the sinner, hate the sin', 'We can all do better', and 'Let us learn from our mistakes'.

Patience held up at the gate to track two. It was unguarded, no ticket-takers, only a turnstile to count passengers. Beyond it, Qays could see the train, an old magnetic monorail, two hundred years out of use in the core, but not bad for the frontier. There was not a lick of paint on it. The steel gleamed in sandblasted silver, the sign on the front – a pockmarked board proclaiming, 'Engine 909', 'Honey' in faded weatherworn letters – was not long for this life.

Patience was not looking at the train, but rather the passengers entering the station.

Qays walked up to her, and she gave him a peeved look. "Here." She pulled a green and white bowl from her pack in a pattern identical to the plates Miss Barlane had served him dinner on the night before. It was big and deep and not a bad replacement for his lost one, except this one was stolen. "Go sit somewhere and get us some travel money. Just do it away from me. People are staring."

He looked around. People were staring. It was not just his robes, he thought, but also the rumors about him. A man with a gun, and a ship.

He went to a far wall, set the bowl on his lap and ate his stolen bagel slowly, stealing glances at the station and Patience between sweet bites.

He'd been sitting maybe ten minutes, had received a few coins, when he saw her light up. He followed her gaze across the terminal to a large, bearded man traveling with a thin woman in a wide-brimmed veiled hat, a yellow bird on top of it. Merchant class, he decided. Prideful. Showing off their money in clothes and jewelry. She had a lace parasol and he a gold-topped walking stick. Gold. A prison planet where people wore gold.

The man was berating a porter who'd been pushing an overloaded luggage cart toward the gate. Several of the bags had toppled off from the top when the man stopped suddenly and the porter had to pull up to keep from running into him. As Qays watched, the man cuffed the porter across the face as he hurried to collect the bags.

A policeman stepped forward. Words were exchanged. The policeman cuffed the porter himself and then the group set off again toward track two.

Patience ran at them, her eyes strangely upward, pointed at the schedule board. She plowed square into the cart, tumbling it and herself to the ground in a crash of matching hard-sided luggage.

The noise drew the attention of the entire station and heads turned to watch. Qays unknotted his knees. The merchant's wife gasped in horror to see her luggage in disarray. If she'd had pearls, she'd have clutched them. The merchant stared and seethed. His knuckles whitened around the shaft of his stick. And he stepped toward Patience.

The porter leapt between her and the man, saying, "It was an accident, sir. This silly—" The walking stick came down upon the man, glancing over his brow, not enough to kill him, but enough to drop him and open a deep gash over his eye, which bled like a geyser.

A policeman had been watching the whole thing. When the eyes of the station fell upon him for a moment, he finally stepped in.

In the stunned quiet, Qays heard the merchant hiss, "I can buy and sell you."

The policeman put the stunned and bleeding porter into handcuffs. "You're under arrest for assault," he said, lifting him to his feet.

"It wasn't my fault," he moaned, like that mattered here.

The smirking merchant moved toward Patience, who had just stood up. Her knee was scraped and bleeding.

The man raised his stick. Qays, now standing, felt his hand curl around the grip of his gun.

"No, Mister!" Patience yelled and rushed at him. Qays thought she meant to knock him over, but instead she threw her arms around him in a big bear hug. "No, I'm sorry. It was an accident." Her weeping was heartfelt, and Qays noticed, very loud.

The eyes of the entire station were on the merchant now. More police had arrived, truncheons in hand, angling more toward the mob than the merchant.

The merchant glanced at them, at the crowd, at the tumbled luggage, and then at Patience. He raised his staff again. Patience braced for the blow.

Qays caught the bludgeon from behind just as it was coming down and ripped it from the man's hand.

The sudden resistance made the merchant stumble. Patience slid off him into a ball at his feet.

The man turned to see who had dared stopped his punishment.

"The lady said it was an accident," said Qays.

Their eyes met. There was rage behind the merchant's stare. It startled Qays until he remembered he was on a prison planet populated by the dregs of society. Here was a psychopath, one of countless he was sure, for here was the place the Empire put them.

"First generation?" Qays asked.

"What?"

"It was an accident, friend. Bygones and all."

Qays kept his eyes on the man, but offered Patience a hand to pull herself up off the ground. When the man's eyes caught up to his robe and reputation, he simmered down a little. He glanced around at the crowd who waited. Several train officials had also arrived. The porter bled, the police watched.

"I could buy and sell you," said the man.

"That's good to know," said Qays, finally taking his eyes off the man. To Patience he said, "Be more careful, young lady. You have upset this poor man."

"I will, Father," she said. And skulked away.

Qays looked again at the merchant. He tossed him back his stick. The man caught it and clutched it while rage filled him again.

A train whistle announced an imminent departure.

A gang of porters collected the spilled luggage and pushed it on.

Qays examined the bleeding porter. The wound wasn't bad, though it looked horrific.

"Blessed be," Qays said to him.

"Yeah, thanks," came the reply.

Qays turned to the merchant and his wife.

"Blessed be to you as well," he said to them.

"I could buy and sell you," said the man. "Buy and sell."

"If that were true," said Qays, "you wouldn't have to keep saying it."

Chapter Eleven

Qays watched the merchant's party disappear beyond the gate to board the train. The ten-minute warning sounded. He looked around for Patience. Then came the five-minute warning. Janitors mopped the porter's blood off the tiles, and everything went on as if what had happened was an everyday thing. Maybe it was.

He knew cruelty existed everywhere. In the Empire proper, however, it was hidden. A facade of tolerance, forgiveness and charity was the expected norm, the legal requirement, but it didn't go deep. No one would have been physically assaulted in the core for Patience's clumsiness, but there might have been arrests nonetheless. The porter might have lost a job, never get another, spend the rest of his life on basic assistance. Patience carted off to detention for vagrancy and public nuisance. There was poverty in the core, but it too was hidden in carefully concealed slums, crime quarantined to a few square kilometers where the better folk wouldn't have to see it. But even there, stations were one of the few places where social strata mixed and the well-to-do could mingle with ne'er do wells. It spoke to Fresh Start's nascency and egalitarianism that what aristocracy they had didn't enjoy their own private entrances, free of rabble and clumsy girls.

Looking for Patience, he'd wandered to the gate, stared down the track. A long, shining silver train awaited there. Sleek and metallic, dotted with windows and promising speed with comfort. That's when he saw her. Patience jumped out of a car as the final whistle blew and signaled impatiently for him to come on. He had to run to catch it. Had the door been working properly and locked when the train began to move, he'd have been left behind.

"You dense?" Patience said to him once he was inside. "What were you doing? You knew this was our train."

"Yeah, but I didn't know where you were," said Qays. "I didn't want to leave you."

It was only when he saw the smile on her face that he realized what he'd done. "You thought I was trying to leave you," he said.

"Crossed my mind." She leaned over and kissed him on the cheek, holding her lips there a little longer than necessary.

"How old are you?" he asked.

"I don't know."

"How can you not know?"

"Well, I was born pretty young and can't remember the details."

"You—"

"I'm twenty-five. There."

"The hell you are. Maybe twenty-two. Probably nineteen. Maybe eighteen?"

"Prove I'm not twenty-five. And mind your own damn business. You're making me feel small. I don't like that. Age is a number. I'm plenty old. I feel old."

Her eyes flashed at him, predatory and sure.

"Yeah, okay. I'm sorry."

"Good. Now, let's forget it, Mr. Mendoza. We can think about that later."

"Qays. Call me Qays."

"Maybe," she said. "But only if you're nicer."

She turned to look out the window. They had the row to themselves and took facing seats; she looking forward, him looking back. The train slid to speed. Driven by a small nuclear fusion core, it ran on magnetic monorails and was designed to reach transonic speeds, but wouldn't here. The acceleration was noticeable but not mach-chasing.

"Are there many stops?" he asked.

"Yeah."

"Will they check for tickets?"

"Yeah."

"When?"

She shrugged.

"When does the train get to Dread Landing?"

"It doesn't," she said. "It goes to Cross Rocks, which has a road to Dread Landing. Closest rail connection. Relax."

"I'm kind of in a hurry," he said.

She turned from the window and now looked at him expectantly. "Why?"

"Long story."

"We have time," she said firmly.

"Oh, yeah? Well, I don't want to talk about it."

"Talk about *her*, you mean?"

He didn't reply. Outside, the sun showed the world in ochre light. Farms flew by, houses, specks beyond green crops he didn't know, brown ones he couldn't guess. Bushes in flower. Hectares of tree-lined orchards. Tractors, wheels and tracked, gravity lifts on blocks, trucks spewing smoke, and wagons being inched forward by horse and oxen. In tan and green pastures, he saw herds of animals large and small. Maybe he was looking at dannods. He turned to ask Patience, but was caught in her gaze.

"So," he began. "Tell me about yourself."

"Spin," she said.

"What?"

"Spin. I'm not telling you squat. You don't deal square. You want to know about me? Tell me about you."

"I don't want to talk about Wallen."

"Why?"

"I don't want—"

"Looks to me like you need to."

"No. Maybe later." She frowned. "What were you running for when you smashed into the cart?"

"No."

"No?"

"Where are you from? Were you always a priest? Where'd you learn how to use a gun? How'd you steal a ship? Have you ever heard of the Swallow Waltz? What does chocolate taste like? Can you see colors I can't see? Is what's-his-name still emperor?"

"Chocolate is… I know the Swallow Waltz," he said. "But it's out of fashion now."

"Could you show me sometime?" Her face was eager and bright.

"Yeah."

"School?"

"Well, I'm from money, if you believe it, so yes. School is a requirement of my class."

"Something about a senator, right?"

"News travels fast on Fresh Start," he said.

"Faster than the trains, I'm afraid. Put your hurry aside, Qays, and tell me about yourself. Anything."

She'd called him Qays.

"I grew up wealthy, which means I had everything but the attention of my parents. I'm not complaining; just explaining."

"Okay."

"I was a good kid. I went to the best boarding schools. I was being bred for leadership. I was meant to be a senator. Take my grandfather's seat. Foregone conclusion if I didn't spin it out."

"You spun it out?"

"Not immediately," he said. "I took a break after graduation, a gap year, it's called. After years of formal education, it's a chance for a long break before starting the next school. In my case, Rikkest."

"I know it," she said.

"You know Rikkest? Well, it is pretty famous, the foremost school in the Empire. Still, I'm surprised you know it out here."

She didn't respond.

"My spot at Rikkest was secure, so at seventeen standard years, I took a gap year. I hitched on to the fastest ship my family's position could get me on and in three long months, I was on the edges of the Empire, at the frontier of the species. Visiting planets so different from the Empire I had to remind myself it was still back there. I explored for nearly two years."

"What's the difference, Empire and frontier?"

"Most of it small. The Empire is cleaner. Sometimes. Richer, always. The wealth of the colonies flows inward like gravity, while the overflow of population goes outward. At least it did."

"What stopped it?"

"Money. Power. Fear. Corruption. Lots of corruption. The Empire hasn't named a new colony in two decades, and they're pulling back from what they have."

"Political intrigue with Emperor Entova?"

"He's dead. Died about the same time the Swallow Waltz was big."

She nodded.

"Some say his son killed him," Qays said, "but we'll never know because the nephew took the throne after that son turned up dead as well. He took the old name Niktin, Niktin the Third. He died too. Also suspicious. His son was elected by the Senate to succeed him. Go figure. He goes by the name Niktin the Fourth. Catchy, huh?"

"Don't you have police there?"

He laughed. "Cops are all we have. But I thought we were talking about me?"

"Okay."

"So, I took my gap year. I learned to do without. I mean, don't get me wrong. I always knew that if things got really rough, I could send a message back home and get myself out of most anything. You can't play poor. It's never the same thing, but I was trying."

"'You can't play poor'?" she repeated.

"You can't ever truly know what poor people are going through when you have a choice. I always had a choice."

"Yeah. You always had a net to catch you."

He laughed. "I did until last week."

"Because you can't leave?"

"And can't send a signal out. No one knows I'm here. Not that anyone would care. I might be imagining I still have a net. I haven't looked." He trailed off, sensing a sickening wave of self-pity rising up from his bowels. He hated that.

"You seem to do okay being poor," she said. "You learned something during your gap year."

"My goal wasn't to be poor. It was to travel. I wanted to see things. Planet rings, double suns, the Temples of Emperor Gallatis on Riven, an ancestor of mine, I'm told. I got drunk a lot. Experimented with banned substances. I slept with exotic lovers and caught a nasty disease that slowed me down so much I stopped doing that. I crashed in hostels, shacked up with new friends. Availed myself of hospitality when far afield. Sometimes I was given a guest suite in a palace by some official who, for whatever reason, knew my family or wanted to. When I needed time alone, I'd find a place with a comm center and transfer funds for a nice hotel room with streaming media. I bounced like that for about two years."

"Sounds horrible," she said. "I'm so sorry. You poor thing."

"Are you being sarcastic?"

"Me? No. Why would you think such a thing?"

"I thought you wanted to know about me."

"I do. Go on. It's good to match a story to the moles."

"What moles?"

"On your shoulder," she said. "And four little ones on your bottom."

He glared at her.

"That's gratitude in the Empire?" she said. "My mother overemphasized the civility of the civilized."

"'The civility of the civilized'?"

"Did I say it wrong?"

"Quite an erudite phrase," he said. "Where did you go to school?"

"I didn't."

"Can you read?"

"Yes."

"Who taught you?"

"My mother. She went to Rikkest."

"What?"

"She went to Rikkest. Isn't that where you went?"

"Well, yeah, but..."

"But what?"

"But who was your mother to go to Rikkest? No offense, but it's pretty elite." He studied her closely, trying to see if he recognized a resemblance to anyone in that sphere.

"Her name was Sheila," said Patience, watching the desert fly by. "She and my father were killed in a burglary while I hid under the bed."

"Just Sheila? What about a family name?"

She shrugged. "Never came up. And before you ask, after they died, I was taken in by a neighbor who got too friendly one night. I raised myself after that."

"How old were you?"

"I don't know. Maybe nine?"

"Damn."

She flashed on him. "Don't pity me. I'm all right. Shit happens. I survived. People die. It happens all the time."

"Yeah," he said.

The train never reached its potential supersonic speed, not even close, but it made good time. Twisted trees, bent by wind and soaked in dust, blurred by as, in the distance, stark, jagged mountains receded like fading fangs.

"Sheila said Rikkest was great," said Patience. "She learned a lot there, she said. It was challenging and fun. She hated to leave, would have stayed forever if she could. She made peace with it when she realized everywhere is a school and every day a school day. You just gotta pay attention."

"What did she study?"

"She wanted to be a diplomat."

Qays again studied her features, but made no connections. The red hair was the rub. It was rare in the Empire, a novelty in the core. Common on a couple planets he'd seen but couldn't remember. Her face had some classic lines, but again he made no connection. Then he guessed it.

"Did you ever meet your birth mother?" he asked.

"No. But she was first generation, like Sheila."

"Your father?"

"No to birth father," she said. "Real father was called Eerqui. Third generation. A plumber."

"Noble family."

"I think so. What does your family do?"

"Take up space and live on rents."

"You proud of that?"

"No. It's why I took a gap year."

"But you came home and went to Rikkest, where people who take up space and live on rents go."

"Ouch."

"Sheila told me most of the students she met were there for the diploma, not the education."

"Sheila was very wise. I wish I'd met her."

"How do you know you didn't?"

"When were you adopted?"

"Three or so."

"That would put Sheila at Rikkest twenty years ago. I may look old and wise, but I'm not that old. Or wise."

It was an obvious detail, but one that Patience hadn't considered. He could tell she was disappointed that they hadn't crossed paths.

"What did she look like?" Qays asked.

"Dark hair, big eyes."

"Sorry. No help. I knew no one named Sheila."

"I don't think that was her name then."

"She changed it?"

"Most people do when they arrive. It's encouraged. To give convicts a new identity so that they – are you ready for this? So they can get a fresh start."

"This place is a planetary pun."

"Sure."

The train slowed. They were coming into a station. The marquee proclaimed, 'Cutter's Range. Tickets must be shown to proceed.'

"What happened after Rikkest?" Patience asked.

"Aren't you concerned about that?" Qays pointed to the sign. She glanced up and shrugged.

"They'll kick us off or they won't. Maybe you can appeal to their religious devotion and get us a pass."

"I'll try."

"So, Rikkest?"

"I graduated in only three years in the top five of my class."

"Which one?"

"Of the top five?"

"Yes?"

"One."

"I thought so," she said.

He didn't know how to answer that.

"Go on," she said. "A week of cleaning up your mess, I get your whole life story."

"You don't."

"What happened after Rikkest…?"

A town came into view, a cluster of buildings around a bend with roads leading out of it. There were stockyards and silos. In the distance he saw orchards and hills. Dust clouds hovered where trucks passed and a rain squall streaked a mountain peak under a single black cloud.

"Traditionally, to get into politics, after graduation, most people sign on for internship in the capital."

"But not you?"

"I took a more exciting route," he said.

"You denounced all your worldly goods and joined a monastery?"

He laughed. "That came later."

The train stopped with a jarring lurch. Totally unacceptable by core standards, but no one seemed fazed by the poor driving. The station was outside the window. Vendors milled about, peeking in windows, holding up snacks to sell. Some folks got off, others on. Luggage was moved, cargo loaded.

"I joined the military," he said. "The marines."

"How'd that sit with your family?"

"It was fine. Military service is an acceptable avenue for the Senate. It's rarer, but it happens. It's a harder path, but that's the one I wanted."

"Why?"

Uniformed conductors boarded the train from both ends, effectively cutting off exits. "Tickets please," came the call.

"If we don't have a ticket for this far, what happens?" he asked.

"Chain gang."

"Really?"

"Someone's gotta dig the ditches. Might as well use convict labor."

"That's funny here."

She smiled and shrugged.

"Why the military? You the violent type?"

"No. I liked the organization. Navy was all ship, army all ground. Marines got a bit of both, so I went there. Plus, it got me back to the frontier. I don't have time to dig ditches."

"Time's all there is here," she said.

Qays measured the conductors, and thought he could easily get past them, but then what? Make a run for it across country? Maybe he'd need to sell his gun after all.

"How much money do you have?"

She shrugged. "Take it easy, Marine. Why did you want to come back to the frontier?"

"It's a long story."

"I got time."

As the conductor approached, he saw the merchant grow red-faced and begin screaming in the next car. A few prime epithets floated back and then police rushed in.

"No tickets, no ride. You can tell the judge about your problem."

The man swung at the conductor, catching him on the jaw and putting him down. "I can buy and sell you!" he roared.

The pop of an air gun made the merchant turn and face the cops. Another pop made the man flinch. He didn't go down, which meant the guns were underpowered, since he wasn't armored. A third pop and the man staggered.

Qays saw on the man's forehead a big red welt, angry, and getting angrier.

"I can buy and sell you, you maggots! I can buy this train. How dare you accuse me of stealing."

"You have to get off the train now," said the cop.

"I have business south."

"After assaulting a train employee, you have business with the magistrate."

"I can buy and—"

He didn't get to finish his rant. The police had had enough and they went after the man with batons and bludgeons. The woman screamed but the man shut up and stayed down. When the cops didn't stop beating him, Qays stood up.

"Really?" Patience said, holding his robe.

"Proportionality," he said. "He doesn't deserve that."

The conductor stood up and watched, blood pouring out of his nose.

The police finally relented, bent down, and dragged the merchant off the train. His wife, sobbing, followed behind. The conductor went back to work.

"Tickets please," said the conductor to Qays.

"What?"

"I have to see a ticket."

"And if I don't have a ticket?"

"You'll need to get off here."

"I won't be arrested? Made to work a chain gang?"

"What? No. Not unless you punch someone. Ticketless travel from Last Fall was only good to here."

"Here you go," said Patience, passing two tickets to the conductor.

He took them, scanned the codes into a hand computer, nodded, and passed them back. "Enjoy the ride," he said before moving to the next group.

Patience folded the tickets back into her pocket.

"You stole those from the merchant," Qays said.

"You mean from that cruel, rich, stinking oaf?"

"Yeah."

"Don't know what you're talking about."

"I'm talking about theft."

"I thought we were talking about proportionality, and circling the concept of justice, as in just rewards."

The conductors exited the train. The unconscious merchant was loaded onto a wagon. His wife shrieked as the train moved away and she realized her luggage was still on it.

Chapter Twelve

Seven Years Earlier

"I don't know what it was, Elaine – Captain. The only thing I can think is that it was love at first sight. I don't know how I feel about it all."

Captain Wallen regarded him across the table. They were alone in her palace suite, save for the electromagnetic silencing disk happily indicating their guarded privacy with a blinking blue light. "Sounds like you felt something, Qays."

"No. Maybe? I mean, I'm a man. That kind of thing is childish. It doesn't exist."

"Probably not for the long term, but attraction and love – sex, excitement and commitment are not the same things. Hormones don't care. You have a night to remember there, my friend. Good for you. I'm jealous. Not of her, of you getting a night like that. Stolen sex in a foreign palace. You're a lucky SOB."

"I don't feel like it."

"And it looks like you found your type," she said.

"What's that?"

"Pushy women."

"Are you including yourself in that?"

"Of course, but maybe it's pushy, sexy women. With a great ass?"

He nodded.

"There it is."

It was the morning after the feast. The *Laurel* people were given lavish accommodations and courtesy required them to stay at least one night under the Hierophant's roof. Traditions of hospitality made them guests and their safety guaranteed. The marines remained nonetheless.

He'd tried to tell Captain Wallen about Anjali all the night before, but there was never a moment for them to be alone. The best he could do was tell her marine bodyguard that there'd been a request for asylum and he'd tell her about it later.

Qays was woken in the night by Anjali sneaking into his room. He'd not given himself a guard beyond an electronic sentry, which woke him as she was closing the door behind her.

He'd had his gun out, and she regarded it with wide eyes in the dim light as he put it away.

On bare feet, her shoes in her left hand, she padded over and climbed onto his bed.

"You're right to be jumpy," she said.

"What are you doing here?"

"I didn't get to tell you all of it before."

After that long, sensual kiss in the personal, she'd explained how she'd been raised on Calovum Two, and was about to begin her college, when her estranged father kidnapped her. She was not alone in this fate. In her group of fifty-three people requesting to be taken off Haskana, about half were recent abductions, brought there and forced to convert.

"And the others?"

"Colonists who remember how much better it was not here."

A noise outside the personal had silenced her.

"I've got to go."

"What should I do?" Qays had asked.

"Get us a ride off this planet," she said. "And don't tell anyone we talked."

"I have to tell my captain."

"Okay, only them. But if anyone even suspects…" She shook her head.

"How will I find you again?"

"I'll find you later."

With that, she'd given him another kiss and a grope that would have gotten her arrested on any imperial world. "It's been too long," she whispered and left.

After the feast, he'd gone to bed, slept poorly on the soft pillows until Anjali had woken him.

"I haven't had a chance to talk to my captain yet," Qays explained.

"Don't take this the wrong way," Anjali said as she pulled her dress off over her head, exposing rough wool undergarments that she shed as quickly as she could. "But I haven't been laid in years. Can you do a girl a favor and scratch a little itch, Master Qays?"

The night had been the greatest sexual experience of his life. They made love for hours. A hungry need turning to tender caresses, to exploration, understanding, and reaction. New unions, less urgent, more free. All skin, sweaty and giving. Thirst and relief.

When the panting subsided and they coiled together like spoons, she explained the desperation of the captives here, long-time or recently stolen, seeking a return to the Empire.

"Swan was supposed to ask your captain for asylum," she explained. "But he chickened out."

"Emissary Swan wants off?"

"Oh, yeah. But he's burdened. He has a family. Four of the fifty-three are his. Him, his two wives and a son."

"Two wives?"

"That's how it is here. It's also why he chickened out. Swan is a chicken. Get it?"

"Poultry puns are the best."

"If the Elders hear a whisper of this conspiracy, even suspect we contacted you, heads will roll."

"We'll be careful. Can you read?"

"What? Of course I can read. I'm not from here."

"Right, right. Okay. I'll leave a message for you in the personal where we met. Behind the tank."

"That's a good idea."

"Fifty-three? We should have room on the barge."

"Should? That thing is huge."

"We might take cargo or something."

"We'll ride in the overhead compartments if we have to."

"Sorry, yeah. Right. Okay. So how do you see this working out?"

"The Hierophant won't give us up. Don't even ask. Forgiveness, not permission. Understand?"

"You're being a little dramatic, don't you think?"

"No. No, I'm not."

"Okay."

"I was thinking about this," she said. "There's a warehouse by the hangar where your ship is. Number three. It's got three trees on the door for those who don't know numbers. I'll need a couple hours to organize everyone. It's only a hundred meters from there to the hangar. At a signal, we can all make a run for it. Think you can get us that last little bit?"

'What'll be in the way?"

"Nothing. Or Haskers."

"I think we can handle it. Did you see my marines?"

"No," she said.

"That's why we can handle it."

"You sound sure."

"Yeah. If the captain agrees to it, this is easy."

"If she doesn't, can you get me off?"

"Haven't I already?"

"Cute. But I'm serious." She looked into his face so earnestly he felt his heart skip.

"The captain will agree. Don't worry. We got this."

"You got this. Say it. *You* got this."

"You got this."

"Dammit! Promise me."

He laughed. "Okay, okay. Anjali. I got this. Don't worry, but we're not planning to leave for a while, so hold tight. It could be days. Maybe a week. Maybe months."

"I can wait a month. In a month I'm meant to be married off."

"To whom?"

"No idea."

"Ehk."

"See what I mean? They're damned savages here."

He kissed her and then tickled her. She tickled him back and to his surprise he found he was ticklish. He finally had to pin her arms on the bed to stop her. When he realized what he'd done, he jumped back. "Sorry."

"I was good. Didn't need the safe word."

"What's the safe word?"

"Stop?"

"That works."

They kissed and cuddled and she drew from promises of deliverance and silence. As he was falling asleep again, she kissed him on the forehead, dressed and snuck back out the way she had come.

★ ★ ★

"She was adamant we not go to the Hierophant," said Qays.

"Smart girl."

"So, what's the plan?"

"I gotta think about it."

"About the best moment to steal them away?"

"No. About whether we should help at all."

Qays was taken aback. "You're kidding?"

"No, Lieutenant, I'm not. If we do this, and they find out we were involved, it will be what is commonly known as a diplomatic incident."

"We're the Empire. They're not even a colony. I don't know all the rules, but I think we're in control here."

She didn't answer. There was a knock on the door and at the same moment, Qays heard in his ear the marine stationed out front. "Breakfast coming in. Been searched."

"It's breakfast," reported Qays.

Wallen adjusted her robe and nodded. She did not look at Qays.

"Send it in," he said.

A bald man pushed a cart into the room. He looked up, surprised to see Qays. He glanced down at his supplies and approached the table.

"We thought you were alone," the man said. Qays saw confusion change to understanding then confusion again as his eyes fell upon the glowing disk.

"We'll share what you brought," said Wallen.

He placed fruit and pastry, bacon, and boiled eggs on the table. A teapot, a bottle of pink juice, a pitcher of milk. He had extra cups, plates, napkins, utensils, enough to set a table for six. Qays didn't know why he'd complained.

No one spoke while he worked. When he was done, the man turned neatly around, took his cart and left.

"Did you see that?" asked Wallen.

"You were right to use the disk."

Wallen took a roll, broke it open, smelled the rising steam and took a bite. "We're not in the Empire anymore," she said. "Our rules don't apply here."

"Only because we don't apply them."

"Try a croissant. They're pretty good. Is there butter?"

Qays found a ramekin and passed it across the table. Then poured coffee.

"Do you remember the debate for Seqatl-4?"

"I don't."

"It was lively. There was the 'we don't negotiate with terrorists crowd' and there was the 'victimless crimes/consenting adults group'."

"There's a spread," said Qays, finally reaching for an egg.

"The Haskers turned over a dozen people they said were responsible for all the attacks. These charmers all remained mute, were prosecuted and punished. Impressed, exiled. Staying mute meant they weren't eligible for rehabilitation. The Haskers claimed these twelve were just a few bad apples who had grown frustrated at not being allowed to practice their beliefs properly."

"What beliefs?"

"Misogyny, patriarchy, human trafficking, extortion, violence, and murder. General intolerance and bad fashion sense. They demand the right to marry eight-year-old girls and fuck them."

"Oh, those."

"They applied for a colony license under the return to 'homeland' rule and the tolerance clause of consenting adults in the constitution."

"Homeland?"

"One of their early leaders was born on Seqatl-4. They claimed it as their homeland. Empire consented. When they got here, the Haskers displaced about fifty thousand people. Maybe two thousand stayed, all unaccounted for now by the way and presumed dead."

"Damn."

"The true believers assembled, and the terrorist attacks on the Empire suddenly stopped."

"For now," said Qays.

"Yeah. Their doctrine doesn't allow for the existence of nonbelievers in their space. That space can be a room, a city, a planet, or a galaxy. Dispensation and ability to act allow temporary tolerance, but it's pretty clear, it's temporary. We being here is an affront to them. Me worse than you, but unless you're willing to lose those curly locks of yours, you're not much better off."

Qays spread butter on dark toast and leaned back to think. "How bad is it here? Is there a resistance?" he asked.

"Not that they know of."

"How do you know?"

"Because if they did, they'd have been dealt with."

"Killed?"

"They have a menu of options. Taking eyes is a favorite."

"God," he said.

"Not mine."

"You have a god?"

"I'm an officer of a warship. I am god." Wallen winked.

"Well, there it is then," said Qays.

"Not that easy. There is some stipulation for independent and different governance of colonies and settlements. Most begin as communes, sharing everything, owning nothing individually. This is illegal in the Empire, but tolerated to get settlements off the ground.

Cannibalism has been excused; murder for cannibalism has been excused. Multiple wives is nothing. Hell, it's legal if they're consenting, even in the core."

"Marrying off eight-year-olds?"

"Illegal everywhere," she said. "But not here."

"The law is the law."

"And it would be if we could enforce it. But we can't police a planet. The Empire doesn't have the range or will to do that here. These are aberrations. They'll fester, and they'll die, change, or come after us one day. Until that's decided, all we can do is show our best face, try to remember they're human beings, and do what decent people do with other human beings. We'll help them as we can, but I'm not sure we can go against their laws and customs and steal fifty-three people off their planet."

"Steal?"

"They'll see it that way."

"Come on, Elaine, you know that's crap."

"The hell I do. What if fifty-three crewmen decide to jump ship here? We need those skymen to run our battle wagon. They can yell asylum all they want, but that's desertion, and we're diminished by it. Crippled if they were all specialists. How many marines can you lose?"

Qays ground his teeth. "You're killing me here," he said. "We're talking a handful of people on a planet of two million plus."

"Scale is irrelevant. Right is right, wrong is wrong."

"Exactly. That's what I'm saying."

"But by whose metric?" she said. "What kind of butter is this? It tastes funny."

"I think it's from goats."

"Not sure I like it."

"Not sure I like you changing the subject."

"Watch your tone, Marine. I'm still in command here."

"So command. Command them to give up their…" He reached for the word; the one he was going for was 'hostage', but it didn't seem to apply. He clapped his mouth shut.

Captain Wallen took another taste of her buttered bread, made a face and put it down. She selected a ripe yellow pear and took a bite, nodding her approval.

Qays thought of another tack. "We have to live up to the Empire's ideals. Are we not their representatives?"

"Which ideals do you mean?"

"Freedom."

"They have it. But they might call it devotion."

"These people can't leave."

"There're ways they could. This isn't a prison. People come and go all the time, even off Haskana. They just need valid approval through official channels. We do the same thing. We limit travel for a hundred reasons; one of them is containment of dangerous persons. How well do we know the fifty-three who want off? Could they be terrorists? Plants by the Hierophant who can claim, effectively, plausible deniability of any attacks they do because they clearly snuck off without his approval."

"You're paranoid now."

"These people scare me," she said. "I wouldn't put it past them. They're sworn to destroy the Empire and replace it with their flavor of...devotion."

"Slavery."

"Yeah."

"What about kidnapping?"

"Gotta prove it. Not even sure what law there is out here. No, wait. I do. It's Hasker Law here. It's their way to bring their families to the colony. If we'd have caught them before, in imperial-controlled space, we would have stopped them, but now, it's a mess. Haskana has been given self-rule, an experiment of human evolution to seek new directions or whoever, for the species."

"Are you quoting?"

"I'm trying to. But it doesn't matter. Tolerance is the cornerstone of the Empire's new constitution. This means live and let live, even if you don't like how other people are living – especially if you don't like it."

"But they're..."

"Animals?"

Qays was taken aback by that. "No. They're not following the constitution, otherwise we wouldn't be having this conversation."

"Yeah, I know." She cracked an egg and peeled it.

"Why did you say 'animals'?" asked Qays.

"I was guessing where you were going," she said. "Try the pears. They're really good."

"Something happened, didn't it?"

She picked up her coffee and leaned back in her chair. She stared up at the ceiling. Qays glanced up at it. It shimmered behind the electrostatic bubble of privacy, but he still saw the intricate lines of geometric patterning, red, blue and green. "I was on Deleko," she said. "When they attacked. I was part of the cleanup too."

"What happened."

"They stormed a school. Disemboweled about six hundred children, and then marines stormed in and killed them all."

"God."

"Six hundred. A girls' school."

"They still have those?"

"They did on Deleko."

"Why'd they do that?"

"To get our attention? To make a point? To express the wrath of their god for teaching girls to read? I don't know. Does it matter?"

"You knew people there."

"No, not personally. But I knew the people there. I knew who they were the way I know every citizen on the Empire. We're of a group. Same shoes, same favorite bands. Same shitty fast-food containers." She was staring far off as if seeing it all again.

"I understand," said Qays. "But now even more, I don't understand why you're fighting me on this."

"I'm captain of a battle-ready frigate. I'm the face of the Empire. I *am* the Empire here."

"First you're God, now you're the Empire? You're losing ground, Elaine."

She laughed. "I believe in the Empire. I believe in its credo – live and let live. It's the height of human achievement."

"So, what would you do in our perfect achievement?"

"I didn't say it was perfect, but the best I can come up with would be to pass the buck, send the question on to the core. To the Senate for debate."

"It would take weeks for the request to even get there."

"And a year to debate it. Quick decision is not part of the arrangement. And whatever decision would come will be unsatisfactory, a watered-down compromise by definition. Horror at difference while trying to celebrate it. Some will call the Haskers animals; others, oppressed minorities practicing their faith. Many would say we caused the problem by interfering."

"What?"

"Yes. There's that argument. If you can't see it, you're not thinking like a politician, which is good for a soldier, but bad for a politician."

Qays ground his teeth.

Wallen went on. "Our philosophical mandate dictates we should be tolerant. Show kindness and they'll reciprocate it, because people are fundamentally good. Patience is called for. To force them to our cultural norms is our crime, not theirs."

"Are you reporting on the hypothetical Senate debate or are you telling me?"

"Yes."

"Then why are there warships at all?" Qays asked. "And wars? Asking for two score of heavily armed marines I know."

"Because supposedly, one person's freedom ends when it threatens another's. Because not everyone believes enough in the greater good to make the galaxy the utopia it should be. And because, maybe, not everyone and everything is good."

"That's counter to doctrine," Qays said. "Inherent goodness is fundamental."

"We are creating a utopia."

"Utopia is a false sense of perfection, not a description of one."

"Your education is showing."

"I'll be more careful zipping up."

"Humanity is evolving," she said, finding that faraway stare again. "Giving new or maybe old ideas another chance is part of that evolution, made possible by the Empire's tolerance, enforced by frigates and marines."

"So we tolerate injustice?"

"What are the absolutes?"

"Dammit, I really hate you sometimes," Qays said, frustratingly biting into a pear. It wasn't as good as Wallen had promised, but it wasn't bad. A little too ripe. Sweet juice ran down his chin into his day-old beard. He scratched the back of his hand wiping it away.

"Greater good is the key, Qays," said Captain Wallen. "Concentrate on that."

"Even among animals?"

"They're not animals. It can appear that way, but these are people. People with different ideas. 'Sacred vessels of sacred essence'."

"What's that from?"

"A Glathan description of a human being."

"That's some gobbledygook if ever I heard it," said Qays.

"What would you say?"

"I haven't given it a lot of thought."

"Knowing what career path you're on, that might actually be an advantage."

It took Qays a beat before he realized he'd been teased.

"I'm not going to give up on this," he said.

"Who said we were?" She drained her cup, stood, and stretched. "We've got to get ready for the day, Master Qays. We have a full morning of tours and research. And more feasts await. Looks like we might be here awhile."

"How long?"

"A month maybe."

"We have to have something before a month."

"What's in a month?"

"Anjali is being married off."

Wallen nodded.

"I promised her," he said.

"You shouldn't have," she said.

"I'm begging you, please Captain – *Elaine*. She's just a girl – eager, smart. She reminds me of you. She doesn't deserve this."

"Deserve doesn't—"

"We can help her!"

She regarded him flatly. Qays felt his throat tighten, his blood pressure peak. He was shaking.

"Enough coffee for you," Wallen said.

He almost screamed, but she stayed it with a raised hand. "One young girl, who so far has nothing to do with us, minding her own business, might go missing one dark night. How's that?"

Qays felt a wave of relief crash over him. He realized he'd been on the verge of frustrated tears; now the tears sweetened to hope.

"And," Wallen went on, "if a few locals managed to sneak aboard one of our last transports, we might not discover those stowaways until we are too far in the Hjiminark to turn back. Hypothetically speaking."

"I could kiss you," Qays said.

"After the night you had," Wallen said behind a grin, "I doubt you'd have the strength."

Chapter Thirteen

Seeing the nasty merchant get dragged off the train was cathartic, but he wondered at Patience's action in bringing it about. Was it an accident or vengeance? Was he overthinking it? Wallen's warning of absolutes, which had long lingered in his mind, now played in the daisies and challenged him to tag. He pressed his companion for details about her life, trying to figure out how she knew to do what she did. Her response was a quizzical look and a laugh.

"Are you asking if I'm a criminal?" she said. "Because it's one of the stupidest questions you can ask anyone living here."

"The custodians said you are colonists now."

"It's a matter of which way you look at it. Like you me."

"What?"

"Sometimes you look at me like I'm a lost little girl, needing to be saved. It's the look that gets me things. Sometimes you see me more as I am."

"Which is?"

"A grown-ass woman capable of taking care of myself."

She flashed him a mischievous look that echoed the women in his life. His mother on her good days, Wallen, Anjali as he'd come to remember her.

"Do you think it's possible to make amends?" he heard himself say.

Without comment or surprise, Patience responded, "Not really. But the attempt matters, if only for you."

The train found a smooth rhythm and Patience curled up to sleep, having been up the entire night before, preparing for the trip.

Qays watched out the window as farmlands disappeared and deserts rose where patches of scrubby forest and sharp crags blended the tan earth to the pale sky. Here and there were streaks of herding dannods and flights of nameless birds, thick over gray bodies of still water. Two stops, three, four and five, each settlement smaller and poorer than the last until the sun fell to the far horizon and slipped beneath it. Thousands of kilometers now lay between Last Fall and the speeding train. One stop at dusk. The next would be in the full dark, late in the night. Then three further afield and at dawn they'd roll into Cross Rocks in Two Creek County and find a road for their leg.

Lulled by the steady, reassuring rhythm of sway and sound in the overheated car, Qays finally dozed off and fell into a fitful sleep, longing for the drugged ease of his previous nights.

He was roused from a dark dream by sudden deceleration. Having learned from sleeping rough these past years, he was quick to wake and fast to gauge his surroundings. He was surprised to find Patience coiled up with him on the seat, his arms around her. Her eyes came open and blinked.

"What's happening?" she said.

"Train stopping fast," said Qays. "Not good."

The deceleration increased. They moved to the other seat and were pressed hard against it. Others in the car were tossed forward or similarly pinned. For what seemed like an eternity, the train fought its own momentum, slowing harder and harder until it was difficult to breathe, then it let up all at once and they had the sense of free fall into space, a sensation reinforced by the blackness outside their windows.

Qays pulled Patience into him, gripping her as tightly as he could hold her. She clung just as hard, burying her face in his shoulder, and together they braced themselves.

And then came the crash as the train derailed.

Tipping to the right, but not over, the train skidded and skipped across stone that shot friction sparks like welding lights across the reinforced windows. Scratched and burned, the walls fought the forces that would break them, bending and buckling but holding their shape against the disaster until the weak point, the window, finally burst and sprayed the terrified inhabitants in blunted shards of safety-plex, sand and dust.

All became noise as stressed ceramics shrieked, metal bent, and glass shattered. People screamed – bounced and screamed, scraped and screamed. Crashed and screamed.

Skipping over rock, through clouds of sand, the train finally slowed and stopped. It hung hesitantly for a long moment, before a slow sway and a rattle settled the car upright with a clunk.

Patience looked up into Qays's face. Tears streaked her dusty cheeks. "How are we still alive?" she asked.

"The Empire makes safe trains."

"We're not in the Empire."

"The train didn't know that."

"Yeah…" Then, as if to try it out, maybe to join the chorus of the other passengers, Patience screamed, a primordial howl of released tension that turned quickly to laughter and brought more tears to her eyes.

Watching her relief at not dying, Qays sensed the nature of his own fear, for he had also been afraid. When he knew the train was crashing, when he understood the threat facing them, it was not his own death that worried him, but Patience's. His life was a walking disaster, every moment lived after Haskana, an injustice. His quest to see Wallen had always been just an excuse to put himself in harm's way. Suicide by adventure. But Patience, lost, caring, curious Patience – now there was a cloud of another color.

The passengers were leaving the train; green, blinking lights led them to their nearest exits. Many were injured, but Qays saw no bodies. It helped that the train was nearly empty at this late hour, in this far-off place. Patience stood up to go, paused and waited for Qays to join her.

"You okay?" she asked.

"Yeah, just considering my own mortality."

"Couldn't be a better time, but let's do it outside. I can smell smoke and not the nice picnic kind."

She was right. The acrid stench of smoldering polymers and electrical shorts got him to his feet. They navigated the buckled walls and bowed floors to the door and crawled out.

Outside, it was dark and cold. Finally, Fresh Start adhered to what he knew of deserts: too hot in the day, too cold in the night. He was glad of his robe. Its design was simple, but it used the height of fabric technology. Stars shone brightly in the moonless sky and after a moment, Qays's eyes adjusted.

Someone had lit a fire away from the wreck in a little gully and people were moving that way or starting their own fires.

"Go wait down there," said Qays. "I want to look around."

"No," said Patience. "I'll stay with you."

He didn't argue. Though her dress promised little warmth, she showed no signs of being cold. That happened, he knew. People had an uncanny ability to adapt.

They walked to the top of a low hill, rock and sand, a bush of all thorns. The conductor from Qays's car squatted there and surveyed the scene, fanning his hat, raising a little cloud of dust at his feet. Beyond him, the long glistening thread of magnetic monorail snaked far into the darkness. Closer, about a hundred meters from them, the rail was clearly broken. A twisted end on the far side, a friction-straightened launch rail on theirs.

"This was deliberate," said the conductor. "We had two kilometers to slow down. If we'd hit this at full speed, we'd still be rolling. Someone wanted the train stopped, not demolished."

"They demolished it a little bit," said Patience.

"Yeah. We're not going anywhere."

"Who'd do this?" asked Qays, but he already knew.

"Qays." Patience pointed at a cluster of lights approaching the wreckage from the right. Turning, they saw another cluster on their left, farther away but also moving toward them.

"We're spinned," said the conductor.

"Qays?" A question now, a note of fear in her voice.

"They're not after us," he said. "Specifically."

"How does that help?" asked the conductor. "Calouw's hard cases aren't known to be particular."

"Story always grows with the telling. I'm sure they're not as bad as their reputation suggests."

"I still don't want to meet them," said Patience.

"Don't see how we can prevent it," said the conductor.

Qays pulled the gun out of his satchel. "I might try a bit of dissuasion in that direction," he said.

"You can't have a thing like that," said the conductor. "My god, man, this is a prison."

"Call a cop."

"You're not going to use that, are you?" said Patience.

"No?"

"If they see you have that, they'll want it. Specifically."

He turned the gun over in his hand, bounced it to feel the weight, toggled the switches. "I see your point." Of course, the gun had the identity safety, but that could be overridden. From what he'd heard of Calouw, an ex-soldier, he could probably do it.

"Don't listen to her, son. These are killers. Blast 'em first chance you get."

"Nah, I'll keep it as an insurance policy," he said, putting the gun back in his bag. "The last resort."

"Great similes," said Patience. "But what's plan A?"

"Let's get down with the others," he said with authority, though he had no idea why or what they'd do there. Still, decisiveness created confidence and confidence created hope. He wanted Patience to have hope.

Before heading down, Qays assessed the near geography. By starlight only, he guessed the darker blotches in the distance to one side were mountains, and those on the other, forests. Water was not near; he could smell nothing but the cold dust and whiffs of escaping smoke he hoped were from the train and not the torches of the approaching band.

A quick count showed about a hundred and fifty survivors huddling around a dozen hastily constructed fires on the plain. Wood was plentiful from the many low, gnarled trees that grew through the hardpack. Rocks were brought near for seats, luggage, the bare ground. Many of the passengers were injured, limping, with blood caked to their hair and clothes. No one looked particularly strong and, except for the conductors, none in uniform.

"Hello!" came a call from the forest side. "Y'all okay there?"

"Who's that?" The voice answering belonged to a dark, burly fellow in a thick shirt and work boots. Qays took him to be a farmer.

"We've come to help."

"Don't believe it," said Qays.

He drew the eyes of those close enough to hear his comment. "What you know, preacher man?" said a woman in a floral dress, torn sleeve, a black eye forming.

"Y'all had a crash?" said the voice.

"Who's talking?" asked the man.

"Name's Calouw. Anthor Calouw."

The communal gasp at hearing the name was audible.

A huge man stepped forward. Qays figured him to be from Aerobon, a high-gravity world with a reputation of spawning hard people. A civilian plasma pistol was holstered on his hip. In one hand he held a flashlight, which he aimed up at his own face, revealing a burly beard under a bald head. A bright pink scar ran from the right corner of his mouth down his chin and neck to disappear beneath a pockmarked armored vest. In his other hand, Calouw held a short sword, an antique weapon if ever there was one. It shone like it was freshly forged though. Qays thought he recognized Damascus patterning on the blade. That or dried blood. Maybe both. Both.

After a long pause, the farmer spoke again. "What you want with us? We're just folk. We ain't got nothing."

By now the lights from the mountainside were close enough to show faces. There were at least eighty armed men. He saw crossbows, overclocked air guns, and hardened tubes that were slug throwers of some unique design. Everyone had knives, clubs, spiked things better at intimidation than use. And swords, surprisingly many swords. But they also had a few gas guns, like the ones he'd seen the Last Fall police carry. Also, he saw several real weapons, military issue Mark II energy rifles – 'las guns' they were called. Not exactly state-of-the art, but solid service weapons common a century before. Probably the original garrison armaments.

"Hey, they can't have those," said Patience under her breath when she saw the weapons.

"That's what I was thinking," said Qays. "Those guys are going to get into real trouble for having those. We should call a cop."

"Who's that talking in the back?" asked Calouw.

By now Calouw had stepped into the light, putting him ten meters away from the terrified passengers.

All eyes turned to Qays.

"I am Qays Mendoza, First Degree Acolyte of the Church of the Harmony."

Calouw stepped closer, a wide grin on his face. He shone the light in Qays's eyes. "A Teal Robe on Fresh Start? What did you do to piss off the Empire? Or are you preaching?"

"I'm on pilgrimage."

"Well, isn't that lucky for you," he said.

"How so?" said Qays.

"Well," said Calouw, scratching his leg with the tip of his sword, cutting a gutter in it. "It really isn't, I guess. I just hate saying bad things to a Teal Robe. You're all about positivity, right? We can all get along – that's the tale? Mutual respect and all that?"

The light left Qays's face and shone around the crowd, halting on each person in turn before moving to the next.

"We want the train and its supplies," said Calouw. "We'll start with the baggage car."

He waved his sword above his head and half his immediate group headed toward the train. Qays heard the hum of big gravity lift vehicles moving that way as well.

"You're all my guests," said Calouw. "Shouldn't take too long, but make yourselves comfortable. Stay by the fires. I'd like to talk to you, Teal Robe, if you can sit a spell."

"Which way is Dread Landing from here?" Qays whispered to Patience.

"Don't know distance, but it's behind those mountains."

"Get moving that way. I'll catch up."

"Qays—"

"Go. This is going to be bad."

"No," she said. "They seem all right. No one will put up a fight, unless you're going to."

"That's not my style, but it's my call," he said. "Now go before they realize we're together. It's me he's after."

"What? How? You narcis—"

"Go!"

"Problem over there, Parson?" asked Calouw, his flashlight now on Patience.

"Giving benedictions," he said. "Be right there. Don't be afraid. Blessed be." He touched the crown of Patience's head in the ancient sign of blessing.

"Same to you, Brother – Father. Guy."

"And to you."

She withdrew behind the crowd.

Calouw took a seat on a rock by a blazing fire spitting blue flame and black smoke from unnatural fuels taken from the wreckage. The passengers milled away and found other fires to circle as the gang circled them. They all cast glances back at the Butcher of Raznak.

"Chilly night," said Calouw.

"Didn't notice until you crashed the train."

"I only wanted to stop it, would have liked to have kept it upright, but the damn line kept self-repairing. Had to think fast."

Qays stood close to the fire, feeling the warmth of it on his hands, face and ankles. His robe insulated everywhere else. He wondered if the metallic threads in the cloth would offer any protection against the las guns. He remembered a drill sergeant once commenting that they were fine weapons until someone brought out a mirror, then you had a twelve-terajoules flashlight on your hands. The Mark III was a heat weapon, but the Mark IV, like the one in his bag and on Calouw's hip, was a true plasma gun. Still. Twelve terajoules could ruin your whole day.

Calouw studied Qays across the fire, glanced at the bag hanging over his shoulder. The rippling flames cast their faces in colored highlights and shadows, flashes of who they really were, what they were capable of.

"You know who I am?" asked the Butcher.

"Only what I've heard."

"And what have you heard?"

"That your cakes are disappointing, but your origami is incredible."

"Ah yeah. That. Never trust a recipe. Soggy bottoms."

The sounds of looting came from the luggage car. A couple of screams.

"What specifically are they looking for on the train?" asked Qays.

"I've found my things," he said, "but the boys are looking for grain and weapons. Treasure. They always want treasure, as if shiny things matter. But we know they don't."

"That's very enlightened of you," said Qays.

"I'm no Glathan," he said. "I looked into them once, curious to see what the Empire thought it believed. You know what I found there?"

"Stylish robes and a peaceful philosophy where everyone gets along?"

"Rot," he said. "Rot, rot, rot. The rot at the heart of the Empire has its core in the Church of Harmony."

"I think the Empire is older than the Glathans."

"There it is. The Empire used to be something. Used to rule. Now it's waiting to die. Waiting for someone to kill it."

"Because we want to get along?"

"Because you think you can."

"So, what should we be doing? Torture-killing whole populations and serving them in stew?"

"You're talking about me now?"

"No, the former you. The Butcher of Raznak you, not the nice, train-derailing, misunderstood Anthor Calouw you are now."

Calouw grinned, reptilian and cold. "They were steaks, not stew. I'm not fond of vegetables."

A scream came from the far side of the train. Qays's hand jerked to his satchel before he stopped it.

"I got a tight beam message from Last Fall," Calouw said. "I have friends there. They told me about a Teal Robe with a fast gun and a faster ship. Then someone saw you on this very train. My train. I had to bust my hump all day to meet up with you. Hoping you hadn't got off. Left most of the boys back down in Lava Forks. If I leave them too long, who knows what they'll get up to."

"You're worried they'll do something immoral?"

"Not that. I don't want them wandering away. We have work to do."

"Like escaping?"

"Not immediately. First we consolidate power here. Then escape with an army to the next world. I won't stop. That's where Alexander failed. And Attila. And Marchose. They stopped and tried to govern. I'm just going to wreck things."

"It's good to have goals," said Qays. "I've been meaning to pick up the banjo."

"Hey!" The sound came from the passengers as some of the mob were rifling through personal bags, pulling jewelry off their bodies, shoving them down if they tried to resist.

"Tell you what I'll do," said Calouw. "I'll let you be the peacemaker you think you are. You hand over what I want, and I let you and all the passengers peacefully go."

"Go where?"

"Away from us, how's that? Some of them boys ain't seen a fresh woman in a half century."

"A head start?"

"No. My promise. My word of honor."

The screaming was now coming from several angles.

"A word from me and all that stops," said Calouw.

"You have that kind of power over this unruly mob?"

"I do."

The men around Calouw watched the mayhem erupting further on, smirks on their faces. They adjusted their guns.

"Go on, boys," Calouw said without glancing back at them. "Go have some fun, but listen for the whistle. Don't make me a liar."

All but one headed straight off to join the ruffians. The one who held back was a hard-looking man with a flattened nose, spotty hair, and extensive blue facial tattoos fashionable only in certain cellblocks.

"Sure, boss?" the man said. "He don't look like much, but…"

"I'm good, Mr. Karshel. What we got here is a pacifist with a gun in a sack. I got a sword and bad intentions."

"Yeah, okay, boss," said Karshel. Qays watched him skulk away toward the fun. He reminded him of Calouw without the warmth.

The screams were getting higher.

"Call off your dogs, Calouw."

"Give it here."

Qays hesitated.

"I could use a steak," said the Butcher. "How about you?"

"I got rolled in Last Fall," Qays explained. "You're not the only low-life street killer who knew I had a ship chit."

"Is that so?"

"That's so. I don't have the ship anymore."

"Someone in Last Fall does?"

"They're probably off the planet already."

"I doubt they could make it work without your genetic indicators, an override code, or an engineering degree. Plus ya' gotta be able to fly it."

"More codes needed there. And it pulls to the left a bit."

Calouw shrugged. "Doable."

"I'm sorry you came so far for nothing," said Qays. "Guess you guys will be on your way then?"

"I wanted to see you. You interest me. Plus, you still got a gun," he said. "I can tell by the way you reached for it."

"It's nothing."

"Well, hand it over then. Just put it on that rock. I'll not be touching it without Faraday gloves." He wasn't even looking at Qays, but fiddling in the fire with his sword, chasing coals around the bed. The man's cool was unsettling, his size intimidating, his reputation terrifying.

An awful but familiar gurgling sound assaulted Qays's ears. His skin froze, and the world paused, awaiting the slosh of spurting arteries and the sound of a severed head falling upon hard ground. A sound he unfortunately knew.

It came with a scream of a hundred people running for their lives or freezing like stumps shocked at the grisly horror of the act.

Calouw laughed, deep and low.

Qays dove straight over the fire and nearly caught the Butcher by surprise. The cruel smile on the big man's face flickered but didn't go out as he caught Qays's lunge and diverted him to the side while he whipped his sword with a glowing hot tip after him.

Qays tucked and rolled on his side while pulling the gun from his satchel. While still in motion, he brought it up and fired. A fan of blue energy sprayed out in a burst.

It caught the big man across the throat, a lucky shot since the stun would reach his brain, dulling his reaction enough to slow him. Slow, but not stop. The shot would have dropped anyone else without armor, but he knew Calouw would not be stopped so easily. Something about muscle tone, chemical imbalance and sheer meanness played into it.

Qays did not waste his moment. After the shot, he took two more into the fray of the ruffian melee. A solid shot into Mr. Karshel's back folded him up long enough for the woman he was grabbing to escape. The second shot took two thugs mid-torso. The range was great but their middles soft and they fell to the ground in convulsions. Unfortunately, three people they were assaulting also fell, but others got away.

Leading with a glowing-tipped sword, Calouw lunged at Qays's neck. He dodged, rolled and was on his feet before Calouw had his fully beneath him.

The pops of a half dozen gas rifle shots followed Qays into the darkness. Half turning, he fired another blue fiery fan that sizzled a streak across Calouw's vest plate. While Calouw realized he was not dead, Qays ran. Shots burned the air after him and also a crackling plasma shot, doubtlessly from the Butcher's pistol, that would have melted him like wax had it hit.

A part of him hated to retreat, but this was not his fight.

A part of him hated that this was not his fight.

Chapter Fourteen

He was a hundred meters away and he knew his pursuers had lost him in the darkness. Searchlights panned stark beams over the desert, falling on a rock that drew fire for a whole minute before the shooters realized their mistake. While they fragged the boulder, Qays put another two hundred meters between himself and them.

The ground was sand and rock, broken slate and patches of gray moss, but all was gray in the gloom. A forest of taller trees lay darker gray down the hill, but Qays moved laterally to them, seeking to cross to the mountainside where Patience, hopefully, had escaped. What plants grew above his ankles were stiff and thorny, gnarled and rough. Brushing past a tree, a leaf gashed the back of his hand and a branch snagged his robe. He pulled it free, breaking the branch with a crack loud enough to make him duck, expecting gunfire to follow it. When none did, he moved on, staying low, putting what cover he found between him and the killers. For they were killers. The screams echoing behind him attested to that.

Qays circled back to the tracks, reaching them a good kilometer up from the wreck. The sounds of slaughter and mayhem followed him every step. He allowed himself a moment to catch his breath, to calculate again the obvious foolishness of trying to fight, even if it were his fight. There had to be a hundred of them. He had one gun. A pistol with limited charge.

He didn't know how long until sunrise, but he knew he had to be the hell away from there before it happened.

Qays circled around the tracks a few hundred meters, keeping behind rocks and angry bushes. Below, he watched vehicles move into the wreckage. Most were wheeled but some had gravity lift. Heavy farm vehicles, transport trucks and stolen military transports known colloquially as ‘coaches’.

A search beam up the hill pulled Qays from studying the scene and sent him to cover. He ducked behind a thick bramble and waited.

“Hey there!” said a man’s voice.

The light was not on Qays but higher up the hill, aimed at a tree.

The man speaking was thin and wiry. Tall as a post and nearly as wide. His shirt was newly stolen, unless blue sequins were the style of the outback. His pants were leather, his boots homemade. He had a shock of poorly managed black hair on his head, greasy and dirty. His beard went from his lip to his chest, no obvious opening for a mouth. Qays had to assume the man had one though, when he heard him speak again. “Come out there, you.”

Behind the tree was Patience, her faded beige dress clear as grace in the beam.

“Watcha’ got there?” said the man. “Bring it out, and yourself. If you don’t want to do no lifting, I could put you to work another way, though you are skinny.”

Patience didn’t move. The light came closer.

“Stay away,” she said. “I have a gun.” She held up a pink clutch with her hand inside it. A suitcase in her other hand.

“Yeah? What kind?”

“A Puterine plasma gun.”

“Never heard of it.”

“It’ll melt your skin off and boil your brain like pudding.”

“Sounds terrible,” he said and kept coming. “Best hand that over too.”

He lunged at her, grabbed her by the arm, and yanked her to the ground. The suitcase she was holding broke open and spilled out. More archaic fashions, ruffled collars, slitted sleeves, funnel dresses and a pair of those god-awful pointed shoes.

“Okay, little girl. Let’s see how little you are.” He pawed at her dress.

Patience spit in his face.

The man switched the light to a lantern and placed it on the ground, filling the space with light, freeing his hands. He slowly pulled up his right arm, let it hang there a moment, and then brought it down, hard, across Patience's face. The sound was a deep, sickening slap that turned Qays's stomach.

Patience didn't scream for it, didn't moan. Didn't move.

The man's hand was sliding up her thigh when Qays slammed into him.

Air left the man in an *humph* as he smashed into the ground, but he regained himself quickly. "Okay, you," he said. "We can do this." He pulled a long, rusted knife from his belt.

Qays drew his gun from his sack. "This is a Puterine plasma gun," he said.

"So that's what that is," the man said. "Looks fancy. Aincha' got a knife? Don't ya' wanna fight fair?"

Patience rolled over and blinked her eyes. Blood gushed from her nose.

"Qays?" she said. "What are you waiting for? Shoot him. Shoot him!"

"Ain't no cause for killing," said the man. "Gun versus knife ain't no kind of match." He took a step backward, moving to replace the knife behind his back. "I concede. Y'all—"

The motion to throw the blade was snake-fast, but Qays expected it.

The blue paralyzing flash caught the man mid-mass and he fell back limp into a gulley.

Patience got to her feet and picked up the knife, drops of her blood making little craters in the dust around it as she did.

Down the hill, search beams were aimed up the slope from the wreck.

"We gotta go," said Qays.

Patience looked over the ridge at the man.

"I think he's still alive," she said.

"Probably. It wasn't a death shot."

"Why not?"

"We gotta go." Qays stuffed the clothing back into the open case and saw two more behind a tree.

He gathered them all. People were now moving toward them from the wreck. Patience meanwhile was throwing rocks down into the ravine.

"Leave him," he said.

"He's still breathing, I think," she said.

"Good. We're not murderers."

Her face twisted in confusion and she was about to say something when a rifle shot went off and a hot bullet split the difference between them.

"Let's go," he said.

Still bleeding, she came to him and grabbed the smaller of the bags. He led her around a stand of twisted trees and down another gulch before finding an arroyo that led up again, four kilometers from the scene of the fight. The walking had been hard, slow. Several times he stumbled. Several times Patience fell. By the end of this push, they held hands to keep upright.

Surmounting the top of the hill, they could see back down to the train where shadowy figures moved beneath work lights, loading cargo onto transports. By the light of the fires was a more terrible tableau; people being bound by ropes connecting neck to neck in a line.

Qays didn't bother to check if they were being followed, just assumed they were and pressed on hard, behind cover, over slick rock and scree as quietly as possible.

Trees thinned and rocks thickened, avalanche fall from ancient shifts or more recent slides.

A shimmer in a gully caught Qays's attention and he led Patience to a small pond, more of a puddle really, just as the first slit of dawn appeared in the east.

"You're a mess," he said.

Her nose had bled freely down her front and she looked a horror to the waist.

"Maybe you should wash up."

"I'll freeze to death if I touch that water," she said.

That's when it occurred to him that she was still only wearing the short plaid dress.

He opened a case. She came alongside and dug with him. Their hands brushed and he was shocked to feel her ice-cold skin.

"You're freezing."

"Ya' think?" she said. "That big case will have a coat in it. I hope."

He opened the largest of the suitcases and, as she'd foretold, it contained some cold-weather clothes – long underwear, thick socks, padded shirts and a coat. They were for a man, working clothes, heavy and tough. Patience put them on over her dress. The coat hung on her like a circus tent, but she was visibly happy to have it. Qays took some socks.

"Let's check the other ones and see what's useful. Rather not carry them all the way to Dread Landing."

They each took one of the remaining bags; Qays the one that'd broken open during the attack, Patience the smaller carry-on.

"I recognize the design on that bag," said Qays. "That's one of the bags that jerk merchant had."

"Is it?" Patience held up a pair of glittering earrings and pocked them. These were followed by cables of gold chains, gemmed necklaces, bottles of scent, a handful of rings. "We can trade these," she said. "They're too tacky to wear, don't you think?"

"I've always been partial myself to a modest string of pearls."

"I'm sure you look gorgeous in them."

The sun was up but the canyon deep and it'd be hours still before light found its way in there. A frost lay on the ground.

Qays collected what might be useful, which wasn't much, into the carry-on. He emptied a bottle of vodka on the ground and refilled it with water from the pool. He wetted a lace handkerchief and went to Patience to wash the blood off her face.

"How do you feel?" he asked.

"Face is fine," she said. "My ankles feel like bent wires."

"It'll be easier going in the light. We can't stop here."

"Do you think they're following us?"

"Yes."

"Is that why you've taken us the wrong way?"

"The wrong way?"

"Yeah, Dread Landing is that way." She pointed forty- five degrees off from the direction they'd been heading.

"Why didn't you say anything?"

"I thought you knew what you were doing."

"You're the navigator."

"And what are you? Don't say protector. You should have killed that creep."

He paused the cleanup, his hand hovering above her cheek.

"There was no need," he said.

"I disagree."

"I won't kill."

"What?"

"I won't kill."

She stared at him like he'd grown scales.

"I thought you were military or something."

"My training was to use appropriate force. *Proportional* force."

"Yeah, you mentioned that. What a bunch of shit if you let creeps like that guy get away. What if you had a chance to kill Calouw?"

"I did."

"When?"

"Down there."

"Did you shoot him?"

"I did."

"With your tickle gun?"

"Yeah, with my tickle gun."

"I bet he was so pleased with your proportionality he gave you a cookie and a hooker."

"A what?"

"A cookie and a hooker. Don't you say that where you're from?"

"We could but choose not to."

"You're dodging my point." She took the handkerchief from him and blew her nose in it.

"Is it broken?" he asked.

"My nose? No."

"Should I have killed a guy for not breaking your nose?"

"Yes. I'd like you to kill every man who doesn't break my nose. Begin anytime."

She blew again and handed him back the handkerchief.

"No, you keep it. I'd rather not ever touch that again without protection."

"Go rinse it out," she said, chucking it at him. "I'm bleeding again."

He took it and headed back down to the pool. He was glad she was sparring with him. It was a good sign.

When he returned, she had tissues stuffed up her nostrils and was drinking from the vodka bottle.

"And you can't mix drinks for shit," she said. "This is weak as water. Why did I bring you again?"

"I'm a fancy dancer."

"Oh, that's right." She gave him the bottle back and took the cloth to wipe her lip.

"You ready to go?" Qays asked.

"Why not?"

"Which way?"

"That way, unless we're not done sightseeing."

"How far you figure?"

She looked around, getting her bearings, and made a face. She turned a full circle and shrugged. "Okay, I figure the train was coming into Cross Rocks. We should reckon about one hundred eighty kilometers per hour, that's three hundred sixty kilometers, so…what? Ten, eleven days on foot?"

"That'd be pushing it. But we're not going to Cross Rocks. Dread Landing, remember?"

"What? You didn't change your mind in the last ten seconds?" She gasped in disbelief. When he rolled his eyes, she began to draw triangles in the air. "So south by southwest, we probably have seven, or eight, nine, maybe ten days depending on the trail. If we keep going as you've had us moving so far, I'd say twenty, maybe thirty weeks."

"Cute," he said.

"So bandages get you hot. Good to know," she said.

"That way?" He pointed.

"Yeah, that way."

He took the lead, snaking down the ravine and following the stream that fed it upslope. They were in the foothills and before them lay tall brown peaks of treeless rock.

After an hour they broke out into the sunshine and took a rest. They shared some candy from the luggage and drank more water. Qays refilled the bottle at a nearby stream while Patience peeled off layers. It would be a hot day.

"Think they're still after us?" Patience asked.

"You know, I don't."

"How can you be so sure?"

"I think we're officially too much trouble. He believed me when I told him I didn't have the chit anymore."

"The thing that brings your ship down?"

"Yeah. He'd heard I had a ship and wanted it."

"It is quite the conversation piece," she said.

"He's headed for Last Fall."

"I know."

"You know?"

"Everyone knows. It's one of the reasons I wanted to leave."

"He's going there for my chit."

"He's going there because it's a rich town and he's a raider. Not everything is about you."

"He crashed the train to get me."

"Just you?"

Qays shrugged. He wasn't sure.

"Okay, maybe some things are about you."

Patience tied her warm clothes in a bundle and found a stick to hang them on.

"I saw a tramp do this once."

"I can take some of it in the carry-on."

"Nah, I'm good for a while. But I do have one question."

"What's that?"

"What do you think we're going to eat out here if you won't kill anything?"

"I'll kill for food," said Qays. "I just won't kill a person."

"What if we want to eat them?"

"Let's not."

He appreciated her teasing but knew that beneath it was real concern. He'd made a moral decision which would have been easy to keep in the safe embrace of the Empire, but out here, where the laws were more ancient, survival meant the ability and willingness to kill. So far, he'd managed to work around his self-imposed handicap because he'd been willing to gamble his own life, but as Patience tried to tell him, he was no longer playing with only his own life.

"Something happened," she said.

"What's that?"

"Something happened to you. It's why you're the way you are. You weren't always this way."

"I have always been this way. I was raised to respect difference, hold life sacred."

"But you were a marine."

"No contradiction there."

"Yes, there is. Marines are soldiers. Soldiers kill."

"Only when they have to."

"So you admit there's a circumstance when it's required?"

"Yes."

"If we meet those circumstances, will you kill now?"

"No."

"Why?"

"Because something happened to me."

He stood up then and headed up the mountain, half hoping Patience would turn around and go back to the train, maybe find survivors and be rescued, get away from him and his danger, but she followed. Instantly, he knew it was for the best and hated himself for thinking of losing her. There would be no rescue. There were no survivors.

They hiked the rest of the day, following narrow paths around boulders, up and down ravines and through hidden meadows carpeted with what Patience called 'stab grass', which Qays found to be well named. Water was relatively abundant, but they rationed the food.

As dawn came late, night fell early with the sun disappearing behind peaks long before it crossed the horizon. In shadow they trudged more hours and then, in the last vestiges of the pink sky shared by a passing cloud, they found a shallow wind-cut cave and crawled inside, where a soft, sandy floor waited for them. There was room to lie down and sit up. It was cold so Qays kindled a small fire while Patience donned her stolen garb again.

As he looked at her, seeing her red hair peek out from under the feathered hat she now wore, he saw her eyes lull, shut and lead her to sleep.

Qays stayed up for a while, feeding sticks into the flames, watching as they became coals, noting a symbolic metamorphosis the Glathans had somehow missed. Rushing hot violence settling in hotter calm. He thought of home, of the monastery, of home again. The days of playing in the garden with the butler's son. His first serious kiss, a gift from a chambermaid, followed up a year later by his first real experience with a woman. She explained it was a gift, her not wanting him to go off to boarding school without having tasted a girl. It was sweet and stolen and could never come to anything, but it had warmed him for a year. When he returned, he was sorry to find her gone, married to a postman in another district. Emptying his savings, he gave them a lavish late wedding gift which raised his mother's eyebrow, but no more.

Dreaming of whispered promises and lost loves, he woke to the smell of cooking. Patience was hunched over the fire. The big coat over her shoulders made her look like a rock for a moment.

"What are you cooking?" he asked.

"You don't want to know."

"Sure I do." He stood up and stretched, searched for a place of convenience.

"Maggot rat," she said.

"Why'd I ask?"

"They lay their eggs in dead things, like a fly. I found two sniffing around last night. Clobbered them with a rock. Good eating. Lots of grease. Just stay away from the poison sacs."

He crawled out of the cave and hiked up his robe.

"How is it good eating?" he asked.

"Calories are one thing. Fat is another. Most of the critters out here are lean. You need fat."

"Sounds delicious. Do we have hollandaise sauce?"

"What's that?"

"It's a…a…a kind of cat."

"A what?"

"There's some kind of cat out here," he said. "Creeping up on us. About ten meters out." Cat was a poor word. It described only the vertically slit eyes, pointed ears and fur. The rest of it was pure nightmare. Fangs, upper and lower in a square muzzle that extruded out its big, bulbous head. It was huge, three meters long from head to ass, another two for its bristling, flat tail. It had six limbs, two tentacled forward claws extending out its sides like arms slowly writhing in the air around its mouth, and four legs beneath it, also clawed. Its eyes were fixed on Qays and its mouth slid open a few centimeters to display a forked and yellow tongue.

"Spotted or striped?"

"Spotted. Tan and brown. What does that mean?"

"No idea, but it's always good to know what's killing you," she said.

"Patience, this is no time to joke. It's huge."

"Then shoot it. I bet it'd appreciate your tickle gun."

Qays slowly reached for his satchel, but he'd left it back in the cave, four steps from where he stood and under a hanging. He'd have to dive and crawl to get in, but at least if he tried, he probably wouldn't have the lower half of his body to pull inside.

"I don't have my gun."

He saw her peek out from the mouth of the cave. Her eyes went wide and she slapped her hand over her mouth to stifle a scream. When she removed it, she muttered, "We are so spun."

"Do you recognize it?"

"What? Like an old pet?"

"A weakness or something?"

"I saw a smaller one of these stuffed once," she said softly. "Never heard its name."

"It's hunting me."

She moved to crawl out.

"What are you doing?" he hissed. "Stay inside."

"Two people might scare it away."

It didn't. Before she was halfway out, the creature was halfway to Qays. In a flash it sprinted forward, covering five meters at a lope, and then sprang at him.

Qays ducked and rolled, aiming himself down the slope to pull the creature away from Patience.

In a cloud of dust, he skidded to a stop in a bush that stabbed him through his clothes.

The creature had landed on the spot where Qays had stood and spun around to track him again.

"Qays!" yelled Patience, drawing the creature's attention to the cave. It turned to look, but she'd ducked back inside. Qays was on his feet and threw a rock at it, catching it on its side. It sounded like he'd hit armor. It was enough to pull its attention away from the narrow cave.

"Qays!" came Patience's voice again. The creature ignored her and moved toward Qays.

He glanced around. He was on a steep slope over a cliff. A vertical drop of twenty, twenty-five meters onto the same slope further down. There was a boulder to the right, the bush that had caught him and some tufts of stab grass. He squatted, ready to jump for the boulder when the cat committed.

"Qays!"

"What?" he finally yelled.

"Catch!"

From the narrow mouth of the cave came flying a black and scarlet mass. His bag.

Her aim was spot-on and Qays caught it with both hands on his chest as the creature lunged.

He spun, and the creature brushed by him, slashing at his neck with one of the tentacles as it slid to a stop before the cliff and squatted for another short leap of only two meters.

Qays found his gun, pulled it out, aimed it, and fired. He hit the creature's side but it did nothing but burn a lightning singe in its fur.

He toggled the beam higher, to a killing level, and felt the gun vibrate ready. He took aim but waited.

"Qays! Kill it, you idiot. That thing's a monster."

The yellow bolt caught the animal in its flank and pushed it off-target mid-air. It landed on its feet, still very much alive. He fired again, this time hitting it square between its eyes. A fist-size burn on its head staggered it only.

The creature stared at Qays, who waited for it to fall over dead. It didn't. Instead, it growled low and menacingly, then slowly backed away before loping down the hill.

"You okay?" said Patience, coming out of the hole.

"Is everything on this planet trying to kill me?" he said.

"I'm not. I made you breakfast."

"You made me poisonous maggot rats."

"Yeah, okay. I see your point."

Chapter Fifteen

They ate one rat together before leaving the cave. The rat tasted like a rat. Qays unfortunately knew what rat tasted like already. In the time between the *Laurel* and the monastery, he'd eaten many and worse. Luckily most of it occurred in a drug haze and his memories of the self-inflicted depravities were foggy. Still, the flavor was recognizable and, at Patience's insistence, he even managed to eat the fatty bits that she'd flavored with some kind of sage from the hillside. The second rat she folded up in a silky lingerie teddy she'd liberated from the stolen bag.

"It'll keep the juices in," she explained.

"I doubt that."

"You have a better idea? You got a refrigerator in your sack there?"

"I don't."

"Then say thank you, and pack up."

"Thank you." He packed up.

They talked as they walked for a little while, both of them agreeing that it had been the smell of the roasting meat and not their feet that had attracted the beast. Soon they fell into quiet plodding as their muscles warmed to a long day of hiking.

At midday they ate candies and treated blisters. Their fatigue was too great for conversation so by silent agreement they napped in the sun for a while before moving again. Qays had to stop frequently to adjust his sandals for the thick socks he wore and the improvised toe guard he'd made from a change purse.

That night they camped under a narrow overhang, warmed by a fire of stab grass Patience harvested with her stolen knife. She fell asleep before he'd finished eating the last of their candies. Qays kept watch only to suddenly find himself awake when the first rays of light found their little camp the next morning.

They ate the last rat cold that morning. A faint smell of burnt rubber met them as they crowned a peak and found new speed heading toward the next, fearing they were being followed.

They talked little beyond planning the best route, requesting stops, spying dangers or opportunities. They found a nest of three black eggs atop a high pinnacle. Patience carefully packed them away in her roll and onward they walked.

Through the pain of his aching muscles and wheezing from the thin air, Qays had to admit that there was a stark beauty to the mountains they had to cross. Rocks were sharp and jutting from rockfall or polished to a shine by wind and sand. Though mostly tan and gray, there were patches of bone white and streaks of obsidian, patches of rusty sand, and twinkling blue clay. Cliffs like cathedral walls, pinnacles as spires. Places where their voices carried as if they spoke from the chancel. And birds, high circling things, rare and hard to see, but with song that caught his imagination in its earnestness. And ever Patience beside him. Hungry and tired as he was, he glimpsed among those peaks a stark reality, a bare truth his previous life had not even suggested.

In the heights, they found patches of frost sometimes in the deepest shadows, but otherwise water was scarce. Whenever they came upon a puddle depression on some tumbled boulder, they'd drop to the ground like penitents, and tenderly laying their lips to the surface, pull the water into their mouths with a kiss, tasting the holy, clear water. No stagnant pools were there so high in those cliffs, only temporary splashes of wet, a day, two days, maybe three after a rain, then but a circle of sand thereafter.

Vegetation was rare. Tufts of stab grass, a few angry bushes, aggressive in their defenses. One particular nasty bush with barbed hooks for leaves caught on Qays's hem and he cut his fingers trying to get it off.

There were insects. The terrible centipede ants he'd seen on the tarmac were here as well. He was surprised to see them thriving so high on the mountain. There were clouds of black flies that Patience warned would sting if you held still. They rose in swirling narrow columns from about knee high to out of sight above them. They kept clear.

At one point on the fourth day, rat gone, candy gone, eggs gone, Qays saw a sinuous reptile the length of a signpost. It watched them clamber up a hillside with compound eyes and poised barbed tail as they grew near. Qays took a shot at it, hoping it'd be eatable, but he missed and it disappeared into the scree.

"You can miss?" Patience asked.

"Yeah."

"The gun doesn't have some kind of targeting?"

"Not this one."

"Won't lie. That makes your work on the tiger even more impressive."

"I'm thrilled you think so."

"Good. Suck on that for a while because we ain't got nothing to eat."

And for four more days they went hungry, the last two thirsty until they reached the top of the pass and found snow, actual snow on the ground. They immediately collected it and melted it in Qays's bowl over a fire of fallen whiplash falcon nests, the bird who'd laid the black eggs. Nasty things with a prehensile tail. Teeth inside a beak, needle-sharp claws notorious for infectious germs and feathers that wouldn't burn.

"It was an old joke," Patience explained. "You'd give a child a handful of whiplash feathers as kindling and set them to work. Usually feathers are perfect kindling." Buried beneath her coat, she melted snow to become soup, dropping herbs she'd collected along the way. "They'd try to get them to light, maybe use a whole box of matches. Probably cry. I did."

"Sounds like a party."

"Sheila, my mom, was so mad when my father did it to me. He said it was a rite of passage, but my mother said such cruelty would never be allowed in the Empire. My father was second generation, my mother first. I didn't mind. I liked that I'd had a rite of passage."

"Your mom talked a lot about the Empire?"

"She did. She told me how clean it was. How nice the people were. How love was allowed. How no one starved. How violence was over. A heaven just a few stars away." She pointed to the sky. Qays looked up, but not knowing the constellations, made no sense of them.

"You know where it is?"

"The core is that way," she said. "I think. It's not?" She looked concerned. Steam rose from the pot. A wind threatened to extinguish their fire.

"You're probably right," said Qays. "Yes. If I were going there from here, I'd definitely be going up."

"How did you get here if you don't know the stars?" she asked.

"Machines help a lot. There are beacons in the Hjiminark."

"What's that?"

"You've never heard of the Hjiminark?"

"I have. I just don't understand it." She stirred the tea with the knife. "This is ready," she said.

"You first."

She didn't argue but took the bowl off the fire and sipped.

"I don't understand it either," Qays said. "I doubt there are many people who do. It's an upper dimension in space. Basically, a strong gravity DFY drive – Days for Years drive – can slip a gravity-enmeshed ship into the Hjiminark where faster-than-light speeds are attainable. What really bothers me is how the higher the number, the slower the ship. It's counterintuitive. Take a freighter with a DFY of, say, ten or twelve is actually really slow compared to something like the ship I used to be on which had a DFY engine capable of five. So a light-year in five days. But that's pretty rare. The *Laurel* was a state-of-the-art frigate. Most ships are more like ten. The ship I came in is really fast, can do two DFY for short bursts. But I only pushed it eight to keep the engine happy. I came from Emory Station, which is eight light-years away. It took me just over two months. Most of it I was asleep in stasis.

I've been in comas a lot lately," he mused. "Anyway, communication between planets is faster still. Point one to one five. Fresh Start was lousy at point eight, when it was working. It's not now."

"Why not?" She handed the bowl to Qays, who took it, touching her hands, happy to feel them warm.

"The custodians told me their reactor was taken when the guards left. Huge amounts of power are needed for interstellar communication. Don't ask me about that. We've reached the end of my propulsion physics knowledge. Probably for the best though, the reactor being gone."

"Why?"

"Calouw can't call for help."

"Who'd help him?"

"Even monsters have friends," said Qays, remembering Wallen's trial. "Calouw could signal some hapless ship to come down and escape."

"So? Then he'd be the Empire's problem."

"That wouldn't be a good thing."

"Would be for us."

"Do you know why they call him 'the Butcher'?" asked Qays.

"He killed a bunch of people on some planet."

"Raznak. And he got the name because he didn't just kill them, he butchered them, like a butcher. He served them as food to his men."

"Who'd follow someone like that?"

"He's a sociopath, but he's educated, charismatic and smart. He drew followers. Loyal ones. He has them now."

"But they're not cannibals now. They took the corn from the train," she said.

"They were tying up the passengers," said Qays. "To bring them along."

"Hostages?"

He didn't answer.

She poked the fire, pulled the coat around herself a little tighter. Qays noticed the tip of her nose was getting frostbitten. He knew his feet were in danger of that too.

"With your gun," she said, "maybe we can save them."

"It's not my fight."

She flashed on him. "How is it not your fight?"

"How is it?"

She had a hard scowl that made him take notice. "Your nose needs attention," he said.

"Calouw…they…he threatened…they'll kill those people."

"And you were…and I was…a fish gotta…and they're already dead."

She scowled harder. "Don't be a jerk."

"Listen, if I could push a button and put all the hard cases back into the Oubliette, I would. But I can't."

"You could have killed Calouw."

"No, I couldn't."

"He would have killed you."

"Maybe."

"But you wouldn't kill him back? What happened to proportionality?"

"Do you think if I killed him, it would be over? Do you think the others would just go away? Maybe start a sandwich shop on the beach?"

"You should have done something."

"I did. I got us out of there."

"What did Wallen do, anyway?"

"I don't want to talk about it. Here. Fill up the bottle. It can't be more than a day until we're on the other side of these. We'll keep an eye open for food."

"Food? Oh yeah, I forgot all about not having any of that. Thanks for reminding me."

They packed up quickly and moved on. Wind found the canyon and funneled into gusts that made them stumble. At nightfall they found a rookery of small pale-yellow birds, fast with sharp, stabbing beaks. Qays shot eight of them in their nests before they realized something was amiss and swarmed away. They collected the birds, a dozen eggs, a bushel of nests. They took them to a cliff edge where rocks had wedged a near-shelter. Another rock could serve as a door.

A roof was needed and Patience donated her coat. They lit a fire of nests and prepared to feast.

"We'll feel better after eating," he said.

Patience was still brooding, coiled up in her own arms.

"Why haven't you tried to have sex with me?" she asked after a while.

"Is that something that happens on Fresh Start? Sudden sex?"

"Not really, but Sheila said it happened all the time in the Empire. Does it? And how is it sudden? We've been together for weeks."

Qays dropped a handful of feathers from his plucked bird into the fire, where it ignited instantly and flared brightly. "You're right, feathers are good tinder."

"Answer my question," she said.

The wind rustled the coat and opened a hole for snowflakes to enter. There was a storm happening. Qays pulled the sleeve down and sealed it with a rock. It only needed to cover half a meter, but if it failed, they'd have a hard time.

"Sheila said that the Empire is all about love," Patience said, "that everyone is taught to love everyone else. People aren't stingy with their love, so they're very happy to sleep around to show their love."

"Free love is a right, but even in the core you'll find few people equating love and sex."

"Love everyone, screw a few?"

"Maybe, but I think Sheila was gilding the lily about love. There's not that much of it out there. There's courtesy, regulated politeness, but real love? I didn't see it en masse. Cynicism is deep. Though concealed, narcissism is the norm. It's a selfish, materialistic society. Comfortable and…"

"And what?"

"And dying. But we were talking about love. Have you ever been in love?"

She shook her head. "Not if it's different. I've had sex. Sometimes it's not bad. Maybe because there was love then."

"Separate things. But yeah, love helps."

"Have you ever been in love?"

"I thought so," he said. "A girl I barely knew."

"What happened to her?"

"She died."

"I'm sorry."

"Me too."

"I've seen a lot of death."

"Your parents?"

With five deft slices of her knife, she opened up each bird and put them in Qays's bowl to cook. "I lived on the street," she said. "Death is a daily thing there. Can't hide it."

He'd played the part, but again Qays reminded himself he really had no idea what that life was really like. He kept his tongue and listened.

"Sheila said that in the Empire people always had a place to live, a job, money. Food. On Fresh Start, that's just not the case."

"There are places where the safety net works better than others," Qays said. "If you're hard on your luck they might just impress you into some military outfit or send you off to be a colonist, where anything goes. Depends on how far you fall, what you're good at and how rich the area. If the area is really rich, chances are you can't fall far."

"I fell far. I had a family, food, a home. Then only the clothes on my back. No one helped. The police didn't care. One of them offered to take me home, but made it clear it wouldn't be for free."

She turned the birds over.

"I bounced between gangs. I learned to use a knife and how to borrow things people had too much of. When it got bad, really bad, I'd imagine the wonderful, clean Empire. I'd pray to that group of stars I showed you."

"What kind of prayers?"

The birds sizzled and sputtered in fat. She adjusted the bowl on the coals.

"Just wishes really," she said. "But I was careful to aim them there. It was heaven, why not pray to it? At first I wished for my parents back, then for food and shelter. I stopped wishing for those things when I figured out how to get them myself. Then I just hoped that one day I could leave this place and see the beautiful Empire."

"That's why you helped me," Qays said.

"Don't say it like that."

"Like what?"

"Like I'm a criminal trying to escape. I'm not."

"How are you different?"

That scowl was back. "If you don't know yet, then you're a moron."

"Are you saying you're not a criminal?"

"My mother said people in the Empire look after each other."

"Actually, they don't. They set up a state facade to do that so they don't have to get their hands dirty."

"Well, I got *my* hands dirty. And bloody, and poopy, saving your life. Because it was the right thing to do. You can be a real asshole."

If there'd have been someplace to go, he had no doubt she'd have stormed away. He looked at her scowling in the flickering light. Outside the wind blew and found openings in their shelter to remind them where they were.

For the first time in days, Qays took a cleansing breath, and turned his mind inward to his own ego. It'd been a twice daily duty to meditate, but he couldn't remember a single moment where he'd done it after climbing aboard the cab in Last Fall. Looking at himself now, in the gloom of the girl he'd hurt, he did not like what he saw.

It did not take him long to find the cause of his cruelty. Like all bad things people did, it came from fear. And in this case, it came very directly from his fear of getting close to Patience, of her needing him, and him disappointing her. Death can come of that. Still, it was not her he was thinking of, but his own cowardice. Once burned, twice shy was a weak-ass description of his spiritual anguish. He wished she hadn't come along. She had been more than useful, emotionally and physically, cleverly finding food and herbs; she'd saved his life. Any normal, sane person would know how much he owed her, but that was not him. He did not necessarily want his life saved. Another cowardice, he knew. He'd not do the deed himself, but if a tiger ripped him apart on a cliff face while he fought as best as he could, that would be fine. No dishonor, not that anyone would know or care. He'd be dead. He'd be free. He'd not have to worry about another soul who, tragically, had tied their wagon to his burned-out star.

Get over yourself, not the official mantra of the Glathans, but close enough.

"I'm sorry, Patience," he said. "I've been rotten tonight. I'm hangry, I think they call it. I'll be a new man with a couple of those birds in me. I promise to have better manners." He hesitated to say he was glad she was there; he was, and he wasn't.

They each ate two of the birds. Patience tried to give Qays one of hers, but he wouldn't hear of it. They saved the others for later, promising themselves fried eggs for breakfast.

They washed in warm water and listened to the storm grow muffled outside. It was still raging, but snow was on their makeshift roof. Qays kicked to knock some of it off before it collapsed. The wind blew. The fire flickered. They settled in for the night, full stomachs for the first time in days.

Without her coat, Patience worked with the stained teddy for a blanket, scooting closer to the fire.

"You gotta be freezing," said Qays. "Get over here."

"I can handle the cold. It's what you learn living rough."

"Come on." He opened his arms and she scooted over.

Her shoulders were cold, her hands ice. She was small enough, skinny enough, to climb inside his robe with him. He shivered as his bare skin touched hers. He told himself it was for the cold.

"Is this some kind of electric blanket robe?"

"Smart fabric. It's why I still wear it. That, and people generally react positively to it."

"So it's a disguise?"

"No," he said, lying on his side, spooning with her as the temperature fell to deadly levels outside. "It's mine. I earned it. I probably shouldn't wear it now because…reasons, but it's all I had when I left the monastery. It wears like iron, so I wear it."

"You could have bought something better."

"I didn't have money."

"*Please*. You're rich."

"My family's rich and I'm not talking to them right now."

"You're so stubborn you'd freeze to death before calling home?"

"I'm not freezing. I have my robe."

"You know what I mean."

"The robe is useful."

"Do you like it?"

"I do right now."

She tried to turn her head to look at him, but couldn't. "Was that a pass?"

"No. I was commenting on how it's been surprisingly useful on this planet."

"Expensive?"

"Probably."

"Explains why everyone doesn't have one."

The flames flickered and died, leaving only fingerling coals behind.

"I was tempted to change once," he said.

"Oh? When?" There was sleep in her voice.

"There was this suit of power armor on Emory Station I nearly took."

"Why didn't you?"

"Not my style," he said.

"Big lapels, huh?"

"Yeah, that was it."

In a moment her breathing was soft and steady. He dared to touch her face and was pleased to find it warm.

He thought of their climb so far, imagined what was next, wondered what he'd say to Wallen, now so close after so long. Then he caught himself, looked around at the rocks, the coat roof, and the girl who was warmed by his flesh. This was now. Now was enough. With the mantra as lullaby, he fell asleep. He slept poorly, however, when dreams broke into his mind; dreams of betrayal, of failure, of catastrophic loss.

Chapter Sixteen

Patience shifted during the night, turning to face Qays at some point. They woke up facing each other in the stretched robe, arms embracing, sharing each other's heat and respiration. They woke together and untangled themselves.

The fire rekindled, Qays cleared a chimney hole and discovered a half meter of snow over them. While Patience cooked, Qays cleared the snow.

"Mind the eggs," Patience said to him as he climbed back inside.

"Where are you going?"

"To pick some carrots. Where do you think I'm going?"

"Oh. Right."

She left.

There it was. He was doing it again. As if she didn't need to use the personal once in a while. Somehow a night of platonic pressed flesh had erased her mammalian traits from his mind. He'd been accused of putting women on pedestals before, suggesting that was at the core of his obsession with Wallen. But he knew that wasn't it. True, he put those he admired on pedestals, but his quest was about right and wrong and that hard line where they met and must not be crossed over. It was about the bulwarks of civilization and maybe also, the future.

"I think we're at the top," Patience said, coming back inside. "About fifty meters more, and we'll be on the downside of this mountain at least."

"I thought so too. Eat up so we can cross that fifty meters. The snow's deep."

"You have a spiffy robe," she said. "Cramped for two, but I appreciate your sharing. Eat something. Your breath is terrible."

It was good to have food in their bellies. He felt it, but it showed on Patience. As they were packing up, he began to ask her, but hesitated.

After his second false start, she said, "What are you trying to ask me?"

"It's a sexist comment."

"Go ahead."

"I was just going to compliment you on how well you've handled the climb. Days and days of pushing, physically demanding, near starvation. You never complained once and you kept up with me the whole time."

"What's sexist about that?"

"It's prejudice."

"How?"

"Because you're a woman."

"I am a woman."

"It's not polite."

She looked at him, tilted her head. "It's not polite to notice I'm a woman?"

"Not to suggest limitations or weakness because of it."

"Who says?"

"Polite society."

"That's the stupidest thing I've ever heard. Women are different. What kind of society denies the existence of women?"

"It's not like that."

"Sounds like it is. Does the word exist?"

"Of course."

"Do I want to know the polite society's definition of it?"

"It uses the term fluid."

"Like in menstrual blood?"

"Like as in choosing and presenting—"

"I don't want to know," she said. "Sounds stupid. I'm a woman and I was wondering how long it would take you to realize why I was staying with you. I guess your conditioning kept you from understanding how damn hard it was for me. I don't know a single other woman who'd have done it so well. I guess it's nice that you didn't pull any punches, but it might have occurred to you earlier that I didn't have a magic robe and these boots don't fit me."

A wave of guilty horror grabbed Qays and he felt himself flush. "I… I… I'm sorry. I've been told I put women on pedestals."

"No, you don't. You ran me like a recruit."

"We're taught to treat female marines the same as male marines in all things."

"That's stupid. And I'm not a marine."

"Oh, spin me. Patience, I am so, so sorry."

"Good."

"The life you must have had to have endured these days… I can't imagine."

"Well, yeah, that made me tough. I know hunger. I've been hungrier than this many times though. But it's been okay. We've been together. I knew I could ask you to slow down if I needed to. You stopped plenty, more than I think you'd need for your gumption."

"Gumption," he muttered.

He shook his head. In truth, this facet of the Empire's enlightened philosophy always vexed him. There was an innate dishonesty to it that challenged his common sense, his experience with granted 'generalized' demeanors of caregivers throughout his life. The gender stereotypes were abolished, but still present. There were countless crosses and reverses. His own mother came to mind – colder than even his absent father, more calculating than his senator grandfather. And Wallen – Elaine – soldier, friend, lover. Leader. Monster. He never thought women inferior, but the differences, regardless of how much indoctrination he was given, were forever and always obvious and unmistakable to him. It was a common view, one shared he knew by both sexes and all in between, but never spoken about publicly in the core for fear of the wrath of zealots. Maybe that's why he'd gravitated to the frontier.

"Gumption," she said. "It's a good word."

"Yes, it is."

"And I've got plenty of it."

"No doubt."

"But I also have a bottle of stims I found in that toilet kit we liberated."

"What?"

She fished a black bottle out of her pocket. He'd not noticed her dress had pockets before. She shook it. It rattled. She opened it and poured out a half-dozen black pills.

"'Blackies, when you have to do shit you don't want to do'," she said. "Common enough in the mines. Don't you have these?"

"Yes, they're common issue in the military. Illegal for civilians."

"What? Someone on Fresh Start breaking the law? We gotta drop a dragnet. But wait. Where will we send them when we catch the villains?"

"Just don't get addicted to them. You wouldn't like an addiction."

"Wouldn't be my first one. Or even my first on blackies," she said as if it were nothing.

He left it alone. Alongside the pedestal was the cradle, the place where those he needed to care for called out to him.

They were right. Fifty meters through waist-high snow and they were on the other side of the mountain in the rain shadow. The snow lessened immediately. Knee high to their ankles in a hundred meters.

They followed a narrow canyon. Going down was at once easier and harder than going up. Gravity was their friend, but it led them to make more missteps than before.

Around noon, they found an icy pool in a flat. Silver fingerling fish shimmered beneath the water and a well-used game trail led out and away. This was the end of the range. They could see a plain stretching out beyond the mountain in a long, tawny flat to the horizon, a few oases of gray-green life here and there among a few rolling hillocks.

They boiled eggs and drank water, refilled their bottle, rested.

"Are you taking stims now?" asked Qays.

"Haven't had to today," said Patience, lying back to absorb the sun on her face. "I'm feeling the lack of them though. My hands are shaking a little. Probably take one in a minute to stave off the headache."

"I think we can go slower now."

"I know what you're trying to do," she said. "I'm good. I'll let you know if I need a break. I know how to take drugs."

At dusk they were in the foothills. They found a protected overhang, and after having displaced a dozen lizards with split tails, made a camp. The lingering smell of lizard was unpleasant, but the protection of solid rock was not to be ignored.

They rationed their water and ate more birds, frying them over the short-lived, vaporous embers of the hollow wood they found. The smell, spicy and sweet, went far to drive away the reptilian stench.

Next morning they set out over the plains at an easy walk. Qays watched Patience for fatigue, kicking himself for not noticing the stims. She glared at him and pretended to chug the entire bottle until he wiped the concerned look off his face.

Patience ditched the heavy, warm gear the second day, happy to be in her worn and smelly dress and shoes again. With pieces of the discarded clothing, they fashioned a reasonable backpack for what provisions they still had. Patience demanded she carry it as much as he did. Qays let her, but noticed now that he was looking for it, her sunken eyes, gaunt face, and trembling fingers. Drug withdrawal. He adjusted his pace to normal instead of marine and together they made many kilometers.

"You'd fit into the Empire," he commented as they bedded down the next night.

"Why do you say that?" she asked.

"Demanding equality of work."

"It has nothing to do with that," she said.

"Making a point? Being stubborn?"

"No. But you've forever got your mysterious bag. If we get separated, I'd like to have a few things to work with and not just my personal stink."

"Yeah, we need a bath."

"Speak for yourself."

"I was just agreeing with you. You brought it up."

"But you don't have to agree." She put on a pout, and it wasn't all show.

They cooked the last of their meat as best they could, again using the hollow sticks and grasses that sent more smoke to the sky than heat to their food.

"Tell me about the bag," she asked. "Is it true all your worldly goods must fit inside it?"

"That's the way of Glathan's monks. No possessions. Well, a few. Did you see my stylish bowl?"

"And the super gun that blows up landing fields, tickles sociopaths and paints black lines on tigers."

"It also makes julienne fries."

"What're those?"

"I have no idea. But I had a professor back at Rikkest who always said that."

"Did you have the gun in the monastery?" she asked.

"Of course not."

Qays stood up and stretched. Looked back the way they came. He could now only see the peaks of the mountains from where they'd come. The light was failing.

"Was the monastery like Rikkest?" asked Patience.

"Actually, it was a bit. Both are very regimented. Every moment of every day is scheduled. But Rikkest was more varied. It never adopted the open curriculum standard. They still give grades, but they're plastic. Money talks, influence matters. If you get in and aren't a complete screwup, you'll graduate. It's competitive for standing though. Graduating in the top five percent is a big deal, the very top, a ticket to…to something."

"How'd you do again?"

"I graduated at the top."

"That's right. And what did you do with your ticket?"

"One-way trip to Fresh Start apparently."

"How'd you screw that up?" she said.

Now was not the time to tell it, as if he could frame it in some way that made sense. He was here, looking for something – answers, absolution, contrition. Blame. He didn't know. Until he had that, or at least until he knew what he was actually here for, sharing any of it would just be breaking open a scab.

He shook his head, indicating that he wasn't going to answer her. He noticed her hands then, saw that they were dirty, tipped with broken fingernails and shaking worse than ever. She noticed him looking and folded them in her lap. "So what's a class at Rikkest like?" she said.

"They're all different. Some are in huge auditoriums with lecturers. Some are discussions in small groups. Some are hands-on training. Fencing is a thing. There's a lot of writing and reciting, which is archaic and different from what public schools do. I can name the emperors back a hundred generations."

"What good is that?"

"I wondered that," he said. "I think it is to remind us of change. The Glathans like to remind everyone that time passes. I think the lesson was the same. Also, it shows a deep heritage. A lot of people really hate on the early and mid Empires because they were expansive, but that's how we got here. If it weren't for them, we couldn't have gotten to a place where every belief is respected and every life choice affirmed."

Patience was smiling.

"What did I say?"

"My mother said the same thing once."

"What did your mother do to get sent here?"

"She never said."

"And she went to Rikkest?"

"Yeah."

"And she never told you about classes and the schedule?"

"I was too young then to understand. She told me about beautiful people studying important things. Then she was murdered."

She curled up, ready to sleep.

"I don't remember ever hearing about any Rikkest graduate being sent here," Qays said.

"You keep track of those things, do you?"

"Not as a rule, but the scandal would have been huge."

"Maybe that's why you didn't hear about it."

"Maybe."

"Surely." She yawned.

"You going to be warm enough?" he asked.

"Not yet." She patted the ground. He lay down beside her and they shared the robe again.

★ ★ ★

Next morning they had 'herbal soup – don't call it tea', for breakfast. Patience's specialty.

They set off at a good pace, the ground flat, the temperature mild. It was easy walking, provided you remembered to come down with each step heel to toe. Stepping straight down on the stab grass was how it got its name. Qays had earned three punctures through his sandals learning that.

At supper they sat around a smoky fire and dug ineffectively for water in a hollow. As if there'd not been hours of distraction, Qays said, "I wish I'd had a mother like you."

"You had a bad mother?"

"I think she was a product of our society. I don't mean the Empire, per se, just the upper echelons of it. The aristocracy. She's a political animal. She sees me as an extension of her responsibility to keep the family strong. I was earmarked for politics and everything was geared for that goal. Nurturing wasn't part of that. She was a presence in the house sometimes. She was gone a lot, doing who knows what. When I cried it was to a nanny, but no nanny ever lasted more than a year."

"Why?"

"So I wouldn't get attached."

"That's terrible."

"My whole class is that way. All of Rikkest was populated by those kinds of people. It was a miracle that I ever found an escape at all."

"But you had everything."

"It looked that way."

"But you felt confined. You said you took years off. Is that why? A wanderlust?"

"Kind of. I took the year off because I could. It was calculated rebellion. I never minded the plan for me to be a senator, I just wanted to play around a bit. After Rikkest I joined the marines to get another look at the frontier before I committed to the capital."

"What did you see on the frontier?"

"A different life. Often ugly. Often horrible. Often soul-crushing, but also…"

"What?"

"I can't say."

"Hey," she said. "This is your conversation. You brought up your mother."

"I guess the word is 'honesty'," he said. "People didn't have plans within plans. I didn't feel manipulated. Even the women who entertained me at brothels…there was an honesty there that the capital didn't have."

"So you do have sex."

"Of course I do."

"Then why didn't you make a move on me the other night? Or last night. We shared a robe. I wasn't far."

"It didn't—"

"It didn't?"

"Okay, it did. But it wasn't… I mean…"

"With rhetoric like that, I can tell you were educated at the Empire's premier college."

"Spin."

"You spin. I feel rejected."

"No. No… It's… I can't… You don't want me."

"I'm not asking. I'm just wondering."

"I couldn't separate sex from love with you."

"I'm not sure what to do with that," she said.

He felt awful and stared at the ground. "I'm falling in love with you."

"Is it my smell? It must be my smell."

He laughed. She laughed.

"I'm not in a good place, emotionally," he said after a moment. "I'm not ready for that, with you. But I am seriously happy that you'd entertain it."

"You had a doubt?"

"I'd want it to mean as much to you as it will me."

That stopped her. Her eyes grew soft, twinkling in the firelight. She looked past him into the darkness and was silent. Qays fed the fire another handful of grass and it flared with hunger, sending a cloud of brown smoke into the sky to obscure the stars and each traveler from the other.

"Okay," she said after a moment. "Let's see what happens."

"Okay," said Qays.

"Tomorrow we'll see the river."

"What river?"

"It's called the Brown Drown, or the Brown River depending on its mood. Didn't you smell it today?"

"No. I didn't smell anything."

"Well, I smelled you, and me, but when the wind was just right, I smelled the Brown Drown," said Patience. "It's close."

"That's good news," he said.

"You haven't seen it yet."

Chapter Seventeen

They heard it before they saw it. The Brown Drown, or the Brown River for those who don't know. It was too thick to drink, too thin to plow, and too fast to touch. It was as much a landslide as a river. If anything lived inside it, it ate rocks, and wore armor that any marine cohort would envy. From where they stood, Qays guessed it was a hundred eighty meters wide and traveling at the speed of a horizontal avalanche. Loud and full of broken things. Debris tumbled on its top, submerged, resurfaced, spun skyward as if gasping for air before sinking again. Whole trees raced by, grabbing at the shore as if trying to save themselves, branches torn off in piercing, echoing snaps second only in din to the cacophony of the pulverized pebbles, ground grit, and ruined rocks screaming from the torrent itself.

"Are you kidding me?" said Qays.

"This is much worse than I remember," Patience said. "I saw it downstream. There it's just awful. Here… I don't have words."

They stood upon a hill looking down and over the terrible river. It was evening and the sun was setting, but the angled light cast nary a shimmer upon the river's roiling matte surface.

Qays stared, trying to imagine a river in what he saw. A flash flood maybe, a breach in a chocolate factory boiler. Sudden catastrophes – quick and deadly, but with an end. He saw no end here.

"What's it like downstream?"

"When I saw it, it at least looked like water was involved. Boats were on it. Tough boats, but they were there. They still call it the Brown Drown, though, for reasons. Sometimes just the Drown."

"Your tourist board must love that."

The mountains they'd traversed before were long behind them. Other mountains were nearer upstream, taller and cloud shrouded. The source of the river.

The tortured water from the mountains did not linger long here. Green life extended about five meters inland along each bank; then the tan, unbroken grasses, scrubby brambles, and wasteland extended as far as Qays could see. Pom-topped reeds and mottled moss constituted the bulk of what verdancy there was in what passed for calm in the bubbling eddies. An occasional black-bark tree fought upward between sheltering, splintered rocks, twisted in knotted trucks, scarred where branches had been pulled off by passing flotsam. Only the tops were green and those were spikes of dagger-like spines Qays had no doubt were sharp as scalpels, poisonous and infectious. A military-grade biological weapon like the rest of the indigenous life on this hostile, cruel, and forsaken world. What a place.

"Don't think of it as a river," said Patience. "Think of it as a big rock tumbler, polishing stones to a pretty shine, and killing anyone who gets close."

"You got that right. I've seen lava flows that aren't this scary."

"Where?"

"A couple places. Tourist attractions. They're safe, but they go to some lengths to make you think there is real danger. It's not hard. Lava is scary. This river though, this river is worse."

She thought about it for a moment, then wistfully said, "I'd still like to see touristy lava one day."

The wind rustled her dress, traced her chestnut locks in its breeze as her gaze reached across the distances between. Qays felt his heart quicken at her figure. Wanting and dreading at the same time.

"The train tracks cross this?" said Qays, refocusing himself.

"A long way down, yes." Patience pointed downstream.

"What's upstream?"

"Looks like mountains."

"Really? Wow."

"I'm rubbing off on you," she said, and he felt himself blush when she smiled at him.

"I've always been a smart-ass, but a sophisticated one," he said. "You're just pulling me down to your level."

"Keep telling yourself that."

"I'm thinking civilization is only downstream," he said. "Plus, upstream is uphill. I'm done climbing for a while. We go down."

"Bad guys that way."

"I'm sure they've moved on. Raiding forces are rarely occupiers. We'll be safe."

Patience shrugged.

"Are we close to Dread Landing?"

"I don't know."

Qays let out a heavy, frustrated sigh, the kind of thing that would get him a day's walking meditation in the monastery. "I was led to believe that you would be my guide. So guide."

"If I had to guess—"

Qays grunted.

"Relax, spaceman. It's a good guess. Dread Landing is on the Brown River. Boats go there. I don't think there are many boats upstream."

"Good guess."

"I know one thing though."

"What's that?"

"The town is on the other side of the river."

"Of course it is."

On the bank, they found a pool with only moderately muddy water and took some in Qays's bowl to settle for the night, hoping for something they wouldn't have to chew by morning.

They tried to make camp near the river but the torrent's din made it impossible. They'd be deaf come sunup if they stayed. They retreated a ways behind a sheltering hill where the noise was only loud, and built a fire where they boiled some roots that Qays thought didn't look poisonous and a huge crab Patience found under a rock that he did.

"We can't eat that," said Qays as she dropped its claws into the pot.

"My father told me that most plants are poisonous, but few animals are."

"I know a few snakes, ants, birds, mice, fish – lint on Fresh Start – that would disagree with that."

"Venomous is not poisonous. Avoid the venom sacs, and if it moves or has eyes, you can probably eat it."

He wasn't convinced, but the aroma from the bowl was reassuring. He settled in, rubbed his feet and found new blisters. Ignored them.

He closed his eyes and saw Anjali.

"Are you crying?" said Patience.

He startled awake. "Dreaming. I...uhm..."

She gave him a look, and to her credit, and his infinite gratitude, didn't say anything more, but passed him a boiled crab claw. It was hard to talk anyway for the Drown.

The claw was good. Butter would have made it perfect, but it was a nice change from poultry products. The roots were surprisingly tasty too. Pre-salted from the minerals in the river. Qays felt better after eating, but he still had a hard time calling what was a few meters away from them a river.

They kept the fire going longer than usual that night, wood, or rather splinters, being plentiful on the banks. They watched the thick smoke rise and fade into the moonless night among the dazzling stars of forever. After a while, Patience came to Qays and curled up in his arms.

He held her sure and shaking, and felt her drift off. Only when he knew she was asleep did he allow himself to weep again, but only for a moment, and not for anyone or anything, any event or promise, but unnamed and untokened, an expulsion of emotion and exhaustion. Such a road to this river. The mountains, the city, the space, the Glathans, the alleys, the trial. Haskana.

Amid the rumbling of broken things behind him, Qays finally fell asleep.

The company, the food, the emotional outlay, and the noise all conspired to betray him. He was woken up roughly by a slap across the face.

He blinked into a bright dawn sky eclipsed by a black-bearded man with greasy hair and a tattered, blue-sequined dress shirt.

"Git up," the man said, and to make his point he slapped Qays again and shoved a black-barreled pistol into his chest. A chemical slug thrower. Ancient. Effective. "Ain't asking again."

"I won't carry him," said another voice.

His face stinging, his eye swelling, he looked in that direction and saw another man, equally dirty but less sparkly, holding Patience by the hair, a knife poised under her chin.

"No need to carry nobody," said the man in sequins. "You'll be nice now, won't you?"

"Sure thing," said Qays.

The man stepped back, giving Qays room to stand. When he did, he saw one of the military gravitation vehicles from the train wreck parked on the bank of the river, just where they'd collected their supper the night before.

"The Butcher wants you alive, but he'll understand if that's not possible. Take that pretty blue dress off."

"Who you talking to?" asked Qays.

"I was talking to you, but seeing how miss rock chucker over there is dressed, I guess that might as well go for her too."

"No need for that," said Qays. "You want me to come quietly, let her go."

"No."

"No?"

"No."

"Pretty please?"

"Naked," the man said. "Both of you."

"No."

"No?"

"No," said Qays. "It works both ways, see? Let her go and I'll do a striptease that'll make you hard."

The look on the man's face told Qays all he needed to know. Pansexual this man was not. But he was dangerous and itching to hurt him.

"Forget it," said the man. "Get going."

"Where?" said Patience.

"They have a vehicle," explained Qays. "You been following us this whole time?"

"Calouw and the boys are on their way to the capital. Going to get your ship and a bit of lunch." He laughed. Qays felt his stomach twist. "I took a little detour when I got this ride. Figured you be on the river. Figured we could catch up."

"How is the family doing? Your wife still making those vegan casseroles? How's little Timmy liking his new soccer team?"

"You'll find out soon enough. Me and the girl got business," he said. "You and me too, preacher, but I figure if I bring you to the Butcher alive, my little trip with the car will be forgiven if not rewarded."

Qays reached for his satchel. "Can I get my bag?"

"I'll collect that with your other things. Go with Lemmi there to the vehicle."

Lemmi had a gun too, another black pistol in a holster on his hip, but he seemed to prefer the knife. He poked Patience in the butt to get her moving. Qays felt his face redden as he saw a blood spot on her cheek where she'd been stabbed.

She limped up over the hill and then down again to the river, Qays behind her. The man in the sequins taking up the rear.

"Hey, Lemmi, what's your boss's name?" Qays had to yell to be heard.

"Graham. Why you wanna know?" said the man.

"I want to ask him to the prom. With that shirt, we're sure to be crowned."

"What?"

Qays wasn't surprised when the man didn't get the reference. He looked as dumb as his friend and nearly as inbred, shorter by twenty centimeters but outweighing him by at least twenty kilos. Low-gravity worlds make big men. He wore similar leather pants, but his shirt was cloth and threadbare. It had once been yellow. Qays thought he could make out the name of a miller on the hem. 'Bud and Irma's Flour Mill, Reed's Ferry'.

"You're from Reed's Ferry, huh?"

Lemmi paused and looked at Qays. "Eh, you been there?"

"No, is it far?"

"A ways."

"No talking," said Graham.

"We're just jawing about home," said Lemmi. "The man was curious. Might as well tell him."

"How'd you join up with Calouw?" said Qays. "I'll open the question to you too, Graham. You seem like a nice guy. What made you turn to a life of crime?"

Lemmi stared, Graham laughed. "That's right. You're not from around here."

"Where he from?" said Lemmi.

"He's a free man of the Empire. Just visiting."

"Yeah? Why come here?"

"I'm scouting new talent for a variety show on Veldi. *The Fresh Start Follies*. Can you juggle?"

"What's a Veldi?"

They were at the vehicle. It was a standard gravity lift coach, but with the top cut off. It had garrison markings on the side and showed not its age but use in a thousand dents and scratches. Cosmetically it looked a mess, but Qays noticed the firm lines of an operational workhorse. It had three rows of seats behind the driver and a space for a single passenger-side gunner. There was a weapon's mount there, but nothing on it. The back seat was filled with suitcases from the crash.

The vehicle hovered six inches off the ground on the bank of the raging river, which if anything, was angrier now than the day before. Qays had to yell – no, *scream* to be heard.

"Veldi is the capital of the Empire," he yelled. "The home planet of Nikten the Fourth. It's the seat of government."

"What government?" Lemmi may have said. The noise was bad.

Graham signaled his cohort to get Patience in the vehicle. Lemmi pointed the knife at her eye and she scampered up and in. Lemmi climbed up beside her, settled in, waving his knife like it was a magic wand.

"I have gold in my bag," yelled Qays. Graham couldn't hear him, so he yelled it again. "Gold. Money. Lots of it. In my bag. You can have it if you let us go."

"I'll check," he yelled back. "But if you try anything funny, Lemmi there will ruin my plaything, open her up like a fish and then he'll kill you – badly."

Lemmi smiled and drew his gun. Now he had a weapon in each hand.

Graham, holding his gun on Qays, fumbled with the bag.

"Hand it here, I'll show you," said Qays, reaching forward.

Graham smiled and shook his head. "I know what you doing. You think I forget? It's why I'm here. Well, partly." He slid his hand into the compartment and withdrew Qays's gun by the barrel.

He examined the controls on its sides. "You shot me with this?" he said, shifting the gun to his palm and squinting at Qays. "It hurt. A lot. How would you—"

He crackled with energy as the gun failed to register the chip embedded in Qays's palm. Blue sparks erupted from Graham's extremities. His hair caught fire. The sequins on his filthy shirt sparked and melted. He twitched and dropped the slug thrower in the dirt at his feet. His other arm, the one with Qays's gun, glowed green, spasmed and flung the weapon away, out over the vehicle toward the clamorous river.

In the moment of confusion, Patience headbutted Lemmi, but the big man hardly noticed.

As Qays leapt for the gun under the smoldering Graham, Lemmi stabbed his blade into Patience's neck.

Weapon in hand, Qays rolled up on his knees, to see Patience fall to hers. Blood spurted between her fingers as she clutched at her throat with both hands.

In slow motion, a horror show of disaster, Lemmi brought his gun up to kill Qays.

But Qays saw only Patience, her bloodstained skin, her fading life, his failure.

And over the din of that hellish water, Qays heard himself scream – a long, loud and ancient cry, years delayed and still – ultimately and truly – useless.

He shot Lemmi three times in the mouth.

The ruffian balanced for a moment, then swayed and pitched over the back of the vehicle, his head hanging onto his neck by memories alone. Qays glimpsed his yellow shirt in the Brown Drown for half a second before it was swallowed beneath the crackling torrent.

Patience stood up, one hand on her neck, the hilt of the knife between her fingers, blood running down her front. In her other hand dangled Lemmi's dropped gun. She leaned over the side of the vehicle, took aim, and put eight shots into Graham's body before the gun ran out of ammunition.

"That's what you should have done before!" she rasped.

And the river roared on.

Chapter Eighteen

Seven Years Earlier

Qays's heart was light after he left Wallen that fateful morning. She was a career captain, a soldier by profession, a diplomat by training. Wise and wily. She was the best the Empire had and perfectly placed on the frontier where the edges were frayed and the light of the Empire challenged by the darkness of outdated delusion.

The plan was solid, perfect in its simplicity. Anjali and the others would disappear from this world and reappear on another, one safe in the embrace of the loving Empire, protected by rights denied them here. But as Qays spent that morning touring Chantan, measuring their nonexistent military power, he began to worry. Not for Anjali or the other refugees, but for Wallen. He kicked himself for not seeing the answer himself, for not putting it all in motion and doing it without staining his captain. When the lies – lies of omission perhaps, but still lies – were discovered, there would be some blowback. Wallen could suffer if it were discovered.

His feelings for Anjali were bright and new, sweet and exciting. His feelings for Wallen were deeper and more complex. He'd slept with both, loved them both as he knew it, and if it were not for the certainty that they would each love the other too when they met, he'd have been sick for choosing sides. He had not. Right is right and the right thing to do was to save Anjali, give her sanctuary and rescue. If the Haskers had claim on her, let them petition the courts of the Empire where there was law and not the fickle fancies of an aging lecher proclaiming God's current whim.

The landing party met before supper for reports. The Hierophant had sent word that tonight's feast would be even more memorable than last.

"I take that as a good sign," said Wallen. "They're not chasing us away."

"The place is rich in wool and lumber," said Quartermaster Jyp. "A fortune, and they know it. They need heavy machinery and a reliable partner. I talked up the Empire. Someone will make a fortune on this planet. That's our in."

"Our in?" asked Qays.

"To bring the light of the Empire to this backward, head-shaved latrine of a world."

"Tell us how you really feel," said Societal Officer Briggs.

"I feel the same as you," he said.

"Do you feel that way?" asked Wallen.

Briggs looked around the table protected by the privacy bubble, and had to nod. "Backward is a kind epithet. It's like they went back and picked all the most heinous ideas of antiquity. They're violent beyond reason. I saw a slave drop a cup and – oh, they have slavery here."

"What happened?" asked Qays.

"The slave couldn't have been nine years old. The owner beat the child with a heavy stick until he lost an eye – an eye. People just walked past. I watched dumbfounded. The monster crippled the child for a broken cup."

"How's their health?" asked Wallen.

"Ancient thinking, ancient diseases," said Medical Officer Konley. "There's cholera here, and dysentery. The lines for inoculations are encouraging. They're not letting God fix it. There's a little malnutrition in the lower castes. The upper crust is fine. Don't know how they got vaccines, but all the leaders are up to date on everything. They've even been inoculated for Mascond syndrome, a disease that didn't exist two years ago."

"They have friends off-world," said Wallen. "We knew that. Science Officer, anything new?"

"That smell we perceived when we landed is pyrotum."

"What's that?" asked Qays.

"A fine particulate of oxygen-enriched pyroclastic cloud. A product of recent volcanic activity."

"Is it dangerous?"

"The stuff is said to be flammable but only at temperatures that don't exist outside of a sun. As a gas, it'll suffocate you if that's all you have to breathe, but since it's so diffused it's just a smell."

"There could be some cancer from it down the road," said Konley, "if they don't get inoculated."

"Another carrot," said Wallen. "Cholera got us a welcome, pyrotum will get us back. Lumber commerce long-term association. Score for the Empire."

Captain Wallen turned to Qays. "Military report, Master of Marines," she said.

"They have no standing military to speak of," he said. "Just local enforcers. The only notable defense system they have is a deliberate distribution of population and resources. They're very spread out. If threatened, they'll fight a guerrilla war. They're an offensive threat."

Briggs shifted in his chair. "They might not show threat," he said, "but my recommendation is that we quarantine."

"Reason?"

"Their vindictiveness is off the scale. There're defined by offense and retribution."

"So, nothing new there," she said.

"Exactly. We should isolate these people, at least until they have a reformation."

Qays recalled the term, an inevitable moment when religious power was successfully challenged by humanism. Or was it secularism?

"Put that in all your reports," Wallen said, checking her chronometer. "Get into your whites everyone, or blues, Master of Marines. It's time for dinner. Meeting dismissed."

★ ★ ★

The banquet hall was as before. Tables set around a central area doubling as a stage. Soft, colorful pillows waiting for guests. Muted, congenial lights shining through mists of woody incense. Beneath the smells of sandalwood and juniper cone came suggestions of bounty carried in scents of fried meats and baked bread. Many Haskers were there waiting for them, but some were delayed. The Hierophant and Emissary Swan were among the latecomers. The crew of the *Laurel* was greeted warmly and offered finger foods while they waited. They sat down at their places, picked at yellow grapes and biscuits. Qays set his marines to positions along the walls as before. It was prudent and consistent, though Qays no longer feared the Haskers as he had. One of his marines could wipe out this entire city. Qays wore his dress blues as ordered, but he kept his comms hot and verified his marines were alert and ready. All five by five.

The Hierophant emerged from a doorway without fanfare and all stood up.

He clasped his hands together and rubbed them as he walked toward Captain Wallen. He was followed by half a dozen other bald men. Emissary Swan was not among them.

He said, "Captain and crew, officers of the *Laurel*, representatives of the Empire, we welcome you again to our home. I pray you had a good day?"

"A great start on the inoculations," Wallen said with a slight bow.

"And the others? They all had a good look around?"

"Your people were very accommodating," she said.

"Yes. Which one of you is Qays Mendoza?"

Qays jumped hearing his name. Wallen, if it affected her, showed nothing.

"He's our Master of Marines," she said. "The only one not in white."

"Sir," said Qays, bowing.

"What did you find?" asked the Hierophant.

"I found a peaceful community, sir."

"Ah, very good. Very good. So accommodating." He sat down and clapped his hands. Music flowed into the banquet hall through unseen avenues – strings and rattles, a complicated rhythm with slippery time signatures. Still, it was soothing, and created a congenial atmosphere.

The first course came out without dancers, just background music. Then the next to a new tune, but still an empty stage. During the third course, Wallen asked the Hierophant about Emissary Swan. His place – between her and Qays – was the only vacant one.

"He'll be here," the Hierophant assured her.

The next dish came and Qays asked his companion, "Will there be dancers tonight?"

The man shook his head. He'd been taciturn the entire time, answering Qays's attempts at small talk with grunts and nods only. He looked at Qays, who was again startled by the lack of eyebrows.

"The Hierophant has something special planned," he explained. "Best leave it as a surprise."

Qays noticed that the other officers were having as much luck engaging their companions as he was. Only the Hierophant and Wallen seemed to be having any kind of communication. The other Haskers were listening.

"Do you know the old adage about strong men?" the Hierophant asked Wallen.

"Just men?" said Wallen.

"Yes," came his flat reply.

"Probably not, then."

"'Hard times create strong men, strong men create good times, good times create weak men, and weak men create hard times.'"

"Sexist, but I get the idea."

"The Empire is nothing but weakness now. It was strong once, then it felt guilty – *boo hoo* – and empowered weakness until it was mistaken for strength and opened the door for the inevitable and necessary hard times."

"Looks like you have the hard times, not us," she said.

Qays was surprised. Such an undiplomatic response was uncharacteristic. Maybe he'd hit a nerve. Maybe like him, she felt something was wrong and about to get worse.

"Yes," the Hierophant agreed.

"You're saying you're strong?"

"And the Empire is weak. Very weak. You're all squabblers and gluttons. Sinners and cynics. Pleasure seekers, perverts, pedophiles and placaters."

"That sounds like a sermon," she said, nibbling a carrot stick.

"I might be quoting one of mine," said the Hierophant, "but now I have the proper audience to hear it. We already know these things."

"I'm the audience?"

"Yes."

"What is it you're trying to tell me?"

"The Empire is falling and it'll be men like me that bring it down."

"And build a new one?"

"Yes."

"Not in my lifetime."

He shrugged. "It won't be as hard as you think. Strength will out."

"And how are you stronger than us?" she asked.

He leaned back on his pillow and grinned. A long, pregnant pause filled the space. Qays reached for his pistol. His comms went quiet, signaling full alert.

The Hierophant clapped his hands three times.

The doors at the far end of the hall burst open, and lines of men marched in. Two by two, each pair dragged a third between them. When they reached the center of the space, they dumped their cargo, made a sharp turn, and without missing a step marched back while the next pair followed suit.

Soon there was a pile of writhing people on the floor. They were alive, though their faces were bloody. Gore oozed between their lips past broken teeth and black, cavernous maws. They crawled because none of them had feet. In horror, Qays saw that one of them was the emissary. He beseeched Wallen with blackened eyes and a tongueless mouth, gesturing for something – help, sympathy, death – Qays didn't know.

"What is the meaning of this," said Captain Wallen, standing up.

The other crew did the same. Qays slid his hand to his pistol. The marines had locks on all the Haskers but didn't detect any weapons in the room. A small contingent of peacekeepers with small arms waited outside, however.

The Hierophant explained. "These sworn followers of The Holy Faith of the True Father God have gone astray. These…"

"People?" offered Wallen.

"…transgressors," said the Hierophant, "were the group of malcontents that sought sanctuary with you and your ship. Don't deny it. We have their confessions."

Qays felt his heart lurch as he scanned the bodies of the bleeding folk, looking for Anjali.

"This is barbaric," said Wallen.

"This is none of your business. This is a local matter. We operate under charter, or treaty – whatever you bookkeepers call it. Our planet. Our law. They broke it. There it is."

"Was this meant to be a demonstration of your strength?"

"An effective proof, don't you think?"

"It proves something," said Wallen, "but I don't think strength is it."

"You will leave," he said. "Immediately. Take your filthy weakness and go. We'll be stronger for having lost the chaff of malcontents and body weaklings. If God would kill them, let Him kill them. The law is the law."

"We noticed you're up on your shots though," she said.

He clapped his hands and the doors in the back again swung open. This time it was four men armed with swords and pressure rifles escorting a single woman. Anjali.

Qays began to draw his gun but was stayed by a glance from his captain. He verified the weapons lock from his marines and stood at parade rest for something to do.

"Here we have another crime," said the Hierophant, "more egregious than the other. This woman has broken her vow of chastity."

"I never made any such vow!" Anjali said. She was whole, untortured. Had her tongue, and stood on her own feet.

"It was a covenant nonetheless and you knew it," said the Hierophant. "You have brought shame upon you and your family, our planet and our faith. Let there be blood atonement."

"We'll take her off your hands. The others too," said Wallen. "All of them as is. Gone tonight. Your pollution removed."

"That is not God's way." He looked at one of the seated men, who rose slowly and walked around the table to the center, stepping over the writhing wrecks of humanity. He was handed a heavy, curved sword by one of the guards. The others grabbed Anjali and drove her to her knees and pulled her hair aside to expose the back of her neck.

"You have shamed me, daughter," said the man. "You have laid out of wedlock and worse, with a nonbeliever." He raised his sword.

"Father—"

The sword fell upon Anjali's neck with a singular slicing slurp and her head was on the ground. Blood spurted from her neck – so much blood – a geyser, into a pool that sprayed Wallen and the Hierophant. A spray turned rhythmic pulse, strong but weakening, weakening, weakening in time, until the dead girl's heart finally recognized the situation and stopped.

The guards held her dripping, headless corpse for a moment, pausing for some kind of sick dramatic effect, then they unceremoniously dropped Anjali's mutilated body to the gore-spattered floor.

Reasoning had left Qays's mind for the duration of the event. Time had stopped, a surreal, hellish nightmare replacing his higher functions. He could do nothing but watch, helpless and frozen. His consciousness outside his body, seeking another – any other – reality.

It was only when he heard his name mentioned that he became aware of anything other than Anjali's dreadful destruction.

"Now, Qays Mendoza, Master of Marines," said the Hierophant. "It is your turn."

"What?" he said, his senses sluggishly returning.

"That man has dishonored my house," said Anjali's father, pointing the sword at Qays. "I must have blood for the insult."

"What does he have now?" asked Wallen.

"A good start," said the Hierophant.

Qays looked around. The marines in his ear were requesting permission to fire. He found Wallen, who shook her head at him deliberately. "You're out of your sick mind if you think I'm going to let you butcher one of my crew," she said.

"But you must," said the Hierophant, using a dinner napkin to wipe blood from his chin. "Our customs must be respected. Is that not the way of the Empire? Tolerance? You come to our world and rape our children. Do you expect us to do nothing? We have laws here."

"Consenting adults—"

"Is a meaningless term to us!" roared the Hierophant. "Now, order your man to kneel."

"Or what?"

The Hierophant leaned back, sipped from a gold cup, regarded Wallen with a cold, contemptuous look. "We have demanded retribution from your man for his carnal transgression. If you refuse to give him to us, we'll demand the right of retribution upon you, Captain Elaine Wallen, and the men here today and the entire crew of the *Laurel*, to two generations. And as you are a representative of the Empire, so too shall we be obliged to demand the right of retribution from there as well."

"What can you do to us?" said Qays, his body taut and shaking, the rage in his voice clear and strong. "We're not scared peasants or weak, helpless girls. You lay a hand on any one of us and we'll light up this room with exploding bald heads."

"Oh, yes," said the Hierophant. "I know that is true. We cannot compel you by force. The Empire has nice weapons, but we won't give you an excuse to use them. I have outlined the demands, explained the repercussions should they be rejected. We will war on you and the Empire until our debt is paid. However long it takes. That is the word of God. The next move is yours."

There was a long silence as everyone took stock.

"We will return to our ship," said Wallen. "You'll have an answer soon."

"The sun cannot traverse with this crime unavenged without raising the right of greater retribution," said the Hierophant, quoting some hellish law. "You have until tomorrow sunset to turn your man over. He must be alive so that we may kill him."

"Back to the ship," ordered the captain.

Into his comms, Qays spoke to his marines. "Defensive escort. Stay hot." Nearly invisible figures emerged from the shadows and moved into a phalanx. Thus protected, the officers and crew marched to their launch and lifted off in the darkness to rendezvous with the *Laurel*.

It was a four-hour trip. There was little talking at first, only hushed whispers of shared shock and horror. Qays's rage ebbed at the end of the first hour. He spent his second in mourning, his third in worry. Shortly before they docked, he went to Wallen.

"Captain, I have to go back," he said. "He was right. I broke the law. It's on me."

"I agree," said Quartermaster Jyp. "The Haskers will attack a hundred worlds holding us all to blame, as if they needed an excuse. You screwed up, boy."

"She was just a girl who wanted a better life," he said.

"She got the better deal," said Jyp. "I'd rather have my head off than be maimed like those others."

"Shut it, Jyp," said Wallen. "Mendoza had feelings for that girl."

"Ah. More the pity."

"I can give him a sedative," said Konley. "He'll not feel a thing."

"Captain – Elaine. There's no other way," said Qays. "I'm good with it. I deserve it. I'm the one responsible for that carnage."

"The hell you are," she said. "They're monsters."

"If the Empire gave them a planet to be quiet, how can we hesitate at offering them one man to keep peace?" asked Briggs.

"We should have just handed him over then, Captain," said Jyp. "Now we'll have to make another trip down there."

Wallen stared out a window, impassive.

"Elaine," said Qays. "Don't let your feelings for me cloud your judgment."

"Don't patronize me, Lieutenant. And don't flatter yourself. This has gone far beyond you."

The ship began its docking maneuvers.

"You've got to act in the best interest of the Empire," said Qays. He wanted to add that he really didn't want to live anymore after what happened. Rage turned to mourning had hardened to guilt.

"Always for the Empire," she said. "But if you dare remind me of my duty or question my judgment again, I will have you arrested and put into stasis for insubordination."

"Yes, sir."

"What are you going to do then?" said Jyp. "Have you decided?"

"Thank you, Quartermaster, for reminding everyone that it is my decision. Yes, I have an idea. Reconvene on the bridge in one hour."

An hour later, Qays had showered and changed into his normal uniform. When he arrived on the bridge, Captain Wallen was bringing the ship to bear over Chantan. Qays recognized the geography. Wallen had cleaned up too, no blood on her. Her hair was neat, and she wore a touch of makeup, which surprised him. She was not in her regular duty uniform, but in her formal whites, which had either been cleaned in the hour, or this was a backup set.

"Three minutes," announced the conn.

"Summon Commander Perdrix to the bridge." Wallen noted Qays's arrival. "Have a seat, Lieutenant," she said.

There was a row of chairs for the officers who'd been on the planet. He'd somehow managed to arrive last. Qays nodded to each in greeting and sat down next to Jyp. "What's going on?" he whispered to the quartermaster.

"No idea, son."

Commander Perdrix, second in command, returned to the bridge. "Sorry, Scott," said Captain Wallen. "I know I just relieved you, but I need you back."

"Of course." He took his station to the right of the captain.

"Weapons hot," said tactical.

"Weapons?" said Qays to no one in particular. Jyp shook his head in confusion.

"Tactical, prepare a solar flare," said the captain. "Plasma yield to maximum."

"Aye. Setting now."

"Ah," said Jyp. "A flare. Not a weapon."

"Report? How'd we do?" asked the captain after a moment.

"Current load maxes out at…" The tactical officer read numbers off his screen. "Nine – no, ten million Kelvin. Ten-point-oh-oh-three-five, to be precise. Burn time, not even a millisecond."

"That ought to do it."

"Do what?" said Qays.

The captain didn't hear him, or ignored him. "Set flare elevation to one hundred fifty kilometers surface."

"Surface?" asked tactical in confusion.

"Above the surface."

"Aye, Captain."

"Mark when ready to fire?"

"Ready."

"Fire," said the captain.

"We shooting fireworks?" asked the tactical officer.

"I said, 'fire'. Must I repeat my orders now?"

"No, sir. Apologies. Flare away."

A ball of shimmering blue light streaked out from under the ship as the interstellar flare was sent planetward. They followed it like a comet as it bore down toward the planet's capital. Then it burst in a flash visible for parsecs, if only for the fraction of a millisecond it existed. The screen dimmed automatically to preserve their vision.

"Giving them a scare, eh, Captain?" said Jyp. "A nighttime sun?"

"Not exactly."

"Won't do any damage, but you know, someone could still be bli—"

The screen came back up and they saw it.

Where the flash had been was now an orange ball. It morphed into a ring and spread outward, and outward, and outward as a blazing wave, racing at the speed of sound in a chemical chain reaction. The pyrotum ignited – the air afire. Burning, burning, burning the grass, the trees, the land. Boiling the seas, the rivers, the rain. Melting mountains. Incinerating all the people – all the people. All the life. Making molten and dead a once-living planet.

All become ash.

Become ash.

Captain Wallen turned from the bridge display and regarded her second in command, who stared in slack-jawed horror at the dying world behind her. "Commander Perdrix," she said, "I surrender myself to you for arrest on charges of willful genocide. I relinquish command. The ship is yours."

Chapter Nineteen

With his own scream still ringing in his ears – a miracle over the sound of the river – Qays ran to Patience.

She'd dropped the empty gun and was slowly sinking into the front seat of the vehicle. Blood oozed from her neck.

"I would have liked to see lava," she said and closed her eyes.

"Don't die, don't die, don't die!" he yelled.

"Not my first choice." She gripped the knife handle and began to pull.

"Stop!" yelled Qays. "Leave it there. If you remove it there'll be nothing to stop the blood."

"Okay." She lowered her hand limply to her side. "What now?"

Qays had taken first-aid classes during training, had biology and anatomy courses at Rikkest, and he had once helped deliver a baby via C-section in a fifth-class cargo hold of a rickety transport a week into the Hjiminark, but he was not prepared for this. So much blood, the most blood he'd seen since Anjali's murder. So much blood. So much. So much blood. The similarities between the two events was not lost on Qays, and the echoes stunned him to paralysis as his mind again sought other realms to dwell in than this horrible one where he was.

"Qays, are you hurt?" said Patience.

"No, no. I'm okay."

"You looked like you were going to pass out."

"That's a good idea."

"I'd rather you didn't."

He took three quick breaths and then four slower ones, and centered himself in the way the Glathans had showed him.

"You're still alive," he said. "That's good."

"I think so too."

"Maybe you shouldn't talk."

"Maybe you should do something to help me not related to fainting."

"Good plan."

This was a standard military transport, vandalized, but otherwise the same design the Empire had used for a century. Still in service on countless worlds and uniformly equipped. Qays circled to the back and opened a hatch where a medical kit was stored.

It was empty.

"We're not spun yet," he said, though, in fact, his mind was saying the opposite.

He climbed into the back and cracked open the stolen luggage. He found a miraculous bottle of designer spring water and some beige towels, still in their wrapping from a store in Last Fall. He brought them to Patience and carefully washed around the knife and inspected her throat.

"I think he cut into your jugular and your windpipe. We're lucky he stabbed instead of slit."

"I feel so lucky," she said. "No, actually, I feel like I'm going to throw up."

"Don't."

"Oh? Okay."

He wrapped her in a green monogramed jacket from another case, covered her legs in towels. He leaned in and kissed her lips in apology.

She opened her eyes more in curiosity than surprise. "What was that for?"

"For you, stupid."

"Oh? Sure it wasn't for someone else?"

It was a joke, but it hit him square. "Maybe," he said from another planet. "Here. Here's one that's definitely for you." And he kissed her again and she kissed back.

"You've got shit timing, lover," she said. "Or some really kinky—" She couldn't finish her words. They were taken by a coughing fit that culminated in her vomiting blood. Again, Qays was stunned to stillness. Not because it was blood, but because it was her blood.

He looked around for an idea, and then saw the glint of his gun hanging over the river in one of the gnarled trees that lived in the current. He ran to retrieve it, leaping over a writhing pool of long, snapping snakes as he landed at the tree's roots. So those are the javelin snakes, he thought. Cross that off the scavenger hunt. A quick scamper up and he had his gun again. He set the beam for stun and silenced the snakes as he ran back to Patience.

She was covered in blood, sitting in a pool of her own life. She looked at him with sad eyes sinking into her pallid face. He climbed into the driver's seat, switched on the starter and brought the craft to life.

Patience was flagging. The blood coming from her neck continued in throbbing decay, each beat of her heart losing a little more of her essence. She was bleeding out. He cinched her into her seat. She watched him do it with a detachment that scared him more than the blood.

When she was secure, he adjusted his gun and pointed it at her throat. "Move your hand," he said. Her eyes went large then. He gave her a little nod of assurance. She did as he asked and clenched her eyes shut. He fired. The beam was broad, but hot enough to cauterize the wound, welding flesh to steel in a sizzling cloud of burning skin. Patience fainted. He packed her neck with wet towels and returned to the pilot's console.

Qays raised the craft to high flight level, two meters above the ground, and gunned it into the river.

Qays could drive damn near anything from a bike to a frigate. The coach controls were familiar and uncomplicated. It had been stripped, not just of weapons and the medical supplies, but also sensors, armor plating, and anything else that could be pried off and bartered for beer. What was left was surprisingly light and so fast.

By the wind, he figured they'd hit over two hundred kilometers per hour before he let up, testing his reflexes against the machine's handling. He headed downstream, crossing the river again and again, seeking the flattest route, which was often the banks and not the river. Any obstacle under a meter was as good as flat. One to two, a bump. Three, and this ride would be over. He had only his eyes to see; the terrain scanners were empty holes in the consoles. But the light was bright and his need mighty. He flew on, Patience pale and moaning. Blood still dripping from the wound, the burn around it angry and blistered. She was still dying, but not as fast.

He broke out from around a cluster of hills and the river was flat, brown but not boulders. He slowed and steered up over the bank, gliding now over cut corn stalks and irrigation pipes. There were farmhouses. Barns. Dannods watched him with big, lazy eyes. There was a town ahead.

He swept into the main road at speed in a cloud of dust. He pulled up before a cart of gawking people. Children ducked for cover behind the cart. A woman clutched a baby to her chest. A man picked up a rifle and faced him.

Qays slid the coach side on, halting a meter from the man. The animal pulling the cart, some horned thing, reared and snorted at being so crowded.

"I need a doctor," said Qays.

The man looked from Qays to Patience, saw the blood – so much blood – and pointed down the street.

"The blue house on the left," he said. "That's Doc Whitting."

"Thank you."

Qays shot across the street and grounded the vehicle in front of the building. He rushed to un-belt Patience, all the while yelling for help.

By the time he had her free and was lifting her out of the seat, two more pairs of hands were helping him: the man from the cart and an older man in a lab coat.

"Get her inside," said the man in white.

They carried Patience through a small waiting room. One pregnant woman and a man watched in fright as they passed. A white-clad nurse held a door open and they passed through an examination room into a modern surgical suite.

Qays could have cried for relief as they set her on a gurney. He'd not expected much, a pair of pliers and a staple gun, but in the bright room on this ass end of the Empire, he beheld a state-of-the-art surgical gantry. A silver orb of sensors surrounded by a bloom of robotic arms hung from the ceiling on rolling tracks. It was the most beautiful thing he'd ever seen.

"Y'all go out now," said the doctor. "I'll take a look at this and do what I can."

Qays met the doctor's gaze, followed the crow's feet to soft, reassuring eyes. "I..."

"You sit a spell, Brother," he said, noting Qays's holy robe. "You done good. Rest is on me."

The man from the road put an arm around Qays and led him back to the waiting room. A red light shone over the door to the surgical suite and he heard the telltale sound of a pressure seal engaging.

"I should probably wash up," Qays said, noticing the blood all over him.

"Come with me," said the man. "Jersi's just across the street."

Jersi's was a hotel that offered rooms by the hour, day, month and year. No refunds. The man introduced Qays to the proprietor, Jersi herself, a short, stout woman with a crew cut and a single gold hoop earring in her left ear.

"Man needs a bath and I suspect a bed," the man said.

"What's his story?" asked Jersi.

"Haven't heard it yet," said the man.

Qays was dazed, physically exhausted, spiritually tapped. He felt as if he were moving through a dream, sluggish, slow, and surreal. He was numb. Overwhelmed by guilt and grief.

"A bed would be nice," he said.

"You can have room three. Shower before you touch my bed and leave your butcher's apron by the door. I'll have someone clean it."

"People are always cleaning blood off my robe," he mumbled.

"That should tell you something, right there," said Jersi.

"No doubt," said Qays. "Where's this room?"

"Sigby will show you."

"I'm Sigby," said the man.

"Qays Mendoza."

"I'm still Jersi," said the woman.

"I'm very grateful for your hospitality."

"Does that mean you can't pay me nothing?"

"Very thankful."

"Shit," she said.

Sigby took Qays's arm and led him down a narrow hallway to a door with a brass number three on it. It opened with a push of a button, revealing a small, clean room with a single bed, chair, and table. The room was dull in sickly colors until the ceiling light flickered on. Then it was garish. There was a bathroom cubicle visible through a sliding door where he saw a narrow shower, toilet, and sink. A shelf with a single beige towel. It smelled of soap and pollen. An open window with paisley drapes looked out the back of the building onto a field of red flat-stalked corn and distance to the horizon.

"Jersi meant what she said about the shower," said Sigby. "You need to clean up. Be warned. You'll have maybe three minutes of hot water. Don't waste it."

Qays stepped inside. Sigby held back in the hallway.

"I have to check on the wife and kids," he said. "I'll come by after supper and see how you're doing."

"You don't—"

"It's settled."

Sigby left. The door slid shut.

Qays stood for a moment listening to the wind in the curtains, feeling his heart beat, catching his breath. Then he peeled off his robe, his socks, and his underthings. He left them in a pile on the floor, and taking his gun with him, took a ten-minute shower, two in hot water, eight in cold. It was enough to get the blood off him, if not the stain.

When he came out, his things were gone – his sandals, socks and robe – his ripe underthings – all missing. His bag was still there but it'd been moved. Nothing was taken from it. He locked the door, closed the window, and climbed into bed. He slid his gun under the pillow. Lying there, studying water stains on the ceiling, the adrenaline crash driving him to sleep, he marveled at his returned want for self-preservation, a feeling he hadn't felt since before the *Laurel* left the cinder that had been Haskana.

⋆ ⋆ ⋆

Strange light found him in a bed. A gap in the curtains let a low sun find his eyes and he rolled over to recall where he was.

He smelled food. On the table was a tray of sandwiches, a carafe of water. A piece of pie. There too were his clothes on the chair, neatly folded. That was quick, he thought, then looked again at the window. This was not dusk, but dawn. He'd slept the day.

As he was rushing to dress, the door slid open and Jersi stood there with another tray of food, this one high with breakfast rolls and a pot of what smelled like coffee.

"The dead arise," she said, and entered without being asked. She'd not even knocked, and he remembered locking that door before turning in.

"You wanna keep these sandwiches or should I take them?" she asked.

"How's my friend?" said Qays. "Has the doctor been by?"

"He came by, but you were sleeping. No reason to wake you, he said. Told me to tell you to come by the clinic when you could."

"No news is…?"

"She's alive," said Jersi, trading out the trays with practiced dexterity. There wasn't room on the table for both.

"He said that?"

"I know the doc. I know how he looks when he's got bad news. It was good. He let you rest, 'cuz everything was under control."

"What about Sigby?"

"He went home. He has a farm not too far down the river. He said he'd be back."

"What's his deal?" asked Qays, sitting at the table, wrapped in a sheet, pouring a cup of black coffee. The smell was heavenly, bitter, and sharp.

"How do you mean?"

"He's like a momma hen."

Jersi laughed. "Said the lost chick."

He didn't know what to do with that. Chuckling, Jersi left him to his breakfast. As soon as she was gone, Qays got up, took his gun out from under his pillow and slid it back into his bag which he slung over his body.

It was moynten-bark coffee again, like he'd had before, only thicker. It left a film on his teeth but made him feel like a new man. That or maybe the long sleep in a real bed.

After breakfast, he sat on the floor meditating, trying to remember how to create a moment of peace as he'd been taught. It never lasted, but it helped. When his mind was finally calm, as empty as he could make it for as long as he could manage – not much and not long – he got up and headed to the clinic.

Long shadows stretched over the quiet main street as he found the blue house again and knocked. A woman in a nightgown answered and let him in. "Doc's down the hall."

Qays traced his way back through the waiting area, the exam room, surgical suite and then a room with beds.

"It's called a shotgun shack," explained the doctor, who stood up from a chair next to the sleeping Patience when Qays entered. "It means a long and skinny building. Not sure where the name came from. The local tax man charges by street frontage. I got another two rooms behind here."

Qays rushed to Patience's side, took her hand and squeezed.

"She's okay. Lost a lot of blood. Don't suppose you're a donor? My stocks are tapped now."

"All you need."

"That's good, that's good," said Doc Whitting, his voice trailing off.

"There's something you're not telling me," said Qays.

"More of a question really, not that it matters. More curious I suppose."

"What is it?"

"I shouldn't. It doesn't matter. Dumb question probably, but this is a prison of the worst of the worst. I guess I—"

"What?"

"Did you do this to her, son?"

Qays's first instinct was to say he had. He'd not thrust a blade into her throat, but like before, it was his actions, made or omitted, that had led to the horror. But the doctor wasn't asking about that, only the end.

"No, I did not stab Patience."

"Patience? That's her name? How appropriate."

"It was a couple of Calouw's men that attacked us."

The doctor's face went wan. "I'd rather it'd been you," he said.

Qays noticed more than a dozen tubes bristling out of her body, her neck, chest, legs, crotch.

"Why is she hooked up like this?"

"Recovery torpor. She's on enhanced life support. With this, she should bounce back in a day or two rather than a year. It'd be shorter but I had to clean some stimulants from her system."

"A coma?"

"Not wholly. She's awake, or will wake up. See that line there?" He pointed to a display where a green line slowly snaked along. "When it's in the twenties, she's awake. Higher is more awake. She can't move, can't talk, but she's conscious. She can hear you. It helps immensely if the patient's brain is distracted. Something about the body resisting the treatment. Usually we plug in an audiobook, but I don't have any. Folks around here with kin usually sit bedside and talk to them, read if they have a book. You can tell by the line if they're liking it. Don't recommend scripture, Parson, that's never good."

"Brother," corrected Qays.

"I know. I was raised Glathan. I said parson because that's what the rest of the town is calling you."

"The rest of the town?"

"You're big news around here but I suspect the news that the Butcher of Raznak is near will eclipse your fame in a pants-pissing minute. In the meantime, everyone's curious about you."

"I don't think Calouw is coming here."

"Think?"

"The men who did this," he gestured to Patience, "mentioned he was moving on the capital."

"For now," said the doctor wistfully. "Good you're here, though. Can you stay with her? I've got some calls to make. Your friend will be waking up soon. You'd do her a world of good if you would stay and keep her company. Remember, she can hear you, so don't be asking questions or trying to share your vacation snaps. Got a book or something she'd be interested to hear?"

The green line spiked and fell, then rose to twenty-five and held. Besides the line, there was no sign of change. Her face was pale, her body splayed and connected to a dozen machines that relentlessly hummed and ticked away.

"Can she feel?"

"She's in no pain, but she'll know if you do anything untoward."

"I'm a Glathan acolyte," Qays said in defense.

"First degree only, and let's face it, son, you're on Fresh Start. You done something bad to get here."

"Don't worry, Doc."

"Be sure to mind your manners. Just talk to her. Watch the line. If it dips below twenty, she's falling asleep. If that happens, let her be. It's good for her. Melva will check on you. I'll be back by supper."

The doctor gave Qays a good hard look, then nodded more to himself than anyone. He passed Qays in the narrow space and left.

Qays sat down and took her hand. It was very warm. A controlled fever in action, he imagined.

"Hey, Patience. It's me Qays, Qays Mendoza. The idiot in the teal robe you followed through the wasteland to end up here. Sorry about that."

Waves of guilt and grief crashed upon him, and he fell silent in indulgent self-pity. The line fell to twenty-two.

"Okay," he said to her. "I don't have a book to read to you. So here's a joke. The pilot of a passenger transport comes over the intercom and says, 'Good news and bad news, people. Bad news is we're hopelessly lost in the Hjiminark. The good news is our engines are at peak efficiency and we're making excellent time.'"

He paused a moment for the laugh he knew wouldn't come. He took heart in the green line rising three digits.

"Patience, sweet Patience, a friend I didn't want but so needed. I know what you want to hear, and I think, since you can't say anything about it right now, I may be ready to tell you."

He took a deep breath.

"I grew up rich. I took a year off before attending Rikkest to travel because I could. I went to Rikkest. Did well and then joined the marines so I could see the galaxy again before settling into a life of politics. As my family's rank demanded, I was made an officer, a lieutenant. As my inclination and skill warranted, I was Master of Marines, and attached to MSS Frigate *Laurel*, a powerful warship patrolling the farthest reaches of the Empire. My captain, the reason I am here on Fresh Start, was a woman named Elaine Wallen."

The line went to thirty-five. He squeezed her hand.

He took a deep, centering breath, let it out. Took another and then told her the whole terrible story.

Chapter Twenty

After turning over the ship to her second in command, Captain Elaine Wallen had excused herself from the bridge and reported to the brig before news of the events had traveled belowdecks. The warden there reluctantly put her in a cell, but only when ordered to do so.

Meanwhile, for the next thirty-nine hours, the *Laurel* stayed in orbit, monitoring the death of Haskana in an ever-expanding, air-burning ring of horror. When it was over, the planet was a black smear, a bubble of toxic smoke from surface to troposphere. If anyone had survived the burning, suffocation awaited. While it burned, Perdrix sent the spectators to quarters telling them to stay there. He summoned them back one by one to his ready room.

"I have a pretty good idea of what happened down there," he said to Qays when it was his turn. "I'd like to verify a couple of facts with you if I may. This is not on the record."

"Why not?"

"Captain Wallen's suggestion," he said.

Perdrix was a career skyman. He had short blond hair and bright blue eyes. There was a scar on his jaw he could have had removed any time, but hadn't. He was able, smart, and deserved his rank. Qays had had little to do with him, but he liked him just the same.

"She's trying to protect me," Qays said.

"Everyone," said the commander. "Did you break local law and lie with the woman in question?"

"Her name was Anjali and she was kidnapped from the Empire and dragged to Haskana against her will to be a plural wife to one of their men." Qays went on to confess all that happened, the meeting in the personal, the night of hungry love. He heard himself use the same phrases and make the same points as he had with Wallen. Perdrix listened, scribbling a note now and again on a quaint but antiquated notepad.

"Societal Officer Briggs is under the impression that what Wallen did was the right thing. Called her a hero. Medical Officer Konley is already on a course of sedatives. How do you feel about all this?"

"Why could it be the right thing? It goes against everything the Empire stands for. Respect for life. Respect for difference. Who are we to dictate what a culture can and can't believe? How to behave? What to find offensive or joyous?"

"Do you think it was a wrong thing?"

"To murder a whole living planet populated by two hundred million people? Yeah, I think that's wrong."

"Is it true you offered yourself to go under the sword?"

"Not until it was too late," said Qays. "On the way back, in the launch."

"The captain shut that idea down?"

"She did."

"Where were you during the Hasker uprisings?"

"The core. I never even heard of them until this trip."

Perdrix nodded. "The Empire hushed it up. Not a good look giving into terrorist demands."

Qays felt like throwing up. He had in his quarters earlier waiting for this meeting. Now there was nothing left to expel, but his body thought it'd try just the same.

"Haskers didn't exist a century ago. Converts and zealots. I never saw a more dangerous group in my life. The things they did... I heard someone call them 'reactively homicidal'. Give offense and they'll kill your family. No forgiveness, no moderation, no forgetting. It's their creed."

"Do you think—"

"I don't think anything," he said. "I'm just telling some of the things that Wallen knew."

"Thought she knew."

"Knew."

"The Empire doesn't do mass murder."

"We did in the beginning."

"Centuries ago. We're different now."

The unchecked wave of death spread on below the ship, visible in the viewer. What was once great and alive and thriving, full of potential, was brought low beneath the ugly growing wave of corruption.

"It's going to be hard to bury this one," said Perdrix, leaning back in his chair. "This will be a shit show."

"I want to talk to the captain."

"Denied. Captain Wallen specifically asked not to see anyone. As we speak, she's entering status confinement. We're out of immediate communication of any merit, but I can guess what the higher-ups will want. We're heading home."

"She's going to take it all on herself, isn't she?"

"If she can. And with any luck, it'll happen. Still, I don't like my career prospects after this."

"Did she mention me by any chance?"

"She told me that she didn't do it for you."

Qays huffed.

"Do you really think a couple of nights in the sack can change the shape of an officer like Elaine Wallen? I don't care how good it was, Captain Wallen did what she did for her reasons. She did not do it offhanded, she did not do it from emotion. She threw her career away. And most likely more."

"She did just murder a few hundred million people and a complete ecosystem."

"Yeah," said Perdrix. "Ecologists will not be happy."

"The ecologists? What about the humanists?"

Perdrix put down his pen and looked over the desk. "Master of Marines, you're free to put whatever you want in your own log, but I'll be exercising the right of censorship, as decreed under the military secrets act. You are not to discuss this affair with any non-authorized persons on or off this ship. Do you understand?"

Qays's stomach churned. "I request stasis travel with my marines for the trip back."

"Sure you don't want to talk to shrinks first?"

"I request immediate stasis."

As Master of Marines, Qays was allowed to fly out of stasis. The marines under him were usually stowed like cargo – stored weapons waiting to be used. During the long, boring months through Hjiminark, it saved resources to have them sleep. Qays didn't like long stasis, but he liked the idea of being conscious now much less.

* * *

"He approved my request and I slept dreamlessly for the trip," said Qays. "We landed on Nuwel, a planet of the core, but not center core. Not Veldi. Not the capital. Not home. I was brought out of stasis in time to see them march my captain off her ship in chains."

Melva arrived with a cup of yellow soup. Qays had been talking to Patience for hours. He was drained. As he sipped his soup and gathered his thoughts, he saw the line dip and Patience fell asleep.

He got up.

"Melva?" He found her behind a desk in the deserted waiting room. "Doc Whitting said I could donate blood."

"Oh, that would be good. Yes. Finish your soup."

He gulped it.

"Follow me."

She led him back to the surgical suite and laid him on a gurney.

"Do you care what we take? Reds, double red, whole blood or plasma?"

"Whatever you need. All you want." Retelling the story had restored his depression. He wasn't suicidal, but his will to continue was sapped. Only the girl in the next room mattered now.

Melva set the machines and stabbed a tube into his arm. She activated a button and after a moment of watching, excused herself.

"I'll leave the intercom on. Call me if you need anything. We're doing double reds. It'll be a minute."

"Thanks, Melva."

"No, thank you, Pastor."

He lay there, feeling his blood leak out of himself, happy to do it. He found his breathing, recalled his master's words at the monastery. "Service is salvation," he'd said. "The one truth of the species." He pondered it until the machine beeped and Melva returned with a plate of cookies.

"Eat."

He did, as she unplugged him.

He checked on Patience, found her still sleeping. He visited the personal and went outside to see that the sun had passed noon. The coach was still taking up its side of the road, blocking traffic, but there wasn't so much of it to worry. Jersi from the boarding house was looking it over.

"You got a lot of luggage," she said.

"It's all still here."

"We ain't thieves," she said, then added, "Well, no more. Mostly."

"You can have the bags in the back," he said. "They were stolen and the people they belonged to won't need them where they are."

"Where are they?"

"Dead."

"You?"

"Anthor Calouw derailed our train from Last Fall. We made a run for it. A couple of his men followed us. Hurt my friend. They a bad time after that and I took their ride."

"That's as succinct a story as I could imagine. Hopefully we'll get some juicy details later."

"Take the stuff. Payment for your hospitality."

"And the vehicle?"

"I should keep that for now."

Jersi signaled for three boys from the boarding house. She set them to taking the luggage away.

"Oh, hold on a second," said Qays, and rushed inside. Patience was still asleep, but slowly stirring. He asked Melva for her things and took them out to Jersi in a sack. "Can you wash these?" he asked. "It's all she has."

"Sure can. More bloodstains?"

"Yes."

"I assume your friend is doing well?"

"She is."

"Is Calouw coming here?" The question was blunt. He liked Jersi. In fact, he liked everyone in this town. A bad habit, he realized, and retreated a bit.

"He's heading to Last Fall."

"Nothing to stop him after that," said Jersi. "We're spun if he doesn't leave."

"He can't leave."

"Then we're spun if someone doesn't stop him," said Jersi.

"Like who?"

"I dunno. Maybe someone like you."

"Pastor," said Melva from the door. "She's awake."

He thanked Jersi as the last bag was tossed over the side for the boys to carry away.

In the recovery room, Qays took his seat as before, staring at the apparently dead body of his friend. Only the sound of the machines, the dancing green light, and his own desperate need told him she was alive.

"Like Perdrix predicted, it was a shit show." He took her hand and the line jumped.

* * *

The trial was fast; news had arrived two months before the ship and the factions were in place before they landed. No one justified the killing openly, but Qays was shocked to hear some of the more radical wings of the Senate express understanding for it. Even gratitude. Qays stayed near the trial, waiting to be arrested, but he wasn't even questioned.

His family reached out to him, but he ignored them. His mother was incensed at his silence and threatened to come to Nuwel herself if she didn't hear from him. He sent her a letter saying he was healthy. It did little to assuage her exasperation.

Former Captain Elaine Wallen took full and personal responsibility, admitting to willful intent to commit genocide. She explained her decision based on the threats she saw on the planet, few of which were explained in open court.

"The Haskers were a clear and present threat to the Empire."

"And that justified genocide?"

"The bridge crew did not know about pyrotum, so saw no reason not to carry out my order. I tricked them. They are blameless."

"You avoided my question, prisoner Wallen."

"Which was?"

"Are you saying that your actions were justifiable, then or now?"

* * *

"She wouldn't answer that question and was held in contempt for not doing so. Probably got another year tacked on her life sentence for that. A little gallows humor there for you, Patience."

* * *

On the day of the sentencing, Qays managed to get a seat in the courtroom. Though Wallen never looked directly at him, he knew she knew he was there.

"The Empire does not have the death penalty," said the senior judge. "If you'd remembered that, you wouldn't be here."

Wallen stood in civilian clothes at parade rest, eyes over and through the bench. A model soldier.

"You will be exiled to Fresh Start, there to live out the remainder of your life and that of your offspring to the fifth generation. It is only by a mercy suggested by your many years of loyal service that we don't assign you to the maximum security unit upon that penal colony. You can thank your friends for that."

★ ★ ★

"And that was that, it was over. Settled. All done. No need to talk about it anymore. Move along, folks."

Qays took a deep breath and felt tears on his face. "Spin me, I'm crying like a baby. This was seven years ago. You'd think…"

He wiped his cheeks with a cloth and continued.

"Prisoner Wallen was taken immediately from court to a shuttle that took her back to the orbiting *Laurel.* There, she was placed in a stasis pod and delivered here to this lovely place at top speed. It was the fastest transfer of any prisoner in the entire history of the Empire. I was not aboard. I was already drunk."

The line held in the high thirties.

"She had been the best of Empire," Qays said. "Brave, smart, capable. Moral to a flaw. A flaw…ah spin me."

He fell into a quiet reverie, remembering Wallen's strength and softness. It's what he would have said to his mother if he didn't think she was on the wrong side of it; whatever side it was, it wasn't his. He'd have told his mother how knowing Elaine Wallen and serving aboard the *Laurel* was light-years ahead of any internship in the capital. His off year had been selfish, indulgent. 'Slumming' is a word that came to mind. He learned a lot, but he was never involved. Wallen had shown him the power and beauty of defined purpose. An odd militaristic echo of his teacher's 'service is salvation'. With Wallen and the military, disciplined and effective, he saw the power of unified vision and purpose. Morality over all. Or was it? It was the question that drove him. Had Wallen fallen to do what she'd done, or transcended?

"I spent the next four years traveling. Which is a nice way of saying I was gorked out and unavailable for comment. I ran. Nothing made sense. I went back to the frontier. I wasn't slumming this time. I was the slum. I think I was robbed more times than I had hot meals. I stole a bit myself. More than a bit. By the end I had a pretty serious narcule habit. I was living rough. Didn't even have a bowl to my name. These are all new teeth by the way." He smiled at her. "A gift from the Glathans." He paused and considered a moment. "Or maybe my family paid for them."

The thought hadn't come to him before now, but in his defense, he'd done all in his power to keep from examining events before this long confession to Patience. He'd hardly sketched an outline of his troubles in the monastery, choosing to 'move past them' as they suggested. In truth there'd been few opportunities for insight to show itself. His family was powerful, his mother discreet. He had to admit, there was a non-zero chance that they'd helped him into the Glathan fold.

"A Glathan Father found me," Qays went on. "Looking back, maybe he knew who I was. Is that cynical? No matter. He paid my way to Sonnucal. There's a good-sized monastery there. I was brought in, fed, watered. Detoxed. Fixed up and given a robe. It was something to do, so I spent a year there. They saved my life, damn them to hell."

Doc Whitting opened the door and looked in. Without saying a word, he crossed to the machines and fiddled with the controls. Screens flashed, scrolled, were zoomed in upon.

"She's coming out of it soon," he said. "Good on ya."

"I am such the hero," said Qays.

"I'm sure the little lady thinks you are."

Qays didn't respond.

"Sigby's over at Jersi's fixing to have food. He invited you over. I'll spell you here."

"Yeah, sure," Qays said. "I'll be over in a few minutes."

The doctor took the hint and left the room.

"I got a dinner date, can you believe it?" he said to Patience. "Haven't been here a day and already a farmer is courting me."

The line spiked into the forties. That was a good thing, right?

"I left the Glathans after a year. I couldn't take the vows. I couldn't commit or concentrate. I'd buried the questions that Wallen should have answered that day. But they were still there. They say that when someone gets ready to commit suicide, they often display a burst of energy. That's what I did. I took my leave, my bag, my bowl. The most advanced dress in the galaxy, and begged my way across the Empire to find Wallen. I knew I could die doing it. The frontier was never safe and every year, every day, it's worse. The Empire is contracting. It is falling. It is the dirty little secret of the political class. We are in the wan days of order. Hell is at the door. Wallen's trial displayed it in the divisions, but it is as clear as a mushroom cloud on the worlds the Empire has abandoned. Worlds that are forming into fiefdoms of a thousand different shapes. The Haskers were just one of them."

Saying the name hurt him and he needed a moment to free the pain.

"Wallen was the best of us, the greatest patriot, hero, leader, friend I've ever known. She inspired. She was potent. She was..." He knew he wasn't remembering the woman clearly. Who she'd been really, he'd never known. In his mind, since that day she had become devil and saint at once. "I'm here to talk to her. I need her to show me why. I need a reckoning; Anjali, Wallen, two hundred million dead. Nothing has made sense since that flare went off over Haskana. Nothing."

He took a deep breath, not a cleansing one, not intentional, a gasp, required since he'd stopped breathing.

"I was on Emory Station when it collapsed. I helped myself to a gun and a ship. For some reason my military rank is still active. I came here, lost my ship, met you, and got you stabbed. Now, I'm going to get dinner."

He stood up and kissed her on the forehead. The line was at thirty-three. Spiffy, he guessed.

She opened her eyes. He jumped.

"I'll get the doc," he said and ran out.

He found Whitting in the exam room staring down a child's throat.

"She's awake," said Qays.

"Right on schedule," said the doctor.

He left Melva with the child and her mother, and Qays followed him back into Patience's room. Again he fiddled with controls, scrolled through displays.

Patience blinked her eyes against the light, then focused them on Qays. He smiled at her as a huge weight lifted from his chest.

She tried to talk but only managed a rasp.

"Not yet," said Whitting. "Let's give that an hour or so." He disconnected her from her tubes, Qays in the way, but unwilling to leave without being ordered out. Whitting took mercy and let him stay.

They wheeled her back into the surgical suite where robots with faceted lenses and sensors circled her and clicked. Doc Whitting again watched displays. Qays stared at Patience.

He wanted her to smile at him, but she did not.

"Look at that healing!" exclaimed the doc.

Qays peered at the colorful image of arteries and neck muscles on the display, not understanding what he was looking at beyond happy orange and blue shapes.

"She's going to be fine," said the doctor. "Lord, I love this machine."

"Miracle you had it. Haven't seen a bay like it on the frontier that wasn't in a capital ship," said Qays. "How'd you get it?"

"Had a patient arrange for it."

"Thank your patient for me."

"Can't. She's dead."

"I'm sorry to hear that."

"Untreated infection," said the doc, shaking his head. "Damn shame. She ignored it too long. Damned shame. Damned shame."

"A patient arranged for this?"

"Yeah, she had pull with some skymen."

Qays's blood ran cold.

"Doc," he said slowly, "I never asked. What is this town called?"

"Why, this is Dread Landing, son."

"And was the patient, the patient who died, was it…was her name Elaine Wallen?"

"Why yes, son. It was."

Chapter Twenty-One

Qays didn't have supper with Sigby. He didn't stay with Patience. He heard what the doctor said, nodded and walked out of the clinic, through the town and down the road. His destination oblivion, his path numbness. He walked until it was well dark and the farms had turned to wasteland again. At some point he slowed and stopped and sat down. His legs ached with the kilometers he'd put behind him. His mind was the Brown Drown, rushing with broken things, a torrent of lifeless mud. In the starlight, he saw a spectacle. A cactus crossing the road with slow, even steps along spidery roots. It wasn't quick, but it was ambulatory. He followed it for an hour until it seemed content with a low rise twenty meters beyond the dusty dirt road. He wondered at it, unable to find any difference between where it had been and where it stopped.

Above him, the brilliance of a clear sky. He did not know these stars. He'd seen the skies of a hundred worlds and always he could pick something out. Here there were no patterns to find, no star of guidance. One streaked for the horizon, trailing a green light as it disappeared behind shadowy mountains.

His gun was in his hand. He didn't remember taking it out of his sack. He was thirsty and mad because it occurred to him the solution for his not bringing water was to shoot himself between the eyes there in the road.

He put the gun away.

And the river roared on.

Back to his feet, he retraced his steps to Dread Landing and arrived at dawn.

Jersi and the doctor were waiting for him at the boarding house.

"Son?" said Doc Whitting.

"I think I'll lie down," said Qays.

Jersi led him into the room he'd had before. With the doc's help, they removed his sandals, his robe, poured his dusty frame between the sheets and left him.

When he woke up, the day was bright. He might have slept half a day. He might have slept a day and a half. His robe was again washed and folded on the table. His bag hung on a hook.

He took a two-minute hot shower and felt like a new man, until the weight of the news found him and let the water run cold.

He dressed, took up his bag and went out front.

Patience was sitting with Jersi at a small table. Her neck was bandaged but other than that, she looked fine.

"Want some rooberry tea?" she said, looking up at him casually.

"What's rooberry tea?"

"This." She held up a cup.

"Oh. Then of course I will."

Jersi got up and disappeared into the back, vacating a seat by the window for Qays.

"How are you feeling?"

"Sore throat, but otherwise fine. You?"

"I didn't get hurt," said Qays.

"Hey, stupid," she said. "I heard everything. How are you?"

"I've had shinier days," he said.

Jersi appeared with a tall, steaming mug. She put it in front of Qays without comment.

"You'll like the tea," said Patience. "It's bitter."

"Sounds perfect."

She nodded.

Qays regarded Jersi. "You know?" he said.

Jersi nodded.

"I've never known you to be without words," said Qays.

"That's 'cuz you don't know me," she said and walked away.

Qays turned to Patience. "You tell her?"

"Me and the doc. Just that you and Wallen served together and you came all this way to see her. I didn't think it necessary to tell about Haskana, just that you loved her and came looking for her."

"It wasn't your story to tell," he said.

"I think it was."

"Why?"

"Because these people loved Elaine too."

He stared at her.

"Everyone was worried after you left," said Patience. "Doc almost sent people after you."

He watched steam rise from his mug like a ghost in the dry air.

"Jersi was good friends with Elaine. She's still mourning her death herself, I think. When she heard how you came this far to see her, only to find her dead, she fell to pieces. That woman has a pillow for a heart."

Qays stared.

"No one knows who Wallen was or why she was here. In the outback they don't ask that question, but they figured it had to be big and left it alone. She got along fine with everyone. Helpful and kind when asked to help, but mostly keeping to herself. She had a place up the river about twelve K where she lived alone with a pack of cats she could name by heart."

"Cats?"

"It was one of them that scratched her. It got infected. She waited too long with it. By the time she got here, according to the doc, there was nothing to do. She arranged for the med-pod – is that what it's called? – knowing she'd not be alive to use it. A final gift. She's been dead nearly three years now, Qays. She's buried up the river. And before you ask, the answer is no. She didn't leave a note or a journal or anything for anyone. I'm sorry."

"I didn't think she'd leave a note."

"You thought about it."

"Maybe." He tasted the tea. It was hot enough to burn his mouth and bitter enough to make him wince. Perfect.

"So what now?" asked Patience.

He shook his head.

"We got a vehicle," she said.

He looked out the window at the coach. Blown sand was already half a meter up its side, the desert even in the middle of town swallowing up interlopers. "Nowhere to go," said Qays.

He could tell she had an idea, was about to express it, but changed her mind. Her gaze fell out the window to the wind burying their vehicle.

"Sigby says you need to come by his place," said Jersi appearing with a plate of brown bread sandwiches.

"Why?"

"Now there's attitude for you," she said. "He's offering hospitality, Parson. You going to turn it down? Ruby's a heck of a cook."

"What else do you have to do?" said Patience.

The town was lively. People moved up and down the sidewalks carrying baskets and boxes. It was market day. A little knot of men crossed the road and moved deliberately toward the grounded coach. They looked at it, circled around, leaned in and studied the seats, controls. Bare weapons mount.

"That's the Mayer boys and their friends," said Jersi.

"Trouble?" asked Patience.

"Usually."

One climbed inside, another opened a side hatch. A third began to kick the dirt away, as if getting it ready to move.

Qays picked up a sandwich, got up, and walked outside. Patience and Jersi followed him. Folks stopped their chores to watch once Qays appeared and approached the gang.

It was a good sandwich. He'd not realized how hungry he was. He'd just taken a big, mouth-filling bite when he pulled up in front of them. There were six of them, all men. Most young, twenties, though maybe one was in his hard-put forties. They were armed. Air rifles and blades.

'What do you want?" said one of them. The leader.

Qays held up a finger for them to wait as he finished his bite. He swallowed. Was that real mustard? He took another big bite.

They waited.

"Mister?" said the one again. The man's face was red with sunburn. He wore a short-brimmed grass hat. He shifted his rifle to the crook of his arm.

Qays again lifted a finger.

They waited.

Qays swallowed. Wiped his mouth and then took the last bite of his sandwich. It filled his cheek as he rolled his eyes in ecstasy.

The men exchanged looks as Qays chewed. Really tender meat. Best mustard he could remember. And the bread – soft and full-bodied, fresh out of the oven. The kind of treat that has to be homemade. Can't package that flavor.

"Mister, step back. You're crowding us," said the leader.

Qays finished.

"You must be one of the Mayers," Qays said.

"Endiah Mayer. Remember that name."

Qays studied the other faces, each trying to look menacing but struggling against the confusion of a sandwich-eating monk standing up to them.

Qays picked another one out. "You're this brat's brother?"

The man nodded, then added hastily, "Nentin. Nentin Mayer. Remember that name too."

"Who you calling a brat?"

"I'm sorry," said Qays. "I didn't mean to insult. Where I'm from, 'brat' means a misbehaving, immature child acting inappropriately and bringing shame to their family. A creature in need of learning a lesson."

The insult took a moment to land. Qays used it to pull the gun from his bag. "Get off my rig, boys," he said.

In a wave each of the six realized they weren't ready for a gunfight. Even Endiah Mayer, who'd shifted his weapon, didn't have his finger on the trigger.

"Bye," said Qays and gestured with the gun for them to get moving. "Oh, and blessed be to you all."

"And to you," came the automatic response from one as they backed onto the sidewalk. Endiah Mayer cast a nasty look back at Qays, then led his gang off the street.

Qays watched them go and then turned around and saw Patience with a wide grin on her face.

"Why are you smiling?" he said.

"Never underestimate the power of a sandwich," she said.

"It was a good sandwich."

"Good to see you out and about, son," said Doc Whitting, coming out of the clinic. He'd been watching through a window. "That's some pharmaceutical-grade sandwich you got there, Jersi."

"Good for what ails you."

It took him a minute, but thanks to the gleam in Patience's eyes, he understood. The comment was not in his defeating the Mayer boys, but for getting out of the slump he'd been in. He twirled his gun, snapped it up, caught it in his other hand, whipped it around his back, tossing it up again, but missed the catch. It went skittering under the sidewalk.

"I'll get it," said Jersi, bending down for it.

"No!" cried Patience and Qays together.

"Suit yourself."

⋆ ⋆ ⋆

Jersi and the doc accompanied Qays and Patience to Sigby's farm for supper that night. Jersi came with an apple pie. Whitting with his medical bag. Qays with everything he owned in a sack. Patience with a nasty burn scar on her neck.

"In a month or so, I can do something about that scar," explained the doctor as they sped down a dusty country lane between cornfields.

"If we're here," she said.

"Miss Connelly could sew you up a new dress, Patience," said Jersi. "That one's getting plenty worn. Thought it might fall apart in the wash. Miss Connelly will let you work it off. She's always needing help."

"Maybe, if we're here," she said. "But thank you very much for washing it."

"My pleasure. You got all your things back? All your trinkets?"

"Yes," she said quickly. "Thanks for keeping an eye on all my things."

Qays was wondering what her things were when the doc called out. "That's your turn off there, Pastor."

"Brother."

"Brother."

"Ah, spin it. Call me Qays."

"That fits better," he said.

Qays took the turn smoothly. The coach handled much better without tree limbs hanging from its underframe. It was fast and light and the wind blowing through the open compartment smelled of earthy pollens and sweet flowers. It was warm and kind.

A white farmhouse came into view between tall fields of red corn and a yellow apple orchard. It had a gray solar-tiled roof and a porch that went around the entire structure. Clustered chairs waited around it. There were several outbuildings of differing sizes and uses Qays could only guess at. A flock of chickens made a panicked dash for cover as he pulled up to the house and Sigby came out to greet them.

"'Bout time we meet again!" he called, waving.

Behind him came a young woman, barely as old as Patience, maybe not as much. She wore a white apron and held a baby in her arms. Beside her was a young girl in a pink dress, and a boy in stiff overalls.

"Hello, Miss Ruby," said Jersi. "Brought you a pie."

Qays lowered the vehicle to the ground and shut it off.

"You shouldn't have," said Ruby.

"Too late now."

Everyone climbed out, knocked the dust off their clothes, shook it out of their hair, and then introductions were made. The girl was

Emily, the baby, Sue, the boy, ten years old and trying to be twenty, was Little Sigby.

"Supper's about ready," said Miss Ruby.

"Folks on farms eat early," said the doc. "Don't ask me why."

"So we can see what we're eating," said the farmer.

"Don't your solar tiles work?" asked Qays.

"They do, but so do we. We work outside."

"He means daylight," said Patience.

"Ah. You have a beautiful farm, Master Sigby."

"Call me Sigby, everyone does, but thank you very much. Been decades in the making, but it serves now. And this has been a good year. Pumps haven't broken down. Dust storms weren't too bad. The puddle rot kept away. It's been a good year so far. Knock wood." He tapped a knuckle on a support pillar. "Come along."

Sigby led them up the porch and into the house. Smells of baking bread and stewing meat made Qays's stomach rumble, even though he'd had three sandwiches in Dread Landing. The house was clean and tidy. Old-fashioned design he hadn't seen in the core in his lifetime but was still popular in the reaches. Deep, pillowy chairs, octagonal end tables. Swirly peach-colored rugs and lamps instead of mounted glow globes. If Qays had to describe the setting, he'd have called it welcoming, if not homey.

They were led into a large dining room that Qays guessed was seldom used. The place settings were of blue-patterned heirloom china and the tablecloth was spun from silver weevil-silk. Expensive and precious and at least a hundred years old.

Little Sigby, in new clothes, his dark hair slicked down, entered upright and sharp with a sweating pitcher of ice water. His shirt was starched to stiffness and pinned around his neck was an orange stock tie centered with a blue jewel. He looked borderline miserable, and ready for church. Behind him came Emily with three bottles of red wine in a basket. It was all she could do to carry it. Sigby helped her lift it to the table.

Everyone took their seats. Jersi took the baby while Ruby and Little Sigby brought food to the long table. A steaming bowl of spiced red corn and melon squash was the centerpiece, sweet and hearty starch, two of the eight wonder foods that could sustain human life in themselves. Alongside these came buttered green beans and a smoked ham with a boat of thick black gravy that smelled of sugar and soy. And, of course, a mountain of freshly baked dinner rolls.

"Would you say grace, Father?" asked Sigby.

"He likes to be called Qays," said Patience.

"I'd love to," said Qays.

Patience's hand slid into his right hand. Jersi's into his left. Such touching was not the Glathan way. He liked it.

"Blessed be to us all."

"And to you."

"This food is the gift of the whole universe, each morsel a sacrifice of life. May we be worthy to receive it. And thanks be to those whose hands have prepared it, whose hearts have conceived it, and whose kindness has offered it to us. Blessed be to you all."

"And to you."

"Damn pretty," said Sigby. "Much improved from what we usually do."

"What do you usually do?"

"We just eat," said the boy.

General laughter and the passing of hearty fare between them made for an easy time. The wine was excellent, made by Sigby himself, helping spirits rise to meet familiar jokes between old friends and old stories retold for new ears – the time the river brought a raft of sheep to Dread Landing. "Dropped them right off on the pier. Neat as you please. A taxi couldn't have done better. Never found out where they came from. And thus began our wool industry." Laughter, warm and shared.

Qays relaxed and enjoyed the casual chatting as much as the delicious food. He found he had plenty of appetite for this feast. He wondered at these friendly faces. Here was the best of the Empire, the essence of hospitality which was once a guiding principle of policy, now an old custom in faraway places. Where had the Empire gone wrong? he wondered, not for the first time. Not the thousandth.

"Mr. Mendoza, I am so sorry you missed Elaine," said Ruby. "Were you much in love?"

"Ruby," said Sigby sharply, dishing out Jersi's pie.

"No, it's okay," said Qays. "I would have liked to have talked to her again. I grieve for myself, but not for her, not if she passed among such people as yourselves. Good folks. I'm glad."

"It is the irony," said Sigby. "Fresh Start is supposed to be the worst place in the galaxy, but it's full of good folks."

"Mostly," said Ruby.

"Mostly," agreed Sigby.

"Is it true there isn't monogamy in the Empire anymore?" asked Ruby.

"It's a choice, not a requirement."

"Were you monogamous with Elaine?"

"No," he said. "We weren't like that."

Ruby looked aggrieved. "She pined for someone," she said.

"I'd flatter myself and say it was me, but she knew her mind. She pined for other things."

"She had gentlemen callers," said Doc Whitting with a smile. "I know for a fact."

Ruby threw him a scandalized look.

"What?" he said. "I can clean up real nice."

"So can I," said Jersi.

The scandalous look was now shared.

Ruby said, "Well she… I never… It's not how we do things here."

"That's probably why you didn't know about it," said Jersi.

"She was first generation," said Whitting. "Our slower ways take some getting used to."

"What's your excuse?" Ruby said to Jersi.

"We were horny," came the immediate retort, which elicited a peal of laughter from everyone older than ten. Ruby blushed, glanced at her kids who were shoveling pastry into their mouths faster than they could swallow.

"I'm second generation, Parson," said Sigby. "Though it's not done often here, I'll tell you how it happened. My father was sent here. Brought his family along. Know what his crime was?"

"Stealing sheep?"

He laughed. "No. The warrant said 'high crimes'. He ran an import-export business between the colonies around Cack's Star and Satoobee."

"Don't know them."

"It did well and got the attention of a senator named Nerot who got him arrested. He confiscated everything he had and then shipped him to Fresh Start before any appeal."

"I know the name Nerot," said Qays.

"Not a friend of yours, I hope."

"No. I…spent time in the core. His family is pretty powerful."

"And now you know how they got to be powerful," said Patience.

"You look incredulous," said Whitting.

"Disgusted," Qays said. "It goes against everything the Empire stands for."

"My father said that kind of corruption proves the Empire is doomed. It's only a matter of time."

"I'm sorry."

"What do you have to be sorry about?" said Sigby with a wink, but in fact, Qays thought he needed to apologize for his entire class. He'd heard stories like this before and tried to ignore them. Sigby's story rang true, as did his father's assessment of the Empire.

"When it does fall," said Whitting, "it'll be bad. Longer we can push it off the better."

"What do we care?" said Jersi.

"Fresh Start will be insulated from the worst of it. There's a great irony there, but I still have people out there I worry about."

"Something needs to change to even slow the decline," said Qays. "Lots could be saved if they got their act together."

"Not likely. There are too many factions in the government," said the doctor.

"There are only seven or eight."

"No. Every person in the government is their own faction. Unity of purpose, unity of thought – gone. The individual has eclipsed the community. That's the definition of cancer, by the way. A cell that's interested only in itself. A healthy cell would rather die than kill the host. Each individual today is its own animal striving for personal recognition and advancement. What is normal today was once considered pathological – the kind of thing that would get someone sent to a prison, not coddled, not given a seat in government as its own special interest. I'm talking about destructive avarice, greed, and narcissism. The noblest nature of mankind used to be when one would sacrifice themselves for the many. Now it's sacrifice the many for the one."

"Quite the sermon," said Qays. "I can tell you've thought about this a lot and have experience in the Empire. Let me guess, you're first-generation Fresh Start?"

"I've been here about five years," said Whitting, finishing his pie. He washed it down with a splash of wine. They were on the last bottle. He looked up at Qays across the table and squinted. "I can see you wondering there, Parson. No, I am not a political prisoner like Sigby. I did actual crimes, but, come to think of it, aren't all crimes political?"

"I guess they are."

"What's the news out there?" asked Sigby.

"Well, uhm…honestly?"

"No, lie to us. We like that," said Jersi.

"Well, okay. Emory Station fell last month, or was it two? The whole sector is in retreat. All the frontier bases are being pulled back. They're too expensive, too troublesome, too…I don't know. Complicated?"

The doctor nodded and drained his glass.

"I don't think you'll see another warden here in your lifetimes," said Qays.

"No harm there."

"Also no new prisoners."

"I'm failing to see a downside here," said Sigby with a wink.

"Calouw," said Jersi.

"Not in front of the children," said Ruby.

Jersi flushed. "Oh, of course. How'd the pie come out, everyone? I hate to fish for compliments, but go ahead and lavish me with all you got."

And on they came, each talking over the other, each trying to outdo the previous declaration. "Best pie on either side of the Drown." "The emperor wishes he had something this good." "I will write a sonnet about your luscious pie." "A true and certain cure known for all flavors of melancholy."

Amid such gaiety, the first shot through the window barely silenced the group, though the doctor gasped. It was the second shot, the one that connected with the glass pitcher on the table and sprayed glass into Jersi's face, that told them the farm was under attack.

Chapter Twenty-Two

"Get down!" yelled Qays, pulling Jersi beneath the table.

He was joined by the others. The little girl was already crying. The baby had glass in her hair, pinpricks of blood dotted her scalp.

The last window of the dining room broke as two shots came through it and found the wall. Windows throughout the house shattered and broke, and the door took a thump. The reports told Qays they were up against gas rifles.

"My gun's in my bag by the door," said Qays, handing off the baby to Ruby.

"Mine's over the fireplace," said Sigby.

"Mine's upstairs, Dad," said the boy.

Qays bolted for the front room, followed by Sigby. He got to the rack and pulled it down with all the coats and hats, and dug his gun from the bag's depths. Sigby was reaching up for his rifle, a big-caliber thing that held only three rounds, when the window next to the fireplace burst with incoming fire.

Sigby fell back, but he had his rifle and a bag of bullets. There was blood on his side as he primed the firing chamber.

The boy, only ten years old, ran up the stairs like he was late for bed.

"Ruby," said Sigby, "get the girls into the cellar with yourself. Take Jersi, if you can."

"I'm good," said Jersi. "I got a two-shooter here in my purse." No sooner had she said it than she fired her first shot through the broken dining room window.

Qays turned to see a man on the porch bring his hand to his face and fall over.

"Got one," she said.

Qays was horrified to see Jersi's face. Blood ran freely from her scalp and it looked like one of her eyes was shot out.

"Doc! Get to Jersi."

"I got her," said Patience, dragging her into the hallway where there were more walls.

"On my way," said Doc Whitting. "My bag's there by the door, I hope."

Qays scrambled for it as more shots peppered the house. The sound of breaking glass from upstairs made his heart sink. He got to the bag and tossed it into the hallway as the heavy thump of the falling cellar door in the kitchen made Qays feel easier for half a second.

"Doc, you're bleeding," he said.

"It's just a little gunshot in the back shoulder," he said. "Going to be sore for a while."

"Patience," he called. "Does Doc have an exit wound in his front?"

"I can't see anything."

"It's wedged in the shoulder blade," said Whitting. "I think the glass took most of the force. Is your glass tensile-rated, Sigby?"

"Used to be."

"There it is. It's why Jersi ain't dead."

"I can't see clearly," she said.

"I can," said the doc. "Let me take a look."

Shots from upstairs. "I think I winged one, Dad," came Little Sigby's voice, just before the roar of a dozen shots rocked the upstairs.

Sigby stole a peek over the couch out the window. "They're burning my barn," he said. "Why in heaven's name would anyone burn a barn?"

"It's the age-old stamp of sheer meanness," said Qays.

"Is it Calouw?" asked Patience.

Qays found her kneeling over Jersi, holding the little gun as the doctor treated the eye. Blood ran down his back in a steady trickle.

"I doubt it," he said. "You got any enemies, Sigby?"

"Seems like," he said.

"Come on out of there, Sigby," came a voice.

A shot from upstairs. "Missed him," said Little Sigby and more shots pounded into the upstairs.

"You okay up there, son?"

"They ain't smart, Dad. I'm changing windows." Another shot. "Missed that time, but I made one duck," he said.

Return fire pounded the house.

"Maybe they'll run out of ammunition," said Sigby.

"And maybe they're making us pies," said Jersi in a thick, lolling voice Qays didn't like.

A shadow appeared beyond one of the few windows still intact. It shifted, ducked, stood, then leapt, grabbing hold of the overhanging porch roof just before it had its guts splattered from Sigby's big gun. Qays actually saw daylight through the man's middle before the body fell.

There was a long pause. Qays checked his gun. Jersi began to moan.

"Hey, Sigby!" came a call from outside. "Sigby, you still breathing or are you already dead?"

"Who's that?" The farmer shifted to the other side of the couch, reloaded.

"Endiah Mayer and all my friends."

"What call do you have to shoot up my house?"

Figures moved along the porch. Sigby took another shot through a wall, leading a shadow around the back. The blast rattled the drapes but he missed and the sound of running boots circled to the back.

Crouching, Qays moved to where he could see the back door. He looked back at Patience, who was again splattered with blood. Could he offer her or the universe anything but that? His gut tightened, but his training kicked in. He was a marine. He checked his weapon, braced himself and covered the door.

"We're going to burn you out of there along with that dress-wearing sandwich-eater."

"He's talking about me," said Qays. "Man has no respect for mealtimes."

"Why you doing this, Endiah?" said Sigby. "You know the town won't take this lightly."

"Don't matter no more. Ain't you heard? The Butcher runs the world now. No more guards or custodians, garrisons or warden. He's got a call out for all miscreants. The villains are running things now. It's a proper prison."

Patience fired the last shot of her gun. She met Qays's eye and shook her head.

Qays readied himself. The silence from upstairs told Qays that the gang had closed in around the house. Little Sigby didn't have any targets.

"Remember when you whipped me with your belt?" said Endiah Mayer.

"You were killing my chickens. I should have done worse."

"Nobody treats a Mayer like that and lives."

"That was ten years ago."

"The insult cannot be forgotten, cannot be forgiven. It's reckoning time, old man."

Qays heard the Haskers in the threat and his gut knotted tighter. The smell of burning wood came into the house on the evening breeze, which was joined by the horrible shrieks of a burning animal.

Several shots from quarters unknown. The animal screamed, low moans rising to high shrieks.

"I just killed your chickens, Sigby. Come on out and whoop my ass."

The sound of a collapsing barn. Animal moans, low and horrible. The report of a rifle coming from upstairs. The mewling stopped.

"I shot Mildred, Dad. I had to," said Little Sigby with his voice breaking and a sniffle loud enough to travel down the stairs.

"You done good, son," said Sigby. "It was a mercy."

"I know." A child's voice never to be the same.

"We killed two of you already!" shouted Qays. "Winged another at least. You stick around, Endiah, and you'll be dead as that animal."

"There are ten of us now."

"You're lying."

"What do you know, new meat?"

"I know I'm not new meat. I'm not a prisoner. I'm Empire. I am Qays Xixin Mendoza, Imperial Master of Marines and I have a gun that'll turn you into a skid mark faster than your momma could flush you down the toilet like she should have done."

"The hell was that?" said Doc Whitting.

"He's a charmer," said Patience.

"Big words," came the voice from outside.

"Come in and I'll show you."

Silence.

Then slow creaking on the porch, someone moving around. Qays signaled Sigby to cover the front door. He covered the back. There was nothing to stop them getting in through the dining room except Jersi's empty gun, but they didn't know that.

"We're going to burn you out. I'm going to listen to you all mewl like that dead catral there, 'cept there'll be no mercy shot. Not just you, Sigby, but that boy of yours and your sweet ripe wife and little girl. Shame to get them killed 'cause you won't come out."

"Why are you talking to us then?" said Sigby.

"We'll make it easy for you. For old times' sake. You come out, drop that dragon gun of yours on the porch and hand us the ignition key to this vehicle, and we'll kill you quick and leave. We got places to be."

Sigby shifted uneasily. Qays didn't like where this was going. "Don't do it," he said.

"It's the only way out."

"Don't be stupid."

"Sigby," said Whitting. "You'll get us all dead. You wanna leave Ruby and the girls to one Glathan and Little Sigby?"

"Patience," said Qays. "If Sigby goes for the door, you stop him." He had no idea how she'd do that, and doubted she did either, but her response was firm and sure.

"You know it," she said.

"You Mayers are all full of gas," said Qays. "Maybe Doc Whitting can give you a tonic. Then again, maybe I'll just open up a few holes in you and let it out. It'll make a world of difference for everyone."

"Why are you antagonizing them?" said Doc.

"To get them mad."

"Don't."

"He knows what he's doing," said Patience. "He really is a marine."

"He looks like a Glathan monk."

"That too."

Qays noticed then that Jersi had not spoken in a while, had not moved. He tried not to think about it.

"You talk big for someone in a dress," said Endiah.

"And you talk big for someone who can be defeated by a sandwich."

"Sigby! Last chance, you coming out?"

He looked back at Qays. Qays emphatically shook his head no.

"Reckon I'll stay here."

A bright orange light streaked outside. Sigby shot at it, but it was only a torch. They heard it land on the roof, rattle and then fall off.

"Roof isn't flammable," said Sigby. "None of the walls."

"You could have said that earlier," said Patience.

"Just remembered."

Another torch. The same result; it flew, landed, slid off. A small fire started in the grass, but the rose bushes were too green to let it spread far or fast.

A third torch went up on the other side. Little Sigby fired his gun.

"Hit it mid-air, Dad!" he shrieked in delight. "Mid-air."

"Fine shooting, son. Fine shooting."

Creaks on the porch.

"Okay, Sigby, we'll do it the hard way," came Endiah from the front. "I'm coming in with guns blazing. You ready to die?"

"You must be," said Qays and braced himself.

Sigby leveled his rifle at the door.

"One," said Endiah. "Two… Three!"

Sigby blew a ten-centimeter hole in the door. But it was a ruse. No one was there. As the countdown ended and the gun went off, the back door burst open and a man with a scatter gun fired into the hallway. It went over Qays's head. He didn't get a second shot. Qays, in prone firing position, had been ready for this. He lit him up with his Puterine plasma gun, and the man crumpled into unconsciousness like a sack of corn.

Qays jumped to his feet and bolted out the door, ducking a shot from his right where he knew another one of them was. He fired back, but fired wide. The man, one of the six he'd seen in town, turned and ran, rounding the front of the house before Qays got to his feet.

He carefully circled around, hoping Sigby inside wouldn't mistake him for one of the gang. When he got to the front, he saw three men running at full speed down the lane. Qays switched to armor-piercing power and chased after them. Whenever he got a shot, he made a crater beneath their feet, sending them tumbling. Their guns were dropped; they scattered. Another couple craters at their heels a half click from the house and Qays held up. The three men kept going, disappearing finally across a road and into a field in the direction of a wide bend of the murderous river.

Coming back, he saw the smoldering carcass of the catral, the big, horned animal he'd seen pulling Sigby's cart the first day he arrived. He waved at the house and saw Little Sigby in a window wave back.

"Coming in," he called as he approached the house.

Patience met him at the door.

"You okay?" he asked her.

"Yeah, but Jersi's bad."

Inside he found Jersi still on the floor and the doctor tending to her. Ruby was back, holding the baby. Emily rushed in carrying an armful of towels. Little Sigby, with a gun twice as big as himself, stood next to a tied-up Mayer in the parlor.

The wind shifted and filled the room with smoke from the burning barn and then shifted again and cleaned it.

In front of the window the unconscious Nentin Mayer was bound to a chair with a laundry cord. Sigby's shirt was off and he had a blood-spotted bandage over his love handle. Leaning on his rifle, he lifted the man's head to look him in the face.

"How long is he going to be out, Parson?" asked Sigby.

"I hit him hard. Maybe up to an hour."

"That won't do," he said. "Doc, you got something?"

"I do," he said and rummaged in his bag for a vial of greenish liquid. Somehow he had a bandage on his shoulder now. He pulled a dose into a syringe, walked over to Nentin and stabbed him in the neck with it. The doctor had been a paragon of tenderness in treating Patience. This was not that.

He yanked the needle out of Nentin's neck and let it bleed freely where it had punctured, then he went back to Jersi.

"How is she, Doc?" asked Qays.

"I got her gorked now. We need to get her back to the clinic soon."

"Prognosis?"

"She's lost an eye. In the clinic I'll see if it's worse. If nothing's behind that mess, if nothing entered her brain, she'll live. But like I said, she's lost that eye."

"He's coming around, Dad," said Little Sigby.

Qays took in the boy with the rifle and starched shirt. He was young, but here was no boy. He'd never seen such a thing. At ten on Fresh Start, Little Sigby was more mature and more able than any twenty-year-old he'd known in the core worlds. Hard times create strong men, he remembered.

"Nentin?" said Sigby, slapping him across the face. "You with us?"

Nentin Mayer was maybe twenty-three years old, somewhere between just adult and a quarter century. His hair was light brown and greasy, his clothes dirty with dust and sweat. He had a crooked black mustache but a fine set of teeth. His eyes, when he blearily opened them, were chestnut brown and surprisingly soft.

He shuddered as the drug finished its work and he came out of the stun.

"What ya'…uh…"

"You always were good with words, Nentin," said Sigby.

Patience scooted in closer to Qays. He instinctively put his arm around her. She put her head on his shoulder.

"Where's my brother and the boys?" asked Nentin.

"Parson?" said Sigby.

"They hightailed it. Him and two others. One had a floppy arm, so I suspect he's shot. They dropped their guns and are right now probably trying to swim the Drown."

"He wouldn't leave me here," said Nentin.

"Sure he would," said Sigby. "You and your brother – your whole family – is trash. Garbage. Bottom suckers and ne'er-do-wells. Of course that sniveling bushwhacker left you."

"He wouldn't."

"He did."

"I saw him do it," said Qays.

Nentin looked around at each of their faces, searching for a friend. He settled on Qays.

"You gotta help me, Parson," he said.

"From what?"

"From him."

"From Sigby? He's a good man. You got nothing to fear from him."

Patience shifted a bit.

"Don't you believe it, Nentin," said Sigby, and Qays began to wonder. "What was your big idea coming here?"

"It was just as Endiah said. Payback for that time you whooped on us."

"You got payback plenty for that. It was you who run off my sheep. You who lit my hay on fire. You that put those snakes in my well."

Nentin shifted but didn't deny anything.

"And now you burned my barn, killed my catral and shot up my place. You maimed Miss Jersi. You come to kill us."

No answer.

"What's this about Anthor Calouw?" asked Qays.

"Who?" said Nentin.

"The Butcher of Raznak, your brother said something about him. The Butcher?"

"Just what my brother told you. The Butcher is the new law here. Ain't no more guards or nothing. They all left. He's moving on the capital and calling everybody who wants a piece of the plunder to join him right away while there's still some to take, and before he decides you're on the wrong side of him. He's got a reputation."

"What do you know of his reputation since you didn't know who I was even talking about?"

Nentin looked scandalized. "I know things."

"Oh, a scholar. Revel us in your erudition," said Qays.

"What's that?" he asked, confused.

"Tell us what you know about the Butcher's reputation."

"It's bad."

"Can you be more specific?"

"It's really bad."

"And there's our instructive recital."

"He's got the biggest band of bandits on the planet. He's the new law. Be on his right side or suffer. We were heading out to meet up, getting a little...work done, as we went. It weren't personal."

"Work?" said Sigby. "That's what you call pillaging and looting? And don't tell me that it wasn't personal when you tell me you came here for a personal grudge."

He looked blank.

"That really is stupid, Nentin," said Qays. "You're not going to sell that now."

"But it's true. We have a boat on the river to take us across at Platter's Flat. This was the only farm on the way. If the boat had been at Sandbeach or Pier Rock, we'd not have come here at all."

"And then you'd have attacked the Pattersons or the Bhatias?"

"I don't know," he said miserably.

"What a sorry excuse for a man," said Sigby.

Little Sigby looked on dispassionately. The doctor looked up. "Time to go. Can we trouble you, Qays, for a ride back to town?"

"Of course. We'll take this sniveling shit heel back with us. To face whatever law you got here."

"We don't have a sheriff, if that's what you're thinking," said Whitting. He signaled Patience to help move Jersi onto a blanket to transport her.

"Town meeting then," said Qays. It was the fallback decision-making method of the frontier. When there is no definite authority, such power lives in the majority.

Sigby stood up. "Mr. Mendoza, remember when you complimented me on my farm?"

"I do. One of the best homesteads I've ever seen, and I've seen a few. You should be proud of what you've done here."

"It was rocks and sand and those ants that swarm. It was cactus and stab grass. Water that had to sit a week before we could drink it."

"I can imagine," said Qays, beginning to feel uneasy.

"But the worst part, the part that's never over, is the weeding."

"The weeding? That makes sense. Seeds blow in."

"You can't leave them. There was a pretty yellow flower when I was a kid. My mother wanted to keep it. It took over an entire field in one season. We had to burn it to the ground, three times. Three seasons of crops in a ready field ruined because of a pretty yellow flower."

"I know that flower," said Doc Whitting. "I've heard it called Martha's Bane for what it did to some woman's farm."

"And it's pretty," Sigby went on. "Now take the poison root clover. That has no use for anyone anywhere. When you see that weed, you don't even pause to admire it. You kill it. You kill it hard because leaving it is idiocy if survival is your goal. And survival is the law."

"Sigby..."

"Ruby, take Emily out back and see what chickens we still have. Stay away from the north side of the house."

She nodded in understanding and quickly left the house with the little girl and baby.

Patience and the doc looked up to watch but didn't move.

Qays's hand slid toward his bag. "I won't—"

"Little Sigby?"

"I got him, Dad." The boy's gun was trained on Qays.

The boy's eyes were cold and flat. Determined and so dangerous. "It's murder," said Qays.

Nentin, finally figuring out what was happening, began to whimper, began to beg. "I'll go. I'm leaving. You'll never see me again. I didn't shoot Jersi. I didn't shoot nobody."

"Bad seed, son," said Sigby, standing up.

"It's a sin," said Qays, not knowing what else to say.

"No argument there, Parson," said the farmer, collecting his rifle. "But I'll take it willingly, so the next man doesn't have to."

"No, no, Sigby," whined Nentin. "We're neighbors. We're neighbors."

"Rest easy, Nentin. This is the world you were heading out to make. You get what you wanted."

Qays kept his hands wide for the boy. "A council will decide—"

Sigby raised the muzzle of his big rifle and pointed it at Nentin's chest.

"We can do this legal," said Qays. "No need for this."

"Legal? Meaning by the law?"

"Yes, yes exactly," said Qays, sensing a hopeful hesitation in the farmer. "By the law."

"This is by the law," Sigby said and then put a hole through Nentin Mayer's chest big enough to pass a fist through.

Chapter Twenty-Three

"The law he meant was the law of survival," said Doc Whitting.

"I know what he meant," said Qays.

"It's an older law. A real law."

"How you figure that?"

"It's like true karma, son. One isn't punished for what they do, one is punished *by* what they do."

"Then Sigby was what? Karma?"

"Surely."

"Seemed like revenge to me."

"Same thing maybe, but he wasn't wrong. Weeds, son. Weeds."

After Sigby had executed Nentin Mayer, Qays had quickly assembled everyone into the coach to take them back to Dread Landing where Jersi could be helped in the clinic. The mood in the vehicle had been tense, not for the shootout, strangely enough, but for Qays nearly drawing down on their host. This snippet of conversation was the culmination of twenty minutes of dusk-lit silence just as the vehicle pulled into town.

They carried Jersi inside, laid her out on the table. Qays and Patience stood by as the doctor checked his scans. After a long, tense few moments, he said, "She'll be all right. Shard behind the dead eye. I can dig that out."

"She killed the man who took her eye," said Patience. "Without the eye."

Qays gave her a hard look; she gave one right back. "It's not nothing," she said.

"I gotta get to work here," said the doc. "You all should turn in. I'm sure Jersi won't mind you staying on in her place."

"Yeah, good idea," said Qays. "And Doc, thanks for everything."

The finality in the phrase made him look up. "It's all part of the service. Sorry you didn't get to see Elaine. She was good people."

Two hundred million people might argue that point, but he let it go.

"Yeah."

"Hate to see you go uneasy, son."

"A good night's sleep will do wonders."

"That's the truth."

He left the doctor to care for another wounded friend and stepped out into the new night. The last of the sun glowed on the horizon, a sliver of shimmering orange shining through the cooling, corn-scented air.

Patience appeared at his side.

"Let's get some sleep," he said.

She followed him across the empty street to the boarding house. The door wasn't locked. He took his usual room; Patience said she'd take one down the hall.

"Good night then," he said.

"Good night."

He heard the pipes ache as Patience showered with what little hot water there'd be. He was only dusty, no blood on him today. He'd forgo the shower.

Leaving the window open, he crawled beneath the cool sheets and slept for a few hours. It was troubled sleep, as he'd intended to wake up early and leave in the first light of dawn. His senses didn't betray him and he rolled out of bed just as the stars dimmed with the hint of the coming day.

He dressed in the cold, shivering as his robe triggered to warm him. Sandals and his satchel with a bowl, some newly cleaned socks, a bottle of water and an atomic gun.

He climbed out the window so as not to wake anyone. The floorboards of Jersi's place were noisy, probably intentionally so. Frontier alarm system.

As he circled the building to find a narrow alley that would lead him to the main street, his coach and away, he remembered Endiah Mayer asking for the ignition key for the vehicle. It didn't have one. It was a simple switch. Military efficient. Mayer could have taken it and been off with his gang at any time. Maybe Qays should have told him. Maybe that would have saved lives. Maybe Sigby wouldn't have—

Patience sat in the front seat of the coach watching him as he emerged onto the street in the first glow of dawn.

"Hi, asshole," she said. "Trying to ditch me?"

He pulled up, stunned to see her. In the dim light, he saw she had a blanket wrapped around herself and a basket in the back seat.

They stared at each other for a long moment.

"You don't want to go with me, Patience," he said. "I don't know where I'm going."

"Nothing new there."

"Patience—"

"You think I came with you to get to Dread Landing? Like this is some great vacation spot?"

"You came to help me. I'm beyond help."

"That has to be the most whiny thing I have ever heard from anyone, and I grew up on a planet of self-pitying losers."

"Have you not noticed the trail of blood that follows me? Has followed me. For years. Across light-years?"

She didn't answer directly. A light came on over the weaver's shop.

She waved him over. He climbed in beside her.

"West by south," she said quietly and pointed. "Follow the road."

"Where does that take us?"

"Figured you'd want to see her place. You came a long way."

Qays tossed his satchel in the back. He noticed a half-dozen bottles, two more boxes, another basket, and an imperial field med-kit.

"Doc helped me pack after you went to sleep," explained Patience.

"He knew I'd leave?"

"Duh."

He started the vehicle, aimed it the way she'd said and floated out of Dread Landing. Just before the river, Patience pointed to a turnoff. Qays, without question, turned.

The sun wasn't up, but the coach had lights and drove a meter over the overgrown road. No one had come this way in a long time. The road was weedy and untrammeled. There were trees, some native, some transplants Qays recognized. Most of the transplants were dead.

Finally, the sky brightened, the sun crested the horizon, and they came to a small house around a bend. Qays had mistaken it for a hill at first. It was more vine than brick, more decay than arrangement. A tabby cat watched from a tree. Another from a broken window.

As he pulled up, more cats came out.

"That's called a clowder," said Qays offhandedly.

"What is?" asked Patience.

"That many cats. A group of cats is called a 'clowder'."

"Now I'm ready for pub trivia."

There had to be a dozen. Maybe twenty cats. They mewed in a rising breeze that blew off the prairie. Some cats boldly approached Qays as he got down and affectionately rubbed his ankles and purred loudly enough to startle him. Patience held back in the coach and watched.

The house was a ruin. Three years could not have done this much damage had it not been for the roof having been blown off. Choking green vines snaked up every wall, clogged the windows and doorway and spread outward like an emerald tar spill. In the landscape of tawny stab grass and dust-blown trees, the verdancy was shocking.

He traced the lost roof along the vector of the rising wind and saw the shingles spread in a line as if in a race to the river. There were two outbuildings, one he assumed to be a personal, the other a shed. Raised troughs suggested livestock but were filled with dirt, strawberry vines and honey melon blooms, spreading mint. So, planters.

He stepped over the cats and into the house, where the vines grew less thick in the shade of the remaining walls. There was a ripped couch, a desk, chairs. A solar battery cell, clothes. He poked around looking for anything personal, and realized with a start that it was all personal. Elaine Wallen had been here. These were her things. What had confused him was that they were ordinary and plain. Here there was no hint of the noble-blooded captain who'd inspired him and wrecked him, the planet-killer who'd taken hold of his imagination for so long like a living nightmare.

He found a picture frame and dusted it off, expecting to see familiar faces from the *Laurel*, a display of service medals, or maybe a picture of the emperor. It was a watercolor. It might have been a landscape once, but the rain had made it an abstraction now. He could make out the letter *W* for a signature.

This was not the titan he'd imagined. Nor the monster he'd feared. Here had lived a simple woman in a simple way before she'd simply died.

In the monastery, he'd realized that the two contradictory ideas he held of Wallen were woefully incompatible. Such was the insightful power of sitting in silence on a stone floor for twelve months. It was laughable. Still, he'd seen clearly for a moment at least, how to him Wallen was at once the pinnacle of human virtue and strength, the noblest symbol of the Empire's ideals, while simultaneously exemplifying the lowest form of human brutality imaginable. Contradictory nonsense. The truth was always in the gray, taught the Glathans, but even now, seeing her last home, hearing the purrs of the last things she loved, he could not reconcile her extremes into any kind of gray.

The answers he sought were not to be found here. And as he turned to rejoin Patience, he wondered if 'here' meant this ruin, this town, this planet, or this life? Would he ever understand this paradox?

Patience regarded him mutely. He saw in her face soft concern and resignation. He sensed a depth of understanding in her silence, blanket forgiveness, waves of worry. Love? Was love it? Was love what made him see monsters as saints? He wished it could be that simple.

"That's poison root clover all over the house, if you were wondering," said Patience. "It'll die on its own in a couple years, turn itself into brown barbed wire of seed-spreading inconvenience – but only after it's murdered a hectare or two of all biomass."

"Good to know."

They sat together looking at the house. A cat leapt up into their cab and explored. The wind rose steadily, the sun crept higher.

"Did you find anything?" Patience said finally.

"Just cats."

"I'm sorry, Qays."

He shrugged.

She leaned over and kissed his cheek. He turned to regard her and fell for a moment into those dazzling eyes that had drawn him to her the first moment he'd seen her.

"We only find what we're looking for," she said.

"What does that mean?"

"It's something my mother used to say. The corollary is that we often don't know what we are really looking for."

"She sounds like a monk."

"I'll take that as a compliment."

The cats were getting thick now. Patience was scratching one with one hand while another demanded the same from her other.

"Well?" said Qays. "What now?"

"Raise cats?"

"Eh, no. Any other ideas?"

"What do you want to do?" she asked.

"I got nothing. This is the end of my road."

"I don't think so," she said. "There's a road there. Take it."

"If you don't know where you're going, any road will take you there?"

"I know where we're going," she said.

The plural struck him as Patience shooed the cats away. She dug some cold chicken out of a box and tossed it out for them.

"Let's go," she said.

With a touch, the coach rose off the ground; Qays spun it, and pointed down the road. They were off.

At the turnoff, Patience pointed to follow the river. Soon the sun was fully up and warmed them nicely. It was windy in the open vehicle, but Patience threw her blanket into the back seat and retrieved some military-issue protein bars from a basket.

Qays took one but didn't ask where it came from. Talking was not encouraged in the open-topped vehicle. A hard, steady wind blew in from the prairie, and though there were no gauges in the dash, Qays guessed they were moving at around eighty kilometers per hour, so plenty of extra draft there.

The protein bar was expired and bland. It matched Qays's mood perfectly and he ate it all.

Around midday, Patience asked to stop to find a personal bush. Qays veered off the road a hundred meters ahead of a stand of trees. He scanned the grove for a good five minutes before slowly edging up to it. They'd passed similar thickets before, and each time Qays had circled around them if he could, or went at high speed and top altitude through them. Seemed prudent.

He maneuvered onto a grass shoulder, lowered the vehicle and turned it off. Qays got out to stretch on one side while Patience hopped out the other and found a bush.

"Aren't you afraid I'll leave you?" he called.

"Rather not talk right now," she said. "But no."

He found a bush for himself. By the time he came back, Patience had a blanket set under a tree and was unloading a basket.

The marine inside Qays made him scan the horizon for danger. They'd been traveling for half a day, and contrary to his suspicious nature, they'd not seen another person or sign of human habitation beyond cart furrows since they left Dread Landing and Wallen's ruin. But this was Fresh Start, he remembered. Everything on this world was dangerous. He felt for his gun and found comfort there.

"We need to talk," said Patience.

He came over and sat down. It was cool under the tree. He became aware of a sunburn on his forehead. From frostbite to sunburn.

A centipede ant crawled over his foot. He kicked it off. Patience peeled a chunk of chicken out of her sandwich and tossed it into the bush. "That'll keep them busy," she said.

"That easy?"

She nodded. "Eat. We have rooberry tea too. Cold, but tasty. There's honey in it." She passed him a bottle and he drank. It was tasty. The sandwich was also good.

A six-legged vole fought the ants for the meat as they reclined. The vole lost and the ants had a second feast.

"This planet," he said, shaking his head. "I am so done with this planet."

"You have a way off?"

The thought struck him. He'd not allowed himself a connected thought since he found out about Wallen.

"No, spin me. None."

"You'd leave then, if you could?" Patience was smiling.

"Yeah. This place is crap. This place is full of the shittiest shit this side of the shitty shit shit galaxy."

"You should write greeting cards," she said, but her smile faded. "There are good people here."

"Like Sigby?"

"Yes. Like Sigby," she said. "Like Jersi. Like Doc and Miss Barlane."

"I can't help them."

"But you already have. A little." She pulled her hand from her pocket and carefully flattened her dress.

"You have something to say?" said Qays.

"Lots really, but let's start with Anjali."

"No."

"Yes," she said.

"You know nothing—"

"Is there any context where that phrase is productive?" she said.

Qays leaned back and watched the wonderful fauna of Fresh Start eat each other alive.

"I am not Anjali," Patience said. "Anjali was not Anjali, at least not the creature you've made her out to be."

"You don't know."

"And neither do you. You've known me an order of magnitude longer than you knew that one girl. She died. She died badly and things got bad. It's not your fault. Never was—"

Qays made to interrupt her.

"Shhh," said Patience. "I love how you care for me, but it's got to be me. Not the idea of me. Me. Not Anjali 2.0, but Patience. Just Patience. If you're going to love me, love me. Love *me*."

"Do I love you?"

"Yes."

The certain acknowledgment hung for a long time, but Qays couldn't disown it.

"I hardly know you," he said finally.

"You don't need to. Proof is making you a sandwich."

She gave him another sandwich.

"The last time I fell in love this quickly, it didn't end well," said Qays.

"Was there anyone before Anjali you fell for that quickly?"

"Maybe when I was a boy."

"You find what you're looking for," she said. "You needed affection then, as a boy. You needed to be a hero with Anjali."

"And you?"

"I found you. You fell in love with me because I'm so lovable." She batted her eyes. "But also, I fit the bill as both companion and damsel in distress."

"Only because I put you in distress."

"Do they teach courses in self-flagellation at Rikkest or did you get that at the monastery?"

"Spin me, you just won't let up."

"No."

He ate some sandwich, smelled the dust on the wind. Pine perhaps. Did they have pine trees here?

"When you found me," he said, "what were you looking for?"

She smiled. "Maybe someone to mother," she suggested.

"That doesn't sound like you."

She shrugged. "No. Not really, but loneliness is a thing, Qays."

He couldn't argue that.

"You didn't love Anjali, you couldn't have. She couldn't have loved you either. Lust, infatuation, okay. But love? Let's give the word a little dignity. Love comes from sharing time and troubles, not just bodily fluids."

"That's a bit harsh."

"I grieve for your friend. I'm sure Anjali was a lovely girl. There's something about me that's like her, right?"

"I saw something in your eyes."

"They're like hers?"

"No, actually. Nothing alike, but there was something nonetheless."

"I thought so."

"Wait, I don't mean to compare—"

"It's fine. It's good. I'm grateful to Anjali for that. I thank her memory for connecting us, but what we have is different, Qays. Life is hard here. Strength of character is born or broken under this shit planet. Sex and companionship in the Empire is one thing. Here, things are different. This is raw reality. We relish the depths the Empire has bridged over. You were right to wait on us. We mean something to each other now. When we finally sleep together, Qays, it'll be a consummation, not an introduction."

He looked at her beautiful face, traced her figure, but had to turn away when he saw the burn scar on her neck.

"You didn't stab me, you idiot. You saved me."

"Sounded like you blamed me at the river," he said.

"I was distracted and not thinking right."

"If I'd have—"

"If the sky had turned to cheese and the river chocolate, we'd have feasted."

"Is that a colloquialism from Fresh Start?"

"No. It's what's left in the basket."

"We have chocolate?"

"Yeah."

"Give me."

She did with a smile.

"You couldn't have killed Graham, the same way you couldn't have killed Mayer."

"I killed Lemmi."

"I've been thinking about that."

"What did you come up with?"

"You had to."

"Self-defense? Because he was going to kill me?"

"No," she said.

"No?"

"You're borderline suicidal," she said. He didn't deny it, though he was embarrassed she'd noticed. "You killed Lemmi because if you didn't, he'd have killed you and then there'd be no one to help me."

He stopped chewing and considered.

"Damn," he said.

"Remember what the doctor said about sacrifice? That's you. You're at your best when you stand between someone and a shitstorm. That makes you good to know, but I wish you cared more about yourself."

"I'm a spent force."

"I don't think so."

He finished the chocolate, washed it down with sweet tea. He ate his sandwich and noticed a half-meter-tall pile of ants where the vole had been.

"I think it's time to leave. They're swarming."

"Soon." She looked warily at the mass. "I have a plan."

"I thought you did."

"We go back to Last Fall. I know all the bad people there. We track down who has your chit and retrieve it. Then we – you, me, and a few others maybe – maybe – we get off this spinning planet."

"Why do you want to leave so badly? This is your home. The rest of the galaxy isn't that much better."

She pointed to the ants.

"Okay, it's a little better."

"I want to see lava. I want to see the core. I want to be more than I can be here. You'll take me, won't you?"

"You know it's illegal for you to set foot off this planet? If you're discovered off-world, through a standard genetic test, which is not that uncommon – spin me, if *I'm* caught transporting anyone off Fresh Start..." He shook his head, trying to think of a punishment worse than being sent to this planet. Indentured servitude to a front army cohort had been the stated go-to, but having been here, that didn't sound that bad anymore.

"But you will, right?" she said.

"I will, if I can. If that's what you want."

"Do you like my plan?"

"It's better than mine."

"Which was?"

"Drive around in the coach until someone kills me."

"We can do both. Let's head back."

Chapter Twenty-Four

They drove for the rest of the day, the Drown always on their right. This far from its origin it looked like a river, fast moving perhaps, but passable, especially for a ground-effect vehicle like they had. He stayed on the road, however, because the river was in a deep ravine. Coaches like they had were superb on flat surfaces, like rivers, plains, and roads, but could become awkward on steep slopes, which the canyons were full of. The other reason was known territory. If he crossed he'd be in wild country; better to follow roads until there was some reason to rethink that decision.

The reason appeared at nightfall.

They smelled it first, smoke. Then around a bend they saw the remains of a town.

"That's Cross Rocks," said Patience. "See the bridge?"

The bridge looked intact, though the town did not. Qays recognized what had happened. It had been sacked.

He slowed the coach and brought out his gun. They cruised carefully through the outskirts, where smoldering farmhouses and blackened fields made for easy navigation.

"There's a food issue here, right? On Fresh Start? Never enough food?"

"It was rough when the Empire was taking most of it," Patience said, her voice soft and wary. "It got better after they left, but too much of this and we'll be in trouble again."

Farther in, among buildings, they found people, or rather bodies. Qays kept the coach away from obvious ambush points, and went slowly enough, he hoped, to avoid traps. He was terrified of nanowire and studied each pole and tree for possible signs of the invisible thread crossing the road. It would bisect the car, cut each of them in half before they realized something had happened. Nasty stuff. Outlawed in the Empire, common on the frontier.

"This is old," said Qays. "A week. Maybe two." The smoke came from only a few buildings, though all showed signs of injury. The bodies were bloated and scavenger-scarred. A murder of quintuple-winged crows rose in a cloud as they approached, screaming obscenities in their croaking dialect. Masses of skittering things were not so cowardly and remained at their feasts as the coach passed.

"Should we look for supplies?" asked Patience.

"Regretting the chicken you gave the cats?"

"No."

"We're not stopping."

"I like that plan."

In clear signs of organized resistance, Qays noticed rows of dead policemen behind a slapdash barricade.

"They put up a good fight," said Qays.

"No one's buried any of the bodies," said Patience. "No one's even tried."

"There's no one left to."

They pushed through wreckage and debris, found the main thoroughfare, passed the train station and discovered the mouth of the bridge. Qays paused a long time to study the paths across it. There was one track for ground movement, carts, GEV, foot traffic perhaps; another for the monorail, a long, metal band that shone orange in the setting sunlight. There were countless posts that could be wired, a thousand places for mines. Snipers could be watching, a brigade waiting at the end.

"Why didn't they destroy the bridge?" asked Patience.

"It didn't bleed," offered Qays.

"Thanks."

"It's reinforced syncrete, built to last forever. Look, the supports are buried in the solid rock of the canyon walls. Plasma weapons or mass drivers could have done a job on it, but it would have taken a long time and I doubt they knew where to hit it."

"Is it safe to cross?"

"I hope so."

"There's another crossing farther down. A ferry."

"How far?"

"A hundred kilometers, maybe."

"Nah."

In the dim light of the dying day, a dead town behind them, they crossed the bridge. The Brown River rushed in shadowy cataracts a hundred meters below.

Patience gripped Qays's hand and swallowed hard.

There were dead people on the road, dead animals. A couple of wrecked wheeled vehicles. A hole in the decking.

A wind chased from town carried the smell of smoldering bodies and cindered civilization.

They went slowly, reverently. Fearfully. Death all around them, ahead and back, and certainly below.

Finally, they emerged on the other bank. Qays surveyed the setting. A few more destroyed buildings, signs of looting. One body that may have been butchered for meat. Qays cringed not when he saw it, but when he saw Patience see it.

They sped away.

At dark, they steered the coach off the road and stopped a couple of kilometers into the wilds behind a copse of trees. It was good and dark. He turned the coach off and waited for the wholesome sounds of the night to return, reassuring insect hums and birdsong.

They made a bed in the trees, then huddled together for warmth and security. They stayed that way, listening to the wind in the trees, the different sounds the needles made than the leaves.

Patience turned and kissed Qays on the lips. Her eyes open. Then she closed them and they met again, this time shared. He tasted her mouth in sweet sunflowers and mint tea. His arms wrapped her, held her close, in defense. In need.

Wordlessly – the breeze their symphony – they unclothed each other and met tenderly but hungrily, coupling in fulfillment to long promises of completed meeting. The rhymes were ancient, the tastes primordial, the connection transcendent. Tears came to Qays's eyes before it was done and Patience kissed them away.

Completed, they clung together in silent wonder, ever the wind singing songs of shifting life around them. When Patience shuddered from the cold, Qays covered her in his flesh, then together they climbed inside the shroud that had served him since his silent year. Protected, together, contented, they slept.

The next morning, Patience had a small fire going before Qays woke up. How she'd managed again to squirm out of the shared robe without waking him, he would never know. He took it as a good sign, though, so deeply, so contentedly had he slept.

"Do we talk about it?" he asked.

"Only if you want to," she said.

"Did this change anything?"

"Of course it did."

"And?"

"And we're closer now."

Qays had had many nights with many people in his life. The Empire encouraged sex, but it'd always only been sex. Even the night with Anjali, as rose-colored as it was in his guilty memory, had been only sex. Hungry, feeling and alive, but still only sex. This was different. There were promises made in the sharing, unspoken and fathomless. A spiritual celebration with physical fireworks. Looking now at Patience, her hair a tangle, her plaid dress so much the worn for her travels with him, her smile when she caught him looking, he felt a profound gratitude to her and the universe.

By the fire, she gave him two fried eggs in his bowl. "There'll be some grit in them," she said. "I cooked them on a rock."

"Where'd you get the eggs?"

"Jersi's pantry."

"I gave her all the stuff that was in the coach," said Qays. "As payment for putting us up."

"You mean the stolen stuff that wasn't yours?"

"Yes."

"Nice," she said.

They ate eggs and red-bread. Qays could have eaten more, but felt they had to ration.

As they were packing up, Patience said, "Yesterday you said the people at Cross Rocks put up a good fight. Were you just saying that?"

"No. It was a good line. They got flanked."

"You learn that in the marines?"

"Lots of it. There was some talk – maybe from me, maybe from others – that I'd be staying in the service instead of jumping into a Senate race. I got all the prime classes, the stuff for upper officers. Tactics and strategy, supply and morale, as well as the skirmish and battle instruction a person of my rank usually got."

"You pass your classes?"

"Of course."

"With or without inside help?"

"I passed my classes," he said, then thought about his family's influence back home. "I'm pretty sure I did. It was interesting. I took to it."

"I heard that Calouw has had some military training too."

"I heard that. Regular army. He was a corporal when he was… on Raznak."

"So you could beat him?"

"That's where you're going with this?"

"Do it to save me," she said.

Not save yourself, save your friends, save *her*. She knew his button and went straight for it.

"It's never just strategy. It's supply lines and manpower. Resources. Strength is measured in a hundred ways. I'm one man. I think Calouw has at least five or six others with him."

"Thousands," she said.

"I was being facetious."

"I'm being serious."

"Stop it," he said. "I'm getting off this rock."

"If you can't? What if you have to face him?"

"I don't have to face him."

"Pretend."

"I don't know."

"Why don't you know?" she asked.

He climbed into the coach and readied to start it. Patience stood looking at him earnestly. To finish the tableau, she cocked her head and put a hand on her hip.

He said, "I don't like killing."

"No one who's sane does," said she.

He shook his head. "All I have left are the ideals of the Empire and a personal pledge of peace."

She laughed. "Tell me, Qays, why does your gun have a kill setting? What's the use of that super spaceship you landed in?"

"Last resorts."

"Last resorts are usually too late."

"Get in," he said.

She waited.

He started the coach. It hummed silently and rose a few centimeters off the ground.

"You know, maybe you would be safer here," he said.

She jumped inside. He swiveled the vehicle and headed out over the plains.

"What did you do with the Glathans?" she said before the wind was too bad.

"I spent a year trying to put everything behind me."

"Trying to forget?"

"Yes."

"Nothing about facing problems, just pretending they went away?"

"And I thought *I* got up on the wrong side of the bed," Qays said and opened the throttle up to full speed, a couple hundred kph he figured, enough for a good loud wind. Patience ducked down below the screen just as they passed through a cloud of black gnats. Qays ate a few but didn't say anything.

In the good light and over the flat land they made excellent time.

Hours later, they slowed at a crossroads to examine a sign of pointing arrows. Patience looked up to see.

"Is that right?" Qays said, pointing to the sign. "It hasn't been altered or twisted around?"

"No. It looks right. West by southwest, that's the direction of Last Fall. We're close to Dophener though. Maybe we should go there?"

"What's there?"

"A forest of grain silos. It's where it's stored before going to Last Fall. There're trains there."

"Would my ship chit be there?"

"No."

"Then we're not going to Dophener."

Patience saw then something Qays had noticed hours before.

"Why is the vegetation all trampled down?"

"I would suggest a large – no, a *huge* body of people came this way."

"How many?"

"98,622," he said. "Three of them in hats."

"You can't tell?"

"I can't tell."

"All going to Last Fall. As are we. It's a very popular destination."

"On the plus side, it looks like we'll get there tomorrow," said Qays and drove on.

Rare clouds were forming on the horizon, dark and growing. A storm was coming.

Circumstance and terrain offered more places for danger and they drove slower down the road. They passed lanes leading to houses. None intact. They went through a half a dozen small villages. None intact. They saw no bodies. Nothing alive that couldn't defend itself against an army. Centipede ants, cacti, a pool of water were all that remained.

Late in the afternoon they were welcomed by a bullet-ridden sign to Hallerville. The houses were sod, solid and thick. Some had been wood, but none remained upright.

"This was a good-sized village," said Qays.

"No bodies," said Patience.

In the center of the town, a bubbling fountain was the only life. Qays pulled up to it. Landed the coach.

"We need to get water," he said.

"I surrender!"

Qays spun, his gun in hand, aimed and charging to face a scarecrow staggering out of a collapsed building.

"I'll surrender. I'll go with you," said the figure.

"Calm down, old man," said Qays. "We want nothing from you."

He held up and studied him.

"You're not with the brigands?"

"No."

"What are you doing here?"

"Just getting some water, grandfather," said Patience, climbing out of the coach. She had a loaf of bread and offered it to the man.

"Can you tell us what happened here?" asked Qays.

"I thought I wanted to live," said the man, eyeing the bread. "Now I ain't so sure."

"Sit with us," said Patience. "We'll talk before the rain comes."

He staggered forward on bowed legs. He was dressed in rags and covered in soot. There were burns up his side, half his hair gone for it.

"Where are the bodies, old man?" asked Qays.

"They ate them. They made them eat them. They made the folks… they ate them." His voice broke and he teetered. Qays helped him to the fountain and sat him down against its brick side. Patience again offered him bread.

"No," he said. "Food will do me no good. I'm done. I'll surrender and they'll eat me, but blessedly they'll kill me first."

Qays wasn't so sure.

"What happened?"

"The Butcher of Raznak is what happened. He and his horde of cannibals fell on the town from all sides. There were so many of them. Skinny and starving. Mad with hunger. They killed anyone who stood in their way and ate them straight off. They pulled everything down, took everything of value. The big man himself was here. They had to outnumber us a hundred to one. I couldn't see the end of them. I was up in the steeple, getting burned out by straw and oil, but I was afraid to come down."

"They came from the west?"

"All sides, but they left moving east. They took everyone," he said. "They made a feast of the people. Those who would eat of it were brought into the band. They'd not get another chance, said the Butcher. But many would not touch that hellish fare. Grieved and tired as they were. Shown what would happen, shown with their own kin, they would not. Those who would not eat, and most would not, were roped together, like animals, to be eaten later. Like livestock."

He rubbed his eyes and looked at the darkening clouds as if answers might lie in the heavens.

"After the floor went out on me, I fell into the cellar with the burning timbers on top of me. I was out for a while. When I came to, I saw from under that wreckage the rest of the army pass by. These folks hadn't attacked the town. They were later. Reinforcements maybe. But each one with a weapon had a string of people dragged behind them. Prizes. Slaves. Food. All in one self-ambulating package. Easy to open. Satisfying." He laughed, maniacally and loud. Sanity slipping with the sound of his fading voice.

"What is this nightmare?" he said, his eyes falling to Patience, to Qays. "I'm fourth generation. I don't even know what my ancestor did to get here. We just tried to get along. We were good people. Why would this happen? Who let this happen?"

Qays and Patience shared a glance, but no words came to either's lips.

"Did they have vehicles?"

The man nodded.

"Here." Patience again offered him the loaf.

"No. You keep your bread, child," he said. He touched her cheek softly. Then he turned and, as if seeing him for the first time, laughed at Qays's clothes and said, "Why are you dressed like that, son?"

"It's a Glathan robe."

"What's Glathan?"

"Like a priest."

"Oh? Oh..." he said with a wan look. "Then you, sir, could do me a great favor."

"What's that?"

"Bury me with proper words, in a proper way, in the proper place."

"We're just passing through."

"Won't take but an hour."

"But you're not dead."

"Two favors, then," he said.

"No," said Qays firmly. "No. I won't do it."

"Very well. May I borrow your weapon for a moment?"

"Won't do you any good," he said.

"Little lady, you got a knife I could borrow, or mercy in you somewhere?"

She shook her head, tears running down her cheeks.

"Dammit, people, I got nothing. My whole family is slaves or dead if they're lucky. I got nothing here but days of hunger and loss. They killed us all, it's just taking me longer. I died when I didn't fight, when I didn't come out. I didn't come out. I didn't..." He was bawling now into his hands.

Patience wiped her face and stood up. She gave Qays a look of sadness that went beyond this man's grief. She rummaged through the back seat of the vehicle and returned with the med-kit. She opened it, rifled through the medicines, chose a box and showed it to Qays.

"This lethal?" she said.

It was a familiar box to Qays. Narcules.

"One for pain, two to sleep. Three if you're an addict. Four will kill anyone."

"How do you use them?"

Qays took the box and opened it. His eyes were blurry and tearful. He took four tabs out and broke off the tops. "Stab this end into flesh. It'll auto-inject."

"Did you get that, grandfather?"

"I did," he said. "Thank you so much."

Qays handed him the four tabs. "You gotta do them quick," he said. "After two, you've got seconds to finish or you'll just take a nap."

"The cemetery is just that way." He pointed. "Bury me next to Ruth Abercraft. My name is Jeffry, one e. Jeffry Abercraft."

And with that he laid the four Nacrule tabs reverently on his lap. "Thank you," he said and then quickly, one after another, stabbed each into his thigh.

The familiar nod rose across the man's features. Qays envied him this experience, this false happiness that had been his refuge. Even after a year, he longed for it.

They laid him back against the fountain, making him as comfortable as they could. Focus left his eyes, but in peace, the man smiled at the sky just as a rain began to fall. Soft prickles of tiny dew – small, kind, and velvety drops of mercy that carried the sweet smell of rain. The man, Jeffry Abercraft, leaning against the wall, between Qays and Patience, welcomed the kindly rain and died.

They buried him in the cemetery in the pouring rain, now cold and heavy. They worked together in silence, sharing the labor, sharing the burden.

They wrapped him in a blanket in the last of the light, lowered him two meters below the ground and covered him with soil. They put a board with his name scratched on it at the head.

In the light of a lantern, holding Patience's cold hand, Qays recalled the Glathan rite.

In that proper place, and in the proper way, he said these proper words: "We are born to die," said he. "It is what we do in between that makes us who we are. That is the measure – the moments that make us great or make us small, and which change the whole universe. May time and our memories, and the waves born hereof, show the effects of this one's life in the living resonance of All."

"Blessed be," said Patience.

"Blessed be."

Chapter Twenty-Five

They sheltered beneath the floating coach that night while rain flooded down and froze by morning. They woke up disoriented by the effects of the latent gravity field but quickly regained their balance and packed up with purpose for the final push to Last Fall.

They were happy to put Hallerville behind them. It was dead and rushing to be forgotten. Barring new settlement, it would be gone entirely within a generation, becoming low, nondescript hills beneath wind-scoured grit and stab grass.

They ate cold food and drank day-old tea. The morning sun turned the frost to dew and the dew into oppressive humidity before midday. Qays kept the speed down out of caution. The wind was manageable.

"How does this chit of yours work?" asked Patience.

"Are you wondering if the thief could have used it?"

"Yeah."

"It's genetically keyed to my DNA, but it could be overridden. The ship is in high orbit now. The chit can emit an activation code with a homing signal that will bring it down. The ship's computer would find a proper surface to land, and then I would just need to send a code to lower the gangway and get back on. Lift off. Go anywhere."

"Anywhere?"

"It's got a really fast Hjiminark drive and stasis pods."

"And weapons?"

"Oh yeah. It's why we can't let Calouw get it."

She smiled.

"What?"

"Nothing," she said and kissed him.

"What?"

"You said 'we'."

He smiled and made an emotional comparison of his state of mind now to when he'd stolen the ship. Markedly improved.

"I really had no business having access to it," he said. "If Calouw got his hands on the ship, he'd need to reprogram about everything to override the imperial safeguards I walked past."

"But you're a marine. That's how you got it."

"Not really."

"You never quit the service?"

"I just walked away after Wallen's trial."

"And they were good with that?"

"They shouldn't have been," he said. "I should have been declared absent without leave, or at best discharged."

"An oversight?"

"I smell my family behind it," he said. "I'm probably listed as on leave or indefinite sabbatical. Hell, I bet I've been pulling salary for seven years." He shook his head.

"You really think we can find the chit?"

"We can try. What else you got to do?"

At about midday, they began to encounter people on the road. Qays kept the coach high and fast, and his gun handy. They were at the trailing end of Calouw's column, and like Abercraft had described, many had strings of people with hands tied behind their backs, bound one to another, neck to neck.

There were many vehicles, covered and opened, tracked, wheeled and gravity-assisted trailers – flat-planes, they were called. A couple other coaches like theirs but in better condition. Tops on, weapons mounted. Here was supply and rearmament. A treasure train. The booty of a hundred towns, a dozen garrisons, and all the armament of all the gangs between here and the Oubliette. It was a massive army, growing larger as they approached the capital.

"Say what you will about the cannibalistic psychopath," said Qays, "he has a following."

"Why aren't they chasing us?"

"Because we're not fleeing," he said. "We're acting like we're one of them. I suspect if we attacked or tried to make an obvious run for it now, we'd get every arrow, bullet and – spin me, is that a Mark III? Who in their right mind brought a mounted Mark III to Fresh Start?"

"The garrisons."

"They just left them?"

"They just left," said Patience.

"They left a ticking bomb."

"What would you have done?"

"Not left advanced weapons among the worst of the worst in the galaxy."

"Hey."

"You know what I mean."

"The problem was always the Oubliette," said Patience. "That place had no business existing. We're colonists now. They're psychopaths."

"True."

"Then why wasn't Wallen sent there?"

"I've wondered that," said Qays, surprised that he could receive the question without a sudden shock.

"It says something though," she said.

"About her victims or her?"

"Both maybe."

"'One person dies, it's a tragedy; a million die, it's a statistic.' I guess the judges just couldn't get their minds around so many dead."

"Can you?"

"I try not to."

"I've heard that saying before, but in a different way."

"How'd you hear it?"

"'One murder makes a villain; a million makes a hero.'"

"There's some social commentary for you," he said. "Spin me, I hate to think that was their thinking. The Empire is supposed to have higher morals."

"Sorry I brought it up."

"It's all right," he said with a heavy sigh. "But let's talk about this later."

"Later," said Patience. "I like your optimism."

She was referring to the clear and present dangers around them in all directions.

Over the rise of a hill, they saw the mesa city of Last Fall finally come into view. It was surrounded now not by farms, but by people. The ground was not green or even tawny brown, and not red-tinged in local corn, but black with scorched earth. Qays estimated fifty thousand people, the vast majority of them slaves.

Not a good sign.

Last Fall was not Haskerville or Cross Rocks. This was an imperial fortification and the walled mesa stood tall, the defenses complete and intact. There was life in the city too, resistance flaring from the parapets. Flashes came from the turrets across a no-man's-land. Looked like they had a few Mark IIIs as well. Ancient design with modern technology should hold out against anything Calouw could bring to bear, even the big guns. Ladders, air drops, and treason would be the only way to conquer this city in the foreseeable future. Depending on the food reserves inside the city, the siege could take months if not years. Noticing the distinct lack of discipline among Calouw's troops, Qays liked the city's chances.

The mesa fortress was, however, wholly encircled. Not strongly; the bulk of the attacking forces were concentrated toward the gate, but enough were around to prevent escape if escape routes there were. Encircling a wart of a mountain was easy on a plateau. One of the disadvantages of its geography.

On they went toward the town. The rank and file knew to stay off the road for the vehicles and moved aside if they strayed upon it. They had to detour around a triple-bed truck that had lost an axle.

"Move out of the way!" Qays yelled to the milling gangs staring slack-jawed at the wreck, none thinking to lend a hand or get out of the way of the following vehicles. One threw a rock at them. It caught

Patience in the forehead. She gasped. Qays shot the man in the chest with a yellow beam before he'd had a chance to think about it.

The crowd paused, stared. Considered.

"Out of the damn way or do you want to answer to the Butcher?" he roared.

They got out of the damn way.

On they went. Patience now with a goose egg at her temple. Qays in a bad mood.

As they grew closer, Qays surveyed the organization. He had the impression that Calouw hadn't been there long. They were still setting up camps, dispensaries, stockpiles. He couldn't imagine what the organization was; the plan suggested none beyond a single leader. A great framework for pillage but total crap for anything else. Here was a horde, not an army. They'd all be dead of toilet-related disease years before Last Fall would have to eat their horses if they sieged. Armies like this could not stop. It was Alexander's Greeks, Attila's hordes. Mapes's Clarion raiders. New conquest alone fueling such a mob.

He looked for construction, towers being built that might threaten over-breaching of the wall, hurrying the outcome. But of course, he saw none. They'd nothing to build with. They'd burned everything in their wake, everything within sight of the mesa. Wood and metal and wire would need to be brought in from somewhere else and not from behind them, where they'd left nothing but cinders and graves.

It took some looking, but he thought he found where the command camp was. There was a cluster of mobile bivouac vehicles, camper trucks with dura-canvas tenting. Two were military issue, the other six were civilian. He wondered if they had a built-in hot tub.

"There are a lot of people here," said Patience.

"Yeah."

"What's the plan?"

"We'll go to the city and look for the chit."

"Oh, of course. Let's just knock on the door."

"That works," he said.

They were among camps now, sliding between tents and lean-tos. The main thoroughfare was good and choked with a couple of earthmovers pulling a long gravity-assist trailer behind them, slowly inching toward the wall.

It was a rabble. Patience mentioned that Fresh Start had always been bothered by gangs of roving bandits. They were a nuisance but little else. Now it looked as if every idiot on the planet who knew how to pick up a club and give up hygiene had signed on with the Butcher of Raznak.

"If they ever grew bold before," she explained, "a garrison would make it a priority to root them out. They were not like you. They didn't mind killing people."

Qays found himself searching for a knee-jerk excuse for them – mercenaries, not properly trained, rumors – but he knew it was true. Rather than discuss the misdeeds of his creed, he changed the subject.

"You were worried about this place, weren't you?" he said calmly, easily without looking at Patience, who huddled on the floor beneath the gutted dashboard.

"I have people in Last Fall. Not many, not great. But some."

"They'll be fine. This army is a wave upon rocks. Loud and ugly, but your city is safe from these amateurs."

"It is?"

"Unless they suddenly get patient, organized, lucky or armed, yeah. Keep the gate shut, the walls will hold forever."

"You're saying this as a marine?"

"A Master of Marines, ribboned tactician."

"So we'll come back later, look for the chit when it's over?"

"No," said Qays. "Turning around now will draw attention. Stay down."

They were moving slowly in the dense mass of people. Qays witnessed several rapes in progress. Many fights. At least two murders.

There was a space between the camped army and the wall. Two kilometers of no-man's-land, the range of a good sniper from the bulwark. There were bodies there in singles and clusters, the work of sharpshooters and greater munitions. There were dead animals. Smoking debris, smoldering skeletons of farms, but nothing moving now as the sun began its last descent in the west.

Slowing for the congestion, the question became how to approach the wall without getting killed.

The coach was snaking through the lines when something gleaming on a big flatbed caught Qays's eye. He felt a familiarity toward it but didn't know why. Whatever it was lay on the largest of flat-planes pulled behind tandem trucks stopped about two kilometers from the wall. Cranes and heavy machinery were attending it. A mass of men with tools and intent swarmed as well.

Qays eased nearer to have a look, keeping the bulk of the trucks between them and the central compound.

That's when their luck ran out.

"Teal robe!" yelled someone to the crane. "The teal robe is here! Stop him!"

Qays rammed the throttle down and shot straight across the encampment. They mowed through people, knocking into the tops of rifles and pikes, flags, streamers and poles, making a blurred beeline for the gate.

"Remind me to change clothes before sneaking through enemy lines next time," he said.

"Remind me to change my underwear," replied Patience.

The call was carried like a wave through the masses, sped by innate urgency. Qays cursed the coach for traveling so silently. A bit of noise to slow the alarm would not go amiss.

Several shots whizzed by Qays and several more slammed into the side of the vehicle. A couple of the more drunk gangsters tried to leap on the speeding coach with obvious results. Sounds of cracking bones and coughed blood followed in their wake.

They broke through the front line and were in the open. A kilometer and a half of bare, blackened earth, the only movement their racing vehicle.

As if towing them behind after breaking some unseen dam, a rush of screaming men followed out into the no-man's-land.

More shots from air rifles. Arrows and bolts. Hissing air, thumps on the rear panels. A hole in the windscreen. A heat beam singed the back of Qays's neck. He swerved the instant he felt it, dropping to the deck, using the trailing mob as cover. Screams over the sound of sizzling flesh told him it'd worked.

Booms proclaimed that Calouw's people had gunpowder. He hadn't expected that. Dangerous and hard to use, it had long lost its luster in the military, particularly against microwave guns, which could be set off at a distance. Qays guessed Calouw wasn't worried about it.

The ground exploded in geysers of dirt and rock as mortars rained around them. What they lacked in accuracy, they made up with numbers. Qays made the deliberate and paradoxical decision to drive over the new craters, banking on them not having two aimed the same way and knowing reloading would be arduous.

Their speed was such that they were under attack for only a few moments, the coach reaching top speed in a burst; still, time dragged out, an interminable stretching of adrenaline. Here was the moment the Glathans had wanted him to find, the Now. All it took to really exist in the moment was a cannibalistic horde of killers shooting at you. He should suggest new classes for the initiates.

A mortar round blew part of the passenger side of the coach off and Patience screamed. She nearly fell out, but Qays banked hard to throw her back inside. She clung to the empty weapon mount like it was a lifeline, the blackened ground flying beneath her where the bottom of the vehicle was cracked.

The mob could not keep up. They ventured so far, realized the futility of the chase, and turned back. The mortars probably helped in their decision-making, as did the sharpshooters from the wall.

Qays took that as a good sign.

He aimed the coach directly at the fortress gate and kept the throttle down.

More shots fell around him, but most from behind as they fled out of range.

He was about to slow when he noticed several of the snipers were shooting at him from the wall. He leaned back in his seat, spread his arms, and exposed his chest like a martyr, hoping they'd understand the color of his tunic and not kill them.

Patience screamed, "Turn! Turn!"

He aimed at the gate, slowing a tad, expecting it to open. It was a terrible game of chicken and he was wise enough to lose.

He swerved at the last moment, actually scraping against the wall as he realigned momentum. That's when he saw the other coaches and realized why the gates had not opened.

They were nearly upon him, racing straight at him as if they intended to ram. Maybe they did. There were three of them, three fully equipped military-issue ground-effect vehicles like his own, but unlike his, these had their top and sides and floor. No one hung out of the bottom trying not to fall. Weapons protruded from the back windows, indicating full fire teams in waiting. Oh, and in the gunnery position, they had Mark III heat guns.

He dodged and maneuvered to throw off their targeting. Patience screamed as she clung to the rocking vehicle.

"That's not helping," said Qays.

"Why aren't we inside the wall yet?"

"Lots of trouble out here."

"Do something."

"Oh? Oh… Yeah, okay. I'll try that."

He banked hard to the right again, afraid to turn left for flinging Patience out like a skipped stone. He figured he had two, maybe three turns before the pursuers figured out his problem and took advantage of it.

At least the mortars had stopped.

His mistake.

One landed squarely on a pursuing coach and blew it to shrapnel and red mist.

The other two kept on him. Qays had to admire their determination. He realized they were herding him back toward the enemy line. Already shots were whizzing by his head and catching in his front armor. Another hole in the windscreen. Another scream from Patience.

A hard right turn.

He banked to realign and took a dozen shots to the undercarriage. Patience held on for dear life. Something cracked and hissed, from the maneuvers or the fire he couldn't guess. His throttle kicked and slid back. He couldn't move it forward. His speed, already decreased, diminished further.

He aimed at the door and found one of the attackers placed perfectly between him and it.

The front of his coach began to glow hot.

He veered right and then angled back left, breaking the heat lock in the front. Now the one behind him was cooking his ass.

He veered again. Patience's hand slipped. She screamed. He banked hard right, nearly putting the coach to ninety degrees. She flopped into his lap.

He angled back for the door.

"Hold the wheel. Aim at the gate."

Though significantly slower than before, they still had some speed and the wall rushed up at them at a terrifying pace.

Qays adjusted his gun. "Cover your head," he said.

Patience buried her face in his chest.

He shot the windscreen and it shattered.

He adjusted his gun again.

On came the coach before him. The back of the coach was on fire. The front now glowed hot too and needed only something flammable to turn them into a fireball.

He fired.

He missed.

He adjusted.

"Can I look now?'

"Yes. Steer."

Patience looked up. Screamed, cranked the wheel hard to avoid crashing.

Qays fired and missed again.

Their vehicle slowed from the turn, the back now melting off in molten drips.

He took a bead on the nearer of the two enemy coaches.

"Hold it straight for a second."

"Okay."

She veered.

"At least a second," he said.

"Fine."

They were headed toward the enemy line.

He adjusted his gun again, drew another bead and fired. A dim blue flash one would think they'd imagined precipitated into the enemy coach and its armored side disintegrated into a superheated cloud of murderous mist. It drove on, lifeless, at full speed into the enemy ranks.

Qays heard shouting from one line and cheers from the other. His hand back on the wheel, he angled toward the other attacker.

His own coach was flagging. Turnable, but coasting. A long, thick trail of oily smoke followed them. If he'd had acceleration, he probably could have used the smoke to his advantage, but he'd be lucky to make the gate now before they stopped entirely.

Another volley of shots from the encroaching line. Shots from the walls in answer.

The trailing smoke flashed in dots of light as the pursuing heat ray incinerated its particles, burrowing its way toward its real target.

Then the attacker was around the smoke and the weapons locked. The cloud of melting plastic was immediately followed by the sharper, more terrible smell of melting armor.

They were slowing. They'd not make the wall. The attacking coach was moving up behind them now, targeting the unprotected occupants.

They could not jump and they'd not make the wall.

Qays turned, stood up tall on his seat, finding balance in bent knees and religious fury. He sent a bright red bolt behind them.

The front of the pursuing vehicle erupted in a fiery flash, the atoms turning into gaseous fire that scorched the remaining metal molten red, and murdered all the riders before they could notice. At full speed, it crashed into the wall, becoming a tomb of twisted metal and smoldering corpses.

Their vehicle coasted a few meters, slowed, hovered, coughed once, and lowered itself to the ground.

"Can you run?" asked Qays.

"Yes, please."

They ran for the gate. The mortars fell. They had a hundred meters to go. Eruptions of smoky tan dirt burst in the blackened ground like sprung traps.

Qays moved to be behind Patience, giving her the cover of his body. At the gate, he found Patience pounding to be let in.

"Open the gate!"

"Do what the lady says," yelled Qays. "Or I'll burn a way through this wall myself."

"Could you do that?"

Qays shook his head.

A door they'd not seen in the side of the entryway slid open, showing an unlit path just tall enough to hunch through.

"Wait," said Qays. "Don't go in."

"Why?"

"It could be dangerous."

She looked at him, unbelieving, then saw his wide, cheesy grin. She smiled, giggled, and then fell into a hard laugh that slid her down the wall to sit. Qays joined her on the ground.

After a few moments, Ed Gellick, the custodian Qays had met before, poked his head out.

"You guys coming in or what?"

Chapter Twenty-Six

The tunnel was surprisingly long. It snaked up and down and in and out, so as not to create any one area of weakened wall for a cavity and also to create an easily defensible maze should an enemy approach that way.

Gellick led them through, at times on their knees, other times leaping over gaps, until they finally emerged up a ladder into a guardhouse and then into a courtyard where the sky shone pink for the sunset.

"Didn't think we'd see you again," said Gellick.

"Do we have you to thank for getting us in?" asked Qays.

"The tour of the tunnels didn't convince you?"

"Thanks."

"We need that gun of yours." He put his hand out for it.

Many armed policemen watched.

"It won't work for you," Qays said.

"He's telling the truth," said Patience. "If you touch it, you'll be sorry."

"Why?"

"Genetic chip implant. Works only for me."

"Take it out."

"No."

"We need that weapon."

"We could use a shower and a cot. Tomorrow we can talk about this. I have some good news."

"What's the news?"

"Where's the shower and cot?"

"I'll get them for you," Gellick said. "What's the news?"

"Keep the door shut and they're not going to get in. They have nothing that can do more than make some bricks hot for a minute. Your walls will hold."

Gellick nodded. "And you know this how?"

"He's Master of Marines," said Patience with some pride. "Imperially trained soldier."

"Officer," Qays corrected her.

"Oh, that's right. The robe threw me off."

"Shower?" said Qays.

Gellick led them to a line of waiting rickshaws. "Take them to the Crensen house," he said and put coins in the man's palm. "Tell the guard I sent you. We'll talk tomorrow, Brother – Marine Master – Mendoza."

"I think you've been drafted," Patience said as they were carried toward the inner wall.

"I'll deal with it tomorrow. I have such a headache."

"Oh, by the way."

"Yes."

"You were pretty great out there."

"I hated to kill those people."

"And I'm sure they hated to die, but the necessity was clear."

Down around the side of the mesa's slope, the rickshaw turned up a steep road in the last of the light, then stopped in front of a high fence. A large, looming house stood behind it. A mansion in the opulent style of fifty years before.

A policeman watched them get out.

"Gellick sent us to stay here," said Qays.

The guard glanced at Patience, but studied Qays for a long moment.

"I was on the mesa when you landed," he said finally.

"Which side?"

He smiled. "With Commander Flynn." He opened the gate for them and said, "I'm glad you're here."

They went through the gate and up the steps. There were lights on in the house.

“Crensen was a trader,” said Patience. “He was killed after Jeru, the last warden, left.”

“Crensen wasn’t liked?”

“His name became synonymous with corruption. ‘Gotta pay your Crensens to get into the marketplace.’ ‘That policeman Crensened my entire wallet.’ Like that.”

“Good to be remembered.”

“He was tried by committee and the custodians had him hanged. Never knew where he lived. Now I do.”

He’d lived well. The place competed with the warden’s residence higher up. There were long woven rugs and tapestries obviously from off-world. There were silver picture frames around original watercolors. There were designer glow globes that would not be out of place on Veldi. It was cool and insulated. The street sounds behind them ended instantly when the door was shut. It smelled of potpourri citrus and sandalwood.

A woman carrying a basket of towels found them gawking in the hallway. “Can I help you?

“Gellick said we’re to bivouac here,” said Qays.

“Bivouac?”

“Stay,” said Patience.

“Why didn’t you say that?”

“He’s being cute.”

The maid looked at Qays, raised an eyebrow at his robe.

“I am cute, though,” he said.

“Up the stairs, turn left. Third and fourth doors on your right.”

“Shower?”

“In the rooms.”

She left them, hurrying down another hallway.

They found their rooms. Both were huge and well appointed. One was lavender, the other emerald. They chose to share one room, the emerald one.

The shower stall was tall and roomy, made of green-streaked marble that matched the chamber. It easily held them both and they washed each other with fragrant soap under the warm water. They traced each other's shapes with their fingers and hands, and kissed long and hard and deep and true between gasps of air beneath the spigot.

The wasteland washed away, they dried themselves with plush towels. Qays pulled the curtains shut against the darkened sky, while Patience folded back the thick blankets to expose clean satin sheets. They met on their knees upon the bed, naked and bare in the light of the single wall globe. They met slowly and teasingly. Laughs and giggles turning to gasps and groans. Comfortable, safe, and happy for the first time in Qays's recent memory, he fell upon her with a tender passion which was received and repaid. They each had many scars, and each was kissed, accepted, and loved. Content and bone-tired, they fell asleep, safe in each other's arms.

⋆ ⋆ ⋆

The next morning the maid woke them.

"The custodians invite you to breakfast," she said. "Soon," she stressed.

They had nothing to wear but their dirty clothes. Qays's, of course, had weathered it well, made of material that would outlive him. Patience's plaid dress had seen better days.

She checked her pockets and straightened the pleats. Adjusted it on her shoulders, matching her deep tan line.

Downstairs they found the custodians picking at fruit and breakfast bread. Some boiled eggs in a basket. Not a great spread, and one made more modest by the opulent table and chandelier, but considering the town was under siege, it was a feast.

Ed Gellick was there. He looked like he hadn't slept. Benjamin Utter had a head bandage and a nasty burn on his cheek. An'Areeza looked well rested but worried. He occupied the seat of honor at the head of the table. Qays and Patience took chairs on his left and helped themselves without ceremony to breakfast. A waiter filled mugs with hot moynten-bark coffee.

"We pray you slept well," said An'Areeza.

"Top-notch accommodations," said Qays.

"Sorry we had to wake you." The surliness in An'Areeza's voice was unmistakable.

"Yeah, well, the host leaves something to be desired."

"So what are your plans now?"

"Well, I figured I'd finish breakfast. Patience needs a new dress. And she has other errands in the dark quarters of Last Fall. Might we borrow some money?"

"I'm good," she said, keeping her head down.

An'Areeza humphed

"What's got you in a knot, chief custodian?" asked Qays.

"You two are close then?"

"You heard us," he said.

Patience kept her head down.

"What's your errand, girl?" An'Areeza asked.

"Speak with respect," said Qays, the threat in his voice startling even him.

"A new dress," she said to her plate. "With pockets."

"Brother Mendoza," said Gellick, "forgive the custodian. Our city is surrounded by cannibals. We're all a little on edge right now."

Qays noted Gellick's tired eyes. "Yeah, all right. That makes sense," he said.

At that moment Flynn, commander of the City Guard, was shown in. Under his arm were rolls of papers. Maps, Qays figured.

"I should go, Qays," said Patience. "I've got some digging to do." She stood up to go.

"Hold up," he said. "Flynn, do you know a low-life thug named Ban Rands? Runs with a group called the Wall Gang?"

"Yes, I've heard of him. Why?"

"Don't suppose you know where he is right now, do you?"

"I don't. But he might be over the wall."

"What do you mean?"

"We've had some defections," said Gellick.

"To Calouw's roving band of nightmares?"

"Yes."

Qays shook his head. "Why?"

"The Butcher said come to his side and eat, or stay here and be eaten," said Gellick.

"Hyperbole," said Benjamin.

The others shifted in their seats, showing they had some inkling of the things Qays had seen in Calouw's wake.

"I'll find out about Ban Rands, Qays," said Patience. "Don't worry about it. I'll see you back here tonight."

"An'Areeza?" said Qays.

"Yes?"

"Give Patience some money."

"Why?"

"Because she needs some."

The custodian looked to his comrades and then reluctantly pulled out a purse and shook out a few coins. He offered them to Qays. When he didn't reach out to take them, he shook out some more.

"Is this enough for a new dress?" he asked Patience.

"That'll do nicely."

She took the money, gave Qays a peck on the cheek and left.

Flynn sat down in her seat and finished her melon squash and coffee before reaching for a couple eggs.

"Tell An'Areeza what you told me," said Gellick to Qays. "About the Butcher's chances."

"Well, it's easy. Your walls are made of military-grade reinforced syncrete. Nothing short of a nuke will bring it down."

"What about the gates?"

"Two-meter-thick military-grade reinforced armored plating. Same story. You don't have a dome, but they don't have aircraft. Your threats are from ladders or some other way to scale the walls, but I assume you have people up there discouraging such things. Getting enough figures over together is a logistics event beyond what that mob is capable of. That leaves secret passages like the one I came through. Are there lots of those?"

"A few," said Gellick.

"Guarded?"

"Oh, yes," said Flynn.

"Another possibility is betrayal. The defections work in your favor there. People on this side of the walls are happy to be here and aren't likely to throw open the gates for those that left."

"You're ignoring the obvious," said An'Areeza.

"What's that?"

"Time. We're surrounded. We'll starve."

Qays smiled and peeled an egg. "They'll starve long before you will. And they'll die of disease. And defections and in-fighting. They're a raiding force. Undisciplined. Unorganized. And they're idiots. They've burned everything they could have used."

"Actually," said Gellick, "I – *we* ordered the lands around the city burned before they got here."

He could see from the others that that decision had not been popular.

"That was a great idea," said Qays. "That alone probably won you this war."

Gellick looked pleased; An'Areeza not so much.

"Our food is limited," said the chief custodian.

"How much?"

"In tons?"

"In days you can feed everyone, on rationed meals."

An'Areeza looked at Benjamin. Who made calculations on a paper notepad. How quaint.

"Minimum calories," said Qays.

Benjamin nodded. "Eight months."

Qays caught a tossed grape in his mouth. "You are golden," he said.

"You're underestimating him," said An'Areeza.

"I do have a bit of experience in this."

"How? You have a gun. It is that gun alone that allowed you at this meeting."

"I thought it was because I hold the rank of Master of Marines in the Imperial Armed Forces and am an honored military tactician. Rikkest educated, academy trained. Veteran of…many border patrols." That would have been the moment to drop the name of the ship he'd served on, but he thought better of it.

An'Areeza shook his head. "Gellick said you'd say that."

"It explains how he arrived in that ship," said Benjamin.

"You served on the *Laurel*," said Flynn.

Qays paused half a beat, then said clearly, "Yes."

"Did you find Wallen?" asked Gellick, understanding dawning on his face.

"She's been dead for years," Qays said with a firm voice he didn't completely own. "Natural causes."

In the pause that followed, Qays kept his chin, his eyes passing to each of the others, looking for condemnation and finding only confusion in most, understanding in several.

"Sorry to hear that," said Gellick.

"He's got my vote," said Flynn.

"What am I running for?"

"Commander-in-chief of the Last Fall defenses."

"I don't think I want to be here that long," explained Qays.

"We were told you lost your ship," said An'Areeza.

"For now, but I have high hopes of getting it back."

"You can't leave us like this," said Benjamin.

"Sure he can," said An'Areeza.

Qays turned on him. "I think I liked you better when you were a sniveling bureaucrat."

His face reddened.

"What's your strength?" Qays asked Flynn.

"We have about eight thousand able soldiers."

"To their ten thousand," said Qays.

"There are many more than ten thousand out there," said An'Areeza.

"Ten thousand fighters, the rest are…prisoners."

"Why are they taking prisoners?" asked Benjamin.

"Raznak," was Gellick's answer, and after a moment Benjamin understood.

Qays went on. "And you've got walls. You don't need me."

"Let me finish," said Flynn. "We have maybe eight thousand able figures, but only one thousand guns."

"What kind of guns do you have?"

"Gas rifles."

"Only gas rifles?"

"We have four heat guns."

"Mark IIIs are good."

"About eight las rifles."

"Mark IIs still work."

"And bows and arrows and bad language for the rest," said Gellick.

"The weapons stay on the wall," explained Flynn. "The men rotate in six-hour shifts, passing the weapons to the next sentry."

"Another good piece of military work," Qays said.

"And your gun," said Gellick.

"My gun?"

"It's why you're here," said An'Areeza.

"Well, yes," said Qays. "I have a gun. You saw me use it yesterday. You saw me use it a lot, actually."

"It was impressive," said Gellick.

"And now it's all but spent."

"What?"

"Unless you have a reactor I can use, my state-of-the-art, officer-issue Puterine plasma gun has one, maybe two shots left of indeterminate strength. At passive battery recharge it'll take at least two weeks before it's a Mark III again. Three months for full power."

"That long?"

"If I don't go for atomic disruption, it'll serve in a day or two as a stunner, but frankly, it doesn't matter. We have the time. Calouw's not getting past the first wall anytime soon, let alone the second."

They thought about this and ate. Coffee was refilled. Flynn laid out a map of the city, but didn't comment on it.

"The people are scared," said Benjamin after a moment.

"That's understandable."

"The Butcher is a monster."

"No argument there."

"The people need a hero."

"Flynn would look great with epaulettes."

"Your robe means something," said Gellick.

"If I'd have had a good alternative, I'd have tossed it a while ago."

"They saw you best the Butcher yesterday," said Gellick. "You're the man."

"No."

"We can have you arrested," said An'Areeza.

"You can try."

An'Areeza was alone in this posture. The man was a pinball. Fear can do strange things to people.

"Let's calm down," said Gellick. "We're asking for your help."

"It's not my fight," he said. "And I don't like killing."

He expected a laugh from those at the table who knew the story of Haskana, but he got understanding looks instead.

"So you brag about your qualifications for the job and then turn it down?" said Flynn.

"Looks like."

"You're the only officer we have," said Benjamin.

"Only soldier," added Flynn.

"I understand you," said Gellick. "Wallen, Haskana. Here's your chance, Qays."

"Chance for what?"

"Redemption."

"What's Haskana again?" said An'Areeza. No one answered him, or even acknowledged that he'd spoken.

Qays began, "You don't need—"

"You would be a help," said Gellick.

Qays deliberately finished his fruit, dipped his bread in the dark, earthy coffee, ate it, and pretended to be thinking, but he'd already decided.

"Let's tour the defenses after breakfast," he said. "And find me a telescope. Something I saw behind their line bothers me."

Chapter Twenty-Seven

It was a public relations campaign first and foremost. Flynn returned to the walls to lead the defense while the custodians found an open-topped vehicle to parade Qays through the streets in his teal robe. They'd found a black leather holster for his gun, making it very conspicuous on his hip. His bag was left behind.

For hours he waved at scared people and gave them hope. He was shocked to see how quickly they could turn from despair to optimism just by seeing him. He knew he stood as a symbol. His robe a cloak of peace, his gun the instrument of war. A walking contradiction, but also a fitting image of the Empire. He knew they didn't see him that way. He was a savior who suggested greater powers that could rescue them from their threat, spiritual and technological.

They made several stops, the gravity-lifted coach floating up to create a stage. Gellick spoke first, entreating calm and sharing.

"Help your neighbor," he admonished. "We stand together or we fall apart."

He gave instructions and directions to supply distribution centers and threatened harsh punishments for theft, violence, and defecating in unapproved places. There was a story behind that one, Qays knew, but it made sense. People living this close together became their own worst danger.

Then Qays was introduced.

"Cousin to the emperor himself, Master of Marines Qays Mendoza, Glathan monk and warrior. You saw him best the worst this planet could muster. Now he leads our resistance."

Qays wanted to know how Gellick knew his relationship to the emperor. His name perhaps, or maybe it was just a lucky guess. The connection did nothing to lower the peoples' respect for him.

"I have seen the enemy," he said after the cheering faded. "They are fools. They are wind against our walls. As long as we don't let them in, they will fade and die like unwatered weeds."

Maybe not the best analogy on a dry planet, or even a good metaphor, but it seemed to get the point across.

"Do as Custodian Gellick directs, be kind to one another, be patient. Wait and be wary. This storm will pass. It may take weeks, months or even a year, but we can wait it out. We have each other. We have food and weapons and we are in the safest place on this entire planet. They have only bad breath and broken fingernails to scratch upon our battlements. All we have to do to win is wait for them to lose."

He was channeling an old lacrosse coach, he realized, but again it had the desired effect. Another round of cheering.

"And if they get through our walls," said Gellick, "we have a gun!"

He nodded at Qays, who got the hint. He drew his weapon and held it high.

The shouting was near deafening.

Qays's speech didn't get any better the next eight times he said it. He grew bored of it by the end and started cracking jokes about centipede ant stew, which went over as well as centipede ant stew.

An'Areeza got off the parade float early to attend to 'things'. Benjamin stayed with them until they crossed the inner wall among the better houses. Gellick stayed with him the whole time. Qays liked Gellick for all the right reasons; he was efficient, quick and motivated. An'Areeza was a rag in the wind, Benjamin two steps above his pay grade, but Gellick was the steel that kept the city together. When it came time to leave, he'd make sure that Gellick was well set to keep leading.

Qays had full confidence that he would get off this world. If Patience couldn't get his chit back, there was a good chance it would come to him. It was useless without his leave and priceless with it. It might take days or weeks or months, it might take a citywide announcement of its existence and power, along with a reward, but it would return to him and he'd leave Fresh Start.

He allowed his mind to wander to where he'd go, and realized he had no destination, no destination at all. What he did have was a companion. That might be enough. If all he took from this miserable pain-riddled planet was Patience, it would be enough. Wallen had been the goal, but Patience was the prize. Somehow he felt that with her, he would complete his quest, he would come to accept, if not understand, Wallen, and through that insight, the world he lived in, Empire and frontier, civilization and collapse. The robe and the gun.

"You're smiling," said Gellick.

"Gas."

"We keep the grain up on the mesa."

"Afraid of a run on it?"

"Oh, yeah. The city's swelled to twice its usual population."

"This area doesn't seem so bad."

"That's because we didn't let the refugees get past the first wall."

"Elitism is not a good look for crisis," said Qays.

"That's why all of us are staying below in the Crensen house instead of the warden's residence up here."

"Your idea?"

"Of course."

They finished the loop and then headed back down mid-afternoon. Qays wanted to inspect the walls. Gellick made the most of it, driving through the makeshift tent cities every square had become. The whole city had a sense of being alive for the mass of humanity condensed within it.

Something was happening when they pulled up. Armed soldiers were rushing up the stairs. There was shouting and gunfire from the top.

Qays made a mental note to have ladder-repelling poles made if they didn't have any already. Also boiling water. An old favorite. Oil being expensive.

Flynn saw him arrive, but didn't move to meet him. Qays found him in a turret above the gate. Two soldiers with las guns fired away, another with a Mark III made molten something below.

Looking out over the plain, the first thing he noticed was that the vehicles from the day before were gone. Even the wreck against the wall was cleared up.

The second thing he saw was a slowly approaching vehicle pulling a loaded flat-plane behind.

"What happened to the coaches?"

"They retrieved them last night in the dark."

"It's getting dark now," observed Qays. Such were his heightened senses after a year in a monastery.

"No shit," said Flynn. "Do you know what that is?" He pointed to the approaching flat-plane.

"Target practice?"

"Not yet."

Qays studied the vehicle. It was a farm machine of some kind, big enough to pull boulders out of fields and drag whole houses to new lots. Over the front of it had been hung armor. Gas guns did nothing to it, didn't even make a nice *bling* sound when they hit. The las guns did less, reflecting off the polished surface like a pointer in a mirror. They were learning the limits of the technology, as every enemy had before them. Only the Mark IVs like Qays had, empty at his side, hadn't run into a hard counter yet. The Mark IIIs were still excellent, but there was a counter, a certain ceramic armor plating, the kind of thing put underneath escape pods for re-entry, that could absorb all the heat such a gun could produce in its lifetime. Such advanced technology was not to be found on such a backwater world as Fresh Start. He thought.

"Spin me. They have thermal plates on that thing," Qays said.

"I noticed we weren't having a lot of effect on it. Ideas?"

"Well." Qays measured the distance and the speed and said brightly, "It won't be here until dark."

"Stellar observation."

"Was that planned?" asked Gellick.

That slowed Flynn's flippancy a bit. "They don't have night vision."

"Do we?" asked Qays.

"No."

"We do have flares?"

"A few," said Flynn. "But we don't use them much. Maybe they think we're out?"

"I wouldn't."

"So what are they doing?" asked Gellick.

Qays shook his head. "When it gets close, we can clobber it with rocks, douse it in fuel, set it alight. Find chinks in the armor. Go for the tacks. Melt them off when we have an angle. We just have to wait. Keep the flares handy. We'll know when to use them."

"How?"

"I suspect there'll be battle screams from the raging horde."

"Always good to announce yourself."

Qays examined the windowsills of the wall he looked through. Military-grade reinforced syncrete. The edge had been exposed to the elements for over a century. Rain and wind and dust storms that could strip a man to his bones had done nothing to weaken it. It was sharp enough to cut cloth at the angle. Qays smiled, feeling a little pride in his people's achievements.

"So what is it?" asked Flynn.

"Trojan horse?"

"A squad or two, tops, under the tarp, but that'd be it. Could be the tractor itself is trying to ram the gate open. Maybe they're pulling mass to give a better shot at it."

"No, but maybe they don't know that. Does strike me as desperate, though, this early in the siege."

"What does that tell you?"

"It's a good sign?"

"Okay," said Flynn, not convinced.

On the tractor came, and behind it, beneath a torn tarp, something silvery caught the failing light.

"There's mutton for dinner," said Flynn. "Want me to get you a bowl or do you want to go back down? We have an hour, maybe two before that thing's close."

Qays stared and worried. Wondered and tried to remember.

Behind him, Flynn barked orders. "Sergeant, we're going to need heavy rocks. Get men collecting anything bigger than their heads. Put them there below the wall. We'll drop them on that thing when it's close. We'll bury it good and deep, after we fry it in the oil of course. There's a construction crane on Leslie Street. Get that over here right away."

"Yes, sir."

On it came, a slow, plodding creature, making divots in the blackened road.

Las guns, with their great range, continued to fire at it. New holes appeared in the tarp, two for each shot when they reflected off the mirrored thing inside.

It was on the edge of Qays's memory.

"Oh, I found out that Ban Rands and his gang went over the wall three nights ago," said Flynn. "Sorry."

"No matter..." said Qays distractedly. "That which is truly yours will always return to you."

"What are we talking about? I've lost the train of this conversation."

There it was.

"Oh...oh no. Spin me. That's it." Qays turned on Flynn, his heart in his ears.

"We have to evacuate everyone to behind the inner wall. Now."

"What? Why?"

"It's the train. He derailed my train on the way to Dread Landing. That's the engine."

"So?" said Flynn, his eyes large, but not panicked like Qays knew his to be.

"Remember when I said Calouw would need a nuke to breach the wall? He's got one. Monorail trains are run by small fusion reactors which can be triggered as a nuclear bomb."

"A nuke?" said Flynn. "Then we're dead. We can't run away from a nuke."

"We can. It's small. Micro-tactical size. And the wall won't like it. Most of the blast should shoot out toward them, but..."

They looked over the field.

"See? They're already moving away."

"Okay…" said Flynn.

"The blast won't break the wall, but the heat – that's the real problem. The wall is made with reinforced matrixed silicone. Get as many people behind the inner wall as you can. Sound an alarm."

"No way," said Gellick. "Not going to happen. There'll be more deaths from the stampede than the bomb if we do that."

"We have to do something."

"We will."

Flynn gathered his gear. "Soldiers, off the wall. Orderly retreat to Barracks One courtyard. I said orderly!"

Gellick led the others down. At the bottom, Flynn gave orders to evacuate the area around the gate 'as a precaution', emphasizing that word. No mention of the inner wall, just get away from here. It was better than nothing, probably enough, provided the wall put up a good resistance.

Qays scanned faces for Patience, but of course, didn't find her. His eyes found the mesa and noted the different silhouette. Rows of tall, mobile silos crowding the edges made it look like a molar against the sky, a strange, blunted counterpoint to the ragged teeth of the mountains beyond.

"I'm heading in," said Qays. "There's nothing I can do here."

"Walk slowly," said Gellick. "Head high. They're watching you."

"I know," he said.

It wasn't easy. People who weren't hastily fleeing in terror were thanking him for their deliverance.

"I just got here," he explained without stopping. "We have a long way to go still." He smiled confidently. "Hey, I have an idea. Why don't you collect your people and get deeper into the city? Why not do that now? Like, right now."

An alarm was spread by word of mouth rather than by siren and so after a few minutes he was beyond it and picked up his pace to a quick walk and then a casual jog, careful to smile and twice stopping to chat with people so as not to panic anyone. He ended each conversation with, "As a precaution, we're asking everyone to move away from the outer wall."

"Why? Aren't the walls strong enough?"

"They might fling things over. They've been seen collecting bags of human feces to catapult over."

That got them moving.

A half hour later, Qays was losing his temper, so many times did he have to stop. He pretended not to hear them now, suddenly enthralled in his holster, or some piece of nondescript architecture, that hurried him on to see it.

A siren finally sounded, mournful and omnipresent. It screamed for half a minute before a disembodied voice echoing between the buildings told everyone to, "Move toward the interior. Move toward the interior. Stay calm. Stay calm and move toward the interior."

They did not stay calm.

Qays took the general panic as permission to finally run. The roads were quickly clogged, however. He wanted to tell them that they were probably far enough from the danger where they were, but he doubted anyone would listen. And let's face it, he wasn't sure about that. His running slowed to pushing and weaving, forcing his way through thick mobs of people – mothers clutching babies, men carrying books, children dragging their toys behind them. Most were calm and well-behaved, but some were not and those few spread panic. Qays could trace the effects of a single terrified woman outward in a wave through the people. It reminded him uncomfortably of the fiery ring of Haskana.

By the time he reached the gate of the Crensen house it was full dark. Distant gunfire and closer screams echoed behind him as a concerned guard let him pass without challenge.

"Patience!" he called, bursting through the door.

His call didn't bring her but did summon two butlers and three housemaids. "Have you seen my friend? The girl with the red hair? Did she come back?" They had not seen her. She had not come back.

"You all need to get behind the inner wall right now," he told them. "Patience!" he yelled and ran outside.

The sky burst bright. As he looked toward the unearthly light, he saw the shock wave shimmer in reflective air, rise and bend, and fall back down, bringing hellish wind and noise to Last Fall.

The wall had resisted well, had sent the force upward, back and out, saving the city from immediate ruin. No firestorm, only the white moon became sunset yellow, shading to orange and finally red in the heart of a rising mushroom cloud.

The wall, he knew, might still stand, but it was changed. Crystallized. If it still stood intact – and he doubted it did everywhere – what was left would be one big pane of brittle black glass. A stone would take a chunk, a shot shatter it all. It would just need to cool. Calouw must have exploded the bomb when he did to take advantage of the cool night. In tomorrow's light, they'd see it breached along the entire facing. Maybe the sides as well, depending on the spread of thermal damage.

He considered the options, and realized quickly they had lost the lower city. Better to reform in the inner, defend those walls and endure. House-to-house fighting would be a mess of casualties. Time was still on their side. Now, if Calouw had another locomotive, well, they'd deal with that then.

He thought of Patience and felt a pang of fear, the same primitive drive that had sent him fleeing here from the wall. He realized he was being stupid. She was not helpless. She'd lived on the meanest streets on the meanest planet in the Empire her entire life and had thrived. She'd come through this if there was a way. And he knew that looking for her now would be as futile as trying to defend the lower city. She was capable and smart, and to respect her he had to respect that. She'd said it herself: she was a grown-ass woman capable of taking care of herself. A little riot was nothing. She'd find her way.

He collected his few belongings, his bag, his bowl, and left the house, moving for the inner wall as the light of the new sun dimmed to brown and died to invisible radiation. From the place where it'd been born, a macabre ochre light yet glowed. He could see a turret between houses, saw it radiate red with heat, its tensile strength being sapped in four-digit Kelvin. The smell of burned plastics and wood, charred metal and silicone – flesh – was upon the breeze as the town ignited from the heat radiating off the radioactive walls.

Qays imagined looking down upon the city from a height, seeing the fire spread in an obscene inverse of Haskana. A ring of fire shrinking to a point which would be the inner wall. The motive for his quest reversing in on itself.

The crowds were thick and slow moving. A kilometer from the inner wall, the crowd had stopped. The gates were shut.

"Move aside!" he called with authority. And the mass parted. Fearful faces looked at him, disappointed, but still hoping this failed savior could help them.

Mounting a cart, Qays yelled for everyone to take a step backward lest they crush those pressed against the gate. When it eased a little, just a little, he turned to deal with the cause of the problem.

Spotlights from the turrets found him, and in his strongest, most compelling voice, he yelled up to the men on the wall. "Open the goddamn gates this instant you mother-grubbing sons of whores!"

The order silenced the crowd who could hear it. He said it again, and when still nothing happened, he pressed.

"I am Master of Marines Brother Qays Xixin Mendoza, Glathan Acolyte, cousin to the emperor, grandson of the senator. Leader of the resistance of Last Fall. Open the gates this instant or I'll see you all hanged from the walls where you stand."

"We can't," came a familiar voice.

"An'Areeza, open the damn gate. Let these people in."

"There is no room here. We'll let you in, but not these others."

"Open the gate."

"There is no food."

"All the food is there!" he roared back.

He could see An'Areeza looking around him for support.

"I'll have you arrested and hanged, custodian, if this gate isn't opened within five minutes."

"You can try," he said, echoing Qays's earlier threat.

"Sergeant of the Wall," Qays called up.

There was some movement among the lights. From the other side of a turret, a new voice called down. "Aye."

"Recognize me?" said Qays.

"Aye."

"Know me to have been put in charge of the defense of this city?"

"Aye."

"Know you another above me in rank?"

"Nay."

"Open the gate this instant. This is an order."

A pause.

"Do you hesitate, Sergeant of the Wall?"

"No, sir. Open the gate!"

Qays turned to the people.

"Everyone, proceed calmly!" he called. "One satchel to a person. Be calm. The enemy is not in the city yet. We have hours and hours. Be orderly. Be kind, or I will have you hanged. Sound good?"

The gates opened. People collected their things, their people, their hopes, and slowly, gratefully, still scared but in control of themselves, entered the inner city.

Qays let them move around him like a river of people while he remained on the coach, visible and reassuring. After a half hour or so, the lines thinned. The threat of being trampled passed. He jumped down and wordlessly took a heavy basket from a woman who'd been struggling with it. Beside her he marched through the gate.

It was her eyes that caught him. He did not recognize her deep emerald dress, though he saw it was new.

"Patience," he said with a smile.

Chapter Twenty-Eight

The night was spent organizing. Medical and housing first, then food, then defense. Qays felt he had that luxury since the distant walls still glowed. Scouts had told him, however, that Calouw's horde were massed just beyond it and readied to enter.

Immediately, the center square was taken for housing, but quickly became overfull. The inner city was a fifth the size of the outer, and Last Fall had been swollen with refugees from the countryside. Qays figured there had to be over two hundred thousand people to deal with.

Luckily Gellick, Benjamin, Commander Flynn and Qays's new best friend David, Sergeant of the Wall on duty when he appeared, were quick to move in and help. Though the denizens of the inner city were loath to share their spaces, food, or shelter with anyone, they quickly relented when shown the point of a bayonet. It was in the best interests of everyone to cooperate.

At dawn, the people still flooded in. Many now with burns. Many who would not survive to noon.

An'Areeza had retreated to the warden's mansion and sent word, politely, that a war conference should happen as soon as possible.

During all this time, Patience was a gem. Her empathy and street smarts showed themselves. Often she'd pull people out of the crowds and bring them forward. "Here is a fighter," she'd say. "She's good with a knife." "This one has a gun." "Arrest this one. I saw him steal from that man there." By virtue of confidence, proximity, and utility, she was obeyed as a general.

Soon her new green dress suffered stains and tears. Qays watched her once sadly examining a split seam and his heart fell to depths that the horror of a nuclear bomb had not reached in him. He felt like crying for her loss.

She shrugged, ripped off the entire sleeve of her brand-new dress, and returned to a map she was looking over with a doctor.

An hour before sunrise, the outer wall came down.

Qays had been in a turret looking over the city when a sonic boom was answered by the deafening shrill of shattering glass.

He watched it tumble, the glorious achievement of defense laid low. Its once cereal color now burned caramel. It fell in an avalanche of spiky shards – a last defense, a hill of knives to deter attack.

There'd been an entire course on the logics of attack and defense when Qays was in the marine academy. In studying millennia of military history, it became clear that when faced with near odds, attacking always had the advantage. Someone had said nothing was more foolish than a stationary defender. Of course, that sentiment had come from dramatic failings. When defenses held, and did their job, they rarely made the textbooks. Always the exception to be studied, the failures. And Qays's failure was clear. He'd underestimated the Butcher of Raznak. He vowed not to do that again.

When the wall was down and the shattering silent, there was a moment of pause, a stillness full of horror that the collapsing din had not had. It was short lived, however, replaced by the sound of rolling machines and the roar of ten thousand attackers streaming into the still-burning city along an eight-kilometer breach.

They moved fast and efficiently, and they moved directly toward the inner wall.

"Close the gate," Qays said reluctantly. "Prepare to repel attack."

There were still people out there, but they needed time to barricade.

The inner wall was not as grand as the outer had been, but it was made of the same strong stuff. It also had the advantage of being on higher ground, surrounding and connecting as it did to the high mesa on its slopes.

In half an hour, the first of the attacking vehicles arrived. They found their way blocked by abandoned vehicles and discarded luggage. Sharpshooters discouraged them.

They tried all morning and into the afternoon. Each time being sent away. A new no-man's-land was born along each of the three gates.

Meanwhile the inferno was fading. Calouw must be playing fireman.

Dog-tired and hungry, in the mid-afternoon, Qays finally left the wall for the warden's house and the long-delayed war meeting. Patience, as tired and hungry as he, her new dress a memory, joined him.

He could tell she was worried. Her hands kept shifting in and out of her pockets.

"I liked your dress," Qays said. "I see you found one with pockets."

"They're harder to find than you think. Too modern for this place."

"We'll get you another," he said and thought of the grand markets he'd seen in the core, imagining a shopping spree in golden sunshine, safe and far away from here.

Distracted, they entered the former warden's mansion and found the place crowded with supplies and people. They wove their way through the throng toward the meeting room Qays assumed they'd use again. Patience looked around curiously, never having seen inside before.

As they got to the door, she stopped him.

"Qays, can we talk for a second?"

"I'm sure they've been waiting for us for hours. We're not out of danger yet."

"It won't take long," she said.

Qays tried a couple of doors, found closets and offices, and then a waiting room with a couch and archaic magazines on a table.

"These local?" he said, picking one up. It showed people boating on a calm green river.

Patience sat down next to him on a plush couch. "You know how I went to look for Ban Rands?" she said.

"Yeah, Flynn said he had intelligence that the whole Wall Gang had gone over to Calouw days ago. You'd never have found him."

"I didn't need to," she said.

"What?"

From a pocket, she produced the black ship chit that'd summon the Mutakan Star Bomber, *The Lady of Jont*, from orbit.

Qays stared at it disbelievingly.

She said, "When you were mugged, remember?"

"Not really."

"I told you I saw it happen."

She paused, reluctant to speak more. Her eyes cast on the floor. Her hand still open and offering Qays back the chit.

"Go on," he said.

"I told you he bumped into me when he was running away," she said.

"You pickpocketed him. I should have guessed."

She nodded, still not looking at him.

"You've had it the whole time?" he asked.

She nodded again.

"Why didn't you tell me?"

"The only thing you cared about was finding Wallen. Leaving Fresh Start wouldn't even have been a consideration until after that. When you were ready to leave, I'd give it to you."

"As payment for taking you off the planet with me?"

"That was the idea."

"I said I'd take you before."

"I know," she said. "But I don't hate this place. There are good people here. I wanted you to save them. I needed to get you back here. Back to where good people, like Miss Barlane, needed you."

He nodded in understanding, but she didn't see it.

"When I saw how big the Butcher's army was, I nearly gave it back to you, then you said not to worry. The city would hold. No problems. I figured then to pretend to find the chit and you'd never know I'd had it the whole time."

He finally reached out and took the chit. Sensing a genetic match, it lit up. He ordered a quick diagnostic and found the ship was well and good, waiting to return.

"I was wrong about the city holding," he said and put the chit in his sack.

"Yes, but now, see? You can use your ship and save us."

"I can't actually."

Now she looked at him, fear in her face. "Why?"

"The enemy is too close. I could harass them with some random shooting, but the bombs on it are not like the little thing we saw. It'll crater this mesa for twenty clicks."

Tears started rolling down her cheeks. "I waited too long," she said. "I've killed us all."

"The battle's not over yet."

She wasn't convinced, and frankly, neither was Qays.

"Looking back," he said to her, "I can't think of a single moment when having the ship would have helped us."

"The mountain."

"I can't think of two moments when having the ship would have helped us."

"The river."

"Three moments – now shut up."

She wept then, freely into her hands, her face turned away. "I lied to you," she said. "I am so sorry."

"Did you lie to me about everything?"

She looked up, scandalized, her eyes red and puffy, her dusty face streaked with tears. "No," she said firmly. "No. No. No."

"I love you too."

The words broke on her like a crashing wave and she threw herself into his arms. He received her and held her, loved her and let her cry.

He recalled their journey now in this new light, remembering the challenges and struggles – the train, the tiger, the snow, the river, the farm. There'd been hints she had something, but never, even bleeding out on the banks of the Brown Drown, had she brought it out, certain of his ability to save her, or her destiny to work her plan. There was something marvelous there, a single-mindedness that makes greatness, but also a compassion that had fought against her own interests to return to a doomed city hoping to help as she might. A sacrifice of the self for the many.

The door opened and Benjamin poked his head in. He saw Patience crying on Qays's shoulder and his face blanched. "Here you are," he said, embarrassed. "Sorry to bother you, but we are waiting."

Patience broke away.

"You want to come?" he asked her.

"I think I want to lie down." She wiped her face, cast an unselfconscious look at Benjamin, and sighed.

"One thing," she said.

"What?"

"Tell me you forgive me."

"Of course I do."

She looked hard into his face, his unshaven dirty face, and must have found what she was looking for, because she nodded, then stretched out upon the plush couch and closed her eyes.

An'Areeza and Flynn now stood next to Benjamin.

Qays said, "Come on boys, let's let the lady rest."

They retreated to the conference room. Gellick was there and startled himself awake when they entered.

"Oh," he said, rubbing his eyes. "You found him."

They took seats around the table. Qays drained a carafe of ice water without bothering for a glass.

"You were wrong, Mendoza," said An'Areeza to open the discussion.

"Yeah, I'm sure things would have been different under your leadership," Qays said.

An'Areeza whimpered a little.

"How's our strength?" Qays asked.

"Pretty much the same as where we were yesterday," he said. "Picked up a couple hundred more recruits. We're training them now."

"Our key supplies were always here," said Gellick. "We lost a few tons of grain, but we still have the bulk."

"Water?"

"A spring. Not strong. We'll need to ration."

"Food too," said Benjamin. "We underestimated how many people were actually in town and now we're all belly-to-belly up here."

"So we got most people out?"

"The east gate never opened," said Gellick. "Lots of people stranded on that side."

"Damn."

"What now?" said Flynn.

"Well, things have changed a little. I still think time is on our side. Even though the Butcher got some grain and some…meat, we can still wait him out."

"So what's different?"

"With this many people in so small an area, we will suffer disease as badly if not worse than them. We gotta be ready for that. Morale will break. It'll be hard to keep everyone in line, especially if Calouw comes at us with any kind of reasonable offer for surrender."

"To the Butcher of Raznak?" said Gellick.

"He'll make it sound good, and desperate people do desperate things."

"What about another bomb?" said An'Areeza.

Qays rubbed his temples. The fatigue was all over him like a frost.

"Tell me there weren't any locomotives in the station," he said.

"I checked," said Flynn. "No, it was empty. The last trains took refugees to Dophener."

"What's that again?"

"A silo town. About three hundred kilometers south by southeast."

"It's intact?"

"Last we heard," said Gellick. "It wasn't in Calouw's way. Nothing between here and there but a road and broken rail lines."

"Lots of grain there?"

"The last harvest is there. Enough to feed everyone in the district and export."

Qays rubbed his eyes. "Well, okay. Right now, we're happy there are no trains in town. Calouw can't pull that trick again anytime soon."

"Not until he goes to Dophener," said An'Areeza, "gets all the food he needs and comes back for revenge." The hysteria in his voice was not the contagious kind, more the pitiful variety. Everyone turned away from the custodian and back at Qays.

"I think the wound has been staunched for now. The enemy will play with their new toys for a few days before they come after us."

"I think you're right," said Gellick. Flynn and Benjamin nodded. An'Areeza whimpered.

"That buys us a little time," Qays went on.

"What will we do with that time?"

"Save civilization," he said and was only half joking. "First thing is we all get some sleep. Tomorrow we'll get full inventories and census. We man the walls. We wait them out. Eventually they'll get tired and leave."

"But what—"

"Ask me tomorrow," said Qays, cutting off the complaint.

An'Areeza shrunk back into his seat.

"Is there someplace I can sack out for a few hours?" Qays asked. "Preferably with the soldiers?"

"Follow me," said Flynn approvingly.

Qays looked in on Patience on the way to the barracks and decided to let her stay where she was rather than wake her, to bunk with the exhausted militia.

Soldiers greeted him with weak salutes, which he returned. To those only nodding to him, he nodded back, and those who wanted to shake his hand found it ready and strong.

He found a cot in the middle of the room. It was hard and stiff but felt good. Hell, it could have been made of snakes and he'd still have fallen asleep the moment he laid down. Which he did.

* * *

No one woke him in the morning and past noon he found himself in a crowded room full of soldiers trying not to wake him. Seeing him awake, a young boy rushed over with a warm towel and a cup of coffee. "Courtesy of Commander Flynn."

He took the coffee and wiped the sleep off his face. The boy showed him the way to the personal and afterward he felt like a new man. The sun was high and warm. The air clear and fresh. A new day is always a Fresh Start, he thought to himself and laughed.

After a meal of hot cartel sausage, red-bread, and more coffee with the men, he looked in on Patience. She was not there. He didn't expect her to be.

He made his way out of the mansion and to the wall to see and be seen. He kept his gun on his hip, his bag hanging over his shoulder on the other.

As he walked, he was joined by Gellick, who offered him a thin sheaf of papers. He scanned the figures, the tonnages of grain, the numbers of people. A quick calculation of what would be required to feed said people on full rations, half rations, and quarter rations. The numbers were not as good as he'd hoped.

"This is like half of what you said there was," said Qays.

"We believe someone doctored our records to conceal thievery. It was only when we sent people to actually look that we figured it out."

"And the water?"

"Fifth page."

The news was better there. Though the spring they'd mentioned before was woefully inadequate, troops going house to house had discovered no fewer than fifty illegal wells. All told, they figured the town could produce three liters of water per person per day. Very solid numbers. He might even get a bath.

"So the food is the issue," he said. "Wait. What about radiation?"

"The garrison left us supplies. We've already begun inoculations."

"Damn good, Gellick." Qays handed the papers back. "Okay, let's begin the staring contest."

They were about two blocks from the south wall when they could tell something was happening beyond it.

Qays and Gellick exchanged looks. As they got closer, they found Flynn on the parapet. He turned and saw them coming. His face looked relieved and concerned at once. "We gotta stop meeting like this," he said as they approached.

From a window in the west gate turret, Qays dared a peek, then a look, then stepped out on the wall and stared across the new no-man's-land at a knot of people. There he saw the custodian, An'Areeza, beside Anthor Calouw, the Butcher of Raznak, and with them, bound with ropes, a sword pressed to her throat, his Patience.

Chapter Twenty-Nine

"Again the neck," said Qays through gritted teeth.

"Parley?" yelled Calouw, a grin on his face. "Let's talk, Brother."

The man Calouw had called Karshel held a flag of truce, a clean sheet at the end of a spear, its white furls a solid counterbalance to his tattooed face. The flag was why they'd been allowed to approach within shouting range.

"Well," said Qays, "this is a new development. How bad are we spun having An'Areeza over there?"

"Actually," said Gellick, "we're probably better off."

Flynn nodded.

"Wonder how he got out?"

"I'm sure this wall has tunnels like the others. We'll need to—"

"Glathan!" shouted Calouw. "I can see you in your pretty dress. Come out and talk. If you don't, I'll cut this woman's head off here and now and kick it to the wall. We'll take her body back for dinner. Don't want to do that. She looks stringy and gamey."

"What do you want to do?" said Gellick.

"I'm going out there."

"We're coming with you," said Flynn.

"No."

"He has men with him, you'll have men with you."

"Sergeant of the Wall," ordered Flynn. "Take command."

Qays didn't argue. He didn't have enough information. He and Gellick and Flynn walked down the stairs. Benjamin met them at the bottom.

"What's happening?"

"Parley with the Butcher," said Gellick.

"Is that good?"

"An'Areeza is with Calouw now."

"Is that bad?"

The gate opened. Qays, Gellick, Flynn and five armed militiamen marched out. The top of the walls now swelled with people wanting to see. The gate was left open for a potential quick retreat, but people spilled out of it to watch the events.

On the other side, dirty faces with dirty weapons waited at about equal distance behind the Butcher.

Standing with Calouw were several men Qays recognized. Ban Rands was there, in long sleeves, also Endiah Mayer and another boy from the attack on Sigby's farm. Ban looked businesslike and collected; Endiah red-faced, twitchy, and seething with rage.

Four meters in front of Calouw, Qays and his group halted and only then did Qays dare a look at Patience.

She'd been mistreated. She had two black eyes and blood stained her new dress from its collar to its hem. She stood uneasily on one leg, the other swollen to thrice its normal size. Calouw gave her to Karshel, who twitched a sword held at her throat, causing her to look up.

Qays's heart jolted for what he expected to see in those eyes, but he was surprised. Her eyes were not plaintive, accusing, or weak, but resigned, strong and defiant.

"I'm already dead, Qays," she said through split lips. "They all are."

Calouw waited for Qays to respond to that. Qays instead regarded An'Areeza and shook his head. "You sure keep shitty company, Anthor."

The Butcher followed his gaze to the custodian.

"Not my favorite," he said. "But what do you think of the little reunion I organized for you?"

"Oh, it's grand. Let's get some music and potato salad, call it a picnic."

"Humor is a weak defense for weakness," he said.

"I'm glad to see you're not letting experience get in the way of your ignorance. Last time we met I believe I shot you. Twice."

"Then you ran away," said Calouw.

"You mean I got away."

"As did I. So here we are."

Qays glanced back at his companions, who looked at him with wide, unbelieving eyes that all screamed, 'Why are you antagonizing the man?'

"Okay, enough of the pleasantries," Qays said. "What do you want, Anthor."

"Surrender the city."

"Why?'

"If you don't—"

Qays cut him off. "No, really Anthor – can I call you Anthor?"

"Sure."

"Really, think about it. Why the spin do you want it? You already have the city. I see only three things we have that you could possibly want."

"What are they?"

"Well, Butcher. Butcher, Butch? Can I call you Butch?"

The Butcher of Raznak stared at him.

In a flash of cursed inspiration, the past joined the future and Qays's mind soared in new directions and to new possibilities. Truisms turned to taunts, turned to solutions and salvation. Murder and martyr. It all fell in line with a chilling certainty he'd never experienced before, but had seen. Once. But first a ruse, and possibly a fight. No, sadly. Certainly a fight.

"You okay there, Parson?" said Calouw.

Qays smiled. "Well, Butch, you told me yourself that you're not interested in ruling, just wrecking. You don't want this city."

"You're telling me a lot of what I don't want," said Calouw. "What is it I do want?"

"Grain, for one. It's the only treasure of any value on this rock. It'll feed your army."

"We have food."

"You have liabilities," Qays said. "That spread disease and slow you down. Liabilities that you must feed. It's great for terror, but you and me both know it's crap for supply. You need grain."

"What are the other things?"

"The only other real treasure of any value on this rock is getting off this rock. By which I mean, my ship."

"I understand you got your chit back," he said, glancing at Patience. When he turned to look at her, she surprised him by spitting a wad of congealed blood and snot into his eye. The Butcher took the shot without wincing, turned back to Qays and wiped it away with a finger.

"Damn," said Qays. "Girl's got range. She's full of surprises."

"She dies today."

"No. She doesn't," said Qays, putting his hand on the butt of his gun. Calouw saw him do it, and mimicked the motion over his own sidearm.

"What's the third thing?" he asked.

"You're looking at it," said Qays. "No, not my huge cock, my gun – my objective correlative."

"Your what?"

"Here's the deal. Grain for hostages. The girl for a chance at me. She's done all she's going to do for you. She got me here. This is the deal you were looking for, right?"

No one stirred.

"An'Areeza says you don't have that much grain," said the Butcher.

"He's an idiot."

"How much are you offering?"

"Well, let's do the math," Qays said. "We have top-flight, genetically modified cereal grain. Mostly red corn, but others too of similar calories and nutrition. Superfoods created for your health by the Empire. You're welcome. One thousand calories per kilo, a million per ton. You with me so far?"

"I am."

"You have, I figure, ten thousand men?"

"Men and women," said the Butcher.

"How very progressive of you," said Qays. "Maybe you'll win an award."

"Maybe I will."

"So, twenty-five hundred calories per active person per day. Will they be active?"

"I expect so."

"So you need twenty-five tons of grain per day to keep your rabble together."

"Keep together? Not feed?"

"It's the same thing and you know it."

Calouw's eyes flashed to his men and Qays knew he'd figured him right. He was a monster, but he was not stupid. He had an army and an army traveled on its stomach.

"You'll probably want to keep them hungry, right? Seems your style, so let's say fifteen hundred calories per day. That's fifteen tons a day."

"Twenty," he said. "I plan on picking people up."

"Gotta love an optimist," said Qays. "Here's my offer. You turn over all your prisoners and we'll give you enough food to get thirty days away from here. Six hundred tons."

Gellick behind him gasped.

"What about the other things?"

"My chit and gun? Oh, for those, you'll have to kill me."

Calouw looked disappointed, but then grinned. "A duel."

"A duel."

"Why? Why are you doing any of this? This isn't your fight. You could have left yesterday."

"I'm sworn to defend the Empire."

"The Empire is not here. The Empire is gone. The Empire is over."

"Let's say civilization then. I wish to defend civilization."

"Civilization left this planet to die. Civilization is rotting inside and out. I will get off this planet and will accelerate this rot to your civilization because it is time for it to die. It is the natural order. Had its time. But it must fall. It is falling. It's inevitable. It's fate. It's not me. I'm an objective correlative. If I'm gone, the next monster will stand up. That is what the ground grows now. The die is cast. It has rolled and landed. It's all over but the crying. But know that when it's all over, when the fires are out and the picked bones lie under windswept sand, something new will come which eventually will die too."

"I've traveled a lot, Butch," said Qays. "I've seen a lot. Thought a lot. Pondered a lot. I wish I could disagree with you, but I can't. You're right. The Empire is falling. The only question is the speed of it and how high the debris bounces."

"So why you doing this?"

"I'm defending civilization. Today."

"What's to prevent me from coming back?"

"That's tomorrow."

"Slow the fall as you might?" said Calouw. "A rearguard action?"

"I don't want anyone to die and I want my friend back. Take the deal. Leave. I'll be gone soon too. Before I go, I have to help these people if I can."

"By the way you're talking, I get the idea that I could take the grain deal and not duel."

"Yes, that would be my choice. You can wait for the next ride."

"I'd rather have yours now."

"You know the only way this chit and gun will ever be of any use to you is with the genetic markers implanted in my body. You'll have to cut them out and install them."

"Where are they?"

Qays held up his hand and pointed to the pad of his palm. "There, and another at the base of my skull. You need them both and you'll have to kill me to take them."

"What if you win the duel?"

"I'll still honor the ransom deal, but you'd be dead. Listen, Butch, this planet needs leaders. You've got something that gets people to follow you. Even into hell – even to a hell that you created for them. That's something. Maybe one day you can turn that to good and lead a thriving civilization here."

"I don't think so." The Butcher laughed. "I know who I am."

"Yeah," said Qays. "You've shown me."

"Won't be another ship for a hundred years," he said. "I'll take your life and then I'll take your ship."

"One question, how long do you think this group will stay together without you?"

"Not long," he said.

"It'll splinter into a rash of roaming bands of bandits," said Qays. "They'll be stomping on those ants for a century."

"But you'll be gone."

Qays was no longer so sure.

"You called the duel," said Calouw. "I'll call the weapons."

"Might I suggest a trivia contest, imperial history and manners? Or maybe juggling?"

"Swords it is."

"Let the girl go. That's the deal. Win, lose or draw, you let her go now."

Calouw looked back at her and shrugged. "Go ahead."

Karshel lowered his blade and pushed Patience forward. She hopped to catch herself from falling, touched her foot to the ground and screamed. Flynn ran forward to catch her and helped her back to their side.

"Take her back inside," Qays said.

"I'll stay," said Patience.

He didn't argue.

Qays took the chit from his bag and unstrung his holster. He handed them to Gellick, who took them and, carefully not touching the handle of the weapon, placed them conspicuously on an abandoned cart. Karshel meanwhile acted as second for the Butcher and took his pistol belt and slung it over his shoulder. It was not part of the bargain. He offered Calouw the sword he'd menaced Patience with. Calouw took it with a nod.

Pulling Qays aside, Gellick said, "What the hell are you doing?"

"Saving civilization. For now."

"Looks like suicide to me."

"Feels like redemption."

"If you're killed—"

"Don't."

"Mendoza…"

"Don't tell me what you'll do. I don't want to know. I can't stop you. I won't be here."

Calouw slashed the air with Karshel's sword. It was a one-handed short sword, sharp and fast. He swung it like he knew how.

"Do you think he'll honor the deal?" asked Gellick.

"I think they will before you will."

"That's a lot of grain to give up and then we'll have the influx of people to feed. You're setting us up for—"

"Life for now," said Qays. "We'll see what tomorrow brings."

Flynn approached and offered Qays his sword, a long silver saber, recently sharpened. Never used in anger.

Qays slipped his robe off and traded it and his bag for the sword. "This'll do. I thank you."

Standing naked but for a codpiece and sandals, he swung the sword and liked its weight.

"We're clear on what happens?" Qays called to the other side. "This is the only battle today. Tell your people."

Calouw had stripped off his shirt and stood in breeches and boots. His chest was massive and scarred with deep red spots and white streaks, patches of pox marks and old whip tears. He turned to his people and roared, "This is an honorable duel, with terms and agreements! All sides stay away and abide by the outcome. Also, the winner owns the loser's body." Turning to Qays, he winked and said conspiratorially, "I said that last bit so your people understand I'm carrying your ass away when it's over. Get it? Body, booty. Get it?"

"You're a genius in your own mind, Butch."

"Don't call me Butch, I don't like it."

"Oh? Well, I'd hate to hurt your feelings, fat ass."

"From a dress to a diaper. You are the epitome of the Empire."

"I don't know what your problem is, Butch, but I'm guessing it's hard to pronounce."

"You ready?" he asked.

"I'm ready," said Qays.

They bowed, tapped swords and squared off. Qays didn't like that Calouw knew the formalities. It meant he'd had training.

"This is good," said Calouw. "As it should be."

"You could just make the trade, take the grain, and go."

"Not what I'm about."

"No. But I had to ask."

The first thrust was a fast jab for the kidney. Had Qays not been expecting it, the fight would have been over then. But he parried it smoothly, the swords singing in metallic meeting, the fight commenced.

If he'd had more time, he might have thought of another way to save Patience, a way that didn't actually threaten to let this monster off this planet, and get him killed, come to think of it. But now he was here. Gambling much and little right to wager, he'd given himself a chance to survive, save his friend and rescue the captives. Preserve civilization, for now. It'd come to him in a rush, but it'd been steeping like a strong tea since Patience confessed to having the chit and crying into her pillow.

A spin and a sweep that Qays leapt over. He felt the wind on his toes. His saber slashed quickly around and caught the Butcher on his shoulder. Not cripplingly deep, but deep enough to leave a mark that painted his back in streaks of blood.

A feint and counter slash, two misses that left the Butcher with slightly better balance bringing his sword down in a rounding arc at Qays's head.

He deflected the blade with his left arm, catching the tip down his forearm, feeling the steel hit bone and rip away. A gash above his wrist. No pain yet, but a terrible feeling of numbness in his hand.

Qays spun, catching his feet on the uneven ground, but completing the attack. Calouw parried it easily, swung back at Qays in an overhand which revealed his chest. Stumbling forward, Qays lunged for the middle of the big man.

But Calouw was quick, leaping back and out of reach, knocking the saber off target so it only tore a line down his pants, not even touching skin behind it.

Qays rolled and recovered; the Butcher moved in from his dodge to reengage before Qays found his feet again.

"Got a nasty scratch there," said the Butcher of Raznak. "Can't think that the dirt in it will do it any good."

For a moment Qays thought he was wearing a red glove with black spots, then he realized it was blood and the spots centipede ants swarming toward his wound. With his sword edge he scraped them away, catching the side of the cut with his blade, and doing it no favors.

"That hurt?" asked Calouw.

"No, but I'm sure it will."

"You'll be dead first."

"There's always that."

They squared off again. Thrust, parry, slash, tuck, clash and clash again.

The Butcher was going for killing blows, putting all his muscle and mass behind every strike. Qays dodged what he could, but the ones he had to block sent shocks up his sword arm; he felt them in his teeth and bruised his wrist for the resistance.

Sweat poured down his face and found his eyes. When they paused for breath, he felt a mass of ants crawl into his sandals. He kicked most away, but the ones that stayed bit hard and stung him with fiery venom before clicking out long trills that brought them all to a frenzy. Suddenly the ground was undulating. The only good thing about it was that they went after the Butcher as well.

His feet on fire, his arm numb, his eyes stinging, Qays moved forward. The Butcher pretended to be winded, raised his hand, but stepped nearer.

Qays felt sorry for him. Such an obvious ploy.

The thrust was easily parried and returned. He caught Calouw deep in the thigh. The Butcher spun back, nearly taking the saber with him, but Qays held on and reset.

Blood pooled around the wound, dripping down the Butcher's leg, evidenced by red streaks down his pants and in his boot. Smelling new blood, the ants swayed and shifted. New clicks now from the Butcher's direction, causing the big man to stamp his feet and growl.

Moving slower now, limping, Calouw raised his sword. Qays stepped forward to meet him.

Feint, shift and parry. Dodge, clash and on the recovery, the tip of the Butcher's sword slashed down Qays's chest and rattled down his ribs like a stick on a picket fence. The wound was deep, and bled intensely, but the ribs, scratched, chipped, and cut, held his vitals inside.

The first wave of dizziness told him he was dying. The Butcher too was leading a trail of gore behind him in bloody footprints. If they stood and stared at each other for a few more minutes, they'd probably both bleed out. But Qays first.

His saber dragging in the dirt at his feet, attacked by ants, Qays stumbled and swayed. The Butcher, recognizing the signs of blood loss, stepped forward and readied his sword for a killing blow. Qays went cross-eyed, swayed harder and lowered his head.

The Butcher's sword came up, hovered and fell.

Before it found him, Qays collapsed, rolled to his left, but brought the sword up with a single motion. Momentum and mass on the upstroke, he caught the Butcher's blade coming down. Qays felt it in his wrist like a hammer blow, but held tight. The Butcher did not, and the short sword left his hand and went spinning through the air to land somewhere among the discarded bags.

The Butcher was reaching for a knife in his belt when Qays spun around him like a cloak, held him from behind, and put his saber to his neck.

Qays had not been aware of any sounds beyond them, but now became acutely aware of a breathless silence.

He saw Patience supported by Flynn, her face a mask of mistreatment and wounds, full of terror and urgency. "Kill him!" she mouthed.

He paused.

"Kill him!" she yelled.

"Kill him!"

The cry was taken up by the entire side and then, perhaps not surprisingly, also by Calouw's men. Such was the cost of failure among killers.

"You can't do it, can you?" said Calouw, not in a taunt or gloating, no tone begging for mercy. Matter-of-factly, as if examining a timetable. "You're a Glathan. The heart of the Empire. Sworn to the defense of sacred life. Even my sorry one."

Qays shifted his weight, felt ants crawling over his body. Hesitated.

"I thought it could end like this," said Anthor Calouw.

"You knew you'd lose?"

"No. I'm surprised at that, actually. But you showed me who you are, and when someone shows you who they are, believe them. Unless things got out of hand, I figured you wouldn't kill me."

"You nearly cut my arm off."

"And you my leg."

"What do you propose?" said Qays.

"You win," he said.

"If I let you go?"

"I'll keep the bargain. You got your girl back, I'll be killing a few of my people. Did you hear what they said?"

"You're surprised?"

"They should know better. It's never over until it's over."

Qays looked up at the crowded walls, the mass of good people seeing their destiny play out at the edge of his sword.

"Take your win," said Calouw.

"You'll get your people out of the city and on their way?"

"With six hundred tons of grain?"

"And you return the captives."

"That was the deal. I'll honor it."

Qays lowered his sword, leaned on it for support. Calouw stepped away and turned. Qays saw the black-bladed knife from his belt held ready in his hand. Qays's sword was nowhere near ready to deflect it.

The Butcher of Raznak winked. "Me and the parson have settled our differences," he yelled. "We'll honor the deal. There's nothing for us here now. There'll be another ship along. Count on it."

He took a couple steps toward his line, limping, ants literally in his pants. He shook his leg and grimaced, then turned and took a long hard look at Qays. "Safe travels to you, Mendoza, in what's left of a dying empire. I'll be glad to hear when you're gone, but don't be surprised if we meet again. Any of you."

Chapter Thirty

In his dreams, Qays saw the Hierophant again, his bald head laughing as he predicted the end of the Empire. He saw Wallen as an oak tree, sure and ancient, standing in the wind of his laughter, her leaves swaying but not her trunk, her roots deep and solid.

He saw Anjali, young and old, strong, weak, alive and dead all at once. She was an event more than a person. A paradigm and an idea. An echo of all life cut short or damaged. He saw her skin in his own flesh, felt the beheading blade sever his own being. His own beliefs bleeding out before the Hierophant's throne. A room of blood-lusting gawkers looking on in terrible agreement.

It was only in the later hours of his regenerative torpor that he remembered Fresh Start at all. He saw it first as a wall, a line from space dividing the landscape; this side and that. Ants and floors, rivers and bridges. Killers and friends. Good people trying to get by, bad people making it impossible. Calouw there, and Patience here.

And Patience.

Another event, but unlike Anjali, not so encumbered. She was a free spirit and did not need him. This hurt him for a moment, but passed with a purity his hours of silence recognized as wisdom. All he could do, he would do and no more. She would do for him the same. Limits exist. If he chose to die for her, as he'd nearly done, as perhaps he was still doing as he remembered being connected to the medical machines after the battle, then so be it. It was on him. Responsibility is the key. For whom will you suffer? For what will you die?

He recalled the battle with Calouw, recalled his terrible plan. He felt ants swarm over his body. He remembered being helped off the field by Gellick and three soldiers. Patience carried by Flynn.

Her leg broken. Calouw walking between Karshel and Endiah Mayer, An'Areeza looking sick and lost, trailing behind them like an afterthought.

The rich folk within the inner wall of Last Fall had a pretty good hospital. Not as good as Doc Whitting's state-of-the-art med-pod, but close.

"Make them leave the city," Qays said to Gellick as they connected tubes to his veins, and cleaned his wounds. "Captives come in, grain goes out."

"You're giving them half of our stores," he said. "With all the extra people, I figure we'll have maybe two weeks of food left after they go."

"That's the deal I made. Stick to it. There's grain in Dophener."

"An'Areeza knows that too. And he knows how short we'll be after the trade. They know we'll starve."

"It's the deal we made to get rid of them."

"It's the deal you made for your girlfriend," he spat back.

The meds flowed into his body. New dizziness found his head. He closed his eyes and leaned back. "How is she?"

"Broken leg. Cracked ribs. Internal bleeding. They're putting her under too."

"I've brought that girl a lot of trouble." He felt his legs numb as each of the five hundred ant bites faded and disappeared in turn.

"Why didn't you kill him at least?" said Gellick.

"Calouw is a leader," said Qays.

"He's a monster."

"He'll hold them together. There's nothing for him here now. He'll leave. He's a raider, not a conquerer."

"He'll be back. He said so."

"He did say that."

Gellick said something else, but it was lost in the anesthetic. Something about wanting a marine and not a monk. Then Qays fell into warm oblivion and technology coaxed his body's healing mechanisms into overdrive.

When he opened his eyes, the gash in his arm was closed. Beneath a thin bandage showed a ragged scar. The cut down his chest was not even that, just a pale hairline. He flexed his arm and removed the bandage.

"Leave the bandage on," said a woman's voice. "It's there to minimize the scarring."

"I think I want to keep this one," he said.

"Suit yourself."

"You're the doctor?"

"Yes." She spoke curtly. Her expression was not warm.

"Everything all right?"

"You're fine. You've been under for eighty-four hours. Your friend has a few more to go."

"Why so long?"

"Frankly, I'm hoarding medicine. Were you in a hurry?"

Her look was accusatory.

"No."

She held him in a cold gaze.

"How's my friend?" he asked.

"I said she's fine."

Qays asked, "Doctor, what's the matter here?"

"I don't know if you're a hero or a bastard," she said.

Qays chewed on that a moment and had to nod in agreement. "History will tell."

"Before you get dressed and go out walking around for another victory lap, like you did the other day, you should know everyone is asking those same questions. Some might have answered them in a way threatening to your health."

"Yeah?"

"Yeah."

"Where's my stuff?"

She pointed to a cabinet. With the reluctant help of the doctor, he got up.

"Thought somebody might have washed these," Qays said, opening the drawer.

“Not a priority. Everyone’s guarding the walls now, rebuilding what we can. Some are still tired after handing over all our food to a band of killers who some say you were working for the entire time.”

“So we’re keeping to the deal?”

“Did you hear what I said? People think you’re—”

“We kept to the deal though, right? Did they? Are they gone?”

She nodded. “Calouw took his creeps away three days ago. With all our food. And, I should say, most of our vehicles.”

Three days. That was enough.

He got dressed. His loincloth was a bloody mess and he left it to go commando beneath his robe. If the wind blew strong and sudden, he’d give someone a show.

“Show me Patience?”

“You’ve got a lot of nerve,” she said.

“My friend. Her name is Patience.”

She blushed. “Oh. This way.”

She took him into the next bay and he saw her beneath a tent, silver and blue bands pulsating around her leg, similar pads on her chest.

“Wash her hair,” he said. “There’s blood in it. Wash all of her. And find her a new dress. A green one. A nice one. With pockets.”

“You’re in no position to give orders.”

He wheeled on her. She stepped back from his presence. Several nurses appeared in his peripheral vision.

“Please,” he said. “You can do that little.”

Without waiting for a response, he left the hospital.

It was dark. Good.

He got his bearings, adjusted the holster on his hip, checked the power on his gun and headed toward the mesa.

The people he passed all recognized him. Most got out of his way, several stepped up to try something, but demurred when Qays’s hand found the butt of his weapon. None cheered him now.

The hike to the top of the mesa was long, dark and cold, the desert night a cruel companion to the day.

There were lights at the top and activity still at this hour. The silos he had seen before against the sky were gone now, memories of abundance recalled in deep scratches across the tarmac.

A man approached him.

"You're up," said Benjamin.

"I am."

"How are you feeling?" Qays felt real concern from the man and felt grateful and ashamed at the same moment.

"I'm well. Thank you."

Benjamin rocked on his heels and sighed. "A lot of people are really confused about all this," he said.

"I know."

"Some are spitting mad."

"Yeah."

"Most are afraid. Hunger is known on this planet, it's been gone for a while, but we all remember it. I think most would rather be cut down with a sword than die that way. If you don't know what it's like, you...you wouldn't know what it's like."

"I've never been that hungry," said Qays, reaching into his satchel and taking out his ship chit. "And hopefully I never will be."

He traced the sigil on its top, pressed his thumb and saw it glow green. He put it back in his sack.

Benjamin regarded him. Qays looked to the stars, so bright, so many, so far. One of them began to slowly auger down toward him.

"So, you're leaving?" said Benjamin.

Qays looked at the custodian in the dim light. He wanted to ask him what had happened to put him here. Was it trivial or colossal, unforgivable or inconvenient?

"They're all gone? All of the Butcher's men?" asked Qays.

"We've checked the city. They're gone. Our people found some horrible things, though. Their reputation for cannibalism was not an exaggeration."

"Never thought it was."

"They didn't let everyone go, by the way."

"What?"

"They kept three, maybe four thousand people. Probably for slaves, but eh…we don't know."

"They're already dead," said Qays as if in a dream. The lights of his landing ship now drew the attention of everyone on the mesa, and also surely people below who'd be coming soon to see it.

Qays moved closer to the landing pad. Benjamin followed.

"They're going straight for Dophener," Benjamin said. "If he gets that grain, he'll be unstoppable."

"Yeah?"

"Yes, and if we don't get it, we're dead," said Benjamin, accusation in his voice.

SBLC5-134, Mutakan Star Bomber, *The Lady of Jont*, folded its gravity ring and settled in silence upon the dark landing pad. A ramp extended from beneath it.

A crowd was forming. Qays hurried forward.

"You're not even taking the girl," said Benjamin coldly. "What are you?"

"I don't know," he said and quickly climbed inside.

The ramp was up before anyone was close enough to make a run for it. The ship was up before anyone could train more than an epithet at him.

He brought the ring to vertical alignment and in a silent instant, he appeared to disappear.

He had only to go up. Low orbit. He brought maps up, noticed the beacons, heard the warnings to stay away, thought of the defense towers being raided for technology by the last defenders hoping to sell it for passage to anywhere but here.

South by southeast.

With enhanced visuals, he regarded the lights of Last Fall. He saw too, down the horizon, the glow of life in Dophener. And there between them, in an otherwise barren landscape, was the camp. Ninety kilometers from Last Fall. Three days' march. Straight line.

He'd come to this planet seeking peace, but found only war. Wanting to die, he'd fought for life. Across years and parsecs, mental breakdowns and broken silences, he'd come here, to this last place to understand a terrible thing, to ask a dead woman how such a thing could happen only to understand now how it should.

Barlane and Jersi, Sigby and Whitting. Abercraft.

And as he armed the torpedo and locked the location, he wept for himself and for Wallen and the terrible prices paid to safeguard what was. For a little while. They would do what they could do to save civilization, for a little while. Taking the sin for all to slow the fall. Damned and dreadful. Forever stained.

Against all his higher morals, against the very philosophy he defended, Qays fired a torpedo at five thousand innocent people to kill ten thousand guilty ones and save a million more.

He'd turned his ship around and was heading off when the bomb blew a crater four kilometers deep and twenty across into the crust of Fresh Start. The cloud would reach the upper atmosphere and circle the world fifty times, dropping the dust of the dead across the whole of it. Radiation would be negligible. The Empire's idea of a humane nuclear bomb meant little fallout.

★ ★ ★

The sky was pre-dawn light when he set down again upon the mesa of Last Fall. He was not surprised to see Gellick there standing next to Benjamin. Flynn again was there with a contingent of sharply dressed policemen standing at attention.

Qays picked up his gun and cursed himself for not recharging it during the flight. He left the holster and carried it down in his hand.

"You killed them," said Gellick when he stood before him.

"I did."

"A nuke. From space."

"They had to stay together or I couldn't have gotten them all."

"That's why you let him live. Not so Calouw could become king of the world."

"You see it now."

"You could have told us," said Gellick.

"He'd have found out."

"You knew he'd head straight to Dophener?"

"Nothing between here and there but wasteland, and nothing within reach worth getting but that. Plus, he knew you needed their grain. He had An'Areeza."

"There were a lot of innocent people is his group."

"I know."

"Not all of the band were bad. Most were just scared. Going along to survive."

"I know that too."

"Is murder murder when it is so many?"

"Without a doubt."

Qays looked into the faces of the assembled crowd. They all stared back at him with fearful awe. No one was rushing him this time and again no cheers.

"What kind of man could do such a thing?" said Benjamin.

"What you should be saying is 'thank you', you shitheads." Patience wore a new green dress. Not as fancy as the last one, but worlds better than the first plaid one. She stepped out to the front of the group beside Gellick, but no further. "Calouw's gone, the way to Dophener is open," she said. "Qays Mendoza saved us. Now and for decades. Show some spinning gratitude already."

He saw several nods. Flynn among them. But Benjamin looked hard, and Gellick sorrowful.

This was as far as Qays's plan had gone. The penalty for what he'd done, now and before, by judicial precedent, was exile upon Fresh Start. Such would be his self-inflicted sentence. He saw himself returning to Dread Landing, chasing the cats away and reoccupying Wallen's house. First, he'd have to kill that noxious weed, he remembered. He'd send his ship away, maybe back to the core to rejoin the fleet, maybe into a sun to keep it from pirates who'd easily take an unmanned ship. Maybe he'd land it and take its technology for the good of the people.

"You could be king," said Gellick.

"I have other plans."

"Like what?"

Qays was about to tell them about the cats, when he fell into Patience's eyes. In them were warm pools of forgiveness and cool understanding. Curiosity and vivacity, and the certainty of overarching rightness. Unrepentant strength to do what was necessary for good and for ill, for life and for more life.

Change of plans. "You still want to see a touristy lava river?" he asked.

Patience ran forward and threw her arms around him. She kissed him hard on the mouth.

"I didn't want to assume anything," she said.

Qays turned his gun over in his hand, opened a side panel, pressed his thumb to the sensor, and neutralized the coding. He handed it to Gellick. "I promised you this."

"Think I'll need it?"

"Not at all."

Qays raised his hand to give a benediction, and began, "Blessed—" but stopped. A thick clot of hypocrisy stared him square in the soul and shook its head.

"Farewell," Qays offered instead.

"Good luck," said the custodians.

And so, as a new day dawned, hand in hand they boarded the ship, an inmate and a criminal.

Acknowledgements

In making a list of souls to acknowledge for helping me create this novel, the list is as deep as time. I am the culmination of my education, my line, my culture, my past, my ancestors to the pools of algae, and this story is just a momentary manifestation from all that. Thus, I thank those who had hard choices to make and made them. I thank also the poets who sang the tragic songs of these heroes from Virgil to Shakespeare to Hemingway to Louis L'Amour, and all betwixt and between. Let us not forgot the songs, let us not forget who we are, where we came from, and who got us here.

No author is honest who does not recognize the invaluable contribution of his editors. For *Fresh Start*, I had a couple of gems. Thanks eternal to my supportive cheerleader and partner, Don D'Auria at Flame Tree, and also to my new friend, Mike Valsted who, together with Don, steered me though commas and continuity, always keeping true to the vision I sought.

Thanks always to my first reader, Digetta, my greatest fan, and to Michelle, who tolerates all this.

But mostly, I thank you, kind reader, for your time and your trust and your company on this adventure into the future past. You are the reason stories are told, you are the guardians of the treasure that is literature.

Blessed be.

About the Author

Johnny Worthen grew up in the high desert snows and warm summer winds of the Wasatch Mountains. He graduated with a B.A. in English, minor in Classics and a Master's in American Studies from the University of Utah. After a series of businesses and adventures, including years abroad and running his own bakery, Johnny found himself drawn to the only thing he ever wanted to do – write. And write he does. Well versed in modern literary criticism and cultural studies, Johnny writes upmarket multi-genre fiction, both traditionally and independently published. "I write what I like to read," he says. "That guarantees me at least one fan."

Johnny's best-selling series, *The Books of Coronam*, is an epic science fiction series in the vein of Frank Herbert's *Dune*. Another Flame Tree Press title is Johnny's apocalyptic myth *The Gaia Chime*, which witnesses the global chaos of a planet in repair.

Johnny teaches creative writing at the University of Utah, is a member of Rocky Mountain Fiction Writers (PAA), Pikes Peak Writers, IBPA, SFWA, HWA, and is a lifetime member of The League of Utah Writers. He lives in Sandy, Utah, with his wife and cat. There's also a lawn.

FLAME TREE PRESS
FICTION WITHOUT FRONTIERS
Award-Winning Authors & Original Voices

Flame Tree Press is the trade fiction imprint of Flame Tree Publishing, focusing on excellent writing in horror and the supernatural, crime and mystery, science fiction and fantasy. Our aim is to explore beyond the boundaries of the everyday, with tales from both award-winning authors and original voices.

•

Other titles by Johnny Worthen:
The Gaia Chime
Of Kings, Queens and Colonies: Coronam Book I
Of Civilized, Saved and Savages: Coronam Book II
Of Heroes, Homes and Honey: Coronam Book III

You may also enjoy:
The Sentient by Nadia Afifi
A Rebel's History of Mars by Nadia Afifi
Junction by Daniel M. Bensen
Interchange by Daniel M. Bensen
Second Lives by P.D. Cacek
Vulcan's Forge by Robert Mitchell Evans
Hellweg's Keep by Justin Holley
The Blood-Dimmed Tide by Michael R. Johnston
Dry Lands by Elizabeth Anne Martins
The Sky Woman by J.D. Moyer
The Guardian by J.D. Moyer
The Last Crucible by J.D. Moyer
One Eye Opened in That Other Place by Christi Nogle
The Apocalypse Strain by Jason Parent
The Perfect Stranger by Brian Pinkerton
A Killing Fire by Faye Snowden
Stars Like Us by Stephen K. Stanford
Fearless by Allen Stroud
Resilient by Allen Stroud
Screams from the Void by Anne Tibbets
The Roamers by Francesco Verso
No/Mad/Land by Francesco Verso

•

Join our mailing list for free short stories, new release details, news about our authors and special promotions:

flametreepress.com